U0107491

本书受到云南省哲学社会科学学术著作出版专项经费资助

本书受到云南师范大学文学院学科建设经费资助

晋唐佛教行记考论

阳清 刘静 著

中华书局

图书在版编目（CIP）数据

晋唐佛教行记考论/阳清,刘静著. —北京:中华书局,2021.11
ISBN 978-7-101-15403-0

Ⅰ.晋… Ⅱ.①阳…②刘… Ⅲ.①佛教文学–文学史研究–
中国–晋代②佛教文学–文学史研究–中国–唐代 Ⅳ.I207.99

中国版本图书馆 CIP 数据核字（2021）第 207028 号

书　　名	晋唐佛教行记考论
著　　者	阳　清　刘　静
责任编辑	吴爱兰
出版发行	中华书局
	（北京市丰台区太平桥西里 38 号　100073）
	http://www.zhbc.com.cn
	E-mail:zhbc@zhbc.com.cn
印　　刷	北京瑞古冠中印刷厂
版　　次	2021 年 11 月北京第 1 版
	2021 年 11 月北京第 1 次印刷
规　　格	开本/920×1250 毫米　1/32
	印张 15　插页 2　字数 375 千字
国际书号	ISBN 978-7-101-15403-0
定　　价	88.00 元

目　录

绪　论 ………………………………………………………… 1

上编　佚著考说

第一章　支僧载与《外国事》 …………………………… 41

一、支僧载活动时代与国籍 …………………………… 41

二、《外国事》现存辑本 ……………………………… 44

三、《外国事》三种辑本之优劣 ……………………… 46

四、《外国事》文本特征与学术价值 ………………… 53

第二章　竺法维与《佛国记》 …………………………… 58

一、竺法维生平及其活动时代 ………………………… 58

二、竺法维与竺法雅等人辨析 ………………………… 62

三、竺法维《佛国记》现存佚文 ……………………… 65

四、竺法维《佛国记》学术价值 ……………………… 68

第三章　释智猛与《游行外国传》 ……………………… 71

一、释智猛其人及译经之举 …………………………… 71

二、《游行外国传》基本情况 ………………………… 76

三、《游行外国传》之学术价值 ……………………… 81

第四章　昙无竭与《外国传》两种 ……………………… 85

一、昙无竭及其《外国传》相关内容 ………………… 85

二、《外国传》与信行《翻梵语》 …………………… 91

三、《翻梵语》所见《外国传》名物 ………………… 95

四、释昙景《外国传》及其相关澄清 ………………… 105

第五章 释法盛与《历国传》………………………… 113

一、法盛及其《历国传》相关内容 …………………… 113

二、《翻梵语》所见《历国传》框架 ………………… 118

三、《翻梵语》所见《历国传》国名 ………………… 126

四、《翻梵语》所见《历国传》其他 ………………… 140

第六章 北魏慧生行记诸种相关文献 ………………… 146

一、《慧生行传》等佚著三种辨析 …………………… 146

二、《洛阳伽蓝记》卷五之文例和建构 ……………… 154

三、《北魏僧惠生使西域记》之文献依据 …………… 161

第七章 释常愍与《历游天竺记》…………………… 171

一、释常愍生平及其活动时代 ……………………… 171

二、《历游天竺记》现存逸文 ……………………… 176

三、《历游天竺记》佚文乃删补之作 ………………… 183

四、《历游天竺记》之学术价值 …………………… 188

下编 文学阐释

第八章 晋唐佛教行记之文体解析 ………………… 195

一、晋唐佛教行记之文体属性 ……………………… 195

二、晋唐佛教行记与僧人传记 ……………………… 201

三、晋唐佛教行记与地记游记 ……………………… 207

四、晋唐佛教行记之文学生成 ……………………… 213

第九章 六朝佛教行记之文学表征 ………………… 221

一、写景之简练传神 ………………………………… 222

二、状物之精致细腻 ………………………………… 226

三、叙人之真切传情 ………………………………… 229

　　四、记事之神秘有验 ……………………………… 234

　　五、文学意义之呈展 ……………………………… 241

第十章　唐代佛教行记之文学趋向 ………………… 246

　　一、从自撰到他撰：写作意图之迎合 …………… 247

　　二、从别本到类传：文献形态之多样 …………… 251

　　三、从西域到南海：求法路线之拓展 …………… 255

　　四、从史观到文学：文本功能之强化 …………… 262

第十一章　晋唐佛教行记之文学主题 ……………… 270

　　一、西行求法与僧人苦难之旅 …………………… 271

　　二、佛教行记苦难主题之演绎 …………………… 277

　　三、佛教行记苦难主题之解读 …………………… 285

第十二章　唐代佛教行记之叙事策略 ……………… 292

　　一、预叙方法：往返佛国之合宜征候 …………… 293

　　二、劫掠故事：舍身求法之合情考验 …………… 299

　　三、佑护情节：堪承佛统之合理依据 …………… 305

第十三章　唐代佛教行记之人物塑造 ……………… 314

　　一、勤学精进：才学修养之渊源 ………………… 315

　　二、宗教论争：才识叙事之演绎 ………………… 320

　　三、佛国礼遇：博学善辩之必然 ………………… 326

　　四、纪念性行传塑造崇敬型形象 ………………… 331

第十四章　晋唐佛教行记之情感抒写 ……………… 337

　　一、慧超行记所见诗歌文本及其文意 …………… 338

　　二、慧超撰诗之文学特性与人文阐释 …………… 344

　　三、从人物情感之抒写到诗笔之产生 …………… 349

附录一　晋唐西行求法僧人 ………………………… 360

　　一、释迦方志游履篇（释道宣） ………………… 360

二、西行求法古德表（梁启超）……………………… 364

三、传译求法与南北朝之佛教（汤用彤）…………… 379

四、求法僧一览表（王邦维）………………………… 389

附录二　晋唐佛教行记文献 ……………………………… 395

一、洛阳伽蓝记（杨衒之）…………………………… 395

二、古海国遗书钞（陈运溶）………………………… 406

三、晋宋间外国地理佚书辑略（岑仲勉）…………… 410

四、晋唐两宋行记辑校（李德辉）…………………… 417

五、大正藏所见（高楠顺次郎等）…………………… 430

六、敦煌文献所见（郑炳林）………………………… 441

附录三　晋唐佛教行记文献叙录 ………………………… 444

一、中国印度之交通（梁启超）……………………… 444

二、唐以前之西域及南蕃地理书（岑仲勉）………… 447

三、汉唐间西域及海南诸国古地理书叙录（向达）… 450

参考文献 ……………………………………………………… 458

后　记 ………………………………………………………… 473

绪　论

汉魏以来,史部文献骤增。《隋书·经籍志》开其事类,遂有十三种之多。其中,受早期史官传统和纪传体写作风尚的综合影响,加之人物品评活动推波助澜,作为"史官之末事"①的杂传蔚为大观。抑又缘于佛法东传并日趋兴盛,记载汉地佛教徒事迹的僧人传记应运而生,成为名目众多的杂传题材之一。与此同时,"其书盖亦总为史官之职"②的地记亦方兴未艾,其中涵括地理、山川、城邑、风物、民族、朝聘、行役等各种内容。作为融汇传记与地记乃至游记于一体的特殊文本,佛教行记不仅追记汉地僧人巡礼求法事迹,而且关注地理交通和异域文明,成为跨学科交叉研究的重要对象。向达指出:"汉唐之间世乱最亟,而地志之作,亦复称盛。其时佛教初入中国,宗派未圆,典籍多阙,怀疑莫决。于是高僧大德发愤忘食,履险若夷。轻万死以涉葱河,重一言而之奈苑。魏晋以降,不乏其人,纪行之作,时

---

① 据《隋书·经籍志》史部杂传类小序,"古之史官,必广其所记,非独人君之举","故自公卿诸侯,至于群士,善恶之迹,毕集史职","是以穷居侧陋之士,言行必达,皆有史传";汉代以来,司马迁、班固相继撰史,"股肱辅弼之臣,扶义俶傥之士,皆有记录";正史之外,另有列仙、列女、名德、先贤、高士、鬼怪之传;"因其事类,相继而作者甚众,名目转广,而又杂以虚诞怪妄之说。推其本源,盖亦史官之末事也。载笔之士,删采其要焉"([唐]魏征等:《隋书》卷三十三,中华书局,2019年版,第1111页)。
② [唐]魏征等:《隋书》卷三十三,中华书局,2019年版,第1116页。

有所闻。又斯时南海一带海上交通甚盛,天竺海上尝有安息、大秦贾客懋迁往来。广州亦成外商辐辏之所。当代典籍时时纪及。凡此诸作,举足以羽翼正史,疏明往昔,其价值与正史不相轩轾也。"①相对于常见的僧人传记而言,对晋唐佛教行记进行佚著考说和文学阐释,因其牵涉到史地、宗教、文献、叙事等诸方面,事实上拥有更加广阔的学术空间。本书试图展开的学术话题,正是基于上述背景。

一、晋唐与佛教行记之界定

何谓行记? 李德辉认为,作为"一种独立性很强的著述样式","一种很独特的文类",古代行记"是对古人撰写的各种旅行记录的总称",这种文献"孕育于汉代,滋长于魏晋南北朝,盛行于隋唐两宋",其实质是"一种专述行旅的文学样式,其内容、体式、写法,往往随着国内交通的开拓、交聘制度的完善、海外关系的拓展、作者身份的变异、行旅目的的不同而发生相应的变化"②。这种界定,无疑符合实际。佛教行记亦即佛教人物之旅行记录。佛教人物主要有佛陀及其教徒,其中以数量众多的僧人为中坚力量。从人物活动来考察,晋唐僧人大体上表现为四种类型:一为西域来华传教者,二为固守汉地弘法者,三为西行巡礼求法者,四为东渡日本传法者。这里,固守汉地之弘法僧人罕有行记传世③。关于西域梵僧之来华传教者,可

---

① 向达:《汉唐间西域及海南诸国古地理书叙录》,《唐代长安与西域文明》,中华书局,2001 年版,第 563—564 页。

② 李德辉辑校:《晋唐两宋行记辑校》"前言",辽海出版社,2009 年版,第 1 页。

③ 考察固守汉地之僧人,其自撰或代撰行记实为罕见。据郑炳林《敦煌地理文书汇辑校注》,得见敦煌残卷《诸山圣迹志》(斯 529 号)。经审读,该卷实为一僧人游历各州郡寺院、名山圣迹的记录,反映的年代当在五代后唐庄宗到明宗时期十余年间,属于汉地僧人游历本土之佛教行记。郑先生《校注》沿用王重民、黄永武之文献定名。详见郑炳林:《敦煌地理文书汇辑校注》,甘肃教育出版社,1989 年版,第 266—306 页。

见其游方事迹与相关文献。《隋志》史部地理类即著录《大隋翻经婆罗门法师外国传》五卷，其中理应涉及梵僧行记，惜已亡佚。僧祐《出三藏记集》附传、慧皎《高僧传》"译经"篇等以及隋唐经录、僧传亦载有不少外国沙门事迹。日本《大正新修大藏经》史传部收录有《游方记抄》，其中得见《梵僧指空禅师传考》《西域僧锁喃嚷结传》《南天竺婆罗门僧正碑》三种文献。此外，《贞元新定释教目录》卷十四可见唐人吕向撰《金刚智行纪》①，《全唐文》卷九百〇四亦可见海云集《大法师行记》②。《宋高僧传》卷一不空本传虽事涉游方，却较为特殊。不空三藏法师"本北印度人，随叔父留寓中国"，后又"奉其师金刚智遗命，率弟子二十七人西游，求得密藏经论五百余部赍归"③。然而上述种种，并不在本书研究范围之内。

　　晋唐佛教行记还与中日佛教文化交流有关。公元六世纪中叶，中国佛教经由朝鲜传入日本，后与唐朝佛教进行交流，积极寻求汉地佛典支持，其中亦涉及僧人旅行记录。有唐一代，中日使者和僧人往来不绝，"其中影响最大的，莫过于唐天宝十二载东渡，并于十年后圆寂于日本的鉴真和尚"，由真人元开撰写的《唐大和上东征传》"较详

---

① 据李德辉《晋唐两宋行记辑校》，得见唐人吕向撰著《金刚智行纪》。金刚智为南印度摩赖耶国沙门。其在天竺，闻唐朝佛法崇盛，遂泛舶东游，经行八年方达长安，弘教译经。吕向为金刚智俗弟子，因撰此行记，纪其师人唐经历事实。李先生从《大正藏》第55册《贞元新定释教目录》卷十四中辑出，文题据文意自拟。详见李德辉辑校：《晋唐两宋行记辑校》，辽海出版社，2009年版，第122—124页。

② 海云为贞观时沙门，其所撰《大法师行记》今为残阙碑文。李德辉指出，该碑主要记载"北魏太和二十二年（498）天竺僧勒那么提赴东土传法的经历，略写其东来行旅，详写其在洛定邺等州的宗教活动，系唐人写先唐事"〔李德辉：《唐人行记三类叙论》，《华南师范大学学报》（社会科学版）2005年第2期〕。

③ 〔清〕梁启超：《中国印度之交通》，《佛学研究十八篇》，上海古籍出版社，2001年版，第131页。

细地记述了鉴真等一行备尝艰辛东渡日本的事迹"①,现有多种整理本。与汉地僧人东渡传法对应,日本僧人入唐求法亦成为常见的文化景观。在日本遣唐使中的众多学问僧里,最为著名的最澄、空海、常晓、圆行、圆仁、惠运、圆珍以及宗睿,被合称为"入唐八大家"。其中,圆仁撰有日记体著作《入唐求法巡礼行记》,今传于世。圆珍撰有日记《在唐巡礼记》,该书又名《入唐记》《行历记》,现存《行历抄》《在唐日录》等。此外,日本入宋僧人成寻还撰有日记《参天台五台山记》,同样属于佛教行记类著作。尽管如此,上述僧人行记著作,亦不在本书研究范围之内。

　　本书所谓晋唐佛教行记,特指汉地巡礼求法僧人之旅行笔记及其相关传记。汉魏以降,"佛教传入中国,西域大德,络绎东来;东土释子,连袂西去",一批中国高僧栉风沐雨,为巡礼求法而不辞辛劳,"历游所至,著之篇章",晋唐佛教行记正是缘此而生,"法显《佛国记》与玄奘《西域记》后先辉映,为言竺史者之双宝,治斯学者莫不知之"②。李德辉认为:"晋宋间的西行求法运动,对行传的成熟作用尤大","自东晋至中唐维持了四百年,时间久,范围广,声势大,动力强。运动方向是自中土而西域,发端则在晋宋之际。此时佛教已率先在北方胡国走向兴盛,西域、天竺成为对中土僧侣最有吸引力的地方,纷纷结伴西游,幸存者回国后多撰书纪行,当时数量可观,写法互异"③。事实上,除了有功于中外地理、交通以及文化交流研究,晋唐佛教行记在佛教史和传记文学方面亦颇具价值。从目录学著录和大

① 〔日〕真人元开著,汪向荣校注:《唐大和上东征传》"前言",中华书局,2000年版,第1页。
② 佛驮耶舍:《汉唐间西域及海南诸国地理书辑佚》第1辑,《史学杂志》1929年第1期。
③ 李德辉:《六朝行记二体论》,《文学遗产》2012年第3期。

藏经收录相关文献看,因其兼具传记、地记、游记等文体特征①,呈现出了多重文化内涵。

对于本书而言,晋唐并不专指"两晋"与"唐",而是特指从西晋开始(266)至唐代结束(907)这个漫长的历史阶段。从时间范围看,之所以前不含曹魏,后不及两宋,其首要原因是充分考虑到西行求法运动的时代功绩。

古代西行求法运动,大体以晋唐之间自成格调。此亦为佛教学者之普遍认识。汤用彤指出:"自玄宗以后,吐蕃强大,阻碍交通。又中国内乱,民力凋敝,因是求法西行,渐成绝响。"②梁启超强调,中国僧人"留学运动最盛者,为第五、第七两世纪。而介在其间之第六世纪,较为衰颓",这种现象可归诸印度佛教昌明、西域来往利便以及中国求法需要与否等原因;抑又,"第八世纪之后半纪,印度婆罗门教中兴,佛教渐陵夷衰微矣。而中国内部亦藩镇瘰噎,海宇鼎沸,国人无复余裕以力于学。故义净、悟空以后,求法之业,无复闻焉";"其可称佛徒留学史之掉尾运动者,则有宋太祖乾德二年至开宝九年(九六四—九七六)敕遣沙门三百人入印度求舍利及梵本一事。其发程时,上距义净之入寂既二百五十二年矣。此在求法史中,最为大举,然衔朝命以出,成为官办的群众运动,故其成绩乃一无足纪也"③。法国汉学家沙畹则以为:"据史籍所志中国僧人之西行,至一〇五〇年,为数固多,然记述绝无","自十一世中以后,中国西游僧人遂绝行迹。

---

① 关于晋唐佛教行记之文体属性,这类文献与僧人传记、地记以及游记的文体关系及其文学生成,将在本书下编《晋唐佛教行记之文体解析》中详细阐述。鉴于其中较为复杂的文体关系,本书拟把晋唐间汉地西行巡礼求法僧人之旅行笔记和相关传记文献全部囊括在内,并且视为一种整体研究对象。

② 汤用彤:《隋唐佛教史稿》,中华书局,1982年版,第74页。

③ [清]梁启超:《中国印度之交通》,《佛学研究十八篇》,上海古籍出版社,2001年版,第135—136页。

考厥原因有二：一、宋朝北方受契丹之迫胁，正聚其力以防北边，无暇顾及此事；二、回教侵入印度，佛教因之衰微，前之信徒顶礼之圣迹，至是遂寂无一人矣"①。正因为如此，探寻汉地巡礼求法僧人之佛国行迹和历史功绩，宜以晋至唐为主要时段和核心时段，宋初不过是煞尾罢了。

再者，现存佛教行记及其相关文献、佛教行记佚著亦大多分布于晋唐之间。除了僧传和经录偶或转写游方沙门事迹，晋前并未见有佛教行记存世，唐后佛教行记亦非常罕见。诚如梁启超所言，宋初虽有规模较大的西行求法运动，但毕竟为强弩之末。据《宋史·外国传》记载，高僧道圆于"晋天福中诣西域，在涂十二年，住五印度凡六年"，于宋乾德三年（965）自西域还；乾德四年（966），"僧行勤等一百五十七人诣阙上言，愿至西域求佛书，许之。以其所历甘、沙、伊、肃等州，焉耆、龟兹、于阗、割禄等国，又历布路沙、加湿弥罗等国，并诏谕其国令人引导之"②；后亦陆续有僧人前往佛国巡礼，直至宋仁宗天圣、宝元间沙门怀问三往西域。以上种种，宋人志磐《佛祖统纪》试图梳理往昔。然而自唐代以来，相关佛教行记日趋少见，宋人同类著作别行于世者更为罕见，唯有范成大《继业西域行程》与无名氏《西天路竟》，且仅存略本③。而晋唐之间，既有法显《佛国记》、玄奘《大

---

① ［法］沙畹：《中国之旅行家》，冯承钧译《西域南海史地考证译丛》第二卷第八编，商务印书馆，1962年版，第32页。
② ［元］脱脱等：《宋史》卷四百九十，中华书局，1977年版，第14103—14104页。
③ 范成大《吴船录》曾略记继业三藏自乾德二年（应为四年）（966）至开宝九年（976）期间往返天竺行迹。英藏敦煌写本文献则存有乾德四年（966）沙门行记《西天路竟》残卷。此外，《佛祖统纪》曾记载沙门怀问尝往天竺，宋仁宗"仍令词臣撰《沙门怀问三往西天记》"（［宋］志磐撰，释道法校注：《佛祖统纪校注》卷四十六，上海古籍出版社，2012年版，第1069页），惜无佚文。详见阳清、刘静：《唐宋佛教行记及其相关文献叙录》，《大学图书馆学报》2018年第4期。

唐西域记》这两种佛教行记全帙存世,也有慧立《大慈恩寺三藏法师传》、义净《大唐西域求法高僧传》等佛教行记相关文献全帙流传至今。至于杨衒之《洛阳伽蓝记》卷五,属于佛教行记融汇之作。从支僧载《外国事》到常愍《历游天竺记》,晋唐亦有佛教行记佚著多种亟待详考。此外,还有慧超《往五天竺国传》、义净《西方记》等唐人佛教行记节本或残卷,同样值得我们分析和解读。从现有文献以及文本多样性看,晋唐无疑是古代佛教行记的黄金时代。

本书之所以集中关注晋唐,还在于围绕着佛教行记的构建与定型、承嗣与转向来进行学术研究。如果说六朝佛教行记处于构建和定型阶段,那么隋唐同类著作则处于承嗣和转向阶段。更有甚者,晋唐是佛教在汉地积极发展的关键时期,亦是文献繁衍、思想活跃以及文明交融的特殊时期,更是多种文体生长、定型乃至成熟的重要时期。晋唐上承秦汉,下启近古,佛教行记著作亡佚不全者较多,却未能引起学者的广泛重视。一言以蔽之,研究晋唐佛教行记及其文学内涵将更有学术意义和价值。

综上,本书试图在吸收前贤整理和相关研究的基础上,针对六朝隋唐阶段汉地巡礼求法僧人之旅行笔记和相关传记文献进行专门疏证,抑又针对其文学表征、内涵以及意义进行补充揭示,以进一步彰显这种特殊的佛教杂传小类的文化内涵。

二、晋唐佛教行记及其相关文献

佛教在晋唐时代的顺利传播,离不开大德高僧们的积极作为。与佛经翻译活动直接相关,中外僧侣西去东来,西行求法与东行传法并行不悖,由此形成了古代交通史上的独特景观。据道宣《释迦方志·游履篇》:"及显宗之感瑞也,创开仁化之源,奉信怀道,自斯渐盛。或慨生边壤,投命西天;或通法扬化,振崇东宇;或躬开教迹,不远寻经；或灵相旧规，亲往详阅。斯之多举，并归释宗。"①汤用彤亦认为："佛典之来华，一由于我国僧人之西行，一由于西域僧人之东来。西行求法者，或意在搜寻经典，或旨在从天竺高僧亲炙受学，或欲睹圣迹，作亡身之誓，或远诣异国，寻求名师来华"，"归国以后，实与吾国文化以多少贡献，其于我国佛教精神之发展，固有甚大关系也"②。其中，关于汉地巡礼求法者的非凡事迹，大多存见于佛教僧传、经录以及行记之中。自古至今，历代学者对这些游方僧人也有关注。

慧皎《高僧传》、宝唱《名僧传》、道宣《续高僧传》等僧传，僧祐《出三藏记集》、智昇《开元释教录》、圆照《贞元新定释教目录》等经录，均为汉地巡礼求法僧人作传。早在唐代以前，僧宝即撰有《游方沙门传》，惜其早佚。唐人义净继撰《大唐西域求法高僧传》，叙及玄奘之后五十六位西行求法僧人，遂把僧宝试图专门梳理的游方僧人类传发展至一个新的水平。不仅如此，《释迦方志·游履篇》专门叙及竺法护、释宝云、释法显、释智严、释智猛、昙猛、慧景、释法勇、僧猛、昙朗、道泰、惠叡、道药、道普、法盛、宋云、惠生、玄奘等十余位西行求法之僧。晚清以来，梁启超论及"中国印度之交通"，曾制作《西行求法古德表》，列举唐代之前朱士行、竺法护、慧常等五十三位，唐代玄奘、师鞭、道希等五十二位，共得"百零五人，其佚名者尚八十二人"③。张星烺研究中西交通史，亦先后梳理"中国往印度之僧人"④，其中涉及唐前朱士行、释法显、释智严等十一位，唐代玄奘、玄

---

① [唐]道宣著，范祥雍点校：《释迦方志》卷下，中华书局，2000 年版，第 96 页。
② 汤用彤：《汉魏两晋南北朝佛教史》，中华书局，1983 年版，第 269 页。
③ [清]梁启超：《中国印度之交通》，《佛学研究十八篇》，上海古籍出版社，2001 年版，第 133 页。
④ 张星烺编注，朱杰勤校订：《中西交通史料汇编》第 6 册，中华书局，1979 年版，第 209—246 页。

照、道希等四十四位。汤用彤撰著《汉魏两晋南北朝佛教史》，专辟《传译求法与南北朝之佛教》一章，书中使用较多篇幅，胪列并分析唐前巡礼求法僧人之知名者数人。王邦维为义净所撰类传作注，亦附录有《求法僧一览表》，另附重归南海传四位僧人①。种种证据表明，晋唐巡礼求法僧人不胜枚举。尽管这样，晋唐佛教行记却呈现出了多种文本状态。

　　析言之，晋唐巡礼求法僧人未有行记传世者，大致表现为两类：一是西行之人不乐自撰行记，其门徒或同时代人亦未能代撰。二是西行之人或同时代人虽撰有行记，但迄今为止片文只字不存。与此相反，晋唐巡礼求法僧人今有行记内容传世者，亦大致表现为两类：一是所撰行记虽亡而略存佚文，其吉光片羽亦有待考证。二是所撰行记被完整地保留下来，幸存全帙。比较而言，后者亦即佛教行记传世文献更为罕见。除此之外，晋唐巡礼求法僧人事迹，还牵涉到僧传、经录、地理书、故事集等佛教行记相关文献，具体表现为转写、融汇、节录、残卷等不同文本。

　　一般来说，凡中古僧传、经录附传等叙及传主巡礼求法之事而罕见其路线和见闻详情者，大多缘于传主不乐自撰行记，其门徒或同时代人亦未能代撰。以慧皎《高僧传》为例，该书卷一竺昙摩罗刹（竺法护）本传，卷三释智严本传，卷四朱士行、于法兰、于道邃本传，卷七释慧叡本传，卷十一释慧嵬、释慧览本传等，即当如此。抑又，凡中古僧传、经录附传等详叙传主游方路线和见闻者，则缘于西行之人或同时代人撰有行记。亦以《高僧传》为例，该书卷三释宝云本传、卷十三释法献本传等，即当如此。该书卷三释法显、释昙无竭、释智猛本传等，亦当如此。不同的是，前者宝云、法献虽有行记，却在唐前已佚，

————————

① 道宣《释迦方志·游履篇》、梁启超《西行求法古德表》、汤用彤《传译求法与南北朝之佛教》（节选）以及王邦维《求法僧一览表》，详见本书附录一。

故而既未见书名，又不见相关文献叙录和征引。后者昙无竭、智猛行记亡佚稍晚，故而得见其书名、相关叙录以及后人征引，其相关内容和佚文亦藉此得以考证。至于法显行记则保全最周，于今可见全帙。

与此类似，僧祐《出三藏记集》卷十五法勇本传，宝唱《名僧传》卷二十六法盛本传，道宣《续高僧传》卷四玄奘本传、卷十释僧昙本传，赞宁《宋高僧传》卷一义净本传、卷二十七含光本传、卷二十九慧日本传等，均属巡礼求法僧人传记，然而大多数传主所涉行记亡佚而相关内容略存，唯有玄奘行记全帙流传至今。晋唐巡礼求法僧人今有行记相关内容传世者，因其流传情况不等，故而文本状态较为复杂。

今检读《隋志》，其中史部地理类著录佛教行记有：释法显《佛国记》一卷、释智猛《游行外国传》一卷、释昙景《外国传》五卷、释法盛《历国传》二卷以及《慧生行传》一卷。抑又，杨衒之《洛阳伽蓝记》卷五记载慧生等人求经之事，其内容实以《慧生行传》为主体，《宋云家记》为辅助，《道荣传》为补证①。抑又，中古类书和古注屡次征引支僧载《外国事》，清人丁国钧、文廷式、秦荣光、吴士鉴四家同名《补晋书艺文志》均著录此书。郦道元《水经注》亦多次征引竺法维《佛国记》佚文。抑又，费长房《历代三宝纪》卷十著录沙门昙无竭撰有"《外国传》五卷"，注云"竭自游西域事"②；道宣《大唐内典录》卷四

---

① 从姓名看，宋云应非汉地沙门。依据前贤研究，结合《洛阳伽蓝记》卷五，亦可见宋云与慧生之僧侣身份不同，他可能作为外交官领导此次北魏西域巡礼之事。尽管如此，缘于《宋云家记》与《慧生行传》《道荣传》融汇于一体，且几位传主启程时间和行程也大致相符，故而本书没有必要避而不谈。

② ［隋］费长房：《历代三宝纪》卷十，《大正藏》第 49 册，新文丰出版公司，1975年版，第 92 页。

亦著录有《外国传》五卷,云"竭自述游西域事"①。如此,可见唐前佛教行记别行于世者至少应有十种。这些佛教行记均有相关内容或者佚文存世,因前人研究甚少,遂成本书之考证对象。

有唐一朝,缘于政治、经济以及文化等极封建时代之盛,佛教在统治阶级的支持和提倡下得到了很大发展,"到印度求法的中国僧徒不绝于路","人数之多,周游地区之广,历史上空前绝后"②,形成了另一个高潮。令人遗憾的是,唐朝佛教行记别行于世者仍然为数不多。考察相关文献,除《旧唐书·经籍志》杂传类著录前述义净类传二卷,另有《新唐书·艺文志》道家类释氏著录玄奘《大唐西域记》十二卷,以及《开元释教录》著录慧立等撰《大唐慈恩寺三藏法师传》十卷等。上述著作主要涉及玄奘、义净和初唐僧人行记。《大正藏》之《游方记抄》则收录有新罗僧人慧超行记《往五天竺国传》节本③、圆照撰《悟空入竺记》节本以及常愍《历游天竺记》逸文略示,俄藏敦煌写本文献中还存有义净《西方记》残卷。如此,可见唐代佛教行记及其相关文献别行于世者亦应有七种。可惜的是,唐朝佛教行记单行本仍非常罕见。

此外,有关朱士行事迹,僧祐《出三藏记集》所见《新集安公失译经录》著录有《仕行送大品本末》一卷,注明"是失译经"④。法经等

---

① [唐]道宣:《大唐内典录》卷四,《大正藏》第55册,新文丰出版公司,1975年版,第260页。

② 王邦维:《义净和〈大唐西域求法高僧传〉》,《大唐西域求法高僧传校注》"前言",中华书局,1988年版,第1—2页。

③ 慧超虽为新罗僧人,然其出生之时间、地点或与大唐有莫大关联。其自撰行记《往五天竺国传》,亦主要记载他前往天竺巡礼求法之事。其回归之后在长安大荐福寺金刚智门下受业,后又在不空、法如教导下学习佛教经典,最终死于大唐。故本书研究晋唐佛教行记,亦将慧超著作囊括在内。

④ [南朝梁]释僧祐撰,苏晋仁等点校:《出三藏记集》卷三,中华书局,1995年版,第108页。

《众经目录》"此方诸德传记"①亦著录有《沙门仕行送大品本末记》一卷。然而未见佚文。据李德辉辑校,唐前另有释道安《释氏西域记》(亦称《西域志》)、支昙谛《灵鸟山铭》以及菩提拔陀《南海行记》三种佛教行记。关于前两种文献,杜佑《通典·西戎总序》注文视之为与法显《佛国记》、支僧载《外国事》、法盛《历国传》、竺法维《佛国记》、昙勇《外国传》、智猛《游行外国传》等佛教行记类似的"诸僧游历传记"②,显然不符实际。其实,《释氏西域记》乃高僧道安编纂的一部西域地理史籍,其中即便有可能吸收佛教行记内容,也应是从西域梵僧之来华传者借鉴相关西域知识为主③。支昙谛为东晋僧人,《名僧传》卷十归入隐道中国法师类。丘道护《道士支昙谛诔》虽云:"法师肇胤西域,本出康居,因族以国氏。既伏膺师训,乃从法姓支,徙于吴兴郡乌程县都乡千秋里","游涉众方,敷扬大业。妙寻幽赜,清言析微","泛游弘化,振响扬晖。开道玄肆,肇辟灵扉"④,所谓巡礼求法则没有明显证据。且从文献称名看,《灵鸟山铭》不类佛教行记。据《太平御览》卷五十征引《灵鸟山铭序》小段文字,亦难以遽定为支氏旅途闻见。至于菩提拔陀《南海行记》,虽不见有史志著录,

---

① [隋]法经等:《众经目录》卷六,《大正藏》第55册,新文丰出版公司,1975年版,第146页。

② [唐]杜佑撰,王文锦等点校:《通典》卷一百九十一,中华书局,1988年版,第5199页。

③ 道安虽然未能亲自巡礼求法,但是藉为佛图澄高足之便,一生接触了许多西域高僧。据《高僧传》竺佛图澄本传:"佛调、须菩提等数十名僧,皆出自天竺、康居。不远数万里之路,足涉流沙,诣澄受训。樊沔释道安、中山竺法雅并跨越关河,听澄讲说。"([南朝梁]释慧皎撰,汤用彤校注:《高僧传》卷九,中华书局,1992年版,第345—347页)正是在与西域梵僧的经常接触中,他获得不少西域地理知识,终成《释氏西域记》一书。详见王守春:《释道安与〈西域志〉》,《西域研究》2006年第4期。

④ [唐]释道宣:《广弘明集》卷二十三,《四部丛刊初编》,上海涵芬楼影印本。

但检读《洛阳伽蓝记》卷四节录,应属北魏佛教行记相关内容。又据郑炳林汇辑并命名,法藏敦煌文献中还有《印度地理》(P3936)残卷,虽仅剩三行文字,但大致记载一无名僧人巡游中印度、东印度闻见,"所记印度地理与《西域记》、《慈恩传》、《法显传》、《洛阳伽蓝记》卷五、《慧超传》皆无相关之处"①,俟考。

　　除上述十九种相关文献之外,搜检史志、经录、古注、类书以及诸家大藏经、敦煌遗书等,晋唐其他佛教行记存于世者已难寻觅:一是完整书名不可得见,二是佚文和相关内容不可搜辑。令人遗憾的是,晋唐佛教行记著作罕有全帙存世。清人徐继畬认为:"印度为佛教所从出。晋法显、北魏惠生、唐元奘,皆遍历其地,访求戒律大乘要典,纪载特详。"②而事实上,《洛阳伽蓝记》卷五所见慧生行记亦不甚详赡。晋唐佛教行记保存完整者,仅有法显《佛国记》、辩机《大唐西域记》以及慧立撰著玄奘相关行传。兹简要叙录于下③:

　　法显生卒年不详。其生平资料,主要有《佛国记》、僧祐《出三藏记集》卷十五《法显法师传》、慧皎《高僧传》卷三《宋江陵辛寺释法显》、释智昇《开元释教录》卷三附传、圆照《贞元新定释教目录》卷五附传等。据其自撰行记,"法显昔在长安,慨律藏残缺,于是遂以后秦弘始元年(399)岁在己亥,与慧景、道整、慧应、慧嵬等同契,至天竺寻求戒律",自发迹长安至度葱岭,继而至北天竺、西天竺,约404年至中天竺摩头罗国,继而又至东天竺,于409年离开多摩梨帝国海口,

---

① 郑炳林:《敦煌地理文书汇辑校注》,甘肃教育出版社,1989年版,第230页。
② [清]徐继畬:《瀛环志略》卷三,《续修四库全书》第743册,上海古籍出版社,1997年版,第58页。
③ 本书上编拟详考佛教行记支僧载《外国事》、竺法维《佛国记》、智猛《游行外国传》、法盛《历国传》、昙无竭《外国传》、昙景《外国传》、常愍《历游天竺记》以及《慧生行记》《宋云家记》《道荣传》十种,且菩提拔陀《南海行记》与敦煌文献所见《印度地理》难以遽考,故均不叙录。

"泛海西南行","到师子国",又浮海至耶婆提国,于412年还至青州,"凡所游历,减三十国"①,瞻仰城池和佛迹无数,不一而足。据《开元释教录》,法显"本姓龚,平阳武阳人",出家受大戒后,"常慨经律舛阙,誓志寻求","以安帝隆安三年(399),与同学慧景、道整、慧应、慧嵬等发自长安",前往佛国求经巡礼,历经数国,亲睹灵验,"既而附商人大舶,循海东还","复随他商侣东趣广州",因遇大风浪而随流至青州,后"南造建康,于道场寺,就外国禅师佛陀跋陀罗,译《大般泥洹经》等六部,撰《游天竺传》一卷","后到荆州,卒于辛寺,春秋八十有六"②。根据相关文献作大体推断,法显从长安出发时,已达五十八岁以上高龄,其佛国之行更令人钦佩。

　　法显带回并翻译有多部佛经,对佛教戒律和毗昙学居功至伟。《佛国记》则是他对历时十五年长途旅行的亲笔记录。早在唐代之前,郦道元《水经·河水注》已充分吸收了书中的诸多记述。此书在后代史志、补志以及经录中多见著录,各种大藏经亦有收录,诸多文献均有征引,又有《法显传》《释法显行传》《法显行传》《高僧法显传》《法显记》《佛游天竺记》《佛游天竺本记》《历游天竺记传》《释法显游天竺记》《释法明游天竺纪》《法明游天竺记》等称名。其最早印本,藏于宋代《崇宁万寿大藏》《毗卢大藏》《思溪圆觉藏》《思溪资福藏》《碛砂藏》和金代《赵金城藏》等大藏经,保存至今。北京图书馆所藏《思溪圆觉藏》本《法显传》曾由文学古籍刊行社1955年影印,其中原缺五番据日本元禄九年(1696)抄配。另有十二至十四世纪中先后传录的三种日本古抄本,亦即:长宽二年(1164)抄本,前有"石山寺一切经"印记;镰仓初期(十二世纪末至十三世纪初)抄本;应永

---

① [晋]释法显撰,章巽校注:《法显传校注》,中华书局,2008年版,第2—151页。
② [唐]智昇:《开元释教录》卷三,《大正藏》第55册,新文丰出版公司,1975年版,第507—508页。

七年（1400）抄本（日本京都市南禅寺所藏）。又，《佛国记》另有《津逮秘书》本（1922 年上海博古斋据明汲古阁本影印）、《学津讨原》本（清嘉庆十年即 1805 年虞山张氏旷照阁刊本），《历游天竺记传》另有支那内学院 1932 年刻本。此外，自十九世纪前期以来，欧洲法、英诸国和日本学者亦曾相继从事《法显传》的译注工作，国内李光廷、丁谦、岑仲勉、贺昌群、汤用彤等学者亦从事该书的考证工作。今有章巽《法显传校注》由中华书局 2008 年整理出版，较为权威。抑又，《出三藏记集》法显本传记载其独留耆阇崛山中降伏黑师子以及巧遇头陀弟子大迦叶等事迹，虽为《佛国记》中所无，亦应属法显行记之相关内容。毋庸置疑，法显行记具有非常重要的学术价值。

　　玄奘（600—664），俗名陈祎，洛州缑氏（今河南偃师）人。考其生平，俱见《大唐西域记》、慧立等著《大慈恩寺三藏法师传》、冥祥撰《大唐故三藏玄奘法师行状》、道宣《续高僧传》卷四《唐京师大慈恩寺释玄奘传》、智昇《开元释教录》卷八附传、刘轲《大唐三藏大遍觉法师塔铭并序》、刘昫等《旧唐书》卷一百九十一玄奘本传等，其中以《慈恩传》最为详实。据彦悰《序》，玄奘"每慨古贤之得本行本，鱼鲁致乖；痛先匠之闻疑传疑，豕亥斯惑。窃惟音乐树下必存金石之响，五天竺内想具百篇之义"，遂于贞观三年（629）前往佛国求经巡礼，"发愤忘食，履险若夷，轻万死以涉葱、河，重一言而之奈苑。鹫山猕沼，仰胜迹以瞻奇；鹿野仙城，访遗编于蠹简。春秋寒暑一十七年，耳目见闻百三十国"[1]，后于贞观十九年（645）归国，余生从事佛经翻译以及弘法活动。玄奘是中国历史上西行求法的佛教徒中声名最显赫者，与稍后的义净和东晋法显并为"西行三杰"。《大唐西域记》则是他归国之后奉唐太宗敕命而作，由玄奘口述，门人辩机笔受。该书"实为东西洋旅行记中，范围广大、记述正确、内容丰富之著作，其地

———————

[1]　［唐］慧立、彦悰：《大慈恩寺三藏法师传》"序"，中华书局，2000 年版，第 2 页。

位在佛教史、佛教地理研究上,允为无二之宝典"①。历代史志往往著录该书,宋代《碛砂藏》、明代《永乐北藏》、清代《乾隆大藏经》、日本《卍正藏经》《大正藏》等诸种大藏经均有收录。自唐代流传至今,几无缺佚。季羡林等《大唐西域记校注》以日本京都帝国大学《高丽新藏本》为底本,同时参以众本,采摘孔翠,校证精审,最为精良。

同为记载玄奘西行求法事迹,慧立等《慈恩传》与《大唐西域记》俱为我国古籍中传记文学和游记文学的名著,其学术价值非常巨大,堪称双璧。该书前、后五卷分别为玄奘门人慧立、彦悰撰述,后代史志和佛教经录亦往往著录之,诸种大藏经亦见收录,自唐至今亦无缺佚。梁启超曾高度评价:"此书在古今所有名人谱传中,价值应推第一。"②如果说《大唐西域记》以"地"为主,玄奘本人及其活动在行记中隐而不显;那么《慈恩传》则以"人"为主,玄奘作为求法巡礼高僧的人物形象得以尽情地展露,恰可弥补《大唐西域记》之不足。今中华书局出版有孙毓棠、谢方点校本,以吕澂校支那内学院欧阳竟无本为底本,校以日本京都研究所刊的《高丽藏》本、《碛砂藏》本,较为流行。值得一提的是,《慈恩传》虽为玄奘别传,前五卷实则叙述玄奘的取经事迹,故而亦可视为佛教行记。只不过二书各有侧重,内容倾向和文风各不相同,故宜参照用之为上。

除法显《佛国记》、辩机《大唐西域记》以及玄奘相关行传外,唐代义净行记相关文献与《西方记》、慧超《往五天竺国传》以及圆照《悟空入竺记》等,同样值得我们重视。因前人已有详细考证和相关研究,本书不再作深入考察。兹亦简要叙录:

义净(635—713),俗名张文明,齐州山庄(今山东济南)人。考

① [日]羽溪了谛著,贺昌群译:《西域之佛教》,商务印书馆,1999年版,第16页。
② [清]梁启超:《支那内学院精校本〈玄奘传〉书后——关于玄奘年谱之研究》,《佛学研究十八篇》"附录",上海古籍出版社,2001年版,第412页。

其生平事迹,详见于《大唐西域求法高僧传》卷下、《南海寄归内法传》卷二与卷四、《开元释教录》卷八附传、《贞元新定释教目录》卷十三附传以及赞宁《宋高僧传》卷一《唐京兆大荐福寺义净传》等。据《大唐西域求法高僧传》"自述",义净"以咸亨元年(670)在西京寻听,于时与并部处一法师、莱州弘袆论师,更有三二诸德,同契鹫峰,标心觉树",后"唯与晋州小僧善行同去","至十一月,遂乃面翼轸,背番禺,指鹿园而遐想,望鸡峰而太息",暂至佛逝,善行返棹而归;义净又往末罗瑜国、羯荼、东天竺裸人国、耽摩立底国,继而拟与大乘灯师诣中天;"先到那烂陀,敬根本塔。次上耆阇崛,见叠衣处。后往大觉寺,礼真容像","次乃遍礼圣迹,过方丈而届拘尸;所在钦诚,入鹿园而跨鸡岭。住那烂陀寺,十载求经,方始旋踵,言归还耽摩立底"①,后经羯荼国,仍取海路东归,暂居佛逝,寄归其著作两种以及新译经论往京;终于证圣元年(695)抵达洛阳,从此积极参与译经活动。义净佛国求法行迹,既见于《大唐西域求法高僧传》,今中华书局出版有王邦维校注本。该书以《碛砂藏》本为底本,对照《赵城金藏》等十一种刻本,参考其他多种文献资料,学术价值较高。义净《南海寄归内法传》亦略叙其西行前后相关背景以及所见天竺僧侣之日常生活,今中华书局亦出版有王邦维校注本,可以作为参证。义净翻译《根本说一切有部毗奈耶杂事》注文,亦有提供其西行游历天竺诸地的相关信息。

　　义净一生著译甚多,《大唐西域求法高僧传》《南海寄归内法传》曾提及其另撰有《中方录》《南海录》《西方记》《西方十德传》四书。从书名看,这些文献应该是研究古代印度和南海的重要资料,惜其早佚。《西方记》或为义净记录西方内法之作,或为义净行记,或为两种

---

① ［唐］义净著,王邦维校注:《大唐西域求法高僧传校注》卷下,中华书局,1988年版,第151—154页。

内容之综合。据《南海寄归内法传》"受斋轨则":"然北方诸胡,睹货罗及速利国等,其法复别。施主先呈华盖,供养制底,大众旋绕,令唱导师广陈咒愿,然后方食。其华盖法式如《西方记》中所陈矣。"①可见《西方记》曾叙及"华盖法式"。而据郑炳林研究,俄藏敦煌文献Φ209《圣地游记述》"撰写于唐高宗时期",其叙述内容"与义净所游历的佛教圣迹基本相符",记载旅行路线亦与义净游历天竺的行程路线一致,故其正是"改编后的《西方记》残卷"②,这种残卷应以义净行记原著为基础进行加工,同时还删略了其中与行记关系不大的记载。今检读该卷子,其前部分残缺而后部分没有写完,内容乃记录义净曾游历舍卫国给孤独园、波罗奈城鹿野苑、俱尸那城佛入涅槃处、亭场明国、阿育王本生国、言陀城、雀梨浮图、七宝梯、弥勒像、佛降伏天魔处、舍婆提城悉达太子本生处、摩诃陲投饲虎处、尸毗王救鸽处、跋陀城月光王舍千头处、檀特山太子舍施儿女处、奚吴曼地城、迦毗舍国、狮子国等国家、城池以及佛迹,形式上类似旅游指南,不少文字可以参证甚至有补于《佛国记》《大唐西域记》等晋唐佛教行记文献,研究价值较大。

慧超又作惠超,其生平事迹不详。据张毅研究,仅知他"为新罗人,其出生年月与地点(是汉地或原籍新罗),何时入唐,均无法确知";据近似推测,"他可能出生于唐武则天圣历三年(700),也有人认为生于长安四年(704)";"此后约于开元十一年(723)"取海道前往天竺巡礼,其行程是"先在东天竺诸国巡礼,然后再巡礼中天竺、南天竺、西天竺及北天竺诸国,最后辗转经中亚各地,于开元十五年

① [唐]义净著,王邦维校注:《南海寄归内法传校注》卷一,中华书局,1995年版,第69页。
② 郑炳林:《藏敦煌写本唐义净和尚〈西方记〉残卷研究》,《兰州大学学报》(社会科学版)2004年第6期。

（727）十一月上旬行抵安西"，取陆路归国；后回长安参与佛经翻译工作，曾在大荐福寺金刚智门下受业，兼为助手，大概"卒于建中（780—783）年间"①。慧超被认为是继玄奘、义净之后来自东方的最伟大的旅行僧人。回归汉地后，撰有行记《往五天竺国传》三卷。该书仅见于慧琳《一切经音义》卷一百引注词条，佛教经录未见著录，历代典籍亦未见征引，足见其亡佚已久。据罗振玉《敦煌石室遗书》等研究，敦煌写本残卷伯3532即《一切经音义》所载《惠超往五天竺国传》之节录本。日本高楠顺次郎最初收入《游方传丛书》，后又收入《大日本佛教全书》以及《大正藏》，今见于《大正藏》史传部之《游方记抄》。慧超《往五天竺国传》今有德、英、朝鲜语等多种译本，国内出版有张毅《笺释》本，充分吸收前人相关研究成果，较为精良。敦煌节录本《慧超往五天竺国传》虽亦形似旅游指南，但是学术价值颇高，可谓继玄奘《大唐西域记》、慧立等《慈恩传》以及义净《大唐西域求法高僧传》《南海寄归内法传》之后，研究八世纪上半叶突厥各部和中亚各国的珍贵文献。

　　悟空（731—812），俗名车奉朝，旧名法界，京兆云阳（今陕西泾阳）人。其生平事迹，见于圆照《悟空入竺记》、赞宁《宋高僧传》卷三《唐上都章敬寺悟空传》、如通《唐悟空禅师塔铭文》等。据圆照记其行状，悟空初为白衣，乃"后魏拓跋之胤裔"，"时罽宾国愿附圣唐，使大首领萨波达干与本国三藏舍利越魔，天宝九载（750）庚寅之岁，来诣阙庭，献欸求和，请使巡按。次于明年（751）辛卯之祀，玄宗皇帝敕中使内侍省内寺伯赐绯鱼袋张韬光，将国信物行，官奉傔四十余人，蒙恩授奉朝左卫泾州四门府别将员外置同正员，令随使臣，取安西路"；至天宝十二载（753），"奉朝当为重患，缠绵不堪胜致，留寄健驮

①　［唐］慧超原著，张毅笺释：《往五天竺国传笺释》"前言"，中华书局，2000年版，第2—3页。

逻国。中使归朝,后渐痊平,誓心归佛,遂投舍利越魔三藏,落发披缁","蒙三藏赐与法号",时肃宗至德二载(757),年二十七;如是巡礼数年,"从此南游中天竺国,亲礼八塔","如是往来,遍寻圣迹,与《大唐西域记》说无少差殊";后因"思恋圣朝,本生父母,内外戚属,焚灼其心。念鞠育恩深,昊天罔极,发愿归国,瞻觐君亲","当欲泛海而归,又虑沧波险阻,乃却取北路,还归帝乡",以贞元六年(790)达京师,"凡所来往,经四十年"①。经比对文献,得见《宋高僧传》悟空本传与《唐悟空禅师塔铭文》,均以《悟空入竺记》为基础。抑又,聂静洁曾校补《唐悟空禅师塔铭文》,得见大师"法号晋沛","谥曰悟空,姓□□□,张氏子,母车氏","以元和七年(812)正月二十三日归灭于护法寺,大中十四年八月十三日建塔"②,可补充唐宋文献之不足。

　　汤用彤指出,沙门悟空"或唐代最后之西游知名者"③。《悟空入竺记》则是僧人圆照于八世纪末九世纪初简略叙述悟空西行历程的佛教行记。该行记最先为《佛说十力经》前附《大唐贞元新译十地等经记》(《十力经序》),九世纪初即由日本入唐僧人空海抄往日本,后被高楠顺次郎收入《游方传丛书》并取名,又收入《大日本佛教全书》以及《大正藏》,今见于《大正藏》史传部之《游方记抄》。同时,唐勿提提犀鱼译《佛说十力经》以及《大唐贞元新译十地等经记》亦见于《大正藏》卷十七经集部。据圆照记载,悟空归国之际,蒙越魔三藏"手授梵本《十地经》及《回向轮经》并《十力经》";后途经龟兹莲花寺,"有三藏沙门,名勿提提犀鱼(唐云莲花精进),至诚祈请,译出

---

① [唐]圆照:《悟空入竺记》,《大正藏》第51册,新文丰出版公司,1975年版,第979—981页。
② 聂静洁:《〈唐悟空禅师塔铭文〉校补》,《中国史研究》2014年第4期。
③ 汤用彤:《隋唐佛教史稿》,中华书局,1982年版,第74页。

《十力经》，可三纸许，以成一卷。三藏语通四镇，梵汉兼明，此《十力经》，佛在舍卫国说"；后又至北庭州，"本道节度使御史大夫杨袭古，与龙兴寺僧，请于阗国三藏沙门尸罗达摩（唐言戒法）译《十地经》，三藏读梵文并译语，沙门大震笔授，沙门法超润文，沙门善信证义，沙门法界证梵文并译语，《回向轮经》翻译准此。翻经既毕，缮写欲终"①；是故《经记》得以叙及悟空西行事迹，行记内容则为圆照受悟空委托而撰写。今检读上述三种悟空传记资料，参照其他相关西域文献，得见该僧先是从长安西行进入北天竺，自疏勒国迄乾陀罗国，历经多个国家和城池；继而长期往来于北天竺、中天竺各地巡礼求法，其经行路线"正是丝绸之路西段路线之南亚支线"；又"取道沙漠丝绸之路东归，途中滞留于安西、北庭，后获得机会绕行回鹘衙帐，终于回到长安"，亦即经行"草原丝绸之路的一段线路"；悟空西行呈现出三个时期的行程特点，"即为顺畅入竺路（历时约两年）、漫长求法路（历时约 23 年）以及曲折归国路（历时约 10 年）"，其独特之处"即在于归途经沙漠丝绸之路绕行草原丝绸之路——回鹘路，见证了晚唐军政形势的变化及丝绸之路的变迁"②，有助于八世下半叶中印陆路的交通史研究。从宏观上看，《悟空入竺记》形如同时代佛教行记，其学术价值亦较大。

三、前贤整理和研究情况

晋唐佛教行记虽存世不多，其中保存完帙者更是罕见，却共同展示出了多学科交叉研究价值。沙畹指出，"中国之旅行家最能理会观

① ［唐］圆照：《悟空入竺记》，《大正藏》第 51 册，新文丰出版公司，1975 年版，第 980—981 页。
② 聂静洁：《唐释悟空入竺、求法及归国路线考——〈悟空入竺记〉所见丝绸之路》，《欧亚学刊》第 9 辑，中华书局，2010 年版，第 161—176 页。

察,昔日亚洲经行之大道,多数国家之地势古物风俗,今日皆得以昭示吾人者,不能不归功于中国之旅行家。此辈或为外交使臣,或为负贩商贾,或为观礼僧徒,于东亚之外交政策商业交际宗教进化中,影响滋多","中国文化之发展于外国,亦藉此种外交使臣负贩商贾礼佛僧徒宣传之功"①。日人羽溪了谛则认为:"关于西域佛教能予吾人最正确之智识者,实为周游西域诸国之中国佛僧之旅行记。此类游记之书,虽不过当时各地寺院僧侣之数额、佛教之学派、仪式及传说等之片断的报告,但其时代各异,自可比较对照,以推测各地佛教之盛衰情状,以及研究佛教流传之历程等,均为有益之资料。"②李德辉亦强调:"此类著述无论是从历史地理学还是古典文学的研究角度讲,都具有其他文体、文类和著述所不能替代的特殊地位、特殊价值。"③正因为如此,晋唐佛教行记往往引起历史、地理、交通、宗教、民俗、文学等领域学者的兴趣和关注。

从学术整理和具体研究看,上文对晋唐巡礼求法僧人的梳理,对佛教行记及其相关文献的分析,以及对法显等五家行记的简要叙录,已部分展示了前贤相关成果。以此为基础,迄今为止有关晋唐佛教行记文献的辑佚、叙录抑或考证,不妨以重要学者为中心来进行阐述④,

---

① [法]沙畹:《中国之旅行家》,冯承钧译《西域南海史地考证译丛》第二卷第八编,商务印书馆,1962 年版,第 5—42 页。
② [日]羽溪了谛著,贺昌群译:《西域之佛教》,商务印书馆,1999 年版,第 15 页。
③ 李德辉:《古西行记源出汉代西域诸书说》,《西北师大学报》(社会科学版)2016 年第 2 期。
④ 因本书"绪论"结构需要,且前贤研究已较为细致,以法显《佛国记》、玄奘《大唐西域记》、慧立《大慈恩寺三藏法师传》、义净《大唐西域求法高僧传》等著作为例,晋唐佛教行记及其相关文献保留全帙者,兹不再详介其古代版本、校勘等整理情况。针对这批佛教行记文献的直接研究,相关学术成果同样较为丰富多样,其中涉及诸多学科领域。凡与本书主要研究框架亦即"佚著考说"和"文学阐释"距离较远者,这里亦不作重点阐述。

同时附及其研究情况。据笔者考察,这些学者主要有晚清民初陈运溶、梁启超、岑仲勉、张星烺、汤用彤、向达等,当代学者季羡林、王邦维、郑炳林、李德辉等,海外学者沙畹、高楠顺次郎等,他们大多在中古史地、丝路交通、佛教文史等领域颇有建树,并与本书话题直接相关。兹试图简要阐述如下:

有清一代,陈运溶曾辑有《古海国遗书钞》,其中收录支僧载《外国事》一卷,另见其他地理书辑本多种,后收入《麓山精舍丛书》(岳麓书社 2008 年)。梁启超撰有《佛学研究十八篇》(上海古籍出版社2001 年),其中《中国印度之交通》等篇刻意搜讨千五百年前之中国留学生(西行僧人),梳理详赅,用力尤勤。

近代以来,岑仲勉对晋唐佛教行记佚著倾注了不少心血。岑先生撰有《晋宋间外国地理佚书辑略》《唐以前之西域及南蕃地理书》二文,后收入《中外史地考证》(中华书局 1962 年)。前者辑录支僧载《外国事》、竺法维《佛国记》等六朝佛教行记佚文和相关地理文献,成为本书上编"佚著考说"的学术参考。后者叙录晋唐佛教行记,"只在保存其遗目"①,亦先后列举西晋支僧载《外国事》、东晋宝云《游传》、东晋释法显《佛游天竺记》一卷、宋昙勇(昙无竭)《外国传》、宋释智猛《游行外国传》一卷、北魏道药《游传》(道荣行记)一卷、释昙景《外国传》五卷、宋竺法维《佛国记》、释法盛《历国传》二卷、北魏释惠生《行记》、北魏宋云《行记》、唐玄奘《大唐西域记》十二卷等佚著或全本,可谓提纲挈领,颇具学术指引意义。除此之外,岑氏《中外史地考证》还收录有《〈翻梵语〉中之〈外国传〉》《〈佛游天竺记〉名称之讨论》《西域记》等系列文章,从辑佚学和考据学角度整理佛教行记,值得我们重视。

与岑仲勉类似,向达亦撰有《汉唐间西域及海南诸国古地理书叙

① 岑仲勉:《中外史地考证》"前言",中华书局,1962 年版,第 6 页。

录》《汉唐间西域及海南诸国地理书辑佚》二文。前者发表于《国立
北平图书馆馆刊》（1930年），较为详细地叙录了支僧载《外国事》、释
智猛《游行外国传》、释昙景《外国传》（含昙无竭行记）、释法盛《历国
传》、竺法维《佛国记》等六朝佛教行记佚著，后来收入《唐代长安与
西域文明》（河北教育出版社2001年），亦成为本书上编"佚著考说"
的重要参考。后者发表于《史学杂志》（1929年），其中梳理不少相关
地理文献，惜未见续篇和行记佚著在列。除佛教行记佚著外，向达对
法显和玄奘行记亦情有独钟，先后撰发了《佛游天竺记考释》（《图书
季刊》1934年）、《玄奘法师》（《旅行家》1955年）、《记现存几个古本
〈大唐西域记〉》（《文物》1962年）、《试论〈大唐西域记〉的校勘问
题》（《现代佛学》1964年）、《影印三种古本〈大唐西域记〉引言》（中
华书局1964年）等系列文章，后亦出版有《大唐西域记古本三种》
（中华书局1981年）①，从版本学、校勘学、考据学等角度对晋唐佛教
行记经典加以整理，同样值得重视。

　　作为著名的交通史学者，张星烺曾编注《中西交通史料汇编》
（中华书局1977年），其中第八编《古代中国与印度之交通》第四章
《印度佛教之传入中国》见有"中国往印度之僧人"一节。原文摘录
《高僧传》《洛阳伽蓝记》《慈恩传》《大唐西域求法高僧传》《续高僧
传》《敦煌石室遗书》《佛祖统纪》《吴船录》等文献所见古代中国游方
僧人事迹，参以相关文献考证说明。其中可见绝大部分晋唐西行求
法僧人，较之其他学者的表格式梳理，显得尤为详实。作为佛教史研
究大家，汤用彤则撰有《汉魏两晋南北朝佛教史》《隋唐佛教史稿》等
代表作。前者第十二章《传译求法与南北朝之佛教》依次包括"传来
之道路""西行求法之运动""法显之行程""智严、宝云、法领、智猛、

法勇""南北朝之西行者""河西之传译""北凉昙无谶""南朝之译经""北朝之译经""经典与翻译"十个部分。其中第二至第五部分，集中论及数位唐前西行求法僧人，可谓骋怀游目，洞隐烛微，足以启迪学人。

考察当代重要整理成果，可见中华书局出版"中外交通史籍丛刊"，其中收录有季羡林等校注《大唐西域记》、章巽校注《法显传》、孙毓棠等点校《大慈恩寺三藏法师传》、王邦维校注《大唐西域求法高僧传》与《南海寄归内法传》、张纯笺释《往五天竺国传》等晋唐佛教行记及其相关文献。因其荟集广博、校勘精良，这套丛书往往成为今人阅读和参考的重要版本。与此相关，王邦维著有《唐高僧义净生平及其著作论考》（重庆出版社1996年），章巽著有《〈大唐西域记〉导读》（与芮传明合著，巴蜀书社1990年）。季羡林曾先后发表《关于〈大唐西域记〉》（《西北大学学报》1980年）、《义净和他的〈南海寄归内法传〉》（与王邦维合作，《文献》1989年）、《丝绸之路与西行行记考》（《中国海洋大学学报》2004年）等学术论文。王邦维亦撰发《敦煌写本〈南海寄归内法传〉（P2001）题记》（《中国文化》1989年）、《法显与〈法显传〉：研究史的考察》（《世界宗教研究》2003年）、《再谈敦煌写卷P2001号：学术史与〈大唐西域求法高僧传〉的书名》（《清华大学学报》2017年）等系列论文。这批学者对晋唐佛教行记及其相关文献进行专题叙录、体制形态考察以及学术史梳理，牵涉到文献类型、版本、校勘、考据等学术内涵，为本书研究提供了基础文献。

晋唐佛教行记的当代整理成果，另有郑炳林《敦煌地理文书汇辑校注》（甘肃教育出版社1989年）。该书先后收录有《慧超往五天竺国传》（P3532）、《西天路竟》（S383）、《印度地理》（P3936）、《大唐西域记》敬播序及卷第一（P2700）、《大唐西域记》卷第一（S2659）、《大唐西域记》卷第二（P3814）、《大唐西域记》卷第三（S958）、《诸山圣迹志》(S529)等古代佛教行记文献残卷,其中涉及晋唐佛教行记三种。郑先生还主编(与张兵、段小强合作)有《中国西行文献丛书》(第一辑)(甘肃文化出版社 2019 年),可谓卷帙浩繁,其中先后收录《法显传》《使西域记》《悟空入竺记》《往五天竺国传》《大唐西域记》等多种晋唐佛教行记。此外,郑氏还撰有《俄藏敦煌写本唐义净和尚〈西方记〉残卷研究》(《兰州大学学报》2004 年)、《唐玄奘西行路线与瓜州伊吾道有关问题考察》(与曹红合作,《敦煌学辑刊》2010 年)等论文研究成果。上述部分论著,对于本书相关章节的撰写同样大有裨益。

近年来整理和研究晋唐佛教行记文献,尤以李德辉较为突出。李先生整理《晋唐两宋行记辑校》(辽海出版社 2009 年),不失为集大成之作,共辑出一百一十种佚著。其中辑录支僧载《外国事》、昙勇《外国传》、竺法维《佛国记》、智猛《游行外国传》、道荣《道荣传》、法盛《历国传》、慧生《使西域记》、菩提拔陀《南海行记》、常愍《历游天竺记》、道宣《释迦方志·遗迹篇》、圆照《悟空入竺记》等晋唐佛教行及其相关文献,堪称全面而又谨严,同样成为本书上编"佚著考说"的重要参考。以文献整理为基础,李德辉还先后撰有《论中国古行记的基本特征》(《宁夏大学学报》2003 年)、《唐人行记三类叙论》(《华南师范大学学报》2005 年)、《论汉唐两宋行记的渊源流变》(《中华文史论丛》2010 年)、《六朝行记二体论》(《文学遗产》2012 年)、《古西行记源出汉代西域诸书说》(《西北师大学报》2016 年)、《论行记的内涵、范畴、体系、职能》(《绵阳师范学院学报》2019 年)等系列学术论文,从体制形态、特征分类以及渊源流变等角度阐述晋唐行记,其中牵涉佛教行记文体和文学特性,不少观点均属学界首创,对于本书相关章节撰写起到很大程度的引领作用。

关于晋唐佛教行记文献的整理和研究,还有沙畹、烈维、斯坦因、高楠顺次郎、羽溪了谛、长泽和俊等海外学者的相关成果①。以冯承钧译《西域南海史地考证译丛》（商务印书馆 1962 年）为例，其中收录有法人沙畹撰《中国之旅行家》《宋云行纪笺注》、烈维撰《大藏方等部之西域佛教史料》、英人斯坦因撰《玄奘沙洲伊吾间之行程》等学术论文。沙畹研究中国古代旅行家，阐述法显、宋云、慧生、玄奘、义净、悟空等晋唐主要巡礼求法僧人事迹。烈维之长文则结合汉译佛经和相关文献，针对中古佛教地理进行深入考证，直接启发或者佐证本书之相关研究。此外，在诸家大藏经中，由日本高楠顺次郎等发起和组织编纂的《大正藏》，实则有功于晋唐佛教行记文献相关整理。《大正藏》史传部、事汇部不仅收录《三宝感应要略录》三卷、《高僧法显传》一卷、《北魏僧惠生使西域记》一卷、《大唐西域记》十二卷、《大唐大慈恩寺三藏法师传》十卷、《大唐西域求法高僧传》二卷、《南海寄归内法传》四卷等晋唐佛教行记及其相关文献，以促进其有效传播；而且搜辑《往五天竺国传》《悟空入竺记》《唐常愍游天竺记逸文》（略示）等佛教行记残卷②，以及暂不属

---

① 除前文有关叙录之外，据张星烺《中国往印度之僧人》，有关晋唐佛教行记的海外汉学成果，主要以《佛国记》《洛阳伽蓝记》卷五以及《大唐西域记》为中心，集中表现为翻译和注释。《佛国记》在欧洲不乏译注，法人莱麦撒（Abel Rémusat）、英人比耳（Samuel Beal）、雷盖（J. Legge）、翟儿斯（H. Giles）等均有贡献。《洛阳伽蓝记》卷五亦被莱麦撒、比耳分别译成法文和英文，分别附于所译《佛国记》和《大唐西域记》之前。《大唐西域记》先后被久良氏（Stanislas Julien）、比耳、瓦透斯（Thomas Watters）等学者译成法文与英文。日人堀谦德亦著有《解说佛国记》，解释确当，考证精密。另据羽溪了谛《西域之佛教》，久良氏、比耳亦曾把《大慈恩寺三藏法师传》分别翻译成英文和法文。详见以上二书。兹梳理海外成果，仅关注与本书主题较近者。

② 大正藏本《北魏僧惠生使西域记》源于魏源《海国图志》附载并加以删正，此证高楠顺次郎等学者对晋唐佛教行记有文献搜集和整理之功，详见本书第六章《北魏慧生记诸种相关文献》。《游方记抄》收录慧超《往五天竺国传》等佛教行记残卷，亦可证编者积极有为的学术姿态。

于本书研究范畴的《唐大和上东征传》《继业西域行程》以及其他梵僧游记三种,最终汇辑成为《游方记抄》,让这批佛教游方类文献进入学者视野,无疑值得赞赏。以晋唐佛教行记为研究对象,相关日人考证著作另有长泽和俊《丝绸之路史研究》(天津古籍出版社 1990年)、羽溪了谛《西域之佛教》(商务印书馆 1999 年)等,同样有助于本书引证。

　　统观晋唐佛教行记文献,其中直接整理成果无疑以《佛国记》《大唐西域记》《慈恩传》等全帙为最,其中又以法显、玄奘行记历代译注最多,足见其人文普世价值非同寻常。以玄奘行记为例,毛丽娅、高志刚主编有《大唐西域记珍本汇刊》(巴蜀书社 2019 年)凡三辑。第一辑收录十七个中国历代抄录、刊刻的《大唐西域记》版本,其中大部分为 1949 年后未曾在大陆出版者,所见日本藏《思溪藏》足本的文献价值尤为突出。第二辑收录十一种《大唐西域记》重要版本,包括四种清钞刻本、两种朝鲜刻本以及五种日本钞刻本,其中不少为珍本。第三辑包括四种日本钞刻本《大唐西域记》以及八十余部有关玄奘、西域的文献。可以想见,《汇刊》必然会促成《大唐西域记》版本研究和相关研究迈上新的台阶。抑又,范祥雍撰有《大唐西域记汇校》(上海古籍出版社 2018 年),不失为该书校勘学新成果。而相比之下,新时期关于晋唐佛教行记佚著的整理和考证成果依然较为少见。尽管向达、岑仲勉、李德辉等学者都曾为此贡献力量,然而尚有进一步挖掘和综合考察的学术空间。

　　从前贤成果看,晋唐佛教行记研究客观上呈现出了某种不平衡性。李德辉指出:“汉唐两宋行记研究的历史与现状都不是很理想,原因就在于多数行记都偏于写实而不重形象,历史文化内容多于文学描写,因此遭到文学研究者的排斥,却得到史学研究者和文献考据家的格外垂青”,“迄今为止尚无一种专著对中国古代各体行记做全面深入的文学研究"①。其实,佛教行记研究也大体表现为这种状态。迄今为止,亦未见有专门著作阐释晋唐佛教行记的文学价值。从文学研究成果看,除上文梳理略有涉及,还主要表现为:其一,两种佛教行记全帙校注,譬如章巽《法显传校注》(中华书局 2008 年)、季羡林等《大唐西域记校注》(中华书局 2000 年)等,曾在前言部分对其文学现象略有提及。与此相关,李德辉《晋唐两宋行记辑校》(辽海出版社 2009 年)亦在前言部分,适当阐述佛教行记文献、文体以及文学内涵。其二,古代传记文学或游记文学史著,譬如韩兆琦《中国传记文学史》(河北教育出版社 1992 年)、陈兰村《中国传记文学发展史》(语文出版社 1999 年)、梅新林《中国游记文学史》(与余樟华合作,学林出版社 2004 年)、王立群《中国古代山水游记研究》(河南大学出版社 1996 年)等,亦曾在某些章节叙及佛教行记的文学特征和体制。就研究的全面性、系统性和深刻性而言,除了李德辉相关著述所见文学分析较为丰富,上述两种情况的文学研究成果大多有力度不够之弊,故而有待于我们进一步挖掘。

　　除此之外,某些学术论文单篇,通过直论、比较、例证、影响等研究方式或者角度,论及晋唐佛教行记之文学价值。这里,陈兰村《〈大慈恩寺三藏法师传〉的文学价值》(《浙江师范大学学报》1990 年)、林基中《关于〈大唐西域记〉和〈往五天竺国传〉的文学特性》(《韩国学论文集》1994 年)、戴伟华《义净诗二首探微》(《华南师范大学学报》2003 年)、周义轩《得新声于异邦——唐高僧义净诗文旨趣谈片》(《佛教文化》2003 年)、何红艳《〈大唐西域记〉与唐五代小说的创作》(《内蒙古民族大学学报》2003 年)、史素昭《信仰与信实的统一——〈慈恩传〉的叙事分析》(《湘潭师范学院学报》2009 年)、张婷

---

① 李德辉辑校:《晋唐两宋行记辑校》"前言",辽海出版社,2009 年版,第 1—3 页。

《〈大慈恩寺三藏法师传〉语言描写艺术》(与李晓明合作,《历史文献研究》2013 年)、赵晓春《东西方自传文学中的两颗启明星——法显〈法显传〉和奥古斯丁〈忏悔录〉在文学性方面的比较》(《福建论坛》2013 年)、王美秀《对话与辨证——圣严法师的旅行书写与法显〈佛国记〉之比较研究》(《圣严研究》2011 年)、宋晓蓉《汉唐西域史地文献文学性及科学性嬗变考察——以〈史记·大宛列传〉、〈汉书·西域传〉、〈大唐西域记〉为例》(《西域研究》2014 年)等学术论文,即是其中的佼佼者。

　　结合以上阐述,晋唐佛教行记之文学研究,在客观上呈现出三种趋势:其一,重点关注《佛国记》《大唐西域记》《慈恩传》等佛教行记全帙及其相关文献,对于佛教行记佚著或者相关文本还关注不够,且尚未形成全面周至的综合性成果。其二,不少论文乐于探讨巡礼求法僧人之佛国见闻尤其是佛教传说,但是相关材料证据还不充足,相关文本阐释还有待深入。同时,对于佛教行记文本其他层面的文学研究还有待丰富和拓展。其三,从具体研究看,关于佛教行记的文本特征和文体元素、六朝和隋唐佛教行记的文学表征及其发展趋势、佛教行记常见的宗教文学主题、佛教行记所展示出来的多种叙事策略、佛教行记所见人物形象的特色塑造、佛教行记所见人物情感的抒写和表达,等等,都有待于我们在前贤的研究基础上不断拓展。

　　要之,大多数学者习惯于从史地角度研究晋唐佛教行记全帙,但是针对此类著述进行全面考察尤其是文学研究,相关成果实则显得相对薄弱。关于这一点,李德辉分析得十分到位:"这种局面很大程度上是行记自身造成的。作为一种特殊的文类,传统的行记内容博杂,涉及交通、佛教、地理、民俗等方面,性质上亦文亦史亦学,因此各门学科对待它也只能是各取所需。文学研究者则只从文学性着眼,选取那些文辞优美、叙述雅洁、情感动人、意蕴丰富的篇章来鉴赏研究,而对绝大多数文学性不够的文本则视若无物。其研究都不是从文体上着眼,而是从文笔上着眼。很显然,从文学的立场上看,人们对行记还谈不上系统的研究。"①这正是本书赖以继续探讨并且试图深入拓展的学术空间所在,也是我们试图努力的方向。

四、本书之学术框架及其他

综上,晋唐佛教行记以载录僧人巡礼求法见闻为主,是研究佛教史、佛教文化以及佛教文学的重要学术资料。近代以来,围绕着法显、慧生、玄奘等人行记,前贤撰写史地考证类论著较多,但是仍然有待于我们进行归纳和总结。相较而言,针对六朝隋唐佛教行记佚著进行文史考说者则较为少见。新时期以来,文学研究者对晋唐佛教行记亦渐有关注,然而相关成果毕竟寥寥,故而有待于继续挖掘、深化以及拓展。正因为如此,基于史学和文学视阈,结合古代僧传、地记、游记、诗歌、文言叙事等相关研究,参照各种史志、经录、类书、古注,以及大藏经、敦煌遗书、辑佚书等,尽可能搜罗一切相关文献,整理和考证某些具有学术价值的佛教行记佚著,重点梳理六朝隋唐佛教行记文本的构建、承嗣、丕变及其文化效应,系统阐释这批文献的文本功能、文学特征以及人文内涵等,不失为一种颇具价值和意义的学术行为。

换言之,本书拟把晋唐佛教行记及其相关文献作为整体研究对象,全面关注这个历史阶段中的巡礼求法僧人事迹。然而,基于前贤整理与研究情况,这里尚有必要详加说明:其一,《佛国记》《大唐西域记》以及义净、慧超、悟空等人行记及其相关文献,或有全帙定本且校证精良,或有残卷节本而考释细致,本书不必再在文献考据方面叠床架屋,追随骥尾。基于晋唐佛教行记的文献和文本现状,本书虽仍以上述文献为重要研究对象,但是并不打算集中精力对这些经典著

---

① 李德辉辑校:《晋唐两宋行记辑校》"前言",辽海出版社,2009年版,第2页。

作进行个案考证,而是在纵览和鸟瞰晋唐佛教全帙、佚著及其相关文献的前提下,对其进行宏观审视、比对互证、综合考察,最终得出颇具全面性和时代性的学术结论。其二,支僧载《外国事》等佛教行记佚著多种,虽然已引起某些学者的辑录和梳理,然而相关考证或零碎而不成体系,或浅尝而不够透彻,或偏隅而不够全面,故而尚有进一步探幽索赜的必要。之所以试图集中考证这批佛教行记佚著,其实想法很简单,亦即选择那些尚有线索可寻者,以弥补佛教行记经典纵向序列上的空白点。这里,以《佛国记》《大唐西域记》等著作为关键点,其前后相关文本虽然亡佚甚多,但是通过佚著考说,亦即索隐并解析某些行记相关内容,或许可以给读者展示出更为完整、更加丰满的学术链条,有助于晋唐佛教传记的系统研究。其三,对于晋唐佛教行记,前人从历史、地理、宗教、语言、文化等角度去考察尚多,从文体、文学特别是叙事层面去进行阐释相对较少,本书有必要加强研究,以期补苴罅漏。这里,前人对玄奘行记进行文学考察稍多,然而犹可丰富和拓展。前人对六朝佛教行记进行文学阐释较少,对晋唐佛教行记进行纵向文学研究或专题文学研究亦较罕见,本书试图勉力为之,以期推陈出新。

　　基于上述思考,本书试图分为三个部分:佚著考说、文学阐释以及文献附录。

　　上编以"佚著考说"为关键词。晋唐佛教行记理应存有不少,然而绝大多数遗亡殆尽。仅有支僧载《外国事》等部分著作称名完整并且见有佚文或相关内容。兹依据考证需要和相关线索对其进行撰者考察、文本钩沉以及综合研究。由此涵括七种内容:第一,支僧载与《外国事》。主要考察支僧载活动时代与国籍、《外国事》现存辑本、《外国事》三种辑本之优劣、《外国事》文本特征与学术价值等。第二,竺法维与《佛国记》。主要考察竺法维生平及其活动时代、竺法维与竺法雅等人辨析、竺法维《佛国记》现存佚文、竺法维《佛国记》学

术价值等。第三,释智猛与《游行外国传》。主要考察释智猛其人及
译经之举、《游行外国传》基本情况、《游行外国传》之学术价值等。
第四,昙无竭与《外国传》两种。主要考察昙无竭及其《外国传》相关
内容、《外国传》与信行《翻梵语》、信行《翻梵语》所见《外国传》名
物、释昙景《外国传》及其相关澄清等。第五,释法盛与《历国传》。
主要考察法盛及其《历国传》相关内容、《翻梵语》所见《历国传》框
架、《翻梵语》所见《历国传》国名以及其他相关问题。第六,北魏慧
生行记诸种相关文献。主要考察《慧生行传》等佚著三种辨析、《洛
阳伽蓝记》卷五之文例和建构、《北魏僧惠生使西域记》之文献依据
等。第七,释常愍与《历游天竺记》。主要考察释常愍生平及其活动
时代、《历游天竺记》现存逸文、《历游天竺记》佚文之删补特性、《历
游天竺记》之学术价值等。

　　本编考察六朝佛教行记八种,唐代佛教行记一种。之所以如此
安排,完全是基于晋唐佛教行记的实际研究情况。凡前贤研究较全、
较深者,抑或因为文献资料不足而难以考证者,本书将不烦论及。凡
有待继续深化和总结者,本书试图补充并夯实。

　　下编以“文学阐释”为关键词。佛教行记在文体上兼具传记、地
记以及游记特征,必然导致其产生文学表征,并且实践其文学功能。
尽管因时、因人而异,其文学程度亦强弱不等,然而都值得细致探讨。
本书对晋唐佛教行记进行文学研究,亦不必均衡用墨。兹以上编为
基础,进行专门研究,亦涵括七种内容:第一,晋唐佛教行记之文体解
析。主要考察晋唐佛教行记之文体属性、佛教行记与僧人传记、佛教
行记与地记游记、佛教行记之文学生成等。第二,六朝佛教行记之文
学表征。主要从写景之简练传神、状物之精致细腻、叙人之真切传
情、记事之神秘有验四个方面去考察,并且揭示其文学意义。第三,
唐代佛教行记之文学趋向。主要从写作意图的迎合、文献形态的多
样、求法路线的拓展、文本功能的强化四个方面去考察,旨在揭示其

发展规律。第四，晋唐佛教行记之文学主题。主要以法显和玄奘行记为核心，兼及其他佛教行记，对其作为宗教文学的"苦难叙事"主题进行分别阐释和综合解读。第五，晋唐佛教行记之叙事策略。主要从预叙方法、劫掠故事以及佑护情节三个方面去考察，揭示佛教行记与传统传记和文言小说的时代关系。第六，晋唐佛教行记之形象塑造。主要从撰写机制和双重叙事角度，揭示佛教行记对核心人物的集中用笔和形象演绎，其中从勤学精进、宗教论争以及佛国礼遇三个方面，集中阐释慧立撰著玄奘行记的才学书写。第七，晋唐佛教行记之情感抒写。主要以慧超行记中的诗笔为核心，梳理诗歌文本及其文意、阐释文学特性及其人文意蕴等，并且藉此拓宽视野，考察晋唐佛教行记写作中从人物的情感抒写到韵文乃至诗笔的产生。

从学术思路看，本编首章从文体属性出发，总写晋唐佛教行记文学生成之渊源。继而使用两章的篇幅，分写六朝与唐代佛教行记之文学特征或趋势。然后使用四章，结合佛教行记及其相关文献，或总写晋唐，或侧重唐代。其原因是与法显行记相比，唐代佛教行记文献更加丰富，更为全面，慧立撰著玄奘行记亦更具文学价值，更有必要去补充和总结。毋庸置疑，因为晋唐佛教行记及其相关文献内容多寡不均，其文学价值尚需进一步挖掘和总结，本编在材料使用上明显表现出某种不平衡性，甚至出现"一事多用"之尴尬现状。尽管如此，本书在引证和阐释时尽量做到详略有所取舍，前后文有所照应。在重点突出唐代佛教行记文学价值的同时，并不放弃对六朝佛教行记的溯源和寻根。这种做法，力求使下编的文学阐释尽量集中于一体。

显而易见，本书下编之"文学阐释"，充分利用了《慈恩传》而不是《大唐西域记》来进行研究。尽管如此，当代探讨《大唐西域记》文学价值者，譬如陈引驰《〈大唐西域记〉所载佛教口传故事考述》（与陈特合作，《岭南学报》2015 年）、董晓萍《〈大唐西域记〉的民俗学研究：佛典文献与口头故事》（《民俗典籍文字研究》2014 年）、张婧《玄奘与〈大唐西域记〉中的异国形象》(《东方论坛》2018 年)等学术论文,其实比较注重口传故事研究。本书这种做法有些背道而驰,正是基于研究宗旨所致。对于某些研究层面,前贤已有深入阐释并且成果较丰,本书将不再集中进行探讨,以期在每个章节庶几做到有所创新。当然,我们亦可后续推进相关研究①。

　　为了弥补上述研究之不足,同时给后人提供继续考证和阐释的学术空间和充分条件,本书拟提供三种附录:其一,晋唐西行求法僧人。主要依据前贤对游方沙门的纵向梳理,誊录最具学术价值的相关成果。具体包括释道宣《释迦方志·游履篇》、梁启超《西行求法古德表》、汤用彤《传译求法与南北朝之佛教》、王邦维《求法僧一览表》四种文献或者部分内容。其二,晋唐佛教行记文献。主要依据前贤对佛教行记文献的搜辑和整理,部分誊录杨衒之《洛阳伽蓝记》卷五、陈运溶《古海国遗书钞》、岑仲勉《晋宋间外国地理佚书辑略》、李德辉《晋唐两宋行记辑校》以及大正藏、敦煌遗书所见佛教行记节本和残卷,一方面在某种程度上展示相关行记文本,另一方面为上下两编的考证和研究提供相关文献支持。其三,晋唐佛教行记文献叙录。

----

① 必须承认,本书针对玄奘行记的文学研究,还有待以后进一步推进。王汝良认为,《大唐西域记》之文学价值主要表现在三个方面:"一是《西域记》本身的文学性体现。就作者而言,玄奘和编订者辩机的文学修养都较高,这是探讨文学性体现的基础。就文学定位来说,已有部分研究将《西域记》归入游记文学或报告文学","此外,《西域记》所载传说丰赡奇幻,叙事节奏舒缓有致,语言文字简约优美,具有较高的审美价值";"二是《西域记》的文学影响。《西域记》记载了大量印度本土神话、传说或民间故事,实际上是对中古期印度'活态文学'的有效保存",其中有不少传至中国乃至东亚;"三是《西域记》与《西游记》的关系,值得进行专题研究",二书的内容、情节存在着诸多显性或隐性的关联(王汝良:《〈大唐西域记〉综合价值论要》,《北方工业大学学报》2018 年第 4 期)。笔者虽然赞同此说,然而本书针对其所谓第二、三种情况,具体阐释相对较少。究其原因还有,第二种情况大多属于玄奘征引,第三种情况常为《西游记》溯源研究者所关注。故而这里不再做深入探讨。

主要选取梁启超《中国印度之交通》、岑仲勉《唐以前之西域及南蕃地理书》、向达《汉唐间西域及海南诸国古地理书叙录》三篇文章的部分内容，为读者提供前贤有关晋唐佛教行记文献叙录之重要成果。从总体上看，本书三种附录所占篇幅虽然较大，但是可以与上下两编辅助为用，并在某种程度上引导和启发后续研究。

综上，本书之研究设想和学术框架，一方面依据现存文献而定，另一方面依据前贤研究情况而定。从现存文献角度考虑，本书不惟关注经典著作，而且特别重视那些古代亡佚并且曾经焕彩之作。故而在"佚著考说"篇，特意对法显、玄奘行记之外的其他佛教行记，集中进行钩沉和考证。从前贤研究情况考虑，本书不惟关注已有相关成果，而且特别重视那些容易被忽略的学术话题。故而在"文学阐释"篇，特意从文体、表征、趋向、主题、叙事、形象、情感等方面，对晋唐佛教行记进行文学解读。同时，本书附录三种旨在抛砖引玉，投砾引珠。从总体上看，本书研究呈现出三种考虑：其一是补苴前人，第二是综合探讨，第三是期待后来。

本书试图微观透析和宏观鸟瞰兼具。微观透析以佚著考说为方式，具体涉及多种佛教行记的佚文、辑本、撰者、时代、价值以及诸种材料之间的综合关系等，藉此得以系统叙录并且考究某种特定文献。宏观鸟瞰则以前期文献梳理为基础，不放弃非核心材料、次要材料或者说边缘材料，在综合观照古代目录、丛书、总集、类书等情况下，集中探讨晋唐佛教行记的文学表征、价值以及意义。就研究方法而言，本书试图考证与诠释并用，演绎与归纳并行。如果说上编倾向于考证和演绎，那么下编则倾向于诠释和归纳。在具体行文中，上述学术方法往往交互相生，并且遵循着从文献整理、文化考察到文学阐释的研究路径。

值得指出的是，本书以笔者公开发表的系列学术论文为基础构架而成。缘于必须完成两个国家社科基金项目的学术任务，撰者得以接触晋唐佛教行记及其相关文献,最先撰写了《六朝佛教行记文献十种叙录》(与刘静合著)、《唐宋佛教行记及其相关文献叙录》(与刘静合著)这两篇叙录文章。后来意欲深入研究,遂基于前文拓展内容、加深内涵,先后撰写了《支僧载及其〈外国事〉综议》《竺法维及其〈佛国记〉探赜》、《释智猛及其〈游行外国传〉钩沉》(合著)、《北魏慧生行记诸种相关文献考述》《唐释常愍与〈历游天竺记〉探赜》《信行〈翻梵语〉所见〈历国传〉探骊》《昙无竭与〈外国传〉两种考察》等系列考证类文章。在进行文献考证的同时或稍后,笔者又试图对晋唐佛教行记进行文学研究和综合阐释,遂而陆续撰写了《魏晋南北朝僧人行记之文学表征及文学意义》《唐朝佛教行记文学的时代趋向》《法显〈佛国记〉中的苦难叙事》《敦煌写本残卷〈慧超往五天竺国传〉中的五言诗——兼论中世佛教行记的情感抒写及其诗笔》《预叙、劫掠以及佑护——慧立撰著玄奘别传叙事策略管窥》《慧立撰著玄奘别传的才学书写》《晋唐佛教行记文体解析与文学生成》等系列研究类文章。在本书的撰写和修改过程中,甚至还有相关成果陆续产生。上述论文大部分已经发表,最终融汇成为"晋唐佛教行记考论"这个学术话题。

此外,本书因大量征引《大正藏》和中古佛教典籍,势必得见繁体、异体、俗体等诸多文字形态。凡遇此种情况,全部或尽量改为国内简体、正体和今字。因为诸家使用佛教名词音译不同,或在文理和文意上不可遽改,则不烦更改。书末附录文献中显然得见原著文字错误者,亦不烦更正。文中论证涉及时代者,则根据需要标明公元纪年。诸如此类,力求形式上更为允当。

与汉译佛经、释氏辅教之书以及常见的僧人传记相比,晋唐佛教行记具有同等重要的研究价值。针对其中某种特定文献的文史考说和个案研究仍有一定的学术空间,针对其作为某类文献的综合考察特别是文学阐释,更是有待于更多的学者去积极努力。本书的个人期待并不止于上述所列。缘于时间压力和天资有限,这里只为相关学术研究贡献出了微薄之力。本书在内涵和形式上或有失误未周之处,敬请学者批评指正。这里,对于唐代佛教行记和隋唐佛教经录所见相关文献,值得我们去继续挖掘和深入考察。对于晋唐佛教行记的时代影响力和文化效应,同样值得我们去爬梳材料、比较分析并且拓展研究。这些将留给笔者进行后续研究,同时也欢迎学界广大同仁参与其中。

上编　佚著考说

沙畹认为，西行求法运动发端于四世纪末，"自是以后，六百年间，中国僧人之观礼运动，不绝于途，此亦世界文化史中最重要之事也。此种旅行家为宗教之感奋所激动，经行亚洲之道途，周游佛教世界，留示吾人以佛教地域之范围。搜集印度经文，并翻译无数经典，留存于今。其记述窣堵波及寺庙之书，为今日考古学无价之鸿宝"，"当时西游者为数固多，然其名今多不传，而知其名者，著述又多散佚"①。事实上正是如此。晋唐西行求法僧人数量虽多，佛教行记及其相关文献却非常有限。然而从仅有文献资料看，即便只剩下吉光片羽，依然有助于跨学科交叉研究。

　　这里，除了菩提拔陀《南海行记》之外，唐前佛教行记可考者，实有"支僧载《外国事》、释法显《佛国记》、竺法维《佛国记》、释智猛《游行外国传》、昙无竭《外国传》、释法盛《历国传》、释昙景《外国传》以及记载慧生等人西行求法的《慧生行传》《宋云家记》《道荣传》等著作十种"②先后别行于世，其学术价值不菲。除法显《佛国记》保存较为完整，《慧生行传》幸赖《洛阳伽蓝记》卷五之节录、拼补而存其崖略，其他佛教行记大多亡佚殆尽。考察唐朝佛教行记及其相关文献，诸如玄奘《大唐西域记》、慧立《大慈恩寺三藏法师传》前五卷、常愍《历游天竺记》、义净《大唐西域求法高僧传》与《西方记》、慧超《往五天竺国传》、圆照《悟空入竺记》著作七种，亦曾先后别行于世。但是，除玄奘行记和义净类传之外，其他佛教行记或仅存节本、残卷，或略存佚文，同样有资考证。从总体看，晋唐佛教行记佚著并未引起当代学者的高度重视。本编拟叙录和考证上述较少引人关注的佛教行记佚著，从而为下编之文学阐释提供研究基础。

<hr>

① ［法］沙畹：《中国之旅行家》，冯承钧译《西域南海史地考证译丛》第二卷第八编，商务印书馆，1962 年版，第 11 页。
② 阳清、刘静：《六朝佛教行记文献十种叙录》，《大学图书馆学报》2017 年第 1 期。

第一章　支僧载与《外国事》

西晋无佛教行记存世。汤用彤认为，"晋末宋初，西行之运动至为活跃"，又言："西行求法者，朱士行而后，以晋末宋初为最盛。"①东晋时期，记载汉地僧人亲历佛国巡礼之作，除法显《佛国记》以外，另有支僧载撰著《外国事》。支僧载《外国事》亡佚已久，《隋志》与两《唐志》并未著录。但是，中古类书和古注屡有征引，清代《晋书》补志诸作，即丁国钧、文廷式、秦荣光等学者同名著作《补晋书艺文志》亦均有著录，足见此书别行于世。兹试图探讨该书撰者及其时代、现存辑本及其优劣、学术地位及其价值等，以促进佛教行记的文献整理和相关研究。

一、支僧载活动时代与国籍

支僧载生卒年不详，学者或称曰支载、僧载、僧支载等。此人不见于慧皎《高僧传》诸书，其他传记亦不可考，而前贤多谓其活动于晋世。丁国钧等《补晋书艺文志》依据郦道元《水经·河水》注征引《外国事》"据者，晋言十里也""半达，晋言白也""钵愁，晋言山也"等多

---

① 汤用彤：《汉魏两晋南北朝佛教史》，中华书局，1983年版，第266—269页。

处,遂断定"支载为晋时人无疑"①。同样,清人杨守敬《水经注疏要删补遗》谓支僧载为晋人。日本学者藤田丰八亦以杨说为然。今人向达、岑仲勉、陈连庆等亦肯定此说。

至于更为确切的时间,向达指出:"今支僧载《外国事》仍称播黎曰国,疑其漫游五印,乃在三摩陀罗魏多即位初叶,魏多帝国征服四境之大业未告厥成之际,为时尚早于法显之游印度。"②岑仲勉赞同向氏观点,但认为:"据含国,法显游历时已不能举其名,而《外国事》有之","惜未确知其年代耳"③。又云:"拘那含国,支载能举其名,而法显只云从那毗伽北行减一由延到一邑,谓载为西晋时人,此亦一旁证。"④李德辉亦认为,支僧载为"西晋时自月氏东来之沙门,三、四世纪时尝漫游五印度,时代尚在法显西游之前"⑤。陈连庆则认为,把支僧载定为西晋时人不妥,因为"西晋亡于愍帝建兴四年(316),那时笈多王朝还没有兴起"⑥。陈氏考证得出:"僧载当是东晋时人,其

---

① 〔清〕丁国钧撰,丁辰注:《补晋书艺文志》卷二,《二十五史补编》(三),中华书局,1955 年版,第 3670 页。与丁氏持同样观点,文廷式认为支僧载《外国事》"亦晋人书"〔〔清〕文廷式:《补晋书艺文志》卷三,《二十五史补编》(三),中华书局,1955 年版,第 3741 页〕。秦荣光同样认为僧支载"为晋人无疑"〔〔清〕秦荣光:《补晋书艺文志》卷二,《二十五史补编》(三),中华书局,1955 年版,第 3822 页〕。抑又,吴士鉴认为支僧载"当为晋时人"〔〔清〕吴士鉴:《补晋书经籍志》卷二,《二十五史补编》(三),中华书局,1955 年版,第 3872 页〕。

② 向达:《汉唐间西域及海南诸国古地理书叙录》,《唐代长安与西域文明》,中华书局,2001 年版,第 570 页。

③ 岑仲勉:《〈水经注〉卷一笺校》,《中外史地考证》,中华书局,1962 年版,第 224 页。

④ 岑仲勉:《晋宋间外国地理佚书辑略》,《中外史地考证》,中华书局,1962 年版,第 168 页。

⑤ 李德辉辑校:《晋唐两宋行记辑校》,辽海出版社,2009 年版,第 4 页。

⑥ 陈连庆:《新辑本支僧载〈外国事〉序》,《古籍整理研究学刊》1985 年第 1 期。

赴印度旅行当在笈多王朝的极盛时代","支僧载所记当是海护王当政时期","支僧载的年代约略和月护王、海护王相当(320—380),它相当于东晋元帝太兴三年至孝武帝太元五年之间","如果能够考定超日王迁都之年,则支僧载的年代还可以进一步确定"①。无论如何,法显于后秦弘始元年(399)发迹长安,那么支僧载西行佛国求法巡礼应早于法显,并藉此写成了佛教行记《外国事》。

关于支僧载的国籍,据向达推测:"魏晋时外国沙门东来,辄以国名之一字冠于名上,如竺佛图澄,为天竺人,康僧会为康居人,安世高为安息人,则支僧载者当亦晋时自月氏东来沙门之一也。"②陈连庆亦云:"支僧载的时代当略早于法显,是大月氏人,也有可能是佛图澄的弟子。"③李德辉亦赞同。与此不同的是,岑仲勉依据叶梦得《避暑录话》云"晋宋间佛学初行,其徒未有僧称,通曰道人,其姓则皆从所授学,如支遁本姓关,学于支谦为支",强调"未能即姓而遽定其国籍"④。今考之晋唐典籍,中土游方沙门中未有名曰支僧载者,亦未见其师承关系,故当以月氏之说为近。

可以推测的是,支僧载撰著《外国事》之动机,大致与法显《佛国记》、释智猛《游行外国传》等同时代佛教行记类似,其西行求法与佛国巡礼并行不悖,惜其赍经未传抑或未能参与翻经,故而隋唐经录阙载,亦未见于史志。

---

① 陈连庆:《新辑本支僧载〈外国事〉序》,《古籍整理研究学刊》1985 年第 1 期。
② 向达:《汉唐间西域及海南诸国古地理书叙录》,《唐代长安与西域文明》,中华书局,2001 年版,第 569 页。
③ 陈连庆:《新辑本支僧载〈外国事〉序》,《古籍整理研究学刊》1985 年第 1 期。
④ 岑仲勉:《〈水经注〉卷一笺校》,《中外史地考证》,中华书局,1962 年版,第 224 页。

二、《外国事》现存辑本

支僧载行记《外国事》，秦荣光曰支僧载撰《外国传》①，疑误。此书早佚，今仅存逸文数则。为搜辑和整理佚文，清代陈运溶与近代以来向达、岑仲勉、陈连庆、李德辉等学者都曾有意关注。

早在民国时代，向达就以佛驮耶舍为笔名，曾于《史学杂志》发表《汉唐间西域及海南诸国地理书辑佚》（第一辑），该文首序云："汉唐间西域及海南诸国地理书，辑成一篇者，至今未见"，"因不揣谫陋，从事于此。唯时作时辍，又限于见闻，致所成无几。然人事靡常，竣业难期，乃取已辑者稍加排比，揭之于斯，其有未及采辑者，俟诸异时更为补缀写定"②。遗憾的是，文章尚未针对《外国事》进行辑佚，其后续采辑和补缀工作亦终未完成。

抑又，陈连庆曾于《古籍整理研究学刊》1985 年第 1 期发表《新辑本支僧载〈外国事〉序》，陈先生所辑《外国事》则未曾面世。张鹤泉认为，陈氏于"断代、校勘、辑佚和文献研究方面的著述颇富"，其所撰"《唐五代小说钩沉》《西域南海古行记辑佚》《岭南古地志辑佚》《诸家异物志辑佚》等书，均已次等完成"③。无独有偶，据白寿彝《中国通史》第五卷《三国两晋南北朝时代》题记，亦言陈连庆"主要著作有《秦汉魏晋南北朝姓氏研究》《西域南海古地志辑佚》《岭南大地志辑佚》《诸家异物志辑佚》，所写论文已收录在《中国古代史研究》中，

---

① 参见［清］秦荣光：《补晋书艺文志》卷二，《二十五史补编》（三），中华书局，1955 年版，第 3822 页。

② 佛驮耶舍：《汉唐间西域及海南诸国地理书辑佚》第 1 辑，《史学杂志》1929 年第 1 期。

③ 张鹤泉：《陈连庆教授学术成就概述》，《东北师大学报》（哲学社会科学版）1988 年第 6 期。

1989 年去世"①。然而翻检书目索引以及《中国古代史研究》，未见有《西域南海古行记辑佚》或《西域南海古地志辑佚》。故笔者以为，陈氏所辑支僧载《外国事》并未公开出版发行，疑为遗著。

由此，《外国事》今存陈运溶、岑仲勉、李德辉三种辑本。兹逐一介绍：

陈运溶（1858—1918），字子安，号芸畦，湖南善化人。曾授修职郎、江苏补用县丞，毕生致力于著书、辑书和刻书，为晚清著名的方志学家和地理学家。陈氏搜辑支僧载《外国事》佚文 23 条，相关内容按照私诃条国、播黎曰国、舍卫国、罽宾国、迦维罗越国、那诃维国、碓国、拘那舍国、波罗奈国、拘宋婆国、拘私那竭国、维邪离国、摩竭提国、大月氏国、维那国 15 国先后编排，后被收入《麓山精舍丛书》第二集《古海国遗书钞》。

岑仲勉（1885—1961），又名汝懋、铭恕，广东顺德人，曾任中山大学教授。岑先生对古史研究用力颇勤，著述亦富，特别是对隋唐史和古代西北各族史地研究贡献卓著，是我国享誉盛名的历史学家。岑氏撰有《晋宋间外国地理佚书辑略》，其中搜辑支僧载《外国事》佚文 21 条，相关内容则按照拘私那竭国、维邪离国、播黎越国、迦维罗越国、舍卫国、那诃维国、拘那含国、碓国、摩竭提国、波罗奈国、拘宋婆国、罽密国、私诃条国 13 国先后编排，后被收入其《中外史地考证》。

李德辉（1965—　　），湖南汨罗人，现为湖南科技大学人文学院教授，出版有《唐代交通与文学》等学术著作多部。李先生不仅研究中古行记，而且辑校支僧载《外国事》佚文 23 条，相关内容则依据佚文出处《水经注》《艺文类聚》《太平御览》等先后编排，多种佚文出自同一文献则依其卷次为序，后收入其《晋唐两宋行记辑校》。

---

① 白寿彝：《题记》，何兹全主编《中国通史》第 5 卷上册，上海人民出版社，2004年版，第 2 页。

三、《外国事》三种辑本之优劣

相较而言,陈、岑两种《外国事》辑本虽然各有短长,但是岑辑本后出转优。

以《外国事》为辑佚对象,岑仲勉辑本之优长,首先表现为征引更为广泛,体例更为恰当。陈辑本于每条佚文末尾仅标出一种出处,说明其征引文献单一,辑佚工作相对简单。与此不同的是,岑辑本为了得到一则佚文,不仅搜辑多样文献,而且试图把最完整的佚文内容展现给读者。

岑氏一方面深谙类书征引文献之道,由此试图衔接、拼补以及整合不同版本的佚文内容,另一方面则在佚文中标注和补充其他文献征引的异文情况。以"私诃条国"首则佚文为例,陈辑本仅从《艺文类聚》卷七十六中搜辑佚文,岑辑本则从《艺文类聚》卷七十六、《太平御览》卷七百九十七以及同书卷九百九十九中搜辑佚文,缘于三处征引的佚文内容略有不同,岑氏继而进行佚文衔接和文字拼补工作,又在相关位置注明异文,其文献出处则统一注明前述三处。又以迦维罗越国该条为例,陈辑本从《太平御览》卷七百九十七搜辑得到佚文:"迦维罗越国,今无复王也,国人亦属播黎曰,国人尚精进。昔太子生时,有二龙,一吐水,一吐火,一冷一暖,今有二池,尚一冷一暖。"[1]岑辑本则搜检《艺文类聚》卷七十六和《太平御览》卷七百九十七两种文献,经整合得出佚文:"迦维罗越国,今属播黎越国,犹有优婆塞姓释,可二十余家,是白净王之苗裔。昔太子生时有二龙王,

---

[1] [清]陈运溶辑:《古海国遗书钞》,《麓山精舍丛书》,岳麓书社,2008年版,第217页。

一吐冷水，一吐暖水。今有池，尚一冷一暖。"①并且在相关位置进行必要的标注工作。正因为如此，岑辑本《外国事》为后学提供了一个更加接近原文的比较完善的版本。

岑仲勉《外国事》辑本之优长，还表现为文辞更为精善，考证更为精审。核查上述两种辑本的征引文献，不然发现岑氏辑佚学更为精深，文字誊录失误之处较少。譬如，陈辑本佚文"私诃调国王供养道人，日食银三两"，文献出处为"《御览》卷百八十二"②，岑辑本佚文则为"私诃调国王供养道人食，日银三两"，文献出处为"《御览》八一二"③。今检读《太平御览》，可见陈辑本佚文有乙倒现象，而岑辑本佚文及其出处更为准确。又如，拘私那竭国"佛欲涅槃"条，陈辑本佚文出自《艺文类聚》卷七十六，经核查原书文字，或缘于版本不同，其实与陈氏所录有多处不同。而岑辑本结合《艺文类聚》卷七十六与《太平御览》卷七百九十七，佚文更为完整。又如，陈辑本佚文"那诃维国土丰乐，多民物，在迦维罗越南，相去三千里"，文献出处"《御览》卷七百九十七"；另两例佚文"迦叶佛生碓国，今无复此国，故处在舍卫国西，相去三千里"，"拘那舍国，牟尼佛所生也，亦名拘那舍，在迦维罗越西，相去复三千里"，文献出处均为"《类聚》卷七十六"④。比对岑辑本佚文，上述"三千里"均为"三十里"，文献出处均

①　岑仲勉：《晋宋间外国地理佚书辑略》，《中外史地考证》，中华书局，1962 年版，第 166—167 页。

②　［清］陈运溶辑：《古海国遗书钞》，《麓山精舍丛书》，岳麓书社，2008 年版，第 217 页。

③　岑仲勉：《晋宋间外国地理佚书辑略》，《中外史地考证》，中华书局，1962 年版，第 170 页。

④　［清］陈运溶辑：《古海国遗书钞》，《麓山精舍丛书》，岳麓书社，2008 年版，第 218 页。

为"《御览》七九七"①。经核查《太平御览》,得见陈辑本佚文致讹,上述三例岑辑本佚文以及引文出处同样更为准确。与辑佚学体例直接相关,岑氏搜辑所得《外国事》佚文,诸如"那竭王乃作金棺椁(《御览》作栴,当是旃误)檀车送丧佛(《御览》作送金佛丧,金字衍)""维耶离(《类聚》作维那误)国,去舍卫国五十由旬(《御览》由旬误里)""昔太子生时有二龙王,一吐冷水,一吐暖水(《御览》作一吐水一吐火,讹也)"②等,其中有文内标注多处,足见作者在版本、校勘、训诂等方面有更多的学术思考。

较为明显的是,借助考据学手段,岑氏通过文献辑佚彰显出了较为科学的学术判断,而陈氏辑佚罕有标注和说明,故而后出者明显优于前著。譬如,岑辑本把前述"拘那舍国"径改为"拘那含国",佚文后附以按语云:"法显《佛国记》称那毗伽北行减一由延到一邑,是拘那含牟尼佛所生处,又东行减一由延到迦维罗卫。今鲍本《御览》上下文俱作拘那含,疑上句作含,下句作舍,别文乃能见义也。"③作者深厚的学术素养于此得以观见。而事实上,类似的学术考证在岑辑本中较为常见。譬如,搜辑私诃条国相关佚文,岑氏有按语云:"私斯、诃呵、条调均同声,此则传钞之异也。"④又如,搜辑拘私那竭国相关佚文,岑氏有按语云:"《水经注》与《艺文类聚》同引一事,而文字

① 岑仲勉:《晋宋间外国地理佚书辑略》,《中外史地考证》,中华书局,1962 年版,第 167—168 页。
② 岑仲勉:《晋宋间外国地理佚书辑略》,《中外史地考证》,中华书局,1962 年版,第 164—167 页。
③ 岑仲勉:《晋宋间外国地理佚书辑略》,《中外史地考证》,中华书局,1962 年版,第 167—168 页。
④ 岑仲勉:《晋宋间外国地理佚书辑略》,《中外史地考证》,中华书局,1962 年版,第 171 页。

迥异,必两书互有删略,故如此也,后仿此。"①较为典型的例证还有,陈氏搜辑罽宾国相关佚文,出现了誊录失误的情况,岑氏搜辑同种佚文,不仅文字准确,而且附有两段按语。其一是征引前贤并参以己意:"向达云:'罽密(《御览》引)疑即迦湿弥罗。'按密,《类聚》作宾,藤田氏谓'但云地平温和,已非迦湿弥罗'(《往天竺国传笺释》四十九页),然则云土地寒者为迦湿弥罗无疑矣。氏又谓'魏(北魏)晋隋唐之交,概以罽宾为迦湿弥罗'。今观此文,则支僧载尚未混称也。"②其二是通过议论给读者以思考和启发:"印度贵霜王国,或谓衰于二二五年(汉后主建兴三年),至笈多王朝成立以前(三二〇年,晋元帝大兴三年),其中间继起纷争情况,史阙弗备,此云罽密国属大秦,如大秦指欧洲,岂希腊小侯,当日尚雄踞北印一隅耶?"③此外,岑辑本学术态度更为谨严,其文献出处几毫无失误,陈辑本则出现失误多处。要之,比较陈氏辑本,岑仲勉《外国事》辑本更具学术价值,值得读者参考。

诚然,上述两种《外国事》辑本都存在着某种局限。因为版本、校勘等因素,即便是较优的岑氏辑本,同样存在着征引欠全面、誊录致讹抑或引文未全、径改引文乃至失辑等不良现象。譬如《外国事》摩竭提国相关佚文,原本出自《艺文类聚》卷七十三、《太平御览》七百九十七,陈辑本仅引自《类聚》,岑辑本仅引自《御览》。又如《外国事》佚文"私诃调国有大富长者条三弥"条,原本出自《北堂书钞》卷一百三十二、《太平御览》卷七百〇一,而两种辑本仅引自后者。又如

① 岑仲勉:《晋宋间外国地理佚书辑略》,《中外史地考证》,中华书局,1962 年版,第 165 页。
② 岑仲勉:《晋宋间外国地理佚书辑略》,《中外史地考证》,中华书局,1962 年版,第 169—170 页。
③ 岑仲勉:《晋宋间外国地理佚书辑略》,《中外史地考证》,中华书局,1962 年版,第 170 页。

《外国事》佚文"佛泥洹后"条，原本出自《水经注·河水》《北堂书钞》卷一百三十三，两种辑本同样忽略了后一种文献。又如迦维罗越国相关佚文，原本出自《水经注·河水》。今核查原书，可见岑辑本径改引文之例较多，且无任何标注和说明。

抑又，《太平御览》卷三百六十九征引《外国事》曰："大拳（当作秦）国人援臂长胁"①，两种辑本均失辑，而清人文廷式《补晋书艺文志》卷三认为其当属支僧载《外国事》佚文②。抑又，陈辑本从《艺文类聚》卷九十九搜辑得出："毗呵罗寺有神龙住米仓中。奴取米，龙辄却后，奴若长取米，龙不与。仓中米若尽，奴向龙拜，仓即盈溢。"③从《艺文类聚》卷七十三辑出："佛钵在大月氏国，一名佛律婆越国，是天子之都也。起浮图，浮图高四丈，七层，四壁里有金银佛像，像悉如人高。钵处中央，在第二层上，作金络络钵，炼悬钵，钵是石也，其色青。"④岑氏均失辑。此外，两种辑本虽然使用唐前古注和唐宋类书来进行辑佚，但是佚文出处之文献版本都未注明。然而瑕不掩瑜，两种辑本都存在着一定的学术价值。

与陈、岑两种相比，李氏《外国事》辑本在诸多方面吸收陈氏、岑氏两家优点，总体上与岑氏辑佚学更为接近，同时避开前人之不足。详言之，从佚文多寡看，《外国事》佚文"大秦国人援臂长胁"条，前述陈、岑两家失辑，而李氏据《太平御览》卷三百六十九补辑。《外国事》佚文"毗呵罗寺有神龙住米仓中""佛钵在大月氏国"两条，陈氏

---

① ［宋］李昉等：《太平御览》卷三百六十九，中华书局，1960年版，第1701页。
② 参见［清］文廷式：《补晋书艺文志》卷三，《二十五史补编》（三），中华书局，1955年版，第3741页。
③ ［清］陈运溶辑：《古海国遗书钞》，《麓山精舍丛书》，岳麓书社，2008年版，第217页。
④ ［清］陈运溶辑：《古海国遗书钞》，《麓山精舍丛书》，岳麓书社，2008年版，第219页。

有辑,岑氏失辑,李氏亦加补辑。从文字和体制看,李氏所辑佚文及其断句更合语境,其书《辑校》末尾标明征引文献版本,彰显出严谨的治学态度。李著之优点还在于:"各书之首均撰一作者小传,说明作者之生卒年代、字号、籍贯、仕履、封爵、赠谥、著述。叙述文字力求准确、信实、简要,不作评论","后接以辑校说明,对该书之作年、背景、文献真伪等做必要考辨,但不作无根之谈"①。如此做法,势必让辑本呈现出更大的学术价值。

李辑本"辑"与"校"明显分开,其中尤以"校"见长,"校勘重在存真,不备录异文。凡正文有脱讹衍倒者,异文文义有较大差异者、人名、地名、官称、年号讹误者,均出校记"②。李氏之"校",集中表现为三种特征:

其一是注重佚文存异。譬如《外国事》佚文"迦维罗越国今无复王也"条,李氏校云:"昔净王:《艺文类聚》卷七六作'白静王'","故:《古今姓氏书辨证》卷三九作'俗'"③。又如,《外国事》佚文"摩竭提国在迦维越之南"条,李氏校云:"流:《水经注》卷一作'没'","那:《水经注》作'郊'"④。这种校勘异文的做法,避免了陈氏辑本之弊,与岑氏辑本较为一致,正是辑佚学应有之举。

其二是结合佚文存异,注重佚文更正和学理判断。譬如《外国事》佚文"私诃条国在大海之中"条,李氏校云:"私诃条国:《类聚》作'和诃条国',据《水经注》卷一、卷二、《酉阳杂俎》前集卷一〇、《太平御览》卷九九九改。《御览》卷七〇一作'斯诃调国',斯、私同音,可证原译音为'私',非'和'","以供奉佛:《类聚》作'供养佛',据《御

① 李德辉辑校:《晋唐两宋行记辑校》"凡例",辽海出版社,2009年版,第2页。
② 李德辉辑校:《晋唐两宋行记辑校》"凡例",辽海出版社,2009年版,第1页。
③ 李德辉辑校:《晋唐两宋行记辑校》,辽海出版社,2009年版,第5页。
④ 李德辉辑校:《晋唐两宋行记辑校》,辽海出版社,2009年版,第5页。

览》改"①。又如《外国事》佚文"佛在拘私那竭国般泥洹"条,李氏校云:"亡:《类聚》作'土',据《太平御览》卷七九七改","佛丧:《类聚》作'丧佛',据《御览》乙"②。又如《外国事》佚文"舍卫国今无复王"条,李氏校云:"住:《御览》作'注',据《御览》库本改。"③与岑氏辑本相比,这些校勘同样体现出了积极有为的学术姿态,值得后学借鉴。

其三是或结合佚文存异,或结合佚文更正,注重佚文拼补并加校语。譬如《外国事》佚文"摩竭提国在迦维越之南"条,岑氏辑为两条,李氏合为一条。其校云:"先三佛钵……魔兵试佛:四十一字《类聚》无,据《水经注》补。"④又如《外国事》佚文"迦维罗越国今无复王也"条,岑氏亦辑为两条,李氏同样合为一条。又如《外国事》佚文"维那国去舍卫国五十由旬"条,李氏校云:"国人不复奉佛悉事水火余外道也:十四字《类聚》无,据《太平御览》卷七九七补。"⑤又如《外国事》佚文"罽宾,小国耳,在舍卫之西"条,李氏校云:"小国耳:《类聚》作'国',据《太平御览》卷七九七补","饮酒食果国属大秦:八字《类聚》作'饭',据《御览》改补"⑥。与岑氏相比,李氏某些拼补事实上更加符合辑佚学原理。

关于鉴定辑佚成果优劣的标准,梁启超概括为:"佚文出自何书,必须注明;数书同引,则举其最先者","既辑一书,则必求备。所辑佚文多者优,少者劣","既须求备,又须求真。若贪多而误认他书为本书佚文则劣","原书篇第有可整理者,极力整理,求还其书本来面目","此外更当视原书价值何如。若寻常一俚书或一伪书,搜辑虽

---

① 李德辉辑校:《晋唐两宋行记辑校》,辽海出版社,2009 年版,第 5 页。
② 李德辉辑校:《晋唐两宋行记辑校》,辽海出版社,2009 年版,第 6 页。
③ 李德辉辑校:《晋唐两宋行记辑校》,辽海出版社,2009 年版,第 6 页。
④ 李德辉辑校:《晋唐两宋行记辑校》,辽海出版社,2009 年版,第 5 页。
⑤ 李德辉辑校:《晋唐两宋行记辑校》,辽海出版社,2009 年版,第 5 页。
⑥ 李德辉辑校:《晋唐两宋行记辑校》,辽海出版社,2009 年版,第 6 页。

备,亦无益费精神也"①。以此为法度,则李氏辑佚应多见优势,前文已有详述。

令人遗憾的是,李氏辑校亦略有不足:其一是佚文次序编排欠妥,不利于学者更好地利用辑本。这里,辑者根据佚文出处及其卷次来编排佚文,自然更加方便誊录。然而文献辑佚之宗旨,在于尽可能地还原文本。考察晋唐佛教行记文本,对于同一个国家和地区的相关记载,大多进行集中叙述,故而辑佚亦当如此。相比之下,陈、岑两种辑本的佚文次序则更为可取。其二是佚文出处只注明一种,佚文内容实则有拼补其他文献征引的异文,这种做法亦不尽符合客观。相比之下,岑氏辑本对文献出处标示则更加合理。其三是佚文有当合而遂分之例,亦有误认他文为佚文之例。譬如《外国事》佚文"弥勒佛当生波罗奈国"条,李氏辑为两条,岑氏则合二为一,同时标注异文,似乎更为恰当。又如《外国事》佚文"迦维罗越国今无复王也"条,末尾"此言与经异,故记所不同"②一句,应为《水经注》中语,李氏误录。然而瑕不掩瑜,李氏《辑校》在总体上是值得我们肯定的。

四、《外国事》文本特征与学术价值

从现存佚文看,《外国事》正是缘于支僧载记录其巡游佛国之事而成。其重要依据是,支僧载《外国事》习惯使用一种今昔对比的表达方式,藉此叙述所历诸国的当下状况。譬如"播黎曰国者,昔是小国耳。今是外国之大都,流沙之外,悉称臣妾";"舍卫国今无复王,尽属播黎曰国,王遣小儿治,国人不奉佛法";"迦维罗越国,今无复王也,城池荒秽,惟有空处。有优婆塞姓释,可二十余家,是白净王之苗

---

① ［清］梁启超:《中国近三百年学术史》,东方出版社,2004 年版,第 295 页。
② 李德辉辑校:《晋唐两宋行记辑校》,辽海出版社,2009 年版,第 5 页。

裔,故为四姓,住在故城中,为优婆塞,故尚精进,犹有古风。彼日浮屠坏尽,条三弥更修治一浮图,私诃条王进物助成,今有十二道人住其中";"拘宋婆国,今见过去佛四所住处四屋,迦叶佛住中教化四十年,释迦文佛住五年,二佛不说"①。如此表述,实与同时代以及之后的佛教行记类似,客观上印证了撰者的在场和记录的真实,并为彰显该书的综合价值提供了有利条件。

从现存文本看,除了对旅行者和时间秩序暂无交代之外,《外国事》叙述了佛国诸政权的地理位置和相对距离,诸国的当下势力范围、风土人情、佛教文化及其发展状况,种种与国家和地理位置相关的佛本生故事,诸佛以及著名佛教徒的相关传说、佛教遗迹以及其他传说等,佚文内容虽详略不等,而表述清晰有度,风格神秘诡谲,可谓史学价值与文学价值并存。

关于《外国事》的史学价值,向达指出,"魏晋以降,佛教传入中国,西域大德,络绎东来;东土释子,连袂西去。历游所至,著之篇章。法显《佛国记》与玄奘《西域记》后先辉映,为言竺史者之双宝,治斯学者莫不知之",至于"志不著录者亦多。如晋时支僧载之《外国事》","于考史者亦不无裨益"②。向达还认为,《外国事》所见播黎曰国疑即华氏城:"华氏城自孔雀王朝以降以至魏多王朝,历为国都,相继勿替,旅人因即以国都之名名其国;梁《高僧传·释智猛传》所云华氏国阿育王旧都之语,即其证。华氏城至魏多王朝国王三摩陀罗魏多(Samudragupta)以后,虽仍人民殷庶,而政府中枢,已移至阿逾陀城(Ajodhya)",因《外国事》仍称播黎曰国,疑支僧载漫游五印早于法

---

① 岑仲勉:《晋宋间外国地理佚书辑略》,《中外史地考证》,中华书局,1962 年版,第 165—169 页。
② 佛驮耶舍:《汉唐间西域及海南诸国地理书辑佚》第 1 辑,《史学杂志》1929 年第 1 期。

显之游,"惜其书只存断简零缣,否则必足以补苴第三、第四世纪间之印度古史,而可与法显、玄奘之书成鼎足之势也"①。

至于《外国事》的文学价值,则主要表现为书中的佛本生故事和相关传说,可与《佛本行经》等汉译佛典之叙事文学交相辉映。而唐代以来,不少学者已认识到《外国事》浪漫瑰奇的文本风格。杜佑《通典》、董逌《广川画跋》、马端临《文献通考》、汪师韩《谈书录》等著作,都曾将其与法显《游天竺记》、法盛《历诸国传》、道安《西域志》、昙勇《外国传》、智猛《外国传》、支昙谛《鸟山铭》等文献相提并论。上述诸家,或曰其"盛论释氏诡异奇迹"②,或曰"其说怪诡"③,或曰"所载奇踪诡迹必多"④,可见《外国事》展示出了中古佛教叙事的独特魅力。

毋庸置疑,《外国事》与诸种西域文献的复杂关联,亦藉此彰显出其不凡的学术价值。譬如前述《外国事》大月氏该条曰:"佛钵在大月氏国,一名佛律婆越国,是天子之都也。起浮图,浮图高四丈,七层,四壁里有金银佛像,像悉如人高。钵处中央,在第二层上,作金络络钵,锁悬钵。钵是石也,其色青。"⑤而《水经注》卷二引东晋《佛图调传》云:"佛钵,青玉也,受三斗许,彼国宝之。供养时,愿终日香花

① 向达:《汉唐间西域及海南诸国古地理书叙录》,《唐代长安与西域文明》,中华书局,2001 年版,第 570 页。

② [唐]杜佑撰,王文锦等点校:《通典》卷一百九十一,中华书局,1988 年版,第5199 页。

③ [宋]董逌:《广川画跋》卷三,《文渊阁四库全书》第 813 册,台湾商务印书馆,1986 年版,第 465 页。

④ [清]汪师韩:《谈书录》,《丛书集成续编》第 23 册,新文丰出版公司,1988 年版,第 422 页。

⑤ 李德辉辑校:《晋唐两宋行记辑校》,辽海出版社,2009 年版,第 5 页。

不满,则如言;愿一把满,则亦便如言。"①又,《水经注》卷二亦引宋竺法维《佛国记》云:"佛钵在大月支国,起浮图,高三十丈,七层,钵处第二层,金络络锁县钵,钵是青石。或云悬钵虚空。须菩提置钵在金机上,佛一足迹与钵共在一处,国王、臣民悉持梵香,七宝、璧玉供养。"②陈连庆认为,上述三种文献"可以互相参证"③。

　　事实上,《外国事》不仅与其他现存的晋唐佛教行记齐驱并驾,而且往往呈现互证之用。譬如,《外国事》佚文有:"鸠留佛姓迦叶,生那诃维国。"岑仲勉指出:"此国即法显《佛国记》之那毗伽邑。"④抑又,《外国事》佚文有:"私诃条国全道辽山有毗呵罗寺,寺中有石甕,至有神灵,众僧饮食欲尽,寺奴辄向石甕作礼,于是食具。"岑仲勉指出:"毗呵罗为 Vihara 之音译,今云寺也。《佛国记》云:'城南七里有一精舍,名摩诃毗诃罗,有三千僧住。'殆即指此。"⑤抑又,《外国事》佚文有:"拘宋婆国,今见过去佛四所住处四屋,迦叶佛住中教化四十年,释迦文佛住五年,二佛不说。"岑仲勉指出:"此即法显《佛国记》之拘睒弥国,《大唐西域记》之侨赏弥国,皆一音之转。《西域记》侨赏弥国云:'城东南不远有故伽蓝……中有窣堵波,无忧王之所建立,高二百余尺,如来于此数年说法,其侧则有过去四佛座及经行遗迹之

① [北魏]郦道元著,陈桥驿校证:《水经注校证》卷二,中华书局,2007 年版,第35 页。
② [北魏]郦道元著,陈桥驿校证:《水经注校证》卷二,中华书局,2007 年版,第35 页。
③ 陈连庆:《辑本〈佛图调传〉序》,《古籍整理研究学刊》1985 年第 3 期。
④ 岑仲勉:《晋宋间外国地理佚书辑略》,《中外史地考证》,中华书局,1962 年版,第 167 页。
⑤ 岑仲勉:《晋宋间外国地理佚书辑略》,《中外史地考证》,中华书局,1962 年版,第 171 页。

所.'记事亦符."①陈连庆亦强调:"从今天所能搜辑到的佚文来看,支僧载的足迹",遍及诸国,"都属于中印度,它所记录与释道安、佛图调、竺法维遥相呼应,也可与《法显传》互为补充"②。可见,支僧载《外国事》非但为其后的佛教行记提供了叙事摹本;更为重要的是,该书呈现出了多学科研究价值,是法显《佛国记》之前不可多得的重要的西域文献资料。

---

① 岑仲勉:《晋宋间外国地理佚书辑略》,《中外史地考证》,中华书局,1962 年版,第 169 页。
② 陈连庆:《新辑本支僧载〈外国事〉序》,《古籍整理研究学刊》1985 年第 1 期。

第二章 竺法维与《佛国记》

东晋刘宋之际，记载僧人亲历佛国之旅行笔记，除支僧载《外国事》、法显《佛国记》以外，另有竺法维撰著《佛国记》。竺氏《佛国记》亡佚已久，《隋志》与两《唐志》亦未著录，佛教经录也未提及。尽管如此，后世类书、古注以及地理著作屡有征引，后世学者也有相关研究，足见此书亦曾别行于世。兹试图探讨该书撰者生平及其活动时代，辨析撰者与竺法雅等三位僧人之别，梳理该书现存佚文并揭橥其学术价值，以进一步促进佛教行记的文献整理和相关研究。

一、竺法维生平及其活动时代

竺法维俗名未知，生卒年里亦不详。其生平事迹，唯见慧皎《高僧传·晋河西昙无谶》末附："时高昌复有沙门法盛，亦经往外国，立传凡有四卷。又有竺法维、释僧表，并经往佛国。"①揣摩文意，竺法维或与释僧表结伴前往西方巡礼求法。与此相关，宝唱《名僧传》卷二十六撰有《晋东安寺竺法维》《晋吴通玄寺僧表》两传，惜前传早佚。而后传有云："僧表，本姓高，凉州人也，志力勇猛。闻弗楼沙国有佛钵，钵今在罽宾台寺，恒有五百罗汉供养钵，钵经腾空至凉州，有

---

① ［南朝梁］释慧皎撰，汤用彤校注：《高僧传》卷二，中华书局，1992年版，第81页。

十二罗汉,随钵停,六年后还罽宾。僧表恨不及见,乃至西踰葱岭,欲致诚礼,并至于宾国。"①通览全文,该传并未提及竺法维。但东安、通玄二寺均地处建康,或证二僧亦关系非常。抑又,考察《水经注》卷二征引竺法维《佛国记》,其中存有大月氏及弗楼沙有关"佛钵"描述,由此暗合二人结伴经由新疆前往佛国之举。检读《水经注》等先后征引竺法维《佛国记》佚文,可见竺氏有可能游至迦维卫国、罗阅祇国、摩竭提国、波罗奈国、大月支国、弗楼沙国等地域,并且到达佛祖曾经活动的印度中心地带。

关于竺法维之籍贯,梁启超有"凉州人"②一说,但并未肯定。方步和指出:"竺法维是从凉州(今甘肃武威市)到天竺的高僧之一,却是从天竺返回后写有游记的凉州众高僧中,至今仍留有若干段游记的惟一高僧。"③张志哲则认为竺法维是高昌(今新疆吐鲁番东)人,"约与释僧表同时,并一同前往佛国寻访佛法"④。而事实上,"凉州说"或基于竺法维同伴释僧表籍贯的关联和推测,"高昌说"同样缘于张氏对前述《高僧传》文本的有意推测,两种观点均无更多有效的证据。

关于竺法维之活动时代,前代学者多有论及。法国东方学家列维(Sylvain Lévi)认为,"五世纪中,法维又在大月氏国见之(佛钵)"⑤,意谓竺法维于五世纪中西行至大月氏国。岑仲勉指出,列维

---

① [南朝梁]宝唱:《名僧传抄》,《续藏经》,1925 年上海涵芬楼影印本。
② [清]梁启超:《中国印度之交通》,《佛学研究十八篇》,上海古籍出版社,2001 年版,第 122 页。
③ 方步和编著:《河西文化——"敦煌学"的摇篮》,中国文史出版社,2004 年版,第 279 页。
④ 张志哲主编:《中华佛教人物大辞典》,黄山书社,2006 年版,第 57 页。
⑤ [法]烈维:《大藏方等部之西域佛教史料》,冯承钧译《西域南海史地考证译丛》第二卷第九编,商务印书馆,1962 年版,第 233 页。

五世纪之说，"谅不过就《水经注》之撰述时代而立言，非于法维年代有所确考也"①。抑又，梁启超认为法维、僧表二人或时处"东晋刘宋间"，"殆皆北凉时人"②。向达则依据晚清熊会贞针对竺法维《佛国记》现存佚文中罗阅祇国的考证，得出罗阅祇"盖 Rajgriha（Rajgir）之音译"，"罗阅祇一名为晋时译音"，遂疑"竺法维亦晋时人"③。与向氏观点迥异，岑仲勉则依据竺法维事迹附于《高僧传》道普传之末，认为竺氏"疑是宋、齐间人"④。陈连庆大致同意岑氏之说，并依据竺著《佛国记》现存佚文所记，从竺氏游踪断定其"可能是宋时人"，竺氏"所处的时代应较晚于支僧载"⑤。赖永海指出："现存《名僧传》的目录将竺法维、释僧表列为'晋东安寺竺法维''晋吴通玄寺僧表'，似乎他们西行回来时仍属于东晋时期，但现存僧表传记资料表明其回归时间已至刘宋时期。"⑥

　　综合上述诸家，应以梁氏观点较为合理。理由是：其一，前述宝唱《名僧传》著有《晋东安寺竺法维》，足见竺氏曾活动于东晋末期，此与向氏前述考证契合。其二，据岑氏、陈氏考证，竺法维亦曾活动于刘宋，此说同样较有说服力。其三，检读《名僧传》之《晋吴通玄寺僧表》，可知释僧表接佛钵、佛像并还凉州后，"知凉土将亡，欲反淮

① 岑仲勉：《晋宋间外国地理佚书辑略》，《中外史地考证》，中华书局，1962 年版，第 180 页。
② ［清］梁启超：《中国印度之交通》，《佛学研究十八篇》，上海古籍出版社，2001年版，第 122 页。
③ 向达：《汉唐间西域及海南诸国古地理书叙录》，《唐代长安与西域文明》，中华书局，2001 年版，第 576 页。
④ 岑仲勉：《唐以前之西域及南蕃地理书》，《中外史地考证》，中华书局，1962 年版，第 314 页。
⑤ 陈连庆：《辑本竺法维〈佛国记〉序》，《古籍整理研究学刊》1985 年第 2 期。
⑥ 赖永海主编：《中国佛教通史》第 2 卷，江苏人民出版社，2010 年版，第 236 页。

海,经蜀欣平县,沙门道汪求停钵像供养"①,此时已至刘宋初期。故笔者以为,竺法维大致生活于东晋刘宋间,其西行前往佛国之具体年月则不可详考。

竺法维西行回归之后,曾经活动于建康(今江苏南京市)一带。宝唱《名僧传》之《晋东安寺竺法维》即是最好的证据。东安寺地处东晋都城建康。刘义庆《世说新语·文学》记载:"支道林初从东出,住东安寺中。"刘孝标注引《高逸沙门传》曰:"遁居会稽,晋哀帝钦其风采,遣中使至东迎之。遁遂辞丘壑,高步天邑。"朱铸禹释"东出"引胡三省云:"晋宋间人多以往会稽为入东,自建康归会稽为东归。"②以此推断,"东出"则意谓"自会稽往建康",合支道林"高步天邑"之意。又据刘世珩考证:"东安寺,未详所始。晋名僧支道林,因哀帝征请,出都,住东安寺三载,而寺以兴。由是慧持、慧严、道渊、道猛、跋陀、法恭、昙智等,或译梵经,或止讲席,学术精整,道俗共推。都下为之语曰:'斗场禅师窟,东安谈义林。'"③据此,竺法维早年或与释僧表结伴西游,后于刘宋初止于京都建康,并且有可能擅长于佛典义解。

至于"晋东安寺"之说,有可能源于刘宋对该佛寺的习惯称呼,毕竟东晋与刘宋前后相续,因而这种表述并不为过。理由是,前述《名僧传》亦有《晋吴通玄寺僧表》。关于通玄寺,据《高僧传·晋并州竺慧达》,晋僧慧达"后东游吴县,礼拜石像。以像于西晋降末,建兴元年(313)癸酉之岁,浮在吴松江沪渎口","后有奉佛居士吴县民朱应"共信众迎来,"即接还安置通玄寺",慧达后"停止通玄寺,首尾三

①〔南朝梁〕宝唱:《名僧传抄》,《续藏经》,1925年上海涵芬楼影印本。
②〔南朝宋〕刘义庆撰,〔南朝梁〕刘孝标注,朱铸禹汇校集注:《世说新语汇校集注》上卷,上海古籍出版社,2002年版,第203页。
③〔清〕刘世珩:《南朝寺考》,明文书局,1980年版,第19页。

年,昼夜虔礼,未尝暂废"①。而陆广微《吴地记》后集云:"通元(讳玄)寺,吴大帝孙权吴夫人舍宅置。"②藉此,可见《名僧传》表述"晋吴通玄寺",或谓晋国吴地通玄寺,或谓吴晋之际通玄寺,这与刘宋甚至南梁称名"晋东安寺"互证。前述赖氏认为"似乎他们西行回来时仍属于东晋时期",应该是没有充分依据的。

二、竺法维与竺法雅等人辨析

考察竺法维其人,还应将其与竺法雅、竺法护、释法显等人加以辨别。清人杨守敬指出:"考《高僧传》无'竺法维'其人,《历代三宝记》亦无竺法维之书,惟《释迦方志》称'法维、法表之徒'云云。而《高僧传》有'竺法雅,河间人',《佛图澄传》法雅为澄弟子,又称'中山竺法雅'。'雅'、'维'形近,未知是一是二?"③杨氏之惑并无依据。原因是:其一,《高僧传》并非没有"竺法维"其人,只是相关叙述过于简略而已。其二,《高僧传》卷四《晋高邑竺法雅》所叙竺法雅其人行迹,其中并无西行巡礼之事。其三,慧皎倘若视竺法维、竺法雅为同一僧人,断不会前后文本龃龉难通。针对杨氏之惑,向达亦指出:"今按《高僧传·法雅传》,未言其曾游西域,疑为二人。"④撰写《佛国记》之竺法维,或为晋时游方沙门。

---

① [南朝梁]释慧皎撰,汤用彤校注:《高僧传》卷十三,中华书局,1992年版,第478—479页。

② [唐]陆广微:《吴地记》,《丛书集成新编》第94册,新文丰出版公司,1984年版,第622页。

③ [清]杨守敬纂疏,熊会贞参疏:《水经注疏》卷一,谢承仁主编《杨守敬集》第3册,湖北人民出版社、湖北教育出版社,1997年版,第22页。

④ 向达:《汉唐间西域及海南诸国古地理书叙录》,《唐代长安与西域文明》,中华书局,2001年版,第575页。

抑又，据道世《法苑珠林》："金人梦刘庄之寝，摩腾伫蔡愔之劝，遗教之流汉地，创发此焉，迄今六百余年矣。自后康僧会、竺法护、佛图澄、鸠摩什，继踵来仪，盛宣方等。遂使道生、道安之侣，慧严、慧观之徒，并能销声柱冠，翕然归向。"周叔迦校云："'护'字原作'维'，据《高丽藏》本、《碛砂藏》本、《南藏》本、《嘉兴藏》本改。"①此校语甚好。周氏《校注》以清道光年间常熟燕园蒋氏刻本为底本，可见《法苑珠林》该本中"竺法维"或与"竺法护"混同。而据《高僧传·晋长安竺昙摩罗刹》，竺法护虽亦"随师至西域，游历诸国"，此后赍经"还归中夏"②，但其时代应早于竺法维数十年之久。据考察，上述《法苑珠林》文字源自于隋释彦琮撰《通极论》，后收入道宣《广弘明集》卷四，原文实为"自后康僧会、竺法护、佛图澄、鸠摩什继踵来仪"③，可证周注《法苑珠林》底本"竺法维"乃文献传播致讹。值得一提的是，竺法维《佛国记》今存佚文中有解释罗阅祇国"耆阇崛山"之语，竺法护则译有《耆阇崛山解》（或曰《耆阇崛山解经》）一卷，隋唐佛教经录往往著录。这或许是竺法维、竺法护这两位高僧容易被后人混为一谈的渊源。

抑又，东晋高僧法显撰有《佛国记》，竺法维亦撰有同名行记。法显生平相关资料及其行迹，本书绪论部分已加以梳理。从生平活动看，法显虽与法维大致处于同一时代，然而并不直接相关。事实上，除竺法维附于昙无谶本传末尾之外，关于竺法雅、竺法护、释法显等三位僧人，慧皎《高僧传》均各自立传。另据日本宗性《名僧传抄》前附《名僧传目录》，得见宝唱《名僧传》卷一"外国法师"有《晋长安青门外寺竺法护》，同书卷十一"中国法师"有《晋高邑竺法雅》，卷二十

① ［唐］释道世撰，周叔迦、苏晋仁校注：《法苑珠林校注》卷一百，中华书局，2003年版，第2867页。
② ［南朝梁］释慧皎撰，汤用彤校注：《高僧传》卷一，中华书局，1992年版，第33页。
③ ［唐］释道宣：《广弘明集》卷四，《四部丛刊初编》，上海涵芬楼影印本。

六"寻法出经苦节"有《晋道场寺法显》《晋东安寺竺法维》《晋吴通玄寺僧表》等传,同样可证上述四位高僧迥然有别,竺法维其人亦绝非释法显。

与此相关,杜佑《通典·西戎总序》注云:"诸家纂西域事,皆多引诸僧游历传记,如法明《游天竺记》、支僧载《外国事》、法盛《历诸国传》、道安《西域志》。惟《佛国记》、昙勇《外国传》、智猛《游行外国传》、支昙谛《乌山铭》、翻经法师《外国传》之类,皆盛论释氏诡异奇迹,参以他书,则皆纰谬,故多略焉。"①此文标点明显有误。岑仲勉指出:"余初读此,即决'惟'乃法维之误文,以同书一九三天竺下两引文,均作竺法维《佛国记》也","按原文之末,既缀'之类',则'惟'万不能作连介字解,况唐前著述,称《佛国记》者只两种,法显(明)之书,杜氏已别称《游天竺记》,此《佛国记》盖舍法维莫属矣"②。岑氏之说不无道理。宋人董逌《书别本西升经后》云:"今考诸经说西域事,或本法明《天竺记》、支僧载《外国事》、法盛《诸国传》、道安《西域志》,及《佛国记》、昙勇智猛《外国传》、支昙谛《乌山铭》等书,虽其说怪诡,皆无老子化浮图事。"③马端临《文献通考·西域总序》注几同《通典》上文,却同样把"惟《佛国记》"改为"及《佛国记》"④。如此种种,一方面力证时处东晋刘宋之间的竺法维确有其人,另一方面可见竺法维《佛国记》实别行于世,正是晋唐时代不可多得的佛教行记之一。

① [唐]杜佑撰,王文锦等点校:《通典》卷一百九十一,中华书局,1988 年版,第5199 页。

② 岑仲勉:《唐以前之西域及南蕃地理书》,《中外史地考证》,中华书局,1962 年版,第313—314 页。

③ [宋]董逌:《广川画跋》卷三,《文渊阁四库全书》第813 册,台湾商务印书馆,1986 年版,第465 页。

④ [元]马端临:《文献通考》卷三百三十六,中华书局,1986 年版,第2636 页。

三、竺法维《佛国记》现存佚文

竺法维《佛国记》虽然不见于史志目录、隋唐经录以及诸种僧传，但不能藉此否认其存在。事实上，郦道元《水经注》曾屡引竺法维之言，虽不举其书名，却可从字里行间得见其行文体例，由此推断该书实为某种佛教行记之应有内容，向达所谓"当即《佛国记》文也"①，大致如此。后有杜佑《通典》、乐史《太平寰宇记》等文献竞相征引竺法维《佛国记》，遂以形成该书通名。杨守敬即指出："《寰宇记》一百八十三两引'竺法维'《佛国记》，此注叙西域诸国屡引竺法维说，其为法维之《佛国记》无疑。"②令人遗憾的是，该书在唐代疑佚，故道宣《释迦方志·游履篇》云："余历寻《僧传》，并博听闻，所游佛国，备之前矣。然记传所见，时互出没，取其光显者，方为叙之。至如法维、法表之徒，标名无记者，其计难缉。"③所谓"标名无记者，其计难辑"，表明竺法维《佛国记》在当时已不多见。究其原因，诚如道宣所言，应该是竺氏佛国巡礼之举并非前列所谓"光显者"，故而其人其书容易在历史潮流中遂以湮灭。今检读《水经注》《通典》《太平寰宇记》等，可见该书今存逸文数则。为搜辑和整理佚文，向达、陈连庆、岑仲勉、李德辉等学者亦曾积极关注。

向达曾以佛驮耶舍为笔名，曾于《史学杂志》发表《汉唐间西域及海南诸国地理书辑佚》（第一辑），该文首序见于前文。然而，文章

① 向达：《汉唐间西域及海南诸国古地理书叙录》，《唐代长安与西域文明》，中华书局，2001年版，第575页。

② ［清］杨守敬纂疏，熊会贞参疏：《水经注疏》卷一，谢承仁主编《杨守敬集》第3册，湖北人民出版社、湖北教育出版社，1997年版，第22页。

③ ［唐］道宣著，范祥雍点校：《释迦方志》卷下，中华书局，2000年版，第99页。《释迦方志》所称"法表"，即《高僧传》《名僧传》所谓"释僧表"，盖与"法维"关联致讹。

亦未针对竺法维《佛国记》进行辑佚,其后续采辑和补缀工作或终未完成,故未见存世。抑又,陈连庆曾于《古籍整理研究学刊》发表《辑本竺法维〈佛国记〉序》,陈氏所辑竺氏《佛国记》则同样未曾面世。如前文所述,张鹤泉认为陈氏撰有《西域南海古行记辑佚》等,白寿彝《中国通史·三国两晋南北朝时代》题记亦言陈连庆主要著作有《西域南海古地志辑佚》等,然而翻检书目索引以及陈撰《中国古代史研究》,均未见有行记辑本。故笔者以为,陈氏所辑竺法维《佛国记》亦未公开出版发行,疑为遗著。

由此,竺法维《佛国记》今存岑仲勉与李德辉两种辑本。岑氏撰有《晋宋间外国地理佚书辑略》,其中搜辑竺法维《佛国记》佚文七条,相关内容则按照迦维罗越国、罗阅祇国、波罗奈国、佛楼沙国四国先后编排,后收入《中外史地考证》。岑氏《佛国记》辑本搜辑齐全,并附有考证按语。惜其征引文献并未标注版本,且文字偶有脱讹。李氏撰有《晋唐两宋行记辑校》,其中搜辑竺法维《佛国记》佚文六条,相关内容根据佚文出处《水经注》《通典》先后编排,其辑佚特征和优劣亦略同支僧载《外国事》辑本。详言之,关于竺氏《佛国记》佚文"波罗奈国在迦维罗卫国南千二百里"条,岑氏依据《通典》卷一百九十三所见异文,辑为两条,不合学理。李氏则合并为一,然而相关校语亦不甚精准。关于竺氏《佛国记》佚文"在摩竭提国南"条,岑氏补"灵鹫山"作为主语,李氏则补"波罗奈国"作为主语,疑其不审《通典》文本语境所致。为方便综合研究,兹以岑氏所辑为底本①,梳理

---

① 岑氏底本未注明引书版本,兹征引佚文所用文献版本依次为:1.[北魏]郦道元著,陈桥驿校证:《水经注校证》,中华书局,2007年版。2.[清]魏源:《海国图志》,光绪二年(1876)平庆泾固道署重刊本。3.[宋]李昉等:《太平御览》,中华书局,1960年版。4.[唐]杜佑撰,王文锦等点校:《通典》,中华书局,1988年版。5.[宋]乐史撰,王文楚等点校:《太平寰宇记》,中华书局,2007年版。6.[宋]郑樵:《通志》,中华书局,1987年版。

竺法维《佛国记》佚文如下：

一、迦维卫国，佛所生天竺国也，三千日月、万二千天地之中央也。（《水经注》卷一、《海国图志》卷二十九。《海国图志》"佛所生天竺国也"后为"天地之中央也"，盖撰者删改。）

二、罗阅祇国有灵鹫山，胡语云耆阇崛山。山是青石，石头似鹫鸟。阿育王使人凿石，假安两翼、两脚，凿治其身，今见存，远望似鹫鸟形，故曰灵鹫山也。（《水经注》卷一、《太平御览》卷九百二十六。《太平御览》作"山石头似鹫，阿育王使凿石假安两翼两脚，今见存"。）

三、（灵鹫山）在摩竭提国南，亦天竺属国也。（《通典》卷一百九十三、《太平寰宇记》卷一百八十三、《通志》卷一百九十六。《太平寰宇记》无"亦"字。）

四、六年树去佛树五里。（《水经注》卷一）

五、波罗奈国在迦维罗卫国南千二百里，中间有恒水，东南流，佛转法轮处，在国北二十里，树名春浮，维摩所处也。（《水经注》卷一、《通典》卷一百九十三、《太平寰宇记》卷一百八十三、《通志》卷一百九十六、魏源《海国图志》卷二十九。《通典》作"波罗奈国在伽维罗越国南千四百八十里"，《通志》引《佛记》亦同，《佛记》即《佛国记》。《太平寰宇记》作"波罗奈国在迦维罗越国南一千四百八十里"。《海国图志》"佛转法轮处"后为"在城东北十里，即鹿野苑"，疑撰者增饰。）

六、佛钵在大月支国，起浮图，高三十丈，七层，钵处第二层，金络络锁县钵，钵是青石。或云悬钵虚空。须菩提置钵在金机上，佛一足迹与钵共在一处，国王、臣民悉持梵香，七宝、璧玉供养。塔迹、佛牙、袈裟、顶相舍利，悉在弗楼沙国。（《水经注》卷二）

四、竺法维《佛国记》学术价值

　　检读竺氏《佛国记》现存佚文，足见该书呈现出了多学科研究价值，是法显《佛国记》同时代不可多得的重要的西域文献资料。陈连庆认为，竺法维之游踪，"以中印度各地为多，如迦维国、罗阅祇国、摩竭提国，波罗奈国皆是。他所经之地，与支僧载约略相同"①。又认为前述支僧载足迹既可与竺法维遥相呼应，又可与《法显传》互为补充。事实上正是如此。从现存佚文看，竺法维《佛国记》正是缘于竺氏记录其西游佛国巡礼之事而成。其依据在于，竺氏《佛国记》习惯于描述与佛陀本生和菩萨传说相关的山水、风物及其所属国家、相对位置等，也有记载中天竺某国以及国与国之间的地理距离，其状物之细致、谋篇之有序，以及叙述所历诸国的当下状况，同样在一定程度上证明了撰者的在场和记录的真实，充分体现出了撰者对佛国的崇敬、对佛陀的虔诚，实与这个时代前后的佛教行记不谋而合，不容忽视。竺氏《佛国记》虽存吉光片羽，但通过探幽索隐，读者自可想见其内容之丰赡和广博。应该说，作为一种比较典型的佛教行记类文献，竺法维《佛国记》不仅颇具研究价值，而且同样为其后某些佛教行记的撰写提供了叙事摹本。

　　同理，竺法维《佛国记》与诸种西域文献的复杂关联，正是彰显其学术价值的前提条件。譬如，《水经注》引竺法维云："罗阅祇国有灵鹫山，胡语云耆阇崛山。山是青石，石头似鹫鸟。阿育王使人凿石，假安两翼、两脚，凿治其身，今见存，远望似鹫鸟形，故曰灵鹫山

---

① 陈连庆：《辑本竺法维〈佛国记〉序》，《古籍整理研究学刊》1985 年第 2 期。

也。"①熊会贞指出："据《十二游经》'罗阅祇'者,晋言'王舍城'","《史记·大宛传·正义》引《括地志》作:'王舍国',胡语云'罗悦祇国'。可证"②。而法显《佛国记》述"王舍新城"云:"入谷,搏山东南上十五里,到耆阇崛山。未至头三里,有石窟南向,佛本于此坐禅。西北三十步,复有一石窟,阿难于中坐禅,天魔波旬化作雕鹫,住窟前恐阿难,佛以神足力隔石舒手摩阿难肩,怖即得止。鸟迹、手孔今悉存,故曰雕鹫窟山。"③玄奘《大唐西域记》卷九亦有类似记述。可见,竺法维《佛国记》非但可与法显《佛国记》、玄奘《大唐西域记》的相关记载互为表里,而且为王舍国"耆阇崛山"之称名提供了另外一种较为合理的解释。

又如,《水经注》亦引竺法维云:"佛钵在大月支国,起浮图,高三十丈,七层,钵处第二层,金络络锁县钵,钵是青石。或云悬钵虚空。须菩提置钵在金机上,佛一足迹与钵共在一处,国王、臣民悉持梵香,七宝、璧玉供养。塔迹、佛牙、袈裟、顶相舍利,悉在弗楼沙国。"④上述《佛国记》佚文"以大月氏国与佛楼沙国并谈",很显然在竺法维巡礼印度佛迹之际,"大小月氏已经同时存在"⑤,这个历史背景与《魏书·西域传》所载相关事迹完全符合,故而完全可以实现史学互证。不仅如此,支僧载《外国事》大月氏有"佛钵在大月氏国"条。《水经注》卷二引东晋《佛图调传》有"佛钵"相关记载和描述。法显《佛国

---

① [北魏]郦道元著,陈桥驿校证:《水经注校证》卷一,中华书局,2007年版,第9页。

② [清]杨守敬纂疏,熊会贞参疏:《水经注疏》卷一,谢承仁主编《杨守敬集》第3册,湖北人民出版社、湖北教育出版社,1997年版,第28页。

③ [晋]释法显撰,章巽校注:《法显传校注》,中华书局,2008年版,第96页。

④ [北魏]郦道元著,陈桥驿校证:《水经注校证》卷二,中华书局,2007年版,第35页。

⑤ 陈连庆:《辑本竺法维〈佛国记〉序》,《古籍整理研究学刊》1985年第2期。

记》述"弗楼沙国":"佛钵即在此国","可容二斗许,杂色而黑多,四际分明,厚可二分,甚光泽。贫人以少花投中便满;有大富者,欲以多花而供养,正复百千万斛,终不能满"①。陈连庆认为,这些文献可以互证。可以想见,综合解读上述文本,必然有助于我们研究佛教文化传播的历史进程。

从现存文献资料看,晋唐佛教行记可谓屈指可数,其中保存全帙者非常罕见。正因为如此,竺法维《佛国记》作为与支僧载《外国事》、法显《佛国记》同时代的佛教行记,因其积极融入晋唐时代撰写该类著作的历史洪流,从而呈现出了西域研究和佛教文化研究的普遍价值。

---

① [晋]释法显撰,章巽校注:《法显传校注》,中华书局,2008 年版,第 34 页。

第三章　释智猛与《游行外国传》

东晋末期,雍州沙门释智猛巡礼佛国,后撰有行记《游行外国传》。智猛《游行外国传》虽已亡佚,但为《隋志》和两《唐志》等多家史志著录,后世经录、类书、政书、故事集等亦有征引或涉及,足见此书曾别部自行。僧祐《出三藏记集》智猛附传,实以智猛行记为材料依据并经删改而成。智猛所译《泥洹经》二十卷,隋唐经录多有著录,表现出一代高僧为弘扬佛教所做出的牺牲和努力。与晋唐其他佛教行记类似,《游行外国传》亦呈现出了多学科交叉研究价值。兹探讨智猛及其译经之举、《游行外国传》及其价值,以进一步促进佛教行记文献的整理和相关研究。

一、释智猛其人及译经之举

释智猛生年不详。其生平相关资料,主要为僧祐《出三藏记集》卷十五《智猛法师传》、慧皎《高僧传》卷三《宋京兆释智猛》、智昇《开元释教录》卷四附传等。检读这三种传记文献,其内容详略不等。相较而言,僧祐经录智猛本传时代最早,《高僧传》智猛本传有意删略僧祐经录中的景色描绘,并且考证谨严、叙事精简,《开元释教录》附传则同时吸收僧祐、慧皎所撰之优长,内容详实,最为完备。

据智昇《开元释教录》,沙门释智猛乃"京兆新丰人。禀性端明,厉行清白。少袭法服,修业专至,讽诵之声,以夜续昼。每见外国道人说释迦遗迹,又闻方等众经布在西域,常慨然有感,驰心遐外。以为万里咫尺,千载可追也。遂以姚秦弘始六年,甲辰之岁(404),招结同志十有五人,发迹长安,"至凉州城","入于流沙","历鄯鄯、龟兹、于阗诸国",其后六人"始登葱岭,而同侣九人退还","至波沦国,同旅竺道嵩又复无常",猛遂与余四人"三度雪山","至罽宾国,再渡辛头河",后至奇沙国、迦维罗卫国、华氏城,"于是便反,以甲子岁(424)发天竺,同行四僧于路无常,唯猛与昙纂俱还凉州","以宋元嘉末(453 年)卒"①。要之,释智猛为汉地沙门,之所以誓死亲往天竺巡礼,正是因为对佛国心驰神往,试图瞻仰佛迹,目睹真经。智猛大体遵循前代行僧已经实践过的陆路求法路线,于 404 年从长安出发,424 年才开始回国,前后长达 20 余年,可谓备尝艰苦。

　　据僧祐《出三藏记集》和慧皎《高僧传》,智猛以元嘉十四年(437)入蜀。抑又,道宣《释迦方志·游履篇》:"东晋后秦姚兴弘始年,京兆沙门释智猛与同志十五人,西自凉州鄯善诸国至罽宾,见五百罗汉,问显方俗。经二十年,至甲子岁与伴一人还东,达凉入蜀。宋元嘉末卒成都。游西有传,大有明据,题云《沙门智猛游行外国传》,曾于蜀部见之。"②释法云《翻译名义集》亦云:"智猛,雍州人。禀性端厉,明行清白,少袭法服,修业专诚,志度宏邈,情深佛法,西寻灵迹。北凉永和年中,西还翻译。"③这里两则材料,可与前述诸种传记相互印证。而检读《高僧传·宋荆州长沙寺释法期》,有蜀郡郫人释法期"十四出家,从智猛咨受禅业,与灵期寺法林同共习观。猛所

① [唐]智昇:《开元释教录》卷四,《大正藏》第 55 册,新文丰出版公司,1975 年版,第 521—522 页。

② [唐]道宣著,范祥雍点校:《释迦方志》卷下,中华书局,2000 年版,第 97 页。

③ [宋]法云编:《翻译名义集》卷一,《大正藏》第 54 册,新文丰出版公司,1975年版,第 1070 页。

谙知,皆已证得"①,可见智猛归国入蜀之后,在刘宋王朝的佛教界颇
具声名,培养了佛教人才,其高足亦即释法期,后卒于荆州长沙寺。

　　明人胡应麟指出,高僧智猛乃"释之博于经典,且富辩才者"②。
这里所谓博学善辩,实为大多数西行求法僧人的基本素养。不仅
如此,释智猛在回归汉地之后,亦有赍经翻译之举。据《出三藏记
集》本传,沙门智猛"后至华氏城,是阿育王旧都。有大智婆罗门,
名罗阅宗,举族弘法,王所钦重。造纯银塔高三丈,沙门法显先于
其家已得六卷《泥洹》。及见猛,问云:'秦地有大乘学不?'答曰:
'悉大乘学。'罗阅惊叹曰:'希有希有,将非菩萨往化耶?'猛就其
家得《泥洹》胡本一部,又寻得《摩诃僧祇律》一部,及余经胡本,誓
愿流通"③。《出三藏记集》《高僧传》又记载智猛于凉州译出《泥洹》
本二十卷。《开元释教录》则言智猛于凉州"以虔承和年中译出《泥
洹》成二十卷"④。考"虔承和"文义,疑为北凉沮渠牧犍(茂虔)年号
"承和",亦即437年,智昇经录可能因《出三藏记集》《高僧传》云智
猛"以元嘉十四年(437)入蜀"⑤而误记。又据《隋书·经籍志》释家
类序:"晋元熙中,新丰沙门智猛,策杖西行,到华氏城,得《泥洹经》
及《僧祇律》,东至高昌,译《泥洹》为二十卷。后有天竺沙门昙摩罗
谶复赍胡本,来至河西。沮渠蒙逊遣使至高昌取猛本,欲相参验,未

①　[南朝梁]释慧皎撰,汤用彤校注:《高僧传》卷十一,中华书局,1992年版,第
　　419页。
②　[明]胡应麟:《少室山房笔丛》卷三十八,中华书局,1958年版,第504页。
③　[南朝梁]释僧祐撰,苏晋仁等点校:《出三藏记集》卷十五,中华书局,1995年
　　版,第580页。
④　[唐]智昇:《开元释教录》卷四,《大正藏》第55册,新文丰出版公司,1975年
　　版,第522页。
⑤　[南朝梁]释僧祐撰,苏晋仁等点校:《出三藏记集》卷十五,中华书局,1995年
　　版,第580页。

还而蒙逊破灭。姚苌弘始十年,猛本始至长安,译为三十卷。"①此说因为时间秩序紊乱,遂而引起学者质疑②。但无论如何,智猛于元嘉十四年(437)之前,在北凉高昌译出《泥洹》二十卷,则是学界不争的事实。

因为如此,晋唐佛教专科目录大多著录有智猛《泥洹经》二十卷。《泥洹经》或云《般泥洹经》《大般泥洹经》《涅槃经》等。根据《出三藏记集》,"宋文帝时,沙门释智猛游西域还,以元嘉中于西凉州译出《泥洹经》一部,至十四年赍还京都"③,又云《般泥洹经》"一经七人异出",其中"释智猛出《泥洹经》二十卷"④,今阙。同书《大涅槃经记》则云:"此《大涅槃经》,初十卷有五品。其梵本是东方道人智猛从天竺将来,暂憩高昌",河西王"遣使高昌,取此梵本"⑤,命天竺沙门昙

---

① [唐]魏征等:《隋书》卷三十五,中华书局,2019年版,第1244页。
② 针对《隋志》释家类序文,皮锡瑞指出:"姚苌弘始十年,为晋安帝义熙四年,北凉沮渠蒙逊八年。又后九年,为晋义熙十三年,刘裕灭姚秦,而沮渠蒙逊至宋文帝元嘉十年始卒,十六年北凉始为魏灭而亡。计北凉之灭,在姚秦既灭二十五年之后,距姚苌弘始十年凡三十四年,志乃言蒙逊灭于姚苌弘始十年之前,年代全然不符,何以疏忽至此?又晋恭帝元熙元年,已在姚秦既灭二年之后,距姚苌弘始十年凡十一年,志乃以晋元熙在前,姚苌弘始十年在后,年代亦不相合。盖志所引皆彼教语,乃僧徒无识者所为,而唐初修志者不能辨正僧徒史,且不解其所译经,又可信耶?"([清]皮锡瑞:《师伏堂笔记》,《续修四库全书》第1165册,上海古籍出版社,1997年版,第625页)皮氏云"北凉之灭(439年),在姚秦既灭(417年)二十五年之后",亦属计算失误。
③ [南朝梁]释僧祐撰,苏晋仁等点校:《出三藏记集》卷二,中华书局,1995年版,第59页。
④ [南朝梁]释僧祐撰,苏晋仁等点校:《出三藏记集》卷二,中华书局,1995年版,第67页。
⑤ [南朝梁]释僧祐撰,苏晋仁等点校:《出三藏记集》卷八,中华书局,1995年版,第315页。

无谶译出①。费长房《历代三宝纪》著录《般泥洹经》二十卷,亦云"宋文帝世,雍州沙门释智猛,游历西域寻访异经,从天竺国赍梵本来,道经玉门于凉州译,元嘉十四年流至杨都,与法显同见宋齐录"②。道宣《大唐内典录》卷四著录《般泥洹经》二十卷,其相关记载与长房录相同。明佺《大周刊定众经目录》著录《泥洹经》二十卷,云"宋元嘉年中沙门智猛于西凉州译,出竺慧宋齐录"③。智昇《开元释教录》著录智猛《般泥洹经》二十卷,云"见道慧宋齐录及僧祐录第六,译与无谶《大般涅槃经》等同本"④。圆照《贞元新定释教目录》著录《大般泥洹经》二(疑下脱"十"字)卷,云"北凉雍州沙门智猛于凉州译"⑤。令人遗憾的是,智猛所译《泥洹经》在南梁时已阙,唐代仅有记录痕迹。

抑又,据前述《出三藏记集》智猛本传,智猛曾于华氏城大智婆罗门家"寻得《摩诃僧祇律》一部,及余经胡本,誓愿流通"。今检读《出三藏记集》,其中《新集条解异出经录》亦著录有《摩诃僧祇律》,云"一经二人异出"⑥,译者分别为释法显、释智猛。抑又,《历代三宝

---

① 此昙无谶即昙摩谶。《出三藏记集》著录"昙摩谶出《大般涅槃经》三十六卷","释法显出《大般泥洹经》六卷",又云"昙摩谶《涅盘》与法显《泥洹》大同",存于世([南朝梁]释僧祐撰,苏晋仁等点校:《出三藏记集》卷二,中华书局,1995年版,第66—67页)。《大涅槃经记》云河西王"命谶译出",恰与《隋志》释家类序所述一致。
② [隋]费长房:《历代三宝纪》卷九,《大正藏》第49册,新文丰出版公司,1975年版,第85页。
③ [唐]明佺等:《大周刊定众经目录》卷二,《大正藏》第55册,新文丰出版公司,1975年版,第385页。
④ [唐]智昇:《开元释教录》卷四,《大正藏》第55册,新文丰出版公司,1975年版,第521页。
⑤ [唐]圆照:《贞元新定释教目录》卷二十四,《大正藏》第55册,新文丰出版公司,1975年版,第962页。
⑥ [南朝梁]释僧祐撰,苏晋仁等点校:《出三藏记集》卷二,中华书局,1995年版,第82页。

纪》还著录《普曜经》八卷,下注:"永嘉二年,于天水寺出,是第三译,沙门康殊白,法巨等笔受,与蜀《普曜》及智猛、宝云所出六卷者小异,见聂道真及古录。"①可见,智猛除了翻译《泥洹》二十卷之外,或译有《摩诃僧祇律》《普曜经》等,或仅为寻得两经梵本而已,因无其他证据可寻,卒难考究。

二、《游行外国传》基本情况

智猛回归汉地之后,另撰有佛教行记《游行外国传》。《游行外国传》或曰《外国传》《游外国传》《智猛传》《游西国传》等。《隋志》《新唐志》以及郑樵《通志·艺文略》、焦竑《国史经籍志》等,均著录智猛《游行外国传》一卷;《旧唐志》则著录智猛《外国传》一卷;同属史部地理类。此后公私书目罕有著录。抑又,《出三藏记集》卷八引及智猛《游外国传》《智猛传》,杜佑《通典》卷一百九十一附注、董逌《广川画跋》卷三、马端临《文献通考》卷三百三十六等,均提及智猛《外国传》。徐坚《初学记》卷二十七、梅鼎祚《释文纪》卷四十五、张英等《御定渊鉴类函》卷三百六十二亦曾征引智猛《游外国传》佚文。日本照远《资行钞》还叙及法猛《游西国传》。毋庸置疑,该书曾在中古时代别部自行并且传播久远。

按前述《出三藏记集》卷十五《智猛法师传》,释智猛"以元嘉十四年入蜀,十六年七月七日于钟山定林寺造传",则《游行外国传》始作于439年。与此不同的是,清人秦荣光《补晋书艺文志》卷二、吴士鉴《补晋书经籍志》卷二亦曾补录《游行外国传》。秦氏据《隋志》释

---

① ［隋］费长房:《历代三宝纪》卷六,《大正藏》第49册,新文丰出版公司,1975年版,第62页。

家类序云"晋元熙中,新丰沙门智猛,策杖西行,到华氏城"①,遂认为
"元熙,汉刘渊年号也,书当作于西晋时"②,显然属于判断失误。据
笔者考察,唐前年号曰"元熙"者,既有前赵刘渊(304—308)时段,亦
有晋恭帝司马德文(419—420)时段,秦氏显然将两种年号混同,故而
不足为据。

　　从历代著录看,智猛《游行外国传》大致亡于宋后,其佚文亦不多
见。清人储大文《存研楼文集》即指出:"僧智猛、法盛,遗闻尽阙。"③
尽管如此,《出三藏记集》智猛附传,实以智猛行记为材料依据并经删
改而成。附传多处叙及智猛经行路线以及异域风光、释迦遗迹、佛教
见闻等,必为《游行外国传》之应有内容。证据有二:

　　其一,《出三藏记集》附传云:"既至罽宾城,恒有五百罗汉住此
国中,而常往反阿耨达池。有大德罗汉见猛至止,欢喜赞叹。猛咨问
方土,为说四天下事,具在其传。"④这里所谓"具在其传",可见僧祐
之简略叙述,实据《游行外国传》而缩写。

　　其二,《出三藏记集》收录《二十卷泥洹经记》,云"出智猛《游外
国传》",其内容则是征引《智猛传》云:"毗耶离国有大小乘学不同。
帝利城次华氏邑有婆罗门,氏族甚多。其禀性敏悟,归心大乘,博览
众典,无不通达。家有银塔,纵广八尺,高三丈,四龛,银像高三尺余。
多有大乘经,种种供养。婆罗门问猛言:'从何来?'答言:'秦地来。'
又问:'秦地有大乘学否?'即答:'皆大乘学。'其乃惊愕雅叹云:'希

---

① [唐]魏征等:《隋书》卷三十五,中华书局,2019年版,第1244页。
② [清]秦荣光:《补晋书艺文志》卷二,《二十五史补编》(三),中华书局,1955
　年,第3822页。
③ [清]储大文:《存研楼文集》卷八,《文渊阁四库全书》第1327册,台湾商务印
　书馆,1986年版,第138页。
④ [南朝梁]释僧祐撰,苏晋仁等点校:《出三藏记集》卷十五,中华书局,1995年
　版,第579—580页。

有！将非菩萨往化耶？'智猛即就其家得《泥洹》胡本,还于凉州,出得二十卷。"①此《智猛传》疑即《游行外国传》,其具体文字内容与《出三藏记集》附传大致相同。苏晋仁认为,《出三藏记集》卷八"有《二十卷泥洹记》,即注出智猛《游外国传》,其内容与卷十五之传所云相同,则二者均出于《游外国传》"②。苏氏又在《出三藏记集》"校勘记"中指出:"《法经录》六著录《二十卷泥洹记》一卷,注云:见《智猛传》","《梁传》三《智猛传》,记猛以元嘉'十六年七月造传,记所游历。'即此传,早佚。则此记为智猛所撰"③。由此,检读僧祐所撰附传,即可知《游行外国传》之基本内容。

抑又,《出三藏记集》附传云智猛"历鄯鄯、龟兹、于阗诸国,备观风俗"④,而唐人徐坚《初学记》征引释智孟《游外国传》云:"龟兹国高楼层阁,金银雕饰。"⑤张英等《御定渊鉴类函》卷三百六十二亦有征引。此条佚文,明显源于智猛行记。

抑又,《大正藏》卷六十二收录有照远《资行钞》,原书"事钞下三之末"多处叙及法猛《游西国传》或《历国传》:"记。传云者,旧云晋法猛《游西国传》(云云)。抄批云:传云,西国僧寺鬼神广者,传谓《历国传》也。晋朝释法猛游外国,记之为传也。鬼神广者,旷野鬼子母庙也。如《历国传》抄(文)。《简正记》云:传云者,晋朝释法猛游

① [南朝梁]释僧祐撰,苏晋仁等点校:《出三藏记集》卷八,中华书局,1995 年版,第 316—317 页。

② [南朝梁]释僧祐撰,苏晋仁等点校:《出三藏记集》"序言",中华书局,1995 年版,第 8 页。

③ [南朝梁]释僧祐撰,苏晋仁等点校:《出三藏记集》卷八,中华书局,1995 年版,第 323 页。

④ [南朝梁]释僧祐撰,苏晋仁等点校:《出三藏记集》卷十五,中华书局,1995 年版,第 579 页。

⑤ [唐]徐坚等:《初学记》卷二十七,中华书局,1962 年版,第 647 页。按"释智孟"应为"释智猛",音同而讹。

于西国，撰《历国传》……《会正记》云：传云者，晋法猛游西国，记其所见，为《历国传》，鬼庙即鬼子母庙（文）。"①孙猛《日本国见在书目录详考》对此略有考证，然而语焉不详，标点亦或有失误。而事实上，《资行钞》所叙智猛行记，文中有一处云《游西国传》，有四处云《历国传》，则鬼子母庙之事，既有可能确属智猛《游行外国传》，亦有可能为法盛《历国传》内容，还有可能为二僧之共同闻见，惜无证据可寻，兹录以存疑。

抑又，《大正藏》卷五十一可见非浊集《三宝感应要略录》。该书卷下第十九《南天竺尸利密多菩萨观音灵像感应》征引《释智猛传》，后被李德辉收入《晋唐两宋行记辑校》，然而辑录未全。兹据邵颖涛校注《三宝感应要略录》载录：

> 秦姚兴京兆沙门释智猛，往游西域廿年。至南天竺尸利密多罗菩萨塔，侧有精舍，破坏日久，中有金色观世音菩萨像，雨霜不湿像身。诚心祈请，见空中盖。传闻于耆旧曰：昔有菩萨，名曰尸利密多，利生为怀，慈悲兼济，最悲三途受苦众生。更发（愿）造观世音像，三年功毕。灵异感动，若专心祈请，为现妙身，指诲所愿。菩萨于其像前，而作是念："观世音菩萨，能灭二十五有苦，于中三途最重，灵像感通，助我誓愿，将救重苦。"
>
> 至夜二更，灵像放光明，天地朗然。光中见十八泥梨受苦及三十六饿鬼城苦、四十亿畜生苦。灵像顿现百千军，带金甲，各各执持杖刃戈棒，入十八泥梨。始自阿鼻城，次第而摧破镬器，苦具寻断坏。尔时，牛头等一切狱卒皆生恐怖心，投舍苦器，驰走向阎魔城，而白王言："忽有百千骑兵军众，带金甲，执持戈刃，

① ［日］照远：《资行钞》，《大正藏》第 62 册，新文丰出版公司，1975 年版，第796 页。

摧破镬器,断坏苦具,地狱反作凉池,苦器悉作莲花,一切罪人皆离苦恼,未曾见是事,如何所作?"王曰:"将非是观世音所作事耶? 我等不及也。"即合掌向彼方说偈,言:"归命观世音,大自在神通。示现百千军,能破三恶器。"如此破坏十八泥梨已,摄化而为说法。次入饿鬼城,右手流五百河,左手流五百河,于虚空中而雨甘露,一切饱满,而为说法。又复入畜生,以智光明破愚痴心,而为说法,三涂在一时中。尸利密多见此希有事,自画像缘,雕石而注。其灵像者,即是此缘也。①

此文末又附一段:"私云:此事希奇,自非大圣严旨难思。晚捡新译《大乘宝王经》有此利生相,更勘彼文。今欲劝像造,且录传之云云。今亦云:唐尸罗比丘,弘始年中到南天竺之密多罗菩萨遗迹观世音寺云是。"②考唐无"弘始"年号,弘始(399—416)实为后秦年号。非浊此所谓"唐",或代指中国。前述智猛404年从长安出发,于424年开始回国,恰与"弘始"段有时间上的交叉。抑又,据世亲《阿毗达磨俱舍论》:"论曰:能平险业故名尸罗。训释词者,谓清凉故。如伽他言:受持戒乐,身无热恼,故名尸罗。"③据龙树菩萨《大智度论》:"尸罗(秦言性善),好行善道,不自放逸,是名尸罗。或受戒行善,或不受戒行善,皆名尸罗。尸罗者,略说身、口律仪有八种:不恼害、不劫盗、不邪淫、不妄语、不两舌、不恶口、不绮语、不饮酒,及净命,

---

① [辽]释非浊编,邵颖涛校注:《三宝感应要略录》卷下,人民出版社,2018年版,第345页。
② [辽]释非浊编,邵颖涛校注:《三宝感应要略录》卷下,人民出版社,2018年版,第345页。
③ [印度]尊者世亲造,[唐]玄奘译:《阿毗达磨俱舍论》卷十四,《大正藏》第29册,新文丰出版公司,1975年版,第73页。

是名戒相。"①那么，所谓"尸罗比丘"，亦即汉地戒行较优之高僧。回顾前述智猛本传，或谓其"禀性端明，厉行清白"，或谓其于华氏城罗阅宗家"寻得《摩诃僧祇律》一部"，似与"尸罗"之戒行较为契合。综上，所谓"唐尸罗比丘"，或即汉地高僧智猛。《要略录》相关叙述或渊源有自，则智猛行记亦当记载其瞻仰南天竺尸利密多罗菩萨塔及相关传说。检读上文，其中详细记载观音感应故事，实与《佛国记》《大唐西域记》等佛教行记全帙写法颇为相类，属于求法僧人因所见佛国遗迹而追记传说，符合其一贯的写作套路。

抑又，非浊《三宝感应要略录》卷下第五《释智猛画文殊精诚供养感应》征引《别传》等文云："释智猛，少甚愚痴，都无分别心。其父为用钱三十文画文殊像，令其子对像。梦像放光，照儿顶，光入顶。觉后，有自然辨智，如学法长年比丘。更质经律等，如文谙诵，文义无所不了。出家之后，才智超人，号曰智猛。文殊化作梵僧，而来此土谒智猛矣。"②又据慧祥《古清凉传·游礼感通》征引《别传》云："文殊师利，周宇文时，化作梵僧，而来此土云。访圣迹，欲诣清凉山文殊师利住处。于时智猛法师乃问其事，才伸启请，俄失梵僧。"③则此智猛乃北周僧人，邵颖涛《校注》辨析甚详，可供参考。

三、《游行外国传》之学术价值

与晋唐其他佛教行记一样，智猛《游行外国传》亦明显呈现出了

---

① ［印度］龙树菩萨造，［后秦］鸠摩罗什译：《大智度论》卷十三，《大正藏》第25册，新文丰出版公司，1975年版，第153页。

② ［辽］释非浊编，邵颖涛校注：《三宝感应要略录》卷下，人民出版社，2018年版，第312页。

③ ［唐］慧祥：《古清凉传》卷下，《大正藏》第51册，新文丰出版公司，1975年版，第1096页。

多学科交叉研究的独特价值。检读《出三藏记集》智猛附传，其学术价值首先表现为《游行外国传》与其他佛教行记和西域文献的相互参证之用。据研究，释智猛西行虽然略早于释法盛和昙无竭，然据其行记《游行外国传》佚文或相关内容，可以与《历国传》《外国传》这两种行记相互发明。因后文相关考说将逐一阐明，兹不赘述。

抑又，附传云智猛"复西南行千三百里，至迦惟罗卫国，见佛发、佛牙及肉髻骨，佛影、佛迹，炳然具在"①；而杨衒之《洛阳伽蓝记》引《道荣传》云："至那迦罗阿国"，"那竭城中有佛牙佛发，并作宝函盛之，朝夕供养。至瞿波罗窟，见佛影。入山窟，去十五步，西面向户遥望，则众相炳然；近看则瞑然不见。以手摩之，唯有石壁，渐渐却行，始见其相。容颜挺特，世所希有。窟前有方石，石上有佛迹"②。又如，附传云智猛先于奇沙国见"佛钵，光色紫绀，四边灿然"③；而东晋支僧载《外国事》云："佛钵在大月氏国，一名佛律婆越国，是天子之都也。起浮图，浮图高四丈，七层，四壁里有金银佛像，像悉如人高。钵处中央，在第二层上，作金络络钵，锁悬钵。钵是石也，其色青。"④诸如此类，因为两种文献及其撰者时代各异，文本内容亦不尽相同，从而有助于学者研究古代印度历史和佛教文化传播情况。

毋庸置疑，《游行外国传》正是与诸种西域相关文献紧密关联，才能彰显出其学术意义。向达指出："智猛历游西域诸国，途经龟兹，时距吕光之伐西域尚未三十年（吕光之伐西域在东晋孝武帝太元七年，

① ［南朝梁］释僧祐撰，苏晋仁等点校：《出三藏记集》卷十五，中华书局，1995年版，第580页。

② ［北魏］杨衒之撰，周祖谟校释：《洛阳伽蓝记校释》卷五，中华书局，2010年版，第207—208页。

③ ［南朝梁］释僧祐撰，苏晋仁等点校：《出三藏记集》卷十五，中华书局，1995年版，第580页。

④ 李德辉辑校：《晋唐两宋行记辑校》，辽海出版社，2009年版，第5页。

公元三八二年。智猛至龟兹当在元兴三年至义熙元年之间,才二十余年耳)",龟兹宫室犹得面见,故曰"龟兹国高楼层阁,金银雕饰","颇足以证《晋书》之言。惜乎全书不传,现存者亦只寥寥数条(僧祐《出三藏记集》中收有一条),否则其可以补正西域史地者当不鲜也"①。可见,智猛《游行外国传》有助于促进以西域和佛教为主题的中古学术研究。

如果说,智猛行记给后世学者考察古代西域和佛教留下了重要线索;那么,该著或还因为关注经行路线和山川地理,叙述简略而且清晰有序,足见其使用史传文学的写作手法非但较为明显,而且自成体系。史传大多注重时间、人物、事件等重要元素。围绕着智猛在佛国巡礼求经,《游行外国传》之主体部分,往往以地理距离来取代时间的延续,在时间的推移中,间以描写自然、风情、佛迹等,如此充分发扬了史传文学的书写模式,形成了较为独特的行记风格。依据僧祐《出三藏记集》智猛附传和后世类书征引佚文,可见《游行外国传》应与同时代前后大多数佛教行记的文本风格类似。检读智猛附传,足见其写景状物,与法显、玄奘之佛教行记异曲同工。结合前述《智猛传》所述观音灵验故事,足见原书亦善于讲述佛迹感应,往往婉转有致。

此外,智猛附传普遍使用表示承接的关联词,文中亦谓"(智猛)又游践,究观灵变,天梯龙池之事,不可胜数"等等,可见《游行外国传》对求法路线的有序记录,对佛国遗迹和风物的描述,对人物接遇、现世灵验以及古代传说的叙述,一方面应为六朝综合性僧传的撰写提供了文本基础,最终促进了这个时代僧传文学的建构;另一方面应与六朝其他佛教行记诸如支僧载《外国事》、竺法维《佛国记》、释法

①　向达:《汉唐间西域及海南诸国古地理书叙录》,《唐代长安与西域文明》,中华书局,2001年版,第571页。

盛《历国传》以及记载慧生等人西行求法的《慧生行传》《宋云家记》《道荣传》等著作一道,为唐朝佛教行记的时代演绎提供了叙事摹本。

　　要之,释智猛亲历佛国求经巡礼,译有《泥洹经》二十卷等,撰有行记《游行外国传》,由此表现出一代高僧为弘扬佛教所做出的牺牲和努力。晋唐高僧正是以一种类似屈子"亦余心之所善兮,虽九死其犹未悔"①的精神求经说法,为佛教在我国的顺利传播做出了巨大贡献。

---

① ［宋］洪兴祖撰,白话文等点校:《楚辞补注》,中华书局,1983 年版,第 14 页。

第四章　昙无竭与《外国传》两种

　　南朝刘宋时期,受法显、宝云诸僧事迹影响,沙门昙无竭巡礼佛国,后撰有行记《外国传》。昙无竭《外国传》虽不见于史志,然而隋唐经录均有著录,其他相关文献亦有叙及,可见此书曾别行于世,惜其大致亡于宋代。僧祐《出三藏记集》、慧皎《高僧传》以及智昇《开元释教录》附及本传,均以昙无竭行记为材料依据并经删改而成。昙无竭还翻译《观世音菩萨受记经》一卷,历代经录亦有著录。兹根据常见文献,探讨昙无竭及其《外国传》现存内容,又详究日僧信行《翻梵语》对昙无竭《外国传》名物的大量征引,一方面以达学术互证之用,另一方面综合考察该僧西行求法之具体行迹。与昙无竭行记相关,南齐沙门释昙景亦曾巡礼佛国,且撰有同名行记《外国传》,后人常混为一谈。昙景《外国传》虽被多家目录关注,然亦不存于今世,其佚文及相关内容更加罕见。昙景还翻译《未曾有因缘经》《摩诃摩耶经》等佛典。兹附及考察昙景《外国传》并澄清相关问题,以丰富和拓展南朝佛教文化研究。

一、昙无竭及其《外国传》相关内容

　　昙无竭宋言法勇,为幽州黄龙(今北京)人。其生平资料,主要有僧祐《出三藏记集》卷十五《法勇法师传》、慧皎《高僧传》卷三《宋黄龙释昙无竭》以及智昇《开元释教录》卷五、圆照《贞元新定释教目录》卷八四种传记,内容大致相同。相较而言,僧祐录附传时代最早,慧皎传最为精简并且叙事逻辑性强,智昇录附传则以详实为特色,圆照录实则誊抄智昇录。

据智昇《开元释教录》:"沙门释法勇,梵名昙无竭,本姓李氏,幽州黄龙国人也。幼为沙弥,便修苦行,持戒讽经,为师所异。尝闻法显、宝云诸僧躬践佛国,慨然有忘身之誓。遂以宋永初之元(420年),招集同志沙门僧猛、昙朗之徒二十五人,共赍幡盖供养之具,发迹北土,远适西方。"行经葱岭之际,失同伴十二人,至中天竺旷远之处,八人路亡,最后"于南天竺随舶泛海,达广州","元嘉末年(453)达于杨都,手自宣译《观世音受记经》一部,今见传于世,后不知所终"①。与此相关,法云《翻译名义集》云:"昙无竭,此云法勇,亦云法上,姓李,黄龙人。幼为沙弥,勤修苦行,持戒诵经,为师所重。尝闻法显躬践佛国,慨然在忘身之誓。以武帝永初年,招集同志僧猛等二十五人,共游西域二十余年,自余并死,唯竭独还。于罽宾得梵经本,杨都翻译。"②费长房《历代三宝纪》云:"武帝世永初元年,黄龙国沙门昙无竭,宋言法勇,招集同志释僧猛等二十五人共游西域,二十余年,自外并化,唯竭只还。"③道宣《大唐内典录》卷四亦同。志磐《佛祖统纪》云:"黄龙国沙门昙无竭与僧猛等二十五人,往西天求经。越二十年,唯无竭还扬都译经。"④上述材料,均言昙无竭巡礼佛国长达

① [唐]智昇:《开元释教录》卷五,《大正藏》第 55 册,新文丰出版公司,1975 年版,第 530 页。
② [宋]法云编:《翻译名义集》卷一,《大正藏》第 54 册,新文丰出版公司,1975 年版,第 1070 页。
③ [隋]费长房:《历代三宝纪》卷十,《大正藏》第 49 册,新文丰出版公司,1975 年版,第 92 页。
④ [宋]志磐撰,释道法校注:《佛祖统纪校注》卷三十七,上海古籍出版社,2012 年版,第 838 页。

二十余年,最终"唯竭只还",其他同行僧人均已身亡。与道宣录稍有
不同,《释迦方志·游履篇》云:"宋永初六年,黄龙沙门释法勇操志
雄远,思慕圣迹,招集同志僧猛、昙朗等二十五人,发迹雍部,西入雪
山,乘索桥,并传栈,度石壁,及至平地,已丧十二人。余伴相携,进达
罽宾,南历天竺。"①所谓"永初六年","六"疑为"元"字形讹。要之,
与法显、智猛等僧人相比,昙无竭游历天竺时间更长,其佛国见闻或
许更为丰富,不失为中印佛教文化交流的重要人物之一。

　　昙无竭在归国之后,还译有佛经。《出三藏记集》附传即言:"进
至罽宾国,礼拜佛钵。停岁余,学胡书竟,便解胡语。求得《观世音受
记经》梵文一部","其所译出《观世音受记经》,今传于京师","所赍
《观世音经》,常专心系念"②。后续三种传记亦有类似记载。抑又,
《佛祖统纪》《翻译名义集》以及其他佛教文献,同样叙及昙无竭译经
之事。今检读佛教经录,可见《出三藏记集》著录"《观世音受记经》
一卷",注云"宋武帝时,黄龙国沙门昙无竭游西域译出"③。《历代三
宝纪》著录"《观世音菩萨受记经》一卷",为"第二出,与晋世竺法护
译者小异",又云昙无竭"于罽宾国写得前件梵本经来,元嘉末年达于
江左,即于杨都自宣译出。见王宋、僧祐、慧皎、李廓、法上等录"④。
《大唐内典录》另著录"《观世音菩萨授记经》十四纸",云"宋时昙无
竭于杨都译"⑤。抑又,明佺《大周刊定众经目录》亦载:"《观世音菩

---

① ［唐］道宣著,范祥雍点校:《释迦方志》卷下,中华书局,2000年版,第98页。

② ［南朝梁］释僧祐撰,苏晋仁等点校:《出三藏记集》卷十五,中华书局,1995年
版,第582页。

③ ［南朝梁］释僧祐撰,苏晋仁等点校:《出三藏记集》卷二,中华书局,1995年
版,第56页。

④ ［隋］费长房:《历代三宝纪》卷十,《大正藏》第49册,新文丰出版公司,1975
年版,第92页。

⑤ ［唐］道宣:《大唐内典录》卷六,《大正藏》第55册,新文丰出版公司,1975年
版,第291页。

萨受记经》一卷,一名《观世音受决经》,出宝唱录,再译","宋永初元年昙无竭于杨州译,出长房录"①。《开元释教录》著录"沙门释昙无竭一部一卷经"②,亦即"《观世音菩萨受记经》一卷,一名《观世音受决经》,第三出,与西晋法护、道真出者同本,见王宗、僧祐、李廓、法上等录及《高僧传》","其本见在"③,该书亦云:"《观世音菩萨受记经》一卷,一名《观世音受决经》,宋黄龙沙门释昙无竭译,第三译,三译二阙。"④圆照《贞元新定释教目录》著录则同《开元释教录》。此外,庆吉祥《至元法宝勘同总录》卷三、释智旭《阅藏知津》卷四亦有相关著录。

　　昙无竭自撰佛教行记即为《外国传》。该书未见于史志,隋唐佛教经录则著录之。《历代三宝纪》著录"沙门昙无竭二部六卷经"⑤,亦即其所译《观世音菩萨受记经》一卷,所撰"《外国传》五卷",后者注云"竭自游西域事";附传又云无竭"白著行记五卷"⑥。《大唐内典录》著录《外国传》五卷,亦云"竭自述游西域事"⑦。与此相关,

---

① [唐]明佺等:《大周刊定众经目录》卷五,《大正藏》第55册,新文丰出版公司,1975年版,第339页。

② [唐]智昇:《开元释教录》卷五,《大正藏》第55册,新文丰出版公司,1975年版,第523页。

③ [唐]智昇:《开元释教录》卷五,《大正藏》第55册,新文丰出版公司,1975年版,第530页。

④ [唐]智昇:《开元释教录》卷十二,《大正藏》第55册,新文丰出版公司,1975年版,第601页。

⑤ [隋]费长房:《历代三宝纪》卷十,《大正藏》第49册,新文丰出版公司,1975年版,第89页。

⑥ [隋]费长房:《历代三宝纪》卷十,《大正藏》第49册,新文丰出版公司,1975年版,第92页。文中"白"字应为"自",亦因形似致讹。

⑦ [唐]道宣:《大唐内典录》卷四,《大正藏》第55册,新文丰出版公司,1975年版,第260页。

《出三藏记集》附传云昙无竭"所历事迹,别有记传"①,《释迦方志》亦云法勇"后泛海东还广州,所行有传"②,则昙无竭《外国传》曾别行于世。

非常不幸的是,昙无竭《外国传》大致亡于宋代,其佚文亦较罕见。虽然,据《出三藏记集》附传等四种传记,可见昙无竭一行二十五人发迹北土,至河南国,出海西郡,进入流沙,到高昌郡,经历龟兹、沙勒诸国,前登葱岭雪山;十三人后进至罽宾国,西行到新头那提河,缘河西入月氏国,后至檀特山南石留寺受具足戒,得见佛陀多罗,复北行至中天竺;五人渡恒河,终至南天竺;最后通过海路回到广州。可以推测,《出三藏记集》等附传所记昙无竭之经行路线以及绝域之风情、旅途之艰难、释迦之遗迹、佛教之灵验等等,均为《外国传》中之应有内容。不仅如此,上述传记中叙述昙无竭涉舍卫国"中野逢山象一群"、渡恒河"复值野牛一群鸣吼而来"二事,非其本人所传,则他人无从知晓,故而必为《外国传》中相关内容。毋宁说,《出三藏记集》附传等四种传记,实则以昙无竭《外国传》为材料依据并经删改而成。这种情况,非常类似智猛《游行外国传》和法盛《历国传》。六朝某一佛教行记虽亡佚不存,然而通过僧人本传仍可见一斑。

考察昙无竭行记相关内容,另有《历代三宝纪》引《外国传》云:"佛灭度后四百八十年,有神通罗汉名呵利难陀,国王之子,于优长国东北造牛头栴檀弥勒像,高八丈,将巧匠三人上兜率看真弥勒,造然后得成,甚有神验。"③法盛《历国传》亦涉及此事。信行《翻梵语》征

---

① [南朝梁]释僧祐撰,苏晋仁等点校:《出三藏记集》卷十五,中华书局,1995年版,第582页。

② [唐]道宣著,范祥雍点校:《释迦方志》卷下,中华书局,2000年版,第98页。

③ [隋]费长房:《历代三宝纪》卷二,《大正藏》第49册,新文丰出版公司,1975年版,第30页。

引《历国传》云："呵利难陀罗汉（译曰呵利者，师子；难陀者，欢喜）。"①另据宝唱《名僧传》卷二十六法盛本传，法盛于"忧长国东北，见牛头栴檀弥勒像"，"佛灭度后四百八十年中，有罗汉名可利难陀，为济人故，舛兜率天，写佛真形"②。又，据道世《法苑珠林》，宋孝武帝征扶南所获牛头栴檀佛像，缘于"昔佛灭后三百年中，北天竺大阿罗汉优婆质那以神力加工匠，三百年中凿大石山，安置佛窟。从上至下，凡有五重，高三百余尺。请弥勒菩萨指执作坛室处之"，"六斋日常放光明。其初作时，罗汉将工人上天，三往方成。第二牛头栴檀"，"昔法盛、昙无竭者，再往西方，有传五卷，略述此缘"③。上述三种记载，得见昙无竭与法盛虽不是同行沙门，然而都曾历经优长国，故《外国传》叙及优长国牛头栴檀弥勒传说。《法苑珠林》所谓"有传五卷"，疑特指昙无竭行记。

　　昙无竭《外国传》佚文几亡佚殆尽。借助常见的文献资料，我们难以得知其巡游佛国之详情。所幸日僧信行撰集《翻梵语》征引《外国传》名物数种。我们或藉此在某种程度上弥补遗憾，并且尽可能探知昙无竭巡礼求法之旅途见闻。向达指出："昙无竭书唐宋以后不见各家征引，今竟与法盛《历国传》同籍日本僧一书而得传其一二，可谓幸矣。"④考察《大正藏》卷五十四收录信行撰集《翻梵语》十卷，该书实以南梁宝唱《翻梵言》为基础重加编纂，其中博采《集三乘名数》《出要律仪》《历国传》以及《外国传》四部中国撰述，为相关辑佚和考

---

① ［日］信行撰集：《翻梵语》卷二，《大正藏》第 54 册，新文丰出版公司，1975 年版，第 1001 页。

② ［南朝梁］宝唱：《名僧传抄》，《续藏经》，1925 年上海涵芬楼影印本。

③ ［唐］释道世撰，周叔迦、苏晋仁校注：《法苑珠林校注》卷十四，中华书局，2003 年版，第 499—500 页。

④ 向达：《汉唐间西域及海南诸国古地理书叙录》，《唐代长安与西域文明》，中华书局，2001 年版，第 573 页。

证提供了重要线索。

二、《外国传》与信行《翻梵语》

　　欲探究信行《翻梵语》所见昙无竭《外国传》，有必要对二书的逻辑关系作一番考察。先看《翻梵语》。《翻梵语》一名初不见用，隋唐经录或云《翻梵言》《翻外国语》，史上有同名典籍两种：其一，费长房《历代三宝纪》著录南朝陈真谛"《翻外国语》七卷"，附注云"一名《杂事》，一名《俱舍论因缘事》"①。道宣《大唐内典录》卷五、智昇《开元释教录》卷七、圆照《贞元新定释教目录》卷十等著录亦同。与此略异，《开元释教录》卷十五下、《贞元新定释教目录》卷二十五均言该书为天竺三藏真谛翻译单本，道世《法苑珠林》卷一百十九亦云真谛译出。其二，道宣《大唐内典录》"历代道俗述作注解录"第六著录南朝梁宝唱撰"《出要律仪》"，附注云"二十卷，并《翻梵言》三卷"，又同时著录陈真谛制"《众经通序》二卷，《翻梵言》七卷"②。据上，宝唱《翻梵言》与真谛《翻梵言》（即《翻外国语》）七卷名同实异，共存于隋唐。令人遗憾的是，唐后经录寻即不载，两种《翻梵语》均亡于宋代。中国本土编纂的汉文大藏经中未见收录，他书亦不见有佚文整理，足见其散佚殆尽。

　　所幸两种《翻梵言》皆传至日本。晚清王国维撰有《罗君楚传》，传文言罗君楚"又尝从日本榊教授亮受梵文学，二年而升其堂，凡日本所传中土古梵学书，若梁真谛《翻梵语》，唐义净《梵唐千字文》以

---

① ［隋］费长房：《历代三宝纪》卷九，《大正藏》第49册，新文丰出版公司，1975年版，第88页。

② ［唐］道宣：《大唐内典录》卷十，《大正藏》第55册，新文丰出版公司，1975年版，第331—332页。

下若干种，一一为之叙录，奥博精审，簿录家所未有也"①。足见真谛
《翻梵语》曾传至日本。孙猛《日本国见在书目录详考》"考证篇"著
录有冷然院"《翻胡语》七卷"②，今其存佚未详，或即真谛著作。抑
又，《大正藏》卷五十四收录有《翻梵语》十卷，民国《新纂云南通志》
曾征引该书多条。此本《翻梵语》虽不署撰人，卷前则有宽保元年
（1741）僧正贤贺题曰"飞鸟寺信行之撰集，世所希也"③数语。后人
或误以为日僧信行原著，其实不然。理由是，《大正藏》目录部先后收
录有圆仁撰《入唐新求圣教目录》一卷、安然集《诸阿阇梨真言密教
部类总录》二卷，两种经录均著录《翻梵语》十卷④，未署撰人。圆仁
为日本天台宗第三代座主，其撰《入唐新求圣教目录》编于承和十四
年（847），缘于撰者入唐求法之际，曾于"长安、五台山及扬州等处，
所求经论念诵法门及章疏传记等"⑤形成簿录。此证《翻梵语》十卷
或系从中国传入日本的佛教典籍之一。从常规逻辑看，《大正藏》收
录《翻梵语》十卷，应属抄录和改编圆仁所传及其著录的中国典籍，而
不是日本飞鸟寺僧人信行首撰。

　　抑又检读原书，《大正藏》所见《翻梵语》"收录的汉译经律论及
撰述均成于梁末以前"；"《翻梵语》卷三《迦絺那衣》篇'施越比丘'

---

① ［清］王国维著，文明国编：《王国维自述》，安徽文艺出版社，2014 年版，第
　　22 页。
② 孙猛：《日本国见在书目录详考》，上海古籍出版社，2015 年版，第 444—445 页。
③ ［日］信行撰集：《翻梵语》，《大正藏》第 54 册，新文丰出版公司，1975 年版，
　　第 981 页。
④ 今按《大正藏》卷五十五收录圆仁《入唐新求圣教目录》，其中著录有《翻梵
　　语》十卷，然而该书对校本亦即《大日本佛教全书》本录作一卷。孙猛认为：
　　"《前唐院见在书目录》第一厨子著录《翻梵语杂名》一卷。疑即此书。"（孙
　　猛：《日本国见在书目录详考》，上海古籍出版社，2015 年版，第 445 页）
⑤ ［日］圆仁：《入唐新求圣教目录》，《大正藏》第 55 册，新文丰出版公司，1975
　　年版，第 1078 页。

'马宿比丘''满宿比丘''悔僧残法'诸条的释文中,有'梁言'如何等语,从而表明作者也是梁代人";真谛撰《翻梵语》"主要是讲《俱舍论》的缘起及梵语","与今本《翻梵语》的内容不合";故陈士强指出:"从更早的日本和中国佛教史籍的记载,以及《翻梵语》的内容和用语来分析,作者应当是中国梁代庄严寺沙门宝唱,而不可能是信行。"[1]相关佐证还有,日本延历寺僧人真源《悉昙目录》亦著录《翻梵语》十卷为宝唱撰。据孙猛考察,《大正藏》收录《翻梵语》十卷,"镰田茂雄等编《大藏经全解说大事典》(雄山阁出版社,1998.8)谓梁宝唱撰"[2]。要之,真谛《翻梵语》七卷在日本境内存佚未详,宝唱《翻梵语》原帙(十卷)[3]却因为某种缘由,得以部分幸存于《大正藏》事汇部。

依据唐代经录和上述分析,宝唱撰有《翻梵语》十卷。又据《大正藏》事汇部,得见信行撰集《翻梵语》十卷。然而,两种《翻梵语》显然不能等同。故吕澄《新编汉文大藏经目录》如此著录:"《翻梵语》10卷,梁宝唱撰(?)。"[4]这种符号表述,应是一方面承认《翻梵语》十卷原撰者为宝唱,另一方面又对今本撰集人信行不免于质疑。据陈士强研究,缘于宝唱《翻梵语》"传世已久,许多地方已经转抄者加工

① 陈士强:《大藏经总目提要》(文史藏二),上海古籍出版社,2008年版,第272页。
② 孙猛:《日本国见在书目录详考》,上海古籍出版社,2015年版,第445页。
③ 圆仁所见《翻梵语》十卷或为宝唱原帙。那么,前述道宣《大唐内典录》附注宝唱"并《翻梵言》三卷",并非说宝唱撰有《翻梵言》三卷,而是指宝唱《翻梵言》征引《出律要仪》,具体牵涉到《出律要仪》相关内容三卷。今检读《大正藏》收录《翻梵语》,其中卷三迦绨那衣法第十八征引《出要律仪》卷八、卷九、卷十,正是如此。故而,宝唱《翻梵语》虽然在隋唐经录中未注明卷数,但是根据圆仁著录,其原帙应为十卷。
④ 吕澄编:《新编汉文大藏经目录》,齐鲁书社,1980年版,第150页。

处理",今本《翻梵语》"并非是宝唱撰成时的原貌"①,应是被撰集者重新编纂并且附入了某些新的内容。详言之,《大正藏》所见《翻梵语》收词约四千七百条,分为七十三类,其中卷三《迦𫄨那衣》的词目和释文与众不同:"此篇共收六十余条,大多散见于其他各篇。"另外"还收有衣法、钵法、尼师檀法、结界法、解界法、三灭法、四摈法、悔僧残法等词目,很像是《翻梵语》原本所分的有关戒律的门类",《迦𫄨那衣》应是"《翻梵语》原本中不同篇目的佚文的汇编,而不是独立成类的一篇","可肯定为是宝唱的原作",在以后的流传中,"《翻梵语》的释文经转抄者的改治,在大致意思与原本相同的前提下,释文的语句被改得更加简略和规范化"②。陈说言之有理。可以推测,宝唱《翻梵语》十卷传入日本之后,或嫌其语句繁冗,或文本历经散佚,故而信行重加编纂,通过博采梁末之前的汉译经律论和中国撰述最终成书,后被收入《大正藏》。

　　这里还需要解决一个问题,亦即信行《翻梵语》所引《外国传》,究竟属于哪位游方僧人的佛国行记。毕竟,晋唐佛教行记名曰"外国传"者,并不止昙无竭一家。对此,法国汉学家列维以及孙猛视之为智猛《游行外国传》。向达则认为:"细加考察,《翻梵语》卷六杂人名第三十中有佛陀多罗,与《高僧传·昙无竭传》所云南石留寺天竺禅师佛驮多罗之名合,则其所引之《外国传》必为昙无竭书无疑。《隋·志》及《三宝记》谓昙勇书五卷,《翻梵语》只引四卷,必有所遗也。"③岑仲勉赞同向说。他认为:"《翻梵语》中所引《外国传》,列维

①　陈士强:《大藏经总目提要》(文史藏二),上海古籍出版社,2008年版,第273页。
②　陈士强:《大藏经总目提要》(文史藏二),上海古籍出版社,2008年版,第275页。
③　向达:《汉唐间西域及海南诸国古地理书叙录》,《唐代长安与西域文明》,中华书局,2001年版,第573页。向氏所谓"昙勇",亦即昙无竭,后文亦有相关征引。

氏以为即智猛之书,向达以为即昙无竭之书,两说不同,余则颇右后说。考智猛所经,有波沦国、沙奇国等,均未见于前此记载,何以《翻梵语》中所引《外国传》地名,漏而勿叙,持此旁证,余故谓向达之说可信也。"①然而,缘于《翻梵语》撰者难以判定,岑氏又言:"抑撰《翻梵语》者果为梁之宝唱,则所引《外国传》,非智猛书,即昙无竭书。若为唐僧信行,则《隋志》著录者尚有《大隋翻经婆罗门法师外国传》五卷,书名卷数,均与昙无竭所撰同,在《翻梵语》作家未经决定以前,即其所引《外国传》之作家,愈难考证矣。"②如此种种,客观上证实了六朝佛教行记较为宽广的考证空间。

笔者以为,《翻梵语》所引《外国传》,应为昙无竭行记。毕竟,该书征引《外国传》名物,其中可与昙无竭本传互证。该书又征引法盛《历国传》四卷,自然与昙无竭《外国传》有别。从时间上看,昙景及其《外国传》的产生,明显更晚于智猛、昙无竭、法盛等诸位僧人及其相关行记。而且,《翻梵语》并无征引智猛《游行外国传》,智猛在西域的巡游路线,亦与法盛、昙无竭等人行迹略异,后文将有相关论证。

三、《翻梵语》所见《外国传》名物

关于信行《翻梵语》征引昙无竭《外国传》名物,向达曾在《汉唐间西域及海南诸国古地理书叙录》一文中逐一列举,较为详赡。然而,向氏不慎漏掉《翻梵语》卷八村名第四十七征引"那摩毗诃"一

---

① 岑仲勉:《〈翻梵语〉中之〈外国传〉》,《中外史地考证》,中华书局,1962 年版,第 308—309 页。
② 岑仲勉:《〈翻梵语〉中之〈外国传〉》,《中外史地考证》,中华书局,1962 年版,第 309 页。

种。又因论文体制所限,未能誊录译语,没有提供版本信息。除此之外,其他学者罕有关注。兹依据《大正藏》事汇部重加编序,辑录《翻梵语》所见《外国传》名物如下:

序号	信行《翻梵语》				昙无竭《外国传》
	卷数	名类	名物	译语	
1	卷四	刹利名	僧伽达	传曰僧奴王,译曰众与	第四卷
2	卷六	杂人名	尸梨	译曰志也	第二卷
3			俱那罗	译曰不好人也	
4			佛陀多罗	传曰佛救	
5			拘罗祇	传曰亲生	
6			梵摩丘罗	传曰梵种子也	
7	卷七	龙名	芸叶阿婆罗罗	传曰不成查也	第二卷
8	卷八	国土名	村婆村婆施	传曰国界	第二卷
9			国多国	传曰默然国也	
10			迦罗奢木	传曰满鹰金国	第四卷
11		城名	一慈园外国传	传曰石城	第一卷
12			尸那竭	传曰新城	
13			婆屡啬	传曰咸土地也	
14			迦罗越	传曰入云城也	
15			不沙怢	传曰大夫满城	
16			醯罗	传曰猎城	第二卷
17			卑罗	传曰大鼓城也	
18			提毗罗	传曰空孔城也	
19			沙竭罗	传曰新木城也	
20			宾奇婆罗	传曰团聚地也	

序号	信行《翻梵语》				昙无竭《外国传》
	卷数	名类	名物	译语	
21	卷八	城名	婆吒那竭	传曰名城	第二卷
22			阿伽留陀	传曰茅一饭城	
23			卢颉多	传曰赤云城	
24			遮留波利	传曰白叠端也	
25			阿瞿陀	传曰蚖蛇城也	
26			摩头罗	传曰无酒城也	第三卷
27			迦挈忧阇	传曰高肩城也	
28			提罗	传曰折上城也	
29			阿罗毗	传曰旷泽城也	
30			拘摩罗波利	传曰即营城也	
31			苏韩阇	传曰忍辱久城	
32			阿娄陀	传曰无哭城也	
33			瞿那竭	传曰常有城也	
34			婆陀漫	传曰礼益城也	
35			不那婆檀	传曰丰满城也	
36			摩梨	传曰涂香城也	
37			耶快囊	传曰钱直城也	
38			阿波利	传曰营壁城也	第四卷
39			波头摩	传曰莲花城也	
40			婆留城	传曰重也	
41			比栌罗	传曰析后城也	
42			槃耆城	译曰曲也	
43			俱罗波单	传曰莘城	

序号	信行《翻梵语》				昙无竭《外国传》
	卷数	名类	名物	译语	
44	卷八	城名	褒多梨	传曰无上城也	第四卷
45			摩诃都吒	传曰大海口城	
46			多摩那竭	传曰洋铜城也	
47		村名	那摩毗诃	传曰杂寺	第一卷
48			婆陀漫	传曰增益村也	第二卷
49			陀毗陀	传曰无通林也	
50			诃梨伽蓝	传曰圣林	
51			毗醯伽览	传曰谷种村也	
52			罗阇毗诃	传曰寺村	
53	卷九	山名	那陀利	传曰人各山也	第一卷
54			扶罗尸利	传曰里头山也	第三卷
55			尸梨漫陀	传曰王夫人也	第四卷
56			干吒尸罗	传曰岩石山也	
57			不婆尸罗	传曰东石山也	
58			阿婆施罗	传曰西石山也	
59			阿鞞耆梨	传曰无鬼魏峨山也	
60			支多耆利	传曰老峨神山	
61			摩尼优利	传曰珠也	
62			呼漫山	应云呼摩，译曰燃火	
63		林名	徘多陀林	应云陀林摩，译曰石留	第一卷
64			昙摩罗若	传曰法林	第三卷
65	卷十	花名	摩罗毗诃	传曰新花	第一卷

　　检读上表,可见信行《翻梵语》具有重要的文献考证价值。孙猛指出:"《翻梵语》属佛教类书,解释名相方法,系于梵语音释之下,译注相当于汉语音义,故称。书博采《华严》《法华》《阿含》诸经、诸律以及《大智度论》等重要名相,以类相从,加以排列。凡七十三类,收单语约四千七百,引经二百二十余部、律九部、论十部、中国撰述四部","其中名相之音译,间加订正,注明标准音译及译义。所引典籍,如智猛《外国传》等已佚。其中方域风土名词,或可为考察实际行程提供资料"①。这里,孙先生把《翻梵语》所见《外国传》定为智猛行记,显然不合学理,然而肯定《翻梵语》的学术价值,则较为可取。通过辑录,我们得见《翻梵语》共有六卷征引《外国传》,征引该书凡有四卷,先后涉及刹利名、杂法名、龙名、国土名、城名、村名、山名、林名、花名九个名类,共计名物六十五种,译语则有"应云"与"传曰""译曰",分别对应音译和意译这两种翻译形态,其中极少数名物则结合音译与意译。作为六朝佛教行记佚著之一,《外国传》原书涉及城名、村名、山名较多,想必昙无竭之佛国见闻引人入胜,其篇幅和细节甚至有可能胜过法显的《佛国记》。

　　上文得见《翻梵语》征引《外国传》名物详情。我们抑或据此推测昙无竭行记之文本框架。从学理看,这种推测除了基于原书自然的卷次顺序,还有必要参考晋唐佛教行记的写作机制和行文规律。根据法显《佛国记》以及六朝其他佛教行记佚著,加之唐宋佛教行记及其相关文献,可见这类著作往往习惯于依据旅行的时间、地点、人物及其见闻四种基本元素来构建全书,其中主要以时间为线索,以地点为归宿,行记文本随着时间的推移而延及地理位置和人物见闻。正因为如此,倘若以前文辑览为基础,结合佛教行记的一般行文来调整其逻辑秩序,依照《外国传》的自然卷次重加编排,就会得出原书以

① 孙猛:《日本国见在书目录详考》,上海古籍出版社,2015 年版,第 445 页。

时间为主线、以事理为辅助的文本框架,尽可能还原其游行佛国之行
迹。兹再次整理并简化,形成下表:

序号	名类	卷一	卷二	卷三	卷四
1	刹利名				僧伽达
2	杂人名		尸梨、俱那罗、佛陀多罗、拘罗祇、梵摩丘罗		
3	龙名		芸叶阿婆罗罗		
4	国土名		村婆村婆施、国多国		迦罗奢木
5	城名	一慈园、尸那竭、婆屡崙、迦罗越、不沙快	醯罗、卑罗、提毗罗、沙竭罗、宾奇婆罗、婆吒那竭、阿伽留陀、卢颉多、遮留波利、阿瞿陀	摩头罗、迦拏忧阇、提罗、阿罗毗、拘摩罗波利、苏韩阇、阿娄陀、瞿那竭、婆陀漫、不那婆檀、摩梨耶快囊	阿波利、波头摩、婆留城、比栌罗、槃耆城、俱罗波单、褒多梨、摩诃都吒、多摩那竭
6	村名	那摩毗诃	婆陀漫、陀毗陀、诃梨伽蓝、毗醯伽览、罗阇毗诃		
7	山名	那陀利		扶罗尸利	尸梨漫陀、干吒尸罗、不婆尸罗、阿婆施罗、阿鞞耆梨、支多耆利、摩尼优利、呼漫山
8	林名	徛多陀林		昙摩罗若	
9	花名	摩罗毗诃			

借助上表,我们得见昙无竭之佛国巡礼,至少经历四个阶段。详

言之:依据《外国传》卷一,昙无竭叙及或历经一慈园、尸那竭、婆屡
嗇、迦罗越、不沙快等城市,以及那摩毗诃村庄、那陀利山、徘多陀林;
叙及摩罗毗诃花等。依据卷二,昙无竭叙及尸梨、俱那罗、佛陀多罗、
拘罗祇、梵摩丘罗等杂人名以及芸叶阿婆罗罗龙;叙及或历经村婆村
婆施、国多国等国家,醯罗、卑罗、提毗罗、沙竭罗、宾奇婆罗、婆吒那
竭、阿伽留陀、卢颉多、遮留波利、阿瞿陀等城市,以及婆陀漫、陀毗陀、
诃梨伽蓝、毗醯伽览、罗阇毗诃等村庄。依据卷三,昙无竭叙及或历经
摩头罗、迦挲忧闍、提罗、阿罗毗、拘摩罗波利、苏韩闍、阿娄陀、瞿那竭、
婆陀漫、不那婆檀、摩梨、耶快囊等城市,以及扶罗尸利山、昙摩罗若林。
依据卷四,昙无竭叙及刹帝利僧伽达;叙及或历经迦罗奢木国,阿波利、
波头摩、婆留城、比枦罗、槃耆城、俱罗波单、褒多梨、摩诃都吒、多摩那
竭等城市,以及尸梨漫陀、干吒尸罗、不婆尸罗、阿婆施罗、阿鞞耆梨、支
多耆利、摩尼优利、呼漫山等山区。从宏观结构看,《翻梵语》所见《外
国传》卷二、卷四内容较为繁富,卷三次之,卷一最少。这当然不是昙无
竭《外国传》的原貌,而是被征引名物类型多寡不等。然而据此,毕竟
可以得到某些客观存在的信息。上述名物虽然大多不可考述,然而事
实上为昙无竭西行求法及其巡游路线、具体细节等提供了诸多线索。

　　考察《翻梵语》征引《外国传》,其中不少名物均难以确知。然而
结合汉译佛经以及相关佛教行记文献,我们依然可以针对部分城市
名进行考证。

　　这里,尸那竭(传曰新城)看似拘尸那竭,其实为王舍城。《翻梵
语》国名征引《大智论》卷一"俱夷那竭国(亦云俱尸那伽罗,亦云拘
尸那竭,《杂阿含》曰草城。译曰俱尸者,少茅;那伽罗者,城)"[1];同
书城名征引《百句譬喻经》卷四"拘尸那竭大城(应云拘尸那伽罗,译

---

① 〔日〕信行撰集:《翻梵语》卷八,《大正藏》第 54 册,新文丰出版公司,1975 年
　　版,第 1034 页。

曰茅城)"①,又征引《大般涅槃经》卷一"拘尸城(亦云拘夷那,译曰小茅)"②。上述俱夷那竭、拘尸那竭、拘尸城同为佛祖涅槃之地,并非尸那竭。又据《大唐西域记》:"从此大山中东行六十余里,至矩奢揭罗补罗城。(唐言上茅宫城。)上茅宫城,摩揭陀国之正中,古先君王之所都,多出胜上吉祥香茅,以故谓之上茅城也。"③这里矩奢揭罗补罗城,亦即拘尸那竭。而据《大慈恩寺三藏法师传》:"次东北三四里至曷罗阇姞利呬多城。(此言王舍。)外郭已坏,内城犹峻,周二十余里,面有一门。初频毗娑罗王居上茅宫时,百姓殷稠,居家鳞接。数遭火灾,乃立严制,有不谨慎,先失火者,徙之寒林。寒林即彼国弃尸恶处也。顷之,王宫忽复失火。王曰:'我为人王,自犯不行,无以惩下。'命太子留抚,王徙居寒林。时吠舍厘王闻频毗娑罗野居于外,欲简兵袭之。候望者知而奏,王乃筑邑。以王先舍于此,故名王舍城,即新城也。"④如此,尸那竭与拘尸那竭毕竟不同,应即曷罗阇姞利呬多城,是为摩揭陀国之王舍新城,释尊于此长期居住和修行,则昙无竭曾历经此地。

关于《翻梵语》所见沙竭罗,《汉译南传大藏经》收录《本生经》第二十篇叙及摩达国之沙竭罗城,《大正藏》卷十四则收录宋居士沮渠京声译《佛说摩达国王经》。《翻梵语》所见阿罗毗,该书卷三迦绨那衣法等亦征引阿罗毗国多次。又据《十诵律》:"佛在阿罗毗国。尔

---

① [日]信行撰集:《翻梵语》卷八,《大正藏》第54册,新文丰出版公司,1975年版,第1038页。

② [日]信行撰集:《翻梵语》卷八,《大正藏》第54册,新文丰出版公司,1975年版,第1038页。

③ [唐]玄奘、辩机原著,季羡林等校注:《大唐西域记校注》卷九,中华书局,2000年版,第717—718页。

④ [唐]慧立、彦悰:《大慈恩寺三藏法师传》卷三,中华书局,2000年版,第72—73页。

时诸阿罗毗比丘,自乞作广长高大舍,久故难治。"①据《善见律毗婆沙》:"尔时佛住阿罗毗城。侨赊耶敷具者,平地布置。"②则沙竭罗、阿罗毗均属昙无竭在《外国传》中讲述的佛教传说内容。至于《翻梵语》所见摩头罗,该书国土名又征引《大智论》卷九十九:"摩偷罗国(亦云摩头罗,译曰蜜,亦云美)。"③而检索大藏经,汉译佛经中叙及摩偷罗国亦较多。又据《佛国记》:"过是诸处已,到一国,国名摩头罗。有遥捕那河,河边左右有二十僧伽蓝。"④据《出曜经》:"昔佛在摩头罗国尼拘类园中。"⑤据《佛本行集经》:"金团天子,复作是言:'尊者护明! 彼阎浮提摩头罗城,有一大王,名曰善臂,其子称为自在健将。尊者堪为彼王作子。'"⑥关于《翻梵语》所见波头摩,据《佛说未曾有因缘经》:"野干答曰:'欲闻者善,吾今说之。忆念故世,生波罗捺波头摩城,为贫家子,名阿逸多,刹利种姓。幼怀聪朗,好学是欲。'"⑦又据《经律异相》:"唯有波罗捺波头摩国王出生寒贱,奉持十戒,不犯外欲。"⑧可见摩头罗、波头摩亦或为昙无竭亲临之地,同

① [后秦]弗若多罗共罗什译:《十诵律》卷三,《大正藏》第 23 册,新文丰出版公司,1975 年版,第 20 页。

② [南朝齐]僧伽跋陀罗译:《善见律毗婆沙》卷十五,《大正藏》第 24 册,新文丰出版公司,1975 年版,第 776 页。

③ [日]信行撰集:《翻梵语》卷八,《大正藏》第 54 册,新文丰出版公司,1975 年版,第 1034 页。

④ [晋]释法显撰,章巽校注:《法显传校注》,中华书局,2008 年版,第 46 页。

⑤ [后秦]竺佛念译:《出曜经》卷四,《大正藏》第 4 册,新文丰出版公司,1975 年版,第 631 页。

⑥ [隋]阇那崛多译:《佛本行集经》卷六,《大正藏》第 3 册,新文丰出版公司,1975 年版,第 678 页。

⑦ [南朝齐]昙景译:《佛说未曾有因缘经》卷上,《大正藏》第 17 册,新文丰出版公司,1975 年版,第 578 页。

⑧ [南朝梁]宝唱等集:《经律异相》卷二,《大正藏》第 53 册,新文丰出版公司,1975 年版,第 8 页。

时该地留下了不少佛教传说。

　　针对昙无竭之西行路线,向达认为,从河南国出海西郡,至于流沙、高昌、龟兹等地,"此一段行程与法显、智猛同路。唯法显、智猛自龟兹折而南,而昙无竭则自此至沙勒诸国,登葱岭度雪山,进至罽宾、月氏。然后停檀特山南石留寺,受大戒,以天竺禅师佛驮多罗为和上","复去中天竺。其归国于南天竺随舶泛海到广州"①。这种判断基本合理。结合前文《外国传》相关内容,昙无竭行记曾叙及法盛所见忧长国牛头旃檀弥勒像以及呵利难陀罗汉事迹。抑又,前述昙无竭或亲临波罗捺波头摩城。《通典》卷一百九十三征引法盛《历国传》,则云波罗奈有稍割牛。抑又,《翻梵语》卷八城名征引《外国传》卷三之摩头罗,同卷亦征引《历国传》卷三摩头罗城。《翻梵语》卷六杂人名征引《外国传》卷二之佛陀多罗,同书卷二比丘名亦征引《历国传》卷一之佛陀多罗,昙无竭本传亦叙及此僧。抑又,《翻梵语》卷八城名征引《外国传》之卷三之不那婆檀(传曰丰满城也),同书卷八国土名则征引《历国传》卷三之富那跋檀国(传曰丰满)。根据梵语翻译规律,不那婆檀亦即富那跋檀,其地理位置与法盛所历应该一致,后文将详细阐述。《翻梵语》卷九林名还征引《外国传》卷一之德多陀(应云陀林摩,译曰石留),此与上述檀特山南石留寺亦或契合。

　　种种证据表明:其一,《翻梵语》所见《外国传》名物,可与现存昙无竭传记相互印证,由此力证此《外国传》即昙无竭行记。其二,《翻梵语》所见《外国传》名物,的确与智猛《游行外国传》及其行迹不同。其三,昙无竭与释法盛西行求法路线非常接近,二人行迹多有重合之处。关于第三点,尚有必要补充谈谈。从时间逻辑看,昙无竭以永初

──────────

① 向达:《汉唐间西域及海南诸国古地理书叙录》,《唐代长安与西域文明》,中华书局,2001 年版,第 572 页。

之元（420）发迹北土，以元嘉末年（453）达于杨都。据《开元释教录》附传，释智猛以姚秦弘始六年甲辰（404）发迹长安，以甲子岁（424）发天竺，与昙纂俱还凉州，以宋元嘉末（453）卒。而据前述《名僧传》，法盛受智猛事迹影响而西行求法，则他至少在424年之后前往佛国。那么，昙无竭西行发迹之具体时间，实际上处于释智猛与释法盛、释昙景之间。更为明显的是，昙无竭虽然早于法盛前往佛国巡礼，但是他们或许曾在佛国相遇并成为同行沙门。

四、释昙景《外国传》及其相关澄清

汤用彤指出："宋之中叶，以及齐梁，西行者较罕。"①而据考察，南齐沙门释昙景曾巡礼佛国，后亦撰有同名行记《外国传》。考察《隋志》与郑樵《通志·艺文略》、焦竑《国史经籍志》，三书均著录释昙景撰《外国传》五卷，同属史部地理类。此书亦不存于今世，其相关佚文更加罕见。明代钱希言《剑笑》征引释昙景《外国传》云："昔蒙细奴逻与张乐进求递相让位，细奴逻拔剑斫盟石曰：'如我当为，剑入此石。'遂入三尺许，形如锯焉。"②考张乐进禅位于蒙细奴逻之事发生于唐初，故而与释昙景《外国传》并无关联。至于其他引自《外国传》之文字内容，除智猛《游行外国传》、昙无竭《外国传》等佛教行记外，同样难以断定是否即为昙景《外国传》佚文。

释昙景俗名、籍贯未知，生卒年亦不详。作为汉地西行求法僧人，实不易考究。吴士鉴《补晋书经籍志》著录"释昙景《外国传》五

---

① 汤用彤：《汉魏两晋南北朝佛教史》，中华书局，1983年版，第277页。
② ［明］钱希言：《剑笑》卷三，《四库全书存目丛书》子部第77册，齐鲁书社，1997年版，第81页。

卷"①,应为误收。《历代三宝纪》著录"《鼻奈耶经》一十卷",注曰"或云《戒因缘经》,沙门昙景笔受,见释道安经序"②,《大唐内典录》卷三亦同。抑又,《开元释教录》著录"《鼻奈耶律》十卷",注曰:"一名《诫因缘经》,亦云《鼻奈耶经》,亦云《戒果因缘经》,沙门昙景笔受,见安公经序,符秦建元十四年(378)壬午正月十二日出。"③《贞元新定释教目录》则言:"《鼻那耶律》十卷,一名《试因缘经》,亦云《鼻那耶经》,亦云《戒果因缘经》,沙门昙景笔受,佛念传译,见安公经序,符秦建元十四年壬午正月十二日出。"④可见,隋唐经录叙及昙景笔受《鼻奈耶经》,时间在刘宋之前。《全晋文》收录《戒因缘经鼻奈耶序》云:"岁在壬午,鸠摩罗佛提赍《阿毗昙钞》《四阿含钞》来至长安,渴仰情久,即于其夏,出《阿毗昙钞》四卷,其冬出《四阿含钞》四卷。又其伴罽宾鼻奈,厥名耶舍,讽《鼻奈经》甚利,即令出之。佛提梵书,佛念为译,昙景笔受,自正月十二日出,至三月二十五日乃了,凡为四卷,与往年昙摩侍出戒典相似,如合符焉。"⑤吴氏把昙景及其《外国传》置于东晋时代,其依据可能在此。

　　而据考察,笔受《鼻奈耶经》十卷之释昙景,或即东晋沙门释昙影。据慧皎《高僧传·晋长安释昙影》,释昙影"或云北人,不知何许郡县。性虚靖,不甚交游,而安贫志学","能讲《正法华经》及《光赞波若》","后入关中,姚兴大加礼接",及鸠摩罗什至长安,"影往从

① [清]吴士鉴:《补晋书经籍志》卷二,《二十五史补编》(三),中华书局,1955年版,第3872页。
② [隋]费长房:《历代三宝纪》卷八,《大正藏》第49册,新文丰出版公司,1975年版,第77页。
③ [唐]智昇:《开元释教录》卷四,《大正藏》第55册,新文丰出版公司,1975年版,第512页。
④ [唐]圆照:《贞元新定释教目录》卷六,《大正藏》第55册,新文丰出版公司,1975年版,第808页。
⑤ [清]严可均校辑:《全晋文》卷一百六十七,中华书局,1958年版,第2435页。

之",后住逍遥园,"助什译经,初出《成实论》,凡诤论问答,皆次弟往反。影恨其支离,乃结为五番",后"著《法华义疏》四卷,并注《中论》。后山栖隐处,守节尘外,修功立善,愈老愈笃。以晋义熙中(405—418)卒,春秋七十矣"①。倘若如此,则东晋释昙景并未经历佛国巡游之事,吴氏《补晋书经籍志》著录"释昙景《外国传》五卷",实际上没有学理依据。

撰著佛教行记《外国传》之释昙景,或生活于南齐(479—502)之世。《历代三宝纪》著录"沙门释昙景二部四卷经"②,亦即:"《未曾有因缘经》二卷,亦直云《未曾有经》,见始兴录。《摩诃摩耶经》二卷,亦名《摩耶经》,并见王宗、宝唱、法上等三录","二部合四卷,群录直云齐世沙门释昙景出,既不显年,未详何帝"③。《大唐内典录》卷四亦同,该书卷六、卷九同云上述二经为"南齐昙景于杨都译"④。《大周刊定众经目录》亦著录"《摩诃摩耶经》一卷,或二卷","《未曾有因缘经》一部二卷,一名《未曾有因果经》",同为"南齐昙景于杨都译"⑤。《开元释教录》著录萧齐"沙门释昙景二部二卷经",亦即"《摩诃摩耶经》一卷,第二出,一名《佛升忉利天为母说法》,亦云《摩耶经》,或二卷,见王宗、宝唱、法上等三录","《未曾有因缘经》二卷,《度罗睺罗沙弥序》亦直云《未曾有经》,第二出,见始兴录",凡"二部

---

① [南朝梁]释慧皎撰,汤用彤校注:《高僧传》卷六,中华书局,1992年版,第243页。

② [隋]费长房:《历代三宝纪》卷十一,《大正藏》第49册,新文丰出版公司,1975年版,第94页。

③ [隋]费长房:《历代三宝纪》卷十一,《大正藏》第49册,新文丰出版公司,1975年版,第96页。

④ [唐]道宣:《大唐内典录》卷九,《大正藏》第55册,新文丰出版公司,1975年版,第316—317页。

⑤ [唐]明佺等:《大周刊定众经目录》卷五,《大正藏》第55册,新文丰出版公司,1975年版,第400页。

三卷,其本并在"①,该书卷十二、卷十九亦有类似著录。《贞元新定释教目录》卷八、卷二十二同智昇录。此外,《至元法宝勘同总录》卷三、《阅藏知津》卷二十五、卷三十一均有相关著录。官修书目亦然。王尧臣等《崇文总目》著录"《佛说未曾有因缘经》一卷,释昙景译"②,脱脱等《宋史·艺文志》著录"沙门昙景译《佛说未曾有因缘经》二卷"③。

　　除了翻译《未曾有因缘经》《摩诃摩耶经》等佛经,《隋志》史部地理类、《通志·艺文略》子部释家类亦著录释昙景撰《京师寺塔记》二卷。然而,姚振宗指出:"《京师寺塔记》二卷,释昙景撰,'景'当为'宗'。"④其证据为慧皎《高僧传》中的两段记载:其一,《高僧传》序录言"彭城刘俊《益部寺记》、沙门昙宗《京师寺记》","并傍出诸僧,叙其风素⑤;其二,《高僧传·宋灵味寺释昙宗》云:"释昙宗,姓虢,秣陵人。出家止灵味寺。少而好学,博通众典。唱说之功,独步当世。辩口适时,应变无尽","后终于所住,著《京师塔寺记》二卷"⑥。姚氏所言,可谓正说。又据道宣《续高僧传·梁扬都庄严寺沙门释僧旻传》:"释僧旻,姓孙氏,家于吴郡之富春。有吴开国大皇帝,其先也。幼孤养,能言而乐道。七岁出家,住虎丘西山寺,为僧回弟子","年十六而回亡,哀容俯仰,率由自至。丧礼毕,移住庄严,师仰昙景。

---

① [唐]智昇:《开元释教录》卷六,《大正藏》第55册,新文丰出版公司,1975年版,第535—536页。智昇谓"二部二卷经",应为"二部三卷经"之讹。
② [宋]王尧臣等编次,[清]钱东垣等辑释:《崇文总目》卷四,《丛书集成新编》第1册,新文丰出版公司,1984年版,第591页。
③ [元]脱脱等:《宋史》卷二百〇五,中华书局,1977年版,第5181页。
④ [清]姚振宗:《隋书经籍志考证》卷二十一,《二十五史补编》(四),中华书局,1955年版,第5404页。
⑤ [南朝梁]释慧皎撰,汤用彤校注:《高僧传》,中华书局,1992年版,第524页。
⑥ [南朝梁]释慧皎撰,汤用彤校注:《高僧传》卷十三,中华书局,1992年版,第513页。

景久居寺任,雅有风轨,大小和从,寺给僧足。旻安贫好学,与同寺法云、禅岗、法关禀学柔、次、远、亮四公经论,夕则合帔而卧,昼则假衣而行,往返咨询,不避炎雪,其精力笃课如此",僧旻最后"以大通八年(534)二月一日清旦卒于寺房,春秋六十一"①。从时间逻辑看,这里所谓昙景,或即翻译《未曾有因缘经》和《摩诃摩耶经》之高僧,亦即佛教行记《外国传》五卷之撰者,则释昙景还有可能久居扬都庄严寺,并且培养了佛教人才。

值得一提的是,《隋志》等著录释昙景撰《外国传》五卷,《大唐内典录》等叙及昙景于杨都译经。《历代三宝纪》卷十一既云昙景所译佛经,既不显年,未详何帝,《开元释教录》亦云"沙门释昙景,不知何许人,于齐代译《摩耶经》等二部,群录直云齐世译出,既不显年,未详何帝"②,《贞元新定释教目录》卷八亦然。抑又,前述《法苑珠林》云"昔法盛、昙无竭者,再往西方,有传五卷",《开元释教录》言昙无竭西行求法,"别有记传,元嘉末年达于杨都,手自宣译","今见传于世,后不知所终"。学者往往提及昙无竭撰有《外国传》五卷以及杨都译经之事。故而后人常把昙无竭与昙景同名行记混为一谈。加之晋唐古书题名《外国传》者甚多,除正史著作专门设有"外国传",以及史部地理类著作《吴时外国传》《交州以南外国传》《大隋翻经婆罗门法师外国传》等,佛教行记则有智猛《游行外国传》、昙景《外国传》以及昙无竭《外国传》等同名异实之文献多种,故而更添淆乱。

马端临《文献通考·西域总序》注云:"诸家纂西域志,多引诸僧游历传记,如法明《游天竺记》、支僧载《外国事》、法盛《历诸国传》、

---

① [唐]道宣撰,郭绍林点校:《续高僧传》卷五,中华书局,2014年版,第153—158页。

② [唐]智昇:《开元释教录》卷六,《大正藏》第55册,新文丰出版公司,1975年版,第536页。

道安《西域志》。及《佛国记》、昙勇《外国传》、智猛《外国传》、支昙谛《乌山铭》《翻经法师外国传》之类，皆盛论释氏诡异奇迹，参以他书，则皆纰缪，故多略焉。"①此乃抄录《通典·西戎总序》所致。罗泌《路史》前纪亦云"智猛、法盛之录，昙勇、道安之传"②。这些文献均出现"昙勇"。向达则认为："昙景，《通典》卷一百九十一《西戎传总序注》引作昙勇，今按即《高僧传》卷三之《释昙无竭》。昙无竭，此云法勇，《隋·志》、《通典》截取首字之音，无竭则译其义，而《隋·志》又讹勇为景，其实一人也。"③岑仲勉亦认为，昙勇《外国传》"名见《通典》《西戎总序》下"，"《传》无昙勇，想必杜氏误合二名而为称也"，《隋志》著录"释昙景《外国传》五卷"，"疑即前文之昙勇"④。李德辉整理昙勇《外国传》，直接视之为昙无竭行记，并认为其《外国传》"原书五卷，《隋书·经籍志二》、《通志·艺文略四》'地理类'著录，作者讹作'昙景'，《通典》卷一九一作昙勇，是"⑤。姚振宗指出："昙景，唐智昇撰《释教录》时，已不详其终始，或即与昙无竭同行二十五人之内者。"⑥以上种种，大胆推测昙无竭或称为昙勇，昙勇亦有可能讹为昙景，理或可通。但是，或主张昙景为昙无竭同行沙门，或直接把昙景与昙勇、昙无竭混同一人，认为不存在昙景此僧，则不合情理。

---

① ［元］马端临：《文献通考》卷三百三十六，中华书局，1986年版，第2636页。

② ［宋］罗泌：《路史》卷四，《文渊阁四库全书》第383册，台湾商务印书馆，1986年版，第24页。

③ 向达：《汉唐间西域及海南诸国古地理书叙录》，《唐代长安与西域文明》，中华书局，2001年版，第572页。

④ 岑仲勉：《唐以前之西域及南蕃地理书》，《中外史地考证》，中华书局，1962年版，第312—313页。

⑤ 李德辉辑校：《晋唐两宋行记辑校》，辽海出版社，2009年版，第46页。

⑥ ［清］姚振宗：《隋书经籍志考证》卷二十一，《二十五史补编》（四），中华书局，1955年版，第5405页。

　　昙勇其人,除宝唱《比丘尼传》卷三《法音寺昙勇尼传》之外,似无其他记载。杜佑、罗泌、马端临所说之昙勇,或与昙景毫不相干。姚、向、李三家之说貌似合理,其实某些认识亦龃龉难通。原因是:其一,《历代三宝纪》《大唐内典录》《佛祖统纪》《翻译名义集》等非常重要的佛教文献资料,均言昙无竭西域巡礼之后,独还于扬州译经,何以另有释昙景同行并且归国? 其二,昙无竭于元嘉末年(453)达于杨都译经,何以释昙景于萧齐之世(479 年以后)译经,前后竟相差二十余年? 要之在某些文献中,昙无竭或有昙勇之异称,昙勇亦可能讹为昙景,但是昙景与昙无竭并非同一僧人,两种《外国传》亦不相同。抑又,梁启超认为:“《隋书·经籍志》有释昙景《外国传》五卷,疑即僧景所撰。今佚。”①考僧景之事迹,实为与法显西行之同志沙门,《佛国记》兼有记载。因其所在时代与昙景相距更远,故而不足为据。

　　与此相关,缘于文献证据不足,今存《外国传》某些佚文究竟属于何种行记,同样难以断定。慧琳《一切经音义》卷五十六释《佛本行集经》“迦兰陀鸟”,曾征引《外国传》云:“其形似鹊,但此鸟群集,多栖竹林。昔有国王于林睡息,蛇来欲螫,鸟鸣觉之。王荷其恩,散食养鸟。林主居士,遂从此为名,名迦兰驮迦也。旧安外道,后奉如来也。”②玄应《一切经音义》卷十九征引亦同。同书卷十四释《四分律》“刍摩”,亦引《外国传》云:“彼少丝麻,多用婆叔迦果及草、羊毛、野蚕绵等为衣也。”③乐史《太平寰宇记》“乌苌国”则征引《外国传》云:“须达挐太子所住石室,在山东壁上。西南有东泉,生白莲花。西

①　［清］梁启超:《中国印度之交通》,《佛学研究十八篇》,上海古籍出版社,2001
　　年版,第 119 页。
②　［唐］慧琳:《一切经音义》卷五十六,《大正藏》第 54 册,新文丰出版公司,
　　1975 年版,第 678 页。
③　［唐］释玄应:《一切经音义》卷十四,凡痴居士等编:《佛学辞书集成》(一),
　　汕头大学出版社,1996 年版,第 115 页。

北有塔,即阿周仙人住处。"①上述三种佚文,均引自同名文献《外国传》,因其或无明显证据可寻,或仅关涉著名佛教遗迹和本生传说,其撰者或为释智猛,或为昙无竭,亦或为释昙景,均不得而知,但俟来者考证。

---

①　[宋]乐史撰,王文楚等点校:《太平寰宇记》卷一百八十三,中华书局,2007年版,第3504页。

第五章　释法盛与《历国传》

南朝刘宋时期，受释智猛西行事迹影响，高昌沙门释法盛亦巡礼佛国，后撰有行记《历国传》。法盛《历国传》虽亦已佚，但同为《隋志》和两《唐志》等多家史志著录，历代政书、类书、僧传以及其他文献亦有提及，足见此书亦别行于世。宝唱《名僧传》所见法盛本传，应以《历国传》为材料依据并经删改而成。法盛亦曾翻译《菩萨投身饿虎起塔因缘经》一卷，历代经录均有著录。兹根据常见文献，探讨释法盛生平与《历国传》相关内容。又依据信行撰集《翻梵语》对法盛行记中名物的征引，尽可能考察《历国传》的文本框架①，并藉此考证其国名等多种，从而推测法盛在西域和佛国的行迹，以进一步促进晋唐佛教行记文献的整理和相关研究。

一、法盛及其《历国传》相关内容

释法盛为北凉高昌（今新疆吐鲁番东）人，生卒年不详。考其巡礼求法之事，首见于慧皎《高僧传》昙无谶附传："时高昌复有沙门法盛，亦经往外国，立传凡有四卷。"②其生平资料较少，主要依据宝唱

---

① 因名物考证内容较多，本章拟根据结构需要，另辟一节专谈名物及文本框架。
② ［南朝梁］释慧皎撰，汤用彤校注：《高僧传》卷二，中华书局，1992 年版，第81 页。

《名僧传》卷二十六法盛本传。原传记载:"法盛,本姓李,垄西人,寓于高昌","年造十九,遇沙门智猛,从外国还,述诸神迹,因有志焉。辞二亲,率师友,与二十九人,远诣天竺。经历诸国,寻觅遗灵,及诸应瑞,礼拜供养,以申三业",曾于"忧长国东北,见牛头栴檀弥勒像"①云云。据前文《开元释教录》附传,智猛"以甲子岁(424)发天竺","以宋元嘉末(453年)卒"②。则法盛至少在424年之后前往佛国巡礼求法。

释法盛回归之后,曾于凉代译有"一部一卷经"③,亦即《菩萨投身饿虎起塔因缘经》,姚振宗认为"时当宋元嘉中"④。据考察,《开元释教录》卷十二、卷十九亦著录有《菩萨投身饿虎起塔因缘经》。圆照《贞元新定释教目录》卷六、庆吉祥《至元法宝勘同总录》卷四、释智旭《阅藏知津》卷六等佛教经录均著录,今见存于诸种大藏经之中。抑又,据《御定佩文韵府》言《艺文志》有"僧法盛《日南传》一卷"⑤。今考之《隋志》与两《唐志》等目录学著作,诸家史部地理类均著录有《日南传》一卷,却不题撰人。而根据后文论证,法盛行迹或与昙无竭类似,亦即均由海路至越南归国,则此著也有可能为法盛所作,惜相关证据不足,俟考。

《历国传》为法盛自撰其巡礼求法之佛国见闻。杜佑《通典》卷一百九十一、马端临《文献通考》卷三百三十六皆云《历诸国传》,董

---

① [南朝梁]宝唱:《名僧传抄》,《续藏经》,1925年上海涵芬楼影印本。

② [唐]智昇:《开元释教录》卷四,《大正藏》第55册,新文丰出版公司,1975年版,第521—522页。

③ [唐]智昇:《开元释教录》卷四,《大正藏》第55册,新文丰出版公司,1975年版,第519页。

④ [清]姚振宗:《隋书经籍志考证》卷二十一,《二十五史补编》(四),中华书局,1955年版,第5405页。

⑤ [清]张玉书等:《御定佩文韵府》卷二十八,《文渊阁四库全书》第1017册,台湾商务印书馆,1986年版,第507页。

逌《广川画跋》卷三、汪师韩《谈书录》则云《诸国传》。是书有二卷、四卷、五卷之说:《隋志》、两《唐志》以及郑樵《通志·艺文略》、焦竑《国史经籍志》均著录法盛《历国传》二卷,隶属史部地理类。《高僧传》昙无谶附传则曰法盛立传凡有四卷。道宣《释迦方志》记载:"又高昌法盛者亦经往佛国,著传四卷。"①姚振宗《隋书经籍志考证》亦曰:"唐日本书目载法盛是书,亦云四卷。"②又据道世《法苑珠林》:"昔法盛、昙无竭者,再往西方,有传五卷。"③该书卷数不同,不免引起学者质疑。向达指出:"《隋·志》著录法盛书,只云二卷,抑为载笔之误耶?"④孙猛则认为:"诸书均作四卷,《隋书·经籍志》、两《唐志》作二卷,或非完帙。"⑤李德辉亦认为:"四卷、二卷,当是卷数分合不同。"⑥笔者赞同此说。该书应原为四卷,唐以来部分散佚,故剩余二卷。其五卷之说尤令人费解。事实上,法盛、昙无竭并非同时前往佛国游历。又,《历代三宝纪》卷十、《大唐内典录》卷四均著录昙无竭撰《外国传》五卷,则《法苑珠林》所谓"有传五卷",或仅为昙无竭之作。

　　法盛《历国传》已不存于今世,其佚文亦尠。向达认为:"《太平御览》引书目不及法盛此书,疑其佚在唐宋之间也。"⑦今考诸典籍,

① [唐]道宣著,范祥雍点校:《释迦方志》卷下,中华书局,2000 年版,第 98 页。
② [清]姚振宗:《隋书经籍志考证》卷二十一,《二十五史补编》(四),中华书局,1955 年版,第 5405 页。
③ [唐]释道世撰,周叔迦、苏晋仁校注:《法苑珠林校注》卷十四,中华书局,2003 年版,第 499—500 页。
④ 向达:《汉唐间西域及海南诸国古地理书叙录》,《唐代长安与西域文明》,中华书局,2001 年版,第 575 页。
⑤ 孙猛:《日本国见在书目录详考》,上海古籍出版社,2015 年版,第 890 页。
⑥ 李德辉辑校:《晋唐两宋行记辑校》,辽海出版社,2009 年版,第 53 页。
⑦ 向达:《汉唐间西域及海南诸国古地理书叙录》,《唐代长安与西域文明》,中华书局,2001 年版,第 574 页。

该著佚文或相关内容可能涉及：

其一，杜佑《通典》征引《历国传》，记载波罗奈："其国有稍割牛，其牛黑色，角细长，可四尺余，十日一割，不割便困病或致死。人服牛血皆老寿。国人皆寿五百岁，牛寿亦等于人。亦天竺属国。"①此条尚有乐史《太平寰宇记》卷一百八十三、郑樵《通志》卷一百九十六、马端临《文献通考》卷三百三十八、陈耀文《天中记》卷五十五、张英《渊鉴类函》卷二百三十八等文献征引，文字略有差异。

其二，据道世《法苑珠林》，昙无竭与法盛行记均牵涉宋孝武帝征扶南所获牛头栴檀佛像传说，亦即北天竺大阿罗汉优婆质那以神力凿石安佛并将工人上天之事，前文已有载录。则法盛《历国传》中理应包含这一佛迹传说。宝唱《名僧传》卷二十六法盛本传亦叙及忧长国东北牛头栴檀弥勒像以及罗汉可利难陀"舛兜率天，写佛真形"之事，所谓"印此像也，常放光明。四众伎乐，四时咲乐，远人皆卒，从像悔过，愿无不尅，得初道果，岁有十数。盛与诸方道俗五百人，愿求舍身，必见弥勒，此愿可谐，香烟右旋。须臾众烟合成一盖，右转三迊，渐渐消尽。云云"②。这里叙及法盛佛国见闻及其相关灵验，应为《历国传》之重要内容。

其三，法盛回归之后，译有《菩萨投身饿虎起塔因缘经》，《开元释教录》卷十二、卷十九均有著录。《开元释教录》附记云：

> 沙门释法盛，高昌人也，亦于凉代译《投身饿虎经》一卷。故前高僧昙无谶传末云："于时有高昌沙门法盛，亦经往外国，有传四卷。"其《投身饿虎经》后记云："尔时国王闻佛说已，即于是处

---

① ［唐］杜佑撰，王文锦等点校：《通典》卷一百九十三，中华书局，1988年版，第5260—5261页。

② ［南朝梁］宝唱：《名僧传抄》，《续藏经》，1925年上海涵芬楼影印本。

起立大塔,名为菩萨投身饿虎塔,今见在塔。东面山下有僧房讲堂精舍,常有五千众僧四事供养。法盛尔时见诸国中,有人癞病及癫狂聋盲手脚躄跛及种种疾病,悉来就此塔。烧香燃灯香泥涂地,修治扫洒并叩顶忏悔,百病皆愈。前来差者便去,后来辄尔常有百余人,不问贵贱皆尔,终无绝时。"今详僧传之文及阅经记之说,法盛游于西域此事不虚,复云亲睹灵龛故应非谬。若非盛之自译,何得著彼经终,既能自往西方,岂有不传经教。考覈终始,事乃分明,今为盛翻,编载斯录。①

据此,此经翻译实与法盛巡礼佛国相关见闻直接相关。而《菩萨投身饿虎起塔因缘经》首言"如是我闻,一时佛游乾陀越国毗沙门波罗大城,于城北山岩荫下,为国王臣民及天龙八部人非人等,说法教化度人无数。教化垂毕,时佛微笑,口出香光。光有九色遍照诸国,香薰亦尔"②,继而佛祖为阿难讲述乾陀摩提国太子旃檀摩提投身饿虎起塔因缘事。则附记所言"法盛尔时见诸国中"云云,应为法盛所历原乾陀越国之闻见,同样为《历国传》之应有内容,法盛行记亦或叙及相关佛教传说。

其四,《大正藏》卷六十二收录有照远《资行钞》,前文考说智猛行记时已有征引。原书"事钞下三之末"多处叙及法猛《历国传》,兹不复录。则鬼子母庙之事,亦有可能为法盛《历国传》之内容。惜无证据可寻,但俟来者考证。

考察法盛《历国传》,该书佚文以及相关内容至今非常罕见。正

---

① ［唐］智昇:《开元释教录》卷四,《大正藏》第55册,新文丰出版公司,1975年版,第522页。

② ［北凉］法盛译:《菩萨投身饴饿虎起塔因缘经》,《大正藏》第3册,新文丰出版公司,1975年版,第424页。

因为如此,借助本土文献资料,我们已难得知《名僧传》中所谓法盛"经历诸国,寻觅遗灵,及诸应瑞"的实际情况,不免遗憾。所幸信行撰集《翻梵语》中亦引用法盛《历国传》名物数种。向达指出:"按汉唐间以《历国传》名书者仅法盛之作,法盛书《通典》作《历诸国传》,《隋·志》作《历国传》。信行《翻梵语》所引《历国传》当即法盛书。《翻梵语》引《历国传》四卷,与《释迦方志》'又高昌法盛者亦经往佛国,著传四卷'之语合。"①孙猛考证亦云:"日本僧飞鸟寺信行《翻梵语》(《大正新修大藏经》卷五四)引《历国传》遍及卷一至卷四,是所见乃完帙也。"②这就是说,法盛佛国遗闻多阙,信行重加编纂的《翻梵语》十卷亦非宝唱原书,但其中征引有《历国传》四卷以及名物数种,我们或据以补充法盛行记之散佚,藉此从某种程度上还原其巡礼求法之旅途见闻,实可谓不幸中之万幸。

二、《翻梵语》所见《历国传》框架

关于信行《翻梵语》所见法盛《历国传》名物,向达亦在《汉唐间西域及海南诸国古地理书叙录》中逐一列举,较为详赡。然而,向氏亦不慎漏掉该书卷三比丘尼名第十二征引"昙摩埵比丘尼""僧伽难提比丘尼"两种。同样,因论文体制所限,向文未能誊录相关译语,没有提供版本信息。除此之外,其他学者罕有关注。为给读者提供一个更为全面具体的观感,兹依据《大正藏》事汇部重新编序,辑录《翻梵语》所见《历国传》名物如下表:

---

① 向达:《汉唐间西域及海南诸国古地理书叙录》,《唐代长安与西域文明》,中华书局,2001年版,第575页。
② 孙猛:《日本国见在书目录详考》,上海古籍出版社,2015年版,第890页。

序号	信行《翻梵语》				法盛《历国传》
	卷数	名类	名物	译语	
1	卷一	杂法名	大般舟瑟坛	译曰晓也	第二卷
2	卷二	比丘名	佛陀多罗	译曰佛陀者，觉；多罗者，济，亦云度也	第一卷
3			昙摩沙	应云达摩耶舍，译曰法名闻也	
4			佛陀柳支	觉乘	
5			昙摩练儿	译曰法都	
6			呵利难陀罗汉	译曰呵利者，师子；难陀者，欢喜	
7			昙摩末底道人	传曰法意	第三卷
8	卷三	比丘名	昙摩坤比丘尼	译曰法念	第一卷
9			僧伽难提比丘尼	译曰众喜	
10	卷四	婆罗门名	逻阇桑弥婆罗门	应云罗阇桑弥多，译曰王所重也	第二卷
11		刹利名	摩贤王子	译曰化也	第三卷
12	卷五	外道名	睒摩道士	译曰寂静	第二卷
13			郁卑罗迦叶	译曰大薄	
14	卷六	杂人名	因那罗人	译曰天王	第三卷
15			摩贤陀罗	译曰大天主也	
16			豆迦	应云豆佐，译曰苦也	
17			波罗河	应云婆罗伽，译曰胜体	
18			尸婆摩提	译曰安隐意也	
19			迷伽拔摩	译曰云铠	
20			比奢	译曰人也	
21	卷七	鬼名	呵利陀鬼子母	应云可梨陀，译曰黄也	第一卷

序号	信行《翻梵语》				法盛《历国传》
	卷数	名类	名物	译语	
22	卷七	鬼名	毗魔鬼	译曰可畏	第一卷
23			佛陀波罗夜叉鬼王	译曰觉护	
24		龙名	须那摩龙	译曰好意	第三卷
25	卷八	国土名	伽沙国	译曰不正语也	第一卷
26			波卢国	译曰护也	
27			富那跋檀国	传曰礼满	第三卷
28			乾若国	译曰藏也	
29			伽鼻国	译曰有牛	
30			婆施强国	译曰自在行也	
31			波私国	译曰绳也	第四卷
32			阿那罗国	译曰火也	
33		城名	婆卢瑟城	译曰胜住	第一卷
34			那竭呵城	译曰龙爱	
35			婆楼那城	译曰蛟也	第三卷
36			裴提舍城	译曰四惟	
37			摩诃舍城	译曰大乐五教反	
38			多留罗城	译曰树名也	
39			烦耆城	应云崩耆,译曰姓,亦云曲	
40			拔吒那竭城	应云拔吒那伽罗,译曰跋吒者,长;那伽罗,城	
41			须曼钵名城	传曰金斗城也	
42			摩头罗城	译曰美也	
43			僧加沙城	译曰光明	

序号	信行《翻梵语》				法盛《历国传》
	卷数	名类	名物	译语	
44	卷八	城名	多摩致城	应云多摩栗致,译曰乐著	
45		寺舍名	沙毗呵等寺	译曰弃毒	第一卷
46			波罗寺	译曰护也	
47			离越寺	应云离婆多,译曰星名	
48			陀林寺	应云陀林摩,传曰石留	
49			一迦延寺	译曰一道	
50			阿婆耆梨寺	传曰无畏寺也	第四卷
51			摩呵比呵寺	应云摩诃毗诃罗,译曰大寺	
52			祇那比呵罗	应云是名婆那毗呵罗,译曰胜林寺也	
53	卷九	山名	乾婆伽山	应云乾闼婆,译曰乐神	第一卷
54			支多哥梨山	译曰功德聚山	
55			金毗罗山	译曰是孔非孔	
56		河名	醯连然钵底小河	应云熙连若婆底,译曰有金	第三卷
57		洲名	楞伽洲	译曰邑也	第四卷
58	卷十	果名	摩头果	译曰美也	第三卷
59			迦多离果	应云迦陀利,译曰甘苏	

通过上述辑录,我们得见《翻梵语》每卷均有征引《历国传》,先后涉及杂法名、比丘名、比丘尼名、婆罗门名、刹利名、外道名、杂人名、鬼名、龙名、国土名、城名、寺舍名、山名、河名、洲名、果名16个名类,共计名物59种,译语则有"应云"与"译曰""亦云""传曰"等模式,分别对应音译与意译这两种翻译形态,少数名物的译语则结合音

译与意译，总体上涉及《历国传》四卷。可见作为六朝佛教行记之一，法盛《历国传》原书内容非常丰富、异彩纷呈，其篇幅或亦不亚于法显《佛国记》，惜其不幸亡佚，读者遂不得而知其绝大部分内容。

抑又检读上表，可知《翻梵语》所见《历国传》名物，实与法盛本传、昙无竭《外国传》以及其他诸种佛教文献互为参证。譬如，《翻梵语》比丘名征引《历国传》卷一"呵利难陀罗汉"，前述《名僧传》法盛本传亦叙及可利难陀事迹，《历代三宝纪》征引昙无竭《外国传》，亦叙及呵利难陀罗汉为造牛头栴檀弥勒像，"将巧匠三人上兜率看真弥勒"①之事。又如，《翻梵语》征引《历国传》之"佛陀多罗""摩头罗城""富那跋檀国"等，同书亦征引昙无竭《外国传》之"佛陀多罗""摩头罗""不那婆檀"等。诸如此类，前文已有相关分析。又如，《翻梵语》卷七鬼名征引《历国传》卷一"呵利陀鬼子母"，而前述照远《资行钞》叙及鬼子母庙。又如，《翻梵语》卷八城名征引《历国传》卷三"裴提舍城"，前述法盛译有《菩萨投身饿虎起塔因缘经》，法盛行记抑或叙及此佛教传说。而《菩萨投身饿虎起塔因缘经》叙及栴檀摩提太子："却珍宝衣，着凡故服，默出宫城，投适他国名裴提舍。自卖身与一婆罗门，得千金钱，以此金钱施诸贫人。"②种种证据表明：其一，《翻梵语》所见《历国传》名物，正是法盛所撰佛教行记中的应有内容。其二，法盛与昙无竭西行求法路线非常接近，二人行迹多有重合之处。从时间逻辑看，释智猛、昙无竭、释法盛三位僧人先后西行求法。相比之下，法盛出发时间稍晚于前面二位行僧。尽管如此，法盛与昙无竭在佛国巡礼求法的某些时空点有可能重合，他们或许在佛

---

① ［隋］费长房：《历代三宝纪》卷二，《大正藏》第 49 册，新文丰出版公司，1975 年版，第 30 页。
② ［北凉］法盛译：《菩萨投身饴饿虎起塔因缘经》，《大正藏》第 3 册，新文丰出版公司，1975 年版，第 425 页。

国相遇并且成为同行沙门。

上文得见《翻梵语》征引《历国传》名物详情。我们同样可以据此推测法盛《历国传》之文本框架。这里，我们仍然以前文辑览为基础，借助晋唐佛教行记撰写的习惯套路，依照《外国传》的自然卷次重加编排，即得出原书以时间为主线、以事理为辅助的文本框架，尽可能还原其游行佛国之概貌。兹亦再次整理并简化，形成下表：

序号	名类	卷一	卷二	卷三	卷四
1	山名	乾婆伽山、支多哥梨山、金毗罗山			
2	河名			酼连然钵底小河	
3	洲名				楞伽洲
4	果名			摩头果、迦多离果	
5	国土名	伽沙国、波卢国		富那跋檀国、乾若国、伽鼻国、婆施强国	波私国、阿那罗国
6	城名	婆卢瑟城、那竭呵城		婆楼那城、裴提舍城、摩诃舍城、多留罗城、烦耆城、拔吒那竭城、须曼钵名城、摩头罗城、僧加沙城、多摩致城	
7	刹利名			摩贤王子	
8	寺舍名	沙毗呵等寺、波罗寺、离越寺、陀林寺、一迦延寺			阿婆耆梨寺、摩诃比呵寺、祇那比呵罗

序号	名类	卷一	卷二	卷三	卷四
9	比丘名	佛陀多罗、昙摩沙、佛陀柳支、昙摩练儿、呵利难陀罗汉		昙摩末底道人	
10	比丘尼名	昙摩埠比丘尼、僧伽难提比丘尼			
11	婆罗门名		逻阇桑弥婆罗门		
12	外道名		睒摩道士、郁卑罗迦叶		
13	杂人名			因那罗人、摩贤陀罗、豆迦、波罗河、尸婆摩提、迷伽拔摩、比奢	
14	龙名			须那摩龙	
15	鬼名	呵利陀鬼子母、毗魔鬼、佛陀波罗夜叉鬼王			
16	杂法名		大般舟瑟坛		

借助该表,我们得见法盛之佛国巡礼大致经过四个阶段。亦即:依据《历国传》卷一,法盛叙及或历经乾婆伽山、支多哥梨山、金毗罗山等山区,伽沙国、波卢国等国家,婆卢瑟城、那竭呵城等城市,以及沙毗呵等寺、波罗寺、离越寺、陀林寺、一迦延寺等寺舍,叙及佛陀多罗、昙摩沙、佛陀柳支、昙摩练儿、呵利难陀罗汉等比丘,昙摩埠比丘尼、僧伽难提比丘尼等比丘尼,以及传说中呵利陀鬼子母、毗魔鬼、佛

陀波罗夜叉等鬼王。依据《历国传》卷二,可见法盛叙及逻阇桑弥婆罗门,睞摩道士、郁卑罗迦叶等外道,以及杂法名大般舟瑟坛。依据《历国传》卷三,可见法盛叙及或历经醋连然钵底小河,富那跋檀国、乾若国、伽鼻国、婆施强国等国家,以及婆楼那城、裴提舍城、摩诃舍城、多留罗城、烦耆城、拔吒那竭城、须曼钵名城、摩头罗城、僧加沙城、多摩致城等城市,叙及摩头果、迦多离果等果名,因那罗人、摩贤陀罗、豆迦、波罗河、尸婆摩提、迷伽拔摩、比奢等杂人名,以及摩贤王子、昙摩末底道人、须那摩龙等。依据《历国传》卷四,可见法盛叙及或历经楞伽洲,波私国、阿那罗国等国家,以及阿婆耆梨寺、摩诃比呵寺、祇那比呵罗等寺舍。从宏观结构看,《翻梵语》所见《历国传》卷一、卷三内容较为繁富,卷四次之,卷二最少。这同样不是《历国传》之原貌,而应是《翻梵语》的征引详略不等。但是通过以上分析,法盛行记之文本框架或大致如斯。

前述法盛之所以有志于巡礼求法,是因为受到智猛行迹感召所致。而据智昇《开元释教录》,智猛"发迹长安,渡河跨谷三十六所,至凉州城,既而西出阳关,入于流沙","历鄯鄯、龟兹、于阗诸国,备观风俗,从于阗西南行二千里,始登葱岭","猛与余伴进行千七百余里,至波沦国","与余四人三度雪山","复南行千里至罽宾国,再渡辛头河",后来"于奇沙国见佛文石唾壶"及佛钵,"至迦维罗卫国见佛发、佛牙及肉髻骨"等,"后至华氏城,是阿育王旧都"[①],终由陆路返回凉州。兹对比《翻梵语》征引《历国传》国名,可见法盛所历与智猛似有较大不同。尽管如此,智猛所历波沦国与迦维罗卫国,或即《历国传》之波卢国与伽鼻国,后文拟详细论证。抑又根据前文互证,法盛所历与昙无竭行迹往往有重合之处。据《出三藏记集》附传等四种传记,

①　[唐]智昇:《开元释教录》卷四,《大正藏》第55册,新文丰出版公司,1975年版,第521页。

可见昙无竭一行发迹北土，至河南国，出海西郡，进入流沙，到高昌郡，经历龟兹、沙勒诸国，前登葱岭雪山；后进至罽宾国，西行到新头那提河，缘河西入月氏国，后至檀特山南石留寺，复北行至中天竺；五人渡恒河，终至南天竺；最后通过海路回到广州。兹对比《翻梵语》征引《历国传》国名，亦可见法盛行迹与昙无竭似难等同。而根据前文，昙无竭所历高昌郡，是为法盛出发之地。昙无竭所历沙勒国，亦即《历国传》之伽沙国，后文亦将展开论证。至于葱岭雪山，或为智猛、昙无竭以及法盛所共历。不仅如此，从城名和寺舍名看，得见法盛之佛国见闻更加复杂。这些城名和寺舍名是否与智猛、昙无竭所历相互发明，尚需进一步考察。抑又结合前文探讨《历国传》佚文或相关内容，则法盛行记还叙及波罗奈国稍割牛，忧长国牛头旃檀弥勒像以及可利难陀罗汉事迹，乾陀越国毗沙门波罗大城以及乾陀摩提国太子旃檀摩提事迹，还有可能叙及旷野鬼子庙等等。要之，欲探知法盛西行路线及其相关问题，有必要尽可能针对上述名物作出考证。

三、《翻梵语》所见《历国传》国名

依据《翻梵语》所见《历国传》名物，我们得见法盛在巡礼求法途中，早期历经伽沙国、波卢国等，中后期历经富那跋檀国、乾若国、伽鼻国、婆施强国等，末期历经波私国、阿那罗国等。兹依据晋唐汉译佛经和佛教行记等，试图针对以上诸国作相应考察，无法考证者则暂付阙如。

先看伽沙国。作为国名或地名，"伽沙"在汉译佛经中虽较为罕见，但伽沙国与佉沙国直接相关，或即佉沙国之别称。据高齐天竺三藏那连提耶舍译《大方等大集月藏经》之十八《星宿摄受品》："尔时佛告梵王等言：'我今以彼于摩国、陀楼国、悉支那国、奈摩陀国、陀罗陀国、佉沙国、罗佉国、赊摩国、侯罗婆国、舍头迦国、颇阇婆国、没遮波国,此十二国,付嘱角宿摄护养育,亦护角宿日建立国土城邑聚落,及角宿日所生众生。汝等宣告,令彼得知。'梵王等言:'如是,大德婆伽婆! 唯然受教。'"又云:"尔时佛告梵王等言:'我今以彼佉搜迦国、信头婆迟国、阿摩利国、余尼目佉国、难陀婆国、伽沙国、跋使俱阇国、由婆迦国、婆佉罗国、沙婆罗国、伽楼荼国、鸠筹迦国、婆遮利婆国,此十三国,付嘱氐宿摄护养育。'乃至唯然受教。"又云:"尔时佛告梵王等言:'我今以彼难提跋弥国、波罗尸国、满福国、忧罗奢国、蓝浮沙国、娑婆国、摩陀罗婆国、箧提国、佉沙国、娑罗斯国、师子国、诃波他国、诃利鸠时国、忧婆毗罗国、多罗尼国、毗舍离国、忧迦利国,此十七国,付嘱虚宿摄护养育。'乃至唯然受教。'"①三种记载均叙及佉沙国或伽沙国。《星宿摄受品》主要叙述佛祖与娑婆世界主大梵天王、释提桓因、四天王对话,意在"使诸宿曜辰摄护国土养育众生","如我所分国土众生各各随分摄护养育"②。该品与《分布阎浮提品》《建立塔寺品》一道,演绎成为《月藏经》时代佛教世界几种地理名录,具有非常重要的史地价值。其中记载佉沙国、伽沙国分别对应于东方七宿之角宿、氐宿,伽沙国又对应于北方七宿之虚宿,二者看似不同国土,其实不然。历代学者对此关注甚少,所幸法国东方学家烈维试图梳理《月藏经》诸品之地理架构,曾撰有《大藏方等部之西域佛教史料》一文,篇帙较为宏大。

该文分析《月藏经》之《星宿摄受品》,标注角宿十二国之第六、虚宿十七国之第九"佉沙国"为"Khaṣa",标注氐宿十三国之第六"伽沙国"为"Gaṣa?",此或意在表明佉沙与伽沙并不相同,然而尤有疑

① [北凉]昙无谶译:《大方等大集经》卷五十六,《大正藏》第 13 册,新文丰出版公司,1975 年版,第 371—373 页。
② [北凉]昙无谶译:《大方等大集经》卷五十六,《大正藏》第 13 册,新文丰出版公司,1975 年版,第 371 页。

惑,故而后者标注卒以问号。抑又,据《月藏经》之《建立塔寺品》:
"尔时世尊熙怡微笑,从其面门放种种光照曜诸方。即时于此四天下
中,而有无量百千诸佛处处而现","迦沙国二十八佛现"①。烈维继
而列举《建立塔寺品》所涉国名,遂把"迦沙国"改成"伽沙国",并且
标注后者为"Khaṣa",已确信伽沙即为佉沙。伽沙国即为佉沙国,亦
可藉《翻梵语》以自证。据《翻梵语》征引《历国传》名物辑览,其中卷
八国土名征引法盛行记第一卷"伽沙国",译曰"不正语也"。而事实
上,该书同卷亦征引《鞞婆沙》第九卷"佉沙",亦译曰"不正语也"②。
二者意译相同,足见所指地理或大致相同。抑又,《翻梵语》杂人名征
引《阿毗昙毗婆娑》第四十四卷"佉沙人",译曰"谄也"③。《汉语大
字典》释"谄":"可疑。《尔雅·释诂下》:'谄,疑也。'《左传·昭公
二十六年》:'天道不谄,不贰其命,若之何禳之?'杜预注:'谄,疑
也。'《荀子·性恶》:'其言也谄,其行也悖。'"④此不失为一旁证。
依据是"不正语"与"谄"内涵可能一致,均指该国家和地区为中古时
代多民族融合地带,故其方言使用情况极为复杂。

　　检读玄奘《大唐西域记》:"佉沙国周五千余里,多沙碛,少壤
土","其文字,取则印度,虽有删讹,颇存体势。语言辞调,异于诸
国"。据季羡林等校注,佉沙"自汉至唐皆作疏勒国(疏,一作疎)。
《魏略》作竭石,《法显传》作竭叉,《孔雀王咒经》作迦舍。慧超《往五

①　[北凉]昙无谶译:《大方等大集经》卷五十六,《大正藏》第13册,新文丰出版
　　公司,1975年版,第374页。
②　[日]信行撰集:《翻梵语》卷八,《大正藏》第54册,新文丰出版公司,1975年
　　版,第1036页。
③　[日]信行撰集:《翻梵语》卷六,《大正藏》第54册,新文丰出版公司,1975年
　　版,第1023页。
④　汉语大字典编辑委员会编纂:《汉语大字典》(七),崇文书局、四川辞书出版
　　社,2010年版,第4270页。

天竺国传》云：'至疏勒，外国自呼名伽师祇离国'。《慧琳音义》作迦师佶黎"，"清代作喀什噶尔，现为喀什市"，"竭石、竭叉、佉沙为另一来源，其原音似为 Khaṣal。此名在古代印度文献中原指喜马拉雅地区的山地部落"，"就现已出土的文书来看，从公元后三世纪至十一世纪初，塔里木盆地南缘的和阗、西缘的巴楚（很可能也包括喀什在内）一带居民使用属于印欧语系伊朗语族中的古东伊朗语的几种方言，与现在塔什库尔干塔吉克自治县塔吉克族使用的舒格南语、瓦罕语属于同一系统"，"佉沙国也很可能讲伊朗语"①。又据李树辉考证，疏勒、佉沙地名分别源于突厥语和嚈哒语，"前者为最古老的地名，地望在今疏附县西北被称为'苏尔拉厄'的村庄；后者始于北魏，城筑于611年，地望在今喀什市区。二者都曾被用作地域性名称，均是由王都所在地的具体地名扩展为地域性名称的"；详言之，自两汉至于南北朝、隋唐之际，喀什地区交替为突厥语族群与嚈哒族群统治，"操用古藏语的吐蕃人也从 7 世纪开始进入该地区"；从历史上看，"阿尔泰语系、印欧语系以及汉藏语系的民众都曾在该地区生息、繁衍，使得这一地区无论在人种、语言、文化、宗教等诸多方面都呈现出多样性特点"，"自汉代开始，喀什噶尔地区便已成为三大语系居民的交汇之地"②。此或是《翻梵语》意译伽沙国、佉沙为"不正语"的历史根源。

　　伽沙国之地理范围应较广泛，前述季羡林、李树辉之论亦可佐证。《翻梵语》外道法名征引《普曜经》第二卷"佉沙书"，译曰"边也"③。此或亦证佉沙国为宽泛的地域性名称。烈维指出："至若玄奘《西域记》视为喀什噶尔之佉沙（Khaṣa），在梵籍之中乃指加入婆

① ［唐］玄奘、辩机原著，季羡林等校注：《大唐西域记校注》卷十二，中华书局，2000 年版，第 995—997 页。

② 李树辉：《疏勒、佉沙地名新证》，《中国边疆史地研究》2007 年第 1 期。

③ ［日］信行撰集：《翻梵语》卷一，《大正藏》第 54 册，新文丰出版公司，1975 年版，第 986 页。

罗门教之雪山山居民族。则喀什噶尔,为佉沙诸地之一地,然非佉沙本地。佉沙一名甚泛,并未确有所指也。五八七年时阇那崛多译《方广大庄严经》(Lalitavistara),译 Khāçya 或 Khāṣya 之名作疏勒,质言之作喀什噶尔。盖其名在陀罗陀(Darada)(Dardistan)与汉地之间,固可适用于喀什噶尔。然在阇那崛多前纂辑之《翻梵语》一书,指定并未如是之详。其释《普曜经》(初译《方广大庄严经》)诸名,释佉沙之义为'边',则所指甚泛矣。此外在余后引《毗婆沙》(Vibhāṣā)之文中,亦无使吾人主张佉沙即为喀什噶尔之迹也。"①此外,《悟空入竺记》谓沙门悟空:"渐届疏勒(一名沙勒)。时王裴冷冷、镇守使鲁阳留住五月。"②要之,根据其他佛教行记互证,伽沙国亦即疏勒、沙勒、喀什噶尔等。依据时间逻辑,伽沙国应为法盛亲历西域之国土。《翻梵语》所见伽沙国,为我们提供了喀什噶尔另一重要译名。缘于《历国传》之伽沙国亦即佉沙国,可见法盛最先由北凉高昌西行前往喀什噶尔。

再看波卢国。《翻梵语》所见《历国传》之波卢国,亦罕见有其他文献征引。然而汉译佛经中有波卢罗国、波卢那国之称。依据《月藏经》之《星宿摄受品》:"尔时佛告梵王等言:'我今以彼阿罗荼国、诃利那国、叔迦罗国、波卢罗国、弗利赊国、那摩帝国、俱致婆国、苏那婆国、赊摩国、跋陀婆国,如是十国,付嘱宂宿摄护养育。'乃至唯然受教。"③又据《建立塔寺品》:"尔时世尊熙怡微笑,从其面门放种种光照曜诸方,即时于此四天下中,而有无量百千诸佛处处而现","波卢

① [法]烈维:《大藏方等部之西域佛教史料》,冯承钧译《西域南海史地考证译丛》第二卷第九编,商务印书馆,1962 年版,第 167—168 页。

② [日]佚名:《游方记抄》,《大正藏》第 51 册,新文丰出版公司,1975 年版,第 980 页。

③ [北凉]昙无谶译:《大方等大集经》卷五十六,《大正藏》第 13 册,新文丰出版公司,1975 年版,第 371 页。

那国二十佛现"①。烈维《大藏方等部之西域佛教史料》分析《星宿摄受品》,标注亢宿十三国之第四"波卢罗国"为"Parura?",又列举《建立塔寺品》所涉国名,亦标注波卢那国为"Parura?",二者完全相同,即大致认为波卢罗国亦即波卢那国。

烈维继而指出,《建立塔寺品》所涉佛现各国名录,"盖为巡历之人自波罗奈达东夏之一种行程,要不外乎印度河(Indus)、葱岭(Pamir)、新疆三地":其中"印度本部构成第一区域,诸名多出于一种长远之传说";自西地国迄于菷提国,"在编订名录之人视之,似为印度本部之边境。境以外则为印度之天然的或历史的附属地",其中枳萨罗、涑利迦、般遮囊伽罗、尸利沙、摩兜罗、婆佉罗、佉罗婆罗、阿疏拘迦等国,以及"波卢那或叵耶那、弗离沙诸国,则未详其所在也";"最后一类诸国,则分布于自葱岭达东夏行程之中"②。这里所谓叵耶那,则出现于《月藏经》之《分布阎浮提品》:"尔时世尊以叵耶那国付嘱海怖天子千眷属、那茶浮乾闼婆百眷属、马目紧那罗百眷属……月光罗刹千眷属:'汝等共护叵耶那国。'乃至佛及大众咸皆赞言:'善哉,善哉。'"③该品末尾偈言则称"叵耶那"为"叵耶"。烈维在其论文中分析《分布阎浮提品》,标注"叵耶那"梵文为"Bayana(Bamyan?)",与标注"波卢那"为"Parura?"又不相同。要之,烈维并不清楚波卢罗、波卢那、叵耶那之具体位置,亦不肯定波卢那是否即为叵耶那,但大致确定这些国名位于从波罗奈至东夏亦即由中印度至古代中国的第二区域,大致处于葱岭(Pamir)附近。

---

① [北凉]昙无谶译:《大方等大集经》卷五十六,《大正藏》第13册,新文丰出版公司,1975年版,第374页。

② [法]烈维:《大藏方等部之西域佛教史料》,冯承钧译《西域南海史地考证译丛》第二卷第九编,商务印书馆,1962年版,第207—208页。

③ [北凉]昙无谶译:《大方等大集经》卷五十五,《大正藏》第13册,新文丰出版公司,1975年版,第367页。

　　尽管如此,作为音译的波卢国或即波路国,波卢罗国音译或即钵卢勒国。据《魏书·西域传》:"波路国,在阿钩羌西北,去代一万三千九百里。其地湿热,有蜀马,土平,物产国俗与阿钩羌同。"该传又记赊弥国"东有钵卢勒国,路险,缘铁锁而度,下不见底。熙平中,宋云等竟不能达"。其《校勘记》云:"按'钵卢勒'即上文之'波路',此据《行记》。"①《北史》卷九十七《西域》亦然。又据《洛阳伽蓝记》卷五:"一直一道,从钵卢勒国向乌场国,铁锁为桥,悬虚而度,下不见底,旁无挽捉,倏忽之间,投躯万仞,是以行者望风谢路耳。"②范祥雍认为,在《魏书》《北史》中,钵卢勒国与波路国殆"一国二传,此书之常,无足怪者"③。则波路国即是钵卢勒国。那么,波卢国或即波卢罗国。周祖谟指出:"钵卢勒即《玄奘记》中之钵露罗国(Bolora),《魏书》称为波路,《唐书》称小勃律。其国在大云山间,东西长,南北狭。在今 Yassin 河与 Gilgir 流域。依《玄奘记》,自此至乌场国境约五百余里。"④检读《大唐西域记》,实有专节记录钵露罗国。季羡林校注言"水谷真成还原作 Balūra 或 Balora,今名 Baltistan"⑤,其标注 Balūra与烈维标注"波卢罗国"为"Parura"几同。此亦印证《历国传》之波卢国,就是前述《星宿摄受品》之波卢罗国、《建立塔寺品》之波卢那国、《魏书》之波路国、《洛阳伽蓝记》之钵卢勒国以及《大唐西域记》之钵露罗国。与此相关,慧超《往五天竺国传》亦有专节记录小勃律国,勃

① [北齐]魏收:《魏书》卷一百〇二,中华书局,1974 年版,第 2276—2286 页。
② [北魏]杨衒之撰,周祖谟校释:《洛阳伽蓝记校释》卷五,中华书局,2010 年版,第 184 页。
③ [北魏]杨衒之撰,范祥雍校注:《洛阳伽蓝记校注》卷五,上海古籍出版社,1978 年版,第 304 页。
④ [北魏]杨衒之撰,周祖谟校释:《洛阳伽蓝记校释》卷五,中华书局,2010 年版,第 184 页。
⑤ [唐]玄奘、辩机原著,季羡林等校注:《大唐西域记校注》卷三,中华书局,2000 年版,第 299 页。

即勃字。据慧皎《高僧传》智猛本传："从于阗西南行二千里,始登葱岭,而九人退还,猛与余伴进行千七百里,至波伦国。"①僧祐《出三藏记集》卷十五《智猛法师传》、智昇《开元释教录》卷四智猛附传亦然。综上,得见波卢国、波路国、波伦国、波卢罗国、波卢那国、钵卢勒国、钵露罗国、小勃律等实为一国,不过是音译略异而已。

前述烈维认为,波卢那或叵耶那虽未详其所在,但大致位于从波罗奈至东夏之第二区域亦即葱岭附近。而根据前述智猛、昙无竭相关传记,两位高僧均曾翻越葱岭雪山。又据前文,法盛最先由高昌西行前往新疆喀什噶尔。《历国传》记载波罗奈国有稍割牛,可证法盛或到达中印度地区。那么烈维分析《建立塔寺品》所见巡历之人的行程,尤其是三个主要地域亦即印度河、葱岭、新疆等,法盛都曾亲自游历,只不过与佛经中巡礼之人的方向和路线恰好相反。要之,根据信行《翻梵语》征引,《历国传》卷一主要涉及伽沙国与波卢国。而理清相关地理逻辑,可证法盛巡礼历经高昌、喀什噶尔以及帕米尔高原地区,然后南下至北印度、中印度。结合相关文献,我们得见法盛早期所历,可与智猛、昙无竭、慧生、宋云、道荣、玄奘、慧超等高僧的西行线路互为参证。而细加考察,可见这种传统的陆路求法线路,似与昙无竭之行迹更加吻合。结合《翻梵语》所见相关名物,可见法盛与昙无竭这两位僧人的西行之路互相发明者更多。上述梳理亦藉此证实,法盛《历国传》在晋唐佛教行记中具有承前启后的时代意义。

再看富那跋檀国。《翻梵语》所见《历国传》卷三,主要涉及四种国名。其中有富那跋檀国,汉译佛经中亦未见叙及。原书国土名征

——————————

① ［南朝梁］释慧皎撰,汤用彤校注:《高僧传》卷三,中华书局,1992 年版,第125 页。

引《历国传》:"富那跋檀国(传曰丰满)。"①日僧心觉《多罗叶记》卷下亦征引《翻梵语集》:"富那跋檀国(传曰丰满,是一国部)。"②又检读《翻梵语》各卷,其中征引名物被意译为"满"者多达三十余种,对应梵语音译则有富兰那、富邻、富楼、富楼那、富罗、富罗那、富那、富提那、弗那、弗尼、弗尼迦、分那、分尼、分耨、坋那、不兰、不那、别耨、般那、邠耨等数种。又据《多罗叶记》卷下征引《翻梵语集》与《信行梵语集》,其中征引名物被意译为"满"者亦多达二十余条,对应梵语音译除了上述所列,另有斧律那、补刺等。上述梵语音译均同"富那",应为不同译者所致,且散见于不同佛典。根据上文,"富那"被意译为"满",则"跋檀"应意译为"丰"。抑又,《翻梵语》城名征引《外国传》卷三:"婆陀漫(传曰丰益城也)。"又曰:"不那婆檀(传曰丰满城也)。"③则"婆陀""婆檀"之音译应同于"跋檀"。同书村名又征引《外国传》卷二:"婆陀漫(传曰增益村也)。"④此卷村名所见意译"婆陀"为"增",与同卷城名所见意译"婆陀"为"丰",亦比较契合。

　　检读《阿育王经·供养菩提树因缘品》:"复有一国,名分那婆陀那(翻正增长),彼国一切信受外道。复有一人受外道法,事裸形神,画作如来,礼其神足。有一佛弟子见此事,白阿育王。王时闻已,语驶将来","时阿育王见已,生大瞋心,于分那婆陀那国一切外道悉皆

---

① [日]信行撰集:《翻梵语》卷八,《大正藏》第54册,新文丰出版公司,1975年版,第1037页。

② [日]心觉:《多罗叶记》卷下,《大正藏》第84册,新文丰出版公司,1975年版,第613页。

③ [日]信行撰集:《翻梵语》卷八,《大正藏》第54册,新文丰出版公司,1975年版,第1039页。

④ [日]信行撰集:《翻梵语》卷八,《大正藏》第54册,新文丰出版公司,1975年版,第1041页。

杀之,于一日中杀十万八千外道"①。依据梵文音译、意译相关规律,
如果说"分那"或即"富那","婆陀""婆陀那"或即"跋檀";那么此国
名"分那婆陀那"即是"富那跋檀"。另据玄奘《大唐西域记》:"奔那伐
弹那国周四千余里。国大都城周三十余里。居人殷盛,池馆花林往往
相间。土地卑湿,稼穑滋茂","气序调畅,风俗好学。伽蓝二十余所,
僧徒三千余人,大小二乘,兼功综习。天祠百所,异道杂居,露形尼乾,
实繁其党"。季羡林注云:"奔那伐弹那,《阿育王经》卷三译为分那婆
陀那,并意译为正增长(巴利文 Puṇṇavadhana,梵文 Puṇḍra vardhana),
为东印度古国名","后印度学者劳(B. C. Law)考定为在今孟加拉国
Rajshahi 及 Bogra 一带","奔那伐弹那国应在迦摩缕波国西北,羯朱
嗢祇罗国东北,迦罗都河(即贾木纳河支流 Karatoya 河)西岸"②。则
富那跋檀国、分那婆陀那国、奔那伐弹那国应属同一国土。事实上,
"奔那"已与前述梵文音译"别耨""般那""邠耨"等近似,亦可佐证
梵文之翻译规律。抑又,《翻梵语》城名征引《大智论》卷三:"富楼那
跋檀大城(应云富楼那跋陀罗,论曰长功德城。译曰富楼那者,满;跋
陀罗者,贤)。"③《多罗叶记》卷下征引《翻梵语集》亦见此城名。那
么,富那跋檀城或与前述疏勒、佉沙类似,亦即大致由城都所在具体
地名拓展为地域性名称。要之,《梵翻语》卷三涉及富那跋檀国,亦即
《大唐西域记》之奔那伐弹那国,大致位于今孟加拉国。

---

① [南朝梁]僧伽婆罗译:《阿育王经》卷三,《大正藏》第 50 册,新文丰出版公
　司,1975 年版,第 143 页。
② [唐]玄奘、辩机原著,季羡林等校注:《大唐西域记校注》卷十,中华书局,
　2000 年版,第 790—792 页。
③ [日]信行撰集:《翻梵语》卷八,《大正藏》第 54 册,新文丰出版公司,1975 年
　版,第 1038 页。

再看伽鼻国。《翻梵语》国土名征引《历国传》："伽鼻国（译曰有牛）。"①同书杂人名第三十征引《弥沙塞律》卷五："伽毗（译曰有牛）。"②则伽鼻国应即伽毗国。汉译佛经"伽"与"迦"常在音译中互用，则伽毗国或称曰迦毗国。尽管如此，伽鼻国、伽毗国、迦毗国等称名，汉译佛经均难得见。据王溥《唐会要》杂录，贞元"二十一年三月十一日，以远夷各贡方物，其草木杂物有异于常者，诏所司详录焉"，其中有"伽毗国献郁金香，叶似麦门冬，九月花开，状如芙蓉，其色紫碧，香闻数十步，华而不实，欲种取其根"③。赞宁《东坡先生物类相感志》草部亦云："欎金草。生伽毗国，似麦门冬，九月花开，状若芙蓉，其色紫碧，香闻数十步，花而不实，但取其根，能治热疾。今郁金香绝多，即不如伽毗之珍也。"④可见此国名，唐宋人用之。又据《长阿含经》之《游行经》，佛于拘尸城入般涅槃，佛身经阇维之后，婆罗门香姓"等分佛舍利均作八分"，"时拘尸国人得舍利分，即于其土起塔供养，波婆国人、遮罗国、罗摩伽国、毗留提国、迦维罗卫国、毗舍离国、摩竭国阿阇世王等，得舍利分已，各归其国起塔供养。香姓婆罗门持舍利瓶，归起塔庙。毕钵村人持地焦炭，归起塔庙。当于尔时，如来舍利起于八塔，第九瓶塔，第十炭塔，第十一生时发塔"⑤。据《明州阿育王山志》卷二《天人造塔缘起》，佛祖涅槃经茶毗后，留得

---

① ［日］信行撰集：《翻梵语》卷八，《大正藏》第 54 册，新文丰出版公司，1975 年版，第 1037 页。

② ［日］信行撰集：《翻梵语》卷六，《大正藏》第 54 册，新文丰出版公司，1975 年版，第 1022 页。

③ ［宋］王溥：《唐会要》卷一百，中华书局，1955 年版，第 1796 页。

④ ［宋］释赞宁：《东坡先生物类相感志》卷十二，《四库全书存目丛书》子部第 116 册，齐鲁书社，1995 年版，第 779 页。

⑤ ［后秦］佛陀耶舍、竺佛念译：《佛说长阿含经》卷四，《大正藏》第 1 册，新文丰出版公司，1975 年版，第 29—30 页。

舍利八万四千颗,惟留四牙不可沮坏,"拘尸城人以八金坛各受一斛,盛佛舍利,入城供养。时八大国王各各举兵来争舍利,有烟姓居士告以如来忍法用息其争,分作八分。拘尸国得一分,波尸国得一分,师伽国得一分,阿勒国得一分,毗耨国得一分,毗离国得一分,迦毗国得一分,摩伽国得一分。各于国中起塔供养,是谓阎浮提八舍利塔"①。兹以八种国名为线索,对照上述两种材料,不然得出迦维罗卫国即迦毗国,是为佛祖诞生圣地。

根据信行《翻梵语》征引各书词条,"毗""维"在梵文音译中互用案例较多。据此推测,迦毗或称为迦维,应为迦维罗卫、迦维卫之省称。《隋书·经籍志》集部总集类附注梁有"《迦维国赋》二卷,晋右军行参军虞干纪撰"②,已佚。姚振宗《考证》征引本志佛经篇所谓"佛经者,西域天竺之迦维卫国净饭王太子释迦牟尼所说"③云云,亦是视迦维国为迦维卫国。抑又,根据《月藏经》之《分布阎浮提品》:"尔时世尊以迦毗罗婆国,付嘱火护紧那罗仙千眷属,拘翅罗声乾闼婆万眷属,婆阅跋帝夜叉大将千眷属,奢摩那迟阿修罗二万眷属,跋那牟支龙王一万眷属,摩诃钵奢鸠槃茶大将五百眷属,栴迟栴茶梨二大天女各一万眷属:'汝等共护迦毗罗婆国,乃至遮障诸恶众生。'彼等一切皆作是言:'我等及诸眷属,护持养育迦毗罗婆国周遍土境,乃至遮障诸恶众生。'佛及大众咸皆赞言:'善哉!善哉!'"④此品以世尊说偈告终,其中偈言:"我以如是等,更转付余天。诸龙夜叉众,乾

①　[明]郭子章:《明州阿育王山志》卷二,《四库全书存目丛书》史部第230册,齐鲁书社,1996年版,第411页。
②　[唐]魏征等:《隋书》卷三十五,中华书局,2019年版,第1229页。
③　[清]姚振宗:《隋书经籍志考证》卷四十,《二十五史补编》(四),中华书局,1955年版,第5878页。
④　[北凉]昙无谶译:《大方等大集经》卷五十五,《大正藏》第13册,新文丰出版公司,1975年版,第364页。

阅紧那罗。天女修罗等,罗刹鸠槃茶。普遍诸国土,安置护养育。"偈语接着列举"迦毗波罗奈,摩伽拘萨罗"等诸多国土,并与前述世尊付嘱诸神护持养育诸国大致对应。因五言佛偈体制,此"迦毗波罗奈"应指"迦毗"与"波罗奈"两国,因为"摩伽拘萨罗"亦指"摩伽陀"与"拘萨罗"两国。则可证迦毗国亦为迦毗罗婆国之省称。又据《月藏经》之《星宿摄受品》:"尔时佛告梵王等言:'我今以彼波罗耽罗国、只叔迦国、婆楼遮国、输卢那国、迦毗罗婆国、奢耶国、马面国、伽楼茶国、侨罗跋陀国、吴地国、阇婆跋帝国、鞞楼国、伽楼呵国、于填国、伽颇罗国、狗面国、尼婆罗国、俱那婆国,此十八国,付嘱昴宿摄护养育。'乃至唯然受教。"①据《建立塔寺品》:"尔时世尊熙怡微笑,从其面门放种种光照曜诸方,即时于此四天下中,而有无量百千诸佛处处而现","迦毗罗婆国二十佛现"②。上述材料同时出现迦毗罗婆国,亦即迦毗国,列维在梳理之际,均标注为 Kapilavastu,并认为迦毗罗婆国为"印度本部",与其他诸国构成《建立塔寺品》国土名录之"第一区域","诸名多出于一种长远之传说"③,可谓远见卓识。不仅如此,列维标注迦毗罗婆国,与季羡林《大唐西域记校注》标注劫比罗伐窣堵国为 Kapilavastu 完全一致。综上,可见伽鼻、伽毗、迦毗、迦维、迦维卫、迦维罗卫、迦毗罗婆亦即劫比罗伐窣堵等,只不过音译不同或省称各异。

　　要之,伽鼻国即迦维罗卫国。因其为佛祖释迦牟尼诞生圣地,汉地西行僧人往往游历瞻仰,故而佛教行记中屡有记载。前述智猛曾

---

① ［北凉］昙无谶译:《大方等大集经》卷五十六,《大正藏》第 13 册,新文丰出版公司,1975 年版,第 372 页。

② ［北凉］昙无谶译:《大方等大集经》卷五十六,《大正藏》第 13 册,新文丰出版公司,1975 年版,第 374 页。

③ ［法］烈维:《大藏方等部之西域佛教史料》,冯承钧译《西域南海史地考证译丛》第二卷第九编,商务印书馆,1962 年版,第 169—207 页。

于此地巡礼。竺法维《佛国记》云："迦维卫国,佛所生天竺国也,三千日月、万二千天地之中央也。"①法显《佛国记》则云："从此东行,减一由延,到迦维罗卫城。城中都无王民,甚如坵荒,只有众僧、民户数十家而已","迦维罗卫国大空荒,人民希疏。道路怖畏白象、狮子,不可妄行"②。玄奘《大唐西域记》记载:"劫比罗伐窣堵国周四千余里。空城十数,荒芜已甚。王城颓圮,周量不详。"季羡林注:"音译迦毗罗卫、迦维罗阅、迦维罗卫、迦惟罗越、迦毗罗拔兜、迦毗罗、迦夷罗、迦维、迦比罗婆修斗、迦尾攞罗缚娑多;意译苍城、苍住处、黄赤城、黄头居城、赤泽国、妙德城等。"③慧超《往五天竺国传》亦载:"迦毗罗国,即佛本生城。无忧树见在,彼城已废,有塔无僧,亦无百姓。此城最居北,林木荒多,道路足贼。往彼礼拜者,甚难方迷。"④在晋唐佛教行记中,类似今非昔比的描述多而易得。结合前述"富那跋檀国",可见法盛或在进入中印度后又向东进发,其巡礼之地甚广,曾游历至今天的尼泊尔乃至孟加拉一带。

最后看波私国。《翻梵语》所见《历国传》卷四之波私,应非西亚之地,或即南海中之波斯。据樊绰《蛮书》:"又东南至大银孔(今暹罗湾),又南有婆罗门、波斯、阇婆、勃泥、昆仑数种外道交易之处,多诸珍宝,以黄金麝香为贵货。"⑤又据杨慎《南诏野史》,"缅人、波斯、昆仑三国进白象及香物"⑥于后理(即大理)王。《蛮书》又言:"骠国

---

① 阳清:《竺法维及其〈佛国记〉探赜》,《学术论坛》2018年第3期。
② [晋]释法显撰,章巽校注:《法显传校注》,中华书局,2008年版,第69—70页。
③ [唐]玄奘、辩机原著,季羡林等校注:《大唐西域记校注》卷六,中华书局,2000年版,第506—507页。
④ [唐]慧超原著,张毅笺释:《往五天竺国传笺释》,中华书局,2000年版,第37—38页。
⑤ [唐]樊绰撰,向达校注:《蛮书校注》卷六,中华书局,1962年版,第162—164页。
⑥ [明]杨慎:《南诏野史》卷上,成文出版社,1968年版,第87页。

（今缅甸境内）在蛮永昌城南七十五日程"，"与波斯及婆罗门邻接。西去舍利城二十日程"①。则此波斯大致位于缅甸。抑又，周去非《岭外代答》"波斯国"云："西南海上波斯国，其人肌理甚黑，鬈发皆拳，两手钤以金串，缦身以青花布。无城郭。其王早朝，以虎皮蒙杌，叠足坐，群下礼拜。出则乘软兜或骑象，从者百余人，执剑呵护。食饼肉饭，盛以甆器，掬而啗之。"②李时珍《本草纲目》"安息香"注引李珣曰："生南海波斯国，树中脂也，状若桃胶，秋月采之。"③法人费瑯指出："除开《蛮书》记载之外，关于波斯方位的中国记载过于空泛，不能使人位置此国于恒河东方或马来群岛之何地。"有关文献中"所指的东方波斯不止一处"，但两个波斯均"同西方波斯完全无涉"，"一个在缅甸，一个在苏门答剌"，"这种同名异地之例，不足为奇，因为恒河以东各地，同马来群岛，不幸有不少同名或几近同名的地名，而使中国地理学家难以分别者"④。据此，《历国传》既涉及此国，则法盛或经由海路归国，亦尚可未知，但俟后来学者考证。

四、《翻梵语》所见《历国传》其他

除上述国名之外，《翻梵语》所见《历国传》名物，另有几种可尝试考证。

先看《历国传》卷一。关于那竭呵城，据《高僧传·晋庐山释慧远》："远闻天竺有佛影，是佛昔化毒龙所留之影，在北天竺月氏国那

---

① ［唐］樊绰撰，向达校注：《蛮书校注》卷十，中华书局，1962 年版，第 233 页。

② ［宋］周去非著，杨武泉校注：《岭外代答》卷三，中华书局，1999 年版，第 114 页。

③ ［明］李时珍：《本草纲目》卷三十四，商务印书馆，1930 年版，第 118 页。

④ ［法］费瑯：《南海中之波斯》，冯承钧译《西域南海史地考证译丛续编》，商务印书馆，1934 年版，第 106—109 页。

竭呵城南古仙人石室中,经道取流沙西一万五千八百五十里,每欣感交怀,志欲瞻睹。"①则法盛抑或历经月氏国,此与昙无竭西行路线再次契合。关于离越寺,据《大庄严论经》,罽宾国夫妇卖身为奴,"既得金已,自相谓言:'我等可于离越寺中供养众僧'"②。据《大智度论》:"释迦牟尼佛在阎浮提中生,在迦毗罗国,多游行东天竺六大城","如佛有时暂飞至罽宾隶跋陀仙人山上,住虚空中,降此仙人。仙人言:'我乐住此中,愿佛与我佛发、佛爪,起塔供养。'塔于今现存(此山下有离越寺。离越,应云隶跋陀)"③。僧旻、宝唱等撰《经律异相》卷六亦有记载。则离越寺在罽宾国,法盛曾亲历此地。而结合前文智猛、昙无竭行迹,亦可见法盛所历与两位僧人相同。关于昙摩沙比丘,《翻梵语》译语:"应云达摩耶舍,译曰法名闻也。"按《高僧传·晋河西昙无谶》,无谶"六岁遭父丧。随母佣织毾㲪为业。见沙门达摩耶舍,此云法明,道俗所崇,丰于利养,其母美之,故以谶为其弟子"④。则昙摩沙为晋宋时代中天竺高僧,法盛应亦在印度拜访此人。结合前文,又证法盛由北天竺进入中天竺地带。

再看《历国传》卷二。关于郁卑罗迦叶外道,《翻梵语》译曰"大薄",该书卷六杂人名又征引《贤愚经》卷一"郁卑罗(译曰大薄)"。又据《贤愚经》:"如是我闻,一时佛在罗阅祇竹园林中止。尔时世尊,初始得道,度阿若侨陈如等,次度郁卑罗迦叶兄弟千人,度人渐

---

① [南朝梁]释慧皎撰,汤用彤校注:《高僧传》卷六,中华书局,1992年版,第213页。

② [印度]马鸣菩萨造,[后秦]鸠摩罗什译:《大庄严论经》卷十五,《大正藏》第4册,新文丰出版公司,1975年版,第342页。

③ [印度]龙树菩萨造,[后秦]鸠摩罗什译:《大智度论》卷九,《大正藏》第25册,新文丰出版公司,1975年版,第126页。

④ [南朝梁]释慧皎撰,汤用彤校注:《高僧传》卷二,中华书局,1992年版,第76页。

广，蒙脱者众。"①则法盛或历经原罗阅祇国亦即王舍，此国为佛祖常驻弘法之地，《历国传》抑或叙及相关佛教传说。据竺法维《佛国记》："罗阅祇国有灵鹫山，胡语云耆阇崛山。山是青石，石头似鹫鸟。阿育王使人凿石，假安两翼、两脚，凿治其身，今见存，远望似鹫鸟形，故曰灵鹫山也。"②灵鹫山亦简称灵山，佛祖亦常驻此山说法。故而汉地求法僧人，往往亲临巡礼。竺法维、释法显均曾游历此山。检读《水经注》等先后征引竺法维《佛国记》佚文，还可见竺氏有可能游至迦维卫、罗阅祇、波罗奈、大月支（亦即大月氏）等国家和地区，此类名物明显与法盛行记所载多有契合。

再看《历国传》卷三。关于摩诃舍城，《翻梵语》所见译曰"大乐五教反"，同书卷六杂人名征引《鞞婆沙》卷四"婆罗抱（应云婆罗舍，译曰胜乐）"，卷七马名征引《增一阿含》卷三十一"婆罗舍（译曰大乐五教反）"，则摩诃舍、婆罗抱、婆罗舍为梵语音译致异，实则地理位置相同。据《释氏要览》引《长阿含经》："佛在摩竭国毗陀山中，入火焰三昧。又昔在舍卫婆罗舍，入火焰三昧。"③则摩诃舍城隶属舍卫国，佛祖成道后住此国二十余年。法盛或历经此地，并且叙及相关佛教传说。至于摩头罗城，《翻梵语》所见译曰"美也"。该书国土名又征引《大智论》卷九十九："摩偷罗国（亦云摩头罗，译曰蜜，亦云美）。"④检索大藏经，汉译佛经中叙及摩偷罗国亦较多。又据《佛国记》："过是

---

① ［北魏］慧觉等译：《贤愚经》卷二，《大正藏》第 4 册，新文丰出版公司，1975 年版，第 359 页。
② 阳清：《竺法维及其〈佛国记〉探赜》，《学术论坛》2018 年第 3 期。
③ ［宋］道诚集：《释氏要览》卷中，《大正藏》第 54 册，新文丰出版公司，1975 年版，第 288 页。
④ ［日］信行撰集：《翻梵语》卷八，《大正藏》第 54 册，新文丰出版公司，1975 年版，第 1034 页。

诸处已,到一国,国名摩头罗。有遥捕那河,河边左右有二十僧伽蓝。"①据《出曜经》:"昔佛在摩头罗国尼拘类园中。"②据前述《佛本行集经》,曾叙及"阎浮提摩头罗城",则法盛亦或历经此地,并且叙及相关佛教传说。

再看《历国传》卷四。关于楞伽洲,亦即师子国,亦曰锡兰,今之斯里兰卡。《大唐西域记》则作僧伽罗国。法云《翻译名义集》云:"楞伽,正言骏迦。佛住南海滨,入楞伽国摩罗耶山,而说此经。梵语楞伽,此云不可往,唯神通人方能到也。"③关于阿婆耆梨寺,《翻梵语》所见译语:"传曰无畏寺也。"据《佛国记》,法显至师子国,叙及:"佛至其国,欲化恶龙。以神足力,一足蹑王城北,一足蹑山顶,两迹相去十五由延。于王城北迹上起大塔,高四十丈,金银庄校,众宝合成。塔边复起一僧伽蓝,名无畏山,有五千僧。"章巽校注:"无畏山,镰本作'无畏寺'","《大唐西域记》卷十一译作阿跋耶祇厘"④。则阿婆耆梨寺位于师子国。关于摩诃比呵寺,据法显行记叙及师子国:"城南七里有一精舍,名摩诃毗诃罗,有三千僧住。"⑤据《大唐西域记》,僧伽罗国先时唯宗淫祀,摩醯因陀罗来游此国并弘宣正法后,风俗淳信,"伽蓝数百所,僧徒二万余人,遵行大乘上座部法。佛教至后二百余年,各擅专门,分成二部。一曰摩诃毗诃罗住部,斥大乘,习小

① [晋]释法显撰,章巽校注:《法显传校注》,中华书局,2008年版,第46页。

② [后秦]竺佛念译:《出曜经》卷四,《大正藏》第4册,新文丰出版公司,1975年版,第631页。

③ [宋]法云编:《翻译名义集》卷四,《大正藏》第54册,新文丰出版公司,1975年版,第1112页。

④ [晋]释法显撰,章巽校注:《法显传校注》,中华书局,2008年版,第127—128页。

⑤ [晋]释法显撰,章巽校注:《法显传校注》,中华书局,2008年版,第135页。

教;二曰阿跛邪衹厘住部,学兼二乘,弘演三藏"①。上述记载,均印证法盛曾经亲历斯里兰卡,此亦与所谓南海波私国较为契合。

关于衹那比呵罗寺,前文列《翻梵语》所见译语:"应云是名婆那毗呵罗,译曰胜林寺也。"胜林寺记载较少,唯据《阿毗达磨大毗婆沙论》,善来尊者"渐次游化至室罗筏,值彼城中请僧设会。有近事女家不丰饶,独请善来奉上饮食,食多盐味须臾增渴,为渴所逼现相求饮。时近事女作是思惟:'尊者所食极为肥腻,若饮冷水或当致疾。'遂设方便授以清酒。彼不审察便取饮之,赞慰收衣趣胜林寺,将至醉闷涸眩便倒,衣钵锡杖狼藉在地,露体而卧无所觉知"②。则胜林寺或在室罗筏国,亦即舍卫国。据《大方广佛华严经》:"尔时世尊在室罗筏国逝多林给孤独园大庄严重阁。"③据《根本说一切有部毗奈耶》:"佛在室罗筏城逝多林给孤独园。"④有关佛陀传法的大量传说,均发生于中印度此国,汉译佛经往往叙及。《历国传》卷四之衹那比呵罗寺,或缘于法盛在其行记中叙及相关佛教传说。

综上,以伽沙国、波卢国、富那跋檀国、伽鼻国、波私等为例,通过考察《翻梵语》所见《历国传》名物,我们得见日僧信行撰集此著的学术贡献。从很大程度上说,《翻梵语》不仅对佛教悉昙学居功至伟,而且凭借其征引六朝"三藏"与中国撰述,为文献佚著考据提供了诸多重要的线索。这里,考证《翻梵语》所见《历国传》国名,我们可证法盛历经高

---

① [唐]玄奘、辩机原著,季羡林等校注:《大唐西域记校注》卷十一,中华书局,2000年版,第878页。

② [印度]五百大阿罗汉等造,[唐]玄奘译:《阿毗达磨大毗婆沙论》卷一百二十三,《大正藏》第27册,新文丰出版公司,1975年版,第645页。

③ [唐]实叉难陀译:《大方广佛华严经》卷六十,《大正藏》第10册,新文丰出版公司,1975年版,第319页。

④ [唐]义净译:《根本说一切有部毗奈耶》卷三十七,《大正藏》第23册,新文丰出版公司,1975年版,第831页。

昌、喀什葛尔、葱岭，乃至到达今天的尼泊尔、孟加拉等地，其西行线路与晋唐大部分高僧的陆路选择互为发明。考证《翻梵语》所见《历国传》其他名物，结合法盛行记佚文或相关内容，我们便能更加清晰地获知其旅行路线乃至更多细节，甚至据此推想其或从海路归国。与此相关，法盛西行与昙无竭求法之关系究竟如何？向达认为："按《翻梵语》卷二比丘名引《历国传》亦有佛陀多罗之名；又卷八国土名引《历国传》有伽沙国，为法勇西行所曾经。则法盛者，其为与法勇同适西土之同志沙门二十五人之一耶？或即《高僧传》所云之昙朗，亦未可知矣。"①这种疑惑大可不必。首先，费长房《历代三宝纪》、道宣《大唐内典录》、志磐《佛祖统纪》卷三十六、法云《翻译名义集》卷一等，均云法勇之行，唯竭只还。其次，从时间逻辑看，前述法盛大概于 424 年之后前往佛国，又与昙无竭行动时间不符。要之，法盛与昙无竭西行路线多有重合之处，然而他们最初并不是同行沙门。尽管如此，两位高僧志同道合②，他们在佛国相遇并且成为同行沙门，则是可以大力揣测的。

---

① 向达：《汉唐间西域及海南诸国古地理书叙录》，《唐代长安与西域文明》，中华书局，2001 年版，第 575 页。
② 严可均《全晋文》卷一百四十三、卷一百六十二分别收录王齐之、释慧远之同题作品《昙无竭菩萨赞》。通过"对有关文献的认真鉴别，根据诗文中所反映的思想与叙述的方式，可以判定《昙无竭菩萨赞》作者应为释慧远"（李谟润：《〈全晋文〉载〈昙无竭菩萨赞〉作者辨正》，《洛阳大学学报》2005 年第 3 期）。故而从时间逻辑看，此菩萨与汉地沙门昙无竭并无关联。又据丁福保释"昙无竭"："菩萨名，具名达摩郁伽陀，译曰法盛、法勇、法上、法起等。于众香城为王，常宣说般若波罗蜜多，常啼菩萨到此闻般若。《智度论》九十七曰：'郁伽陀，秦言盛，达磨，秦言法。此菩萨在众香城中，为众生随意说法，令众生广种善根，故号法盛。其国无王，此中人民皆无吾我，如郁单越人。唯以昙无竭菩萨为主，其国难到。萨陀波仑（译为常啼）不惜身命，又得诸佛菩萨接助能到。大菩萨为度众生，故生如是国中。'"（［清］丁福保编：《佛学大辞典》，中国书店，2011 年版，第 2670 页）则昙无竭菩萨与法盛、法勇之称名直接相关。此或说明两位汉地高僧对该菩萨名号的共同敬仰，亦或印证他们二人另有因缘。

第六章　北魏慧生行记诸种相关文献

　　北魏西行求法僧人及其行记,一有菩提拔陀《南海行记》,二有北魏慧生行记诸种相关文献。前者见于《洛阳伽蓝记》卷四,后者见于同书卷五。北魏慧生等人西行佛国求法巡礼之事,衍生出《慧生行传》《宋云家记》《道荣传》、《洛阳伽蓝记》卷五以及魏源《海国图志》附载、《大正藏》收录同名《北魏僧惠生使西域记》等诸种文献。《慧生行传》等前三种著作已佚,幸赖《洛阳伽蓝记》卷五之节录、拼补而存其崖略。《洛阳伽蓝记》卷五以合本子注、夹叙夹注为基本形态,其内容则以《慧生行传》为主体,《宋云行记》为辅助,《道荣传》为补证。大正藏本《北魏僧惠生使西域记》源于《海国图志》附载并删正之,魏源《北魏僧惠生使西域记》则源于《洛阳伽蓝记》卷五可能的慧生行记内容并且再次删正。兹以现存《洛阳伽蓝记》卷五和《北魏僧惠生使西域记》为考察对象,试图梳理、勾勒慧生行记相关文献,以进一步促进佛教行记的文献整理和相关研究。

一、《慧生行传》等佚著三种辨析

　　玄奘之前,汉地僧人西行请经求律者,以朱士行、支法领、法显、智猛、慧生等为著。其中,慧生、宋云以及道荣、法力等属于同一批次。据李延寿《北史·西域传》:"初,熙平中,明帝遣剌伏子统宋云、沙门法力等使西域,访求佛经,时有沙门慧生者,亦与俱行。

正光中,还。"①杨衒之《洛阳伽蓝记》则云:"闻义里有燉煌人宋云宅,云与惠生俱使西域也。神龟元年十一月冬,太后遣崇立寺比丘惠生向西域取经,凡得一百七十部,皆是大乘妙典","至正光二年二月始还天阙"②。两种记载略有不同,却共同证实了北魏时期这一重要的文化事件。慧生、宋云的西行之路以及异域见闻,衍生出了《慧生行传》《宋云家记》《道荣传》等相关著述③。这三种文献均已亡佚。陈寅恪强调:"今本《洛阳伽蓝记》杨氏纪惠生使西域一节,辄以宋云言语行事及《道荣传》所述参错成文,其间颇嫌重复,实则杨氏之纪此事,乃合《惠生行纪》《道荣传》及《宋云家传》三书为一本。"④事实上,《慧生行传》等佚著三种,正是《洛阳伽蓝记》卷五之综合叙述的蓝本。兹分别辨析如下:

　　一、《慧生行传》。魏征《隋书·经籍志》、郑樵《通志·艺文略》以及焦竑《国史经籍志》等,均著录有《慧生行传》一卷,不题撰名,同归史部地理类。慧生或云惠生、道生⑤,为北魏洛阳崇虚

① [唐]李延寿:《北史》卷九十七,中华书局,1974 年版,第 3231—3232 页。
② [北魏]杨衒之撰,周祖谟校释:《洛阳伽蓝记校释》卷五,中华书局,2010 年版,第 168—209 页。
③ 前述李延寿《北史·西域传》有沙门法力相关记载。又据志磐《佛祖统纪》:"正光二年,敕宋云、沙门法力等往西天求经。"同书亦云:"北魏孝明,遣使者宋云、沙门法力往西天,得梵经百七十部还。"([宋]志磐撰,释道法校注:《佛祖统纪校注》卷三十九、卷五十四,上海古籍出版社,2012 年版,第 881、1266 页)而事实上,法力生平罕有相关资料可据,亦未见撰有相关行记。
④ 陈寅恪:《读洛阳伽蓝记书后》,《金明馆丛稿二编》,生活·读书·新知三联书店,2001 年版,第 179 页。
⑤ 道宣《释迦方志·游履篇》云:"后魏神龟元年,敦煌人宋云及沙门惠生等从赤岭山傍铁桥至乾陀卫国雀离浮图所。及返,寻于本路。"范祥雍《校勘记》云:"惠生,原本及《支》本惠并作道。按《洛阳伽蓝记》卷四作惠生。《隋书·经籍志》有《慧生行传》一卷,慧、惠同字,则道字当误,今正。"([唐]道宣著,范祥雍点校:《释迦方志》卷下,中华书局,2000 年版,第 98—100 页)

寺①沙门,其生卒年不详。前据《北史·西域传》,宋云应为僧统②,沙门慧生疑似随从。而据《洛阳伽蓝记》卷五之行文推测,慧生亦应是北魏此次西域巡礼活动的核心成员。《魏书·释老志》即云:"熙平元年,诏遣沙门惠生使西域,采诸经律。正光三年冬,还京师。所

① 杨衒之《洛阳伽蓝记》卷五云"崇立寺比丘惠生",李昉等《太平御览》卷六百五十七、吴兆宜《徐孝穆集笺注》卷五、张英《渊鉴类函》卷三百十六、张玉书《佩文韵府》卷二十五等引作"崇灵寺"。《洛阳伽蓝记》并无"崇立""崇灵"之名,书中卷二、卷三分别有"崇真寺""崇虚寺"。周祖谟指出,此或为"崇虚"之误([北魏]杨衒之撰,周祖谟校释:《洛阳伽蓝记校释》卷五,中华书局,2010 年版,第 168 页)。

② 李延寿《北史·西域传》所谓"剩伏子统",魏收《魏书·西域传》作"王伏子统",郑樵《通志·四夷》则曰"伏子统"。《北史》附校勘记云"《通典》《通志》无此字",故"不解其义"([唐]李延寿:《北史》卷九十七,中华书局,1974 年版,第 3246 页)。《魏书》附校勘记:"按王或剩伏子统均不可解,当有讹脱。"([北齐]魏收:《魏书》卷一百○二,中华书局,1974 年版,第 2286 页)清人汪师韩《释氏经律论记》曰:"取经西域者,蔡愔、秦景、法显、法领、王伏子、宋云、法力、慧生,至元奘而九。"([清]汪师韩:《韩门缀学续编》,《续修四库全书》第 1147 册,上海古籍出版社,1997 年版,第 543 页)显然以"王伏子"为人名。丁谦指出:"王伏子统、法力,传均不载。"([清]丁谦:《后魏宋云西域求经记地理证》,《丛书集成三编》第 79 册,新文丰出版公司,1996 年版,第 633 页)亦以"王伏子统"为人名。法国沙畹(E. Chavannes)同以"剩伏子""王伏子"为人名,称其"与沙门法力皆不知为何许人"([法]沙畹:《宋云行纪笺注》,冯承钧译《西域南海史地考证译丛》第二卷第六编,商务印书馆,1962 年版,第 2 页)。日本内田吟风《后魏宋云释惠生西域求经记考证序说》认为,"王伏子统"亦"主衣子统"之讹([日]塚本博士颂寿记念会:《塚本博士颂寿记念佛教史学论集》,京都 1961 年,第 118 页)。范祥雍认为,王伏子统或伏子统,"疑是官名","僧官称统,乃承袭魏制。可见统号本多,伏子统或是魏时统官之一。丁氏、沙氏以为人名,恐非"([北魏]杨衒之撰,范祥雍校注:《洛阳伽蓝记校注》卷五,上海古籍出版社,1978 年版,第 257 页)。今据《洛阳伽蓝记》卷五,可见宋云等人此次西行实有官方意义,且从《北史》《魏书》所载文中语境来看,范氏之说更合情理。

得经论一百七十部,行于世。"①检读费长房《历代三宝纪》,亦言北魏孝明帝"改熙平元,造永宁寺,遣沙门慧生使西域取经,凡七年还,得经论一百七十部,并行于世",又言正光三年(522),"沙门慧生,凡历七年从西域还,得梵经论一百七十部,即就翻译并行于世"②。《隋志》佛篇序亦曰:"熙平中,遣沙门慧生使西域,采诸经律,得一百七十部。"③结合前述《洛阳伽蓝记》,且谓"太后遣崇立寺比丘惠生向西域取经",足见慧生在此次西行中举足轻重。《慧生行传》或云《惠生行记》《惠生行纪》《惠生经行记》等。《北史·西域传》云:"慧生所经诸国,不能知其本末及山川里数,盖举其略云。"④《洛阳伽蓝记》亦云"惠生在乌场国二年,西胡风俗,大同小异,不能具录","《惠生行记》事多不尽录"⑤。足见《隋志》等书目著录《慧生行传》一卷堪称真实可信,原书实乃粗略记载慧生西域行程之佛教行记。法国沙畹强调:"按《慧生行传》,李延寿似已见之;盖《北史·西域传》哕哒迄乾陀罗诸条显为录诸《行纪》之文。"⑥今覆核原文,李延寿得见《慧生行传》属实。《北史·西域传》曰:"朱居国,在于阗西。其人山居,有麦,多林果。咸事佛,语与于阗相类,役属哕哒。"又曰:"钵和国,在渴槃陀西。其土尤寒,人畜同居,穴地而处。又有大雪山,望若银峰。"⑦均以《慧生行传》为材料依据。明代以来,《慧生行传》在官私目录中已

① [北齐]魏收:《魏书》卷一百十四,中华书局,1974年版,第3042页。
② [隋]费长房:《历代三宝纪》卷三,《大正藏》第49册,新文丰出版公司,1975年版,第45页。
③ [唐]魏征等:《隋书》卷三十五,中华书局,2019年版,第1245页。
④ [唐]李延寿:《北史》卷九十七,中华书局,1974年版,第3231—3232页。
⑤ [北魏]杨衒之撰,周祖谟校释:《洛阳伽蓝记校释》卷五,中华书局,2010年版,第209页。
⑥ [法]沙畹:《宋云行纪笺注》,冯承钧译《西域南海史地考证译丛》第二卷第六编,商务印书馆,1962年版,第2页。
⑦ [唐]李延寿:《北史》卷九十七,中华书局,1974年版,第3232页。

罕有提及,当属亡佚无疑。而事实上,《惠生行传》仍部分留存于《洛阳伽蓝记》卷五之中,尽管已不易断定其中有哪些内容经由杨氏删改。

二、《宋云家记》。因《慧生行传》多不尽录,叙事简略,故《洛阳伽蓝记》卷五注明:"今依《道荣传》《宋云家记》,故并载之,以备缺文。"①据《洛阳伽蓝记》,宋云乃敦煌人,曾居住于洛阳城东北上商里(后改为闻义里)。其生卒年亦不详,正史阙载。与慧生之僧侣身份不同,宋云可能作为外交官领导此次西域巡礼之事②。《宋云家记》或云《宋云家传》《宋云行记》《宋云西行记》等,史志并未著录。与

① [北魏]杨衒之撰,周祖谟校释:《洛阳伽蓝记校释》卷五,中华书局,2010 年版,第 209 页。

② 结合前述宋云乃"主衣子统"之说,内田吟风《后魏宋云释惠生西域求经记考证序说》认为,宋云并不是僧官而是个官吏。作为官吏,宋云的使命主要包括与西方各国进行外交交涉、视察国情等正式的国家使节的内容,而惠生则主要作为胡太后的私人佛教使节,因此估计无论是在派遣手续还是发令年代方面一定有前后之分([日]塚本博士颂寿纪念会:《塚本博士颂寿纪念佛教史学论集》,京都 1961 年,第 118 页)。长泽和俊《论所谓的〈宋云行纪〉》认为:"从宋云向嚈哒国王、乌场国王、乾陀罗国王等递交肃宗之诏敕一事也可判断他是个官僚出身的外交官,而惠生只是个取经的僧侣。"([日]长泽和俊著,钟美珠译:《丝绸之路史研究》,天津古籍出版社,1990 年版,第 499 页)余太山《"宋云行纪"要注》亦认为:"宋云和惠生虽然同行,却是分别受诏,分属两个不同的使团。惠生一行乃奉太后之名'向西域取经'。宋云既非沙门,使命主要是政治性的。但这无妨两人及其所属使团启程时间相同、行程也大致相符。"(余太山:《早期丝绸之路文献研究》,上海人民出版社,2009 年版,第 269 页)吴晶认为,"《宋云行纪》详于记叙使者出使诸国所经之事,特别是涉及外交方面,这与宋云使者身份有关。《惠生行纪》则多记经行路线、山川地理及与佛教相关的活动","从两种行纪的种种不同,以及宋云与惠生各自撰写行纪这件事来看,二人原为不同使团领袖的可能性较大"(吴晶:《〈宋云惠生行纪〉文本构成新证》,《西域研究》2011 年第 3 期)。以上观点,与前述范祥雍《洛阳伽蓝记校注》认为"王伏子统"乃"魏时统官"之说并无实质的矛盾。

《慧生行传》类似,此书亦佚,其部分内容仍留存于《洛阳伽蓝记》卷
五之中,故杨守敬《隋书地理志考证》称引"洛阳伽蓝宋云《取经
记》"①。不同的是,缘于宋云官方使节的身份,或是因为方便通称,
《洛阳伽蓝记》卷五综合叙述慧生等人取经事迹,往往被后世学者引
作为宋云行记。清人俞浩《西域考古录》分别征引"宋云西域取经记
程"②、"宋云使西域行程记"③两种,即为《洛阳伽蓝记》中内容。近
人丁谦撰《后魏宋云西域求经记地理考证》、冯承钧译注《宋云行纪
笺注》,同样沿袭这种习惯。虽然如此,据乐史《太平寰宇记》:"赊弥
国,后魏时闻焉,在波知之南。山居,不崇佛法,专事诸神。宋云《行
记》云:'语音诸国同,不解书筭,不知阴阳。'国人剪发,妇人为团发。
亦附哒。东有钵卢勒国,路险,缘铁锁而度,下不见底。后魏时,遣
宋云等使于彼,不达。"④不论如何句读,这则材料与《洛阳伽蓝记》卷
五所载"赊弥"在文字上不尽相同。抑又,宋苏易简《文房四谱》亦引
《宋云行记》:"以魏神龟中至乌苌国。又西至本释迦往自作国,名磨
休王。有天帝化为婆罗门形,语王曰:'我甚知圣法,须打骨作笔,剥
皮为纸,取髓为墨。'王即依其言。遗善书者抄之,遂成大乘经典。今
打骨处化为琉璃。"⑤较之《洛阳伽蓝记》所记"乌场国"相关佛迹,这
则材料更为详细具体。至于吴淑《事类赋》、苏易简《文房四谱》、彭
大翼《山堂肆考》、陈耀文《天中记》、张英《渊鉴类函》等,另有征引

---

① [清]杨守敬:《隋书地理志考证》,谢承仁主编《杨守敬集》第2册,湖北人民
　　出版社、湖北教育出版社,1997年版,第138页。
② [清]俞浩:《西域考古录》卷九,文海出版社,1966年版,第584页。
③ [清]俞浩:《西域考古录》卷十二,文海出版社,1966年版,第671页。
④ [宋]乐史撰,王文楚等点校:《太平寰宇记》卷一百八十六,中华书局,2007年
　　版,第3566—3567页。
⑤ [宋]苏易简:《文房四谱》卷一,《文渊阁四库全书》第843册,台湾商务印书
　　馆,1986年版,第17页。

《宋云行记》所谓西天磨伏王斩髓为墨写大乘经之事①，同样稍异于《洛阳伽蓝记》。抑又，志磐《佛祖统纪》述曰："《隋史·西域传》、魏宋云《西行记》《唐太宗实录》，皆言于阗有毗摩寺，是老子化胡处。"②但《洛阳伽蓝记》卷五并未记载有毗摩寺。抑又，乐史《太平寰宇记》"乌长国"征引宋昙《行记》："人皆美白，多作罗刹鬼法，食噉人肉，昼日与罗刹杂于市朝，善恶难别。"③王文楚等《校勘记》云："此‘昙’乃‘云’字之误。"④上述文献，一证《宋云家记》可能存有佚文，二证《洛阳伽蓝记》应有删改之举。值得一提的是，《旧唐志》著录"《魏国已西十一国事》一卷，宋云撰"⑤，《新唐志》著录"宋云《魏国

<hr />

① 吴淑《事类赋》征引《宋云行记》："西天磨伏王斩髓为墨，写大乘经。"（［宋］吴淑撰并注：《事类赋》卷十五，《文渊阁四库全书》第 892 册，台湾商务印书馆，1986 年版，第 942 页）苏易简《文房四谱》征引《宋云行记》："西天磨休王斩髓为墨，写大乘经。"（［宋］苏易简：《文房四谱》卷五，《文渊阁四库全书》第 843 册，台湾商务印书馆，1986 年版，第 56 页）彭大翼《山堂肆考》征引《宋云行记》："西天摩伏生斩髓为墨，写大乘经。"（［明］彭大翼：《山堂肆考》卷一百七十七，《文渊阁四库全书》第 977 册，台湾商务印书馆，1986 年版，第 547 页）陈耀文《天中记》征引《宋云行记》："西天释迦佛为磨休王时，剥皮为纸，斩髓为墨，写大乘经。"（［明］陈耀文：《天中记》卷三十八，光绪戊寅年听雨山房刻本）张英等：《御定渊鉴类函》征引《宋云行记》："西天释迦佛为磨休王时，打骨作笔，剥皮为纸，斩髓为墨，写大乘经。"（［清］张英等：《渊鉴类函》卷二百〇四，《文渊阁四库全书》第 987 册，台湾商务印书馆，1986 年版，第 330 页）
② ［宋］志磐撰，释道法校注：《佛祖统纪校注》卷四十一，上海古籍出版社，2012 年版，第 939 页。
③ ［宋］乐史撰，王文楚等点校：《太平寰宇记》卷一百八十三，中华书局，2007 年版，第 3504 页。
④ ［宋］乐史撰，王文楚等点校：《太平寰宇记》卷一百八十三，中华书局，2007 年版，第 3512 页。
⑤ ［后晋］刘昫等：《旧唐书》卷四十六，中华书局，1975 年版，第 2016 页。

以西十一国事》一卷"①，同归史部地理类。《魏国已西十一国事》亦佚，或别是一书，或与《宋云家记》直接相关。余太山指出："《宋云家纪》或即《旧唐书·经籍上》（卷四六）、《新唐书·艺文二》（卷五八）所见宋云撰《魏国已西十一国事》（一卷）。"②两宋以来，不少论著征引《宋云行记》，或不见于《洛阳伽蓝记》卷五，或与《洛阳伽蓝记》相比而呈现出文字差异，疑即宋云所撰《魏国已西十一国事》，惜无其他证据可寻。

三、《道荣传》。如前所述，《洛阳伽蓝记》卷五依据《慧生行传》《宋云家记》《道荣传》等，以综合叙述宋云一行西域巡礼之事。"道荣"其名，《古今逸史》本、《汉魏丛书》本《洛阳伽蓝记》均作"道药"，其生卒年亦不详。据道宣《续高僧传》，有南朝齐大统合水寺释法上，"至于十二，投禅师道药而出家焉"，后"卒于合水故房，春秋八十有六，即周大象二年七月十八日也"③，则道药在北魏正始三年（506）已显名于世，十余年后遂同宋云、慧生等人同往西域求法。《道荣传》或云《道药传》，岑仲勉称之为《游传》④，该著亦佚，史志亦未见著录。道宣《释迦方志·游履篇》云："后魏太武末年，沙门道药从疏勒道入，经悬度到僧伽施国。及返，还寻故道。著传一卷。"⑤此《传》一卷疑即《道荣传》，《洛阳伽蓝记》存录其相关内容七处，周祖谟均视之为注文。检读《洛阳伽蓝记》卷五，可见杨衒之在叙述乾陀罗城东南

①　［宋］欧阳修、宋祁：《新唐书》卷五十八，中华书局，1975 年版，第 1505 页。

②　余太山：《"宋云行纪"要注》，《早期丝绸之路文献研究》，上海人民出版社，2009 年版，第 298 页。

③　［唐］道宣撰，郭绍林点校：《续高僧传》卷八，中华书局，2014 年版，第 260—262 页。

④　参见岑仲勉：《唐以前之西域及南蕃地理书》，《中外史地考证》，中华书局，1962 年版，第 313 页。

⑤　［唐］道宣著，范祥雍点校：《释迦方志》卷下，中华书局，2000 年版，第 98 页。

七里雀离浮图之时，曾六次征引《道荣传》以作参证或者补充说明，在描述那迦罗阿国之佛顶骨、佛袈裟、佛锡杖、佛牙、佛发、佛影、佛浣衣处等诸多佛迹时，亦详细征引《道荣传》一次，其行文"随事条举"，细致有理，"此盖《惠生行记》之所未备"①，不失为宋云、慧生行记绝好的辅助材料。《道荣传》亦被后世类书多加摘录，陈耀文《天中记》卷三十六、吴襄《子史精华》卷一百〇七、张玉书《佩文韵府》卷三十二等均有征引，撰者并未擅作文字上的改动。

综上，《慧生行传》《宋云家记》《道荣传》著作三种，因其直接关联于北魏慧生、宋云等西域巡礼求经之事，从而在中古佛教文献学中占有一席之位，又因其记载旅行见闻、佛教遗迹以及相关故事和传说，由此具体表现出了佛教叙事文献的应有价值。上述著作，诸种大藏经均未收入，亦无其他传本，盖其亡佚已久，幸赖杨衒之《洛阳伽蓝记》卷五而存其崖略。诚然，《慧生行传》等佚著在《洛阳伽蓝记》卷五的分布和构成，以及杨衒之在节录和拼补方面的可能性，可谓值得进一步探讨的学术问题。

二、《洛阳伽蓝记》卷五之文例和建构

杨衒之《洛阳伽蓝记》卷五简叙禅虚寺、凝玄寺，继而叙及闻义里宋云宅以及慧生、宋云等西域巡礼求经之事，从而构成该卷的主体内容。杨著之节录和拼补，实则依据《慧生行传》等三种佚著，却未能给后人提供一个较为理想的叙事文本，加之经典历代相传而致版本繁多，文字内容不乏脱讹，乃至难以卒读。杨勇《洛阳伽蓝记校笺》指出："此篇文体与卷四永明寺'南中有歌营国'以下相类，尤多歧出赘

---

① ［北魏］杨衒之撰，周祖谟校释：《洛阳伽蓝记校释》卷五，中华书局，2010年版，第209页。

文,殆是据数书凝成,宜细心读之,章节自显。雀离浮图以下诸文,节目益烦","可知本篇乃集上列诸文并载之者,是以多歧出也"①。换句话说,《洛阳伽蓝记》采用"合本子注"②,亦即正文与事类子注搭配的组合模式,却因其多现"歧出赘文",最终给读者带来了不少困惑。

事实上,沙畹撰、冯承钧译注《宋云行纪笺注》同样指出了上述问题。当读及"有如来昔作摩休国",沙畹指出"上文显有脱误";读及"至正光元年四月中旬",他认为"《行纪》于此处颇欠联络,后此尤盛","余意以为所记檀特山事,应位之于共乾陀罗王问答之后,记述佛沙伏城之前";读及"至佛沙伏城",他亦认为"宋云《行纪》所记檀特山之故事,至此又重言之,故吾人以《行纪》编次错乱,檀特山之记述应紧接于佛沙伏城之前也";读及"复西行一日渡一深水,三百余步",他再次指出《行纪》之文"迷离不明";读及"东南七里有雀离浮图",他认为"此后《洛阳伽蓝记》所记雀离浮图之文,颇有窜乱"③。之所以造成这种认识,除了客观原因,亦有文例层面的因素。事实上,沙畹针对原书《道荣传》首例之后的文本判断,显然有待商榷。依据冯承钧译注本标点,沙畹认为"东南七里有雀离浮图"以后所有内容,均属杨衒之节录《道荣传》七种内容而成,不免失之武断。

---

① ［北魏］杨衒之著,杨勇校笺:《洛阳伽蓝记校笺》卷五,中华书局,2006年版,第216页。

② 陈寅恪认为,今本《洛阳伽蓝记》杨氏记惠生使西域一节,"即僧徒'合本'之体,支敏度所谓'合令相附'及'使事类相从'者也"(陈寅恪:《读洛阳伽蓝记书后》,《金明馆丛稿二编》,生活·读书·新知三联书店,2001年版,第179页)。余太山对此稍有异议,他认为《洛阳伽蓝记》卷五"虽合《道荣传》和《宋云家纪》两者而成,与魏晋佛徒合本子注毕竟不同,至多可称为'广义的合本子注'"(余太山:《"宋云行纪"要注》,《早期丝绸之路文献研究》,上海人民出版社,2009年版,第292页)。

③ ［法］沙畹:《宋云行纪笺注》,冯承钧译《西域南海史地考证译丛》第二卷第六编,商务印书馆,1962年版,第38—49页。

　　针对沙畹之说,周祖谟不以为然。在读至"王城西南五百里,有善持山"时,周先生指出:"沙畹以为此记编次错乱,檀特山之记述应位于记述佛沙伏城之前。今细绎斯记,前后文次缜密有序,实未紊乱。盖宋云惠生居乌场国久,檀特山亦适在乌场之西南,若当其居乌场国之时,往至檀特山,尔后始入健驮逻国,未为不可,则依其游迹所及之先后而述之,亦未为误。且惠生时,乌场国与健驮逻国之疆域,与玄奘入竺时是否相同,犹未可知。岂可一概而论? 与其谓编次有错乱,勿宁谓其记叙稍欠详明耳。"①与沙畹不同,周祖谟《洛阳伽蓝记校释》显然把《洛阳伽蓝记》卷五分为正文和子注,书中《道荣传》属于别陈异说,并非正文内容,而是作为"子注"间或存于文本之中。其依据是:"《法苑珠林》卷三十八引《西域志》云:'西域乾陀罗城东南七里有雀离浮图'云云,文字与《伽蓝记》相同。所引均为本文,而不引《道荣传》云云,是其确证",至于"吴若准等均未留意及此,乃以宋云求法一节全为注文,大误"②。范祥雍《洛阳伽蓝记校注》对此持同一观点③。除《道荣传》七种内容,周氏还认为杨著"赤岭者,不生草木……""案于阗国境,东西不过三千余里""按嚈哒国去京师二万余里""此塔初成,用真珠为罗网覆于其上……""衔之按《惠生行记》事多不尽录……"④五处均为注文。与沙畹《笺注》相比,周氏《校

①　[北魏]杨衔之撰,周祖谟校释:《洛阳伽蓝记校释》卷五,中华书局,2010年版,第193页。

②　[北魏]杨衔之撰,周祖谟校释:《洛阳伽蓝记校释》卷五,中华书局,2010年版,第200页。

③　范祥雍认为,从文字上看,《法苑珠林》引《西域志》云云,"全与《迦蓝记》相同,惟省去《道荣传》文,于此正可证明《道荣传》文乃是子注,而《珠林》所引为《伽蓝记》正文"([北魏]杨衔之撰,范祥雍校注:《洛阳伽蓝记校注》卷五,上海古籍出版社,1978年版,第336页)。

④　[北魏]杨衔之撰,周祖谟校释:《洛阳伽蓝记校释》卷五,中华书局,2010年版,第169—209页。

释》更为慎重。

　　事实上，关于《洛阳伽蓝记》卷五之文例及其基本认识，历代学者还存有不同看法。这里，前述周祖谟曾指出清人吴若准撰《洛阳伽蓝记集证》等著作，乃以宋云求法一节全为注文，即为明证。今人杨勇亦踵武前贤，仅把"闻义里有燉煌人宋云宅，云与惠生俱使西域也""惠生在乌场国二年，西胡风俗，大同小异，不能具录。至正光三年二月，始还天阙"①两节作为正文，其余均视之为注文。针对《洛阳伽蓝记》卷五记叙繁富的雀离浮图，杨勇认为，"此篇大抵依惠生《行记》《道荣传》及宋云《家记》以成文，章节蔓衍，句法不谨，其为注文无疑。唯间中施以按语，易起误解。其实此正衔之行文之惯例，亦是注疏文体所必尔"，这种文例随处可见，原书"卷一永宁寺永安三年下之'衔之曰'，卷二明悬尼寺之'衔之按'，卷四宣忠寺条'杨衔之云'，此皆注中施以旁语者。此外，卷一末幅建春门内条'衔之时为奉朝请，因即释曰'云云，则是文中施以旁语子注，此皆所谓'并载'之笔，详末幅衔之按语"②。这种观点貌似合理，其实有待于我们进一步考究和商榷。

　　综上，杨衔之《洛阳伽蓝记》卷五虽为夹叙夹注之文本形态，但究竟何者为正文，何者为注文，历来看法并无一致。与原书文例相关，关于《慧生行传》等三种材料在《洛阳伽蓝记》卷五中的地位，当代学者亦莫衷一是，由此形成了两种基本立场：其一，倾向于以《宋云家记》为主体。前述杨著综合叙述慧生、宋云等取经事迹，往往被后世学者引作宋云行记，其根本原因不外乎此。余太山亦强调"《洛阳伽

---

　　① ［北魏］杨衔之著，杨勇校笺：《洛阳伽蓝记校笺》卷五，中华书局，2006 年版，第 209—216 页。
　　② ［北魏］杨衔之著，杨勇校笺：《洛阳伽蓝记校笺》卷五，中华书局，2006 年版，第 237—238 页。

蓝记》卷五有关宋云等西使的文字主要依据《宋云家纪》"①，而又含有《道荣传》等其他内容。其二，倾向于以《慧生行传》为主体。日人长泽和俊根据《魏书·西域传》的书写顺序，得见志中所言"慧生所经诸国"，似乎是对以下朱居国、谒盘陀国、钵和国、波知国、赊弥国、乌苌国等国家的说明，遂而判断"下文估计乃是依据《慧生行记》所写"②。长泽继而得出："杨衒之显然认为他们二人完全是沿同一条路线入竺的，因而在惠生简略的记载中凡是有遗漏宋云记录之处，杨衒之便尽可能将其补入。"③杨勇《校笺》亦指出："大体此篇以惠生《行记》为主，其不足处，则以《道荣传》、宋云《家记》以补之。故其行文如尔，读者勿以为疑也。"④又曰："此篇实以惠生《行记》为主要材料，然其书事多不尽录，乃依《道荣传》、宋云《家记》并载之，以备缺文。故篇中有关《道荣传》云云，实是并载之笔，非注中之注。"⑤吴晶亦认为，《惠生行纪》虽然简略，却"因其对经行路线和山川地理的框架性叙述，具备一个完整的结构，故为杨衒之、李延寿所重视"，乃至被"选为《洛阳伽蓝记》第五卷的底本"，"'惠生行纪'比'宋云行纪'更适合作为《宋云惠生行纪》的简称"⑥。至于《洛阳伽蓝记》卷五乃

---

① 余太山：《"宋云行纪"要注》，《早期丝绸之路文献研究》，上海人民出版社，2009 年版，第 268 页。

② ［日］长泽和俊：《论所谓的〈宋云行纪〉》，《丝绸之路史研究》，天津古籍出版社，1990 年版，第 500 页。

③ ［日］长泽和俊：《论所谓的〈宋云行纪〉》，《丝绸之路史研究》，天津古籍出版社，1990 年版，第 504 页。

④ ［北魏］杨衒之著，杨勇校笺：《洛阳伽蓝记校笺》卷五，中华书局，2006 年版，第 238 页。

⑤ ［北魏］杨衒之著，杨勇校笺：《洛阳伽蓝记校笺》卷五，中华书局，2006 年版，第 244 页。

⑥ 吴晶：《〈宋云惠生行纪〉文本构成新证》，《西域研究》2011 年第 3 期。

融汇《慧生行传》等三种材料而成,则可谓学界不刊之论①,这里不再赘述。

通过细读文本,继而分析各家之说,笔者以为:其一,《洛阳伽蓝记》卷五确以合本子注、夹叙夹注为基本形态,其中以叙为主,以注为补。其二,卷中《慧生行传》实为主体。毕竟,杨著首云"神龟元年十一月冬,太后遣崇立寺比丘惠生向西域取经",接着简述从京师到于阗的经行路线,后云"惠生初发京师之日,皇太后敕付五色百尺幡千口,锦香袋五百枚,王公卿士幡二千口。惠生从于阗至乾陀罗,所有佛事处,悉皆流布,至此顿尽。惟留太后百尺幡一口,拟奉尸毗王塔",末云"惠生在乌场国二年,西胡风俗,大同小异,不能具录。至正

---

① 杨衒之《洛阳伽蓝记》卷五所载宋云、慧生取经事迹,乃融汇《慧生行传》等三种材料而成,已成现当代学人的普遍共识。譬如,范祥雍认为"至那伽罗阿国,有佛顶骨"以下所述各迹,"都在那迦罗阿国,与上文不相连贯,疑是杨衒之采《道荣传》记载附注于尾,以广异闻。宋云等恐未曾历访,否则文有缺略"([北魏]杨衒之撰,范祥雍校注:《洛阳伽蓝记校注》卷五,上海古籍出版社,1978 年版,第 344 页)。又曰:"杨衒之此记系杂采《慧生行记》《道荣传》《宋云家纪》编成,本文自明;但各家引书都径称为《宋云行纪》,实觉不妥,不如直书《伽蓝记》为宜。"([北魏]杨衒之撰,范祥雍校注:《洛阳伽蓝记校注》卷五,上海古籍出版社,1978 年版,第 349 页)周祖谟指出,《道荣传》末例"至那迦罗阿国"至"于今可识焉","并为那迦罗阿国之佛事,观其文例,随事条举,此盖《惠生行记》之所未备者,故采《道荣传》以补之。似皆为注文"([北魏]杨衒之撰,周祖谟校释:《洛阳伽蓝记校释》卷五,中华书局,2010 年版,第 209 页)。杨勇则以"《道荣传》云,至那迦罗阿国"为界,认为"以上凝合宋云、惠生、道荣三书而成,自此以下至'于今可识焉',独据《道荣传》转录耳"([北魏]杨衒之著,杨勇校笺:《洛阳伽蓝记校笺》卷五,中华书局,2006 年版,第 241—242 页)。余太山亦强调,从卷中内容看来,"道荣与宋云、惠生并非同时人,而衒之引《道荣传》不过是为了充实宋云、惠生行纪的内容"(余太山:《"宋云行纪"要注》,《早期丝绸之路文献研究》,上海人民出版社,2009 年版,第 288 页)。

光二年二月始还天阙"①,可谓首尾照应,秩序井然,《慧生行传》明显构成了《洛阳伽蓝记》综合叙述慧生、宋云行记的骨架。其三,卷中《宋云行记》应为辅助。嚈哒国王"见大魏使人,再拜跪受诏书"以及会场描述;乌场国王"见宋云云大魏使来,膜拜受诏书"以及主客交流;宋云诣军并通诏书,乾陀罗国王"凶慢无礼,坐受诏书"②以及主客辩驳等;明显是特记作为外交使者的宋云事迹,其行文风格虽明显异于卷首诸节,但是难以扰乱《慧生行传》的主体地位。抑又,卷中乌场国"宋云于是与惠生出城外,寻如来教迹","宋云惠生见彼比丘戒行精苦,观其风范,特加恭敬。遂舍奴婢二人,以供洒扫","宋云与惠生割舍行资,于山顶造浮图一所,刻石隶书,铭魏功德",卷中乾陀罗城东南"宋云以奴婢二人奉雀离浮图,永充洒扫。惠生遂减割行资,妙简良匠,以铜摹写雀离浮图仪一躯,及释迦四塔变"③,以及针对两地诸多佛迹的追述和描写,可证《慧生行传》与《宋云家记》曾一度叙及相同内容,两种相关文献足以互为参证。其四,卷中《道荣传》应为补证。从行文方式看,《道荣传》七处别陈异说,明显起着补充《慧生行传》和《宋云家记》作用,故周祖谟视为子注,可谓毋庸置疑④。相

---

① [北魏]杨衒之撰,周祖谟校释:《洛阳伽蓝记校释》卷五,中华书局,2010 年版,第 168—209 页。

② [北魏]杨衒之撰,周祖谟校释:《洛阳伽蓝记校释》卷五,中华书局,2010 年版,第 182—196 页。

③ [北魏]杨衒之撰,周祖谟校释:《洛阳伽蓝记校释》卷五,中华书局,2010 年版,第 186—205 页。

④ 《洛阳伽蓝记》卷五所谓"大魏沙门道荣至此礼拜而去,不敢留停",且《道荣传》七处亦属别陈异说,似与《慧生行传》《宋玉家记》所记相异,有可能说明道荣的出使路线、归国时间,或与宋云、慧生不尽相同。长泽和俊认为,"宋云和惠生遣使西域的目的互异,去时是在途中分别行动,返回时也是分别归国的"([日]长泽和俊:《论所谓的〈宋云行纪〉》,《丝绸之路史研究》,天津古籍出版社,1990 年版,第 508 页)。余太山指出:"宋云和惠生虽(转下页注)

较而言，《慧生行传》侧重于对经行路线和山川地理的框架性叙述，同时兼及风物和佛迹，《宋云家记》侧重于追述外交活动，同时兼及礼仪、风物以及佛迹，《道荣传》侧重于描述佛迹，其书写细致入微。而针对上述材料，《洛阳伽蓝记》卷五并非仅节录而已，而是以《慧生行传》为基本结构和文本基础，抑又在行文过程中，适当存录《宋云家记》和《道荣传》相关内容，并且呈现出了某种拼补的痕迹。这里，节录与拼补并存。其可能性表现为以节录为主，拼补为辅。因为《慧生行传》等三种文献的叙述视角和行文侧重点不同，特别是撰者在陈述某种具体事物时详略有别，难以均衡划一，加之杨氏惯用合本子注、夹叙夹注，遂使杨衒之《洛阳伽蓝记》卷五形如百衲僧衣，难尽人意。

三、《北魏僧惠生使西域记》之文献依据

与《慧生行传》直接相关，《大正藏》史传部收录有《北魏僧惠生使西域记》一卷，不题撰者，亦未见校文，其他佛教藏经均未收该书。据其记载："魏神龟元年，十一月冬，大后遣崇立寺比邱惠生与敦煌人宋云，向西域取经，凡得百七十部，皆是大乘妙典"，"初发京师"，途径赤岭、吐谷浑国、鄯善城、且末城、末城、捍麼城、于阗国、朱驹波国、渴盘陀国、葱岭山、钵孟城、毒龙池、钵和国、呋哒国、波斯国、赊弥国、乌场国、乾陀罗国、新头大河、佛沙伏城、乾陀罗城、那迦逻国等国家、城池以及地理疆域，"凡在乌场国二年，至正光二年还阙"①。书中粗

（接上页注）然同行，却是分别受诏，分属两个不同的使团。而北魏遣使西域，常在一年中派出几个使团。"（余太山：《宋云、惠生西使的若干问题——兼说那连提黎耶舍、阇那崛多和达摩笈多的来华路线》，《早期丝绸之路文献研究》，上海人民出版社，2009 年版，第 47—48 页）

① ［日］佚名：《北魏僧惠生使西域记》，《大正藏》第 51 册，新文丰出版公司，1975 年版，第 866—867 页。

略记录惠生行程及其佛教见闻,旁及域外地理、民族、交通、风俗等,文字简易可读,条理清晰,同样具有重要的文史价值。

针对这一文献,季羡林指出:"《大正新修大藏经》所称的《北魏僧惠生使西域记》,本来是杨炫之《洛阳伽蓝记》的一部分,并没有这样一个书名。"①颜世名则认为:"《北魏僧惠生使西域记》系《洛阳伽蓝记》的删节本,综合利用《洛阳伽蓝记》、《北史》进行校勘。《北魏僧惠生使西域记》并未增加任何新史料,在撮录《洛阳伽蓝记》过程中错讹百出。所以既不可引用其文,亦不可将之作为肯定或否定某结论的论据,仅可作为校勘宋云、惠生行记的参考资料。"②正是这样,周祖谟《洛阳伽蓝记校释》有七处使用这种《北魏僧惠生使西域记》,以校补原书卷五所载宋云慧生西域巡礼取经之事。

具体而言,原《洛阳伽蓝记》卷五"至左末城",周氏云:"《大正新藏》2086《北魏僧惠生使西域记》'左末'作'且末'。"原卷"是吕光伐胡时所作",周云:"'时'字各本并无,今据藏本《惠生使西域记》补。"原卷"八月初入汉盘陀国界",周云:"'汉',藏本《惠生使西域记》作'渴'。"紧接着下文"西行六日,登葱岭山",周云:"六日,《藏》本《惠生使西域记》作'六百里'。"原卷"自葱岭已西,水皆西流",周云:"《逸史》本及《藏》本《惠生使西域记》'西流'下并有'入西海'三字。"原卷"周十二月为一岁",周云:"'周',原作'用',各本并同。此从《藏》本《惠生使西域记》。"下文"四十余国皆来朝贡",周云:"'贡',原作'贺',《津逮》本同。此从《逸史》本及《藏》本《惠生使西域记》。"③今覆核《大正藏》,周氏《校释》所言不虚。问题是,除周祖

---

① 季羡林:《丝绸之路与西行行记考》,《中国海洋大学学报》(社会科学版)2004年第6期。

② 颜世明:《宋云、惠生行记研究》,《青海民族大学学报》2016年第4期。

③ [北魏]杨衒之撰,周祖谟校释:《洛阳伽蓝记校释》卷五,中华书局,2010年版,第171—181页。

谟以外,其他学者罕有提及《大正藏》收录之《北魏僧惠生使西域记》。那么,此书的文献依据,此书与《慧生行传》存在着何种关系,此书在晋唐佛教行记中的学术意义等问题,就值得我们去进一步考察。

无独有偶,清人魏源《海国图志》卷二十九在介绍西南洋五印度沿革之际,同样附载有《北魏僧惠生使西域记》。比对内容,该材料与《大正藏》收录同名之书几乎完全相同,除末尾处《大正藏》本所记更为简略以外,其他多处仅有文字上的细微差异,二者可视为同源文献。据笔者考察,《大正藏》"曾蒙已故高楠顺次郎博士及渡边海旭博士两位都监之精心规划,自大正十一年(公元一九二二年)至昭和九年(公元一九三四年)间,前后费时十三年余岁月之研究,其间又承小野玄妙博士之献身相助,历经万难,克服障碍而告成"[1],《海国图志》乃"道光二十有二载(1842),岁在壬寅嘉平月,内阁中书邵阳魏源叙于扬州","原刻六十卷,道光二十七载(1847)刻于扬州,咸丰二年(1852)重补成一百卷,刊于高邮州"[2],其刊刻时间远早于《大正藏》。故笔者以为,《海国图志》《大正藏》存录同名《北魏僧惠生使西域记》,缘于《大正藏》抄录《海国图志》并稍作改动。相关证据及其分析如下:

其一,《海国图志》在《四洲志》的基础上,相继完成了"五十卷本,六十卷本,最后定稿为一百卷本",使得"这部煌煌大作成为道咸年代内容最为丰富,影响最为广泛的域外舆地之作"[3],堪称为"中国看世界第一书"。自十九世纪五十年代以来,《海国图志》被赴日贸易

---

① 王春长译:《大正新修大藏经再版序言》,《大正藏》"总目录",新文丰出版公司,1975年版,第1页。

② [清]魏源:《海国图志原叙》,《海国图志》,光绪二年(1876)平庆泾固道署重刊本。

③ 洪九来:《有关〈海国图志〉的版本流变问题》,《古籍整理研究学刊》1994年第3期。

的中国商船多次带往日本,虽曾被保守的德川幕府视为禁书,但有识之士纷纷进行翻译、训解、评论以及刊印。据不完全统计,"仅仅在1854年至1856年的三年间,日本刊印《海国图志》的各种选本已经有二十余种之多"①。尔后,该书成为"幕末"日本了解列强实力的必备文献,甚至被私塾用作教材,乃至形成了日本的《海国图志》热潮,在思想启蒙方面发挥了重要作用,产生了巨大的时代影响。至二十世纪二三十年代,日本汉学家对《海国图志》可谓耳熟能详,高楠等学者将附入其中的《北魏僧惠生使西域记》收入《大正藏》之中,可谓合情合理。

其二,《大正新修大藏经再版序言》云:"大藏经之圆满告成,不仅汇集所有刊行于世之经典,更以创新的学术组织及搜集众多新发掘之资料,融合而编成。"②这里所谓新发掘资料,亦即那些不见于前代藏经的文献。相关佛教行记类著作,譬如新罗僧人慧超撰《往五天竺国传》,"原藏敦煌石室,1905年为伯希和夺去。现存巴黎法国国家图书馆,编号为伯3532",此后日本学者研究日益增多,"高楠顺次郎最初把慧超书收入《游方传丛书》,继后又收入《大日本佛教全书》及《大正新修大藏经》中,高楠氏也为此书作过笺注"③,今检读《大正藏》卷五十一,该书见于《游方记抄》。又如,日本僧人圆仁曾撰著《入唐求法巡礼行记》,后有养鸬彻定、三上参次等人先后在京都东寺观智院发现该书古抄本,虽未能进入《大正藏》,但同样被《大日本佛教全书》收录,可证高楠对新文献的高度重视④。被附入《海国图志》

① 王晓秋:《近代中日文化交流史》,中华书局,2000年版,第29页。
② 王春长译:《大正新修大藏经再版序言》,《大正藏》"总目录",新文丰出版公司,1975年版,第1页。
③ [唐]慧超原著,张毅笺释:《往五天竺国传笺释》"前言",中华书局,2000年版,第1—2页。
④ 参见[日]释圆仁原著,白化文等校注:《入唐求法巡礼行记校注》"前言",花山文艺出版社,2007年版,第8—9页。

的《北魏僧惠生使西域记》，因其出现较晚抑且文献价值颇高，故被日本学者编入《大正藏》。

其三，《大正藏》收录《北魏僧惠生使西域记》，不是全盘抄录，而是试图删正《海国图志》附文，由此体现出其文献编辑之功。譬如《海国图志》"至光元年四月中旬，入乾陀罗国"①，《大正藏》改为"至正光元年四月中旬，入乾陀罗国"②，由此恢复《洛阳伽蓝记》卷五原文，显系补正脱字。《海国图志》"西行三月，至新头大河"③，《大正藏》改为"西行，至新头大河"④，删除了"三月"二字，似乎更合情理⑤。抑又，《海国图志》"十一月，入波斯国境。土甚狭，七日行过"，后附按语：

① ［清］魏源：《五印度沿革总考》，《海国图志》，光绪二年（1876）平庆泾固道署重刊本。

② ［日］佚名：《北魏僧惠生使西域记》，《大正藏》第51册，新文丰出版公司，1975年版，第867页。

③ ［清］魏源：《五印度沿革总考》，《海国图志》，光绪二年（1876）平庆泾固道署重刊本。

④ ［日］佚名：《北魏僧惠生使西域记》，《大正藏》第51册，新文丰出版公司，1975年版，第867页。

⑤ 周祖谟《校释》原文为："于是西行五日，至如来舍头施人处。亦有塔寺，二十余僧。复西行三日，至辛头大河。"末句校语云："'三日'，原作'三月'。《逸史》本作'三日'。案依玄奘《记》乾陀罗国东西止千余里，自东徂西，需时亦不至有三月之久。且如来舍头施人处，《法显行传》列于竺刹尸罗国，自乾陀罗东行七日程，玄奘谓此国在辛头河之南，如来舍头处在其王城之北十二三里，则其去辛头河必不甚远。《逸史》本作'三日'是也。今据正。"（［北魏］杨衒之撰，周祖谟校释：《洛阳伽蓝记校释》卷五，中华书局，2010年版，第197页）尽管如此，如来舍头处距离辛头大河究竟有多远，卒难考定，其他学者亦较少关注此句，《大正藏》径改为"西行，至新头大河"，或许更好。周氏《校释》多处使用《大正藏》收录《北魏僧惠生使西域记》，以校勘《洛阳伽蓝记》卷五所载宋云慧生行记，足见其学术眼光非同一般。唯一令人不解的是，《海国图志》云乾陀罗"国中人民，悉是婆罗门种，崇佛经典"，《大正藏》改为"国中人民，悉是婆罗门，为厌哒□典"，或为版本差异，或属抄录他书，或致讹传，实难揣测编者之意。

"按此在葱岭中,非《魏书》西海上之波斯,亦非佛经之波斯匿王国也。"①《大正藏》仅留正文。最为明显的是,《海国图志》原文:"复西北行七日,渡一大水,至那迦罗诃国。有佛顶骨、牙、发、袈裟、锡杖,山窟中有佛影、佛迹,有七佛手作浮图,及佛手书梵字石塔铭。"②《大正藏》删改为:"复西北行,渡一大水,至那迦逻国。有佛顶骨及佛手书梵字石塔铭。"③诸如此类,宜应斟酌考虑《海国图志》在日版本及其异文,但亦或证《大正藏》有意删正魏著附文,充分反映出了编者的学术判断力。

与此相关,《大正藏》卷五十一亦收录元魏杨衒文撰《洛阳伽蓝记》五卷④,由此与《北魏僧惠生使西域记》并存不悖。笔者以为,高楠等学者收入《海国图志》附录《北魏僧惠生使西域记》,可能是有意识地将其视为唐前佚著《慧生行传》,或者说至少存在着试图替代《慧生行传》的可能性。据考察,《北魏僧惠生使西域记》应该渊源于魏源对《洛阳伽蓝记》卷五的删节,《海国图志》卷二十九原标题下附注"见《洛阳伽蓝记》"⑤,其实已经是最好的证明。高楠等学者一方面认同魏源的删节之功,只因《海国图志》附录《北魏僧惠生使西域记》侧重于对经行路线和山川地理的框架性叙述,这恰恰与其设想中

---

① [清]魏源:《五印度沿革总考》,《海国图志》,光绪二年(1876)平庆泾固道署重刊本。
② [清]魏源:《五印度沿革总考》,《海国图志》,光绪二年(1876)平庆泾固道署重刊本。
③ [日]佚名:《北魏僧惠生使西域记》,《大正藏》第51册,新文丰出版公司,1975年版,第867页。
④ 《大正藏》第51册目录题"元魏杨衒文撰",正文题"魏抚军府司马杨衒之撰","文"显系"之"字形讹(《大正藏》第51册,新文丰出版公司,1975年版,第999页)。
⑤ [清]魏源:《五印度沿革总考》,《海国图志》,光绪二年(1876)平庆泾固道署重刊本。

的《慧生行传》不谋而合;而另一方面,他们又认为魏源这种删节本的末尾,因其叙及那迦罗诃国所谓佛牙、佛发、佛袈裟、佛锡杖,山窟中所谓佛影、佛迹,以及七佛手作浮图等,或不属于《慧生行传》中的应有内容,而明显是《道荣传》补证之文,故而再次删正。

如果说《大正藏》收录《北魏僧惠生使西域记》,应该体现出了编者的某种学术意图;那么,魏源《海国图志》针对《洛阳伽蓝记》卷五的删节,同样可谓高明巧妙。事实上,魏源《北魏僧惠生使西域记》的所有内容,都能够在杨衒之《洛阳伽蓝记》卷五中找到相应的文字依据。尽管如此,《海国图志》并非原封不动地抄录前人,而是有意删正《洛阳伽蓝记》卷五综合叙述的慧生、宋云事迹,并且大致表现出两种方式:其一,截取前书文字,稍加连缀并且补充,相关内容的前后秩序不变。譬如《洛阳伽蓝记》大致介绍于阗国王穿戴、威仪以及本地风俗,具体陈述于阗国王建造覆盆浮图及其相关传说,简单附及辟支佛靴,前后达三百余字。魏源《北魏僧惠生使西域记》仅云:"又西行八百七十八里,至于阗国。有国王所造覆盆浮图一躯。有辟支佛靴,于今不烂。于阗境东西三千余里。"①其二,截取前书文字,不仅稍加连缀并且补充,而且为了体现出行文的逻辑性,乃至改换相关内容的前后秩序。譬如《洛阳伽蓝记》叙嚈哒国,"王居大毡帐,方四十步,周回以氍毹为壁。王着锦衣,坐金床,以四金凤凰为床脚。见大魏使人,再拜跪受诏书。至于设会,一人唱,则客前;后唱,则罢会。唯有此法,不见音乐。嚈哒国王妃亦着锦衣,长八尺奇,垂地三尺,使人擎之,头带一角,长三尺,以玫瑰五色珠装饰其上。王妃出则舆之,入坐金床,以六牙白象四狮子为床,自余大臣妻皆随伞,头亦似有角。团圆下垂,状似宝盖。观其贵贱,亦有服章。四夷之中,最为强大。不

---

① ［清］魏源:《五印度沿革总考》,《海国图志》,光绪二年(1876)平庆泾固道署重刊本。

信佛法，多事外神。杀生血食，器用七宝。诸国奉献，甚饶珍异。按嚈哒国去京师二万余里"①，前后有两百余字。魏源《北魏僧惠生使西域记》仅云："王帐周四十步，器用七宝，不信佛法，杀生血食。见魏使，拜受诏书。去京师二万余里。"②其行文秩序已经调换。两种方式的共同点，则是尽可能留下慧生行记应有内容，故而对于使团的经行路线，大多是全文照抄，对于异域风情与佛迹传说，则稍加留意，并且大胆删除宋云、道荣行记的可能内容。

　　尽管魏源《北魏僧惠生使西域记》有可能涵括《宋云家记》《道荣传》中的少量内容，但从文献称名、文本结构、行文风格以及文中细节看，该篇亦或有意突显并且还原《慧生行传》，末云"凡在乌场国二年，至正光二年还阙"，正是直接关涉慧生行记，足见其删正意图。换句话说，魏源在掌握大量文献资料的基础上，针对五印度沿革进行学术考证，其《海国图志》删节《洛阳伽蓝记》卷五，旨在突显其地理和交通价值。魏源似乎知晓《慧生行传》的行文特点，同时亦对《洛阳伽蓝记》卷五的文本构成了如指掌，从而试图将《慧生行传》从《洛阳伽蓝记》中析出并加以厘清。而从某种程度上讲，魏源《北魏僧惠生使西域记》，比较理想地还原了《慧生行传》，因为该篇明显呈现出不同于《宋云家记》《道荣传》的文本特色，乃至表现出了某种文献建构意义。

　　据考察，《海国图志》卷三十二征引《魏书·西域传》，文中有小字附注："《水经注》云'于阗国寺中有石靴，石上有辟支佛迹，法显所不传，疑非佛迹'云云。案道元但据《法显传》，未考《惠生使西域记》

---

① ［北魏］杨衒之撰，周祖谟校释：《洛阳伽蓝记校释》卷五，中华书局，2010 年版，第 181—183 页。
② ［清］魏源：《五印度沿革总考》，《海国图志》，光绪二年（1876）平庆泾固道署重刊本。

耳。惠生记所目验,故史据之。"①这里,魏源称名《惠生使西域记》而
不是《洛阳伽蓝记》,并且认为惠生行传真实可信,显然已将前述《北
魏僧惠生使西域记》用于学术考证之中。尽管魏源《北魏僧惠生使西
域记》亦存在着罕见的文字问题②,但是自从它产生之后,清人沈惟
贤《唐书西域传注》卷三已征引《惠生使西域记》作为学术参证③。除
《大正藏》收录该书之外,沙畹、范祥雍、杨勇等学者亦将《海国图志》
卷二十九附文用于《洛阳伽蓝记》的校勘。针对魏源《北魏僧惠生使
西域记》,沙畹一方面认为此"节录之文较异"④,另一方面在读及目
连窟北"山下有大佛手作浮图"时,校云:"《海国图志》卷二十九所引
宋云《行纪》之文作'七佛',其义较长。"⑤诸如此类,结合前述魏源
删正意图,足见《海国图志》删节本《北魏僧惠生使西域记》不乏学术
价值。

　　通过梳理、勾勒相关文献,我们得知关于北魏慧生、宋云西域巡
礼之事,现存有佛教行记文本两种,其一为杨衒之《洛阳伽蓝记》卷
五,其二为《海国图志》收录《北魏僧惠生使西域记》。前者以合本子

① ［清］魏源:《葱岭以东新疆回部附考上》,《海国图志》,光绪二年(1876)平庆
　　泾固道署重刊本。
② 魏源《北魏僧惠生使西域记》在描述佛沙伏城时云:"城郭端直,林泉茂盛,土
　　饶珍宝,风俗淳善。各僧德泉,道行高奇,石像庄严,通身金箔。"文中"各僧
　　德泉"显然为"名僧德众"之形讹〔［清］魏源:《五印度沿革总考》,《海国图
　　志》,光绪二年(1876)平庆泾固道署重刊本〕。
③ 沈惟贤《唐书西域传注》征引《惠生使西域记》曰:"入赊弥国,渐出葱岭,铁索
　　悬渡,下不见底。十二月初,入乌场国,北接葱岭,南连天竺。国中有如来晒
　　衣履石之迹。"(［清］沈惟贤:《唐书西域传注》卷三,《四库未收辑刊》八辑四
　　册,北京出版社,2000年版,第21页)
④ ［法］沙畹:《宋云行纪笺注》,冯承钧译《西域南海史地考证译丛》第二卷第六
　　编,商务印书馆,1962年版,第4页。
⑤ ［法］沙畹:《宋云行纪笺注》,冯承钧译《西域南海史地考证译丛》第二卷第六
　　编,商务印书馆,1962年版,第60页。

注、夹叙夹注为基本形态，融汇《慧生行传》《宋云家记》以及《道荣传》三种材料而成，内容则以《慧生行传》为主体，《宋云家记》为辅助，《道荣传》为补证，藉此综合叙述；后者则为前者的删节本，又被《大正藏》收入并再次删正。这里，《洛阳伽蓝记》卷五在古代地理学、交通史以及佛教文化领域中举足轻重，中外学者竞相研究，成果丰硕。而与《洛阳伽蓝记》卷五相比，魏源《北魏僧惠生使西域记》表现出了高巧的文字剪裁能力，其宗教学特别是地理和交通价值同样值得重视。不仅如此，慧生等人西行，不仅为巡礼佛教圣迹，寻找经律正统，而且旨在结好邻国、宣扬国威、博取拥护等，担负有特殊的外交使命，其人文意义不俗。考察北魏慧生行记诸种相关文献，其佛教史价值尤为突出。撰者所演绎的佛教传说虽然叙述简单，相关佛本生故事亦不及汉译佛经或者《佛国记》之详细周备，却往往与若干佛迹和佛教建筑、造像艺术等紧密结合，并以一种还原现场的方式贡献给了后世宗教学者和考据学家，成为读者了解晋唐之际中外佛教文化交流的重要资料。至于撰者针对异域景色、风土人情以及生活习性的描述，同样为世人开阔了眼界，增长了见识，客观上呈现出了某种认识功能和审美功能。

　　诚然，北魏慧生行记相关文献与诸种西域文献的复杂关联，亦足以彰显其非同寻常的学术价值。针对同一地理、风物、遗迹以及传说，法显《佛国记》、杨衒之《洛阳伽蓝记》卷五、玄奘《大唐西域记》以及其他诸种行记的相关记载、描写或者叙述各有等差，由此足以实现学术互证或者互为补充。与此相关，考察慧生行记相关文献的学术价值，还有必要将其置于前后佛教行记的纵向坐标中来予以客观评价。纵观晋唐时代的佛教文化交流，西行求法之僧不乏其人。而从现存文献资料看，晋唐佛教行记实可谓屈指可数，其中保存全帙者较为罕见。正是如此，位处《佛国记》与《大唐西域记》之间的北魏慧生行记诸种相关文献，因其记载稍详而弥足珍贵，呈现出了重要的时代意义。

第七章 释常愍与《历游天竺记》

唐代僧人前往佛国巡礼求法者数目众多。汤用彤认为,自惠生以后,"由玄奘以至悟空,西行者接踵,比晋宋之间为尤盛也"①。义净《大唐西域求法高僧传》粗据闻见并撰题行状者达五十六人,由此可见一斑。尽管如此,考察这个时代的佛教行记单著,留存于世者并不多见。《大唐西域记》与《大慈恩寺三藏法师传》专叙玄奘法师,分别有季羡林《校注》本和孙毓棠点校本。新罗慧超《往五天竺国传》现存敦煌残卷,今有张毅《笺释》本。义净撰有《西方记》,现亦存敦煌残卷。圆照撰有《悟空入竺记》,今见于《大唐贞元新译十地等经记》(《十力经序》)。除了慧超、圆照所撰行记,《大正藏》史传部《游方记抄》收录有常愍《历游天竺记》逸文略示。而义净与圆照所撰行记两种,当代学者考证甚详。兹依据相关文献,仅考察《历游天竺记》撰者生平及其活动时代,同时以现存逸文为线索,探究《三宝感应要略录》对该行记内容的删补,并且揭橥其学术价值。

一、释常愍生平及其活动时代

释常愍或曰常慜,其俗名未知,生卒年亦不详。考其生平,详见义净《大唐西域求法高僧传》卷上《并州常慜禅师及弟子》。原文如

---

① 汤用彤:《汉魏两晋南北朝佛教史》,中华书局,1983 年版,第 277 页。

此记载：

　　　　常愍禅师者，并州人也。自落发投簪，披缁释素，精勤匪懈，念诵无歇。常发大誓，愿生极乐。所作净业，称念佛名。福基既广，数难详悉。后游京洛，专崇斯业。幽诚冥兆，有所感征。遂愿写《般若经》，满于万卷，冀得远诣西方，礼如来所行圣迹，以此胜福，回向愿生。遂诣阙上书，请于诸州教化抄写《般若》。且心所志也，天必从之。乃蒙授墨敕，南游江表，敬写《般若》，以报天泽。要心既满，遂至海滨，附舶南征，往诃陵国。从此附舶，往末罗瑜国。复从此国欲诣中天。然所附商舶载物既重，解缆未远，忽起沧波，不经半日，遂便沉没。当没之时，商人争上小舶，互相战斗。其舶主既有信心，高声唱言："师来上舶！"常愍曰："可载余人，我不去也！所以然者，若轻生为物，顺菩提心，亡己济人，斯大士行。"于是合掌西方，称弥陀佛。念念之顷，舶沉身没，声尽而终，春秋五十余矣。有弟子一人，不知何许人也。号咷悲泣，亦念西方，与之俱没。其得济之人具陈斯事耳。伤曰：悼矣伟人，为物流身。明同水镜，贵等和珍。涅而不黑，磨而不磷。投躯慧巘，养智芳津。在自国而弘自业，适他土而作他因。觌将沉之险难，决于己而亡亲。在物常愍，子其寡邻。秽体散鲸波以取灭，净愿诣安养而流神。道乎不昧，德也宁湮。布慈光之赫赫，竟尘劫而新新。①

据此，可见常愍籍贯并州（今山西太原），乃净土宗高僧，曾倡导敬写《般若》，后从海路前往佛国巡礼，遂附舶南征往诃陵国，又从此附舶

① ［唐］义净著，王邦维校注：《大唐西域求法高僧传校注》卷上，中华书局，1988年版，第51—52页。

往末罗瑜国,卒葬身于从末罗瑜国往中天竺的大海之中。据义净《大唐西域求法高僧传》卷上序文,可知该书传主次第,"多以去时年代近远存亡而比先后",王邦维指出"本书所记俱为六四一年后,六九一年前四十余年间事"①,亦即唐太宗贞观十五年(641)至武后天授二年(691)年之间。而《大唐西域求法高僧传》常愍本传之前为道生本传,此人"以贞观末年(649),从土蕃路往游中国",常愍本传之后有隆法师者,此人"以贞观年内(627—649)从北道而出,取北印度,欲观化中天",后又有会宁律师"以麟德(664—665)年中杖锡南海,泛舶至诃陵洲"②,由此大致可以推测:常愍主要活动于唐太宗时期,应于太宗末高宗初期间附舶南征。

至于常愍倡导敬写《般若》之事,另有辽代非浊集《三宝感应要略录》③卷中第四十七"并州道俊写《大般若经》感应"征引《并州往生记》云:

　　释道俊一生修念佛三昧,不乐余行。时同州僧常愍,劝写《大般若经》。俊曰:"我修念佛,全无余暇,如何写抄?"愍曰:"《般若》是菩提直道,往生要路也,汝须写抄。"俊都不诺,曰:"我生净土,自然圆满。"即夜梦至海滨见渡,海西岸上有庄严殿

---

① 〔唐〕义净著,王邦维校注:《大唐西域求法高僧传校注》卷上,中华书局,1988年版,第9页。

② 〔唐〕义净著,王邦维校注:《大唐西域求法高僧传校注》卷上,中华书局,1988年版,第49—76页。

③ 据邵颖涛研究,非浊是"辽代佛教史上一位重要的僧侣,其著述、思想对辽代佛教、燕京(今北京)佛教影响颇巨",所集《三宝感应要略录》"于中土失传已久,在日本却有多种版本",今见"收在《卍续藏经》乙第二十二套第三册(台湾新文丰影印《卍续藏》一四九册)、《大正藏》第五十一册,卷首误署'宋非浊集'"(〔辽〕释非浊编,邵颖涛校注:《三宝感应要略录》"前言",人民出版社,2018年版,第1—8页)。

堂,六童子棹舶在海渚。俊谓舶童:"我欲附舶渡西岸。"童子曰:
"汝不信舶,岂得附舶?"俊问:"如何信舶?"童子曰:"舶是般若,
若无般若,不能渡生死海,岂得生彼不退地? 汝设附舶,舶即
没。"梦觉,惊怖悔过,(舍)衣钵写抄《般若》。自供养日,紫云西
来,音乐闻空,将非感应耶矣。①

此记可与前述《大唐西域求法高僧传》常愍本传相关事迹相互发明。
与此相关,清人彭希涑《净土圣贤录》亦征引《大唐西域求法高僧传》
常愍本传,并视常愍为净土圣贤,彭际清《净土圣贤录发凡》即云:
"静蔼为法捐躯,常愍忘身济物,悲心深广,净愿坚牢。"②又,据王邦
维研究,常愍所至诃陵国即"今加里曼丹岛西部",末罗瑜国即"今占
碑(Jambi)及其附近一带"③。那么显而易见,二彭与义净所说常愍
卒因相同,亦即一致认为他并未到达天竺本土,而是曾经游行于南亚
地区岛国之间,后来死于大海。

不同的是,《三宝感应要略录》卷中第四十五"并州常愍禅师写
《大般若经》感应"征引《求法记》云:

并州常愍禅师,发大誓愿生极乐。所作净业既广,数难详
悉。后游京洛,专崇斯业,幽诚冥兆,有所感征。遂愿写《大般若
经》,满于万卷,冀得远诣西域,礼如来所行圣迹。以此胜福,回
向愿生。遂诣阙上书,请于诸州教化抄写《大般若》。且心所志
也,天必从之。乃蒙授墨敕,南游江表,敬写《般若》,以报天恩。

---

① [辽]释非浊编,邵颖涛校注:《三宝感应要略录》卷中,人民出版社,2018 年
版,第 238 页。
② [清]彭希涑述:《净土圣贤录》,《续藏经》,1925 年上海涵芬楼影印本。
③ [唐]义净著,王邦维校注:《大唐西域求法高僧传校注》卷上,中华书局,1988
年版,第 55 页。

要心既满,附舶西征。百千天人,奏伎乐之,即见乘舶是般若夹。后于天竺而卒,得净土迎矣。①

此段前文显系删节《大唐西域求法高僧传》常愍本传,至于结尾叙及常愍并非葬身于大海,而是"于天竺而卒",又的然不同于义净撰传。此或缘于《三宝感应要略录》兼录他书内容,邵颖涛认为"应是非浊参考其他资料补充"②,较为合理。而事实上,《三宝感应要略录》辑者确信常愍曾到达天竺本土。该书卷上第十曾征引《常愍游历记》,首言"沙门常愍发大誓愿,远诣西方礼如来。所行遗迹至北印度僧伽补罗国"③。无独有偶,该书卷上第二十九亦征引《常愍记游天竺记》,首句亦云"释常愍,发愿寻圣迹。游天竺日,至中印度鞞索迦国"④。关于北印度境僧伽补罗国,玄奘《大唐西域记》卷三记载:"僧诃补罗国周三千五六百里,西临信度河。国大都城周十四五里,依山据岭,坚峻险固。农务少功,地利多获。气序寒,人性猛,俗尚骁勇,又多谲诈。国无君长主位,役属迦湿弥罗国。"至于其具体位置,季羡林等认为"此国似为传闻之国,非玄奘所亲履之地"⑤。关于中印度鞞索迦国,《大唐西域记》卷五亦有记载:"鞞索迦国周四千余里。国大都城周十六里。谷稼殷盛,花果具繁。气序和畅,风俗淳质,好学

---

① [辽]释非浊编,邵颖涛校注:《三宝感应要略录》卷中,人民出版社,2018年版,第234—235页。
② [辽]释非浊编,邵颖涛校注:《三宝感应要略录》"前言",人民出版社,2018年版,第20页。
③ [辽]释非浊编,邵颖涛校注:《三宝感应要略录》卷上,人民出版社,2018年版,第47页。
④ [辽]释非浊编,邵颖涛校注:《三宝感应要略录》卷上,人民出版社,2018年版,第85页。
⑤ [唐]玄奘、辩机原著,季羡林等校注:《大唐西域记校注》卷三,中华书局,2000年版,第313页。

不倦,求福不回。伽蓝二十余所,僧众三千余人,并学小乘正量部法。天祠五十余所,外道甚多。"考其具体位置,同样是异说纷纭,莫衷一是,"各说都待进一步研究,无可作为定论"①。抑又,《大唐西域记》卷十一记有僧伽罗国,即今之斯里兰卡,"玄奘并未亲践该国",所记"当系得自传说,与事实有颇大出入"②。综上,可见常愍或在葬身大海之前,曾旅行至北印度、中印度;或僧伽补罗、鞞索迦两地,根本不分属于北印度、中印度,而是离诃陵国、末罗瑜国不远的周边地区。可以肯定的是,汉地高僧常愍曾在七世纪末巡礼于南亚一带,其舍生求法的精神令世人敬仰,正是中印佛教交流与南亚海洋文化的直接见证者。

二、《历游天竺记》现存逸文

前述常愍卒地难辨,然而既有行记《历游天竺记》的存在,则证此僧确曾到达佛国天竺。常愍《历游天竺记》或云《游天竺记》《游历记》《记游天竺记》等,该书早佚,历代并无辑本。惟《大正藏》史传部收录有《游方记抄》,其中包括《往五天竺国传》等九种文献,末即"唐常愍历游天竺记逸文",附云:"《游天竺记》又名《游历记》,其文载在《三宝感应要略录》,今唯略示所在。"随后略示佚文三种出处:一、第一优填王波斯匿王释迦金木像感应,《三宝感应要略录》卷上(大正五一 P. 827a);二、第十北印度僧伽补罗国沙门达磨流支感释迦像惊感应,《三宝感应要略录》卷上(大正五一 P. 830b);三、第二十九造毗

---

① [唐]玄奘、辩机原著,季羡林等校注:《大唐西域记校注》卷五,中华书局,2000 年版,第 475—476 页。
② [唐]玄奘、辩机原著,季羡林等校注:《大唐西域记校注》卷十一,中华书局,2000 年版,第 868 页。

卢遮那佛像拂障难感应,《三宝感应要略录》卷上(大正五一 P. 833b)①。今按图索骥,检读《三宝感应要略录》卷上各条,得见第一则佚文出自"阿含观佛造像游历记律及西国传志诰等",《大正藏》并未断句,故而殊不可解。该条佚文内容颇长,今依邵氏《校注》,摘录如下:

> 释迦牟尼如来成道八年,思报母摩耶恩,从祇洹寺起,往忉利天,于善法堂中金石之上结跏趺坐。尔时,摩耶出两道乳,润世尊唇,示亲子缘。佛为说法。是时,人间四众不见如来,渴仰忧愁,如丧父母,如箭入心。共往世尊所住处,园林庭宇悉空,无佛,倍加悲恋,不能自止。问阿难言:"如来今日竟为所在?"阿难报曰:"我亦不知。"二王思睹如来,遂得苦患。
>
> 尔时,优填王敕国界内诸奇巧师匠,而告之曰:"我今欲作佛像。"巧匠白王言:"我等不能作佛妙相。假使毗首羯摩天而有所作,亦不能得似于如来。我若受命者,但可摸拟螺髻、玉毫少分之相,诸余相好光明、威德难及,谁能作耶? 世尊来会之时,所造形像若有亏误,我等名称并皆退失。窃共筹量,无能敢作。"复白王言:"今造像应用纯紫栴檀之木,文理、体质坚密之者。但其形相为座? 为立? 高下若何?"王以此语问臣。智臣白王言:"当作坐像。一切诸佛得大菩提、转正法轮、现大神变、作大佛事,皆悉坐故。应作坐师子座结跏趺坐之像。"时毗首羯摩(天)变身为匠,持诸刻器,到于城门,白言:"我今欲为大王造像。"王心大喜,与主藏臣于内藏中选择香木。肩(自)荷负,持与天匠,而谓之言:"仁(者)为(我)造像,令与如来形相似。"时,大目连请佛神

---

① 参见[日]佚名:《游方记抄》,《大正藏》第 51 册,新文丰出版公司,1975 年版,第 995 页。

力,往令图相,还返。操斧斫木,其声上彻忉利天,至佛会所。以佛力,声所及处,众生闻者,罪垢皆得消除。盲者得眼,聋者能闻,哑者能言,丑者端正,贫者得福,乃至三途离苦得乐,一切未曾有益皆悉现起。是时,天匠不日而成,高七尺,或云五尺,机见不同。面及手足,皆紫金色。王见相好,心生净信,得柔顺忍,业障烦恼并(皆)消除,唯除曾于圣人起恶语业。

是时,波斯匿王复召国中巧匠,欲造佛像。而生此念:"如来形体,莫如真金。"即纯以紫摩金而作(如来像),高五尺。尔时,阎浮之内,始(有)此二如来像。

尔时,如来过夏经九十日已。告四众言:"却后七日,当下至阎浮提僧伽尸国大池水侧。"时天帝告自在天:"从须弥顶至池水,作三径路:金、银、水精。"或时地作,或净居天作也。是时,如来踏金道。时,五王往诣佛所,迦尸国波斯匿王、拔嗟国优填王、五都人民之主恶生王、南海主优陀延王、摩诃陀国瓶沙王,头面礼足。

尔时,优填王顶戴佛像并诸上供珍异之(物),至佛所,而以奉献佛。时,木像从座而起,(犹)如生佛,足步虚空,足下雨花,放光明来迎世尊。合掌叉手,为佛作礼,少似于佛。而说偈言:"佛在忉利天,为母说法时。大工造像声,远闻善法堂。三十三天众,同音皆随喜。未来世造像,获无量胜福。"尔时,世尊亦复长跪,合掌向像。于虚空中百千化佛亦皆合掌,其像躬低头。世尊亲为摩顶授记,曰:"吾灭后一千年外,当于此土为人天作大饶益。我诸弟子,以付属汝。"(空中化佛异口同音,咸作是言:)"若有众生于佛灭后造像,幡花众香,持用供养,是人来世必得见佛,出生死苦。"

尔时,优填王白世尊言:"前佛灭度造像者,犹在世不?"佛言:"我以佛眼普见十方,前佛灭度后,造像者皆生十方佛前,无有一人犹在生死。但造菩萨像者,故留在世,瓶沙王是也。"尔时,木像白生佛言:"世尊前进,可入精舍。"世尊亦语像言:"止!止! 不须说。我缘将尽,入灭不久。汝在世间,久利众生,在前而入灭。若在后者,人生轻慢。"再三往复,其像进,却还本位。

于是,世尊自移于寺边小精舍之内,与像异处,相去二十步。优填王欢喜不能自胜。于时,五王白世尊曰:"当云何造立神寺?"尔时世尊申右手,从地中出迦叶佛寺。(视五王而告之曰):"以此为法。"时,五王即于彼处起大神寺,安置其像而去云云。①

上文主要叙述佛升忉利天为母说法之际,波斯匿王、优填王因思慕佛祖而首次造像之事。考优填王造像事迹,大唐于阗三藏提云般若奉制译《佛说大乘造像功德经》曾以两卷之篇幅详叙。无独有偶,《增壹阿含经》卷二十八亦以长文叙及二王造像事迹。抑又,《佛说观佛三昧海经》卷六亦简略叙及佛祖及优填王造像相关事迹。因篇幅较长,兹不赘录。又据《大唐西域记》卷五:

(憍赏弥国)城内故宫中有大精舍,高六十余尺,有刻檀佛像,上悬石盖,邬陀衍那王之所作也。灵相间起,神光时照。诸国君王恃力欲举,虽多人众,莫能转移,遂图供养,俱言得真,语其源迹,即此像也。初如来成正觉已,上升天宫为母说法,三月不还,其王思慕,愿图形像。乃请尊者没特伽罗子以神通力接工人上天宫,亲观妙相,雕刻栴檀。如来自天宫还也,刻檀之像起

---

① 〔辽〕释非浊编,邵颖涛校注:《三宝感应要略录》卷上,人民出版社,2018年版,第6—8页。

迎世尊。世尊慰曰:"教化劳耶? 开导末世,实此为冀!"①

同书卷六云:"城南五六里有逝多林,是给孤独园,胜军王大臣善施为佛建精舍。昔为伽蓝,今已荒废","室宇倾圮,唯余故基,独一砖室岿然独在。中有佛像。昔者如来升三十三天为母说法之后,胜军王闻出爱王刻檀像佛,乃造此像"②。文中邬陀衍那王唐言出爱,旧云优填王;胜军即钵逻犀那恃多王,旧曰波斯匿。同书卷十二《记赞》亦记载玄奘请得"刻檀佛像一躯,通光座高尺有五寸,拟㤭赏弥国出爱王思慕如来刻檀写真像"③回国。以上述文献为基础,宋人志磐《佛祖统纪》卷四云:"五十三年(前949),佛先往忉利天","摩邪夫人闻之,乳自流出,直至佛口","三月将尽,欲入涅槃,帝释作三道宝阶,佛与母别,大众导从,下还祇洹","时优填王恋慕世尊,铸金为像,闻佛当下宝阶,象载金像来迎世尊。金像上下,犹如生佛,雨花放光,为佛作礼,世尊合掌语像:'我灭度后,我诸弟子以付嘱汝'";后有附注,云源自《观佛三昧经》,又言:"案《增一阿含经》,帝释请佛升忉利天为母说法,优填王思睹如来,即以㫋檀作如来像,高至五尺。波斯匿王闻之,以紫磨金作像,亦高五尺。时阎浮提始有二像。又《西域记》:优填王请目连以神力接工人上天,亲睹妙相,用㫋檀雕像。"④综上,得见《大正藏》所谓"阿含观佛造像游历记律及西国传志诰等",

---

① [唐]玄奘、辩机原著,季羡林等校注:《大唐西域记校注》卷五,中华书局,2000年版,第468—469页。
② [唐]玄奘、辩机原著,季羡林等校注:《大唐西域记校注》卷六,中华书局,2000年版,第488—489页。
③ [唐]玄奘、辩机原著,季羡林等校注:《大唐西域记校注》卷十二,中华书局,2000年版,第1041页。
④ [宋]志磐撰,释道法校注:《佛祖统纪校注》卷四,上海古籍出版社,2012年版,第114—115页。

或可断句为"《阿含》《观佛》《造像》《游历记》《律》及《西国传》《志》《诰》等"。今见邵颖涛《校注》据以分段,并且指出:"此条第一、三、四、七段见《增壹阿含经》卷二八,第二段见《大乘造像功德经》卷上,第五段见《观佛三昧海经》卷六,第三、七段见《经律异相》卷六,第五、七段见《珠林》卷三三引作《观佛三昧经》等,非浊博采诸书编订成篇。"①亦可供参考。综上,常愍《游历记》部分佚文,的确被《三宝感应要略录》征引。倘真如此,则常愍或曾历经中印度境内㤭赏弥国巡礼圣迹。

第二则佚文亦出自常愍《游历记》,内容叙及北印度僧伽补罗国刻檀释迦、弥勒坐像之渊源及其相关灵验。今摘录如下:

> 沙门常愍发大誓愿,远诣西方礼如来。所行遗迹至北印度僧伽补罗国,有石塔高二十余丈,傍有新精舍刻檀释迦、弥勒坐像。若至心祈请,必示妙身,告吉凶。源始于耆旧:数十年前有一比丘,梵云达磨流支,唐云法爱,住石塔侧,发愿欲造慈氏菩萨像。时有外国沙门,投宿法爱房,赞叹佛经大义。爱闻欢喜,互述曲念。爱曰:"吾欲生兜率,将造慈氏像。"沙门曰:"发愿若欲生兜率,应造释迦像。慈氏是释迦弟子、三会得脱之人,释迦遗法弟子若力所及,应造二像;若力不及,先造释迦。所以者(何),今此三界皆是大师有。自说言'唯我一人,能为救护'。公是岂不思恩分耶?"爱曰:"释迦入灭,无未来化,岂助当生?"坚执不改。各各眠卧,更分晓漏,爱顿眠觉,悲泣投五体于地。外国沙门问由绪。答曰:"吾梦见金人,身长丈余,即以软语而告之曰:'汝是(我)弟子,蒙我调伏,劫久谬谓永灭,实常住不灭。今此

① 〔辽〕释非浊编,邵颖涛校注:《三宝感应要略录》卷上,人民出版社,2018年版,第8页。

三界皆(是)我有,众生不知日月及三界之中草木丛林地及虚空众生所食谷麦等,皆是我身之所变。为十方诸佛助我化,如何轻慢,不肯造像。汝若不造我像,遂不可生兜率天上。既轻其师,惠氏赞之耶?亦不可往十方净土。诸佛助我,岂欲轻我?'说是语,隐而不见。"尔时外国沙门,亦无所去,而顿不见。法爱忧悲,舍衣钵资,造此二像。精舍是国人民共所结构也。憩停住多日,祈请所求而去,云云。①

第三种佚文出自《常愍记游天竺记》,内容涉及中印度鞞索迦国毗卢遮那像由来及其相关灵验。今摘录如下:

释常愍,发愿寻圣迹。游天竺日,至中印度鞞索迦国。王城南道左右有精舍,高二十余丈,中有毗卢遮那像,灵验揭焉,凡有所求,皆得满足。若有障难者,祈请必除。闻像缘起于耆旧,曰:昔此国,神鬼乔乱,人民荒废。有一尼乾子善占察,国王(召令)占国荒芜。尼乾以筹印地,云:"荒神乱起障难,须归大神,方得安稳。"王聪明(博)达,(为)归宗神中之大,不如佛陀。即造此毗卢遮那像,安置左右精舍,左雕镂黄金,右(刻)用白银,高咸二十丈。日日礼拜供养。尔时,有夜叉童子驱荒神恶鬼出国界,方无障难矣。②

除上述三种佚文外,非浊《三宝感应要略录》卷中第一"有人将

---

① [辽]释非浊编,邵颖涛校注:《三宝感应要略录》卷上,人民出版社,2018年版,第47—48页。
② [辽]释非浊编,邵颖涛校注:《三宝感应要略录》卷上,人民出版社,2018年版,第85页。

读《华严经》以水盥掌所沾虫类生天感应"出自《经田》及《游记》。邵颖涛校注据《华严经传记》，将"经田"改为"经传"。又云此处《游记》"或指卷上提及的常愍《游历记》《记游天竺记》"，原文"第二段或出自是书"①。与此相关，邵氏在其《校注》前言部分，亦云卷中第一条的后半部分内容亦应出自《游天竺记》。因该条内容仅关涉感应故事，并无常愍其人及相关证据，且晋唐称《游记》者亦或不止一家，故暂存疑。

三、《历游天竺记》佚文乃删补之作

值得一提的是，《三宝感应要略录》对常愍《历游天竺记》内容的征引，其实并非摘录原文，而应是以原文为基础的删补之作。前述《三宝感应要略录》征引《历游天竺记》第一种佚文，实乃融汇并改定《增壹阿含经》卷二十八、《佛说观佛三昧海经》卷六、《佛说大乘造像功德经》等汉译佛经文献，即为明证。抑又，《游方记抄》所谓《三宝感应要略录》为非浊"集（辑）"定的文本特征以及该书所谓"要略录"的称名，其实也可自证其删改《历游天竺记》的事实。非浊《三宝感应要略录》虽被学者指定为平安末期日本人伪作②，但其征引前代文献相关内容，应无任意杜撰之举。因常愍行记早佚，兹略举《三宝感应要略录》征引《大唐西域记》与《大唐西域求法高僧传》，以类推该书如何删补常愍行记原文。先看《三宝感应要略录》征引《大唐西域记》。据《大唐西域记》卷二载：

---

① ［辽］释非浊编，邵颖涛校注：《三宝感应要略录》卷中，人民出版社，2018年版，第138页。
② 参见吴彦、金伟：《关于〈三宝感应要略录〉的撰者》，《佛学研究》2010年第1期。

　　（健驮逻国）大窣堵波石陛南面有画佛像,高一丈六尺。自胸已上,分现两身;从胸已下,合为一体。闻诸先志曰:初有贫士,佣力自济,得一金钱,愿造佛像。至窣堵波所,谓画工曰:"我今欲图如来妙相,有一金钱,酬功尚少,宿心忧负,迫于贫乏。"时彼画工鉴其至诚,无云价直,许为成功。复有一人事同前迹,持一金钱求画佛像。画工是时受二人钱,求妙丹青,共画一像。二人同日俱来礼敬,画工乃同指一像示彼二人,而谓之曰:"此是汝所作之佛像也。"二人相视,若有所怀。画工心知其疑也,谓二人曰:"何思虑之久乎? 凡所受物,毫厘不亏。斯言不谬,像必神变。"言声未静,像现灵异,分身交影,光相照著。二人悦服,心信欢喜。①

而《三宝感应要略录》卷上第八"健陀罗国二贫人各一金钱共画一像感应"征引《西域记》云:

　　健陀罗国有画佛像,高一丈六尺。自胸以上,分现两身;从胸已下,合为一体。闻之耆旧曰:初有贫士,佣力自济,得一金钱,愿造佛像。谓画工曰:"我今欲图如来妙相,有一金钱,酬功尚少,宿心忧负,迫于贫乏。"时彼画工鉴其至诚,无云价直,许为成功。复有一人事同前迹,持一金钱求画佛像。画工是时受二人钱,求妙丹青,共画一像。二人同日俱来礼敬。画工同指一像,示彼二人,而谓之曰:"此是汝之佛像也。"二人相视,若有所怀。画工心知其疑也,谓二人曰:"何思虑之久乎? 凡所受物,毫厘不亏。斯言不谬,像必神变。"言声未静,像现灵异。分身交

————————————

① ［唐］玄奘、辩机原著,季羡林等校注:《大唐西域记校注》卷二,中华书局,2000 年版,第 242 页。

影,光相照著。二人悦服,心信欢喜矣。①

对照前后两种材料,可见后者文字略减,但其内容大多抄录前者。再看《三宝感应要略录》征引义净《大唐西域求法高僧传》。据《大唐西域求法高僧传》卷下《澧州僧哲禅师》记载:

> 僧哲禅师者,澧州人也。幼敦高节,早托玄门。而解悟之机,实有灌瓶之妙;谈论之锐,固当重席之美。沉深律苑,控总禅畦。《中》《百》两门,久提纲目。庄、刘二籍,亟尽枢关。思慕圣踪,泛舶西域。既至西土,适化随缘。巡礼略周,归东印度。到三摩呾吒国,国王名曷罗社跋吒。其王既深敬三宝,为大邬波索迦,深诚彻信,光绝前后。每于日日造拓模泥像十万躯,读《大般若》十万颂,用鲜花十万朵亲自供养。所呈荐设,积与人齐。整驾将行,观音先发。幡旗鼓乐,涨日弥空。佛像僧徒,并居前引,王乃后从。于王城内僧尼有四千许人,皆受王供养。每于晨朝,令使入寺,合掌房前,急行疾问:"大王奉问法师等宿夜得安和不?"僧答曰:"愿大王无病长寿,国祚安宁。"使返报已,方论国事。五天所有聪明大德、广慧才人、博学十八部经、通解五明大论者,并集兹国矣。良以其王仁声普洎,骏骨遄收之所致也。其僧哲住此王寺,尤蒙别礼,存情梵本,颇有日新矣。来时不与相见,承闻尚在,年可四十许。②

① [辽]释非浊编,邵颖涛校注:《三宝感应要略录》卷上,人民出版社,2018 年版,第 43 页。

② [唐]义净著,王邦维校注:《大唐西域求法高僧传校注》卷下,中华书局,1988 年版,第 169 页。

而《三宝感应要略录》卷中第四十四"东印度三摩呾吒国转读《大般若》王供养感应"征引《求法记》云：

> 澧州僧哲禅师，思慕圣踪，浮舶西域。既到西土，适化随缘，巡礼略周，归东印度。到三摩呾吒国，王名曷罗社跋吒。其王既深敬三宝，深诚彻信，光绝前后。每于日日造拓模泥像十万区，读《大般若》十万颂，用鲜花十万朵亲自供养。于王城内僧尼有四千许人，皆受王供养。每于晨朝，令使入寺，合掌房前，急行疾问："大王奉问法师等宿夜得安和否？"僧答曰："愿大王无病长寿，国祚安宁。"恕国求和，士民丰饶，大般若之力也矣。①

对照前后两段，不难发现《三宝感应要略录》直接删节《大唐西域求法高僧传》的文本内容，某些地方甚而出现了文字不同。又据《大唐西域求法高僧传》卷下《襄阳灵运法师》记载："灵运师者，襄阳人也。梵名般若提婆。志怀耿介，情存出俗。追寻圣迹，与僧哲同游。越南溟，达西国。极闲梵语，利物在怀。所在至处，君王礼敬。遂于那烂陀画慈氏真容、菩提树像，一同尺量，妙简工人。赍以归国，广兴佛事，翻译圣教，实有堪能矣。"②而《三宝感应要略录》卷中第四十九"踏《大般若经》所在地感应"征引《求法记》云：

> 释灵运，天竺名般若提婆，本襄阳人也。追寻圣迹，越南滨，达西国。于那兰陀寺画弥勒真容、菩提树像。至伊烂拏钵代多

---

① ［辽］释非浊编，邵颖涛校注：《三宝感应要略录》卷中，人民出版社，2018年版，第232页。

② ［唐］义净著，王邦维校注：《大唐西域求法高僧传校注》卷下，中华书局，1988年版，第168页。

国,有孤山,既为胜地,灵庙实繁,感应多种。最中有精舍,以刻檀观自在像为尊。若有人七日、二七日祈诸愿望者,从像中出妙身,慰喻其心,满其心愿。傍有铁塔,收《大般若》二十万偈。五天竞兴,供养像及经。灵运一七日绝食,请祈所愿有三:一令身必离恶趣;二必归本国,广兴佛事;三修佛法,速得佛果。即从檀像中出具相庄严、光明照耀妙身,慰喻运曰:"汝三愿皆成就,汝当入铁塔将读《大般若经》。踏经所在地,必免三恶趣。若人发心,将赴此地,步步灭罪,增进佛道。我昔行般若,得不退地。若持此经,书写经卷者,必令满足其人所求。"说此语已,化身不现。即三七日,笼居铁塔,礼拜经夹,方读其文。经历半年,以归唐国,广兴佛事,翻译圣教,实有堪能。是观音加力,《大般若》威德也矣。①

同样对照前后两段,可见《三宝感应要略录》一方面直接删节了《大唐西域求法高僧传》中的传记内容,另一方面则增叙原传所不曾有,亦即传主在伊烂拏钵代多国孤山精舍亲历刻檀观自在像灵验,以及礼读该精舍铁塔中《大般若》二十万偈之功德。

综上可见,《三宝感应要略录》征引《大唐西域记》与《大唐西域求法高僧传》,绝少出现全盘抄录,而是在很大程度上展示出了编者的判断和选择,甚至体现出了某种编选宗旨与意图。该书前有序云:"盖《三宝感应要略录》者,灵像感应以为佛宝,尊经感应以为法宝,菩萨感应以为僧宝,良是浊世、末代目足,断恶、修善规模也。夫信为道源功德之聚,行为要路解脱之基,道达三千,劝励后信;教被百亿,开示像迹。今略表其肝要,粗叙奇瑞。此缘若堕,将来无据,蒳以三

---

① [辽]释非浊编,邵颖涛校注:《三宝感应要略录》卷中,人民出版社,2018年版,第242页。

聚分为三卷,令其易见矣。"①正因为如此,该书或抄录,或删节,或补充前代文献典籍中的相关内容,藉此把佛宝、法宝、僧宝感应相关事迹略录出来以昭示后人。在这种情况下,《三宝感应要略录》对于《历游天竺记》内容的征引,同样遵循着上述的删补规律。可以肯定,《游方记抄》现存常愍《历游天竺记》佚文,其实亦并非摘录原文,而是可能涵括了原文中的部分内容。尽管如此,从现存佚文看,常愍《历游天竺记》与晋唐佛教行记在体制上明显趋同,亦即其中展示佛国遗迹及其相关传说较多,想必为撰者耳目所及,继而付诸笔端,终成旅行笔记。

四、《历游天竺记》之学术价值

毋庸置疑,常愍《历游天竺记》的学术价值亦非同一般。这种著作虽仅存几段故事,但它与同时代以及前后佛经、僧传、行记、灵验记等诸种文献的直接关联,足以彰显其学术内涵。前述常愍生平及其活动时代、《历游天竺记》现存佚文以及《三宝感应要略录》对常愍行记的删补等,即可证实该著与晋唐诸种佛教文献休戚与共,颇有必要进行考证。事实上,《三宝感应要略录》所见《历游天竺记》佚文,"有补于《大唐西域求法高僧传》遗阙,说明常愍并非仅航行于南海,他已经到访古印度,并游历了古印度的僧伽补罗国、鞞索迦国等"②,颇具史学参考意义。

抑又,考察晋唐时代多种佛教行记,同名异书不失为这类文献较为普遍的特征,由此亦给学术考察带来了一定的难度。六朝之际,法

---

① 〔辽〕释非浊编,邵颖涛校注:《三宝感应要略录》,人民出版社,2018年版,第1页。

② 〔辽〕释非浊编,邵颖涛校注:《三宝感应要略录》"前言",人民出版社,2018年版,第19页。

显撰有《佛国记》,竺法维同样撰有《佛国记》。而晋唐古书题名为《外国传》者,亦不乏其多。加上尚未经由学者详细考辨的相似、相关题名文献,实在是难以理清头绪。而常愍《历游天竺记》佚文的出现,或许为我们试图解开某种同名文献之间的复杂纠葛,提供了一些有用的线索。

前述常愍《历游天竺记》或云《游天竺记》《游历记》《记游天竺记》等,而法显行记《佛国记》,亦有《出三藏记集》卷二、法经等《众经目录》卷六、道宣《集神州三宝感通录》卷中、智昇《开元释教录》卷三、圆照《贞元新定释教目录》卷五、李昉等《太平御览》卷六百五十七题作《佛游天竺记》,费长房《历代三宝纪》卷七、道宣《大唐内典录》卷三、道世《法苑珠林·传记篇》、智昇《开元释教录》卷三、圆照《贞元新定释教目录》卷五等题作《历游天竺记传》,徐坚等《初学记》卷二十三题作《佛游天竺本记》。据此,可见常愍行记和法显行记题名近似。而章巽考证:

> 《历游天竺记传》即是《法显传》,自《开元录》以下皆有明文注记。所以《法显传》《佛国记》《历游天竺记传》之为同书异称,并不发生问题。唯《佛游天竺记》和《历游天竺记传》是否为一书,学者间尝有异说。但《初学记》卷二十三所引之《佛游天竺本记》,当即《佛游天竺记》,其中所载达嚫国迦叶佛伽蓝一段,实与今《法显传》(即《历游天竺记传》)所载者符合;《集神州三宝感通录》卷中及《太平御览》卷六百五十七所引之《佛游天竺记》,其中所载佛上忉利天一夏为母说法云云,也和今《法显传》僧伽施国一节中所载者相似。由此看来,《佛游天竺记》和《历游天竺记传》应当即是一书。①

---

① 〔晋〕释法显撰,章巽校注:《法显传校注》"序",中华书局,2008 年版,第 7 页。

也就是说,《法显传》与《佛国记》《历游天竺记传》《佛游天竺记》三种书名,实即法显同一种行记,似与常愍行记无关。

今检读《法显传》记僧伽施国:"从此东南行十八由延,有国名僧迦施。佛上忉利天三月为母说法来下处。佛上忉利天,以神通力,都不使诸弟子知。未满七日,乃放神足。阿那律以天眼遥见世尊,即语尊者大目连,汝可往问讯世尊。目连即往,头面礼足,共相问讯。问讯已,佛语目连:'吾却后七日,当下阎浮提。'目连既还,于时八国大王及诸臣民,不见佛久,咸皆渴仰,云集此国以待世尊","佛从忉利天上东向下。下时,化作三道宝阶:佛在中道七宝阶上行;梵天王亦化作白银阶,在右边执白拂而侍;天帝释化作紫金阶,在左边执七宝盖而侍。诸天无数从佛下。佛既下,三阶俱没于地,余有七级现"①。又检读道宣《集神州三宝感通录》卷中"梁荆州优填王栴檀像缘二十八"征引《佛游天竺记》及双卷《优填王经》:"佛上忉利天,一夏为母说法。王臣思见,优填国王遣三十二匠,及赍栴檀,请大目连神力运往令图佛相,既如所愿,图了还返,座高五尺,在祇桓寺,至今供养。"②对照前后内容,可见《法显传》与《佛游天竺记》所载其实存在着较多的差异,而《集神州三宝感通录》征引《佛游天竺记》佚文,似与前述《三宝感应要略录》卷上第一"优填王波斯匿王释迦金木像感应"征引唐人常愍《游历记》更为近似,只不过《佛游天竺记》记事明显简略得多。由此可以推断,至少有一种《佛游天竺记》或与《法显传》不同,而与常愍《历游天竺记》之关系更为直接。章巽所谓《佛游天竺记》与《法显传》等同一书,或许值得考辨。当然也有一种可能,那就是《三宝感应要略录》参考前代文献较多,其中甚至包括《佛游

---

① [晋]释法显撰,章巽校注:《法显传校注》,中华书局,2008年版,第52页。
② [唐]道宣:《集神州三宝感通录》卷中,《大正藏》第52册,新文丰出版公司,1975年版,第419页。

天竺记》。还有一种可能,亦即法显与常愍虽属不同时代高僧,但他们都曾巡礼过天竺同一佛教圣迹,故而都曾程度不等地转录某一特定的佛传说。如斯种种,但俟来者详辨。

抑又,从《三宝感应要略录》征引《历游天竺记》三处佚文来看,可以推测常愍行记符合晋唐大多数佛教行记的一贯写作手法。常愍《历游天竺记》中较为精彩的"佛宝"感应故事,特别是第一则佚文篇幅很长,足见该书记载佛教相关传说应为常态,由此想象其结构规模不应为小制,即便是其现存有限的文字内容,亦足以丰富唐代不可多见的佛教行记资料,有利于拓展唐代相关的佛教文化研究。不仅如此,西行求法僧人往往伴商而行,荣辱与共。常愍前往佛国巡礼并未遵循陆路求法路线,而是通过附舶经由南海诸岛。常愍行记藉此与南方丝绸之路紧密关联,抑又见证南亚海洋文化,同时有助于补证相关的史地研究。义净《大唐西域求法高僧传》虽曾记载唐代高僧前往印度巡礼求法者五十六人,但是通过自撰或代笔而留有行记者非常罕见,由此令人扼腕而叹。正因为如此,常愍《历游天竺记》因其成为玄奘《大唐西域记》、义净《西方记》、慧超《往五天竺国传》、圆照《悟空入竺记》等之外的佛教行记遗文,从而在唐代佛教文化和南亚文明中占有一席之位。

下编 文学阐释

李德辉指出,"古行记记述旅途见闻,描写景物古迹,记载风土人情,表达作者感情,体现的正是中国散文追求实用、崇尚真实、提倡简洁的民族特征,是民族文学特性的集中体现。"①作为其中的重要文本类型,佛教行记不仅具备古行记的一般写作规律,而且呈现出较为独特的文学个性。譬如,从文言叙事角度看,晋唐佛教行记虽难与文臣行记相比,然其"采用传记写法记人叙事,首尾完整,文风拙朴,充满宗教神秘色彩","内容上偏重于述行,所叙具有较强的故事性"②,值得我们重视。惜其相关文献大多散佚,迄今保留全帙较为罕见,未能引起学界的充分关注。

这里,通过对晋唐佛教行记进行佚著考说,我们或可推想这种文献类型的文学内涵。通过对仅存的佛教行记全帙进行深入探究,我们更加能够感受到其文学价值和意义。而试图对晋唐佛教行记进行系统研究,必须首先解析其文体,亦即从僧人传记、地志和游记三个层面考察其文学生成。以此为基础,缘于六朝佛教行记和隋唐相关文献存在着一定差异,有必要以文体解析为前提,首先分析六朝佛教行记之文学表征,然后进一步探讨唐代佛教行记之文学趋向。非但如此,要细致解读晋唐佛教行记之文学特征、内涵以及价值,还必须重点分析《佛国记》《慧生行传》《大唐西域记》《大慈恩寺三藏法师传》《慧超往五天竺国传》等主体文本。尽管前人已经展开部分研究,这些文本依然存在着较大的学术空间。本编试图以佛教行记全帙为核心文本,同时附及佛教行记佚著,一方面提炼并且阐释晋唐佛教行记之文学主题,另一方面详细考察其叙事策略、形象塑造以及情感抒写等。通过解读,可见晋唐佛教行记与同时代汉译佛经、释氏辅教之书等交相辉映,共同丰富了中古佛教文学。

---

① 李德辉辑校:《晋唐两宋行记辑校》"前言",辽海出版社,2009年版,第2页。
② 李德辉:《论汉唐两宋行记的渊源流变》,《中华文史论丛》2010年第3期。

第八章 晋唐佛教行记之文体解析

晋唐佛教行记之所以有功于佛教文学,归因于其文体属性上的融合或者兼具。对此,李德辉已有初步论述。考察史志和其他公私目录、佛教经录著录清单,兼及历代大藏经收录文本,检读这种文献的全帙、节本以及佚文,可见晋唐佛教行记具备传记、地记、游记等文本特征,呈现出了多重文体属性。晋唐佛教行记一是与常见的僧人传记构成交叉关系,同时呈现出某些文本差异;二是生动地展示宋前方志基本内容,成为以时间为导引的活态地记,并且呈现出历史社会学意义;三是以凸显游程、关注地理、演绎佛国以及与文学的适度游离为基本特征,最终成为中古山水游记的变态。以传记为本质,以地记为内涵,以游记为特色,晋唐佛教行记不失为佛国舆地类僧人游记,其文学性藉此得以生成,其文学表征、价值以及影响亦藉此得以具体彰显。兹主要结合李氏所论,试图解析晋唐佛教行记文体及其文学生成。

一、晋唐佛教行记之文体属性

对晋唐佛教行记进行文体解析,有必要关注两种文献基础,亦即目录学的著录清单与大藏经的收录文本。史志和其他公私目录、佛教经录一方面著录了绝大多数相关文献,我们藉以了解晋唐佛教行记的旧有存量;另一方面因其具有"辨章学术,考镜源流"①之功能,在很大程度上代表着某个时代对之前学术史的理性认识,我们据以借鉴古人对晋唐佛教行记的文体认知。作为佛教经典的渊薮,大藏经则尽可能收录了传世晋唐佛教行记文本,有便于我们研读这种特殊的文献类型。诚然,除了关注目录学著录和大藏经收录,还有必要直接阐述晋唐佛教行记的文体学内涵。

　　历代史志存世不多,《隋志》首次著录六朝佛教行记。该志史部杂传类著录《法显传》二卷、《法显行传》一卷;史部地理类著录沙门释法显撰《佛国记》一卷、沙门释智猛撰《游行外国传》一卷、释昙景撰《外国传》五卷、释法盛撰《历国传》二卷、《慧生行传》一卷。五代以来,史志同时著录六朝和唐代佛教行记。《旧唐志》史部杂传类著录释义净撰《西域求法高僧传》二卷;史部地理类著录释智猛撰《外国传》一卷、释法盛撰《历国传》二卷、宋云撰《魏国已西十一国事》一卷。《新唐志》史部地理类则著录宋云《魏国以西十一国事》一卷、僧智猛《游行外国传》一卷、僧法盛《历国传》二卷;子部道家类(含释氏)著录义净《大唐西域求法高僧传》二卷、玄奘《大唐西域记》十二卷、辩机《西域记》十二卷。至元末,脱脱等《宋史·艺文志》史部地理类著录沙门辩机《大唐西域记》十二卷;子部道家类(附释氏)著录义净《求法高僧传》二卷、僧辩机《唐西域志》十二卷、僧义净《求法高僧传》三卷、《法显传》一卷。以上为正史著录晋唐佛教行记之大体情况。

　　受正史影响,郑樵《通志·艺文略》史部地理类蛮夷著录释昙景撰《外国传》五卷、唐僧元奘撰《大唐西域记》十二卷、唐僧辩机撰《西域记》十二卷、释法显撰《佛国记》一卷、释智猛撰《游行外国传》一卷、僧法盛撰《历国传》二卷及《慧生行传》一卷;子部释家类传记著

①　[清]章学诚著,王重民通解:《校雠通义通解》"自序",上海古籍出版社,2009年版,第1页。

录僧义净撰《大唐西域求法高僧传》二卷、《法显传》二卷、《法显行传》三卷。马端临《文献通考·经籍考》史部伪史霸史类著录《西域志》十二卷;史部地理类著录《大唐西域记》十二卷;子部释氏类著录《求法高僧传》二卷。抑又,焦竑《国史经籍志》史部地理类蛮夷著录释昙景《外国传》五卷、唐僧玄奘《大唐西域记》十二卷、唐僧辨机《西域记》十二卷、释法显《佛国记》一卷、释智猛《游行外国传》一卷、僧法盛《历国传》二卷、《慧生行传》一卷;子部释家类传记著录僧义净《大唐西域求法高僧传》二卷、《大慈恩寺三藏法师传》十卷、《大唐西域记》二十卷。

　　以上剔除文献重复,可见史志著录晋唐佛教行记,先后应有法显《佛国记》、智猛《游行外国传》、法盛《历国传》、昙景《外国传》、慧生《慧生行传》、宋云《魏国已西十一国事》、玄奘《大唐西域记》、慧立《慈恩传》、义净《大唐西域求法高僧传》九种。其中义净《大唐西域求法高僧传》属于类传,慧立《慈恩传》属于长篇之专传经典,在体制上与其他佛教行记略有不同。

　　历代史志以外,亦有其他目录学著作关注晋唐佛教行记。这里,北宋官修《崇文总目》(钱东垣《辑释》本)史部地理类著录僧元奘撰《大唐西域记》十三卷;子部释书类著录《法显传》一卷、释义净撰《西域求法高僧传》二卷。南宋私家目录,可见晁公武《郡斋读书志》(衢州本)史部传记类著录《求法高僧传》二卷,该书(袁州本)又将其归入子部释书类。陈振孙《直斋书录解题》史部地理类则著录唐三藏法师玄奘译、大总持寺僧辩机撰《大唐西域记》十二卷。以上诸家所见晋唐佛教行记,其总数明显少于史志著录。

　　检读隋唐佛教经录,得见法经等《众经目录》"此方诸德传记"①

────────────────

① ［隋］法经等:《众经目录》卷六,《大正藏》第55册,新文丰出版公司,1975年版,第146页。

著录《法显传》一卷。前述费长房《历代三宝纪》卷七著录法显撰《历游天竺记传》一卷,卷十著录昙无竭撰《外国传》五卷,注云竭自游西域事。道宣撰《大唐内典录》卷三亦著录法显撰《历游天竺记传》,卷四著录《外国传》五卷,亦注云竭自述游西域事,卷五著录玄奘撰《大唐西域传》一部十二卷。智昇《开元释教录》有译有本录中圣贤传记录第三"此方撰述集传"①著录大唐三藏玄奘撰《大唐西域记》十二卷(出《内典录》,新编入藏)、大唐西太原寺沙门释慧立等撰《大唐慈恩寺三藏法师传》十卷一帙(新编入藏)、大唐三藏义净撰《大唐西域求法高僧传》二卷(新编入藏)、东晋沙门释法显自记游天竺事《法显传》一卷(亦云《历游天竺记传》,出《长房录》,新编入藏)。圆照《贞元新定释教目录》"此方撰述集传"②著录与智昇录符同。以上剔除文献重复,得见昙无竭《外国传》亦为六朝佛教行记之一。

晋唐佛教行记文献亦有目录学家所不关注者。例如,前文阐述杨衒之《洛阳伽蓝记》卷四节录菩提拔陀《南海行记》。同书卷五还记载慧生等人求经之事,其内容实以《慧生行传》为主体,《宋云行记》为辅助,《道荣传》为补证。历代目录得见《慧生行传》与宋云《魏国已西十一国事》,并未见有《道荣传》《南海行记》。抑又,前述中古类书和古注屡次征引支僧载《外国事》,清代《晋书》补志诸作亦大多著录有此书。抑又,郦道元《水经注》征引竺法维《佛国记》佚文多次。这些文献同样未见于早期目录学著作,直至清代补志才有所涉及。

大藏经收录晋唐佛教行记,多为流传至今的文献全本。早在宋

---

① [唐]智昇:《开元释教录》卷十三,《大正藏》第55册,新文丰出版公司,1975年版,第624页。
② [唐]圆照:《贞元新定释教目录》卷二十三,《大正藏》第55册,新文丰出版公司,1975年版,第958页。

代,《碛砂藏》即收录唐玄奘译、辩机撰《大唐西域记》十二卷,唐慧立本、彦悰笺《大唐大慈恩寺三藏法师传》十卷,唐义净译《大唐西域求法高僧传》二卷,以及晋法显自记《法显传》一卷四种。明代《永乐北藏》"此土著述"亦收录唐义净撰《大唐西域求法高僧传》二卷,唐惠立撰、彦悰笺补《大慈恩寺三藏法师传》十卷,东晋法显撰《法显传》一卷,以及唐玄奘撰《大唐西域记》十卷。清代《乾隆大藏经》"此土著述"同样收录东晋三藏沙门法显撰《法显传》一卷,唐三藏法师玄奘奉诏译、大总持寺沙门辩机撰《大唐西域记》十二卷,唐沙门惠立本、释彦踪笺《大慈恩寺三藏法师传》十卷,以及唐三藏法师义净奉诏撰《大唐西域求法高僧传》二卷。诸家大藏经之中,日本《大正藏》史传部不仅先后收录唐慧立本、彦悰笺《大唐大慈恩寺三藏法师传》十卷,唐义净撰《大唐西域求法高僧传》二卷,东晋法显记《高僧法显传》一卷,《北魏僧惠生使西域记》一卷,以及唐玄奘译、辩机撰《大唐西域记》十二卷五种行记;而且搜集整理了新罗慧超记《往五天竺国传》、唐圆照撰《悟空入竺记》以及《唐常愍游天竺记逸文》等佛教行记残卷,加之其他相关行传六种,最终汇辑成为丛书《游方记抄》。此外,俄藏敦煌写本文献中存有义净《西方记》残卷,法藏敦煌文献中还有《印度地理》残卷。至此,唐朝佛教行记另有慧超《往五天竺国传》、圆照《悟空入竺记》、常愍《历游天竺记》、义净《西方记》等目录学家所不关注者多种。

　　毋庸置疑,历代佛教行记实以晋法显、北魏惠生、唐玄奘行记较为翔实。而事实上,依据目录学著录和大藏经收录,可见晋唐佛教行记全本及其相关文献,仅有法显《佛国记》、玄奘《大唐西域记》、慧立《慈恩传》、义净《大唐西域求法高僧传》四种存世。除此之外,唐前另有支僧载《外国事》、竺法维《佛国记》、释智猛《游行外国传》、昙无竭《外国传》、释法盛《历国传》、释昙景《外国传》、菩提拔陀《南海行记》,以及记载慧生等人西行求法的《慧生行传》《宋云家记》《道荣传》等，唐朝先后另有常愍《历游天竺记》、义净《西方记》、慧超《往五天竺国传》、圆照《悟空入竺记》等，均属节本或残佚。以晋唐佛教行记全文、节本和佚文为基础，我们据以解析其文体属性，进而探讨其文学生成。

目录学、大藏经以及历代古注、类书等所见晋唐佛教行记，客观上展示出这种文献类型的旧有存量和传世文本。以此为基础，试图研究晋唐佛教行记的文体属性，还必须考察其学术史定位。前述史志和其他公私目录、佛教经录对晋唐佛教行记的文献归类，正是前人较为理性的学术认识。从史志目录看，《隋志》《旧唐志》归之入史部杂传或地理，《新唐志》《宋史·艺文志》归之入史部地理或子部道家（附含释氏）。《通志·艺文略》《国史经籍志》分类则较为细致，归之入史部地理类蛮夷或子部释家类传记。《文献通考·经籍考》则归之入史部伪史霸史、地理以及子部释氏三类。从宋元其他目录学著作看，官修《崇文总目》归之入史部地理或子部释书，私修《郡斋读书志》《直斋书录解题》分别归之入史部传记、子部释书和史部地理。从佛教经录看，隋唐多归之入"此方诸德传记"或"此方撰述集传"，与大藏经归入"此土著述"近似。如此种种，可见晋唐佛教行记呈现出史部霸史、杂传（传记）、地理或者子部道家（附含释氏）、释家（释书、释氏）等学术定位。

详言之，马氏《通考》将《大唐西域记》归入霸史，与《隋志》所谓"九州君长，据有中原"之"诸国记注"①毕竟不同，实即旁涉少数民族政权相关记载，缘于玄奘行记大量追忆所历诸国风俗和天竺异闻，此与《通志》《国史经籍志》将释昙景《外国传》等七种佛教行记归入史部地理类蛮夷，存在着某种程度的契合。《隋志》等书将《法显传》《大唐西域求法高僧传》归入史部杂传（传记）类，佛教经录将《法显

① ［唐］魏征等：《隋书》卷三十三，中华书局，2019年版，第1092页。

传》《大唐西域记》《慈恩传》《大唐西域求法高僧传》等归入"传记"或"集传",客观上符合晋唐杂传的蔚兴背景和体制特征。这里,《法显传》等四种著作虽在形态上涵括杂传、类传以及专传,在内容和写法上各自侧重不同,但是从"非常见正史人物传记"的共同体制看,它们在学理上表现为某种互通。《隋志》等书又把《佛国记》等七种佛教行记归入史部地理类,符合该类"以纪山川郡国"①的基本特征,自然是无可厚非。至于《新唐志》等目录把《法显传》等四种著作归入子部道家(附含释氏)或释家(释书、释氏),实则均被视为儒家之外的杂书,学理上倾向于"方外之教,圣人之远致也"②,抑又衔接诸家大藏经"此土著述",同样有其存在的时代合理性。

　　要之从文献归属看,亦即依据目录与佛藏所见晋唐佛教行记,可见其文体属性实与同时代僧人传记、地记图经乃至山水游记休戚相关。对此,李德辉指出:"行传是六朝史传的一个旁支,佛教史传的一个变种,融合了方志和游记等文体要素的外国传志,现代视角上的旅行传记,虽然不很正宗,但却很有特点。这才是它的本质特色所在。"③这种认识,同样大体适用于唐代佛教行记。只有厘清晋唐佛教行记与上述三种文体的离合关系,才能为下编所谓文学阐释创造条件。

二、晋唐佛教行记与僧人传记

　　晋唐佛教行记大体上属于史部文献,即便被某些目录学家偶尔

---

① [唐]张九龄等撰,李林甫等注:《唐六典》卷十,《文渊阁四库全书》第595册,台湾商务印书馆,1986年版,第104页。
② [唐]魏征等:《隋书》卷三十五,中华书局,2019年版,第1146页。
③ 李德辉:《六朝行记二体论》,《文学遗产》2012年第3期。

归入子部,亦是作为方外杂书融入佛教文史类诸著,其文献本质实与史部不异。从学理看,史部所涉,"前言往行,无不识也;天文地理,无不察也;人事之纪,无不达也","书美以彰善,记恶以垂戒,范围神化,昭明令德,穷圣人之至赜,详一代之臺臺"①,故能涵括佛教行记,借汉地求法僧人之耳目,以展示西域和佛国之闻见。李德辉认为,六朝佛教行记"多出僧人之手,因为重视记叙人物活动,内容上偏重于述行,所叙具有较强的故事性,因而目录学上的著录及他书的征引,或称'行传'。究其性质,则仍是一种史部传记,属僧传的一个变种","迥异于那些司空见惯、平铺直叙的高逸传、寺僧传、大德传和综合性僧传,也有别于其他任何子史著述"②。又以慧立《慈恩传》、义净《大唐西域求法高僧传》为例,唐朝佛教行记在文体上表现出回归传统僧传之势,因其叙事内容非常集中,亦即聚焦于某位或者数位汉地僧人的巡礼求法之事,故其不失为史部本色。尽管如此,要确切地理解晋唐佛教行记的史部文献特征,必须认真探讨其与常见的僧人传记之间的学术关联。

　　就文体属性和文化内涵而言,晋唐佛教行记与常见的僧人传记构成了交叉关系。一方面,佛教行记可视为僧人传记之别体。佛教行记因其集中追记某位汉地僧人西行求法,往往变成"一人一传,单独成书的中篇以上单人传记"③,理应属于僧人专传。从文献学和文学角度看,"采用传志体写成的"晋唐佛教行记,应当视为"佛教史传的重要品种,佛教东传、僧侣西行这一运动推动下诞生的纪实文学的新类别"④。抑又从称名看,法显《佛国记》又曰《法显行传》《法显

① ［唐］魏征等:《隋书》卷三十三,中华书局,2019年版,第1121页。
② 李德辉:《论汉唐两宋行记的渊源流变》,《中华文史论丛》2010年第3期。
③ 陈兰村主编:《中国传记文学发展史》"绪论",语文出版社,1999年版,第8页。
④ 李德辉:《六朝行记二体论》,《文学遗产》2012年第3期。

传》,慧生行记题曰《慧生行传》,道荣行记题曰《道荣传》,智猛行记谓之《游行外国传》,法盛行记谓之《历国传》,昙景、昙无竭同名行记谓之《外国传》,慧超行记谓之《往五天竺国传》,藉此直接昭示出中古传记学的文体内涵。即便是不称其为"传"者,诸如支僧载《外国事》、竺法维《佛国记》《宋云家记》,以及《大唐西域记》《历游天竺记》《西方记》《悟空入竺记》等,亦或题曰"事",或谓之"记",实即与"传"在学理上完全相通①。从文体角度考察,唐人慧立等撰《慈恩传》实属专传经典,该书前五卷亦即玄奘行记,实乃玄奘高足精心构设和追记,可谓把传统僧传的写作经验发挥到了极致。义净《大唐西域求法高僧传》则属单独成书的类传,其中得见诸多游方沙门及其事迹,大多依据撰者经历、交往以及传闻而成,可证唐代西行求法运动之高涨。一言以蔽之,晋唐佛教行记无疑为正史之支流,僧传之变态。

另一方面,同时代的常见僧人传记中亦多有形同佛教行记者。包括散传、别传、专传、类传以及综合性传记在内,无论是何种文本形态,倘若某种僧人传记主要记载汉地游方沙门巡礼求法之事,则其具

---

① 从现存文献资料看,晋唐佛教行记或称为"传",或称为"记",或称为"事",一方面缘于这类著作,"毕竟诞生于文学独立、文体丛生的魏晋时期","很多作者可能都未将行记视为一种固定化的文体,而是处于多样化的尝试之中,作者可以有多元化的选择,写成的作品总是居于形式要素并未固定的游移状态"(李德辉:《六朝行记二体论》,《文学遗产》2012 年第 3 期)。另一方面,即便是其称名未定于一尊,然而正如四库馆臣所言:"传记者,总名也。类而别之,则叙一人之始末者,为传之属;叙一事之始末者,为记之属。"([清]永瑢等:《四库全书总目》卷五十八,中华书局,1965 年版,第 531 页)佛教行记同在彰显以人物为中心或线索的记事特性,实乃纪传体人物传记影响之下的杂传形态,亦不失为同时代僧人传记的特殊状态。

有佛教行记的文本性质①。这里,晋唐经录所见僧人散传,诸如僧祐《出三藏记集》卷十五《法显法师传》,《开元释教录》卷三、《贞元新定释教目录》卷五所见法显附传;《出三藏记集》卷十五《智猛法师传》,《开元释教录》卷四智猛附传;《出三藏记集》卷十五《法勇法师传》,《开元释教录》卷五、《贞元新定释教目录》卷八所见昙无竭附传;实即分别基于法显、智猛、昙无竭等人的佛教行记而成。综合性僧传中的某些单篇,诸如慧皎《高僧传》卷三《宋江陵辛寺释法显》《宋京兆释智猛》《宋黄龙释昙无竭》诸篇,道宣《续高僧传》卷四译经篇《唐京师大慈恩寺释玄奘传》,实即分别基于法显、智猛、昙无竭、玄奘等人的佛教行记而成。某种僧人类传中的单篇,譬如宝唱《名僧传》卷二十六所见法盛本传,亦应基于相关佛教僧人行迹而成。从学理和渊源看,六朝佛教行记多为僧人自撰,唐代佛教行记亦有他人代撰者,但无论如何,巡礼求法之事占据了汉地西行僧人的绝大部分生活,故而后来产生的僧人单传、类传抑或综合性僧传,均需借鉴佛教行记文本来进行传记写作,非如此则不能完成任务。这里,义净撰写大唐西域求法高僧类传,必然主要依据求法僧人的旅行经历(自述、自记、他记、传闻等)来进行文本建构。即便是作为长篇专传的《慈恩传》前五卷,亦在很大程度上根据玄奘自述的佛国经历加工演绎而成。要

---

① 陈兰村认为,魏晋南北朝"散传"以"别传"居多。散传指"一人一传,但不单独成书,以单篇流行、或散见于各家文集中的个人传记"。别传指"正史和家谱以外的单篇个人传记"(陈兰村主编:《中国传记文学发展史》"绪论",语文出版社,1999年版,第7页)。从学理看,"散传""别传""专传"应是构成"类传"和"综合性传记"的前提条件。依照本书佛教行记概念,除了上述叙及主要文献之外,已经亡佚的僧宝《游方沙门传》实即类似于义净《大唐西域求法高僧传》,其内容大多反映西行求法僧人事迹。僧祐《出三藏记集》附传、慧皎《高僧传》"译经"等篇、宝唱《名僧传》"寻法出经苦节传"系列以及隋唐经录相关附传,亦因叙及较多西行求法僧人行迹而知名于世。诸如此类,均具晋唐佛教行记类似的文本性质。

之,上述常见僧人传记种种,虽然在内容侧重和写作技法上呈现出某种差异,但同样均可视为晋唐佛教行记之别体。

基于上述分析,某种特定的佛教行记不仅吸收了早期史传的书写经验,而且通常早于僧人传记的产生,后者甚至以前者为材料依据来组织行文内容。不难看出,大多数佛教行记具备编年体史书的一般特征,亦即"系日月而为次,列时岁以相续,中国外夷,同年共世,莫不备载其事,形于目前。理尽一言,语无重出"①,同时又在叙事策略、形象塑造以及情感书等方面,吸收了纪传体史书的众多优长。究其背景和缘由,李德辉认为,"行记既然与纪传、编年二体同居史部,就必然会受到它们的影响。早期行记如《法显传》及同时代涌现出的众多游方僧传,在人物描写、场面描写、事件记述上都借鉴了纪传体史书中传记的形式与写法,记述行程时则兼用了本纪的叙事方式,学习《左传》、《汉纪》以来的编年体写法","既保持了行程的连续性,又不失故事的完整性"②。而如前所述,僧人类传、综合性僧传中的某些单篇,实即吸收了相关佛教行记内容而最终成书。两种文体之间,甚至构成了某种辩证关系。

诚然,佛教行记与僧人传记亦略有区别。从行文特征看,缘于纪传体写作模式和行文风格的影响,常见僧人传记往往以完整叙述高僧一生的言行事迹为主要任务,笔墨用力相对均匀;佛教行记则专记西行求法僧人之旅途见闻,文中地理线索非常鲜明,甚而呈现出古代游记特征,写作上亦较有自我发挥的空间③。抑又从发展形态看,六

---

① ［唐］刘知几著,［清］浦起龙通释,王煦华整理:《史通通释》卷二,上海古籍出版社,2009年版,第25页。

② 李德辉辑校:《晋唐两宋行记辑校》"前言",辽海出版社,2009年版,第13页。

③ 李德辉认为,六朝佛教行记"虽脱胎于僧传,但写法和性质与其他任何僧传都不一样:它只写僧人一段时间内在域外的巡礼求法经历,不涉僧侣之外的其他人物和巡礼求法之外的其他事件,既写人又叙事,中心明确,(转下页注)

朝佛教行记大多为篇幅较长、内容丰富而又纯粹的特殊专传,现存相关文献数量虽然有限,但是文本状态更为稳定。僧人传记在唐前则颇为发达,大致经历了从单传(散传、别传)到类传、通传(综合性僧传)的发展过程。详究其演变轨迹,诚如汤用彤所言:"一方面沿东汉以来品题人物的著作","第二方面则出现了当时突出的僧人传记","其后始有人据一类一地之僧人相关的材料为书","再后则因佛法僧三方面的著述已多","此后《高僧传》之名渐通用矣"①。这里,从《世说新语》刘孝标注所见早期僧人别传,至竺法济《高逸沙门传》乃至慧皎《高僧传》,可见六朝僧人传记循序渐进的发展态势。至有唐一代,除辩机整理《大唐西域记》以外,慧立撰有《慈恩传》前五卷,义净撰有《大唐西域求法高僧传》,二者名义上虽为常见的专传和类传,因其以追记汉地西行求法僧人行迹为内容,可谓六朝佛教行记在新时代的僧传异态。更为确切地说,至慧立撰著玄奘行记、义净撰著西域求法僧人类传,可见佛教行记与常见的僧人传记真正融于一体、共同发展,充分展示出史传创作的时代生命力,同时证实这种特殊的佛教叙事类文本已在唐代臻于极致。

综上,晋唐佛教行记虽然专记汉地僧人巡礼求法事迹,并且旁涉地理、疆域以及域外风物,然而因其毕竟以时间、人物及其见闻为主要线索,非中心人物和旅行事件则无以成书,故而本质上属于僧人传记,实为中古杂传蔚兴之际佛教传记的特殊形态。同时,鉴于晋唐佛教行记与常见僧人传记之间较为复杂的交叉关系,我们应依据其内容和情节的共性来加以判断和甄别,亦即把西行求法僧人之旅行笔

（接上页注）内容集中"（李德辉:《论汉唐两宋行记的渊源流变》,《中华文史论丛》2010 年第 3 期）。这种观点亦较为客观。

① ［南朝梁］释慧皎撰,汤用彤校注:《高僧传》"附录",中华书局,1992 年版,第557 页。

记和相关传记全部囊括在内,乃至作为一种整体研究对象。

三、晋唐佛教行记与地记游记

如果说,晋唐佛教行记本质上属于僧人传记;那么这种文献类型的特殊性,则在于从文本内容与文体形态上呈现出地记和游记特征。考察其文体属性和文化内涵,晋唐佛教行记往往与属于方志文献类型的地记和图经产生直接关联。

方志或称地志、地方志等,意谓"一方之志书",集中"记载一方之事"[①]。方志在不同时代发展各异,六朝表现为盛行的地记,隋唐表现为发达的图经,至宋代趋于综合定型,最终统言曰方志或地方志。就其内容而言,方志于唐前"多分别单行,各自为书。其门类亦不过地图、山川、风土、人物、物产数种而已",至赵宋而体例始备,苞笼万象,"举凡舆图、疆域、山川、名胜、建置、职官、赋税、物产、乡里、风俗、人物、方技、金石、艺文、灾异无不汇于一编"[②]。如果说,地记和图经是晋唐之际较为常见的方志类型;那么,《隋志》史部杂传类、地理类对地记和图经的著录,恰与这个时代佛教行记在史志目录中的分布甚为一致。换言之,以"辨章学术,考镜源流"为视角,可见六朝杂传蔚兴之际,作为方志形态的地记和图经,正是"兼记史地,偏重人文"[③],在学科属性甚至学术内涵方面,与晋唐佛教行记存在着很大程度的契合。方志者,"盖以区别国史也",虽必载"山川起讫",实乃"纪载及研究一方人类进化现象"[④]。这种内涵往往表现于晋唐佛

---

① 仓修良:《方志学通论》,齐鲁书社,1990 年版,第 1 页。
② 张国淦编著:《中国古代方志考》"叙例",中华书局,1962 年版,第 2 页。
③ 傅振伦:《中国方志学通论》,商务印书馆,1935 年版,第 1 页。
④ 李泰棻:《方志学》,商务印书馆,1935 年版,第 2 页。

教行记之中，并且成为其文本特征之一。

　　诚然，晋唐佛教行记不能等同于宋前方志。毕竟，佛教行记是以人物及其见闻为主要线索来展开行文，且西行求法僧人耳目所及，具有现场性和当下性，撰者旨在还原已往所历而已。相比之下，方志则充分表现出历史编纂学的学理范式，亦即根据已有文献资料来作史学取舍。尽管如此，伴随着人物行程的推进，宋前方志关涉的地图、山川、风土、人物、物产等基本内容，均在晋唐佛教行记中得到更加生动地呈现，并且通过游方沙门的追记和还原，终成以时间为导引的活态地记。李德辉认为，晋唐佛教行记"所记载的重点，一是行程本身，包括出行的路线、方向、里至，都用简明的语言记述下来，一般是以一段行程为叙述单位，将所经各地的地理位置、山脉河流、地形气候、交通城市、风土习俗、物产资源、民族历史、佛教传说等一一'编织'成叙述性文字，中多中亚、南亚、西亚历史地理社会史料"，"二是有关佛教的大事，包括佛教盛衰、经典译注、宗派建立、寺宇建筑、佛教交流等方面，都有闻必录，虽然虚虚实实，难以尽信，然皆中华人士所稀见，故仍很受重视"[1]。事实上正是如此。检读《佛国记》《大唐西域记》等佛教行记全帙，考察《外国事》《西方记》等其他佛教行记佚著或节本，我们不难发现其文本结构均与方志直接关联，文中人物、时间、地理等线索非常明晰，并且直接引领着全书的展开。

　　对此，梁启超《中国印度之交通》梳理甚细。以法显之求法巡礼为例，其行程据《佛国记》所述：由敦煌渡沙河十七日至鄯善，又十五日至焉彝。由焉彝西南行，一月五日至于阗，西行二十五日至子合。更南行四日至于麾，更二十五日至竭叉。从竭叉度葱岭，行一月，顺岭西南行十五日至乌苌。南下至宿诃多。东下五日至犍陀卫。南行四日至佛楼沙。南度小雪山，更南下十日至跋那。由跋那东行三日

――――――――――

①　李德辉辑校：《晋唐两宋行记辑校》"前言"，辽海出版社，2009 年版，第 8 页。

渡新显河至毗荼,则入印度境矣。留中印度三年。将返国,附海舶适师子国。由师子将附舶返广州,遇风漂泊九十日至一国名耶婆提。在彼易舟归,八十余日至长广郡牢山登陆。此为显旅行之历程①。抑又以《往五天竺国传》为例,该书记录天竺各国的自然环境、风土人情、政治军事形势、社会生活状态以及佛学发展概况等,慧超的旅程路线应是:"由中国南海乘船南下,直航室利佛逝(苏门答腊岛),经阁蔑国、裸形国(安达曼群岛)向北航行,抵恒河入海处的耽摩立底国(印度西孟加拉邦)登岸,到达印度东海岸,先在东天竺诸国巡礼,接着巡礼中天竺、南天竺、西天竺及北天竺诸国,再周游迦叶弥罗、大勃律(今巴基斯坦的巴勒提斯坦)、杨同(羊同)、娑播慈国、吐蕃、小勃律(今巴基斯坦的吉尔吉特)等,遍访吐火罗(阿富汗)、波斯,从托罗斯山进入大食(叙利亚)、小拂临(亚美尼亚)、大拂临(拜占廷),然后转游中亚各国,再转而东经突厥等国,横越葱岭,历经疏勒","抵达安西大都护府龟兹(今新疆库车),复经焉耆回到长安"②。如此,得见晋唐佛教行记直接展示地记、图经之常见内容。

　　抑又以《大唐西域记》为例,该书往往记载玄奘在某个特定的时间,经历某个国家和地区,举凡"亲践者一百一十国,传闻者二十八国,或事见于前典,或名始于今代","颇存记注,宁尽物土之宜","傍稽圣迹,无一物而不窥","尔其物产风土之差,习俗山川之异,远则稽之于国典,近则详之于故老,邈矣殊方,依然在目"③。也就是说,《大唐西域记》直接征引地志或俗说甚多,"玄奘在记载大量佛事奇迹时

①　参见[清]梁启超:《中国印度之交通》,《佛学研究十八篇》,上海古籍出版社,2001年版,第116—117页。
②　余小平:《论慧超旅行巨著〈往五天竺国传〉》,《浙江师范大学学报》(社会科学版)2008年第3期。
③　[唐]玄奘、辩机原著,季羡林等校注:《大唐西域记校注》"序一",中华书局,2000年版,第2—9页。

不因难予稽考而信口胡诌。相反,他通过查阅古籍、向当地老人调查、亲自察看遗址遗迹等办法,经过认真调研才做出倾向性结论。对一时难以判断的事,他也把几种不同说法如实地罗列出来,端给读者判断。这一切都表现玄奘对佛事的求真精神"①。诸如此类,足可见其与以地记和图经为代表的晋唐方志的关系非同寻常。

要之,晋唐佛教行记生动地展示方位、河山、风物、人文等同时代地记或图经的一般内容,成为读者了解西域和佛国的文化窗口。方志不失为佛教行记的基本内涵与核心属性之一。然而,方志毕竟偏重记录过往,其史学姿态更为明显。相对于方志而言,因为传主行为、见闻以及古往今来各种叙事的参与,晋唐佛教行记往往更有生活温度和现场感,更具历史社会学的普遍意义。

这种现场感和社会学意义,实则通过游记文体得以综合呈现和具体展示。从定义看,佛教行记亦即佛教人物之旅行记录。故而考察其文体属性和文化内涵,晋唐佛教行记必然与古代游记产生密切关联。李德辉甚至认为,关于六朝僧人行传,"就其多记游踪、多涉地理、知识丰富来说,可称学人游记或地学游记",尽管如此,缘于"其多科性和游离于文学内外的边缘状态,使得它始终不能在我国传记文学和行旅文学中居于正宗和主流的地位。在文献学史上,却因其无可替代的史料价值而别具一格,地位奇高"②。他又认为,包括早期佛教行记在内,"虽然多数古西行记文学性欠缺,但是一些后世文学性强的旅行传记,正是由此而出。再说,所谓文学性欠缺,主要也只是文字过于古朴,不注重文学形象塑造,不及抒情散文和古典诗词优美,而不是文章组织结构等叙事要素的缺失。易言之,古西行记所缺

---

① 夏祖恩:《〈大唐西域记〉史观评说》,《福建师范大学福清分校学报》2007 年第 1 期。

② 李德辉:《六朝行记二体论》,《文学遗产》2012 年第 3 期。

乏的,只是语言辞章、艺术形象之美,并不缺乏成为旅行传记的文体
要素"①。这些阐述,均不失为中肯之论。依据前贤观点,所谓游记,
亦即"由'游'而'记',以'记'纪'游'之作"②,是游者对旅行过程进
行记录的散文。梅新林认为,构成游记文体的核心要素包含所至、所
见、所感三个方面:"所至,即作者游程";"所见,包括作者耳闻目睹
的山水景物、名胜古迹、风土人情、历史掌故、现实生活等";"所感,即
作者观感,由所见所闻而引发的所思所想";其中"所至是骨骼,所见
是血肉,所感是灵魂"③。如此说法,不仅符合晋唐佛教行记的写作
机制,而且与其作为旅行笔记的定义严丝合缝。

　　从很大程度上讲,晋唐佛教行记正是古代游记类型之一,只不过
记录者由常见的学者、文学家抑或世俗之人换成了佛教徒而已。从
创作场域看,古代游记多为自撰追记,六朝佛教行记亦然。然而自唐
代以来,作为一种史学文献,佛教行记亦有他人代撰存录者,其中必
然会使用不同的叙事视角,蕴含不一样的文本情感。更有甚者,佛教
行记通过僧人游程的延伸来描述和更新佛国见闻,程度不等地彰显
主体情感,恰与古代游记的文体属性和文化内涵符同。如果说,"我
国古代的地理纪游之书,向来有游记和行记两体,二者的区别是游记
重在景物描绘和情感抒写,有文学的美感,行记则重在记列道路行程
和地理见闻,有指导旅行的功利目的,并不在乎个人观感和自然风
光"④;那么较为特殊的是,与同时代地记和图经的自然发展一致,晋

① 李德辉:《古西行记源出汉代西域诸书说》,《西北师大学报》(社会科学版)
　2016年第2期。
② 梅新林、崔小敬:《游记文体之辨》,《文学评论》2005年第6期。
③ 梅新林、余樟华主编:《中国游记文学史》"导论",学林出版社,2004年版,第
　2—3页。
④ 李德辉:《古西行记源出汉代西域诸书说》,《西北师大学报》(社会科学版)
　2016年第2期。

唐佛教行记表现为文学与舆地的时代亲合乃至互渗,又因为历史、社会特别是宗教元素的主观介入,于是以凸显游程、关注地理、演绎佛国以及与文学的适度游离为基本特征,最终成为中古山水游记的另类,值得我们细加品味。

王立群认为,依据文学性强弱,山水游记可以"划分为文学游记与舆地游记两大部类",前者又可以"根据其对自然山水的态度与表现方式,厘分为再现型游记、表现型游记与文化型游记",后者亦可"分为纯粹的舆地游记与含有一定文学性的舆地游记",舆地游记的文体特点是"重视地理记载,如区域疆划、地理方位、山脉走向、水流聚分、地理沿革等,尤其是重视道里行程的记载"[①]。而不论游记的具体形态如何变化,"游踪、景观、情感仍然是游记文体的三大基本要素,它们演进的程度与表达的详略直接关系到游记文体的形成与游记文类的划分"[②]。梅先生则指出,"游程、游观、游感是游记文体的三大核心要素,三者构成一个由下而上、依次递升的金字塔结构;游记文体的发生既需要'游'的审美意识、实践活动与文学创作三者的依次推进,又需要'游'的文学创作中游程、游观、游感三大要素的同时具备,两者同步完成于魏晋南北朝时期"[③],标志着游记文体在这一时期的正式完成。而笔者以为,追溯文体学意义上的晋唐游记,其在文学实践中往往呈现出内容和结构上的复杂性,文学游离或者独立存在于游记中的程度往往轻重不等,难以锱铢必较。

在大多数情况下,晋唐佛教行记载录地理方位与道里行程较为细致,描述佛教风物、追记佛教故事和灵验亦夥,以模山范水为内容

① 王立群:《中国古代山水游记研究》"绪言",河南大学出版社,1996年版,第2页。
② 王立群:《游记的文体要素与游记文体的形成》,《文学评论》2005年第3期。
③ 梅新林、崔小敬:《游记文体之辨》,《文学评论》2005年第6期。

的文学要素及其情感呈现相对较少。这恰与舆地游记"对游踪记载的高度关注""对山脉水脉的走向分合非常关注"以及"淡化景观描写"①更为契合。尽管如此,晋唐佛教行记并非有意漠视景观描写,只不过习惯于向读者展示更为宏观、颇具印象的异域山水。晋唐佛教行记亦有对僧人情感的适度演绎,只不过仍以佛国游踪和风物见闻为重。从总体上看,游踪、景观、情感三者的结构比重,在佛教行记中呈现出由重及轻的文本位置,具体落实到六朝和唐代同类著作,则又有倾向性和特殊性的差异。对于佛国风物、故事以及灵验的高度重视,则是加入这种舆地游记的调味剂,使其别有文学风味。除了慧立撰著玄奘行记有意塑造完美高大的玄奘形象,在景观描写和情感演绎这两个层面,晋唐大多数佛教行记未能做到尽情发挥和极致演绎。然而不可否认,这些佛教行记不仅直接关联传记和地记,而且通过写景、状物、记人、叙事等来演绎文学,最终呈现出了某种文学表征和发展趋向。

四、晋唐佛教行记之文学生成

　　综上,以传记为本质,以地记为内涵,以游记为特色,晋唐佛教行记不失为以反映西域和佛国为内容的舆地类僧人游记。从学理看,方志归于史部,游记可视为传记之异态。以游成传,抑或是以传记游,正是晋唐佛教行记的基本风貌和叙事品格。因其融汇三种文体于一身,佛教行记从而展示出了丰富的学术空间。正是涵括上述文体属性和文化内涵,这种文献类型的文学性得以生成,其文学表征、价值以及影响亦得以彰显出来。

　　首先,以传记为本质,理应高度重视时间、人物、事件等叙事元

---

① 王立群:《游记的文体要素与游记文体的形成》,《文学评论》2005 年第 3 期。

素。毕竟,这些元素最为史家所重视,甚至演化为编年体、纪传体、纪事本末三种常见的史著类型。考察现存文本,晋唐佛教行记习惯于依据旅行的时间、地理、人物及其见闻来构建全书,旅行则成为贯穿首尾之事。以旅行之事为主线,附及其他相关事件,时间和人物成为其中的首要元素,实际牵引着地理、见闻等相关记录和行文的展开,并且随时提醒读者其当下性和在场性。在大多数佛教行记中,人物设置遵循着某种普遍规律:主体人物首尾均作简要说明,群体人物继而作总体介绍,次要人物则随事标明其去向和归宿。这里,《游行外国传》开始对智猛其人以及西行缘由做出说明,继而有"以伪秦弘始六年","招结同志沙门十有五人,发迹长安","从于阗西南行二千里,始登葱岭,而同侣九人退还","以甲子岁发天竺,同行四僧于路无常,唯猛与昙纂俱还于凉州","以元嘉十四年入蜀,十六年七月七日于钟山定林寺造传,猛以元嘉末卒"①等交代性文字;《外国传》开始亦对昙无竭其人以及此次西行稍作说明,继而亦有"以宋永初之元,招集同志沙门僧猛、昙朗之徒二十有五人,共赍幡盖供养之具,发迹北土,远适西方","行葱岭三日方过,复上雪山","乃到平地相待,料检同侣,失十二人","复北行至中天竺,旷绝之处,常赍石蜜为粮。其同侣八人路亡,五人俱行,屡经危棘","后于南天竺,随舶泛海达广州","后不知所终"②等后续交代;故而体系完整,逻辑严密。抑又,不论是注重时间、人物抑或是事件,史传旨在如实展现过往,彰显惩恶扬善之意。就其体式而言,晋唐佛教行记吸收并超越了史传的常规写法。

---

① [南朝梁]释僧祐撰,苏晋仁等点校:《出三藏记集》卷十五,中华书局,1995年版,第579—580页。

② [南朝梁]释僧祐撰,苏晋仁等点校:《出三藏记集》卷十五,中华书局,1995年版,第581—582页。

　　一方面,这类文献多为汉地僧人追记西行求法经历,故其写作大体上客观可信,表述较为朴实允当,不失为反映西行求法僧人生平的信史,故而往往被僧人类传、综合性僧传、佛教经录等吸收利用。这类文献记录西行求法僧人在旅途中遇到的人物、事件以及佛教灵验,亦多为佛教传记中常见的内容和情节,往往充满了史传意味和宗教情怀。譬如,前述《出三藏记集》法勇本传基于昙无竭《外国传》而成。原传记载旅行者在中天竺遇山象、野牛等将欲害人,则诚心系念所赍《观世音经》,往往得到菩萨佑护而履险若夷。法显《佛国记》述其撰传缘由,其中提及"幸蒙三尊威灵,危而得济,故竹帛疏所经历"①,从写作宗旨上体现出传统僧传的共同内涵。该书讲述其自师子国到耶婆提国的海上经历,仅用几行文字,涉及天灾、人祸、祈佑等诸多环节,善于渲染氛围,擅长刻划人性,脉络清晰有致,深得史家之三昧。作为僧人传记之别体,晋唐佛教行记实可与汉译佛经和释氏辅教之书媲美。

　　另一方面,这类文献或为门徒和相关人士传录贤德之丰功伟绩,故其乐于以史实为基础来进行叙事演绎,尤其是极力塑造传主光辉高大的人物形象,乃至成为优秀的传记文学作品。以义净撰著西行僧人类传、慧立撰著玄奘行记为例,二书宗旨即含褒善扬美之意。检读《慈恩传》前五卷,文本集中叙述玄奘西行求法,史学精神和文学价值兼具,形式上类同佛教行记,实则使用了某种叙事策略,把史传文学的优势发挥到了极致。亦即以梦境来预知人物前景,通过娓娓讲述取经事迹的来龙去脉为传主往返佛国提供合宜征候;结合历史记忆和文学想象,积极塑造人物正面形象,把劫掠故事化为传主舍身求法的合情考验;乐于演绎特定事件中的佑护情节,并使之成为传主堪承佛统的合理依据,以展示丰富的人文内涵。借助这些手段,慧立撰

────────────

① 〔晋〕释法显撰,章巽校注:《法显传校注》,中华书局,2008 年版,第 150 页。

著玄奘行记取得了巨大的文学成功,由此影响着《西游记》的创作。不仅如此,《慈恩传》前五卷还通过种种才学书写来展现传主形象,为塑造中心人物而不遗余力。作为纪念性传记,行传虽不免有繁杂堆砌和视域遮蔽之弊,然而通过积极彰显传主才学,集中表现作传者的崇敬型认同,最终成为颇具特色的佛教传记,也多少对近古才学小说产生了一定影响。要之,佛教行记与僧人传记的文体融汇,让慧立撰著玄奘行传在唐代传记文学中臻于极致。以传记为本质,唐代佛教行记借助叙事策略、形象塑造以及情感抒写等,成为一种超越史传的颇具特色的文学文本。

　　其次,以地记为内涵,理应重视地理、山川以及风物等元素。诸如此类,正是方志撰写的核心内容和主要维度。考察现存文本,晋唐佛教行记特别注重行程路线和地理位置的随手记载。以汉地高僧前往佛国巡礼求经、排除万难并且回归故国为主体事件,这类文献的时间逻辑当然是单向的,其地理路线却形如圆环,前后两点亦即出发点和归宿点最终重叠。不仅如此,时间与地点紧密关联,佛教行记文本随着时间的推移而延及地理位置和异域见闻,藉此彰显出丰富的地志内涵。这里,《慧生行传》大致与智猛《游行外国传》、昙无竭《外国传》等六朝行记类似。该书不仅结构层次清晰完整,而且往往通过三种方式来把握时间的延续:一是直接标示年月,譬如"神龟元年十一月冬"①,二是以地理方位结合日程,譬如"发赤岭,西行二十三日"②,三是以地理距离取代时间的延续,譬如"从鄯善西行一千六百

---

① 〔北魏〕杨衒之撰,周祖谟校释:《洛阳伽蓝记校释》卷五,中华书局,2010 年版,第 168 页。

② 〔北魏〕杨衒之撰,周祖谟校释:《洛阳伽蓝记校释》卷五,中华书局,2010 年版,第 170 页。

四十里,至左末城"①。在时间的推移中,慧生行记继而写景状物,描述异国风情特别是佛教遗迹,讲说现世与追记过往并行不悖,综合塑造了三种基本的人物类型,亦即异域国王、北魏使者以及佛教人物,充分发扬了史传笔法和志怪手法,不失为一种宗教舆地类文本。

　　法显《佛国记》因为现存内容更为完整,故其结构框架更具体系。该书首云:"法显昔在长安,慨律藏残缺,于是遂以弘始元年岁在己亥,与慧景、道整、慧应、慧嵬等同契,至天竺寻求戒律";既而在张掖:"与智严、慧简、僧绍、宝云、僧景等相遇,欣于同志,便共夏坐","夏坐讫,复进到燉煌","共停一月余日,法显等五人随使先发,复与宝云等别";在焉夷国:"智严、慧简、慧嵬遂返向高昌,欲求行资";在于阗国:"慧景、道整、慧达先发,向竭叉国,法显等欲观行像,停三月日",尔后"既过四月行像,僧韶一人,随胡道人向罽宾,法显等进向子合国";尔后"到竭叉国,与慧景等合";在乌苌国:"慧景、道整、慧达三人先发,向佛影那竭国,法显等住此国夏坐";在弗楼沙国:"宝云、僧景只供养佛钵便还。慧景、慧达、道整先向那竭国,供养佛影、佛齿及顶骨。慧景病,道整住看。慧达一人还,于弗楼沙国相见,而慧达、宝云、僧景遂还秦土。慧应在佛钵寺无常。由是,法显独进,向佛顶骨所";随后叙及慧景南度小雪山之命陨;在巴连弗邑:"道整既到中国,见沙门法则,众僧威仪,触事可观,乃追叹秦土边地,众僧戒律残缺。誓言:'自今已去至得佛,愿不生边地。'故遂停不归。法显本心欲令戒律流通汉地,于是独还"②。如此种种,各种人物的去向大多做出相关说明,逻辑谨严。为了在时间的推移中自然衔接诸多国家和地区,《佛国记》不仅使用前述多种方式来把握时间和地理,而且运用大

---

① ［北魏］杨衒之撰,周祖谟校释:《洛阳伽蓝记校释》卷五,中华书局,2010 年版,第 171 页。

② ［晋］释法显撰,章巽校注:《法显传校注》,中华书局,2008 年版,第 2—120 页。

量的时间词、顺序词、方位词以及关联词穿插于文本之中,甚而关于
人物在某国某地停留多久也被如实地记录下来,其作为旅行日记的
文体形态及其文学价值得以明显展露。更为重要的是,考察时间、地
点与人物、见闻的关系态势,该书依据特定时空中的主体人物及其所
见所闻,或描述异国风情、佛教遗迹,或讲说现世灵验,追记过往传
说,前者让读者犹如亲临,后者让佛国叙事增加了神秘况味,无论是
当下还是过去,美丽珍奇的实物总是与奇幻多姿的故事交互相融、错
落有致,字里行间饱含着宗教虔诚,读者自会在时空交错之中得到思
想的感染和情感的熏陶。

　　同样是以西行僧人见闻为基本内容,晋唐佛教行记中的地记内
涵与传记略有不同,亦即往往得见撰者客观描述自然遗产和文化遗
产,同时兼记与某地、某遗迹相关的过往传说。一方面,这类文献在
写景上简练传神,在状物上精致细腻。亦即:常以精粹神来之笔,描
写沙漠、雪山、冰崖、江川、深渊、海洋等绝域奇景,给读者展示出气象
宏大、意境高远之画卷,充满着语言张力;在描述异国风情和佛教遗
迹之时,往往关注某些特殊场景中的新鲜事物,藉此展开丰富而又细
腻的笔触,力求在表述上体现出精准和个性。另一方面,这类文献对
于佛本生故事、佛门圣人事迹以及地方故事的追记异常丰赡,撰者往
往因为目睹佛迹和景观而缅怀过往,继而大力演绎着旧所传和本土
所记,同时彰显惩恶扬善之旨。以上种种,后文均将作详细阐述。可
以看到,《佛国记》《大唐西域记》等佛教行记对于佛祖和诸圣的渲染
不厌其烦,不少故事可与汉译佛经相互印证,读者读此备生敬意。以
写景、状物以及过往传说为基本内容,晋唐佛教行记文本涵括历史编
撰学,彰显中古地记文化内涵,实与这个时代的游记文体融汇互生,
不同程度地展现游程所至与游观所得,其文学表征藉此得以生成。

　　再次,以游记为特色,理应重视游程、游观以及游感。关于游程
和游观,已结合上述地记文化内涵,通过写景之简练传神、状物之精

致细腻以及异彩纷呈的过往传说三个层面来集中表现。这里需要强调的是,晋唐佛教行记亦有对游感的抒发。在记述传主前往佛国巡礼求经之际,这类文献抑或着意表现和演绎西行求法僧人在特定环境中的真情实感,有关人性冷暖与文学个性据此得以彰显。这里,《佛国记》叙及法显至拘萨罗国舍卫城、王舍新城等,见到佛教圣地今非昔比,独怆然而泣下;至无畏山僧伽蓝,当时顾影唯己,亦不胜悲凉,见当地商人以故土白绢扇供养玉像,更是凄然泪下,令人动容。慧生行传叙及传主因为思念故土而引发旧疾。诸如此类,均为六朝佛教行记所见游感,把晋唐高僧作为人类基本属性的情感一面展示出来。这种情感抒写,至唐朝已发展成为诗笔。以慧超《往五天竺国传》中的五言诗为例,这些诗歌遣词造句吸收前人感物传统和相关写作经验,在写景、记事、言志、缘情等方面共享兼得,大致呈现出中古汉诗的时代特征,不仅让文学的本质和功能得以彰显,而且展示出了重要的人文价值,晋唐佛教行记的情感抒写及其诗笔,充分表现出晋唐高僧作为佛教徒、异乡人以及旅行者的普遍情怀,不失为游记文学之游感内涵的集中呈现。检读晋唐佛教行记,其中抒发人物情感的内容比重相对较少,然而毕竟可视为游记文学的重要标识。结合地志文体及其文化内涵,晋唐佛教行记对于游程和游观高度重视,加之不同程度的游感抒发,遂让其游记文学价值得以生成,并在中古游记文学链条中占有一席之位。上述表现,我们均不应忽视,后文将进一步阐释。

　　要之,以晋唐佛教行记为整体研究对象,可见这种文献类型在文体属性上涵括传记、地记、游记三种,在写景状物方面宏微并观,在叙人记事方面虚实相生,在学术内涵上文史同功。李德辉认为,包括佛教行记在内,古西行记"文献史料价值和文学研究价值都比较高,其意义决不止于交通地理著述那么简单","只因不以优美抒情为特征,不在纯文学的范围,长期以来受到文学研究者的轻视和排斥,其实是一个尚未得到充分注意的有较大拓展空间的研究领域"①。细读晋唐佛教行记,可见其以主体人物之耳目为写作视野,各种见闻屡次产生于特定的时空之中,作为客观实在的异域风物、佛国遗迹往往与人物所闻之过往传说、人物所见之现世灵验前后相间、交错成文,由此总体上构成了既写实又虚幻可谓异彩纷呈的语言结构,非常值得读者寻味。这种文学特性的生成,一方面归因于三种文体属性的融汇,另一方面则归因于晋唐文献及其学术的杂糅状态。正因为如此,晋唐佛教行记展示出了颇具召唤性的学术文本,同时影响了后世诸多相关的文学叙事。

---

① 李德辉:《古西行记源出汉代西域诸书说》,《西北师大学报》(社会科学版)2016年第2期。

第九章　六朝佛教行记之文学表征

　　六朝之际，"西域僧徒之来华者，后先相望"，"仅姚秦一时，胡僧已数十辈"；"中土僧俗，亦多锐意西行求法"，至朱士行、宋云等，"殆不下六七十人"①。当此之时，僧人自撰行记与赍经翻译并行不悖，两种文献类型均产生于其归国之后。如果说，六朝佛教行记在很大程度上促进了古代西域研究和佛教文化研究；那么从现存文献看，这些著作同样可以当作文学文本来进行积极解读。方满锦指出："法显《佛国记》一书，作者以白描笔法，行文简练，生动地述说西域及天竺所见所闻，其历程之惊险处，令人惊心动魄，其所细说之佛国世界，令人欣羡不已，其人情味之感人处，赚人热泪，其阅历之奇特处，令人大开眼界，其百折不挠的精神，令人敬佩。"②事实上，以记录高僧前往佛国求经巡礼为核心内容，通过描写旅途之中罕见的自然现象、地理环境，展示某国或者某地奇特的异域风情、佛教遗迹，穿插讲说诡谲的现世灵验，有意追记神幻的过往传说，表现人物交流并渲染僧人在特定环境中的真情实感，乃至从宏观上构架虚实相生的文本系统，六朝佛教行记彰显出了某种独特的文学表征和人文内涵，同时在一定程度上为唐朝佛教行记提供了叙事模本。

---

① 柳诒征：《中国文化史》上卷，东方出版中心，1988 年版，第 411 页。
② 方满锦：《法显〈佛国记〉析论》，《忻州师范学院学报》2013 年第 1 期。

一、写景之简练传神

佛教行记在文体属性方面具有地记和游记特征，故而一方面拥有写景状物之便，另一方面必然依据其游历所见，在追记中呈现以西域和佛国为背景的地理风貌。六朝佛教行记亡佚虽多，然而通过考证，我们似乎仍然可以推测到某些文献存在着大量写景的可能性。这里，通过信行《翻梵语》征引《外国传》与《历国传》名物，可见昙无竭历经或叙及那陀利、扶罗尸利、尸梨漫陀、干呿尸罗、不婆尸罗、阿婆施罗、阿鞞耆梨、支多耆利、摩尼优利、呼漫山等山区，法盛历经或叙及乾婆伽山、支多哥梨山、金毗罗山等山区。这些山名，或可能出现于佛国传说，抑有可能为旅行者眼中之景。要之根据其一般行文规律，六朝佛教行记写景状物可谓在所难免。

从仅有全帙、佚文及其相关内容看，六朝佛教行记在描写自然现象和地理环境方面，常常结合游者心态和虚实描写，以寥寥数笔来营造较为宏阔的画面感，由此引发读者想象其境，颇具文学意蕴。前述《开元释教录》附传等三种智猛传记，实以智猛《游行外国传》为材料基础，文中记载："既而西出阳关，入于流沙，二千余里，地无水草，路绝行人。冬则严厉，夏则瘴炎。人死，聚骨以标行路。骡驼负粮，理极辛阻。"又言："与余四人三度雪山，冰崖皓然，百千余仞，飞縆为桥，乘虚而过，窥不见底，仰不见天，寒气惨酷，影战魂慄。"又言："至罽宾国，再渡辛头河，雪山壁立，转甚于前。下多瘴气，恶鬼断路，行者多死。"[①]描写沙漠、雪山等，语句凝练，画面壮丽。借助游方沙门之耳目和感受，表现西域自然地理之险恶，令人震撼。

---

① ［唐］智昇：《开元释教录》卷四，《大正藏》第 55 册，新文丰出版公司，1975 年版，第 521 页。

无独有偶,《开元释教录》附法勇传以昙无竭《外国传》为材料基础。文中记载:"前登葱岭雪山,栈路险恶,驴驼不通,增冰峨峨,绝无草木。山多瘴气,下有大江,浚急如箭,于东西两山之胁,系索为桥,相去极远。十人一过,到彼岸已,举烟为识,后人见烟,知前已度,方得更进,若久不见烟,则知暴风吹索,人堕江中。"又言:"行葱岭,三日方过,复上雪山,悬崖壁立,无安足处。石壁皆有故弋孔,处处相对,人各执四弋,先拔下弋,手攀上弋,展转相代,三日方过。"①比较之下,这里描写地理景物更为细致,可谓生动逼真,读之令人胆寒,足见撰者表达能力之强。

与上述类似,法显《佛国记》同样描述陆路旅途之凶险:"沙河中多有恶鬼、热风,遇则皆死,无一全者。上无飞鸟,下无走兽。遍望极目,欲求度处,则莫知所拟,唯以死人枯骨为标识耳。"②又曰度葱岭西南行十五日:"其道艰岨,崖岸险绝,其山唯石,壁立千仞,临之目眩,欲进则投足无所。下有水,名新头河。昔人有凿石通路施傍梯者,凡度七百,度梯已,蹑悬絙过河。河两岸相去减八十步。"③这里所涉景物描写较为朴实,均与智猛、法勇行记相关内容互证,体现出西行僧人之共识。

抑又,慧生行记述汉盘陀国以西:"山路欹侧,长坂千里,悬崖万仞,极天之阻,实在于斯。太行孟门,匹兹非险,崤关垄坂,方此则夷";描述葱岭:"高峻,不生草木。是时八月,天气已冷,北风驱雁,飞雪千里";记载钵和国之南界:"有大雪山,朝融夕结,望若玉峰";记载赊弥国:"峻路危道,人马仅通。一直一道,从钵卢勒国向乌场国,

<hr/>

① ［唐］智昇:《开元释教录》卷五,《大正藏》第55册,新文丰出版公司,1975年版,第530页。

② ［晋］释法显撰,章巽校注:《法显传校注》,中华书局,2008年版,第6页。

③ ［晋］释法显撰,章巽校注:《法显传校注》,中华书局,2008年版,第22页。

铁锁为桥,悬虚而度,下不见底,旁无挽捉,倏忽之间,投躯万仞,是以
行者望风谢路耳。"①如此种种,既在用词造语方面比较新鲜大胆,又
可与其他僧人所记异域风景互为发明,同在证实汉地僧人巡礼求法
着实不易。

　　上述文字在写法上虽各有侧重和特色,或宏微各异,或虚实相
生,或远近结合,或夸饰映衬;但可见六朝佛教行记惯于使用一种探
险家的视角,往往以其精粹而神来之笔,描写沙漠、雪山、冰崖、江川、
深渊等绝域奇景,苍凉、雄壮、瑰奇与幽险兼而有之,给读者展示出一
幅幅气象宏大的画卷,意境高远并且充满着语言张力,由此容易产生
惊险、刺激而又畏葸、震撼的阅读效果。这些描述,其主观上旨在证
实僧人西行求法艰苦卓绝,客观上却让汉地僧人和俗众大开眼界,吸
引着后人为亲闻目睹而跃跃欲试,在同时代叙事文本中可谓独树
一帜。

　　与展示西域和佛国之大陆地理有所不同,法显《佛国记》还描述
传主自师子国至耶婆提国浮海东还之际的壮美景象:"大海弥漫无
边,不识东西,唯望日、月、星宿而进。若阴雨时,为逐风去,亦无准。
当夜暗时,但见大浪相搏,晃然火色,鼋、鼍水性怪异之属,商人荒遽,
不指那向。海深无底,又无下石住处。至天晴已,乃知东西,还复望
正而进。若值伏石,则无活路。"②这种浩瀚无边的海景画面,让探险
者瞬间感觉到自然的崇高与个体的渺小,或由惶恐、敬畏而及人生和
命运的思索。撰者同样旨在展示旅途之恶劣环境,客观上亦给汉地
僧俗以耳目一新之感。法显之前,史载入海求仙者大多杳无音信。

---

① ［北魏］杨衒之撰,周祖谟校释:《洛阳伽蓝记校释》卷五,中华书局,2010 年
　 版,第 179—184 页。
② ［晋］释法显撰,章巽校注:《法显传校注》,中华书局,2008 年版,第 142—
　 143 页。

西晋木华曾以《海赋》著称,赋中描写大海波澜壮阔,物产富饶,多神怪精灵,写得壮丽多姿。《文选》李善注引傅亮《文章志》云:"广川木玄虚为《海赋》,文甚隽丽,足继前良。"①尽管如此,迟至魏晋南北朝时期,描写作者亲历海洋探险的文字依然非常罕见,法显行记此举无疑非常难得。

至于《洛阳伽蓝记》卷五所见慧生行记谓乌场国:"土气和暖,地方数千里,民物殷阜,匹临淄之神州,原田膴膴,等咸阳之上土","土地肥美,人物丰饶。五谷尽登,百果繁熟。夜闻钟声,遍满世界";谓如来苦行投身饲饿虎之处,"高山岧炭,危岫入云。嘉木灵芝,丛生其上。林泉婉丽,花彩曜目"②,则一反既往凶险之象,针对更为美好平和的自然以及人文景观来展开田园牧歌式的艺术营造,风格继而由壮美转为优美,其安宁详和之境无疑充满了诗意,读之心驰神往。

要之,六朝佛教行记中较为难得的山海地理描写,源于西行者亲历亲见,虽着墨不多,却不乏直观和生动,读之犹如亲临,其写景用简练传神之笔,表现出僧人一方面在巡礼求法过程中受尽种种磨难,另一方面则因为大自然的馈赠和回报而大饱眼福。上述自然地理不仅多属绝域奇景,而且结合高僧征服自然的雄心和气魄,充分展示出了崇高、壮美、优美等多种美学范畴。可以说,在同时代散文特别是游记文学中,无论是人文内涵还是艺术技巧,此类写景文字均可谓弥足珍贵,由此影响着后来的佛教行记和文言叙事。

---

① [南朝梁]萧统编,[唐]李善等注:《六臣注文选》卷十二,中华书局,1987年版,第231页。
② [北魏]杨衒之撰,周祖谟校释:《洛阳伽蓝记校释》卷五,中华书局,2010年版,第185—189页。

二、状物之精致细腻

基于同样的生活场域和写作机制,六朝佛教行记必然会积极关注异域名物。同样可以想象,六朝佛教行记佚著中的状物描写必然很多。从现有佚文和相关内容看,《翻梵语》征引昙无竭《外国传》和法盛《历国传》,往往见有大量的城名和寺舍名,或证两位僧人亲临天竺诸多地区,原书必然会大量描述异国风情和佛教遗迹。抑又,前述《通典》引《历国传》云波罗奈国稍割牛,所谓"其牛黑色,角细长,可四尺余,十日一割,不割便困病或致死。人服牛血皆老寿"①,展示异国之物,重在解释说明,写作手法形如地理博物类志怪。又如,前述《艺文类聚》卷七十三征引支僧载《外国事》,《水经注》卷二征引竺法维《佛国记》,均有描写大月氏国之佛钵浮图。这些记载,得见六朝佛教行记状物描写之一斑。

一般情况下,六朝佛教行记在描述异国风情和佛教遗迹之时,习惯于关注特定场景中的具体事物,藉此细致入微地展开笔触,力求文字准确而不失风味与厚重,表现出较强的文学功底。以法显《佛国记》为例,该书结合佛国见闻,表现状物类的文字尤多。其描述于阗国行像云:"离城三四里,作四轮像车,高三丈余,状如行殿,七宝庄校,悬缯幡盖。像立车中,二菩萨侍,作诸天侍从,皆金银雕莹,悬于虚空。像去门百步,王脱天冠,易着新衣,徒跣持花香,翼从出城迎像,头面礼足,散花烧香。像入城时,门楼上夫人,采女,遥散众花,纷纷而下。"②该书又描述摩竭提国巴连弗邑行像:"作四轮车,缚竹作

① 〔唐〕杜佑撰,王文锦等点校:《通典》卷一百九十三,中华书局,1988年版,第5260页。
② 〔晋〕释法显撰,章巽校注:《法显传校注》,中华书局,2008年版,第12页。

五层,有承栌、摱载,高二匹余许,其状如塔。以白氎缠上,然后彩画,作诸天形像。以金、银、琉璃庄校其上,悬缯幡盖。四边作龛,皆有坐佛,菩萨立侍。可有二十车,车车庄严各异。"①其语言多用短句,突出数字和名物,以方便汉地僧俗理解和想象,虽朴实有度,无意求工,而表达上自然美好,努力还原场景,读之宛如亲见,异国风情得以展露无遗。

与此类似,《佛国记》描述竭叉国国王作般遮越师、达嚫国伽叶佛穿大石作僧伽蓝、师子国王城佛齿之供养以及摩诃毗诃罗精舍之阇维等异域风物,亦可谓精雕细镂,详尽有加。同样,慧生行记描述于阗国:"王头着金冠,似鸡帻,头后垂二尺生绢,广五寸,以为饰。威仪有鼓角金钲,弓箭一具,戟二枝,槊五张。左右带刀,不过百人。其俗妇人袴衫束带,乘马驰走,与丈夫无异。"描述嚈哒国:"土田庶衍,山泽弥望,居无城郭,游军而治。以毡为屋,随逐水草,夏则迁凉,冬则就温。乡土不识文字,礼教俱阙。阴阳运转,莫知其度","王居大毡帐,方四十步,周回以氍毹为壁。王着锦衣,坐金床,以四金凤凰为床脚","王妃亦着锦衣,长八尺奇,垂地三尺,使人擎之,头带一角,长三尺,以玫瑰五色珠装饰其上。王妃出则舆之,入坐金床,以六牙白象四狮子为床,自余大臣妻皆随伞,头亦似有角。团圆下垂,状似宝盖。"②同样使用短句、数字以及名物等来积极演绎西域风情,尤为注重度量描述和空间理解,其遣词造句并不为铺锦列绣,而是曲尽其巧,终以平实自然之语写出。这些说明性文字,可视为民族志和民族文学内容,无疑为后人开阔了眼界。

至于六朝佛教行记描述佛教遗迹和名物之类,同样可见其精致

---

① ［晋］释法显撰,章巽校注:《法显传校注》,中华书局,2008年版,第88页。
② ［北魏］杨衒之撰,周祖谟校释:《洛阳伽蓝记校释》卷五,中华书局,2010年版,第173—182页。

细腻。譬如,《洛阳伽蓝记》征引《道荣传》以展示乾陀罗城之雀离浮图:"其高三丈,悉用文石为阶砌栌拱,上构众木,凡十三级","铁柱八十八尺,八十围,金盘十五重,去地六十三丈二尺","木工既讫,犹有铁柱,无有能上者。王于四角起大高楼,多置金银及诸宝物,王与夫人及诸王子悉在楼上烧香散花,至心请神,然后辘轳绞索,一举便到。"①与前述行记类似,撰者在此多次使用数字来加以状物和具体说明,又特别注重名物材质,试图不失圭撮,为佛教建筑、造像等艺术顺利传入我国提供了较为方便的条件。又如《法显传》描述那竭国佛顶骨:"尽以金薄、七宝校饰",出佛顶骨后,"置精舍外高座上,以七宝圆椹椹下,琉璃钟覆上,皆珠玑校饰。骨黄白色,方圆四寸,其上隆起。每日出后,精舍人则登高楼,击大鼓,吹螺,敲铜钹。王闻已,则诣精舍,以花香供养。供养已,次第顶戴而去"②。《洛阳伽蓝记》亦引《道荣传》云:"至那迦罗阿国,有佛顶骨,方圆四寸,黄白色,下有孔,受人手指,宛然似仰蜂窠",至瞿波罗窟,"见佛影。入山窟,去十五步,西面向户遥望,则众相炳然;近看则瞑然不见。以手摩之,唯有石壁。渐渐却行,始见其相。容颜挺特,世所希有"③。结合旅行见闻,两种行记描写佛国圣物,同样是镂月裁云,手艺精巧,既体现了事物的自然属性,又呈现出了宗教神秘性。在此基础上,佛教行记文本往往再辅以传说故事和现世灵验,遂让僧俗敬信而尊事。

　　要之,佛教行记的游记属性,决定了这类文献尤其是自撰之作,必然乐于在文本中展开状物内容。李德辉认为,六朝行传的一般写法是:"以旅行日期或路线距离为单位组织材料,记述经历。每一段

---

① [北魏]杨衒之撰,周祖谟校释:《洛阳伽蓝记校释》卷五,中华书局,2010 年版,第 201—203 页。

② [晋]释法显撰,章巽校注:《法显传校注》,中华书局,2008 年版,第 38—39 页。

③ [北魏]杨衒之撰,周祖谟校释:《洛阳伽蓝记校释》卷五,中华书局,2010 年版,第 206—208 页。

话,都自然地包含行程、见闻、观感三个要素","见闻部分相当于游记中的写景,重点视作者身份的不同,会有所偏重。如果作者是僧人,则重点是佛教概况"①。所言不虚。而值得指出的是,六朝佛教行记描摹状物之所以精致细腻,一方面亦缘于僧人亲历亲见,另一方面则归功于撰者对语言文字的自由驾驭。这些状物类文字亦可谓条理分明,节奏感强,手法各异,多种表达技巧相得益彰,在当世散文中不可常见。六朝佛教行记对于异域风物和佛国遗迹的描述,以一种还原现场的方式奉献给了后世读者特别是考据学家,由此开阔了眼界,增长了见识,最终实践了民族文学的认识功能和审美功能。

三、叙人之真切传情

佛教行记具有传记和游记特征,故而必然以人物及其见闻为基本线索,同时兼具古代历史感和生活现场感。在记述传主前往佛国巡礼求经之际,六朝佛教行记一方面通过语言交流这种常见的方式来表现人物,客主双方的形象据此清晰可辨;另一方面则着意抒发和演绎人物在特定环境中的真情实感,其文学性和人文性据此得以彰显。在某些时候,客主交流与情感抒发不露痕迹地融为一体,互为促进,相得益彰。也有某些时候,撰者干脆撇开人物对话,直接为旅行者言志和传情,尽情恣意地展现人物心理。如此种种,充分表现出了这种异域旅行笔记的文学魅力,直接影响着后世的文言叙事和小说书写。

围绕着具体环境和事件,六朝佛教行记中的人物及其情感得以文学呈现。与大多数佛教行记类似,法显《佛国记》习惯于展示传主在旅行之中遭遇的种种危难。章巽认为该著"言辄依实,质朴明畅",

---

① 李德辉:《六朝行记二体论》,《文学遗产》2012 年第 3 期。

"由于亲身经历,亲笔自写,常能在行间字里发射出深厚的感情,十分触动人心,有许多境界往往是《大唐西域记》所未能达到的",旅行者"深情流露于纸面,千载之下,感人犹新","实在也具有极高的文学价值"①。譬如,该书记载法显在翻越小雪山之际:"山北阴中遇寒风暴起,人皆噤战。慧景一人不堪复进,口出白沫,语法显云:'我亦不复活,便可时去,勿得俱死。'于是遂终。法显抚之悲号:'本图不果,命也奈何!'复自力前,得过岭。"②通过简短的环境描写和人物对话,借助传主回首往事和真情追述,简洁传神,情采生动,慧景之旷达无私、法显之刚毅坚强同时得以充分表现,读者极易受到感染,不由心生怜悯和敬意。

《佛国记》中最为精彩的故事片段,莫过于法显自耶婆提回归长广郡界之海上经历:"一月余日,夜鼓二时,遇黑风暴雨。商人、贾客皆悉惶怖,法显尔时亦一心念观世音及汉地众僧。蒙威神佑,得至天晓。晓已,诸婆罗门议言:'坐载此沙门,使我不利,遭此大苦。当下比丘置海岛边。不可为一人令我等危险。'法显本檀越言:'汝若下此比丘,亦并下我! 不尔,便当杀我! 如其下此沙门,吾到汉地,当向国王言汝也。汉地王亦敬信佛法,重比丘僧。'诸商人踌躇,不敢便下。"③这段文字同样简练有序,却更为鲜活生动,读来必有惊心动魄之感。通过人物交流,法显之虔诚沉着、婆罗门之阴险歹毒、檀越之正义机智等均得到淋漓尽致演绎,叙事效果尤佳,读者自会随着情节的发展而产生心理起伏变化。

与《佛国记》相比,宋云行记特别关注作为使者在异国他邦的外交活动,凡是"沿途国王询问东土风俗,欲了解宋云一行的来历,作者

① [晋]释法显撰,章巽校注:《法显传校注》"序",中华书局,2008 年版,第 10 页。
② [晋]释法显撰,章巽校注:《法显传校注》,中华书局,2008 年版,第 43 页。
③ [晋]释法显撰,章巽校注:《法显传校注》,中华书局,2008 年版,第 145 页。

采用了对话以增强真实感与动人度"①,其叙述态度潇洒自信,叙事内容有趣可读,人物形象藉此得以展露无遗,同时客观表现了此行的特殊使命,文化意义不俗。譬如《洛阳伽蓝记》讲述乌场国王与宋云的交往:"国王见宋云,云大魏使来,膜拜受诏书。闻太后崇奉佛法,即面东合掌,遥心顶礼。遣解魏语人问宋云曰:'卿是日出人也?'宋云答曰:'我国东界有大海水,日出其中,实如来旨。'王又问曰:'彼国出圣人否?'宋云具说周孔庄老之德,次序蓬莱山上银阙金堂,神仙圣人并在其上,说管辂善卜,华陀治病,左慈方术,如此之事,分别说之。王曰:'若如卿言,即是佛国,我当命终,愿生彼国。'"②二人言语对答之际,可见客主气氛融洽,人物形象分明,两国文化得以碰撞和沟通,人文内涵尽显,可读性较强。同书亦记载乾陀罗国:

> 宋云诣军,通诏书。王凶慢无礼,坐受诏书。宋云见其远夷不可制,任其倨傲,莫能责之。王遣传事谓宋云曰:"卿涉诸国,经过险路,得无劳苦也?"宋云答曰:"我皇帝深味大乘,远求经典,道路虽险,未敢言疲。大王亲总三军,远临边境,寒暑骤移,不无顿弊?"王答曰:"不能降服小国,愧卿此问。"宋云初谓王是夷人,不可以礼责,任其坐受诏书,及亲往复,乃有人情,遂责之曰:"山有高下,水有大小,人处世间,亦有尊卑。嚈哒、乌场王并拜受诏书,大王何独不拜?"王答曰:"我见魏主则拜,得书坐读,有何可怪?世人得父母书,犹自坐读,大魏如我父母,我亦坐读

---

① 李德辉:《论汉唐两宋行记的渊源流变》,《中华文史论丛》2010 年第 3 期。
② 〔北魏〕杨衒之撰,周祖谟校释:《洛阳伽蓝记校释》卷五,中华书局,2010 年版,第 186 页。

书,于理无失。"云无以屈之。遂将云至一寺,供给甚薄。①

与前例相比,这里通过语言交流,尽显乾陀罗国王飞扬跋扈、前倨后恭之态,同时彰显了宋云不卑不亢的外交官形象,而此次西行宣扬国威、博取拥护之意亦昭昭然矣。

六朝佛教行记叙人之真切传情,还集中表现为所涉人物类型化、写作技巧多样化,如此共同传达出佛国对于汉地僧人的怜恤或赞叹,求法者作为佛教徒的崇信和虔诚,以及旅行者作为异乡人的思乡情结。这里,《游行外国传》曾记述智猛游至阿育王旧都华氏城:"有大智婆罗门,名罗阅宗,举族弘法,王所钦重。造纯银塔高三丈,沙门法显先于其家已得六卷《泥洹》。及见猛,问云:'秦地有大乘学不?'答曰:'悉大乘学。'罗阅惊叹曰:'希有希有,将非菩萨往化耶?'猛就其家得《泥洹》胡本一部,又寻得《摩诃僧祇律》一部,及余经胡本,誓愿流通。"②而《佛国记》叙及毗荼国:"佛法兴盛,兼大小乘学。见秦道人往,乃大怜愍,作是言:'如何边地人,能知出家为道,远求佛法?'悉供给所须,待之如法。"③同书又记拘萨罗国舍卫城:"法显、道整初到祇洹精舍,念昔世尊住此二十五年,自伤生在边地,共诸同志游历诸国,而或有还者,或有无常者,今日乃见佛空处,怆然心悲。彼众僧出,问显等言:'汝从何国来?'答曰:'从汉地来。'彼众僧叹曰:'奇哉!边地之人乃能求法至此!'自相谓言:'我等诸师和上相承已来,未见汉道人来到此也。"④上述三种材料,共同表现了中外高僧的实

---

① [北魏]杨衒之撰,周祖谟校释:《洛阳伽蓝记校释》卷五,中华书局,2010 年版,第 196 页。

② [南朝梁]释僧祐撰,苏晋仁等点校:《出三藏记集》卷十五,中华书局,1995 年版,第 580 页。

③ [晋]释法显撰,章巽校注:《法显传校注》,中华书局,2008 年版,第 44 页。

④ [晋]释法显撰,章巽校注:《法显传校注》,中华书局,2008 年版,第 62 页。

际交往,人物双方的语言、形象及其个性合乎情理,佛国对于求法者的怜恤或赞叹于此得见,读者随着叙述者的牵引而产生亲近甚而是敬服。

与此相关,《佛国记》另记传主至王舍新城:"法显于新城中买香、花、油、灯,倩二旧比丘送法显上耆阇崛山。花、香供养,然灯续明。慨然悲伤,收泪而言:'佛昔于此住,说《首楞严》。法显生不值佛,但见遗迹处所而已。'即于石窟前诵《首楞严》。停止一宿,还向新城。"①这里所言"慨然悲伤",类同前例"怆然心悲",乃高僧喟叹生不逢佛之憾,求法者心虔志诚之宗教情感于此得以呈现乃至升华,极大地影响着后世佛教徒。王美秀指出:"当时的法显或者已经感受到空间可以跨越而时间无法跨越的无奈。他潸然泪下,除了感动于佛陀的伟大之外,更是由于无法逆转时间的无力感。"②所言非常合于情理。李德辉认为,《佛国记》"有部分描写景物和抒发感情的文笔,虽然文笔拙朴却很实在,很真挚感人,文学意味更强而地理博物色彩较淡,这是它不同于使臣行记的几个地方,也是它在行记发展史上的主要意义所在"③。以《佛国记》为代表,六朝佛教行记的传记和游记特征于此得以充分呈现。

至于表现汉地僧人在佛国的思归情结,则使用一种直陈的抒情方式,以实现人物形象的典型化。《佛国记》叙述传主在无畏山僧伽蓝:"法显去汉地积年,所与交接悉异域人,山川草木,举目无旧,又同行分披,或留或亡,顾影唯己,心常怀悲。忽于此玉像边见商人以晋地一白绢扇供养,不觉凄然,泪下满目。"④对此,陈千帆指出:"这个

① [晋]释法显撰,章巽校注:《法显传校注》,中华书局,2008年版,第96页。
② 王美秀:《对话与辨证——圣严法师的旅行书写与法显〈佛国记〉之比较研究》,《圣严研究》第2辑,财团法人圣严教育基金会,2011年版,第24页。
③ 李德辉辑校:《晋唐两宋行记辑校》"前言",辽海出版社,2009年版,第7页。
④ [晋]释法显撰,章巽校注:《法显传校注》,中华书局,2008年版,第128页。

舍身求法,四大皆空的高僧,竟然这样眷眷于生死存亡,悲欢离合",
"这段文字之所以使人感动,乃在于法显并不掩蔽他思想情感上的剧
烈冲突,因此就更引起我们感情上的共鸣"①。与此类似,慧生行记
亦载:"王城西南五百里,有善持山,甘泉美果,见于经记。山谷和暖,
草木冬青。当时太簇御辰,温炽已扇,鸟鸣春树,蝶舞花丛,宋云远在
绝域,因瞩此芳景,归怀之思,独轸中肠,遂动旧疹,缠绵经月,得婆罗
门咒,然后平善。"②慧生行记还记述:"雀离浮图南五十步,有一石
塔,其形正圆,高二丈,甚有神变,能与世人表吉凶。以指触之,若吉
者,金铃鸣应;若凶者,假令人摇撼,亦不肯鸣。惠生既在远国,恐不
吉反,遂礼神塔,乞求一验。于是以指触之,铃即鸣应。得此验,用慰
私心,后果得吉反。"③于此可见,六朝佛教行记不但擅于描绘自然景
色、风土人情、佛教遗迹等,而且使之构成人物活动的典型环境,由此
触及旅行者的内在情感特别是客居思乡的普遍心理。这里,撰者试
图替作为异乡人的自我倾诉衷肠,抒发个人情感可谓真挚而细腻,传
主形象于是鲜明且典型,彰显出了佛教行记作为文学文本的本质意
义,六朝佛教叙事文学的张力亦藉此得以呈展。

四、记事之神秘有验

　　道宣《释迦方志》引《后汉书》,曾如此形容天竺:"其国殷平和
气。灵智所降,贤懿挺生。神迹诡怪,理绝人区;感验明显,事出天

---

① 程千帆著,巩本栋编:《俭腹抄》,上海文艺出版社,1998年版,第72页。
② [北魏]杨衒之撰,周祖谟校释:《洛阳伽蓝记校释》卷五,中华书局,2010年
　　版,第190—191页。
③ [北魏]杨衒之撰,周祖谟校释:《洛阳伽蓝记校释》卷五,中华书局,2010年
　　版,第204—205页。

外。"①以反映天竺见闻为基本内容,缘于佛教行记具有传记和地志特征,又饱含着佛教徒的宗教虔诚,故而必然注重讲述传说和灵验,成为不可多得的佛教叙事文本。这里,与写景状物紧密关联,六朝佛教行记在描述佛国见闻特别是佛教遗迹时,或讲说现世灵验,或追记过往传说,前者注重陈述旅行者的亲历见闻,往往通过人神感应的方式证实佛法不虚、此行不虚,后者则不乏地方性神话、佛本生故事以及佛门圣人事迹,某些传说可与汉译佛经文献相互印证。上述两种情况多为穿插记事,其叙事风格可谓神秘诡谲。结合客观描述,实写遂与虚写交错成文,给读者造成了一种真幻交织的时空观感,佛教行记的文学魅力再次得到充分地展示。

如前所述,六朝佛教行记着意表现旅行者在求法过程中备受苦难。这里,部分汉地高僧大难不死,终究得以回归故土,通常归结于此人"诚心冥彻,履险能济"②。这诚如法显《佛国记》结语所云:"窃惟诸师来得备闻,是以不顾微命,浮海而还,艰难具更,幸蒙三尊威灵,危而得济,故竹帛疏所经历,欲令贤者同其闻见。"③正因为如此,记录现世灵验成为此类著作的固有内容。《出三藏记集》法勇本传基于昙无竭《外国传》而成,其中叙述旅行者经历:"复北行至中天竺,旷绝之处,常赍石蜜为粮。其同侣八人路亡,五人俱行,屡经危棘。无竭所赍《观世音经》,常专心系念。进涉舍卫国,中野逢山象一群,无竭称名归命,即有师子从林中出,象惊怖奔走。后渡恒河,复值野牛一群鸣吼而来,将欲害人。无竭归命如初,寻有大鹫飞来,野牛惊

---

① [唐]道宣著,范祥雍点校:《释迦方志》卷下,中华书局,2000 年版,第 96 页。
② [南朝梁]释僧祐撰,苏晋仁等点校:《出三藏记集》卷十五,中华书局,1995 年版,第 579 页。
③ [晋]释法显撰,章巽校注:《法显传校注》,中华书局,2008 年版,第 150 页。

散,遂得免害。其诚心所感,在险克济,皆此类也。"①可见巡礼求法之僧,其冥冥之中实有菩萨佑护,故能实现其宏图大志。

无独有偶,《出三藏记集》法显本传亦言:"明旦,显欲诣耆阇崛山,寺僧谏曰:'路甚艰险,且多黑师子,亟经噉人,何由可至?'显曰:'远涉数万,誓到灵鹫。宁可使积年之诚,既至而废耶?虽有险难,吾不惧也!'众莫能止,乃遣两僧送之。显既至山中,日将曛夕,遂欲停宿。两僧危惧,舍之而还。显独留山中,烧香礼拜,翘感旧迹,如睹圣仪。至夜,有三黑师子来蹲显前,舐唇摇尾。显诵经不辍,一心念佛,师子乃低头下尾,伏显足前。显以手摩之,咒曰:'汝若欲相害,待我诵竟;若见试者,可便退去。'师子良久乃去。"②此则材料为今本《佛国记》所无,撰者娓娓道来,故事瑰异奇幻,人物形象鲜明,同样充满着宗教神秘主义色彩。这种记载大多类似于《高僧传》等综合性僧传中的神异叙事,其程式化特征较为明显。

与陆路求法遭遇不同,《佛国记》曾讲述法显自师子国到耶婆提国海上经历:"得好信风,东下二日,便值大风。船漏水入。商人欲趣小船,小船上人恐人来多,即斫絚断,商人大怖,命在须臾,恐船水漏,即取粗财货掷着水中。法显亦以君墀及澡罐并余物弃掷海中,但恐商人掷去经像,唯一心念观世音及归命汉地众僧:'我远行求法,愿威神归流,得到所止。'如是大风昼夜十三日,到一岛边。"③结合前述,这种以人佛感通为内容的神异叙事,虽看似荒诞不经,却大多通过汉地僧人的亲身经历来彰显念经拜佛的诸多好处,足以与晋唐佛教类

---

① [南朝梁]释僧祐撰,苏晋仁等点校:《出三藏记集》卷十五,中华书局,1995年版,第582页。

② [南朝梁]释僧祐撰,苏晋仁等点校:《出三藏记集》卷十五,中华书局,1995年版,第574页。

③ [晋]释法显撰,章巽校注:《法显传校注》,中华书局,2008年版,第142页。

志怪小说亦即"释氏辅教之书"相媲美。古小说"释氏辅教之书"的范式之一,亦即说观世音灵验以诱趋利避害之徒。魏晋以来,著名的"《观世音应验记三种》即由南朝宋傅亮《光世音应验记》、宋张演《续光世音应验记》、齐陆杲《系观世音应验记》等三种典籍综合构成,全书与《宣验记》《冥祥记》中的人佛感通事迹交相辉映,共同造就了六朝观音灵验记录蔚为大观的局面"①。从故事结构和叙事技巧看,与汉译佛经和僧传文本类似,六朝佛教行记对于观世音灵验的讲述,因其同样包括僧人或者民众陷入困厄、归心释教乞求解救以及菩萨帮助世人脱离苦海三个基本环节,从而呈现出了形如"释氏辅教之书"的程式化特征,在晋唐佛教叙事文学序列中颇具代表性。

作为一种重要的佛教叙事文本,六朝佛教行记还有意讲述其他现实灵验。《出三藏记集》记载智猛旅行经历云:"猛先于奇沙国见佛文石唾壶,又于此国见佛钵,光色紫绀,四边灿然。猛花香供养,顶戴发愿:'钵若有应,能轻能重。'既而转重,力遂不堪,及下案时,复不觉重。其道心所应如此。"②非浊《三宝感应要略录》卷下引《释智猛传》云:"沙门释智猛,往游西域廿年。至南天竺尸利密多罗菩萨塔,侧有精舍,破坏日久,中有金色观世音菩萨像,雨霜不湿像身。诚心祈请,见空中盖。"③这些叙事同属"诚心冥彻"之例,与前述观音灵验实有异曲同工之妙。抑又,前述宝唱《名僧传》法盛本传实以《历国传》为材料基础。原文讲述:"盛与诸方道俗五百人,愿求舍身,必见弥勒,此愿可谐,香烟右旋。须臾众烟合成一盖,右转三匝,渐渐消

---

① 阳清:《古小说"释氏辅教之书"叙事范式探究》,《兰州学刊》2014 年第 11 期。

② [南朝梁]释僧祐撰,苏晋仁等点校:《出三藏记集》卷十五,中华书局,1995 年版,第 580 页。

③ [辽]释非浊编,邵颖涛校注:《三宝感应要略录》卷下,人民出版社,2018 年版,第 345 页。

尽。"①同属佛教应验类故事,此则语言干净,文笔朴素,其宗教意图明显。抑又,据支僧载《外国事》佚文:"毗呵罗寺有神龙,住米仓中,奴取米,龙辄却后。奴若长取米,龙不与。仓中米若尽,奴向龙拜,仓即盈溢。"又云:"私诃条国全道辽山有毗呵罗寺,寺中有石蹇至,有神灵,众僧饮食欲尽,寺奴辄向石蹇作礼,于是食具。"②两种灵验或为支僧载亲见。法显《佛国记》亦讲述法显在僧伽施国所遇:"住处一白耳龙,与此众僧作檀越,令国内丰熟,雨泽以时,无诸灾害,使众僧得安。众僧感其惠,故为作龙舍,敷置坐处,又为龙设福食供养。众僧日日众中别差三人,到龙舍中食。每至夏坐讫,龙辄化形作一小蛇,两耳边白。众僧识之,铜杆盛酪,以龙置中。从上座至下座行之,似若问讯,遍便化去,年年一出。"③同样是旅行者亲眼所见,撰者使用诡秘玄幻之笔,旨在证明佛法的巨大威力。

毋庸置疑,六朝其他佛教行记对于现世灵验的讲说,为汉地高僧求经巡礼之行增添了别样的浪漫主义色彩。这种记事与法显《佛国记》类似,应为撰者有意为之,不失为撰者生活体验的直陈、主观意想的表露以及宗教激情的倾泻。对于宗教徒而言,虚构和神幻的元素一旦注入佛教行记之中,以实录为特征、以真为美的史学叙事于是变成了以自神其教为宗旨的神学叙事。从读者接受和阅读的角度看,这种旅行笔记甚至变成了以文学演绎为手段、以审美为追求的艺术性文本,呈现出了类似于佛教志怪却不完全等同于"释氏辅教之书"之程式化叙事的文学张力。

与讲说现世灵验相比,六朝佛教行记对过往传说的追记更为丰富多彩。关于地方性神话,譬如慧生行记叙述:"复西行三日,至钵盂

① [南朝梁]宝唱:《名僧传抄》,《续藏经》,1925年上海涵芬楼影印本。

② 李德辉辑校:《晋唐两宋行记辑校》,辽海出版社,2009年版,第6页。

③ [晋]释法显撰,章巽校注:《法显传校注》,中华书局,2008年版,第53页。

城。三日至不可依山。其处甚寒,冬夏积雪。山中有池,毒龙居之。昔有三百商人止宿池侧,值龙忿怒,泛杀商人。盘陀王闻之,舍位与子,向乌场国学婆罗门咒,四年之中,尽得其术。还复王位,就池咒龙。龙变为人,悔过向王。王即徙之葱岭山,去此池二千余里。"①又记波知国旧事:"其国有水,昔日甚浅,后山崩截流,变为二池。毒龙居之,多有灾异。夏喜暴雨,冬则积雪,行人由之,多致艰难。雪有白光,照耀人眼,令人闭目,茫然无见。祭祀龙王,然后平复。"②两种材料之神话气息非常浓郁,洋溢着异域文化的情调,由此表现佛教文化与乌场国灿烂魔术的时代参合,牵引读者浮想联翩、心向往之。

　　而检读现存佛教行记,诸家追记传说虽详略不等,而实以佛本生故事和佛门圣人事迹为主体。《佛国记》之前,《外国事》拘私那竭国条即记述佛欲泥洹时和泥洹后相关故事,该书摩竭提国条亦记载佛于毗婆梨树下修行事,维罗越国条则记载太子始生及其后续灵验,篇幅尤长,远古传说由此构成了佛教行记的重要内容。又,法显《佛国记》、法盛《历国传》、昙无竭《外国传》等均有讲述牛头栴檀弥勒像相关传说。慧生行记则记载:"于阗王不信佛法。有商胡将一比丘名毗卢旃在城南杏树下,向王伏罪云:'今辄将异国沙门来在城南杏树下。'王闻忽怒,即往看毗卢旃。旃语王曰:'如来遣我来,令王造覆盆浮图一所,使王祚永隆。'王言:'令我见佛,当即从命。'毗卢旃鸣钟告佛,即遣罗睺罗变形为佛,从空而现真容。王五体投地,即于杏树下置立寺舍,画作罗睺罗像。忽然自灭,于阗王更作精舍笼之。今覆

---

① [北魏]杨衒之撰,周祖谟校释:《洛阳伽蓝记校释》卷五,中华书局,2010年版,第177—178页。
② [北魏]杨衒之撰,周祖谟校释:《洛阳伽蓝记校释》卷五,中华书局,2010年版,第183页。

瓮之影,恒出屋外,见之者无不回向。"①该书又追述乾陀罗城东南雀离浮图之来历:"如来在世之时,与弟子游化此土,指城东曰:'我入涅槃后二百年,有国王名迦尼色迦在此处起浮图。'佛入涅槃后二百年,果有国王字迦尼色迦出游城东,见四童子累牛粪为塔,可高三尺,俄然即失","王怪此童子,即作塔笼之"②。诸如此类,撰者因为目睹佛迹而追想其渊源,继而演绎佛本生故事和佛门圣人事迹,内容耐人寻味,读者由此备生敬意。

在六朝诸种佛教行记之中,法显《佛国记》因其大量记载各地佛教文化状况,充分描述各种佛教遗迹,频繁追记佛本生故事和佛门圣人事迹,从而最具代表性。该书记中天竺僧伽施国:"有一寺名火境。火境者,恶鬼名也。佛本化是恶鬼。后人于此处起精舍,以精舍布施阿罗汉,以水灌手,水沥滴地,其处故在。正复扫除,常现不灭。此处别有佛塔,善鬼神常扫洒,初不须人工。有邪见国王言:'汝能如是者,我当多将兵众住此,益积粪秽,汝复能除不?'鬼神即起大风,吹之令净。"③记沙祇大国:"出沙祇城南门,道东,佛本在此嚼杨枝,刺土中,即生长七尺,不增不减。诸外道婆罗门嫉妒,或斫或拔,远弃之,其处续生如故。"④记拘萨罗国舍卫城:"出祇洹东门,北行七十步,道西,佛昔共九十六种外道论议,国王、大臣、居士、人民皆云集而听。时外道女名旃柘摩那起嫉妒心,乃怀衣着腹前,似若妊身,于众会中谤佛以非法,于是天帝释即化作白鼠,啮其腰带断,所怀衣堕地,地即

①　[北魏]杨衒之撰,周祖谟校释:《洛阳伽蓝记校释》卷五,中华书局,2010年版,第175页。

②　[北魏]杨衒之撰,周祖谟校释:《洛阳伽蓝记校释》卷五,中华书局,2010年版,第200—201页。

③　[晋]释法显撰,章巽校注:《法显传校注》,中华书局,2008年版,第53—54页。

④　[晋]释法显撰,章巽校注:《法显传校注》,中华书局,2008年版,第60页。

劈裂,生入地狱。"①如此种种,实令读者目不暇接,为《大唐西域记》的写作提供了叙事经验。

《佛国记》中更有篇幅较长的佛教传说。该书记录法显游至僧伽施国之际,即用较多文字追记佛上忉利天三月为母说法之事,又有长篇追记伽耶城贝多树下魔王遣三玉女试佛之事,至于讲述毗舍离国放弓仗之塔相关传说,伽耶城阿育王果报作铁轮王相关传说等等,不仅曲尽原委,婉转有致,而且可与不少汉译佛经互为发明。六朝佛教行记中的类似叙事,通常使用插叙、追叙、补叙等手法,恰如怀古类诗文作品中常用的写作技巧,尤其符合古代游记的一贯写法,在虚实相生、真幻交织中肆意地进行文学演绎,并让佛教文化意蕴得以尽情地展示出来。当大量的佛本生故事和佛门圣人事迹融入佛教行记之中,简单清晰的经行记录由此变得神秘厚重,引人入胜。

五、文学意义之呈展

六朝虽战乱频仍,而中印交通不断,"商胡驿使不绝于途,求法或传教的僧徒肩皆相望",中土僧侣前往佛国巡礼者不乏其人,知名僧传和佛教经录往往叙及,而比较之下,"写成旅行记者却寥寥无几"②,法显《佛国记》等佛教行记正是在很大程度上弥补了这一欠缺,并且呈现出了文学价值。以这个历史阶段的佛教行记及其相关文献为主要考察对象,兼及其他佚著,可见其文学演绎主要表现为写景、状物、叙人、记事等方面,藉此表现出汉地高僧巡礼求经虽九死而未悔的崇高精神,颇具文学感染力。李德辉认为,"古行记记述旅途见闻,描写景物古迹,记载风土人情,表达作者感情,体现的正是中国

① ［晋］释法显撰,章巽校注:《法显传校注》,中华书局,2008 年版,第 62—63 页。
② 陈连庆:《辑本〈佛图调传〉序》,《古籍整理研究学刊》1985 年第 3 期。

散文追求实用、崇尚真实、提倡简洁的民族特征,是民族文学特性的体现"①。毋庸置疑,六朝佛教行记综合呈现出其作为文学文本的内涵以及张力,构成了中古佛教叙事文学不可分割的组成部分。前述杜佑在《通典·西戎总序》中,认为诸僧游历传记皆盛论释氏诡异奇迹,具体指明六朝佛教行记传说故事之神秘风格,正是这类文献展示文学魅力的重要层面。就其可能性和必然性而言,六朝佛教行记之文学表征及其行文特征,直接根源于西行求法这种佛教活动。西行僧人在巡礼求法中所见所闻,正是产生这种行记文学的根本原因。其文学意义则表现为:

首先,彰显叙事文学成就并拓展了传统传记空间。六朝佛教行记之文学表征,自然难以与这个时代的诗歌、辞赋以及诸种史传的最优作品和整体成就媲美,然而其写景、状物、叙人以及记事等文学表现,一方面是早期传统文学经验的进一步发挥和延伸,另一方面不失为彰显中古叙事文学成就的重要方面。如前所述,这些佛教行记通常被《隋书·经籍志》收入史部地理类,而晋唐地理类文献之所以日趋繁富乃至自成一体,正是肇兴于两汉以来的史传撰写效应及其相关叙事风尚。然而传统传记创作受正史影响较大,且不论一般僧人难以进入史家视野,相关别传体制的文本局限亦往往导致其篇幅短小,乃至缺乏真情实感和文学趣味。佛教行记则不然。它非但不受文本长度限制,更重要的是,结合撰者自身旅途见闻来加以追记和演绎,因而更具文学表述的自由和可能。除了写景等四个方面,六朝佛教行记在文本构架上可谓严谨有序,就其以时间、地点以及传主见闻为主要线索的创作体式而言,同样大体上吸收并且超越了前赋史传经验的常规写法,乃至成为佛教传记文学中的别调。从总体上看,六朝佛教行记尤其是凭借其叙人之真切传情和记事之神秘有验,不仅

① 李德辉:《论汉唐两宋行记的渊源流变》,《中华文史论丛》2010 年第 3 期。

从另一个侧面展示了晋唐叙事文学成就,而且在很大程度上拓展了早期传记的写作空间和研究空间。

其次,丰富山水游记创作并开阔了眼界。六朝佛教行记不啻与佛教文化直接结合,最终演绎成了佛教叙事文学的重要文本,以至与汉译佛经、传统僧传以及"释氏辅教之书"鼎足而立、交相辉映,而且借助地志和传记这两种相关文体,丰富了中古山水散文特别是游记文学的类型和内涵,大大开阔了这种文学创作的眼界和视野。晋宋之际,我国地记之作全面勃兴,述地抑或记人都在这一时期进入创作的高峰期。盛弘之《荆州记》、袁山松《宜都山川记》中的部分内容,因被郦道元《水经注》征引而成为山水名篇,"准确地说,影响郦氏《水经注》山水散文创作的,应当是以袁、盛二《记》为代表的整个晋宋地记"①,由此为魏晋南北朝山水散文做出了巨大贡献,成为中古游记文学研究的应有内容,前贤对此已有所涉猎。然而,考察古代山水散文和游记文学的发展,地记或者地志之作固然不容忽视,作为史部地理类著作的六朝佛教行记同样值得我们重视。毕竟,西行高僧旅途所见自然地理多为人迹罕至之处,不仅在描写对象上与汉地风景大不相同,而且在美学风格上大相径庭。从这种意义上说,六朝佛教行记借助某种写作实践,不惟丰富了传统的文学写作手法,积累了写作经验,最终亦让这个时代的山水散文和游记文学得到进一步扩展,成为文学史不可分割的组成部分,我们不应忽视。换句话说,考察古代叙事文学和山水游记的演进链条以及横截面,六朝佛教行记可谓不可缺少的环节。

再次,作为民族文学的文本呈现与价值功能。六朝佛教行记可视为民族文学作品。考察这些行记的撰者,前述向达推测支僧载为晋时自月氏东来之沙门,陈连庆亦认为支僧载应是东晋时人。根据

---

① 王立群:《中国古代山水游记研究》,河南大学出版社,1996年版,第35页。

列维、梁启超、向达、岑仲勉、陈连庆等学者的相关研究,可以推测竺法维大致生活于东晋刘宋间,该僧大概与支僧载、法显等处于同一时代,其籍贯则有高昌、凉州二说。据《名僧传》记载,法盛为垄西人,寓于高昌。依据《洛阳伽蓝记》等文献资料,慧生或为北魏洛阳崇虚寺沙门,宋云乃敦煌人,曾居住于洛阳城东北上商里。不难发现,这些僧人身份或多为古代少数民族,或长期寓居于少数民族生活地区,其活动时代多处于东晋十六国或南北朝,恰为中国民族融合的关键阶段。从著作本身看,这些行记多反映边疆风情和人文,特别详记僧人在西域和佛国所见所闻,由此别行于汉文典籍之中,不仅是这个时代边疆文学的客观呈现,而且借助丝绸之路所见所闻,事实上彰显和宣扬了不同国家、地区以及民族的社会生活和风物风俗,因而可视为广泛意义上的民族文学文本。抑又,印度重玄想而轻史学,“印度史籍,向不完全,多杂神话”,“而于阗、龟兹诸国则久已湮灭,传记无存。西方研究此方史地学者,遂不得不转乞灵于他国人之记载。我国人游历天竺、西域之传记有十余种,其现全存者极少,西人均视为鸿宝”①,六朝佛教行记借助生活叙事和文学演绎,在某种程度上成了集中再现和研究古代中亚和南亚社会生活的重要学术资料。这类文献对于民族文学的时代贡献,在于借助佛教徒的异域见闻和所历所感,通过文本演绎和艺术处理,以一种类似于文学还原的方式贡献给了惯于展开历史想象的读者,并为他们开拓视界,增长见识,客观上呈现出了某种认识功能和审美功能。

最后,对后来佛教行记和相关叙事产生影响。六朝佛教行记之文学表征,势必为唐代佛教行记提供叙事模本。从继承传统看,玄奘行记积极演绎惊险恶劣的自然地理,充分证实高僧在旅途中得到诸佛和菩萨的佑护,大力弘扬佛教救苦救难的宗教本质,可谓与六朝佛

---

① 汤用彤:《汉魏两晋南北朝佛教史》,中华书局,1983 年版,第 271 页。

教行记同工异曲。尽管如此,玄奘行记在演绎上述传统时更为明显,内容更加丰富,手法更趋多样,影响更是深远。仅以描写大雪山为例,《大唐西域记》卷一描述跋禄迦国凌山,《大慈恩寺三藏法师传》卷二亦描述跋禄迦国凌山。二者的共同点是形容详实,不同点是侧重各异,独具特色。与此相关,《大唐西域记》卷一还描述揭职国东南大雪山,《慈恩传》亦描述揭职国大雪山,前者表述凝练雅致,后者则使用白描、用典以及议论等多种手段来突显法师形象,颇具深意。毋庸置疑,玄奘行记大力演绎求法者所历险恶的地理环境和自然现象,吸收并且超越了前人同类著作。从叙事策略上看,玄奘行记屡次记载其亲历强盗劫掠事件,通过其他种种天灾人祸来深刻揭示苦难叙事的主题,结合精彩绝伦的佛教故事和复杂多样的地方传说,事实上升级了以《佛国记》为代表的六朝佛教行记。抑又,从法显、慧生行记相关文献有意于人物情感的抒写,到前期义净类传中诸诗的时代演绎,乃至新罗僧人慧超行记中亦出现五言诗,终使唐代佛教行记的诗笔达到了很高的文学水平,佛教行记的情感抒写及其诗笔,充分表现出晋唐高僧作为多种人物主体的普遍情怀。诸如此类,后文均将详细阐述。从更为广阔的视野看,缘于西行求法所致的六朝佛教行记及其以写景、状物、叙人、记事等为特色的文学表征,亦必然会在创作上对唐后相关佛教叙事尤其是西游主题类小说产生直接而又深远的影响,唐代佛教行记正是位处文言小说高峰时代而起到了承前启后的过渡作用。

第十章 唐代佛教行记之文学趋向

　　北魏慧生、菩提拔陀之后，基于更为宽松的时代环境，唐代僧人前往佛国巡礼求法者亦踵武相接。汤用彤指出："隋炀帝锐意凿通西域，及至唐初，威力震远，甚且发兵入中印度克名都，擒伪王，中外交通因之大辟。而玄奘西征，大开王路，僧人慕高名而西去求法者遂众多。义净三藏作《大唐求法高僧传》，仅就一己闻见，时限太宗、高宗、天后三朝，所记已有六十人。义净自谓'西去者盈半百，留者仅有几人'，则其湮没未彰不知凡几，而求法之盛概可知矣。"①与六朝大致类似，唐朝佛教行记一方面存世文献较少，保存完帙者依然罕见，另一方面则共同展示出了诸如地理、交通、文化、文学等多重学术价值。单就文学性看，"实用动机使得先唐僧人行记普遍比较简古。而且撰记的僧人都非名流显达，如法显，地位寒微，一介草民，恬淡恭顺，言辄依实，其身份、性格、学养决定了作品风格古朴，用笔多平铺直叙，绝少增饰，描写、议论、抒情等手法用得较少"②。而相比之下，唐朝佛教行记一方面吸收前赋文学传统，另一方面凭借其文献形态之弥繁、写作意图之迎合、生活广度之拓展、文学手段之更新等进行综合演绎，藉此表现出了某种时代趋向和功能强化，并且昭示出了较为显著的文学意义。

---

① 汤用彤：《隋唐佛教史稿》，中华书局，1982年版，第71页。
② 李德辉：《论汉唐两宋行记的渊源流变》，《中华文史论丛》2010年第3期。

一、从自撰到他撰：写作意图之迎合

从撰写宗旨看，六朝佛教行记通常为自撰。自撰行记与赍经翻译往往产生于高僧归国之后。靳生禾即认为，法显《佛国记》，"此类文体唯有躬身实践的旅行家才有可能撰写，非局外人所宜蹑足者"①。自撰行记的宗旨应为追记怀想和令人闻见，而证实为他人所撰的文献资料尚未发现。自唐代以来，一些佛教行记始为他人撰写，或为迎合世俗政权需要，或为颂美其师风范，或为姑且存录其事，其写作的意图或者叙事动机明显有所改变，由此必然导致其文本风格呈现出时代转换。

详言之，六朝佛教行记诸如支僧载《外国事》、释法显《佛国记》、竺法维《佛国记》、释智猛《游行外国传》、昙无竭《外国传》、释法盛《历国传》、释昙景《外国传》、菩提拔陀《南海行记》，以及记载慧生等人西行求法的《慧生行传》《宋云家记》《道荣传》十一种，应为旅行者本人撰写。《佛国记》正是法显在归国之后撰写，该著"结语"即叙及自撰之写作宗旨。智昇《开元释教录》亦附及法显回国后"南造建康，于道场寺，就外国禅师佛陀跋陀罗，译《大般泥洹经》等六部，撰《游天竺传》一卷"②。智猛《游行外国传》亦为自撰，僧祐《出三藏记集》智猛法师传即言智猛以元嘉十六年（439）七月七日于钟山定林寺造传。昙无竭《外国传》亦然，道宣《大唐内典录》著录有《外国传》五卷，即云竭自述游西域事。释法盛《历国传》亦然，慧皎《高僧传·晋河西昙无谶》末言沙门法盛亦经往外国，立传凡有四卷。《洛阳伽

---

① 靳生禾：《〈佛国记〉多名和于阗佛事》，《史学月刊》1983 年第 6 期。
② ［唐］智昇：《开元释教录》卷三，《大正藏》第 55 册，新文丰出版公司，1975 年版，第 508 页。

蓝记》所记慧生、道荣、菩提拔陀等僧人佛国游历事迹,亦属游方沙门自撰。

　　至有唐一代,义净、慧超行记应由本人撰写,常愍行记难以确定撰人。《大唐西域记》则由唐太宗敕令撰著,由玄奘口述,门人辩机笔受。据《大慈恩寺三藏法师传》:"壬辰,法师谒文武圣皇帝于洛阳宫。二月己亥,见于仪鸾殿,帝迎慰甚厚","帝又谓法师曰:'佛国遐远,灵迹法教,前史不能委详,师既亲睹,宜修一传,以示未闻'",二十年(646)"秋七月辛卯",《大唐西域记》"至是而成"①。书末亦附《记赞》云:"辩机远承轻举之胤,少怀高蹈之节,年方志学,抽簪革服,为大总持寺萨婆多部道岳法师弟子。虽遇匠石,朽木难雕;幸入法流,脂膏不润。徒饱食而终日,诚面墙而卒岁。幸藉时来,属斯嘉会,负燕雀之资,厕鹓鸿之末。爰命庸才,撰斯方志。"②这种写作场域和撰写机制方面的变化较为明显,非常值得我们注意。

　　无独有偶,慧立等《慈恩传》同样为玄奘门人撰著。李德辉认为:"此书虽属僧传,用的却正是典型的行记写法,行文典雅,情节生动,故事性强,在唐人同类作品中文学意味最浓,历来被公认为我国传记文学的杰作,也是行记文学的名作。"③观其撰写背景,据彦悰《序》言:"《传》本五卷,魏国西寺前沙门慧立所述",慧立"睹三藏之学行,瞩三藏之形仪,钻之仰之,弥坚弥远,因循撰其事,以贻终古。及削稿云毕,虑遗诸美,遂藏之地府,代莫得闻。尔后役思缠痾,气悬钟漏,乃顾命门徒,掘以启之,将出而卒。门人等哀恸荒鲠,悲不自胜,而此

———————————

① ［唐］慧立、彦悰:《大慈恩寺三藏法师传》卷六,中华书局,2000 年版,第128—134 页。

② ［唐］玄奘、辩机原著,季羡林等校注:《大唐西域记校注》"记赞",中华书局,2000 年版,第 1049 页。

③ 李德辉:《唐人行记三类叙论》,《华南师范大学学报》(社会科学版)2005 年第 2 期。

《传》流离分散他所,后累载搜购,近乃获全。因命余以序之,迫余以次之",彦悰"再怀惭退,沉吟久之,执纸操翰,汰澜膈臆,方乃参犬羊以虎豹,糅瓦石以琳璆,错综本文,笺为十卷,庶后之览者无或嗤焉"①。这种弟子为尊师撰著的纪念性传记,容易产生崇敬型认同,其中前五卷叙述玄奘西行求法之行迹,在叙事策略和塑造形象方面尤为用力。

　　与《大唐西域记》类似,悟空行记为圆照代为撰写。《悟空入竺记》末云:"沙门圆照自惟疵贱,素无艺能,喜遇明时,再登翻译,续修图纪,赞述真乘,并修《大唐贞元续开元释教录》。悟空大德具述行由,托余记之,以附图录,聊以验其事也。久积岁年,诘问根源,恭承口诀,词疏意拙,编其次云。大雅硕才,愿详其志也。"②义净《大唐西域求法高僧传》专为西行求法僧人作传,除其自撰行记外,其中不少游方沙门事迹属于代撰。因为玄奘、悟空等旅行记录均由他人撰写,唐代佛教行记之写作意图或者叙事动机事实上与六朝各异,由此表现出了不同的文本特征和文学意义。

　　更为确切地说,六朝佛教行记乃自撰而成,撰者具有高僧、旅行者以及异乡人等主体特征,其生活感受更为真切可观,其行文风格类似于僧人西游回忆录,其中自然包含有史传、地志、游记、佛教故事集等杂文体特征,并且作为舆地游记的文本风格非常明显,充满着一定程度的文学感性色彩。尽管六朝大多数行记仅存吉光片羽,但是通过检读法显《佛国记》与杨衒之《洛阳伽蓝记》卷五所记慧生行传相关文献,我们得见高僧经行路线以及相关异域风物的描述。更为重要的是,旅行者自身在其行记中多次出现,人物主体形象及其心理情

---

① ［唐］慧立、彦悰:《大慈恩寺三藏法师传》"序",中华书局,2000 年版,第 3 页。
② ［唐］圆照:《悟空入竺记》,《大正藏》第 51 册,新文丰出版公司,1975 年版,第 981 页。

感藉此得以不同程度地展现，对佛国的虔诚、对友朋的关怀、对故乡的思念等交织于文本之中，相关叙事更为生动鲜活。

与此不同，为迎合唐太宗对西域和佛国情况的全面掌握，"至于玄奘所记，微为详尽，其迂辞玮说，多从剪弃，缀为《大唐西域记》一十二卷"，"截此芜辞，采其实录"①，由辩机笔受的《大唐西域记》"虽未极大千之疆，颇穷葱外之境，皆存实录，匪敢雕华"②，其游记文学特征、高僧主体形象及其较为复杂的心理情感已明显弱化乃至不予关注，其政治颂圣意图以及佛教经营痕迹却比较明显，从而充满着以地志为文本风格的理性色彩，故其史学价值极大。抑又，《大唐西域记》除了宏观介绍西域和佛国的各个方面，特别注重讲说与佛教遗迹直接相关的佛陀本生以及门人相关事迹、以佛门摧伏外道为内容的精彩故事、各种异彩纷呈的地方传说等等，撰者特别注重所叙故事渊源的客观性，故而文本往往出现"闻诸先志""闻诸先记""闻诸土俗""闻之土俗""闻诸耆旧""彼俗书记""先贤记曰"，甚至"《国志》曰""《印度记》曰""《贤德传》云"等等说法，看似在很大程度上磨灭了主观意识，其实恰恰彰显了以迎合政治与弘扬佛学为宗旨的叙事动机，成为比较文学研究的重要文本。

同为他撰而以颂美其师为宗旨的《慈恩传》，实与《大唐西域记》的文本风格迥然不同。该书前五卷虽然亦包含有地志、史传、游记等杂文体特征，文本诚然有介绍西域和佛国的相关情况，也有针对各地风物和佛教遗迹的客观描写，但是撰者对于这三种文体元素的处理要相对均衡一些，因受两汉以来史传创作传统的重要影响，撰者非常注重突显主体人物的光辉形象，却较少再现玄奘作为旅行者的复杂

---

① ［唐］玄奘：《进〈西域记〉表》，季羡林等校注《大唐西域记校注》"附录"，中华书局，2000年版，第1054页。

② ［唐］慧立、彦悰：《大慈恩寺三藏法师传》卷六，中华书局，2000年版，第135页。

情感,与玄奘直接相关的种种生活遭遇以及观音灵验和人佛感通,屡次出现并且与佛教遗迹相关传说分镳并鹜,佛教诸神对玄奘的神秘佑护、玄奘卓尔不群的佛学实力以及所到之处备受各国僧俗首领礼遇等等,往往充斥着文本内容,慧立代撰的写作意图和创作动机得以彰显无疑。从文学功能看,这种纪念性传记的书写模式可谓利弊相依。

此外,作为圆照代撰的《悟空入竺记》,其叙事宗旨在于存录悟空事迹而已,故其文字相对简短,撰者一方面试图让悟空西行的来龙去脉、经行路线比较清晰地呈现在读者面前,另一方面试图讲述悟空亲身经历的与佛教直接相关重要事件,最终较为粗略地完成了行记内容。同样以代撰为主要模式,义净《大唐西域求法高僧传》囿于类传体制和行文篇幅,无法像晋唐佛教行记自著那样详尽自如,然而缘于诗国高潮的时代影响,其相关诗歌记载及情志抒发又非常难得。要之,考察晋唐佛教行记之写作场域,或有高僧回国之后再行撰写,或有高僧在旅途之中即行撰写,甚至有高僧在途中随时记录而回国之后再加丰富和增饰的情况。但无论如何,个人自撰与他人代撰毕竟有异,佛教行记因为撰者写作宗旨的改变,势必导致其文本风格随之变化,这种时代转向亦最终让唐代佛教行记的文学特性、价值以及意义得到改观。

二、从别本到类传:文献形态之多样

从文献形式看,六朝佛教行记一般为单著或者别本,后被其他著作吸收并且删改其相关文本,成为综合性僧传、经录附传以及寺塔记的部分内容;而唐代以来,佛教行记单著、高僧专传、西行僧人类传乃至综合性僧传、经录附传等并行不悖,几乎在同一个历史时期因不同写作意图或者叙事动机而被撰写出来。从别本到现存类传,充分展示出佛教行记的综合化趋势。晋唐佛教行记在文献形式方面的时代转向,实际展示了这些行记文献在晋唐之际的传播方式和客观状况,由此证实唐朝西行僧人及其佛教行记的影响力日趋增强,其人文价值和文学意义已经得到了很大程度的提升。

考察六朝佛教行记,从东晋的支僧载《外国事》至北魏慧生行记相关文献,均为单著别行于世。法显《佛国记》问世之后,《出三藏记集》卷十五《法显法师传》,《高僧传》卷三《宋江陵辛寺释法显》,以及《开元释教录》卷三附传、圆照《贞元新定释教目录》卷五附传等先后删定并逐相沿袭其文本内容,遂成更为简练的法显传记,《佛国记》一书则以不同称名在世间广泛流播。释智猛《游行外国传》问世之后,《出三藏记集》卷十五《智猛法师传》,《高僧传》卷三《宋京兆释智猛》,以及《开元释教录》卷四附传等同样先后删定并逐相沿袭其文本内容。昙无竭《外国传》亦然。《出三藏记集》卷十五《法勇法师传》,《高僧传》卷三《宋黄龙释昙无竭》,以及《开元释教录》卷五附传、《贞元新定释教目录》卷八附传四种文本,叙述昙无竭生平事迹可谓大同小异,但是均以其行记为基础。法盛《历国传》亦如此。《高僧传》卷二昙无谶附传与宝唱《名僧传》卷二十六本传,均以法盛行记为基础。

竺法维《佛国记》早佚,唯见《高僧传》卷二《晋河西昙无谶》末附相关信息。揣摩其文,竺法维应与释僧表结伴前往佛国巡礼。宝唱《名僧传》卷二十六著有《晋东安寺竺法维》《晋吴通玄寺僧表》两传,前传已佚。后传谈及僧表闻弗楼沙国有佛钵,遂恨不及见,乃至西逾葱岭,欲致诚礼。考察《水经注》卷二征引竺法维《佛国记》,其中得见大月氏及弗楼沙有关"佛钵"描述。由此或证二人结伴经由新疆前往佛国。可以推测的是,《名僧传》卷二十六《晋东安寺竺法维》应以竺氏《佛国记》为基础删改而成。至于《南海行记》《惠生行传》《宋云家记》《道荣传》等佚著亦曾别行于世,后因杨衒之《洛阳伽蓝记》之节录、拼补而存其崖略。要之,六朝大多数佛教行记虽亡佚已久,但通过综合性僧传、经录附传以及寺塔记,我们尚得以窥见其一斑。从总体上看,六朝佛教行记的影响力其实是有限的。所幸有法显《佛国记》全帙今存于世,否则这类文献最易湮灭,根本不会引起学术界的充分关注。

自佛教传入汉地以来,僧人传记著作在东晋已逐渐流行,其发展趋势为品题人物著作、别传、类传以至综合性传记。这里,前述从孙绰《名德沙门题目》到《世说新语》引注诸僧人别传,从竺法济《高逸沙门传》到慧皎《高僧传》,可谓如实地反映了六朝僧传文学的前因后果。关于佛教行记的出现,李德辉指出:"僧人行记的兴起过程和演化轨迹似可概括为普通僧传—游方僧传—旅行传记三阶段,其中起关键作用的是《法显行传》等典范作品的问世与流行,这为行传演变为一类著述创造了条件。"①这种说法值得辨析。倘若只关注汉地游方沙门事迹,则从历史编纂上遵循着从佛教行记单著到西行僧人类传以至综合性僧传的演进趋势。如果说,六朝佛教行记单著客观上成为了西行僧人类传、综合性僧传、经录附传以及寺塔记的文本基础;与此同时,六朝经录、僧人类传、综合性僧传对游方沙门群体的有意划分亦启发了唐朝的西域求法高僧类传②;那么至唐代,一方面是

---

① 李德辉辑校:《晋唐两宋行记辑校》"前言",辽海出版社,2009 年版,第 8 页。
② 汤用彤解释"游方沙门"云:"往西域者谓之游方。《僧传·智猛传》云:'余寻历游方沙门,记列道路,时或不同'云。又据慧皎自序云,僧宝有《游方沙门传》,此乃义净《求法高僧传》之类也。"(汤用彤:《汉魏两晋南北朝佛教史》,中华书局,1983 年版,第 270 页)此则昭示六朝西行僧人之众、求法运动之盛、佛教行记单著之夥,遂有游方沙门类传应运产生。然而非常可惜,《游方沙门传》片文只字不存。此后,《出三藏记集》书末附传、《高僧传》"译经"诸篇、《名僧传》"寻法出经苦节传"系列,均记载有不少西行僧人事迹。六朝经录、类传以及综合性僧传对游方沙门的有意划分,无疑是《大唐西域求法高僧传》这种西行僧人类传的先声。如果说玄奘行记和专传的产生,尤其印证了此僧难以企及的时代影响;那么义净类传无疑是唐朝特定时期西行求法运动再次兴盛的重要标志,并且凭借着这种传世文献,在总体上证实唐朝佛教行记水平已经超越了六朝。

佛教行记单著与西行僧人专传乃至综合性僧传、经录附传等文献并行不悖;另一方面是以早期佛教行记单著和综合性僧传为主要经验,西域求法僧人类传著作在佛教东传的鼎盛时期最终再次应运而生,从自撰单著的多次演绎,到代撰专传的精心撰制,乃至到类传的主题性结集和类型化叙事,事实上证明了唐代僧人前往佛国求法的再度高潮之势,甚至超越了六朝同类宗教运动。

　　以玄奘生平事迹为例,辩机笔受《大唐西域记》十二卷与慧立等《慈恩传》十卷大致产生于同一时期,后者继而对道宣《续高僧传》卷四译经篇《唐京师大慈恩寺释玄奘传》、智昇《开元释教录》卷八附传、冥祥撰《大唐故三藏玄奘法师行状》、刘轲《大唐三藏大遍觉法师塔铭并序》等文献产生直接影响,共同造就了某一西行高僧传记资料交相辉映的局面。以义净生平事迹为例,此僧不仅自撰《西方记》《大唐西域求法高僧传》《南海寄归内法传》等,由此与智昇《开元释教录》卷八附传、圆照《贞元新定释教目录》卷十三附传以及赞宁《宋高僧传》卷一《唐京兆大荐福寺义净传》等文献互为补充;更为重要的是借助西行僧人类传亦即《大唐西域求法高僧传》,全方位、多角度地介绍了初唐前往西域求法五十六位僧人的丰功伟绩,读者藉此得见这个时代佛教文化交流的繁荣局面。从总体上看,唐初西行求法僧人的时代影响力可谓空前绝后,玄奘与义净两位高僧不失为唐代佛学的符号和标志性人物,他们不仅教权在握,而且与世俗政权紧密关联,由此远胜于六朝时代。唐朝佛教行记在文献形式方面的时代转向,实际展示了这些行记文献不同于六朝的传播方式和客观状况,亦暗合晋唐时代佛教中国化过程中的兴衰荣辱。

　　从文献形式看,六朝大多数佛教行记单著几亡佚殆尽,现存佚文内容非常有限。支僧载《外国事》、竺法维《佛国记》、释智猛《游行外国传》、昙无竭《外国传》、释法盛《历国传》、释昙景《外国传》等佚著无不如此。唐朝某些佛教行记或经由他书摘录得以辗转流传至今，或通过敦煌石室得以不同程度地保存下来，同样展示了这些文献的传播方式和客观状况。据前述叙录，《大正藏》之《游方记抄》即收录新罗慧超记《往五天竺国传》、圆照《悟空入竺记》、常愍《历游天竺记》逸文等，充分表现出日本学者在佛教行记文献搜辑工作方面的积极努力。抑又，俄藏敦煌文献Ф209即义净所撰行记《西方记》，法藏敦煌文献伯3532即《惠超往五天竺国传》，敦煌石室所藏唐朝佛教行记的共同点在于以原著为基础的删略和加工，藉此变成了类似于旅行指南的节录本。《大正藏》和敦煌文献中佛教行记文本的出现，一方面证明了这些行记本身价值不凡，另一方面亦证实晋唐西行求法之路在佛教史上的地位与日俱增。从六朝迄于唐朝，佛教行记的这种时代转向客观上昭示出其文本意义的时代转换，证实其学术价值越来越受到后人的肯定。这里所谓文本意义的时代转换，理应包含着中古佛教行记在文学特性及其价值方面的时代变化。事实上，以《大唐西域记》《慈恩传》前五卷以及《往五天竺国传》为典型的初唐佛教行记，已经凭借其辉煌的文言叙事成就，在我国古代佛教文学中占有更为重要的时代位置。

三、从西域到南海：求法路线之拓展

从西行路线看，依据《佛国记》《出三藏记集》等文献，其分别记载法显、昙无竭从陆路前往佛国，继以海路东还汉地；依据信行《翻梵语》征引《历国传》卷四名物，或证法盛类同昙无竭，亦从海路归国；依据《洛阳伽蓝记》节录《南海行记》，可见菩提拔陀历经南海。除此之外，六朝佛教行记中的高僧，往往经由新疆陆路来往佛国。而检读唐朝佛教行记，西行求法高僧往还佛国的路线更为复杂多样，乃至出现经由新疆、西藏、云南、南海等多种实际情况①。义净《大唐西域求法高僧传》记载到印度求法的中国僧人，甚至以来去海路者为最多。这种时代转向，一方面让佛教行记所记风物、遗迹、人物、事件、传说等更为丰富多彩，由此能够反映更加广阔的社会生活；另一方面同样可证西行求法运动在唐代再次走向兴盛态势，由此让唐代佛教行记展示出某种时代特色，在传记文学层面彰显出特殊意义。

详言之，六朝僧人遵循陆路前往西域更为常见。通过考察支僧载的活动时代与国籍，同时检读岑仲勉辑本《外国事》佚文，我们得见该僧应由西域前往佛国。根据竺法维《佛国记》佚文，宝唱《名僧传》卷二十六、《水经注》卷二征引竺法维《佛国记》佚文等，我们得见竺氏曾与释僧表由西域前往佛国。依据《游行外国传》佚文、《开元释教录》卷四附传等，我们亦得见智猛由西域往来佛国。检读《洛阳伽蓝记》卷五，我们亦得见慧生、宋云、道荣等人由西域往来佛国。加之前述法显、昙无竭、法盛等人，均由陆路前往佛国，则六朝僧人通过新疆、中亚来往天竺，不失为主要线路。究其原因，梁启超之分析合于情理："海路之通，虽远溯汉代，然其时必无定期航行之船，盖可推定。广州夙称瘴乡，中原人本视为畏途。到彼候船，动逾年岁，而能成行与否犹不可期，此宜非人情所欲"，故竺僧之来汉地，汉僧留学毕业归国者，"虽遵此路，而首途时罕遵者，殆以其无定也"；与之相反，"西域正路，自苻秦以来，葱左诸邦，半皆服属；元魏盛时，威及葱右。自

---

① 关于中印僧侣往来路线情况，除王邦维《大唐西域求法高僧传校注》等著作涉及之外，刘跃进《六朝僧侣：文化交流的特殊使者》第三部分《文化僧侣的特殊作用》亦有分析。刘先生认为，佛教进入中国的四条路线中，"经过中亚西亚进入新疆的这条传播路径涉及范围最广，影响也最大。这条路径的西南端往往是天竺和罽宾，而东端则是由中国的西北地区，向中原、关中和东南地区辐射"（刘跃进：《六朝僧侣：文化交流的特殊使者》，《中国社会科学》2004年第5期）。所论方向虽与汉地僧人西行求法路线相反，亦足以资参证。

玉门至吐火罗（即汉时月氏辖境）在政治上几为中国之附庸区域，所以行旅鲜阻而西迈者相接也"①。汤用彤亦认为："我国北部至印度之通路，自多经今之新疆及中亚细亚。晋之苻秦与其后之北魏均兵力及乎西域。而当魏全盛，威权及于今之新疆及中亚细亚（月氏故地）。故中印间之行旅商贾，多取此途。经像僧人由此来者，亦较南方海程为多。"②可见，六朝僧人之陆路求法习惯，实际上牵涉到政治、军事、交通等诸多因素。

　　唐代伊始，西域与吐蕃路线均较为通畅。《大唐西域记》与《慈恩传》证实玄奘经由新疆路线往还佛国。据圆照《悟空入竺记》、赞宁《宋高僧传》卷三《唐上都章敬寺悟空传》等，亦可证悟空经由传统路线往还佛国。与众不同的是，义净《西方记》残卷以及《大唐西域求法高僧传》《南海寄归内法传》相关内容，已自证其经由海路往还佛国。据常慜《历游天竺记》佚文、义净《大唐西域求法高僧传》卷上常慜本传、非浊《三宝感应要略录》相关记录等，得见常慜由海路前往佛国。据慧超《往五天竺国传》残卷，可见其取海道前往天竺巡礼，取陆路归国。如果说，《大唐西域记》和《慈恩传》比较详细地记载了"从唐代的长安，经过今甘肃、新疆、中亚等地前往印度的道路"，亦即"自汉以来中印之间陆上最主要的交通路线"；那么，义净《大唐西域求法高僧传》通过简略记述五十六位高僧行迹，"却记载了唐初新开通的经过今西藏、尼泊尔到印度的道路，又比较详细地记载了从南海往印度的交通情况，由此反映出唐初以及以后中印交通发展的新趋势和新情况"；不仅如此，倘若把义净所传高僧"按时间顺序排列一个表"，还可以从该书看出"交通路线转变的趋势"，亦即唐高宗麟德年

---

① ［清］梁启超：《中国印度之交通》，《佛学研究十八篇》，上海古籍出版社，2001年版，第145—146页。

② 汤用彤：《汉魏两晋南北朝佛教史》，中华书局，1983年版，第267页。

（664）以后僧人取道南海往返日益成为大势所趋；唐代高僧取道南海路线亦并非一道，"即使是从陆路西行的僧人（包括国家使节），取传统的新疆、中亚道往印度的也不多，而多取新开辟的更为便捷的西藏、尼泊尔道"①。据王邦维研究，《大唐西域求法高僧传》甚至还提到一条从今云南到印度的道路。

　　要之，从西域到南海，以义净《大唐西域求法高僧传》为分水岭，唐代游方沙门的求法路线已经大为改观。这种现象，虽曾一度引起诸多学者的关注，但是结论均较为一致。譬如，冯承钧认为，"自汉迄晋佛法盛行，其通道要不外乎西域南海两道"，"唐代僧人叙述南海最详者要为义净"，"义净《大唐求法高僧传》载西行求法之僧人凡六十，而取海道者过半数"②。王邦维认为，"在义净以前，中印之间海上的联系固然存在，但通过今新疆、中亚而来往的陆路是主要的通道，这就是著名的陆上'丝绸之路'。而从义净这个时期开始，海路就逐渐成为主要的通道。陆路虽然仍然存在，但是时通时阻，重要性显然就不如以前，渐渐让位于海路了"③。笔者以为，此应为阅读晋唐佛教行记及其相关文献之后的共同感受④。究其原因，亦无非政治、

① 王邦维：《义净和〈大唐西域求法高僧传〉》，《大唐西域求法高僧传校注》"前言"，中华书局，1988年版，第7—8页。

② 冯承钧：《中国南洋交通史》，上海书店，1984年版，第21—51页。

③ 王邦维：《义净和〈大唐西域求法高僧传〉》，《大唐西域求法高僧传校注》"前言"，中华书局，1988年版，第10页。

④ 也有学者进行更加细致的统计和考察。例如，据李彩霞研究："以唐高宗麟德二年（665年）为界，此前以陆路为主，赴印15人中至少10人是经陆路而去。此后则以海路为主，赴印46人中至少37人走海路。"其结论是："义净经南海到印度求学，来回均取海道，是唐朝乃至中国通往西亚、非洲和欧洲的交通路线，从以陆路为主改为以海路为主的转折点，海路开始占据上风。此时距玄奘赴印（627年）仅44年，距玄奘去世（664年）仅7年，中外交通方式已经在发生着巨大变化。"（李彩霞：《法显、义净南海行程与唐代交通的转向》，《吉林大学社会科学学报》2019年第2期）又如，据李映辉研究，（转下页注）

军事和经济等因素所致。沙畹指出："唐代之盛,固为前此中国所未见,然其羁縻属地之实力,亦未能持久而不衰。自六六三年,吐蕃逐吐谷浑于青海之外以还,即为唐之强敌。常于天山南路及西突厥旧地一带,破坏唐之企图,而大食国又从而侵迫吐火罗各地。职是之故,七世纪之后叶,旅行家多舍陆而航海。据僧人义净《求法高僧传》所记六十僧人之传记,可以见之。"①梁启超亦认为,"缘政治势力之变动,影响已及于旅途","故《求法传》中人物,遵陆者什无一二,盖有所不得已矣。而当时海通事业,日益发荣,广州已专设市舶司,为国家重要行政之一,且又南北一家,往来无阂,故海途乃代陆而兴也"②。正因为如此,唐代僧人西行求法路线得到拓展。这必然给佛教行记带来新的社会内容和生活场景。

　　与六朝佛教行记相比,唐代类似著作无疑拓展了撰者描写西域和佛国生活的宽广度。这里,义净《大唐西域求法高僧传》针对那烂陀寺及其相关遗迹的详尽描述,体现出撰者较强的文字功底,远超同时代前后的文献记录,无疑在中古佛教行记中别具一格。又据《大唐西域记》"印度总述":"至于年耆寿耄,死期将至,婴累沉痼,生崖恐极,厌离尘俗,愿弃人间,轻鄙生死,希远世路。于是亲故知友,奏乐

（接上页注）在唐代往印度求学而籍贯可考的高僧中,他们所走的道路情况是:往路由陆路者 9 人,往路由海路者 34 人;归路由陆路者 8 人,归路由海路者 6 人。就西行求法路线而言:"在初唐以前,陆路是最重要的道路,由海路来往的较少。到了初唐,由于航海技术的发展,走海路的人多了起来,陆路交通反显得落后一些。"（李映辉:《唐代佛教地理研究》,湖南大学出版社,2004 年版,第 51 页）但无论如何,结论总是大同小异。

① ［法］沙畹:《中国之旅行家》,冯承钧译《西域南海史地考证译丛》第二卷第八编,商务印书馆,1962 年版,第 24 页。

② ［清］梁启超:《中国印度之交通》,《佛学研究十八篇》,上海古籍出版社,2001 年版,第 146 页。

饿会,泛舟鼓棹,济殑伽河,中流自溺,谓得生天。"①同书记窣禄勤那国:"阎牟那河东行八百余里,至殑伽河。河源广三四里,东南流,入海处广十余里。水色沧浪,波流浩汗,灵怪虽多,不为物害。其味甘美,细沙随流,彼俗书记谓之福水。罪咎虽积,沐浴便除。轻命自沉,生天受福。死而投骸,不堕恶趣。扬波激流,亡魂获济。"②同书记钵逻耶伽国,其大都城据两河(殑伽河与阎牟那河)交:"大施场东合流口,日数百人自溺而死。彼俗以为欲求生天,当于此处绝粒自沉,沐浴中流,罪垢消灭。是以异国远方,相趋萃止,七日断食,然后绝命。至于山猨野鹿,群游水滨,或濯流而返,或绝食而死。"③又据《慈恩传》禄勤那国:"又河东行八百余里,至殑伽河源,广三四里,东南流入海处广十余里,其味甘美,细沙随流。彼俗书记谓之'福水'。就中沐浴,罪瑕销除;啜波嗽流,则殃灾殄灭;没而死者,即生天受福。愚夫愚妇常集河滨,皆外道邪言,无其实也。后提婆菩萨示其正理,方始停绝。"④玄奘行记多处叙述古印度恒河自沉的宗教风俗,明显有异于法显的《佛国记》。至于二书针对西域和佛国不同民族的描述,往往囊括地理、地貌、政权、法律、风物、传说、佛迹、佛徒、佛俗、佛验、外道、俗众、俗风、衣食住行等方面,形式上更加类似方志,遂让唐代佛教行记文本愈加倾向于古代印度之旅行指南。

　　较为难得的是,缘于僧人西行求法路线的变化,唐代佛教行记出现了更多有关东印度、南印度特别是南海的记录。玄奘《大唐西域

① [唐]玄奘、辩机原著,季羡林等校注:《大唐西域记校注》卷二,中华书局,2000年版,第208页。
② [唐]玄奘、辩机原著,季羡林等校注:《大唐西域记校注》卷四,中华书局,2000年版,第394—395页。
③ [唐]玄奘、辩机原著,季羡林等校注:《大唐西域记校注》卷五,中华书局,2000年版,第464页。
④ [唐]慧立、彦悰:《大慈恩寺三藏法师传》卷二,中华书局,2000年版,第49页。

记》"序论"即云,瞻部洲地有四主,"西宝主乃临海盈宝","宝主之乡,无礼义,重财贿,短制左衽,断发长髭,有城郭之居,务殖货之利"①。义净在南海活动较为频繁,其撰著《南海寄归内法传》更是涉及印度诸多海滨之国和大量岛洲,详尽西方和南海的佛教教义、仪轨、风俗以及僧侣生活等。而事实上,与法显《佛国记》相比,《大唐西域记》《慈恩传》记载海滨国家、城池、岛屿、风物、遗迹及其相关历史人物、现世灵验和古代故事等明显增多,特别是原书关联于僧伽罗国的英雄和传说可谓神幻而又诡秘,令人心向往之。抑又,《大唐西域记》卷八记载摩揭陀国郁金香窣堵波传说:

> 昔漕矩吒国有大商主,宗事天神,祠求福利,轻蔑佛法,不信因果。其后将诸商侣,贸迁有无,泛舟南海,遭风失路,波涛飘浪。时经三岁,资粮罄竭,糊口不充。同舟之人朝不谋夕,戮力同志,念所事天,心虑已劳,冥功不济。俄见大山,崇崖峻岭,两日联晖,重明照朗。时诸商侣更相慰曰:"我曹有福,遇此大山,宜于中止,得自安乐。"商主曰:"非山也,乃摩竭鱼耳。崇崖峻岭,须鬣也。两日联晖,眼光也。"言声未静,舟帆飘凑。于是商主告诸侣曰:"我闻观自在菩萨于诸危厄,能施安乐。宜各至诚,称其名字。"遂即同声归命称念。崇山既隐,两日亦没。俄见沙门威仪庠序,杖锡凌虚而来拯溺,不逾时而至本国矣。因即信心贞固,求福不回,建窣堵波,式修供养,以郁金香泥而周涂上下。

这则以观音应验为主题的海洋传说,不失为佛教志怪小说,可与《佛国记》讲述法显自师子国到耶婆提国的海上经历及其观音灵验故事

---

① ［唐］玄奘、辩机原著,季羡林等校注:《大唐西域记校注》卷一,中华书局,2000 年版,第 43 页。

互为映照。不同的是,《佛国记》讲述现世灵验,《大唐西域记》讲述佛国故事,后者更加悠远,彰显浪漫主义。

　　义净《大唐西域求法高僧传》不仅记载取道南海前往佛国的汉地僧人较多,而且记载自己与这些高僧的密切交往,涉及诸多岛国、城池、寺庙以及相关政权、民众、风俗、佛经,乃至出现不少诗歌、韵文等等。该书还记载义净取道南海之险恶,所谓"长截洪溟,似山之涛横海;斜通巨壑,如云之浪滔天"①,描写海洋气势磅礴,形象逼真。该书讲述常愍禅师"遂至海滨,附舶南征,往诃陵国。从此附舶,往末罗瑜国。复从此国欲诣中天。然所附商舶载物既重,解缆未远,忽起沧波,不经半日,遂便沉没"②,终因舍己为人而卒于碧波之中,积极表现出一代高僧慈悲为怀的佛教精神,无不令人心生敬意。要之,自法显《佛国记》开始记录南海以来,唐朝佛教行记《大唐西域记》,特别是相关文献《大唐西域求法高僧传》《南海寄归内法传》等,可谓极大地拓展了撰者描写南海和佛国生活的宽广度,藉此成为记录古代中国与南海诸国交流往来的重要文献资料,并且彰显出了非同寻常的文学意义。

四、从史观到文学:文本功能之强化

　　从文本功能看,六朝佛教行记共同展示出了史学考证之价值。例如,法显《佛国记》所载北天竺有关佛陀本生之四大塔迹,实可与某些汉译佛经、《洛阳伽蓝记》卷五以及玄奘《大唐西域记》相互印证。

---

① ［唐］义净著,王邦维校注:《大唐西域求法高僧传校注》卷下,中华书局,1988年版,第152页。
② ［唐］义净著,王邦维校注:《大唐西域求法高僧传校注》卷上,中华书局,1988年版,第51—52页。

较为典型的例证还有,以四大塔迹为主体,大乘佛教为取信于信徒,特在北印度辛头河流域创建若干佛迹,"此事亦无足异,缘当时之乌苌乾陀罗为'大乘教'之中心";检读《洛阳伽蓝记》卷五,"可知流行于乾陀罗与乌苌一带之佛教,同流行于摩伽陀(Magadha)一带之佛教,不可相提并论;又可知中印交际,北印度较中印度为易为多;并可使吾人了解以辛头河为中心之'大乘'说及乾陀罗之艺术,何以在远东大事发展之理"①。诸如此类,前文已有论证。

　　至于其文学演绎,则主要表现在写景、状物、叙人、记事、谋篇等方面,前文亦有深入阐述。故而六朝佛教行记之文本功能,主要表现为史学与文学,尽管其中的文学功能尚未占据到非常重要的位置。换句话说,六朝佛教行记虽为唐代相关著述提供了叙事摹本,但并未达到我国佛教叙事文学的鼎盛之态。唐代佛教行记具有诸种学术价值自不待言,其文本功能则更具多样化,往往具有跨学科交叉研究之用。沙畹指出:"法显、宋云之记述,固为有价值之作品,然不足与六四八年玄奘所撰述之《西域记》及《三藏法师传》,相提并论也。玄奘可以印度之 Pausania 称之(按 Pausania 为希腊之史地学家,其所撰之 Periegesis 尚为今日考古学家所据以为寻求古物之佳作)。彼为今日一切印度学家之博学的向导。今日学者得以整理七世纪印度之不明瞭的历史地理,使黑暗中稍放光明,散乱中稍有秩序者,皆玄奘之功焉。"②更为难得的是,以《佛国记》《慧生行传》等比之《大唐西域记》《慈恩传》《往五天竺国传》等,可见六朝佛教行记的种种文学演绎,至唐代不仅愈加踵事增华,而且呈现出其独特性和时代性,从总体上

————————

① ［法］沙畹:《宋云行纪笺注》,冯承钧译《西域南海史地考证译丛》第二卷第六编,商务印书馆,1962 年版,第 6—8 页。

② ［法］沙畹:《中国之旅行家》,冯承钧译《西域南海史地考证译丛》第二卷第八编,商务印书馆,1962 年版,第 18 页。

成就了中古佛教叙事文学的高峰。

众所周知，四库馆臣如此评价法显《佛国记》，所谓"然六朝旧笈，流传颇久，其叙述古雅，亦非后来行记所及。存广异闻，亦无不可也"①。而以《法显传》《宋云行记》等书为代表，六朝"行记最基本的文体特征，正是'文笔质实，语气平直'这两点"，"行记都是讲述一个人或一群人的长途旅行，必须按照事件的发生发展、前因后果去讲述，这样才经历完整，符合事物的本来面目"，"观感这一最见个人情性和才气的部分又因文体的限制，被置于最末的地位，不能充分发挥，因此哪怕写得再美妙传神、奇情壮采的行记，都难改这种顺溜语气和平直语感"②。尽管如此，六朝佛教行记中曾经出现的某些文学元素与表征，至唐代已经发挥至更高水平。

单以写景状物为例，前述《佛国记》《慧生行传》等描述沙漠、雪山、冰崖、江川、深渊等绝域奇景，往往相对简练传神。至《大唐西域记》描绘跋禄迦国凌山及大清池："国西北行三百余里，度石碛，至凌山，此则葱岭北原，水多东流矣。山谷积雪，春夏合冻，虽时消泮，寻复结冰。经途险阻，寒风惨烈，多暴龙，难凌犯。行人由此路者，不得赭衣持瓠大声叫唤，微有违犯，灾祸目睹。暴风奋发，飞沙雨石，遇者丧没，难以全生。山行四百余里至大清池。周千余里，东西长，南北狭。四面负山，众流交凑，色带青黑，味兼咸苦，洪涛浩汗，惊波汩瀄，龙鱼杂处，灵怪间起。所以往来行旅，祷以祈福。水族虽多，莫敢渔捕。"③无独有偶，《慈恩传》亦描述凌山："其山险峭，峻极于天。自开辟以来，冰雪所聚，积而为凌，春夏不解，凝冱汗漫，与云连属，仰之皑

① ［清］永瑢等：《四库全书总目》卷七十一，中华书局，1965 年版，第 630 页。
② 李德辉：《六朝行记二体论》，《文学遗产》2012 年第 3 期。
③ ［唐］玄奘、辩机原著，季羡林等校注：《大唐西域记校注》卷一，中华书局，2000 年版，第 67—69 页。

然,莫睹其际。其凌峰摧落横路侧者,或高百尺,或广数丈,由是蹊径崎岖,登涉艰阻。加以风雪杂飞,虽复履重裘不免寒战。将欲眠食,复无燥处可停,唯知悬釜而炊,席冰而寝。七日之后方始出山,徒侣之中殍冻死者十有三四,牛马逾甚。"①相关描述详悉有致,颇见语言功底,读者更易想象其境。

抑又,《大唐西域记》描述揭职国大雪山:"山谷高深,峰岩危险,风雪相继,盛夏合冻,积雪弥谷,蹊径难涉。山神鬼魅,暴纵妖祟。群盗横行,杀害为务。"②四言一句,高度凝练,雅致不凡。与此不同,《慈恩传》记载玄奘"自缚喝南行,与慧性法师相随入揭职国":"东南入大雪山,行六百余里,出睹货罗境,入梵衍那国。国东西二千余里,在雪山中,途路艰危,倍于凌碛之地,凝云飞雪,曾不暂霁,或逢尤甚之处,则平途数丈,故宋玉称西方之难,层冰峨峨,飞雪千里,即此也。嗟乎,若不为众生求无上正法者,宁有禀父母遗体而游此哉! 昔王遵登九折之坂,自云'我为汉室忠臣';法师今涉雪岭求经,亦可谓如来真子矣。"③撰者使用白描并试图结合用典、议论等修辞手法,摹写异域风光已经达到了六朝不及的文学高度。

又以描述见闻为例,前文阐述《佛国记》描述于阗国行像、摩竭提国巴连弗邑行像以及其他佛教遗迹和名物之类,在文学手段上亦可谓别有用心。与此相比,唐代佛教记不仅描述了新的生活内容,而且体现出更高的语言能力。譬如,《大唐西域记》记钵逻耶伽国大施场:

---

① 〔唐〕慧立、彦悰:《大慈恩寺三藏法师传》卷二,中华书局,2000 年版,第 27 页。
② 〔唐〕玄奘、辩机原著,季羡林等校注:《大唐西域记校注》卷一,中华书局,2000 年版,第 128 页。
③ 〔唐〕慧立、彦悰:《大慈恩寺三藏法师传》卷二,中华书局,2000 年版,第 33 页。

　　　　大城东,两河交,广十余里,土地爽垲,细沙弥漫。自古至
今,诸王豪族,凡有舍施,莫不至止,周给不计,号大施场。今戒
日王者,聿修前绪,笃述惠施,五年积财,一旦倾舍。于其施场,
多聚珍货。初第一日,置大佛像,众宝庄严,即持上妙奇珍而以
奉施。次常住僧,次见前众,次高才硕学、博物多能,次外道学
徒、隐沦肥遁,次鳏寡孤独、贫穷乞人。备极珍玩,穷诸上馔。如
是节级,莫不周施。府库既倾,服玩都尽,髻中明珠,身诸璎珞,
次第施与,初无所悔。既舍施已,称曰:"乐哉! 凡吾所有,已入
金刚坚固藏矣。"从此之后,诸国君王各献珍服,尝不踰旬,府库
充仞。①

　　又如,慧超《往五天竺国传》记载建驮罗国突厥王:"此王虽是突厥,
甚敬信三宝。王、王妃、王子、首领等,各各造寺,供养三宝。此王每
年两回设无遮大斋,但是缘身所受用之物、妻及象马等,并皆舍施,唯
妻及象,令僧断价,王还自赎,自余驼马、金银、衣物、家具,听僧货卖,
自分利养。此王不同余已北突厥也。儿女亦然,各各造寺,设斋舍
施。"②两种材料,客观展示了古印度七至八世纪上半叶受佛教影响
所致的布施习俗,其语言更为雅致,描述见闻水平之高,无不令读者
大开眼界。

　　与佛国地理和风物直接相关,《佛国记》的文学贡献亦表现为讲
述故事和追忆传说。其中内容详细者,往往涉及佛陀、菩萨、罗汉、高
僧、沙弥、居士、仙人、天众、龙族、鬼神、外道、国王、商人、盗贼、男女

① [唐]玄奘、辩机原著,季羡林等校注:《大唐西域记校注》卷五,中华书局,
　2000年版,第463—464页。
② [唐]慧超原著,张毅笺释:《往五天竺国传笺释》,中华书局,2000年版,第
　78页。

等各类人物，种种与佛陀、佛陀弟子、动植物、伽蓝、窣堵波、佛像、舍利等相关的遗迹及其灵验随时穿插于文本之中，以佛陀和佛教为核心的本生、诞生、成道、传法、降伏、诱化、授记、寂灭、结集等相关故事比比皆是，主题至少包括佛陀慈悲普渡之本性，佛法内部之分裂，比丘证道与得道，"三宝"感应与神力，佛国法会与活动，因果轮回与报应，佛教之繁荣、衰落以及未来，佛教与外道之争斗，世俗政权之崇佛与毁佛，东西方军事与文化冲突，国家、民族及其风物之由来，地区、民族以及部落之冲突，王室权利之争夺，人性善恶之反思等等，不少传说可与汉译佛经、僧人传记、释氏辅教之书、民族史诗、地方风俗志等文献类型媲美，充分表现出了某种地域性、民族性、伦理性、神秘性、玄幻性等，以至给读者以琳琅满目、耐人寻味、生动而又厚重的阅读享受，由此极大地拓展了六朝佛教叙事的写作空间，对后世宗教文学产生了较大的文学影响。

　　而与《佛国记》相比，《大唐西域记》在讲述故事和追忆传说方面已经达到了前所未有的高度和广度，最终成为比较文学研究的典范文本："从纵向看，《西域记》既有对六朝文学的继承和创新，又对后世文学产生重要影响。从横向看，在东方文学领域，《西域记》所载诸多南亚神话、传说、民间故事等经中国文学对整个东亚文学产生深远影响，佛教文学自然是其中的主流。"①囿于篇幅，这里不直接引用文本，仅略举几例字数超千者。譬如，卷三乌仗那国"蓝勃卢山龙池及乌仗那国王统传说"，前后讲述了毗卢择迦王伐诸释之际，其一释种与龙女凌逼野合、龙王支持释种夺取乌仗那国王位、释种终以利刃断龙女头致其后嗣苦于头痛、释种之子上军王继任后如来以法力让龙母复明、如来涅槃上军王分舍利等故事环节，实可谓神秘瑰奇，生动有趣，充满着佛教色彩、史诗风味以及地方文化内涵。又如，卷八摩

① 王汝良：《〈大唐西域记〉综合价值论要》，《北方工业大学学报》2018年第4期。

竭陀国"德慧伽蓝记及遗事",集中讲述德慧菩萨摧伏外道摩沓婆及其妻子之事,其中的情节同样是曲折而又离奇,不失为表现佛教与外道争斗的精彩篇章。又如,卷十一僧伽罗国"执师子传说""僧伽罗传说",旨在追记两种有关僧伽罗国由来的传说,前者涉及师子劫掠南印度某国公主后生下子女、三人伺机逃离师子并回归人类生活、儿子利用父慈杀害师子、子女被流放后分别建立师子国和西大女国等系列内容,处处充溢着对人性和伦理问题的思考;后者乃如来本生故事之一,集中讲述大商主之子僧伽罗不为罗刹女诱惑最终战胜之而移居宝洲建都立国之事,其中情节婉转并且充满着佛教色彩;两种文本均具有史诗特性和地方文化特征,真是令人心往神驰。

与西域行程和见闻直接相关,《大唐西域记》尤其是《慈恩传》前五卷的文学贡献,则主要是通过叙述玄奘在旅途之中的际遇——所见各国风物特别是人物以及种种事件,藉此塑造一代高僧神圣、高大而又光辉的形象,同时兼及其他人物形象。这里,《大唐西域记》卷五羯若鞠阇国"曲女城法会",不仅描绘法会的现场布置和盛况,而且叙述突发的大台火起事件以及异人持刃逆王事件,内容新鲜、惊险而又刺激,充分表现出戒日王受佛佑护以及慈悲为怀的佛教精神。至于《慈恩传》中的预兆性叙事,加之书中那些讲述玄奘在危难之际直接受到诸佛和菩萨佑护的神秘记载,以及玄奘自身凭借宿福和法力而彰显的现世灵验等等,如此全方位、多角度地烘托出了这位高僧的正面形象。此外,玄奘高大而又光辉的形象,一方面通过其卓尔不群的佛学实力来具体呈现,书中多处叙及玄奘宣讲佛法以及与其他僧人和外道辩论佛法而得胜之事,如此让这位高僧在西域佛国如雷贯耳,一路走来均受到世俗政权的非凡礼遇;另一方面,书中还记载其西行途中遭遇种种苦难,特别是恶劣的地理环境、隐忍煎熬的漫长旅途、无处不有的强盗抢掠等,而法师不惟机智勇敢,抑且往往得到神鬼相助,以至逢凶化吉、遇难成祥,场面惊心动魄却有惊无险,令人心生敬意。最后,该书还借助其慈悲为怀的佛教智慧、坚毅不拔的精神意志以及与人为善的人格修养等,感染着读者的心灵。诸如此类,后文将详细阐述。要之,与《佛国记》和慧生行传等相关文献相比,《慈恩传》在写人方面同样达到了前所未有的高度和广度。

　　要之,从支僧载《外国事》至义净《西方记》,从法显《佛国记》到玄奘《大唐西域记》,晋唐佛教行记存于今世者屈指可数,保存全帙者更是寥寥无几。而通过纵向梳理、检读、分析现存文本及其相关文献资料,我们得见晋唐佛教行记在写作意图、文献形态、求法路线、文本功能等方面均产生了某种时代转向,并且呈现出了重要的文学意义。这些时代转向,一是可见唐代佛教行记文本风格和文体特征的重要变化,二是可证汉地僧人西行求法运动至唐代再至鼎盛,三是证实唐代行记拓展了西域和佛国生活的宽广度,四是印证唐代行记的文学水平达到了前所未有的高度。此外,从六朝佛教行记对人物情感的抒发,到唐朝行记中出现不少“诗笔”,不难看出某种文学风尚的时代生成,后文将专章分析。总体而言,六朝佛教行记在唐代的时代转向,事实上导致了这种佛教叙事文本的文学价值以及文化影响力与日俱增,对于后世相关佛教叙事文学特别是西游类主题小说来说,实可谓意义深远。

第十一章　晋唐佛教行记之文学主题

从文学视野看,晋唐佛教行记均以域外旅行为题材。倘若必须提炼出一个文学主题,则无疑以"苦难"一词较为恰当。梁启超、汤用彤等佛教学者略有论及。苦难不失为文学作品中常见的主题,藉此进一步证实了晋唐佛教行记的文学内涵。事实上,以僧人西行求法为线索,以陌生的异域他乡为生活背景,晋唐佛教行记往往蕴含着较为明显的苦难主题,亦即通过追忆或再现旅途经历和见闻,表现西行者积极应对困苦和挑战,由此彰显慈悲情怀和佛教精神,引导读者想象其境。义净《题取经诗》云:"晋宋齐梁唐代间,高僧求法离长安。去人成百归无十,后者安知前者难。路远碧天唯冷结,砂河遮日力疲弹。后贤如未谙斯旨,往往将经容易看。"①其撰《大唐西域求法高僧传》首言:"观夫自古神州之地,轻生徇法之宾,显法师则创辟荒途,奘法师乃中开王路。其间或西越紫塞而孤征,或南渡沧溟以单逝。莫不咸思圣迹,罄五体而归礼;俱怀旋踵,报四恩以流望。然而胜途多难,宝处弥长,苗秀盈十而盖多,结实罕一而全少。实由茫茫象碛,长川吐赫日之光;浩浩鲸波,巨壑起滔天之浪。独步铁门之外,亘万岭

---

① ［宋］法云编:《翻译名义集》卷七,《大正藏》第54册,新文丰出版公司,1975年版,第1178页。

而投身;孤漂铜柱之前,跨千江而遣命。"①毋庸置疑,晋唐高僧为舍生求法做出了巨大的牺牲和努力,值得后人敬仰。

一、西行求法与僧人苦难之旅

晋唐之际,中国与印度乃至西方之文明交流,除了借助"丝绸之路"来进行商业贸易,政府及平民之间的日常往来并不多见。究其原因,则在于通往异域的西北荒漠之地,以及南方汪洋大海,相关交通条件和代步工具均极为不便,从根本上限制了人们的视野和前进的脚步。正因为如此,当时享誉盛名的中国旅行家仍然屈指可数。然而令人钦佩的是,随着佛教在东亚的传播和发展,依附于商人活动的汉地僧人,竞相以求法巡礼为毕生愿望,凭借着少有的宗教虔诚和坚毅不拔之志,几乎以个人脚步来丈量半个地球。以记录其旅途见闻为主要内容,佛教行记正是实践了苦难文学主题。

关于这一点,前代学者几乎形成了较为一致的认识。梁启超认为,晋唐西行求法僧人之旅,"无论从何路行,艰苦皆不可名状。其在西域诸路,第一难关,厥为流沙","第二难关,则度岭也","第三难关,则帕米尔东界之小雪山也",种种记载,"我辈今日从纸上读之,犹心凉胆裂,况躬历其境者哉";至于"海路艰阻,差减于陆。然以当时舟船之小,驾驶之拙,则其险难,亦正颉颃",法显、求那跋陀罗、不空、道普、常愍之遭遇,"涉川之非坦途,可以想见。故义净之行,约侣数十,甫登舟而俱退也";此外,"既到彼国,风土不习,居停无所,其为困

---

① [唐]义净著,王邦维校注:《大唐西域求法高僧传校注》卷上,中华书局,1988年版,第1页。

苦,抑又可思",故义净类传之序,"固写实之妙文,抑茹痛之苦语也"①。其分析旅途之艰,可谓言必有中。

汤用彤亦指出:"计自法显、法领至于法勇,西行者无虑数十人。度雪岭,攀悬崖,历万苦而求法,其生还者固有,而含恨以没,未申所志,事迹不彰,或至姓名失传,不知几人。先民志节之伟大,盖可以风矣。"②又言:"有唐盛时,中印交通虽云大辟,然道途迂远,险阻艰难,求法之所备尝,仍不减于法显",故义净类传之首,叹美当世求法高僧,"准此以观,艰苦可想";"无论玄奘之独涉流沙,义净之孤征南海,中西人士早已共引为美谭。而其余轻身殉法,客死外国,不遂所怀,如玄照、无行之徒者亦夥。盖中印交通不但有天然之险碍,而中途且有当地民族之梗阻。有时泥波罗道,以吐蕃拥塞不通;迦毕试途,以多氏捉而难渡。故求法者无论其智慧、其学识若何,其志气之卓绝盖可惊矣"③。其研究中古佛教史,总结西行僧人求法之功,亦可谓细致周全。据此,以苦难来总结晋唐佛教行记之文学主题,理应较为可取。

汉地僧人之西行求法,事实上堪称苦难之旅。今检读晋唐佛教行记及其相关文献,文中直言旅途之艰难往往得见。前述法显《佛国记》即云浮海而还,艰难具更。《高僧传》叙释宝云:"涉履流沙,登踰雪岭,勤苦艰危,不以为难。"④慧立《大慈恩寺三藏法师传》记玄奘:"行七日,至大山顶。其山叠嶂危峰,参差多状,或平或耸,势非一仪,

---

① [清]梁启超:《中国印度之交通》,《佛学研究十八篇》,上海古籍出版社,2001年版,第146—148页。
② 汤用彤:《汉魏两晋南北朝佛教史》,中华书局,1983年版,第276页。
③ 汤用彤:《隋唐佛教史稿》,中华书局,1982年版,第73页。
④ [南朝梁]释慧皎撰,汤用彤校注:《高僧传》卷三,中华书局,1992年版,第103页。

登陟艰辛,难为备叙。"①义净《大唐西域求法高僧传》记义净作诗,所谓"百苦忘劳独进影,四恩在念契流通"②,又叙慧命"泛舶行至占波,遭风而屡遭艰苦"③。圆照《悟空入竺记》亦云:"备涉艰难,捐躯委命。"④如此种种,应为中古游方沙门之真实写照。在交通落后、信息闭塞、险象环生的中古时代,各种现实条件都非常不利于通往异域的海陆旅行,更不用说跨国之旅耗时达数年之久。抑又从行文内容看,无论是自撰还是代撰,晋唐佛教行记都无一例外地再现了苦难主题。晋唐佛教行记虽大多亡佚,然而从现存法显《佛国记》、玄奘《大唐西域记》、慧立《慈恩传》前五卷、义净《大唐西域求法高僧传》等佛教行记及其相关文献看,表现、反映或彰显苦难主题的文本内容比比皆是,并且客观昭示出了某种历史必然性。

与六朝大多数佛教行记类似,法显《佛国记》必然会表现其苦难叙事。关于法显之地位,汤用彤指出:"晋宋之际,游方僧人虽多,但以法显至为有名。盖法显旅行所至之地,不但汉之张骞、甘英所不到,即西晋之朱士行、东晋之支法领足迹均仅达于阗。而在显前之慧常、进行、慧辩只闻其出,而未闻其返。康法朗未闻其至天竺。至于于法兰,则中道终逝。故海陆并遵,广游西土,留学天竺,携经而返者,恐以法显为第一人,此其求法所以重要者一也。"⑤汤先生所言,正是基于法显西行求法之特殊性而论。毋宁说,《佛国记》之史学属

①　[唐]慧立、彦悰:《大慈恩寺三藏法师传》卷五,中华书局,2000年版,第115页。
②　[唐]义净著,王邦维校注:《大唐西域求法高僧传校注》卷上,中华书局,1988年版,第36页。
③　[唐]义净著,王邦维校注:《大唐西域求法高僧传校注》卷下,中华书局,1988年版,第143页。
④　[唐]圆照:《悟空入竺记》,《大正藏》第51册,新文丰出版公司,1975年版,第980页。
⑤　汤用彤:《汉魏两晋南北朝佛教史》,中华书局,1983年版,第270—271页。

性,决定其必然涵括苦难叙事。该书较为真实地记录了法显以近及花甲之年,游行佛国达十五年之久,历经三十余国,其视生命如鸿毛之轻,忘身求法而终得遂愿。高僧慧远如此评价法显:"于是感叹斯人,以为古今罕有。自大教东流,未有忘身求法如显之比。然后知诚之所感,无穷否而不通;志之所奖,无功业而不成。成夫功业者,岂不由忘失所重,重夫所忘者哉!"①同样,作为一种文学文本,反映法显在异域他乡的陌生环境中"历受地理险阻、气候严酷与心性煎熬"②的苦难叙事,势必成为这种佛教行记的应有内容。该书对于自然现象和地理环境的描写,以及该书展示旅行者作为异乡人在生活中的点点滴滴,往往如此。结合不同的地理、民族、风物等,《佛国记》中的苦难叙事,成为了中外交通相关研究的重要材料,很大程度上还原了历史的本来面貌,同时感染着后世读者。

玄奘与法显、义净并称西行三大高僧。与唐代其他同类著作近似,玄奘、义净行记亦必然会表现其苦难叙事。慧立《玄奘三藏法师论》如此总结:"法师此行经途数万,备历艰危。至如洇阴沍寒之山,飞涛激浪之壑,厉毒黑风之气,狻猊豺豻之群,并法显失侣之乡,智严遗伴之地,班超之所不践,章亥之所未游。法师子尔孤征,坦然无梗,扇唐风于八河之外,扬国化于五竺之间,使乎遐域侯王驰心辇毂,远方酋长系仰天衢。"③可见,六朝游方沙门遭受的陆路艰苦,玄奘大都亲身经历。抑又,慧立《慈恩传》记载玄奘在于阗陈表云:"遂以贞观三年四月,冒越宪章,私往天竺。践流沙之浩浩,陟雪岭之巍巍,铁门巉险之途,热海波涛之路。始自长安神邑,终于王舍新城,中间所经

---

① 〔晋〕释法显撰,章巽校注:《法显传校注》"跋",中华书局,2008 年版,第153 页。
② 陈信雄:《法显〈佛国记〉与中外文明交流——标志中国与印度陆、海两通的千古巨碑》,《国际汉学》2010 年第 2 期。
③ 〔唐〕慧立、彦悰:《大慈恩寺三藏法师传》卷十,中华书局,2000 年版,第 230 页。

五万余里","历览周游一十七载"①。即便是在交通相对通畅的初
唐,试图徒步旅行如此辽阔的疆土,历经如此漫长的岁月,任何血肉
之躯都会遭受到难以想象的艰难困苦。作为玄奘苦难之旅的客观呈
现,《大唐西域记》内容非常丰富,记载国家和地区繁多而又翔实,实
为中印交通史著作的顶峰之作;撰者"用极其简洁的语言描绘大量的
事实,不但确切,而且生动",不失为"一个运用语言的大师,描绘历史
和地理的能手",遂使其行记成为"稀世奇书"②。通过宗教和文学的
双重演绎,玄奘行记让这种苦难主题呈现出了丰富的生活内涵。

　　至于义净类传之特色,在于综合彰显唐代求法僧人的苦难之旅。
沙畹认为:"义净颇富于文词及冒险精神。吾人今读其书,观其奋厉
孤行,不畏艰险,足使吾人念及外国传教师之殉身传道云。"③事实
是,倘若结合数据统计,昭示求法僧人之死亡比率,义净类传之苦难
主题不仅粲然可观,而且足以印证前文阐述。梁启超曾梳理西行求
法僧人,最终得出如下结论:"其学成平安归国之人确凿可考者,约占
全体四分之一;死于道路者亦四分之一;中途折回者似甚多;而留外
不归之人确凿可考者数乃颇少也。"④针对义净类传,张云江则分析
得出:"在《求法高僧传》主体部分所记录的 56 位僧人中,除不知所终
者 7 人外,得善终者 21 人,约占百分之四十,其中终老印度者 16 人,
只有 5 人回到中国;中途未能成行返回者 2 人,赴印度途中死亡者 16
人,约占三分之一;到印度不久即死亡者 5 人,回国途中死亡者 5

---

① [唐]慧立、彦悰:《大慈恩寺三藏法师传》卷五,中华书局,2000 年版,第 123 页。
② [唐]玄奘、辩机原著,季羡林等校注:《大唐西域记校注》"前言",中华书局,
　2000 年版,第 127—128 页。
③ [法]沙畹:《中国之旅行家》,冯承钧译《西域南海史地考证译丛》第二卷第八
　编,商务印书馆,1962 年版,第 25 页。
④ [清]梁启超:《中国印度之交通》,《佛学研究十八篇》,上海古籍出版社,2001
　年版,第 138 页。

人。"从总体上看，"一个人西行求法，善终与中途死亡的概率是一样的；一个人想要从印度回国，成功与死亡的概率也是一样的"，"由此可见西行求法之困难与危险，故义净说：'胜途多难，验非虚矣'"①。非但如此，在西行求法途中，疾病、自然灾害以及难以预料的贼寇掠夺，往往成为求法僧人致死的主要因素。在义净著作中，"疾病是当时西行僧侣生命安全的最大威胁"②，得见唐代游方沙门为佛教发展作出了巨大的贡献。

要之在晋唐时代，商人为逐利而四处奔波，高僧为求法而舍命西行。慧皎《高僧传》论曰："窃惟正法渊广，数盈八亿，传译所得，卷止千余。皆由蹦越沙阻，履跨危绝，或望烟渡险，或附杙前身，及相会推求，莫不十遗八九。是以法显、智猛、智严、法勇等，发趾则结旅成群，还至则顾影唯一，实足伤哉。"③这种阐述，可视为晋唐西行求法运动的时代总结。抑又从西行宗旨看，汉地西行求法僧人通常饱含着佛教信念和悲悯情怀，其动机和目的更为单纯，更加值得后人服膺。大乘佛教以哲学智慧为内核，其利己利他之宗旨，救苦救难之慈悲，无疑以奉献之姿态来调和矛盾，成为消解社会戾气的重要手段。通过检读法显《佛国记》、玄奘《大唐西域记》、慧立《慈恩传》，继而解读这些文献中的"苦难叙事"，一方面可见晋唐佛教行记作为佛教叙事文学的文本功能，另一方面可知几代高僧为弘扬佛教做出了难以想象的艰辛，由此昭示出了崇高的美学内涵和人文张力。

---

① 张云江：《试论唐代西域求法僧侣的求法动机及其"宗教生存困境"》，《宗教与民族》第 7 辑，宗教文化出版社，2012 年版，第 350—351 页。

② 张云江：《试论唐代西域求法僧侣的求法动机及其"宗教生存困境"》，《宗教与民族》第 7 辑，宗教文化出版社，2012 年版，第 351 页。

③ ［南朝梁］释慧皎撰，汤用彤校注：《高僧传》卷三，中华书局，1992 年版，第 142—143 页。

二、佛教行记苦难主题之演绎

关于苦难主题,前文在阐述六朝佛教行记文学表征之际,已有部分论及。仅以法显行记为例,《佛国记》中的苦难叙事颇为突出。这里,撰者不仅在全书诸多内容中认识和表述苦难,而且通过对大量事实与细节进行勾连,除了积极展示僧人虔诚的求法之路,还大胆描述旅途险恶的地理环境,穿插讲说诡谲的现世灵验,有意追溯神幻的过往传说,表现人物交流并渲染僧人在特定环境中的思归情结,藉此重现一个已经逝去的历史空间,彰显出某种与苦难直接或间接相关的人文意蕴。详言之:

为表现僧人西行求法着实不易,《佛国记》在描写自然和地理之际,常常使用简练传神之笔,营造较为恶劣惊悚的自然画面,由此引发读者展开联想,客观昭示出了苦难主题。关于法显行记中的海陆地理,前文已有例举。譬如描绘“沙河中多有恶鬼、热风”一节,“在这简短的段落中,既描述了所度沙河地势上的险恶,更烘托出一种孤绝的情境与坚毅的心志”,“这段简短的文字,既描述了外在空间,也同时描述了内在人格:读者所想象的属于地势的险恶,是属于直接的、外在的空间叙述;至于读者所感受到法显一行人的孤绝情境与坚毅的决心,则是属于间接的、内在的人格叙述”①,对于塑造人物形象和演绎苦难主题非常有帮助。与之相关,《佛国记》还记载法显前往于阗国,所谓“西南行,路中无居民,沙行艰难,所经之苦,人理莫比”;行经葱岭,所谓“冬夏有雪。又有毒龙,若失其意,则吐毒风,雨雪,飞沙砾石。遇此难者,万无一全”;又云迦维罗卫国“大空荒,人民希疏。

---

① 王美秀:《对话与辨证——圣严法师的旅行书写与法显〈佛国记〉之比较研究》,《圣严研究》第 2 辑,财团法人圣严教育基金会,2011 年版,第 21—22 页。

道路怖畏白象、师子,不可妄行",鸡足山"榛木茂盛,又多师子、虎、狼,不可妄行"①。等等。究其实旨,乃着意表现僧人在巡礼求法过程中受尽磨难,绝非常人所能企及。通过表现旅途环境之恶劣,《佛国记》塑造了一代高僧挑战并且征服大自然的雄心和气魄,颇具感染力。

抑又,为演绎僧人在漫长的旅途中受尽磨难,《佛国记》借助人物主客交流和客观直陈,或展示旅行者作为佛教徒的坚韧和虔诚,或表现佛国对于汉地僧人的怜恤或赞叹,或渲染游方沙门作为异乡人的思归情结,其写人真切传情,所涉人物类型化,写作技巧多样化,藉此共同彰显出了苦难主题。为证明僧人在巡礼求经中受到菩萨佑护,《佛国记》还偶尔穿插讲说神秘怪诞的现世灵验,其叙事模式与晋唐佛教志怪小说不约而同,藉此从侧面展示出了苦难的主题。诸如此类,前文均有分析。

抑又,《佛国记》因其大量记载各地佛教文化状况,充分描述各种佛教遗迹,频繁追记佛本生故事和佛门圣人事迹,由此积极塑造了佛祖光辉高大的形象,大力弘扬了佛教为大众救苦救难的宗教本质,同时亦多次表现出了苦难内涵。佛教敏锐地感受现实苦难,深切地体味人生忧患,乃至由苦难而体察到社会和人生的本相,即所谓苦海无边,其哲学智慧则表现为对于现实社会和苦难人生的超越,从根本上提供给世人一条通往极乐世界的途径,亦即回头与修行。在《佛国记》中,佛本生故事和佛门圣人事迹正是引导修行和解救世人的经典案例。荆三隆认为:"法显在天竺游历30余国,把天竺佛僧法化的历史,在游记中详加叙说。其中涉及佛教比喻经典的部分十分丰富,常常在叙述一国的特点、佛教遗迹、人物传说、个人感受时,都假以比喻故事加以解说。因此,其游记几乎就是一部印度佛教比喻故事的缩

① [晋]释法显撰,章巽校注:《法显传校注》,中华书局,2008年版,第11—112页。

写本。"①从某种意义上说,法显巡礼求法的苦难历程,一方面是行者走向彼岸的风尘苦旅,另一方面亦旨在宣扬佛教徒救人于倒悬的功德。结合上述立意,撰者使用大量的插叙、追叙以及补叙来追记传说,其风格神幻瑰奇,佛教内涵尽显,又恰如六朝时代常用的写作技巧,在虚实相生中大胆肆意地进行宗教文学演绎,作为苦难叙事的文学主题于此得到呈现。

至于玄奘行记文本,主要表现为《大唐西域记》十二卷和《慈恩传》前五卷。与法显行记参照,上述行记文本中的苦难叙事非常突出。从继承传统看,玄奘行记积极演绎惊险恶劣的自然地理,充分证实高僧在旅途中得到诸佛和菩萨的佑护,大力弘扬佛教救苦救难的宗教本质,可谓与六朝佛教行记不谋而合。然而从总体上看,玄奘行记表现上述的传统叙事更为明显,其内容更为丰富,手法更为多样,影响更为深远。较为明显的是,玄奘行记还多次记载其亲历强盗劫掠事件,通过其他具体的天灾人祸来深刻揭示苦难主题,结合精彩绝伦的佛教故事和复杂多样的地方传说,玄奘行记事实上升级了以《佛国记》为代表的六朝行记。详言之:

为表现西行之艰难不易,玄奘行记大力演绎求法者所历险恶的地理环境和自然现象,甚至超越前人同类著作,凸显苦难文学主题,前文已有部分论及。兹以描写沙漠为例,聊作补充。《大唐西域记》描述尼壤城东大流沙:"沙则流漫,聚散随风,人行无迹,遂多迷路。四远茫茫,莫知所指,是以往来者聚遗骸以记之。乏水草,多热风。风起则人畜惛迷,因以成病。时闻歌啸,或闻号哭,视听之间,悗然不

---

① 荆三隆:《矢志不渝耀千古　不惜身命追梦人——〈高僧法显传〉喻理探微》,《五台山研究》2014 年第 2 期。

知所至,由此屡有丧亡,盖鬼魅之所致也。"①《慈恩传》亦描写尼壤城东流沙:"风动沙流,地无水草,多热毒鬼魅之患。无径路,行人往返,望人畜遗骸以为幖帜,硗确难涉。"②同在表现自然地理,前者形象生动,手法纯熟,后者亦简练有致。

与此相关,《大唐西域记》描写乌仗那国至达丽罗川所见:"途路危险,山谷杳冥,或履縆索,或牵铁锁。栈道虚临,飞梁危构,椽杙蹑蹬,行千余里。"③这种情境,实与法显所见峡谷景象类似。比较之下,玄奘行记描述自然地理更多。除前文举例外,譬如《大唐西域记》描写窣堵利瑟那国西北大沙碛:"绝无水草,途路弥漫,疆境难测,望大山,寻遗骨,以知所指,以记经途。"④同书描写钵露罗国信度河:"河广三四里,西南流,澄清皎镜,汩淴漂流,毒龙恶兽,窟穴其中。若持贵宝奇花果种及佛舍利渡者,船多飘没。"⑤《慈恩传》又记载瞻波国:"国南界数十由旬有大山林,幽茂连绵二百余里,其间多有野象,数百为群","又丰豺、兕、黑豹,人无敢行"⑥。诸如此类,一方面得见《大唐西域记》与《慈恩传》撰写侧重不同,写法由是略异;另一方面得见玄奘行记亦往往通过演绎雪山、沙漠、湖泊、峡谷、河流、丛林等种种自然地理之险,有意衬托法师求法之坚定,在很大程度上彰显出了苦难主题。

---

① [唐]玄奘、辩机原著,季羡林等校注:《大唐西域记校注》卷十二,中华书局,2000年版,第1031页。

② [唐]慧立、彦悰:《大慈恩寺三藏法师传》卷五,中华书局,2000年版,第124页。

③ [唐]玄奘、辩机原著,季羡林等校注:《大唐西域记校注》卷三,中华书局,2000年版,第295页。

④ [唐]玄奘、辩机原著,季羡林等校注:《大唐西域记校注》卷一,中华书局,2000年版,第87页。

⑤ [唐]玄奘、辩机原著,季羡林等校注:《大唐西域记校注》卷三,中华书局,2000年版,第300页。

⑥ [唐]慧立、彦悰:《大慈恩寺三藏法师传》卷四,中华书局,2000年版,第80页。

　　抑又,《慈恩传》还记载玄奘归途在呾叉尸罗国:"西北行三日至信度大河,河广五六里,经像及同侣人并坐船而进,法师乘象涉渡。时遣一人在船看守经及印度诸异花种,将至中流,忽然风波乱起,摇动船舫,数将覆没,守经者惶惧堕水,众人共救得出,遂失五十夹经本及花种等,自余仅得保全。"① 此处叙述突发事件,又的然与前述相关描写不同,可与《大唐西域记》描写信度河之凶险互为发明,亦得见《慈恩传》之写作个性。该书针对险恶自然地理的描述,一旦与取经途中发生的具体事件自然结合,就容易被后人演绎成为妖妄,启发着后来西游小说中的故事桥段。

　　结合自然地理之险,玄奘行记还力证僧人在旅途之中得到诸佛和菩萨佑护,并且通过神秘怪诞的现世灵验展示出来,神似佛教类志怪小说,同样充分展示出了苦难主题。这里,《大唐西域记》多追忆古代传说,《慈恩传》则乐于叙述人佛感通故事。后书卷一连续多次记载法师在茫茫大漠中化险为夷。结合某些佛教母题,此类叙述细致传神,情节生动,或杂以议论,类同志怪,不唯描写西行旅途之艰难,更为证实法师不同寻常,得到诸神庇护,其写作意图明显。后文将详细阐述。

　　与此相关,《慈恩传》记载玄奘在瓜州:"胡公因说西路险恶,沙河阻远,鬼魅热风,遇无免者。徒侣众多,犹数迷失,况师单独,如何可行? 愿自料量,勿轻身命。法师报曰:'贫道为求大法,发趣西方,若不至婆罗门国,终不东归。纵死中途,非所悔也。'" 又记载玄奘犹豫之际:"行十余里,自念我先发愿,若不至天竺终不东归一步,今何故来? 宁可就西而死,岂归东而生! 于是旋辔,专念观音,西北而

────────────

① [唐]慧立、彦悰:《大慈恩寺三藏法师传》卷五,中华书局,2000年版,第114页。

进。"①如此种种,借助胡公与法师对话,以及法师自忖,不唯昭示西行求法困苦,更在于突显玄奘心理,以及缘何深受佛教诸神佑护。这里,"通过不同的语言描述呈现出来,此时的玄奘虽依然是追寻真理不畏艰险的代表,但他不再仅仅是代表一种精神的冷冰冰的符号,而是一个有血有肉的人,正因如此,这种坚定的信念感,才显得尤为珍贵"②。其客观效果,在于较为成功地塑造出了法师作为佛教徒恭敬虔诚、坚毅顽强的高僧形象。从总体看,与法显《佛国记》相比,玄奘行记特别是《慈恩传》更多地展示法师与诸佛和菩萨之间的感通灵验,最终成为该书展示和演绎苦难文学的重要尺度。

　　以自然地理为背景,结合佛教诸神之佑护,玄奘行记多次记载其亲历强盗劫掠事件,并且通过其他种种天灾人祸来揭示苦难主题。前述《大唐西域记》描述揭职国东南大雪山,所谓"群盗横行,杀害为务",即已提及。而事实上,该书亦不止一次提及法师可能面对劫掠和野兽的凶险。譬如,钵逻耶伽国西南大林:"恶兽野象,群暴行旅,非多徒党,难以经涉。"③蓝摩国东北大林:"其路艰险,经途危阻,山牛、野象、群盗、猎师,伺求行旅,为害不绝。"④自达罗毗荼国北:"入林野中,历孤城,过小邑,凶人结党,作害羁旅。"⑤值得一提的是,《慈恩传》记载玄奘历经强盗劫掠,不仅远超法显行记,而且比《大唐西域

---

① ［唐］慧立、彦悰:《大慈恩寺三藏法师传》卷一,中华书局,2000 年版,第 13—17 页。

② 张婷、李晓明:《〈大慈恩寺三藏法师传〉语言描写艺术》,《历史文献研究》第 32 辑,华东师范大学出版社,2013 年版,第 171 页。

③ ［唐］玄奘、辩机原著,季羡林等校注:《大唐西域记校注》卷五,中华书局,2000 年版,第 465 页。

④ ［唐］玄奘、辩机原著,季羡林等校注:《大唐西域记校注》卷六,中华书局,2000 年版,第 535 页。

⑤ ［唐］玄奘、辩机原著,季羡林等校注:《大唐西域记校注》卷十一,中华书局,2000 年版,第 886 页。

记》更为常见，藉此证实强盗劫掠，乃西行僧人旅途中司空见惯之事。有学者指出："玄奘在西行求法的过程中，遇到了许多艰难险阻，既有天灾也有人祸，这当中他一遍又一遍地阐述了自己求法的信念。《大慈恩寺三藏法师传》中对他这一方面的塑造，并不是简单机械的重复，而是每一次面对不同的人或事，都会有细微的差别。"①毋庸置疑，《慈恩传》正是通过突发的劫掠事件，深刻地揭示出玄奘在求法途中曾经遭受种种磨难。对此，后文还将详细阐述。

与法显《佛国记》类似，玄奘行记特别是《慈恩传》还借助人物主客交流和客观直陈，或展示旅行者作为佛教徒的坚韧和虔诚，或叙述佛国对于汉地高僧的敬仰和赞叹，其表现程度则远超六朝佛教行记，兹不赘述。不同的是，检读两种传记，佛国对玄奘法师全无怜恤之意，而是处处充满着崇敬，亦未见撰者渲染游方沙门作为异乡人的思归情结。在玄奘行记中，西行之苦难与法师受佛教神灵之佑护，往往相生相成，以共同塑造积极正面的高僧形象。不但如此，法师才学极佳、佛学修养极高往往与其在西域和佛国受到非凡的礼遇构成直接而又鲜明的逻辑关系，同样旨在塑造正面形象。正因为如此，玄奘行记之撰写意图或者说其目的性更为明确，可谓显然不同于六朝佛教行记。而与前述相关，《慈恩传》特别是《大唐西域记》同样大量记载各地佛教文化状况，充分描述各种佛教遗迹，更为频繁地追记佛本生故事、佛门圣人事迹以及佛国地方传说等，极大地弘扬了佛教救苦救难的宗教本质，无数次昭示出了苦难内涵，其表现程度同样远超六朝佛教行记。

与六朝佛教行记以及《慈恩传》相比，《大唐西域记》记载的佛本生故事数量尤为繁多。其中叙述详细者，诸如卷六拘尸那揭罗国雉

---

① 张婷、李晓明：《〈大慈恩寺三藏法师传〉语言描写艺术》，《历史文献研究》第32辑，华东师范大学出版社，2013年版，第169页。

王本生故事,救生鹿本生故事;卷七婆罗痆斯国象、鸟、鹿王本生故
事;卷九摩揭陀国香象池,雁窣堵波,鸽伽蓝等等;大多记载释迦成佛
前之累世修行,往往与佛国遗迹直接关联,借助佛教传说积极演绎苦
难叙事文学主题,充满了宗教觉悟和奉献精神。兹录"鸽伽蓝"举隅:
"昔佛于此,为诸大众一宿说法。时有罗者,于此林中网捕羽族,经日
不获,遂作是言:'我惟薄福,恒为弊事。'来至佛所,扬言唱曰:'今日
如来于此说法,令我网捕都无所得,妻孥饥饿,其计安出?'如来告曰:
'汝应蕴火,当与汝食。'如来是时化作大鸽,投火而死。罗者持归,妻
孥共食。其后重往佛所,如来方便摄化,罗者闻法,悔过自新,舍家修
学,便证圣果。因名所建为鸽伽蓝。"[1]据考察,鸽王本生故事见于
《六度集经》卷六、《大智度论》卷十一等汉译佛经之中,往往通过演
绎苦难以及救世,成为佛教叙事文学类型之一。与之类似,以佛国遗
迹为切入点,直接体现佛教诸圣救苦救难主题的传说故事,在《大唐
西域记》中频频出现,简直难以例举。上述佛本生故事,正是以大慈
大悲、舍己为人作为叙事主题,留给读者以丰富的思考空间。

　　与佛国遗迹直接相关,《大唐西域记》中常见的苦难叙事,还表现
为多种以"地狱"为线索的佛国传说。其中叙事稍详者,譬如原书卷
四秣底补罗国"无垢友故事",内容涉及无垢友论师毁恶大乘堕无间
地狱之事,卷六室罗伐悉底国"伽蓝附近三坑传说"涉及外道梵志杀
婬女以谤佛、提婆达多欲以毒药害佛生身陷入地狱以及战遮婆罗门
女毁谤如来生身陷入地狱之事,同卷室罗伐悉底国"毗卢择迦王传
说"涉及毗卢择迦王陷身入地狱之事,卷八摩揭陀国"无忧王地狱
处"涉及无忧王作地狱而后被沙门感化废除地狱之事,卷十一摩腊婆
国"贤爱破邪论故事"涉及大慢婆罗门生身陷入地狱之事,等等。或

---

① ［唐］玄奘、辩机原著,季羡林等校注:《大唐西域记校注》卷九,中华书局,
　　2000 年版,第 772 页。

体现佛教与外道斗争，或反映佛法内部斗争，或体现佛教神异，结合地方文化背景，情节多曲折离奇，同样不失为苦难叙事主题的宗教呈现。

要之，与《慈恩传》相比，《大唐西域记》反映佛国遗迹及其相关传说不胜枚举，这些故事既有历史背景和地方特色，又颇具人性思辨和生命意识，抑且充满了佛教理趣和神异灵验，实在是令人目不暇接。从具体内容看，或表现佛教护法神对世人的惩戒，或表现佛教对信徒的佑护和关怀，或表现佛徒证果之路的艰难不易，或表现世俗政权与佛教神灵、地方神祇之间的恩怨纠葛，或表现宗教虔诚和本土风俗，如此充分演绎佛教文化内涵，颇具神秘主义色彩。这些精彩绝伦的故事背后，或多或少地蕴含着众生皆苦的普遍认识，均为苦难叙事在玄奘行记中不同程度的文本反映。

三、佛教行记苦难主题之解读

解读晋唐佛教行记之苦难主题，其首要因素在于理解汉地西行僧人之旅行目的。这里，前述《佛国记》首云法显慨律藏残缺，遂与同契至天竺寻求戒律。《洛阳伽蓝记》卷五云太后遣惠生向西域取经。昙无竭慨佛经残缺，决心亲赴西天取经。释智猛因见外国道人说释迦遗迹，又闻众经布在西域，遂驰心遐外。至于玄奘西行，据《慈恩传》云："法师既遍谒众师，备餐其说，详考其义，各擅宗途，验之圣典，亦隐显有异，莫知适从，乃誓游西方以问所惑。"①诸家所言，往往呈现出一致性。

据此，梁启超认为，"西行求法之动机，一以求精神上之安慰，一以求'学问欲'之满足。惟其如此，故所产之结果，能大有造于思想

①　［唐］慧立、彦悰：《大慈恩寺三藏法师传》卷一，中华书局，2000年版，第10页。

界。而不然者,则三家村妇朝普陀,非不虔敬,而于文化何与焉","故法显、玄奘之流,冒万险,历百艰,非直接亲求之于印度而不能即安也"。梁氏又言,晋唐僧人西行"无他故焉,一方面在学问上力求真是之欲望,烈热炽然;一方面在宗教上悲悯众生牺牲自己之信条,奉仰坚决。故无论历何险艰,不屈不挠,常人视为莫大之恐怖罣碍者,彼辈皆夷然不以介其胸。此所以能独往独来,而所创造者乃无量也"①。其说擘肌分理,尤其令人信服。无独有偶,汤用彤亦指出:"寻求法诸人西去动机,一在希礼圣迹,一在学问求经。"②细读晋唐佛教行记及其相关文献,无不与上述两家所言契合。这里,不论是宗教信条,还是学术需要,汉地僧人西行求法之动机,在本质上均与苦难主题相关。

考察义净类传,则有学者指明更为具体的西行动机。张云江认为,唐代游方沙门"或者中途夭陨,或者终老异乡,而僧侣犹然奋不顾身西行者,背后如果没有强大的宗教情感支撑,是不太可能的。与此相比较,'希礼圣迹','学问求经'云云,就显得有些牵强、单薄了","他们'希礼圣迹',在释迦真容、圣迹前忏悔末法罪愆,并通过礼拜弥勒真容圣迹与之结缘,以此福德,将来可身预龙华或往生兜率,如义净屡屡提到的'共会龙华'。这是诸多西行求法僧侣应对'末法焦虑情结'的一种方法,是他们西行求法'希礼圣迹'的内在根本动力"③。此说与前贤并无根本矛盾。无论如何,宗教情怀与追求应该是晋唐僧人西行求法最为主要的动力。唯其如此,这些僧人才能舍生求法,奋不顾身。这正是晋唐佛教行记演绎苦难文学主题的根本

① [清]梁启超:《中国印度之交通》,《佛学研究十八篇》,上海古籍出版社,2001年版,第148页。
② 汤用彤:《隋唐佛教史稿》,中华书局,1982年版,第72页。
③ 张云江:《试论唐代西域求法僧侣的求法动机及其"宗教生存困境"》,《宗教与民族》第7辑,宗教文化出版社,2012年版,第353—357页。

原因。

抑又,晋唐佛教行记在表现苦难主题之际,往往表现出了某种不平衡性。这里,因为现存行记文献内容多寡不均,我们毕竟难以窥其全貌。即便是比较现存佛教行记全帙,我们同样得见其表现之倾向、侧重以及复杂性。以法显和玄奘为例,这种不平衡性,理应基于史学和文学这两个角度去分析考察。从史学角度看,因路线开辟之初,旅行经验较为不足,六朝僧人西行实际上更为艰苦。从文学角度看,以《大唐西域记》《慈恩传》为代表,唐朝佛教行记积极演绎求法巡礼,似乎超越了前代相关叙事文本。非但如此,同为追记玄奘故事的两种佛教行记,其表现苦难主题亦迥然各异。

先说表现差异。梁启超指出:"《三藏法师传》《大唐西域记》二书,一面叙玄奘游学的勤劳艰苦,一面述西域、印度的地理历史,在世界文化史上的贡献极大;一直到现在,不但研究佛教史的人都要借重他,就是研究世界史的人也认为宝库。"①而实际上,《大唐西域记》侧重异域地理和遗迹,同时乐于讲述佛国传说。与《大唐西域记》和同时代行记相比,《慈恩传》表现玄奘形象最为突出,其传记文学价值更高。文中演绎苦难叙事,不仅更为具体可感,而且结合人物形象的塑造,呈现出了某种纪念宗旨,值得我们仔细品读。再说两种角度。《大唐西域记》于志宁序云:"于是背玄灞而延望,指葱山而矫迹。川陆绵长,备尝艰险。陋博望之非远,嗤法显之为局。"②从行记本身反映的古代历史、传说以及生活来看,《大唐西域记》显然超越了《佛国记》。从文学格局看,玄奘行记总体上亦优于六朝行记对苦难叙事的早期演绎。然而依据实际情况来加以分析,得见法显遭受苦难之旅

---

① [清]梁启超:《中国历史研究法》,东方出版社,1996年版,第278页。
② [唐]玄奘、辩机原著,季羡林等校注:《大唐西域记校注》"序二",中华书局,2000年版,第23—24页。

的程度则理应深于玄奘。

自曹魏朱士行以来,西行求法之僧不乏其人,其成就和声名均不及法显。就旅行者经历磨难而言,不用说六朝诸游方沙门,即便是唐代玄奘法师,同样无法与法显抗衡。根据相关文献作大体推断,法显从长安出发时已达五十八岁以上高龄,其佛国之行更加令人钦佩。章巽指出:"陆去海还,广游西土,留学天竺,携经以归者,恐要数法显为第一人",而比较之下,"玄奘之去印度和从印度归来,都取道陆上,不如法显之陆去海还,曾身历鲸波巨浪之险";与后来的许多游方僧人相比,法显"创辟荒途自然要较继开中路更加艰难";玄奘经过高昌后受人帮助较多,拥有更多的优越条件,《慈恩传》谓其"所经诸国,王侯礼重"可以为证,法显则罕有攀龙附凤的活动,其"因于外力者少,而自身奋发者多,松风山月,似乎更觉高人一等"①。正因为这样,以记载法显旅途经历为内容的《佛国记》,其中表现传主积极应对困苦和挑战,势必更为真实,更具历史感。从文学表现讲,法显《佛国记》与玄奘行记中演绎的苦难叙事不尽相同,但前者更加真切自然。

关于玄奘之旅,《慈恩传》记载法师在于阗陈表云:"虽风俗千别,艰危万重,而凭恃天威,所至无鲠。仍蒙厚礼,身不苦辛,心愿获从,遂得观耆阇崛山,礼菩提之树,见不见迹,闻未闻经,穷宇宙之灵奇,尽阴阳之化育,宣皇风之德泽,发殊俗之钦思。"②《大唐西域记》敬播序则曰:"资皇灵而抵殊俗,冒重险其若夷;假冥助而践畏途,几必危而已济。"③又据《记赞》:"资皇化而问道,乘冥祐而孤游,出铁

---

① [晋]释法显撰,章巽校注:《法显传校注》"序",中华书局,2008 年版,第3—10 页。

② [唐]慧立、彦悰:《大慈恩寺三藏法师传》卷五,中华书局,2000 年版,第123 页。

③ [唐]玄奘、辩机原著,季羡林等校注:《大唐西域记校注》"序一",中华书局,2000 年版,第8 页。

门、石门之阨,踰凌山、雪山之险,骤移灰管,达于印度。"①可见玄奘
西行虽然最初多次受阻,途中亦可谓千辛万苦,但是缘于其高深的佛
学造诣、大唐王朝在西域与佛国的巨大影响力等因素,法师在西行途
中的各种遭遇,实际上优于法显和六朝其他行僧。最为典型的例证
是,《慈恩传》记载玄奘在伊吾之际,先是得到高昌王麴文泰的极力邀
请,后不得已前往其国并受尽礼遇,麴氏欲留法师虔心供养,法师继
而绝食以抗争,王不得已而放法师西行、约为兄弟,法师在宣讲佛法
之后接受厚赠而别,诸多细节描写,无不让读者感慨法师之幸运。该
书卷二之后,记玄奘在那烂陀寺、曲女城等地,同样受尽礼遇。玄奘
在佛国之声名,玄奘与世俗政权的良好关系,注定其并不孤独。

　　抑又,作为一种颇具宗教精神和文学价值的旅行笔记,晋唐佛教
行记中蕴含的苦难叙事,自然存在着虚饰、神化、想象乃至夸张的可
能性,书中那些类似于六朝佛教志怪小说的文本内容亦即如此。魏
晋以来,"以观音灵验为内容,结合包括持斋、念佛、诵经、转经、布施、
法会等在内的佛教活动,释氏辅教之书大量记载以人佛感通为特色
的神异故事,意在彰显信佛、崇佛的现世利益"②。就其影响力来看,
对于广大百姓而言,"那些讲述佛与菩萨神力应验、人生因果轮回报
应的生动故事,以及那些触处可见的佛教绘画、塑像等通俗宣传品",
往往比佛教义理对他们的影响"一定要大得多"③,故而其最终结果,
无疑是通过对神力和应验的演绎,为佛教在民间的广泛传播奠定了
基础。可以肯定的是,《佛国记》穿插讲说观世音灵验,并从侧面展示

---

① [唐]玄奘、辩机原著,季羡林等校注:《大唐西域记校注》"记赞",中华书局,
　　2000 年版,第 1040 页。
② 阳清:《古小说"释氏辅教之书"叙事范式探究》,《兰州学刊》2014 年第 11 期。
③ 董志翘:《〈观世音应验记三种〉译注》"代前言",江苏古籍出版社,2002 年
　　版,第 1 页。

出苦难主题,其实与书中那些针对佛教传说的追记类似,充分表现出了较为明显的宗教意图,撰者的宗教情怀于此可见。然而客观地讲,这种叙事难与玄奘行记媲美。以慧立《慈恩传》为代表,玄奘行记叙述法师与佛教诸神的人佛感通,不仅次数更多,更为频繁,而且彰显撰者之写作意图更为明显,亦即通过虚饰和夸张,积极塑造其师玄奘的崇高形象。诚然,晋唐佛教行记为演绎苦难叙事而进行虚构和联想,可谓有效地拓展了这种僧人传记的文学价值,使之在佛教叙事文学中鼎足而立。胡适指出,"传中说玄奘路上经过的种种艰难困苦,乃是《西游记》的种子","那些困难,本是事实,夹着一点宗教的心理作用。他们最能给小说家许多暗示"①。可见晋唐佛教行记有意展示的苦难文学主题,无疑对后世文学产生了重要的影响。

　　以《佛国记》《大唐西域记》等为代表,晋唐佛教行记的可取之处,正在于撰者通过写景、状物、叙人、记事等,积极演绎苦难主题叙事,并且结合佛教文化内涵,藉此成为彰显其文学内涵和价值的重要维度。在佛教传入中国之后,汉地求法高僧往往舍生忘死,义无反顾,其精神和意志令人敬仰,以至成为佛教徒和世人歌颂的对象。晋唐佛教行记中蕴含着较为明显的苦难叙事,给后人留下了宝贵的文化遗产。法显特别是玄奘行记,正是其中的佼佼者。不难看到,以苦难叙事为人文观照,《佛国记》正是塑造了法显作为高僧、旅行者以及探险家之平实低调、愚直实干的高大形象,充分展示了人性的崇高之美。而《大唐西域记》与《慈恩传》在这些方面更是超越前人、颇具特色。苦难是佛教思考社会和人生的起点,也是佛教徒为己为人而努力修行的根源。统观六朝之际,可谓世族专权、异族侵占、乱多于治、黑暗而又动荡的特殊时代。对于佛教而言,如何能够实现救世人于

————————

① 胡适:《〈西游记〉考证》,欧阳哲生编《胡适文集》(三),北京大学出版社,1998年版,第501—524页。

倒悬,需要一代高僧筚路蓝缕并且披荆斩棘,积极努力地寻求大乘经典。晋唐高僧恰恰承担了这一社会角色,《佛国记》中的苦难叙事亦由此而来。至于玄奘行记,同样从大乘佛教普度众生、庇国护民的高度,演绎出了那个时代特有的苦难叙事。经受苦难同样是佛教徒一生的某种象征,晋唐佛教行记中的苦难叙事时时流露出诗意和温情,甚至有行者遂愿之际的愉悦,法显、玄奘等高僧也因其旷世旅行赢得了荣誉和尊敬。从这种意义上说,苦难叙事不仅自然表现出了晋唐高僧的形象和情感,而且提升了这些行僧作为佛教徒的人生境界。

第十二章 唐代佛教行记之叙事策略

检读晋唐佛教行记文本,其中的叙事内容大致分为两种:一是记载西游行者之所亲历,二是叙述佛国遗迹之所关涉。后者并非没有叙事技巧,只不过大多依靠先志载录或耆旧口传,其中复述或改编的痕迹较为严重,某些可与汉译佛经相互印证。从《佛国记》到《大唐西域记》,讲述佛国传说和本生故事,往往成为大多数佛教行记的行文内容。有学者指出:"《大唐西域记》大量故事传说叙事虚实相间,具有虚幻性。丰富的创作素材、生动的故事情节、充满奇幻想象的表现手法及渲染场面的娴熟技巧,是《大唐西域记》的叙事文学价值所在,也是玄奘在中国文学史叙事文学上的重要贡献。叙事内容由实变虚是《大唐西域记》故事传说叙事与《史记》、《汉书》史学叙事的重要区别。"①至于晋唐佛教行记中更具特色的文学叙事,主要依靠前者。这里,关于西游行者之所亲历,又有日常记事和灵验记录两类。前文分析六朝佛教行记之文学表征,已有部分论及。令人遗憾的是,六朝佛教行记多亡佚不存,读者未能得见更多精彩的故事情节。而考察唐朝佛教行记及其相关文献,则以慧立撰《大慈恩寺三藏法师传》前五卷叙事性最强,最具典型。该书蕴含的叙事手段和策略,足以代表整个唐代佛教行记文本的总体成就。兹紧密结合仅有文献,

① 宋晓蓉:《汉唐西域史地文献文学性及科学性嬗变考察——以〈史记·大宛列传〉、〈汉书·西域传〉、〈大唐西域记〉为例》,《西域研究》2014年第3期。

主要以《慈恩传》为研究对象,补充阐释唐代佛教行记之叙事策略,以深化和拓展前文相关分析。

一、预叙方法:往返佛国之合宜征候

晋唐之际,中土佛教勃兴。检读僧传,汉地僧人虽不乏西行求法之辈,然而只有以至诚之心为之,方可取得成功并全身而退。《中庸》有言:"至诚之道,可以前知","祸福将至:善,必先知之;不善,必先知之。故至诚如神"①。体现在僧传之中,"至诚之道"需要使用某种适当的叙事方法来进行人文演绎,"预叙"无疑是其首选法门,其中以"梦预"最为常见。毕竟,"介于现实和神秘之间的梦境",不仅是"各种神异叙事的天然语境",而且是"演绎人神遇合文学主题的典型媒介";"以梦境为媒介来昭示人神之间的沟通,不失为人神遇合文学主题最为常见的表现形态"②。以《慈恩传》为典型,唐代佛教行记演绎西游僧人之所亲历,同样使用了这种方法。

考察佛教传入汉地诸说,以明帝夜梦金人并遣使求法最为经典。借助梦征,印度佛教遂与汉地结缘。搜检六朝佛教行记仅有文本,并未见有梦预叙事。尽管如此,这种先唐文学中常见的叙事情节或母题,在唐代佛教行记中得到了很好的继承。据义净《大唐西域求法高僧传》,沙门玄照"途经速利,过睹货罗,远跨胡疆,到吐蕃国。蒙文成公主送往北天,渐向阇阑陀国。未至之间,长途险隘,为贼见拘。既而商旅计穷,控告无所,遂乃援神写契,仗圣明衷,梦而感征,觉见群

---

① [宋]朱熹:《四书章句集注》,中华书局,1983年版,第33页。
② 阳清:《先唐文学人神遇合主题研究》,人民出版社,2009年版,第219页。

贼皆睡，私引出围，遂便免难"①。虽未得见故事详情，亦应属于较为典型的"梦预"。抑又，非浊《三宝感应要略录》征引常愍《游历记》佚文相关内容，亦可见僧伽补罗国耆旧近世传说，其中具体讲述梵僧达磨流支夜梦金人劝其造像之事。至玄奘弟子慧立撰传，遂把这种叙事手段发挥到了极致。慧立深谙传记文学的创作理路，抑又感佩其师壮举，故其撰著玄奘行记往往以梦境来预知人物前景，并且通过娓娓讲述取经故事的来龙去脉，为玄奘往返佛国提供某种合宜的征候。

　　慧立《慈恩传》首卷记载玄奘之诞生："法师初生也，母梦法师着白衣西去。"继而解释："此则游方之先兆。"同卷又载玄奘在取经之前入梦："贞观三年秋八月，将欲首涂，又求祥瑞。乃夜梦见大海中有苏迷卢山，四宝所成，极为严丽。意欲登山，而洪涛汹涌，又无船筏，不以为惧，乃决意而入。忽见石莲花踊乎波外，应足而生，却而观之，随足而灭。须臾至山下，又峻峭不可上。试踊身自腾，有抟飚飒至，扶而上升，到山顶，四望廓然，无复拥碍，喜而寤焉，遂即行矣。"此梦预示着玄奘西行虽然历经艰辛，其结果必然如人所愿。抑又，玄奘自瓜州往敦煌之际："即于所停寺弥勒像前启请，愿得一人相引渡关。其夜，寺有胡僧达磨梦法师坐一莲花向西而去。达磨私怪，旦而来白。法师心喜为得行之征"，"俄有一胡人来入礼佛，逐法师行二三币"，"胡人许诺，言送师过五烽"。此则借助达磨法师之梦，再次预验玄奘西行求法之必然。抑又，玄奘自莫贺延碛往觅野马泉："下水欲饮，袋重，失手覆之，千里之资一朝斯罄"，"是时四夜五日无一滴沾喉，口腹干焦，几将殒绝，不复能进"，于是祈求菩萨保佑，"至第五夜半，忽有凉风触身，冷快如沐寒水。遂得目明，马亦能起。体既苏息，得少睡眠。即于睡中梦一大神长数丈，执戟麾曰：'何不强行，而更卧

---

① ［唐］义净著，王邦维校注：《大唐西域求法高僧传校注》卷上，中华书局，1988年版，第10页。

也！'法师惊寤进发,行可十里,马忽异路制之不回"①,经行数里终得甘泉。这里结合"苦难"主题与"佑护"情节,详叙玄奘在危难之际梦遇神灵指示迷途,最终安然脱险。胡适认为,这种记叙"既符合沙漠旅行的状况,又符合宗教经验的心理,真是极有价值的文字"②,为后来西游类主题小说中的神异叙事提供了多种可能性。

两汉以来,以梦境为媒介的神异叙事,往往存在于僧传和志怪文本之中。汉魏六朝志怪的预叙,"最先源自以《左传》《国语》等为代表的史学叙事中的梦预,继而在谶纬神学、神仙思潮、佛教信仰的多重影响下,呈现出复杂多样、相融相摄的特色",其中"以《高僧传》为代表的佛教传记,纷纷制造神异事件来充当预叙",通过佛教徒乃至"诸佛的未卜先知来'自神其教'"③,从而加速了佛教的本土化进程。慧立撰著玄奘行记无疑借鉴了这种写作经验。在慧立笔下,玄奘求法尤其是在西域所历冥冥之中早有安排,"梦预"于是成为充分演绎传主形象的叙事手法,同时为宗教传记文本增添了不少神秘意蕴,客观上表现出了某种文学意义。

又据《慈恩传》卷二,玄奘至迦湿弥罗国护瑟迦罗寺:"其夜众僧皆梦神人告曰:'此客僧从摩诃脂那来,欲学经印度,观礼圣迹,师禀未闻。其人既为法来,有无量善神随逐,现在于此。师等宿福为远人所慕,宜勤诵习,令他赞仰,如何懈怠沉没睡眠!'诸僧闻已,各各惊寤,经行禅诵,至旦,并来说其因缘,礼敬逾肃。"④这里借助众僧同梦,预示玄奘此行必经护瑟迦罗寺,且有神灵随行佑护,可谓未见其

---

① ［唐］慧立、彦悰:《大慈恩寺三藏法师传》卷一,中华书局,2000 年版,第 10—17 页。

② 胡适:《〈西游记〉考证》,欧阳哲生编《胡适文集》(三),北京大学出版社,1998 年版,第 502 页。

③ 阳清:《论汉魏六朝志怪的预叙叙事》,《广西社会科学》2010 年第 3 期。

④ ［唐］慧立、彦悰:《大慈恩寺三藏法师传》卷二,中华书局,2000 年版,第 43 页。

人,先闻其名,如此突显法师之非同一般。无独有偶,据该书卷三,玄奘在摩揭陀国那烂陀寺,高僧觉贤啼泣扪泪述说其师戒贤因缘:"和上昔患风病,每发,手足拘急如火烧刀刺之痛,乍发乍息,凡二十余载。去三年前,苦痛尤甚,厌恶此身,欲不食取尽。于夜中梦三天人,一黄金色,二琉璃色,三白银色,形貌端正,仪服轻明。"三神分别为曼殊室利菩萨、观自在菩萨以及慈氏菩萨,其中曼殊室利菩萨告之戒贤:"我等见汝空欲舍身,不为利益,故来劝汝。当依我语,显扬正法《瑜伽论》等,遍及未闻,汝身即渐安隐,勿忧不差。有支那国僧乐通大法,欲就汝学,汝可待教之。"法藏闻已并敬依尊教,"自尔已来,和尚所苦瘳除"①。这里借助戒贤之梦,昭示玄奘行迹实为菩萨设置并加佑护,此行不仅必经那烂陀寺,而且必将以戒贤为师。

又据该书卷四,玄奘在杖林山胜军论师所:"于夜中忽梦见那烂陀寺房院荒秽,并系水牛,无复僧侣",同时梦遇曼殊室利菩萨,"乃指寺外曰:'汝看是。'法师寻指而望,见寺外火焚烧村邑,都为灰烬。彼金人曰:'汝可早归。此处十年后,戒日王当崩,印度荒乱,恶人相害,汝可知之。'言讫不见","及永徽之末,戒日果崩,印度饥荒,并如所告"②。此则再次借助玄奘之梦以及菩萨训示,预示着传主将着手归国,不宜长久滞留于异域。在慧立的建构下,玄奘在佛国所历种种,屡屡皆是菩萨安排和护念,"梦预"不失为适时展示高僧行迹乃至积极塑造传主形象的叙事手段,同时为佛教"自神其教"而不遗余力,表现出了较为显著的宗教意义。

与上述事例相关,慧立撰著玄奘行记还通过类似于"梦预"的其他预叙,以屡次证实法师往返西域和佛国实乃合宜行为。据《慈恩传》首卷,玄奘自瓜州前往敦煌之际:"彼胡更与一胡老翁乘一瘦老赤

---

① [唐]慧立、彦悰:《大慈恩寺三藏法师传》卷三,中华书局,2000年版,第67页。
② [唐]慧立、彦悰:《大慈恩寺三藏法师传》卷四,中华书局,2000年版,第96页。

马相逐而至"，法师"窃念在长安将发志西方日，有术人何弘达者，诵咒占观，多有所中。法师令占行事，达曰：'师得去。去状似乘一老赤瘦马，漆鞍桥前有铁'"，法师"既睹胡人所乘马瘦赤，漆鞍有铁，与何言合，心以为当，遂即换马"①。此则通过玄奘回顾"占卜"往事，旨在印证其理应西行求法。又据该书卷二，玄奘至那揭罗喝国佛顶骨城，见佛骨"周一尺二寸，发孔分明，其色黄白，盛以宝函。但欲知罪福相者，磨香末为泥，以帛练裹，隐于骨上，随其所得以定吉凶。法师印得菩提树像"，"其守骨婆罗门欢喜，向法师弹指散花，云：'师所得甚为希有，足表有菩提之分。'"②此则通过佛骨灵验，证实玄奘有"菩提之分"，理应得道。

又据该书卷三，玄奘还归那烂陀寺，当时请戒贤法师讲《瑜伽论》："开题讫，少时，有一婆罗门于众外悲号而复言笑。遣人问其所以。答言我是东印度人，曾于布磔迦山观自在菩萨像所发愿为王，菩萨为我现身，诃责我言：'汝勿作此愿！后某年月日那烂陀寺戒贤法师为支那国僧讲《瑜伽论》，汝当往听。因此闻法后得见佛，何用王为！'今见支那僧来，师复为讲，与昔言同，所以悲喜。"此则再次印证戒贤为玄奘讲授佛理，实乃菩萨授意。又据该书同卷，玄奘至伊烂拏钵伐多国迦布路伽蓝南孤山："最中精舍有刻檀观自在菩萨像，威神特尊"，"其供养人恐诸来者坌污尊像，去像四面各七步许竖木钩阑，人来礼拜，皆于阑外，不得近像。所奉香花，亦并遥散。其得花住菩萨手及挂臂者，以为吉祥，以为得愿"，"法师欲往求请，乃买种种花，穿之为鬘，将到像所，志诚礼赞讫，向菩萨跪发三愿：'一者，于此学已还归本国，得平安无难者，愿花住尊手；二者，所修福慧，愿生睹史多

① ［唐］慧立、彦悰：《大慈恩寺三藏法师传》卷一，中华书局，2000 年版，第 13—14 页。
② ［唐］慧立、彦悰：《大慈恩寺三藏法师传》卷二，中华书局，2000 年版，第 37 页。

宫事慈氏菩萨,若如意者,愿花贯挂尊两臂;三者,圣教称众生界中有一分无佛性者,玄奘今自疑不知有不,若有佛性,修行可成佛者,愿花贯挂尊颈项。'语讫,以花遥散,咸得如言。既满所求,喜欢无量。其傍同礼及守精舍人见已,弹指鸣足,言未曾有也。当来若成道者,愿忆今日因缘先相度耳"①。此则再证玄奘巡礼求经不仅得偿所愿,而且必将全身而退,修成正果。这些预兆叙事,结合那些讲述玄奘在危难之际得到诸佛和菩萨佑护的具体记载,以及玄奘凭借宿福和佛力而彰显的现世灵验,全方位地烘托了传主的神秘形象。

　　综上,从仅有佛教行记文献看,《慈恩传》在"梦预"叙事方面,已经大力超越六朝。对此,胡适指出:"慧立为他做的传记,——大概是根据于玄奘自己的记载的——写玄奘的事迹最详细,为中国传记中第一部大书。"②这里,玄奘西行虽被唐王明令禁止,实则是命中注定并且符合佛祖旨意的合宜行为。正因为如此,玄奘之出生,玄奘西行之前的冥祈,玄奘西行途中所遭遇的人物接引及各种事件,玄奘在西域和佛国不同环境下的表现和反应,以及他何时回归大唐,是否得偿所愿等,均被命运的无形之手操控,实可谓黯然而彰。慧立长期受玄奘亲炙,故其撰著行传采用某种类似史家的全知视角,洞晓法师取经前后的万般细节。

　　不仅如此,慧立多次采用"预叙"方法,结合"佑护"情节,有意为玄奘往返佛国提供合宜的征候,抑又藉此塑造传主神圣高大的僧人形象,呈现出了某种较为明显的叙事策略。以"梦预"为典型,慧立撰著玄奘行记不仅多次讲述玄奘自身入梦,而且"注意到写次要人物,

---

①　[唐]慧立、彦悰:《大慈恩寺三藏法师传》卷三,中华书局,2000年版,第74—78页。
②　胡适:《〈西游记〉考证》,欧阳哲生编《胡适文集》(三),北京大学出版社,1998年版,第500—501页。

发挥次要人物对传主的衬托作用"①,适时演绎玄奘母亲、达磨法师、戒贤法师、护瑟迦罗寺众僧等相关人物入梦,采用直叙、插叙、转叙、倒叙等多种方式,文本随时表现出某种暗示、隐喻以及象征意味,"把梦和幻觉表现为与清醒知觉一样具有实在性,从而打通真与幻的界限";"注重现象和事物的神秘属性,并把这种属性看得比其客观特性更为重要,甚至消除了现象和事物的客观特征"②,处处彰显人佛感通灵验,由此展示出了丰富的宗教和文学内涵,彰显了唐代佛教行记文学的时代魅力。

二、劫掠故事:舍身求法之合情考验

因地理和交通条件所限,加之人祸所致,汉地僧人前往佛国的巡礼求经之路,必然备尝艰辛。晋唐佛教行记之苦难叙事,正是缘此而生。其中较为特殊的时代背景,则是西行求法僧人往往伴商而行,在古代丝绸之路上戮力向前,缘此容易招致贼寇劫掠。缘于现存文献非常有限,六朝佛教行记罕见有相关记载。仅有法显描述其浮海东还:"海中多有抄贼,遇辄无全。"③与法显《佛国记》相比,慧立撰著玄奘行记吸收六朝自撰佛教行记的写作经验,在讲述特定的突发事件、彰显人文内涵方面显然超越了前人。这里,基于惊险异常的突发事件,《慈恩传》让传主直面异域旅行的危难,虽不免于血性和暴力,但足以给读者以新奇生动之感。以极力塑造传主的正面形象为宗旨,结合历史记忆和文学想象,慧立把劫掠故事化为玄奘舍身求法的合

---

① 陈兰村:《〈大慈恩寺三藏法师传〉的文学价值》,《浙江师范大学学报》(社会科学版)1990 年第 3 期。
② 石育良:《怪异世界的建构》,文津出版社,1996 年版,第 94—95 页。
③ 〔晋〕释法显撰,章巽校注:《法显传校注》,中华书局,2008 年版,第 142 页。

情考验。

　　考察慧立撰著行传,玄奘在旅途中频繁遭遇的贼寇劫掠,可大致分为泛写和精写两种。关于泛写,譬如《慈恩传》卷二记载玄奘在阿耆尼国:"山西又逢群贼,众与物而去。遂至王城所处川崖而宿。时同侣商胡数十,贪先贸易,夜中私发,前去十余里,遇贼劫杀,无一脱者。比法师等到,见其遗骸,无复财产,深伤叹焉。"此则全书首言劫掠对西行僧人之害,又感言法师之幸。同卷记载玄奘在屈支国:"从此西行二日,逢突厥寇贼二千余骑,其贼乃预共分张行众资财,悬诤不平,自斗而散。"①此则惊险之状同样可以想见,所幸法师无虞。同书卷五记载玄奘归国途中经过僧诃补罗国:"如此复二十余日,山涧中行,其处多贼,法师恐相劫掠,常遣一僧预前行,若逢贼时,教说'远来求法,今所赍持并经、像、舍利,愿檀越拥护,无起异心。'法师率徒侣后进。时亦屡逢,然卒无害。"此则讲述法师在遭遇多次劫掠之后,已然采用某种惯用的方式冷静待之。同卷又记载玄奘在揭盘陀国:"复东北行五日,逢群贼,商侣惊怖登山,象被逐溺水而死。贼过后,与商人渐进东下,冒寒履险,行八百余里,出葱岭至乌铩国。"②此则讲述法师再次遭遇猝不及防的劫掠事件。

　　慧立以来,唐代求法僧人泛写贼寇劫掠亦偶或可见。前据义净类传,玄照为贼见拘,幸得逃脱,又言其"遭吐蕃贼,脱首得全;遇凶奴寇,仅存余命。"③不仅如此,义净自述其经历,言其"住那烂陀寺。十载求经,方始旋踵,言归还耽摩立底。未至之间,遭大劫贼,仅免割刃

①　[唐]慧立、彦悰:《大慈恩寺三藏法师传》卷二,中华书局,2000年版,第24—27页。

②　[唐]慧立、彦悰:《大慈恩寺三藏法师传》卷五,中华书局,2000年版,第114—119页。

③　[唐]义净著,王邦维校注:《大唐西域求法高僧传校注》卷上,中华书局,1988年版,第11页。

之祸,得存朝夕之命。"①抑又,慧超《往五天竺国传》叙其至迦毗罗国亦即佛本生城,"林木荒多,道路足贼。往彼礼拜者,甚难方迷"②,又在旅行途中赠诗与汉使,直云"险涧贼途倡"③。又据圆照《悟空入竺记》末尾,所谓"或遇吉祥,或遭劫贼,安乐时少,忧恼处多,不能宣心,一一屡说"④,亦可见一斑。这些泛写并未涉及事件详情。与六朝佛教行记惯于描绘恶劣自然相比,唐朝同类著作注重叙及僧人在途中遭遇更为可怕的人祸,由此表现出了独特的叙事个性。

更有甚者,以《慈恩传》为典型,唐代佛教行记还善于精写法师在佛国遭遇的贼寇劫掠事件。《慈恩传》卷二记载玄奘在那揭罗喝国:"又闻灯光城西南二十余里有瞿波罗龙王所住之窟,如来昔日降伏此龙,因留影在中。法师欲往礼拜,承其路道荒阻,又多盗贼,二三年已来人往多不得见,以故去者稀疏","行数里,有五贼人拔刀而至,法师即去帽现其法服。贼云:'师欲何处?'答:'欲礼拜佛影。'贼云:'师不闻此有贼耶?'答云:'贼者,人也,今为礼佛,虽猛兽盈衢,奘犹不惧,况檀越之辈是人乎!'贼遂发心随往礼拜",其间几经波折,法师终见佛影,"相与归还,彼五贼皆毁刀仗,受戒而别"⑤。这里叙事详细有致,结合如来佛影灵验,具体演绎玄奘在佛国每逢劫掠,往往遇难成祥,而传主之虔诚、沉着以及勇猛亦可谓跃然纸上。

---

① [唐]义净著,王邦维校注:《大唐西域求法高僧传校注》卷下,中华书局,1988年版,第154页。
② [唐]慧超原著,张毅笺释:《往五天竺国传笺释》,中华书局,2000年版,第37—38页。
③ [唐]慧超原著,张毅笺注:《往五天竺国传笺释》,中华书局,2000年版,第140页。
④ [唐]圆照:《悟空入竺记》,《大正藏》第51册,新文丰出版公司,1975年版,第981页。
⑤ [唐]慧立、彦悰:《大慈恩寺三藏法师传》卷二,中华书局,2000年版,第37—39页。

至于更为详细的劫掠故事，还有同卷记载玄奘出那罗僧诃城：

> 东至波罗奢大林中，逢群贼五十余人，法师及伴所将衣资劫夺都尽，仍挥刀驱就道南枯池，欲总屠害。其池多有蓬棘萝蔓，法师所将沙弥遂映刺林，见池南岸有水穴，堪容人过，私告法师，即相与透出。东南疾走可二三里，遇一婆罗门耕地，告之被贼，彼闻惊愕，即解牛与法师，向村吹贝，声鼓相命，得八十余人，各将器杖，急往贼所。贼见众人，逃散各入林间。法师遂到池解众人缚，又从诸人施衣分与，相携投村宿。人人悲泣，独法师笑无忧戚。同侣问曰："行路衣资贼掠俱尽，唯余性命，仅而获存。困弊艰危，理极于此，所以却思林中之事，不觉悲伤。法师何因不共忧之，倒为欣笑？"答曰："居生之贵，唯乎性命。性命既存，余何所忧。故我土俗书云：'天地之大宝曰生。'生之既在，则大宝不亡。小小衣资，何足忧恪。"由是徒侣感悟。其澄波之量，浑之不浊如此。①

此则篇幅亦广，行文不蔓不枝，撰者娓娓道来，生活气息浓郁，千载之后尤历历在目，而玄奘之从容、雅量以及不幸之中的万幸，让人心生敬意，并有惊恐刺激之感。

原书最为详尽的劫掠故事，实乃卷三记载玄奘欲向阿耶穆佉国之际：

> 行可百余里，其河两岸皆是阿轮伽林，非常深茂。于林中两岸各有十余船贼，鼓棹迎流，一时而出。船中惊扰，投河者数人，贼遂拥船向岸，令诸人解脱衣服，搜求珍宝。然彼群贼素事突伽

---

① ［唐］慧立、彦悰：《大慈恩寺三藏法师传》卷二，中华书局，2000年版，第46页。

天神，每于秋中觅一人质状端美，杀取肉血用以祠之，以祈嘉福。见法师仪容伟丽，体骨当之，相顾而喜曰："我等祭神时欲将过，不能得人，今此沙门形貌淑美，杀用祠之，岂非吉也！"法师报："以斐秽陋之身，得充祠祭，实非敢惜。但以远来，意者欲礼菩提树像耆阇崛山，并请问经法，此心未遂，檀越杀之，恐非吉也。"船上诸人皆共同请，亦有愿以身代，贼皆不许。于是贼帅遣人取水，于花林中治地设坛，和泥涂扫，令两人拔刀牵法师上坛，欲即挥刃。法师颜无有惧，贼皆惊异。既知不免，语贼"愿赐少时，莫相逼恼，使我安心欢喜取灭"。法师乃专心睹史多宫念慈氏菩萨，愿得生彼恭敬供养，受《瑜伽师地论》，听闻妙法，成就通慧，还来下生，教化此人令修胜行，舍诸恶业，及广宣诸法，利安一切。于是礼十方佛，正念而坐，注心慈氏，无复异缘。于心想中，若似登苏迷卢山，越一二三天，见睹史多宫慈氏菩萨处妙宝台，天众围绕。此时身心欢喜，亦不知在坛，不忆有贼。同伴诸人发声号哭。须臾之间黑风四起，折树飞沙，河流涌浪，船舫漂覆。贼徒大骇，问同伴曰："沙门从何处来？名字何等？"报曰："从支那国来求法者此也。诸君若杀，得无量罪。且观风波之状，天神已瞋，宜急忏悔。"贼惧，相率忏谢，稽首归依。时亦不觉，贼以手触，尔乃开目，谓贼曰："时至耶？"贼曰："不敢害师，愿受忏悔。"法师受其礼谢，为说杀盗邪祠诸不善业，未来当受无间之苦。何为电光朝露少时之身，作阿僧企耶长时苦种！贼等叩头谢曰："某等妄想颠倒，为所不应为，事所不应事。若不逢师福德感动冥祇，何以得闻启诲。请从今日已去即断此业，愿师证明。"于是递相劝告，收诸劫具总投河流，所夺衣资各还本主，并受五戒，风波还静。贼群欢喜，顶礼辞别。同伴敬叹转异于常。远近闻者莫不嗟怪。①

　　此则篇幅特长,情节尤其丰富,故事性亦最强,宛如神幻离奇之志怪传奇小说。结合现世佛教灵验,撰者塑造玄奘之虔敬、沉着、机智、英勇等积极形象,既超越前述同类文本,又远优于同类佛教行记所叙,其线索清晰无碍,佛教宗旨颇为明显,叙事文学价值亦非同寻常。结合前述泛写,慧立撰著玄奘行记应从某种程度上还原了中古印度的社会生活状况,为后人追忆和想象佛国提供了更为具体生动的线索。

　　与玄奘遭遇劫掠经历颇为类似,根据义净自述,其诣中天之际:"日晚晡时,山贼便至,援弓大唤,来见相陵。先撮上衣,次抽下服,空有绦带,亦并夺将。当是时也,实谓长辞人代,无谐礼谒之心,体散锋端,不遂本求之望。又彼国相传,若得白色之人,杀充天祭。既思此说,更轸于怀,乃入泥坑,遍涂形体,以叶遮蔽。扶杖徐行,日云暮矣,营处尚远。至夜两更,方及徒侣,闻灯上人村外长叫。既其相见,令授一衣,池内洗身,方入村矣。"②与慧立撰著玄奘行记相比,这里叙述虽然较为简略,但是同样展开了细节和详情,实与《慈恩传》记事殊途同归,可互为发明。

　　要之晋唐时代,西行僧人往往舍身求法,义无反顾,诚如《慈恩传》所云:"此等危难,百千不能备叙。"③作为六朝现存完整的佛教行记,法显《佛国记》主要通过描写险恶的海陆地理环境,展示旅行者身为佛教徒、异乡人、旅行者、探险家等多重形象,共同彰显出了苦难叙事的主题和内涵。慧立撰著玄奘行记不仅借鉴了前赋叙事经验,而

① 〔唐〕慧立、彦悰:《大慈恩寺三藏法师传》卷三,中华书局,2000年版,第55—56页。

② 〔唐〕义净著,王邦维校注:《大唐西域求法高僧传校注》卷下,中华书局,1988年版,第153页。

③ 〔唐〕慧立、彦悰:《大慈恩寺三藏法师传》卷一,中华书局,2000年版,第17页。

且在传记文学史上首次大规模地记载传主屡遭贼寇劫掠，以极力塑造玄奘同为上述身份的正面形象，充分展示了宗教和人性的崇高之美，实为难得。这些劫掠故事应有一定的生活依据，但并不完全真实可信。有学者指出："玄奘是一位虔诚的佛教徒，但是作者并没有把他神化，而是以平静肃穆的叙事风格，灵活运用各种叙事手法，善于抓住表现人物内心情感的细节，来突出传主丰富而复杂的性格，显得生动而真实。"尽管如此，"《慈恩传》叙事最具文学特色的表现，在于文中存在许多志诚通神的神异情节；加上宗教徒的狂热痴迷，使文本叙事充满了瑰丽的想象，弥漫着一种神秘的宗教气氛"①。毋宁说，基于对师承的归认和崇仰，劫掠故事实即反映玄奘舍身求法的合情考验，它不失为慧立试图有意演绎高僧玄奘的另一种叙事策略。

三、佑护情节：堪承佛统之合理依据

统观晋唐僧传所记，汉地西行求法之僧屡历危难，其中舍身殉道者难以计数。在佛教徒和广大民众心中，某位高僧之所以能大难不死，终究回归故土，除了因其节志坚贞，还往往归结为佛祖和菩萨的暗中佑护，以证实传主堪承佛统。故法显《佛国记》跋云："顾寻所经，不觉心动汗流。所以乘危履险，不惜此形者，盖是志有所存，专其愚直，故投命于不必全之地，以达万一之冀。"②其结语又云："窃惟诸师来得备闻，是以不顾微命，浮海而还，艰难具更，幸蒙三尊威灵，危

---

① 史素昭：《信仰与信实的统一——〈慈恩传〉的叙事分析》，《湘潭师范学院学报》（社会科学版）2009 年第 3 期。

② ［晋］释法显撰，章巽校注：《法显传校注》"跋"，中华书局，2008 年版，第153 页。

而得济,故竹帛疏所经历,欲令贤者同其闻见。"①可见就佛教行记而言,其创作机制中往往蕴含着对"佑护"情节的主观认同和有意处理。慧立撰著玄奘行记则乐于展示特定事件中的佑护情节,并使之成为玄奘堪承佛统的合理依据,由此大大丰富了六朝僧人传记的人文内涵。

　　显而易见,慧立撰著玄奘行记在表现佑护情节之际,往往紧密结合预叙方法和劫掠故事来演绎文本。更为确切地说,《慈恩传》一旦使用"预叙",其中就必然包含着"佑护"的思维。如前所述,玄奘在莫贺延碛:"于是旋辔,专念观音,西北而进。是时四顾茫然,人鸟俱绝。夜则妖魑举火,烂若繁星,昼则惊风拥沙,散如时雨。虽遇如是,心无所惧,但苦水尽,渴不能前",在"几将殒绝"之际,"遂卧沙中默念观音,虽困不舍",继而梦神执戟,催促前行,终得甘泉。撰者借此感叹:"计此应非旧水草,固是菩萨慈悲为生,其志诚通神,皆此类也。"②抑又,玄奘在迦湿弥罗国,护瑟迦罗寺众僧梦神,告言其"有无量善神随逐"③。前述玄奘在胜军论师处梦遇菩萨训示,随即准备归国。撰者借此总结道:"是知大士所行,皆为菩萨护念。将往印度,告戒贤而驻待;淹留未迹,示无常以劝归。若所为不契圣心,谁能感此?"④慧立在行记文本中使用议论,正是从创作机制上直接体现了"佑护"意识。

　　抑又,《慈恩传》一旦讲述"劫掠"故事,同样或隐或显地体现出"佑护"的叙事母题。如前所述,该著泛写和精写玄奘遭遇劫掠,往往

①　［晋］释法显撰,章巽校注:《法显传校注》"跋",中华书局,2008 年版,第150 页。
②　［唐］慧立、彦悰:《大慈恩寺三藏法师传》卷一,中华书局,2000 年版,第17 页。
③　［唐］慧立、彦悰:《大慈恩寺三藏法师传》卷二,中华书局,2000 年版,第43 页。
④　［唐］慧立、彦悰:《大慈恩寺三藏法师传》卷四,中华书局,2000 年版,第96 页。

表现出逢凶化吉和庆幸之意。从文学特征看,撰者结合"劫掠"故事
与"佑护"细节,习惯于"将人物的鲜明个性与普通人性描写相结合,
使人物性格更为真实和丰富",抑又"刻划人物性格时注意心理描写
与环境描写相结合,有利于揭示传主在特定环境中的复杂心理,使人
物形象更为丰满和传神"①。这里,书中讲述玄奘在那揭罗喝国瞿波
罗龙窟礼拜佛影之际遭遇盗贼,其实暗含着佛祖佑护的情节,撰者写
来举重若轻;书中讲述玄奘在阿踰陀国殑伽河遭遇贼寇劫掠事件尤
其精彩,所谓"两人拔刀牵法师上坛,欲即挥刀",法师"专心睹史多
宫念慈氏菩萨","礼十方佛,正念而坐,注心慈氏,无复异缘","须臾
之间黑风四起,折树飞沙,河流涌浪,船舫漂覆","贼惧,相率忏谢,稽
首归依"②,可谓最为详尽地展示"佑护"情节,故事异常惊险,令读者
大开眼界。要之,基于相同的创作宗旨,慧立撰著玄奘行记无论是使
用预叙方法,还是讲述劫掠故事,都明显表现出"佑护"的思维和母
题,由此强化了这部僧传名著的文学特性。

　　而事实上,除前述相关材料之外,慧立撰著玄奘行记还在不同环
境下程度不等地演绎佑护情节。据《慈恩传》卷一,玄奘与石槃陀自
瓜州夜发,"既渡而喜,因解驾停憩,与胡人相去可五十余步,各下褥
而眠。少时胡人乃拔刀而起,徐向法师,未到十步许又回,不知何意,
疑有异心。即起诵经,念观音菩萨。胡人见已,还卧遂睡",此为彰显
观音护念,撰者写来不露声色。抑又,同卷讲述玄奘孑然孤游沙漠:
"惟望骨聚马粪等渐进。项间忽见有军众数百队满沙碛间,乍行乍
息,皆裘褐驼马之像及旌旗稍纛之形,易貌移质,倏忽千变,遥瞻极

①　陈兰村:《〈大慈恩寺三藏法师传〉的文学价值》,《浙江师范大学学报》(社会
　　科学版)1990 年第 3 期。
②　[唐]慧立、彦悰:《大慈恩寺三藏法师传》卷三,中华书局,2000 年版,第55—
　　56 页。

著,渐近而微。法师初睹,谓为贼众;渐近见灭,乃知妖鬼。又闻空中声言'勿怖,勿怖',由此稍安。"又言玄奘历经莫贺延碛:"长八百余里,古曰沙河,上无飞鸟,下无走兽,复无水草。是时顾影唯一,心但念观音菩萨及《般若心经》。初,法师在蜀,见一病人,身疮臭秽,衣服破污,愍将向寺施与衣服饮食之直。病者惭愧,乃授法师此《经》,因常诵习。至沙河间,逢诸恶鬼,奇状异类,绕人前后,虽念观音不得全去,即诵此《经》,发声皆散,在危获济,实所凭焉。"①这里展现法师在遭遇恶劣自然之际得到菩萨的佑护,同时彰显佛经灵验,慧立紧密结合"苦难"主题来进行叙述,充满着文学想象和宗教内涵。对此,胡适指出:"玄奘本是一个伟大的宗教家,他的游记里有许多事实,如沙漠幻景及鬼火之类,虽然都可有理性的解释,在他自己和别的信徒的眼里自然都是'灵异',都是'神迹'。"②与晋唐其他佛教行记相比,《慈恩传》藉此彰显其叙事特色。

抑又,据《慈恩传》卷四,玄奘在摩揭陀国菩提寺:

　　当此正月初时也。西国法以此月菩提寺出佛舍利,诸国道俗咸来观礼,法师即共胜军同往。见舍利骨或大或小,大者如圆珠,光明红白,又肉舍利如豌豆大,其状润赤。无量徒众献奉香花赞礼讫,还置塔中。至夜过一更许,胜军共法师论舍利大小不同云:"弟子见余处舍利大如米粒,而此所见何其太大? 师意有疑不?"法师报曰:"玄奘亦有此疑。"更经少时,忽不见室中灯,内外大明,怪而出望。乃见舍利塔光晖上发,飞焰属天,色含五

彩,天地洞朗,无复星月,兼闻异香氛氲溢院。于是递相告报,言
舍利有大神变,诸众乃知,重集礼拜,称叹希有。经食顷光乃渐
收,至于欲尽,绕覆钵数币,然始总入,天地还暗,辰象复出。众
睹此已,咸除疑网。①

此则叙述舍利灵验,旨在消除玄奘与胜军法师的疑惑,其中同样隐含
着佛祖佑护的思维。综上,玄奘自从踏上取经的征途,直至平安回归
汉地,无不随时深受佛祖和菩萨的种种护念。从很大程度上讲,慧立
撰著玄奘行记的文学手段,还在于合乎情理地演绎佑护情节,同时积
极塑造典型化的传主形象,并使之成为与预叙方法、劫掠故事并行的
另一种叙事策略。

　　慧立撰著玄奘行记针对佑护情节的积极展示,其实渊源于六朝
僧传和佛教行记的写作经验。最为典型的例证是,僧祐《出三藏记
集》法勇本传基于昙无竭《外国传》而成,原传早已记载旅行者得到
观音佑护。李德辉指出:"其书问世后不太久,南齐王琰撰著《冥祥
记》即予节引,梁僧祐、慧皎亦据此为昙无竭编撰僧传。"②据王琰《冥
祥记》记载:"宋元嘉初,中有黄龙沙弥昙无竭者,诵《观世音经》,净
修苦行。与诸徒属五十二人,往寻佛国。备经荒险,贞志弥坚。既达
天竺舍卫,路逢山象一群,竭赍经诵念,称名归命,有师子从林中出,
象惊奔走。后有野牛一群,鸣吼而来,将欲加害,竭又如初归命,有大
鹫飞来,牛便惊散,遂得克免。"③至唐代,道世《法苑珠林》卷六十五
又征引《冥祥记》,叙及此种灵验。可见早在唐代之前,西行求法者之

----

① ［唐］慧立、彦悰:《大慈恩寺三藏法师传》卷四,中华书局,2000 年版,第 96—
　　97 页。
② 李德辉辑校:《晋唐两宋行记辑校》,辽海出版社,2009 年版,第 46 页。
③ 鲁迅辑:《古小说钩沉》,《鲁迅全集》第八卷,人民文学出版社,1973 年版,第
　　614 页。

所以能侥幸遂愿,在于其虔诚归念之际已有菩萨护佑。不仅如此,六朝佛教行记中的某些佑护情节,已经被唐前小说家袭用为素材。

　　无独有偶,《出三藏记集》法显本传记载传主在耆阇崛山遭遇黑师子之事,以及《佛国记》讲述法显自师子国至耶婆提国之海上经历,同样属于典型的观音灵验故事,实与同时代佛教志怪小说的叙事范式不谋而合。除玄奘行记之外,圆照《悟空入竺记》还记载:"有一城,号骨咄国。城东不远,有一小海,其水极深,当持牙经南岸而过。时彼龙神知有舍利,地土摇动,玄云掜兴,霹雳震雷,雹雨骤堕。有一大树,不远海边,时与众商投于树下,枝叶摧落,空心火燃。时首领商普告众曰:'谁将舍利异宝殊珍? 不尔龙神何斯拗怒? 有即持出,投入海中,无令众人受兹惶怖。'法界是时悬心祈愿,放达本国,利济邦家,所获福因,用资龙力。从日出后泊于申时,祈祝至诚,云收雨霁,仅全草命。"①此事或基于自然现象,旅行者和撰者则视为佑护故事,实与玄奘行记相关记载殊途同归。略有不同的是,因为创作宗旨的改变,慧立撰著玄奘行记一方面有意加重了以人佛感通为主题的叙事内容,从而使《慈恩传》中的佑护情节更为普遍,更加突出;另一方面则通过积极彰显玄奘的神圣形象和人物魅力,从很大程度上证明玄奘乃佛祖钦定的求法高僧亦即堪承佛统;如此让宗教的接受抑或是文学的接受,都更有时代内涵,更具人文张力,让玄奘行传不啻为最具文学价值的僧人传记。

　　汤用彤指出:"中国佛教史未易言也。佛法,亦宗教,亦哲学。宗教情绪,深存人心,往往以莫须有之史实为象征,发挥神妙之作用。故如仅凭陈迹之搜讨,而无同情之默应,必不能得其真。"②事实上,

---

① ［唐］圆照:《悟空入竺记》,《大正藏》第 51 册,新文丰出版公司,1975 年版,第 980 页。

② 汤用彤:《汉魏两晋南北朝佛教史》"跋",中华书局,1983 年版,第 634 页。

作为佛教史的重要佐证材料,佛教行记叙事正是表现为史学传统与文学手法的融汇,如此构成颇具特色的宗教文学,影响着古代小说的创作。值得强调的是,与晋唐大多数言辄依实、质朴明畅的佛教行记相比,《慈恩传》不仅深具史学精神,而且最具叙事文学价值。陈兰村即认为,《慈恩传》"在我国文学史上第一次塑造了唐代佛教圣人玄奘的真实形象",故为正史《旧唐书》本传所本;然而从道德因素看,因为撰者为玄奘高足,对于师父的尊敬态度必然导致夸张叙事的存在,"志诚通神"之类叙事亦即如此;同时,敬仰的感情也让撰者"用文学的一些笔法进行生动的描写,并刻划其性格特点,塑造出一个活生生的感人的形象","玄奘形象所体现的取经精神则是一种积极进取的精神,与唐代上升时期人们追求建功立业的精神是一致的"①,故而留给读者的阅读印象异常深刻。毋庸置疑,高僧慧立为此传付出了巨大的努力。

更为确切地说,《慈恩传》前五卷亦即慧立撰著玄奘行记明显优于后五卷。其原因在于,慧立往往使用预叙手法、讲述劫掠故事以及展示佑护细节,藉此积极演绎传主之往返佛国、舍身求法以及堪承佛统等,试图让玄奘的神圣形象及其在汉地佛教界的崇高地位得到合宜、合情、合理的诠释,由此客观昭示出了某种叙事策略。诚然,上述叙事手段程度不等地吸收了前赋创作经验。然而与六朝行记相比,缘于慧立写作动机的改变,这些叙事策略不仅非常显著,而且充分展示了释氏辅教文学对于僧人别传和佛教行记的有意参与,并与当世成熟的唐传奇交相辉映,大力促进了佛教志怪小说的时代更新。在慧立笔下,三种叙事策略可谓相生相成、难以割裂,以共同实现其创作宗旨,塑造典型化的人物形象,玄奘作为"不畏艰险的旅行家,卓越

①　陈兰村:《〈大慈恩寺三藏法师传〉的文学价值》,《浙江师范大学学报》(社会科学版)1990年第3期。

的翻译大师，舍生求法的楷模"，"受人尊敬的佛教圣人"①，在行记中得到了历史和文学的双重演绎。从叙事机制看，慧立撰著行传以对古代印度历史的熟知和对传主玄奘的长期接触为依据，同时加入了许多文学想象的成分，遂而成为最为成功的僧人传记。

　　值得一提的是，以《慈恩传》《大唐西域记》为代表，唐代佛教行记所见叙事策略，理应包括本生故事和佛国传说。这里，《慈恩传》所见传说故事不乏其多，《大唐西域记》相关讲述更是精彩纷呈。关于后者，宋晓蓉认为："《大唐西域记》同一文本中，国家情况介绍和故事传说的语体存在着很大的差异，构成了这部史地著作独有的语体特点：总述和分述相间分布，穿插排列，叙事语体与说明语体相对独立而又有机融合。两种语体存在的原因在于，其写作目的有二，其一是为唐太宗提供西域、中亚及印度等地区各方面的真实情况，故选择了说明语体；其二是为弘扬佛教选择了叙事语体，二者各有侧重。不同语体承担各自不同的功能，因而《大唐西域记》既具有文学性，又具有科学性，其文学性和科学性特征分别在史地科学领域和叙事文学领域对后世产生了不同影响。"②至于其叙事特色，刘守华认为，《大唐西域记》最突出的特点，"是将极奇幻的情节和极现实的人情世态巧妙结合在一起，而不是脱离社会人生讲述一些神奇古怪之事，这在故事的发展上，可以说具有里程碑的意义"，亦即"朝着有意编故事"③的方面发展。从文学效应看，据钱锺书、郑振铎等学者研究，以及大量实证材料证明，"《大唐》对当时'征奇话异'的小说创作产生

---

① 陈兰村：《〈大慈恩寺三藏法师传〉的文学价值》，《浙江师范大学学报》（社会科学版）1990年第3期。

② 宋晓蓉：《汉唐西域史地文献文学性及科学性嬗变考察——以〈史记·大宛列传〉、〈汉书·西域传〉、〈大唐西域记〉为例》，《西域研究》2014年第3期。

③ 刘守华：《〈大唐西域记〉的民间文学价值》，《民间故事的比较研究》，中国民间文艺出版社，1986年版，第202页。

深层影响"，"《大唐》所带来的神奇的传说，极有可能被当时文人所吸纳，并加以改造"①。尽管如此，因前人研究《大唐西域记》更多，且慧立《慈恩寺》所见叙事策略较有特色，更能代表唐代佛教行记的叙事成就。囿于篇幅，本书将不再集中论及。

---

① 何红艳：《〈大唐西域记〉与唐五代小说的创作》，《内蒙古民族大学学报》（社会科学版）2003 年第 6 期。又据钱锺书研究，《太平广记》卷十六所见《杜子春》（出《续玄怪录》）、卷四十四所见《萧洞玄》（出《河东记》）以及卷三百五十六所见《韦自东》（出《传奇》），"皆前承《大唐西域记》卷七记婆罗疟斯国救命池节，后启《绿野仙踪》第七三回《守仙炉六友烧丹药》"〔钱锺书：《管锥编》（二），生活·读书·新知三联书店，2001 年版，第 430 页〕。郑振铎亦认为："李复言《续玄怪录》所载的杜子春（《太平广记》卷十六引），却又是明目张胆的抄袭这个印度的故事，而改穿上中国的衣装"，"想不到这个流传于印度一个地方的传说，偶然被保存于《大唐西域记》里的，乃竟会在中国引起了那末大的一场波澜"（郑振铎：《插图本中国文学史》，人民文学出版社，1957 年版，第 390—391 页）。

第十三章　唐代佛教行记之人物塑造

以西游行者之所亲历为主要关注点，晋唐佛教行记必然在某种程度上凸显僧人形象。《佛国记》记载法显在翻越小雪山之际，因同行慧景命终而悲号，又叙述传主在无畏山僧伽蓝，因见晋地白绢扇供养玉象而凄然泪下，"阅读至此，一个朴实内敛，刚强坚毅，感情深挚的法显形象，已经活生生地展现在读者面前"①。前文分析慧立撰著玄奘行记之叙事策略，同样涉及人物塑造。尽管如此，除了法显、慧生、宋云行记，六朝大多数同类著作不幸散佚，遂而难以得见行者自身。与六朝相比，唐朝大多数佛教行记亦然。即便是享誉盛名的《大唐西域记》，其"记载诸国风土，尤为详悉。唯不记奘师在印度留学情形耳"②。尽管如此，缘于纪念宗旨，慧立撰著玄奘行记与晋唐其他佛教行记迥然不同。基于史传创作传统的实录精神，该传对传主的勤学精进加以全面叙述，以合理解释玄奘才学修养的现实渊源；基于实录精神的进一步文学演绎，该传往往记载传主讲经论道，特别是习惯于讲述传主与佛教徒以及其他外道进行论争获胜，以充分展示玄奘的博学善辩；结合史学视角与文学手段，该传屡次记载传主在佛国

---

① 赵晓春：《东西方自传文学中的两颗启明星——法显〈法显传〉和奥古斯丁〈忏悔录〉在文学性方面的比较》，《福建论坛》（人文社科版）2013年第2期。
② 张星烺编注，朱杰勤校订：《中西交通史料汇编》第6册，中华书局，1979年版，第282页。

享有非凡礼遇,藉此构成玄奘博学善辩的必然结果,并且表现出文本建构意义。要之,《大慈恩寺三藏法师传》使用大量笔墨来演绎玄奘的博辩通达,甚至通过种种才学书写来展现传主形象,从整体上代表了唐代佛教行记的人物塑造。

一、勤学精进:才学修养之渊源

慧立《慈恩传》前五卷主要记载玄奘归国之前事迹和见闻,形式上完全类同佛教行记。除前述叙事策略所涉人物塑造外,其才学书写首先表现为原书对传主的勤学精进加以全面叙述,以合理解释玄奘才学修养的现实渊源。《吕氏春秋·劝学》曰:"颜回之于孔子也,犹曾参之事父也。古之贤者与其尊师若此,故师尽智竭道以教。"①慧立之于玄奘,亦犹颜回之事孔子。他长期接受玄奘亲炙,故而与法师契合无间,相视莫逆。据《慈恩传》序,撰者非但"睹三藏之学行,瞩三藏之形仪,钻之仰之,弥坚弥远"②,而且熟知师尊一生行迹和相关细节,故能使用全知视角来进行纪念式讲述。这种情况下的才学书写,应是基于史传创作的实录精神尤其是早期僧传的叙事传统,同时倾注了撰者的崇敬之意和无限神往,如此易令读者信服,最终产生了不错的传记效果。

在慧立笔下,玄奘的才学修养渊源已久。《慈恩传》首卷娓娓道来,颇具史家风度。详言之:玄奘家学深厚,非同寻常;在未剃度之前,法师早慧,"幼而珪璋特达,聪悟不群","备通经奥,而爱古尚贤,非雅正之籍不观,非圣哲之风不习",当世有识之士"深嘉其志,又贤其器貌",预言他必将成为"释门伟器","名家不可失";后既出家,时

---

① 许维遹撰,梁运华整理:《吕氏春秋集释》卷四,中华书局,2009年版,第91页。
② [唐]慧立、彦悰:《大慈恩寺三藏法师传》"序",中华书局,2000年版,第3页。

年十三,在洛阳听"景法师讲《涅槃经》,执卷伏膺,遂忘寝食","又学严法师《摄大乘论》,爱好愈剧。一闻将尽,再览之后,无复所遗。众咸惊异,乃令升座覆述,抑扬剖畅,备尽师宗。美闻芳声,从兹发矣";后进成都,玄奘"更听基、暹《摄论》《毗昙》及震法师《迦延》,敬惜寸阴,励精无怠,二三年间,究通诸部",相较于"四方僧投之者","讲座之下常数百人,法师理智宏才皆出其右,吴、蜀、荆、楚无不知闻,其想望风徽,亦犹古人之钦李、郭矣";既年满二十,"于成都受具,坐夏学律,五篇七聚之宗,一遍斯得。益部经论研综既穷,更思入京询问殊旨";后至荆州天皇寺,"法师为讲《摄论》《毗昙》,自夏及冬,各得三遍","发题之日,王率群僚及道俗一艺之士,咸集荣观。于是征诘云发,关并峰起,法师酬对解释,靡不辞穷意服";复寻求先德,"至相州,造休法师,质难问疑。又到赵州,谒深法师学《成实论》。又入长安,止大觉寺,就岳法师学《俱舍论》。皆一遍而尽其旨,经目而记于心,虽宿学耆年不能出也。至于钩深致远,开微发伏,众所不至,独悟于幽奥者,固非一义焉";又至长安询采常、辩二大德,"其所有深致,亦一拾斯尽",被称为"释门千里之驹","自是学徒改观,誉满京邑"①。诸如此类,慧立撰著玄奘行记叙述详细有致,不蔓不枝。

究其写法,则根植于六朝僧传的叙事经验:一是通过直接叙述,多次彰明玄奘具备志存高远、坚韧难移、聪慧敏锐、勤奋好学、转益多师、能言善辩等诸多优秀品质;二是借助比较视角特别是中古传记中常见的人物品评,积极展示玄奘的博学善辩和社会影响力。抑又细读上文所涉佛典,我们不难发现:其一,前叙玄奘在洛阳学严法师《摄大乘论》,在成都听基、暹《摄论》《毗昙》,后述玄奘在荆州天皇寺讲《摄论》《毗昙》,足见文本叙事脉络清晰,前后相应,颇有条贯。其

────────

① [唐]慧立、彦悰:《大慈恩寺三藏法师传》卷一,中华书局,2000年版,第5—9页。

二,玄奘对佛教论藏情有独钟,此与后文讲述传主在西域和佛国之乐于读学亦甚为契合,亦可见全书之逻辑井然。其三,论藏乃针对经藏、律藏中教义的解释或重要思想的阐述,一般被认为是菩萨或各派论师著述,由此得见玄奘佛学功底深厚,能够究通三藏。据此,汤用彤认为:"玄奘大师之学,精博无涯,固不限于法相宗义也。其未西游以前,几已尽习中国之佛学。"又言:"计玄奘大师在国内受学十三师,俱当世名宿。而师资相承,如俱舍、摄论上接真谛,成实、毗昙出于明彦、慧嵩,涅槃或亦净影余绪。大师学之弘深,盖可想知","奘师早期已规模弘大,非一经一论之专家也"①。要之在西行以前,玄奘已凭借其卓越的品质、才华以及不俗的行迹,博得了不少声誉和美名,这些均为下文记载传主的异国见闻,特别是宗教论争以及缘何屡受礼遇埋下了伏笔。

如果说是因为才学出众,让玄奘在西行前具备了某种宗教影响;那么在游历西域和佛国的途中,玄奘对于佛典及其义理的钻研,则是他矢志不渝的人生追求。据《慈恩传》卷二,法师至砾迦国东境,"城西道北有大庵罗林,林中有一七百岁婆罗门,及至观之,可三十许,形质魁梧,神理淹审,明《中》《百》诸论,善《吠陀》等书。有二侍者,各百余岁。法师与相见,延纳甚欢","仍就停一月,学《经百论》《广百论》";到至那仆底国,"诣突舍萨那寺,有大德毗腻多钵腊婆,好风仪,善三藏,自造《五蕴论释》《唯识三十论释》,因住十四月,学《对法论》《显宗论》《理门论》等";至阇烂达那国,"诣那伽罗驮那寺,有大德旃达罗伐摩,善究三藏,因就停四月,学《众事分毗婆沙》";至秣底补罗国,"其国有大德名蜜多斯那,年九十,即德光论师弟子,善闲三

---

① 汤用彤:《隋唐佛教史稿》,中华书局,1982年版,第141—142页。

藏。法师又半春一夏就学萨婆多部《怛埵三弟铄论》《随发智论》等"①。

　　据《慈恩传》卷三,玄奘在那烂陀寺,"听《瑜伽》三遍,《顺正理》一遍,《显扬》《对法》各一遍,《因明》《声明》《集量》等论各二遍,《中》《百》二论各三遍。其《俱舍》《婆沙》《六足》《阿毗昙》等已曾于迦湿弥罗诸国听讫,至此寻读决疑而已",又"兼学婆罗门书","法师皆洞达其词,与彼人言清典逾妙。如是钻研诸部及学梵书,凡经五岁";至伊烂拏国,"又停一年,就读《毗婆沙》《顺正理》等"②。据《慈恩传》卷四,法师至南憍萨罗国,"其国有婆罗门善解因明,法师就停月余日,读《集量论》";至驮那羯磔迦国,"法师在其国逢二僧,一名苏部底,二名苏利耶,善解大众部三藏,法师因就停数月,学大众部《根本阿毗达磨》等论";至钵伐多国,"又其国有二三大德,并学业可遵。法师因停二年,就学正量部《根本阿毗达磨》及《摄正法论》《教实论》等";法师还摩揭陀施无厌寺,"参礼正法藏讫。闻寺西三踰缮那有低罗择迦寺,有出家大德名般若跋陀罗,本缚罗钵底国人,于萨婆多部出家,善自宗三藏及《声明》《因明》等。法师就停两月,咨决所疑";复往杖林山居士胜军论师所,"法师就之,首末二年,学《唯识决择论》《意义理论》《成无畏论》《不住涅槃》《十二因缘论》《庄严经论》,及问《瑜伽》《因明》等疑已"③。如此种种,可见玄奘在取经途中并未荒废佛学,而是勤勉如昔,问学不辍,不断提升其才学修养,这正是传主之所以满腹经纶并且令人肃然起敬的重要原因。

---

① [唐]慧立、彦悰:《大慈恩寺三藏法师传》卷二,中华书局,2000年版,第46—51页。

② [唐]慧立、彦悰:《大慈恩寺三藏法师传》卷三,中华书局,2000年版,第74—78页。

③ [唐]慧立、彦悰:《大慈恩寺三藏法师传》卷四,中华书局,2000年版,第85—96页。

关于玄奘在印度之游学，汤用彤指出："计奘师在那烂陀寺最久，前后在各处受学计知名者共一十五人，不知名者又有若干人"，"玄奘在印所学，虽以《瑜伽》为本，然绝不拘于一宗义，而有所偏执也。玄奘归国后，就其所译经，亦可见其风度之博大"①。其说即依据《慈恩传》。从所涉佛典看，玄奘在西域和佛国所读学之物，不仅同样多为论藏，而且文献种类极多，藉此再证传主佛学功力之绝伦，以至究通诸部。对此，张星烺总结得更为详细："玄奘者，又教理学大家也。未往印度之先，已通大小乘之学。既入印度，更就大小乘之硕学大德习教义。中印度那烂陀寺为当时佛教研究之渊丛。玄奘留于其寺前后五六年，从戒贤受学。戒贤承无著、世亲之教系，鼓吹赖耶《缘起论》，盛说《瑜伽》教系之法门。玄奘入竺之志在传《瑜伽师地论》之教义。故入戒贤之门，以研究《瑜伽》教系之法门及《唯识》之关系。"②可以推想的是，上述玄奘行迹应该源于传主口述。然而缘于写作宗旨不同，同样由玄奘口述却偏重地志风格的《大唐西域记》对此删省殆尽。基于纪念与认同，慧立撰著玄奘行记则恰有补遗之功，遂成真正以人物为中心的僧人行传。

综上，勤学精进不失为玄奘才学修养的现实渊源。基于对六朝僧传创作经验的吸收和利用，通过全面叙述传主的勤学精进，慧立撰著玄奘行记中的才学书写得以初步呈展。据刘昫《旧唐书》本传，玄奘"大业末出家，博涉经论"，"既辩博出群，所在必为讲释论难，蕃人远近咸尊伏之。在西域十七年，经百余国，悉解其国之语"③。智昇《开元释教录》亦言：法师"次兄长捷先出家，住东都净土寺。以奘少

---

① 汤用彤：《隋唐佛教史稿》，中华书局，1982 年版，第 143—144 页。

② 张星烺编注，朱杰勤校订：《中西交通史料汇编》第 6 册，中华书局，1979 年版，第 246 页。

③ ［后晋］刘昫等：《旧唐书》卷一百九十一，中华书局，1975 年版，第 5108 页。

罹穷酷,携以奖之。日授精理,旁兼巧论。年十一,诵《维摩》《法华》",后誓往华胥,"有司不为通引,顿迹京皋,广就诸蕃,遍学书语,行坐寻授,数日便通,侧席面西,思闻机候",后巡游佛国,"奘周游五印,遍师明匠,至如五明四含之典,三藏十二之筌,七例八转之音,三声六释之句,皆尽其微,毕究其妙"①。两种传记内容虽简短不足,然而毕竟源自《慈恩传》,并且科学合理地总结了玄奘以"博"与"辩"为特色的才学魅力及其语言根基。行传在展现传主"博"与"辩"之际,正是隐含着这位高僧精通西域语言的超强天赋。自两汉以来,正史创作有"不虚美,不隐恶"②之说,故其叙述平易可亲,风格谨严朴实。依据上述梳理,慧立撰著玄奘行记或许并无夸张失实,但其中至少隐含着撰者对传主师尊的无限景仰,由此在多种层面必然倾向于类似文学叙事的情感表述,彰显该书所谓才学书写的文学功能。不同于小说的想象世界,"传记的事实世界更能触发想象力,因为传记里的事实是那些创造力强的事实,丰润的事实,诱导暗示和生成酝发的事实"③,行传通过纪念与认同,再三讲述玄奘之勤学精进,无疑促进了传主崇高人性的文学生成,引导着读者心生赞美。更为难得的是,在表现传主勤学精进之际,行传往往与教义论争以及佛国礼遇相辅相成、交相辉映,为塑造典型的人物形象而尽心竭力,并且较为理想地实现了写作宗旨。

二、宗教论争:才识叙事之演绎

　　前述梁启超高度评价《慈恩传》,认为此书在古今所有名人谱传

---

① [唐]智昇:《开元释教录》卷八,《大正藏》第55册,台湾新文丰出版公司,1975年版,第557—558页。
② [汉]班固撰,[唐]颜师古注:《汉书》卷六十二,中华书局,1962年版,第2738页。
③ 赵白生:《传记文学理论》,北京大学出版社,2003年版,第10—11页。

中价值第一。这种非同寻常的褒赞,在很大程度上基于优秀传记作品的一般特质。赵白生认为,传记"既不是纯粹的历史,也不完全是文学性虚构,它应该是一种综合,一种基于史而臻于文的叙述。在史与文之间,它不是一种或此即彼、彼此壁垒的关系,而是一种由此及彼、彼此互构的关系","是文与史的水乳交融、珠联璧合"①。可见,文史结合不失为优秀传记的共有品质。检读慧立撰著玄奘行记,其才学书写不仅表现为全面叙述传主之勤学精进,而且融史家意识与文学表现于一体,并在记载传主的讲经论道特别是传主与佛教徒以及其他外道的论争中,得到了比较充分的展示。撰者同样是使用全知视角,却在追记玄奘行迹之时,不再满足于做一个奴婢式的编年史家,而是把"判断""创造"以及"心灵"融入历史事实,偏重选择那些以彰显传主"才识"为宗旨的宗教论争类故事,并且服务于塑造传主的崇高人性。此即基于史家实录精神的进一步文学演绎。

一方面,在游历西域和佛国的途中,玄奘非但习惯于讲经论道,乐于与当地高僧切磋佛学,而且常以大乘教义劝化世人,其社会影响力与日俱增。以《慈恩传》卷二为例,玄奘在纳缚伽蓝,得见小乘三藏般若羯罗:"其人聪慧尚学,少而英爽,钻研九部,游泳四含,义解之声周闻印度。其小乘《阿毗达磨》《迦延》《俱舍》《六足》《阿毗昙》等无不晓达。既闻法师远来求法,相见甚欢。法师因申疑滞,约《俱舍》《婆沙》等问之,其酬对甚精熟,遂停月余,就读《毗婆沙论》。伽蓝又有二小乘三藏,达摩毕利、达摩羯罗,皆彼所宗重。睹法师神彩明秀,极加敬仰。"抑又,玄奘至迦毕试境:"彼有大乘三藏名秣奴若瞿沙、萨婆多阿梨耶伐摩、弥沙塞部僧求那跋陀,皆是彼之称首。然学不兼通,大小各别,虽精一理,终偏有所长。唯法师备谙众教,随其来问,各依部答,咸皆惬服。"抑又,玄奘至飒秣建国:"王及百姓不信佛法,

---

① 赵白生:《传记文学理论》,北京大学出版社,2003 年版,第 44—120 页。

以事火为道"，"法师初至，王接犹慢。经宿之后，为说人、天因果，赞佛功德，恭敬福利。王欢喜请受斋戒，遂致殷重"，法师慈悲为怀，往往"革变邪心，诱开矇俗"①。考察慧立撰著玄奘行记，可见传主在求法巡礼途中讲经论道、切磋佛学以及劝化世人等，堪为常态。玄奘非但学识广博，抑且口才极佳，善于沟通，循循善诱，故而声望日隆。结合前文所见玄奘之勤学精进，行传共同昭示出了"才学"对于积极塑造传主形象的不凡意义。

　　另一方面，在游历西域和佛国之际，玄奘常与佛教徒以及外道展开辩论并且获胜，在多次宗教论争中成就了一代高僧的伟名。亦据《慈恩传》卷二，玄奘过阿奢理儿寺，得见木叉毱多："毱多理识闲敏，彼所宗归，游学印度二十余载，虽涉众经，而《声明》最善，王及国人咸所尊重，号称独步"，毱多认为"此土《杂心》《俱舍》《毗婆沙》等一切皆有，学之足得，不烦西涉受艰辛"，遂定《瑜伽论》为邪见书，"真佛弟子者，不学是也"，玄奘对此颇不为然，二人遂就《俱舍》论义展开问辩，毱多以败绩惭退。抑又，玄奘至活国："彼有沙门名达摩僧伽，游学印度，葱岭以西推为法匠，其疏勒、于阗之僧无敢对谈者。法师欲知其学深浅，使人问师解几部经论。诸弟子等闻皆怒。达摩笑曰：'我尽解，随意问。'法师知不学大乘，就小教《婆沙》等问数科，不是好通。因谢服，门人皆惭。"抑又，玄奘在迦湿弥罗国，得见大乘学僧毗戌陀僧诃等、萨婆多学僧苏伽蜜多罗等、僧祇部学僧苏利耶提婆等："其国先来尚学，而此僧等皆道业坚贞，才解英富，比方僧称虽不及，比诸人足有余。既见法师为大匠褒扬，无不发愤难诘法师，法师

①　[唐]慧立、彦悰：《大慈恩寺三藏法师传》卷二，中华书局，2000年版，第30—35页。

亦明目酬酢,无所蹇滞,由是诸贤亦率惭服。"①上述三种叙事,其共同点即是玄奘与其他高僧进行论争而终以告捷。慧立在玄奘行记中一致使用了人物类比,藉此形成较为普遍的叙事模式,亦即首说某寺某僧独步当世,继而叙说玄奘与该僧比拼才力,其中牵涉不少辩论和诘难,最终以玄奘的完胜而告终。通过颇具程式化的演绎,宗教论争于是成为了撰者彰显传主才识的有力手段。

作为这种叙事模式的直接体现,慧立撰著玄奘行记中更为详尽的才识叙事,正是玄奘在那烂陀寺与众多佛教高僧和外道进行辩论而大获全胜。据《慈恩传》卷四:"时大德师子光先已为四众讲《中》《百论》,述其旨破《瑜伽》义。法师妙闲《中》《百》,又善《瑜伽》,以为圣人立教,各随一意,不相违妨,惑者不能会通,谓为乖反,此乃失在传人,岂关于法也。愍其局狭,数往征诘,复不能酬答,由是学徒渐散,而宗附法师。"又云:"法师又以《中》《百论》旨唯破遍计所执,不言依他起性及圆成实性,师子光不能善悟,见《论》称'一切无所得',谓《瑜伽》所立圆成实等亦皆须遣,所以每形于言。法师为和会二宗言不相违背,乃著《会宗论》三千颂","呈戒贤及大众,无不称善","师子光惭赧,遂出往菩提寺,别命东印度一同学名旃陀罗僧诃来相论难,冀解前耻。其人既至,惮威而默,不敢致言,法师声誉益甚"。又云:"时复有顺世外道来求论难,乃书四十条义悬于寺门曰:'若有难破一条者,我则斩首相谢'","法师遣房内净人出取其义毁破,以足蹉蹋","婆罗门亦素闻法师名,惭耻更不与论。法师令唤入,将对戒贤法师及命诸德为证,与之共论,征其宗本历外道诸家所立","如

---

① 〔唐〕慧立、彦悰:《大慈恩寺三藏法师传》卷二,中华书局,2000 年版,第 26—44 页。

是往复数番,婆罗门默无所说"①,起而谢罪,欲任依先约,法师役其为奴,以示宽宥。这些记载均以那烂陀寺为核心,通过讲述玄奘与同门大德师子光以及外道论争大获全胜,力证传主才识之优、雅量之高,绝非一般佛教徒之所能及。据此,宗教论争甚而成为了慧立撰著玄奘行记积极演绎才学书写的常见范式。

事实上,慧立撰著玄奘行记还围绕着那烂陀寺的相关活动,讲述玄奘多次参与其他宗教论争,其中以曲女城法会最终达到才识叙事的高潮。据《慈恩传》卷四,玄奘在参与该法会之前,那烂陀寺已收到戒日王邀请,请求戒贤派遣大德与小乘辩论。慧立一方面渲染当时的紧张氛围,另一方面展示法师的举重若轻:"正法藏得书,集众量择,乃差海慧、智光、师子光及法师为四人,以应王之命。其海慧等咸忧,法师谓曰:'小乘诸部三藏,玄奘在本国及入迦湿弥罗以来遍皆学讫,具悉其宗。若欲将其教旨能破大乘义,终无此理。奘虽学浅智微,当之必了。愿诸德不烦忧也。若其有负,自是支那国僧,无关此事。'诸人咸喜。"继而,玄奘为了积极应战,随时充分准备:"时法师欲往乌茶,乃访得小乘所制《破大乘义》七百颂者,法师寻省有数处疑",于是差前来所伏婆罗门"令讲一遍",即"备得其旨","遂寻其谬节,申大乘义而破之,为一千六百颂,名《破恶见论》。将呈戒贤法师及宣示徒众,无不嗟赏曰:'以此穷覈,何敌不亡。'"②又据同书卷五,玄奘参与法会在即,乃呈其所制《破恶见论》与戒日王:"观讫,王甚悦,谓其门师等曰:'弟子闻日光既出则萤烛夺明,天雷震音而锤凿绝响。师等所守之宗,他皆破讫,试可救看。'诸僧无敢言者。王曰:'师等上座提婆犀那,自云解冠群英,学该众哲,首兴异见,常毁大乘。及

---

① [唐]慧立、彦悰:《大慈恩寺三藏法师传》卷四,中华书局,2000 年版,第 97—100 页。

② [唐]慧立、彦悰:《大慈恩寺三藏法师传》卷四,中华书局,2000 年版,第 101 页。

闻客大德来,即往吷舍厘礼观圣迹,托以逃潜,故知师等无能也。'"继而,玄奘参与法会之中:"施讫,别设宝床,请法师坐为论主,称扬大乘序作论意,仍遣那烂陀寺沙门明贤法师读示大众。别令写一本悬会场门外示一切人,若其间有一字无理能难破者,请斩首相谢。如是至晚,无一人致言,戒日王欢喜,罢会还宫。"终于,如是五日之后,"邪徒戢翼,竟十八日无人发论。将散之夕,法师更称扬大乘,赞佛功德,令无量人返邪入正,弃小归大"。玄奘藉此获得隆重礼遇:"戒日王益增崇重,施法师金钱一万、银钱三万、上㲲衣一百领;十八国王亦各施珍宝","王命侍臣庄严一大象,施幢请法师乘,令贵臣陪卫,巡众告唱,表立义无屈",法师均辞让不受。戒日王于是将法师袈裟遍唱宣示,"为法师竞立美名,大乘众号曰'摩诃耶那提婆',此云'大乘天';小乘众号曰'木叉提婆',此云'解脱天'"①。这些纷然杂陈的人际关系以及相关活动,完全围绕着传主的"才识"来展开逻辑秩序,叙述生动曲折,有条不紊,宛如后世之才情小说,在同时代前后僧人传记中绝无仅有,有力地塑造了特殊环境中的典型形象。据此,宗教论争最终成为了慧立撰著玄奘行记中才学书写最为精巧、最为出彩的叙事内容,遂让读者对玄奘法师仰慕之至。

慧立在《玄奘三藏法师论》中如此总结:"法师从是声振葱西,名流八国,彼诸先达英杰闻之,皆宿构重关,共来难诘,雁行鱼贯,毂驾肩随,其并论之词,云屯雨至。法师从容辩释,皆入其室、操其戈,取其矛、击其盾,莫不人人丧辙,解颐虔伏,称为此公天纵之才,难酬对也。"②事实上,考察慧立撰著玄奘行记,"奘师既无书不窥,且其师资

---

① 〔唐〕慧立、彦悰:《大慈恩寺三藏法师传》卷五,中华书局,2000年版,第106—109页。

② 〔唐〕慧立、彦悰:《大慈恩寺三藏法师传》卷十,中华书局,2000年版,第229页。

常上接印土诸大师"，"大师包举众说"①，故往往能使外道屈伏。原
书充分借助宗教论争来积极演绎传主才识，可谓把传统的史传文学
叙事经验创造性地发挥到了极致。与前述表现玄奘之勤学精进相
比，慧立撰著玄奘行记在讲述宗教论争之际，亦应以追忆和纪念过往
为主，然而或不免于一定程度的想象和推测，尤其是体现了作传者对
材料的自主选择，可谓暗合优秀传记创作的理路。通过表现宗教论
争故事，《慈恩传》无疑在更大程度上彰显了撰者的才学意识，从而给
历史事实赋予了某种目的和意义。毋宁说，通过再现崇敬型认同，才
学书写已经成为了《慈恩传》进行人物塑造的另一种叙事策略。

三、佛国礼遇：博学善辩之必然

　　与高僧法显的佛国之行相比，玄奘经高昌后往往受尽礼遇，拥有
更多较为优越的条件。前文阐述晋唐佛教行记之苦难主题，已经有
所解读。事实上，这种现象尚可进一步探讨。毕竟从文本情况看，玄
奘在取经途中受尽礼遇，宜应以其博学善辩为重要前提。检读行记，
《佛国记》言辄依实，质朴明畅，文本罕见法显与王侯的交往，几无才
学叙事。慧立撰著玄奘行记则多见纷繁复杂的人际事务以及针对传
主的才学书写，其欣慕、表彰之意昭然若揭。在慧立笔下，玄奘旅途
之所以王侯礼重，除了类似于六朝行僧的诚心冥彻，更为重要的是彦
悰在《慈恩传》所谓的"才兼内外，临机酬答"②所致，这种人格魅力往
往令其与世俗政权和谐相处，遂以畅通无阻。汤用彤指出："大师去
国，旨在取《瑜伽》大论，而其所学更不限于瑜伽师宗。师广游西土，
极受各国之优礼。然不但未以此为骄，弛于学问。苟遇名师，必从听

---

① 汤用彤：《隋唐佛教史稿》，中华书局，1982 年版，第 144 页。
② ［唐］慧立、彦悰：《大慈恩寺三藏法师传》卷六，中华书局，2000 年版，第 140 页。

讲,自言承戒贤法师之累嘱。"①显而易见,因其与玄奘之佛国礼遇结合无间,才学书写在《慈恩传》中表现出了某种文本建构的重要意义。

检读原书,慧立撰著玄奘行记总是围绕着传主的才识和影响力,特意叙述玄奘在西域和佛国得到世俗政权的种种礼遇,藉此塑造更为丰满、更加典型的人物形象。据《慈恩传》卷一,玄奘尚在凉州:"停月余日,道俗请开《涅槃》《摄论》及《般若经》,法师皆为开发","时开讲日,盛有其人,皆施珍宝,稽颡赞叹,归还各向其君长称叹法师之美,云欲西来求法于婆罗门国,以是西域诸城无不预发欢心,严洒而待"②。这段文字承前启后,在全传的叙事逻辑上起着引领作用。后文屡次围绕着传主的才识以及接遇来展开行文。

据后文记载,高昌王麹文泰闻玄奘在伊吾,先是"即日发使,敕伊吾王遣法师来,仍简上马数十匹,遣贵臣驰驱设顿迎候";继而"王使至,陈王意,拜请殷勤";待法师入城,"王与侍人前后列烛自出宫,迎法师入后院,坐一重阁宝帐中,拜问甚厚","王妃共数十侍女又来礼拜";翌日,"法师未起,王已至门,率妃已下俱来礼问","流泪称叹不能已已","遂设食解斋讫,而宫侧别有道场,王自引法师居之,遣阉人侍卫";十余日后,王欲留法师居其国,"令一国人皆为师弟子",其意志坚决,因再三恳请,又动色相逼;法师严词拒绝,"王亦不纳,更使增加供养,每日进食,王躬捧盘。法师既被停留,违阻先志,遂誓不食以感其心";几日之后,王"深生愧惧,乃稽首礼谢","遂共入道场礼佛,对母张太妃共法师约为兄弟,任师求法";后日,"王别张大帐开讲,帐可坐三百余人,太妃已下王及统师大臣等各部别而听。每到讲时,王躬执香炉自来迎引。将升法座,王又低跪为蹬,令法师蹑上,日日如

①　汤用彤:《隋唐佛教史稿》,中华书局,1982年版,第142页。
②　[唐]慧立、彦悰:《大慈恩寺三藏法师传》卷一,中华书局,2000年版,第11—12页。

此"。与此相关,玄奘在高昌国还享受如此优遇:"讲讫,为法师度四沙弥以充给侍。制法服三十具。以西土多寒,又造面衣、手衣、靴、袜等各数事。黄金一百两,银钱三万,绫及绢等五百匹,充法师往返二十年所用之资。给马三十匹,手力二十五人。遣殿中侍御史欢信送至叶护可汗衙。又作二十四封书,通屈支等二十四国,每一封书附大绫一匹为信。又以绫绡五百匹、果味两车献叶护可汗,并书称:'法师者是奴弟,欲求法于婆罗门国,愿可汗怜师如怜奴,仍请敕以西诸国给邬落马递送出境。'"离别之际,"王与诸僧、大臣、百姓等倾都送出城西。王抱法师恸哭,道俗皆悲,伤离之声振动郊邑。敕妃及百姓等还,自与大德已下各乘马送数十里而归"①。《慈恩传》对此叙述得不厌其烦,有条不紊。除了铺排场面和赠物,还特意关注细节描写和人物对话,着意体现撰者的微观叙事行为。诸如此类,其原因即在于法师才识卓著并且早已声名远播。诚然,高昌王对玄奘的深情厚谊,为下文记载法师在佛国的不凡接遇开启了先例。此后,文本正常的叙事逻辑常与才学书写以及"礼遇"描述交错融汇,大大提升了玄奘行传的人文感染力。

与汉魏六朝西行僧人相比,玄奘在佛国的确屡受优待。慧立撰著玄奘行记所载虽详略不一,但都令人敬仰。以《慈恩传》卷二为例,法师入屈支国界:"将近王都,王与群臣及大德僧木叉毱多等来迎。自外诸僧数千,皆于城东门外,张浮幔,安行像,作乐而住。法师至,诸德起来相慰讫,各还就坐。使一僧擎鲜花一盘来授法师。法师受已,至佛前散花,礼拜讫,就木叉毱多下坐。坐已,复行花。行花已,行蒲桃浆。于初一寺受花、受浆已,次受余寺亦尔,如是展转日晏方讫,僧徒始散","至发日,王给手力、驼马,与道俗等倾都送出"。又

---

① [唐]慧立、彦悰:《大慈恩寺三藏法师传》卷一,中华书局,2000年版,第18—23页。

载法师至叶素城：（叶护可汗）"令达官答摩支引送安置至衙"，后回衙拜见，"法师去帐三十余步，可汗出帐迎拜，传语慰问讫，入坐"，"仍为法师设一铁交床，敷蓐请坐"，待汉使及高昌使人入，"通国书及信物，可汗自目之甚悦"，"命陈酒设乐，可汗共诸臣使人饮，别索蒲桃浆奉法师。于是恣相酬劝，窣浑钟碗之器交错递倾，傺侏兜离之音铿锵互举，虽蕃俗之曲，亦甚娱耳目、乐心意也。少时，更有食至，皆烹鲜羔犊之质，盈积于前。别营净食进法师，具有饼饭、酥乳、石蜜、刺蜜、蒲萄等。食讫，更行蒲萄浆"。后可汗欲劝住，法师不允，"乃令军中访解汉语及诸国音者"，"即封为摩咄达官，作诸国书，令摩咄送法师到迦毕试国。又施绯绫法服一袭，绢五十匹，与群臣送十余里"。又载法师到达摩舍罗："王率群臣及都内僧诣福舍相迎，羽从千余人，幢盖盈涂，烟花满路。既至，相见礼赞殷厚，自手以无量花供散讫，请乘大象相随而进。至都，止阇耶因陀罗寺。明日，请入宫供养"，"又承远来慕学，寻读无本，遂给书手二十人，令写经、论。别给五人供承驱使，资待所须，事事公给"①。上述记载和描绘，有令读者目不暇接之感。慧立再三演绎玄奘之佛国礼遇以及无与伦比的人格魅力，均与前述勤学精进和宗教论争缤纷交错，最终实践了这种僧传的双重文本功能。

　　又以《慈恩传》卷三为例，同样处处可见慧立撰著玄奘行记的这种惯用写法。例如，玄奘至那烂陀寺前夕："寺众差四大德来迎，即与同去"，"至庄食，须臾，更有二百余僧与千余檀越将幢盖、花香复来迎引，赞叹围绕入那烂陀。既至，合众都集。法师与相见讫，于上座头别安床，命法师坐"，"法师住寺，寺中一切僧所畜用法物道具咸皆共同"。玄奘至那烂陀寺："向幼日王院安置于觉贤房第四重阁。七日

---

① ［唐］慧立、彦悰：《大慈恩寺三藏法师传》卷二，中华书局，2000 年版，第 25—43 页。

供养已，更安置上房在护法菩萨房北，加诸供给。日得瞻步罗果一百二十枚，槟榔子二十颗，豆蔻二十颗，龙脑香一两，供大人米一升"，"月给油三斗，酥乳等随日取足。净人一人、婆罗门一人，免诸僧事，行乘象舆。那烂陀寺主客僧万，预此供给添法师合有十人"①。又以同书卷五为例，鸠摩罗王遣使奉书请玄奘，戒贤不与遣派，王遂大怒，更发别使赍书力请，法师至彼："王见甚喜，率群臣迎拜赞叹，延入宫，日陈音乐，饮食花香，尽诸供养，请受斋戒。如是经月余。"尔后戒日王发使语鸠摩罗王力请玄奘，鸠摩罗王不得已而送往，戒日王夜见法师："既至，顶礼法师足，散花瞻仰，以无量颂赞叹讫"，抑又"诘旦使来，法师共鸠摩罗同去至戒日宫侧，王与门师二十余人出迎入坐，备陈珍膳，作乐散花供养讫"；玄奘辞别二王之际："于是命施金钱等物，鸠摩罗王亦施众珍，法师并皆不纳"，"于是告别，王及诸众相饯数十里而归。将分之际，呜噎各不能已"；此后"戒日王更附乌地王大象一头、金钱三千、银钱一万，供法师行费。别三日，王更与鸠摩罗王、跋吒王等各将轻骑数百复来送别，其殷勤如是。仍遣达官四人名摩诃怛罗。王以素氎作书，红泥封印，使达官奉书送法师所经诸国，令发乘递送，终至汉境"。又如，法师"与迦毕试王相随西北行，一月余日，至蓝波国境。王遣太子先去，敕都人及众僧庄办幢幡，出城迎候，王与法师渐发。比至，道俗数千人，幢幡甚盛，众见法师，欢喜礼拜讫，前后围绕赞咏而进"；尔后"于阗王闻法师到其境，躬来迎谒。后日发引，王先还都，留儿侍奉。行二日，王又遣达官来迎，离城四十里宿。明日，王与道俗将音乐香花接于路左"②。上述种种记录，依然与勤

---

① ［唐］慧立、彦悰：《大慈恩寺三藏法师传》卷三，中华书局，2000 年版，第 66—68 页。
② ［唐］慧立、彦悰：《大慈恩寺三藏法师传》卷五，中华书局，2000 年版，第104—121 页。

学精进和宗教论争紧密结合,占据了行传中的不少篇幅。与法显和晋唐其他求法僧人相比,玄奘在西域和佛国宠命优渥,真可谓前无古人,后无来者。

要之,结合盘根错节的人物关系以及相关行迹,慧立撰著玄奘行记在讲述传主受尽僧俗优遇时堪称竭尽全力。考究玄奘佛国礼遇之有关记载,一方面与传主之博学善辩必然关联,另一方面亦与全书之才学书写和形象塑造休戚与共。玄奘之佛国礼遇,不仅从结构逻辑上再现了文本的才学意识,直接影响着该传记的行文展开,而且体现出了写作宗旨亦即纪念性传记之崇敬型认同。

四、纪念性行传塑造崇敬型形象

值得一提的是,除了慧立撰著玄奘行记之外,以义净《大唐西域求法高僧传》为例,考察唐代其他佛教行记及其相关文献,亦在一定程度上得见游方沙门形象,后文亦将有所涉及。然而与《慈恩传》相比,义净类传在有意塑造人物形象方面,毕竟很难达到慧立的文学高度。从某种意义上说,《慈恩传》集中代表了唐代佛教行记之人物塑造,故而值得本章专门研究。抑又在《慈恩传》中,高僧玄奘的形象其实也表现为多个层面,前文对《慈恩传》叙事策略的分析可见一斑。毋庸置疑,唐代佛教行记往往对西行求法僧人表现出充分地肯定与褒扬。义净撰著玄奘行记正是以其纪念性行传,积极塑造出了以玄奘为中心人物的崇敬型形象。

汉地僧人的佛国之行,往往旨在求法释惑、瞻仰圣迹,亦即消除佛经歧义,弘扬佛教文化。缘于此,时代要求取经人不仅敢于冒险和牺牲,而且应该德才兼备,尤其是才学修养极高。玄奘被称为精通佛教圣典之经、律、论的三藏法师,藉此成为国家和民族需要的原型性形象,正是符合了时代需求。然而考察唐前佛教行记,这些自撰著作很少展示高僧的才学,人物形象尚待进一步丰富。慧皎《高僧传》虽曾叙及某些高僧的才识和学问,然而毕竟囿于篇幅,相关文本内容受到限制。检读唐以后的西游故事,那些曾经被再三强调的"玄奘的学识和作为",同样"大致被扬弃"①。《慈恩传》缘于慧立纪念其师玄奘而作。慧立《玄奘三藏法师论》坦言:"法师不朽之神功,栋梁之大业,岂可缄默于明时而无称述者也","欣慕之怀,百于恒品,所以力课庸愚,辄申斯传。其清微令望之美,绝后光前之踪,别当分诸鸿笔,非此所能觇缕也"②。以纪念性传记为文本定位,致力于某种崇敬性认同,慧立撰著玄奘行记使用大量笔墨来演绎玄奘的博辩通达,通过种种才学书写来展现传主形象,为塑造中心人物而不遗余力,成为佛教文学史上较为突出的现象。

　　纪念性传记因撰者纪念传主而生,通常表现为弟子替尊师作传、子孙替父祖作传、后学替前贤作传等情况,一般产生于尊师、父祖、前贤等逝世之后,撰者缘受传主提携、鞠养、恩泽等,自然而然地产生崇敬型认同,传主形象往往成为作传者心中无法逾越的高峰。纵观中国佛教史人物,"盖名僧者和同风气,依傍时代以步趋,往往只使佛法灿烂于当时。高僧者特立独行,释迦精神之所寄,每每能使教泽继被于来世。至若高僧之特出者,则其德行其学识独步一世,而又能为释教开辟一新世纪"③。玄奘非但属于高僧之特出者,更是慧立和唐人心中声名卓绝且难以企及的得道之人。比较奇怪的是,检读《大唐西域记》,作为核心人物的玄奘很少出场展露形象。与此刚好相反,慧立撰著玄奘行记却处处见有传主在场。其原因同样在于该书旨在纪

①　俞士玲:《佛教发展与西游故事之流衍》,《南京大学学报》(哲学·人文科学·社会科学)2001 年第 3 期。
②　[唐]慧立、彦悰:《大慈恩寺三藏法师传》卷十,中华书局,2000 年版,第 231 页。
③　汤用彤:《汉魏两晋南北朝佛教史》,中华书局,1983 年版,第 133 页。

念奘师,试图详尽再现传主一生的丰功伟绩,故而自始至终努力地塑造人物形象。

　　至于如何表现崇敬型认同,则因不同撰者和传记而侧重各异。与中外文学史上那些优秀的纪念性传记类似,撰传者作为历史编撰学之执行者,面对一堆丰富的文献资料或者口述材料,必须作出符合传文宗旨的取舍。毕竟,传记文学的"真实并不是叙述与事实之间的关系,而是叙述各成分之间的关系。要再现传主的个性,传记作家就必须选择一类事实以确保叙述的'连续性'","毫不迟疑地舍弃与传主个性不符的材料"①。据《慈恩传》序,慧立尤其仰慕其师玄奘的学行和形仪,然其撰传之主要内容,在于讲述传主巡礼求法之佛国行迹,故而必然在很大程度上放弃形仪而专注学行。检读《慈恩传》,慧立虽谓其师"质状端美","仪容伟丽"②。其撰《玄奘三藏法师论》亦云法师"聪机俊骨,发于自然,味道轻荣,率由天性"③。然而统观该传乃至唐代各种流行的玄奘传记,这些面相描写通常用墨不多,撰者不过是一笔带过,此后再难读及。这种现象,似与后来长篇章回体小说《西游记》的相关写法大异其趣。缘于其写作宗旨或动机所致,慧立和唐人最为关注的,则是玄奘法师对于佛学和佛教文化交流所做出的重大贡献。正因为如此,慧立撰著玄奘行记在追记法师行迹之际,随时牵涉传主"才学",并且通过才学书写,积极塑造传主亦即玄奘的原型性形象和崇高人性。唯有贯彻崇敬型认同,慧立撰著玄奘行传才能达成其纪念目的,行传正是通过文史双重演绎,最终提炼成为慧立《玄奘三藏法师论》中的赞语:"穆矣法师,谅为贞士,回秀天人,不羁尘滓。穷玄之奥,究儒之理,洁若明珠,芬同蕙芷","三乘既

① 赵白生:《传记文学理论》,北京大学出版社,2003年版,第122—124页。
② 〔唐〕慧立、彦悰:《大慈恩寺三藏法师传》卷三,中华书局,2000年版,第53页。
③ 〔唐〕慧立、彦悰:《大慈恩寺三藏法师传》卷十,中华书局,2000年版,第228页。

阐,《十地》兼扬,俾夫慧日,幽而更光"①。诚可谓一以贯之。

　　换句话说,为了实现崇敬型认同,慧立撰著玄奘行记必须围绕着传主之勤学精进、教义论争以及佛国礼遇来展开行文,努力实践作为优秀传记的双重文本功能。汪荣祖认为,传记创作应该兼顾"信"与"雅":"故作传者,不可臆造故事,捕风捉影,必有赖于可资征信之实,而集实事成篇,犹待匠心以操斧伐柯,求其悦目。庶得信雅折衷之理。"②所谓"信"与"雅",或可理解为史学叙述与文学演绎之结合。事实上,在慧立笔下,玄奘"既不同于一般的俗人,也卓然高出于当时的僧人","《慈恩传》所塑造的玄奘形象及其体现的取经精神具有典型意义",撰者"把魏晋以来历史性的僧人传记发展成了文学性传记"③,提高到了一个崭新的水平。从总体看,慧立撰著玄奘行记的才学书写,亦不同于唐传奇那种传记体小说以"诗才"来展示人物的气质和个格,而是以"史笔"为特色,结合部分"议论",通过不遗余力地演绎传主才识或者学问,抑又关联某些叙事手段、模式以及策略等,最终产生了唐代僧传文学的独特韵味,在古代佛教传记作品中别具一格。要之,慧立撰著玄奘行记在展示才学书写之际,积极塑造传主亦即玄奘的原型性形象和崇高人性,体现了这种纪念性传记在有唐一代的独特性,最终达到了预期效果。

　　尽管如此,慧立撰著玄奘行记在昭示纪念性传记优长的同时,也不免客观展示出其弊端和局限性。首先,这种纪念性传记的书写模式,虽然非常有利于塑造人物的典型性格,然而不免于日记式的琐碎。传记学家或认为,纪念性传记的通病在于或"摘引繁巨",或"压

---

①　[唐]慧立、彦悰:《大慈恩寺三藏法师传》卷十,中华书局,2000 年版,第
　　231—232 页。
②　[美]汪荣祖:《史传通说——中西史学之比较》,中华书局,2003 年版,第 87 页。
③　韩兆琦主编:《中国传记文学史》,河北教育出版社,1992 年版,第 235—243 页。

缩一半","传记作者在历史的细节与叙述的真实之间厚此薄彼,常常通过放大历史的细节达到纪念的目的","一旦比例失控,以牺牲叙述的真实为代价,传记就难免有名无实,流于生平资料的汇编"①。今检读行传,"才学"已成为慧立积极塑造传主形象最为重要的叙事手段。这种习惯性的偏重一方面合乎情理,容易对读者产生信服力和感染力,但另一方面亦可见类似材料过多乃至形成某种叙事范式,某些章节难免流于繁杂和堆砌。其次,这种崇敬型认同,虽然大量存在于门徒为其师所写的传记中,然而不免于对传主进行完美无瑕的塑造,乃至忽略人物其他丰富多彩的生活场面。传记学家认为,纪念性传记"以塑造理想人格为宗旨","基本上无视历史存在的丰富性,自然难以达到认识的全面性";更为确切地说,"崇敬型认同的主体是一棵向日葵,惟太阳是瞻,因而在情感和认知上具有较强的排他性",其最大局限即"传记作家对权威人格的依附所造成的视域遮蔽","权威人格犹如壁立千仞的高峰,而崇敬型认同的探视方式是自下而上的仰视。这种认知方式决定了传记作家只看到巨峰叹为观止的一面,而无法领略鸟瞰所展示的千山万壑"②,不免令人遗憾。

必须指出的是,检读《汉魏两晋南北朝佛教史》《隋唐佛教史稿》,汤用彤在其古代佛教史代表著作中,一致倾向于认为慧立撰著玄奘行记中的才学书写,大致符合历史事实。即便如此,《慈恩传》对于传主事迹材料的有意选择以及侧重,慧立对传主形象的完美塑造和全盘肯定,则是无法否认的事实。不论真实与否,行传中的才学书写均可证明这种纪念性传记的写作宗旨,在于通过史学和文学的双重写作,彰显出了撰者对恩师玄奘的无限崇敬。当然,慧立撰著玄奘行记中的才学书写亦可谓渊源有自。从很大程度上讲,中古人物品

---

① 赵白生:《传记文学理论》,北京大学出版社,2003年版,第124页。
② 赵白生:《传记文学理论》,北京大学出版社,2003年版,第123—128页。

评的时代风尚以及晋唐时代对于"三藏法师"的称名理解,显然为慧立撰著提供了文化背景。慧皎《高僧传》"译经""义解"诸篇对部分僧人博学善辩形象的塑造,无疑为慧立撰著提供了叙事经验。慧立撰著正是以早期僧传的常用叙事模式为文本内核,抑又主动吸收六朝佛教行记的外在框架,同时特别注重人物形象的塑造,融汇成为两种佛教叙事的文学结晶,造就了一种颇具特色的佛教传记。从文学效应看,基于某种特殊背景,这种佛教传记或因其在创作动机方面,缘于"作品表达的需要","体现人生价值的需要"①;或因其在美学特征方面,"作者以展才炫学为塑造人物形象的主要手段,来表达其心志情意"②,从而多少对近古才学小说产生了一定影响。

---

① 苗怀民:《清代才学小说三论》,《南京师大学报》(社会科学版)2010 年第 6 期。
② 赵春辉、孙立权:《才学小说的内涵及其美学特征》,《吉林大学社会科学学报》2011 年第 5 期。

第十四章 晋唐佛教行记之情感抒写

聚焦于西游行者之所亲历,晋唐佛教行记之相关叙事,还会在某种程度上凸显传主的思想情感。这里,前述六朝佛教行记之文学表征,亦有部分论及。然而六朝行记毕竟大多亡佚,读者难以得见全貌。考察唐代佛教行记,缘于《大慈恩寺三藏法师传》多见叙事策略和人物塑造,故而必然在某种程度上彰显情感抒写。与前人相比,义净《大唐西域求法高僧传》则涉及诗情。杨建龙认为:"义净的人生,以取经译经为主,虽然他的诗歌作品并不多,但是我们仍然能从中见出其独特的行旅意识,那种执拗的追求色彩,那种怀揣理想执著前行的心态,那种充满信念一往无前的意识,呈现出义净行旅意识的崇高性。"①就文学价值而言,如果说《大唐西域记》之"理性旅行记赋有叙事文学的特征",那么慧超《往五天竺国传》之"感性旅行记却赋有抒情文学的特点"②。该书除勾勒和描摹异国风情外,其特色亦在于旅途之中撰有五言诗五首,古典诗歌"言志"抑或"缘情"的文学机制、性能以及特点于此得以展现。要之,晋唐佛教行记间或抒写僧人作为佛教徒、异乡人和旅行者之丰富、复杂而又具体可感的思想情感,

---

① 杨剑龙:《丝绸之路先驱义净高僧诗中的行旅意识》,2017 年 5 月 22 日《文汇报》。

② [韩]林基中撰,文英译:《关于〈大唐西域记〉和〈往五天竺国传〉的文学特性》,北京大学韩国学研究中心编《韩国学论文集》第 3 辑,东方出版社,1994年版,第 153 页。

乃至直接创作诗歌以抒发情志,可谓触及到了文学的内核和本质,值得我们专门研究。因前人研究义净诗较多,兹从慧超行记所见五言诗谈起,梳理晋唐佛教行记的情感抒写及其"诗笔",以期深化和拓展前文相关分析。

一、慧超行记所见诗歌文本及其文意

敦煌写本残卷《慧超往五天竺国传》现存有五言诗五首,兹按其顺序梳理如下:

第一,慧超至摩揭陀国,到达摩诃菩提寺,因称其本愿,欢喜非常,遂略题诗一首,以述其愚志。诗云:"不虑菩提远,焉将鹿苑遥。只愁悬路险,非意业风飘。八塔诚难见,参者经劫烧。何其人愿满,目睹在今朝。"①诗中"菩提""鹿苑"为佛教常有名词,起首二句歌颂了慧超"似能像释迦那样醒悟四谛十二像的真理、领略到其中奥妙的欢喜心情"②。"悬路",意谓充满艰险之路。竺法护译《渐备一切智德经》:"吾当将养,度生死原旷野悬路。立之无难,前在无畏一切智城。"③"业"意为"造作",泛指一切身心活动。佛教认为人生及其周围环境,皆由自体的善恶等"业"造成。"业风",谓善恶之业如风一般,能够使人飘转而轮回三界。释玄光《辨惑论》:"夫质危秋蒂,命

---

① [唐]慧超原著,张毅笺释:《往五天竺国传笺释》,中华书局,2000年版,第22页。

② [韩]林基中撰,文英译:《关于〈大唐西域记〉和〈往五天竺国传〉的文学特性》,北京大学韩国学研究中心编《韩国学论文集》第3辑,东方出版社,1994年版,第163页。

③ [晋]竺法护译:《渐备一切智德经》卷一,《大正藏》第10册,新文丰出版公司,1975年版,第467页。

薄春冰；业风吹荡，蓬回化境。"①"劫"为古印度表示世运周期的时间单位，为佛教及其他宗教所接受，"一劫"往往为数亿年之久。"劫烧"意谓僧人旅行时间之长。《三辅黄图》："武帝初，穿池得黑土，帝问东方朔。东方朔曰：'西域胡人知。'乃问胡人。胡人曰：'劫烧之余灰也。'"②"八塔"亦即"八国之塔"，根据佛教传说，"释迦牟尼寂灭后焚身毕，有八国国王分取其舍利，还归起塔"，《佛国记》曾记载法显到达其中的蓝莫塔，并追忆后续传说："塔边有池，池中有龙，常守护此塔，昼夜供养。阿育王出世，欲破八塔作八万四千塔，破七塔已，次欲破此塔，龙便现身。"③从总体上看，该诗佛教意趣非常明显，它表现了诗人不畏苦难前往佛国巡礼，并在经过漫长的旅行之后终因遂愿而喜激。

第二，慧超至南天竺，于时在南天路中，为作诗云："月夜瞻乡路，浮云飒飒归。减书忝去便，风急不听回。我国天岸北，他邦地角西。日南无有雁，谁为向林飞。"④诗中之"瞻乡路"，意谓遥望故土。宋之问《早发韶州》："炎徼行应尽，回瞻乡路遥。珠崖天外郡，铜柱海南标。"⑤"飒飒"形容风声。屈原《九歌·山鬼》："风飒飒兮木萧萧，思公子兮徒离忧。"⑥"减书"即减写书信，"忝"同"添"。"天岸"意为"天边之地"，曹毗《涉江赋》："迄赵屯，历彭川。修岸靡靡，莞苇芊

---

①　[南朝梁]僧祐撰，李小荣校笺：《弘明集校笺》卷八，上海古籍出版社，2013年版，第412页。

②　[清]毕沅校正：《三辅黄图》卷四，《丛书集成新编》第96册，新文丰出版公司，1984年版，第392页。

③　[晋]释法显撰，章巽校注：《法显传校注》，中华书局，2008年版，第74页。

④　[唐]慧超原著，张毅笺释：《往五天竺国传笺释》，中华书局，2000年版，第47页。

⑤　[唐]沈佺期、宋之问撰，陶敏、易淑琼校注：《沈佺期宋之问集校注》卷三，中华书局，2001年版，第551页。

⑥　[宋]洪兴祖撰，白话文等点校：《楚辞补注》，中华书局，1983年版，第81页。

芉。紫莲被翠波而抗英,碧椹乘天岸而星悬。"①"地角"意为"陆地之末端",萧统《谢敕赉地图启》:"未有洞该八薮,混观六合。域中天外,指掌可求。地角河源,户庭不出。"②"日南"即今越南中部地区。班固《汉书》:"驰义侯遗兵未及下,上便令征西南夷,平之。遂定越地,以为南海、苍梧、郁林、合浦、交阯、九真、日南、珠崖、儋耳郡。"③"向林飞",有萧绎《出江陵县还诗》:"游鱼迎浪上,雏雉向林飞。远村云里出,遥船天际归。"④林基中认为,"林"指"鸡林",亦即慧超的故乡新罗⑤。不难看出,该诗情真意切,抒发了诗人行处孤旅之际较为浓郁的思乡情结,可谓极富感染力。

第三,慧超从北天竺阇兰达罗国至那揭罗驮娜寺,是时"有一汉僧,于此寺身亡。彼大德说,从中天来,明闲三藏圣教,将欲还乡,忽然违和,便即化矣。于时闻说,莫不伤心,便题四韵,以悲冥路",诗云:"故里灯无主,他方宝树摧。神灵去何处,玉貌已成灰。忆想哀情切,悲君愿不随。孰知乡国路,空见白云归。"⑥诗中之"灯无主",意谓传灯无后继之人。传灯为佛教用语,佛法能破众生之"无明",喻为"无尽灯"。支谦《佛说维摩诘经》:"譬如一灯燃百千灯,冥者皆明,

---

① [清]严可均校辑:《全晋文》卷一百〇七,中华书局,1958年版,第2075页。

② [清]严可均校辑:《全梁文》卷十九,中华书局,1958年版,第3060页。

③ [汉]班固撰,[唐]颜师古注:《汉书》卷六,中华书局,1962年版,第188页。

④ 逯钦立辑校:《先秦汉魏晋南北朝诗·梁诗》卷二十五,中华书局,1983年版,第2055页。

⑤ 参见[韩]林基中撰,文英译:《关于〈大唐西域记〉和〈往五天竺国传〉的文学特性》,北京大学韩国学研究中心编《韩国学论文集》第3辑,东方出版社,1994年版,第164页。

⑥ [唐]慧超原著,张毅笺释:《往五天竺国传笺释》,中华书局,2000年版,第59页。

明终不尽。"①后来禅宗喻指以法传承,犹如传灯。慧能《坛经》:"一灯能除千年暗,一智能灭万年愚。"②"宝树"比喻光耀佛门之人。刘义庆《世说新语·言语》:"谢太傅问诸子侄:'子弟亦何预人事,而正欲使其佳?'诸人莫有言者,车骑答曰:'譬如芝兰玉树,欲使其生于阶庭耳。'"③后来王勃《秋日登洪府滕王阁饯别序》云:"非谢家之宝树,接孟氏之芳邻。"④"神灵"即"灵魂","不随"意为"不遂"。该诗依然偏重缘情,意在抒发诗人对巡礼汉僧的惋惜、哀悼以及悲悯之情,同时兼及思乡情结,致令读者心有戚戚。

第四,慧超从吐火罗国至胡蜜国王住城,"当来于吐火罗国,逢汉使入蕃,略题四韵取辞",诗云:"君恨西蕃远,余嗟东路长。道荒宏雪岭,险涧贼途倡。鸟飞惊峭巉,人去偏梁□。平生不扪泪,今日洒千行。"⑤诗中之"西蕃",又曰"西藩""西番",与"东路"相对,泛指西域一带以及西部边境地区。"倡"同"猖","贼途倡"意谓旅途之中匪徒频繁出没,抢掠成性。"峭巉",慧琳《一切经音义》注曰:"上千笑反,下宜棘反。山高险峻。"⑥诚是。"偏梁"应指萦带岩侧之单边桥。《水经·汾水》:"又南过冠爵津。"郦道元《注》:"汾,津名也,在界休

① [三国吴]支谦译:《佛说维摩诘经》卷上,《大正藏》第14册,新文丰出版公司,1975年版,第524页。

② [唐]法海等集:《六祖大师法宝坛经》,《乾隆大藏经》第131册,中国书店2007年版,第148页。

③ [南朝宋]刘义庆著,[南朝梁]刘孝标注,余嘉锡笺疏:《世说新语笺疏》卷上,中华书局,2007年版,第173页。

④ [唐]王勃著,[清]蒋清翊注:《王子安集注》卷八,上海古籍出版社,1995年版,第234页。

⑤ [唐]慧超原著,张毅笺释:《往五天竺国传笺释》,中华书局,2000年版,第140页。

⑥ [唐]慧琳:《一切经音义》卷一百,《大正藏》第54册,新文丰出版公司,1975年版,第927页。

县之西南,俗谓之雀鼠谷。数十里间道险隘,水左右悉结偏梁阁道,累石就路,萦带岩侧,或去水一丈,或高五六尺,上戴山阜,下临绝涧,俗谓之为鲁般桥,盖通古之津隘矣,亦在今之地险也。"①可见,"偏梁□"与前句"峭巘"同说旅途所见山谷地势之险恶。"扪泪"意为"擦拭泪水"。佛陀耶舍共竺佛念等译《四分律》:"若面污,听作拭面巾。若患眼泪,听作扪泪巾。"②该诗叙述、写景与抒情兼有,表现诗人与汉使依依惜别之情,并由此产生深沉感慨。

　　第五,慧超冬日在吐火罗逢雪述怀,为作诗云:"冷雪牵冰合,寒风擘地烈。巨海冻墁坛,江河凌崖啮。龙门绝瀑布,井口盘蛇结。伴火上胲歌,焉能度播蜜。"③诗中之"擘"同"掰","烈"同"裂",慧琳《一切经音义》注"擘地裂"云"上音百"④,诚是。杨雄《太玄赋》:"翠羽媻而殃身兮,蚌含珠而擘裂。"⑤"牵冰合"与"擘地烈"相对,以描绘极寒天气。"巨海"与"江河"相对,桓宽《盐铁论·疾贪》:"今大川江河饮巨海,巨海受之,而欲溪谷之让流潦;百官之廉,不可得也。"⑥此诗"巨海"疑喻指广漠的荒野,其中有"墁""坛"二词为证,"江河"则应为实指。"凌崖"意为"迫近岸边",葛洪《抱朴子内篇》:"是以冲

① [北魏]郦道元著,陈桥驿校证:《水经注校证》卷六,中华书局,2007 年版,第160 页。

② [后秦]佛陀耶舍共竺佛念等译:《四分律》卷四十一,《大正藏》第 22 册,新文丰出版公司,1975 年版,第 866 页。

③ [唐]慧超原著,张毅笺释:《往五天竺国传笺释》,中华书局,2000 年版,第140 页。

④ [唐]慧琳:《一切经音义》卷一百,《大正藏》第 54 册,新文丰出版公司,1975年版,第 927 页。

⑤ [清]严可均校辑:《全汉文》卷五十二,中华书局,1958 年版,第 408 页。

⑥ [汉]桑弘羊撰,王利器校注:《盐铁论校注》卷六,中华书局,1992 年版,第415 页。

风赴林,而枯柯先摧;洪涛凌崖,而拆隙首颓。"①"啮"即"啮合",犹如上下牙齿般咬紧。"龙门""井口"或为具体位置,并且兼具隐喻,现不可考。林基中认为,"龙门绝瀑布"二句正是撰者"描绘出当时所见的自然景色","冻结在井口的冰圈和断流的瀑布,是出现在慧超眼前的现实,是堵在求道者面前的险峻的屏障"②。"龙门绝瀑布"二句,抑或为诗人想象汉地雪景之辞。"瀑布",慧琳《一切经音义》注云:"上音仆,悬流水也。"③诚是。"盘蛇","蛇"音"迤",形容盘绕曲折之貌,常璩《华阳国志》:"犹溪赤木,盘蛇七曲,盘羊乌栊,气与天通。"④"伴"应谓"随身携带"。关于"胲",据《庄子·桑庚楚》:"腊者之有膍胲,可散而不可散也。"《疏》曰:"腊者,大祭也。膍,牛百叶也。胲,备也,亦言是牛蹄也。祭祀之时,牲牢甚备,至于四肢五藏,并皆陈设。祭事既讫,方复散之。"《释文》:"胲,古来反,足大指也。崔云:备也。案腊者大祭备物,而肴有膍胲。此虽从散,礼应具不可散弃也。"⑤"伴火上胲歌"二句,指出雪中旅行之艰难。毋庸置疑,该诗正是从不同的角度渲染雪景,同时表达了诗人在旅途中战胜恶劣气候之壮志与坚忍。

---

① [晋]葛洪著,王明撰:《抱朴子内篇校释》卷十三,中华书局,1980年版,第244页。

② [韩]林基中撰,文英译:《关于〈大唐西域记〉和〈往五天竺国传〉的文学特性》,北京大学韩国学研究中心编《韩国学论文集》第3辑,东方出版社,1994年版,第165页。

③ [唐]慧琳:《一切经音义》卷一百,《大正藏》第54册,新文丰出版公司,1975年版,第927页。

④ [晋]常璩:《华阳国志》卷四,《丛书集成新编》第96册,新文丰出版公司,1984年版,第15页。

⑤ [清]郭庆藩撰,王孝鱼点校:《庄子集释》卷八,中华书局,1961年版,第805—806页。

二、慧超撰诗之文学特性与人文阐释

根据以上分析,可见慧超《往五天竺国传》中的五言诗,在很大程度上呈现出了类似于晋唐汉诗的文学特征。一方面,慧超诗歌之遣词造句往往有来处可寻,或前贤诗作和其他文献中曾有类似表达,或源自于汉译佛经中的专门术语,由此感觉上述诗歌并非质木无文、淡乎寡味之作;另一方面,慧超诗歌之写作模式亦形同中古汉诗。或感物以言志,或缘情而奋藻,由此上述诗歌的生活画面感十足,往往形象而又生动。从总体看,"慧超的西游诗作,不仅抒发了他一心向佛的坚定信念,也真挚地书写了他西行途中的种种情感与心灵变化,而且还如实地记录了他一路的所见所闻,也因此具有重要的文学价值和历史价值"①。慧超行记中五言诗的出现,让《往五天竺国传》成为了不同于《佛国记》《大唐西域记》的旅行笔记。该书之文理,虽然难以同前代佛教行记相比,然而其情感抒写较为突出,其文学本质和功能据此得以彰显。

首先,慧超《往五天竺国传》中的五言诗,可谓呈现出了非常明显的言志特性。关于"言志",《尚书·舜典》《左传·襄公二十七年》《庄子·天下》《荀子·儒效》等早期文献早有诗以言志、道志之说。《毛诗序》曰:"诗者,志之所之也。在心为志,发言为诗。"孔颖达《正义》云:"诗者,人志意之所之适也。虽有所适,犹未发口,蕴藏在心,谓之为志。发见于言,乃名为诗","包管万虑,其名曰心。感物而动,乃呼为志。志之所适,外物感焉。言悦豫之志则和乐兴而颂声作,忧

---

① 罗海燕:《丝绸之路上的僧与诗:以新罗释慧超为中心》,《名作欣赏》2018年第36期。

愁之志则哀伤起而怨刺生"①。可见古典诗歌创作的"言志"传统由来已久。这种较为典型的文学发生机制,诚然适合于慧超作诗。检读其诗,"不虑菩提远"一首正是慧超作为佛教徒之志向和情怀的真实表达,诗人的虔诚之情和坚定之意据此可以想见。同大多数巡礼佛国的晋唐行僧一样,慧超在旅途之中必然遭受到种种磨难,此诗正是其西行生活的浓缩和写照,从很大程度上彰显出了古典诗歌的本质特征。抑又,"冷雪牵冰合"一首看似全盘写景,其实是在欣赏雪景之际托物言志,寓含深意,诗末"伴火上胲歌,焉能度播蜜"已经让诗人的"意志"得以展露无遗。当然,"诗言志"实与诗人的"哀乐"休戚与共,与诗人直接相关的"情"与"事",应当成为所谓"言志"的应有内容。而事实上,"月夜瞻乡路""故里灯无主""君恨西蕃远"三首五言诗,同样是继承和发扬了古典诗歌的现实主义手法。

其次,与"言志"说直接相关,慧超《往五天竺国传》中的五言诗还源于"物感"的创作源泉。关于"物感",钟嵘《诗品序》描述得最妙:"气之动物,物之感人,故摇荡性情,形诸舞咏。欲以照烛三才,晖丽万有。灵祇待之以致飨,幽微藉之以昭告。动天地,感鬼神,莫近于诗","若乃春风春鸟,秋月秋蝉,夏云暑雨,冬月祁寒,斯四候之感诸诗者也。嘉会寄诗以亲,离群托诗以怨。至于楚臣去境,汉妾辞宫。或骨横朔野,或魂逐飞蓬;或负戈外戍,杀气雄边;塞客衣单,孀闺泪尽;又士有解佩出朝,一去忘返;女有扬蛾入宠,再盼倾国:凡斯种种,感荡心灵,非陈诗何以展其义,非长歌何以骋其情"②。更为确切地讲,诗人"物感"之机,正是触发其"言志"的契机,这同样属于较为普遍的文学发生机制,亦非常契合于慧超作诗。慧超诗歌中最具

① ［唐］孔颖达疏:《毛诗正义》卷一,中华书局,1980 年版,第 1—2 页。
② ［南朝梁］钟嵘著,曹旭集注:《诗品集注》"序",上海古籍出版社,1994 年版,第 1—47 页。

代表性的"物感",莫过于"月夜瞻乡路"一首。该诗以"月夜"起端,"月夜""浮云""急风"均为触发诗人性情和心灵的媒介,浓浓的思乡情结和孤独感则是"物感"的必然结果,由此极易引起读者共鸣。"物感"同样涵括人事的变迁,慧超诗"故里灯无主"一首便是缘于汉僧身亡无法魂归故里以致诗人伤心悲戚而作,"君恨西蕃远"一首则是缘于诗人"逢汉使入蕃"因不舍辞别而作。这里,所谓陈诗得以"展其义",长歌得以"骋其情",以上诸首充分实践了文学的本质功能。慧超虽为新罗僧人,但其诗作符合"言志"和"物感"的汉诗创作传统,证明他深受汉文化的影响。

再次,与上述相关,慧超诗歌表现出了作者丰富而又复杂的情愫。诗歌作为抒情文学的本质特性,自然不同于其他文体。陆机《文赋》有云:"诗缘情而绮靡。"李善云:"诗以言志,故曰缘情。"张少康指出:"按陆机本意,'缘情'的情,显然是指感情,旧来所谓'七情'。"①事实上,慧超《往五天竺国传》中的五言诗,首首都能动之以情,读者亦得以观见诗人作为高僧和孤旅者的种种情怀。林基中指出,慧超在求道旅途中撰写的诸篇,"既是描绘自然的抒情诗篇,又是一地镶嵌着求道者情结的佛教诗章",譬如"月夜瞻乡路"一首,可谓"以人间的温暖唱出了旅客的孤苦心情,并认为这种众人的苦恼,最终只有靠求道和觉悟来克服";而"君恨西蕃远"一首,"毫不掩饰地、直率地表现出求道者的人间感情。从而让我们如实地听到了慧超的心声,并肯定它的现实性"②。杨昭全亦认为:"慧超的五首汉诗既是描绘途中所见的抒情诗篇,更充分表达了求法寻道的虔诚心境。

---

① [晋]陆机著,张少康集释:《文赋集释》,人民文学出版社,2002 年版,第 99—111 页。

② [韩]林基中撰,文英译:《关于〈大唐西域记〉和〈往五天竺国传〉的文学特性》,北京大学韩国学研究中心编《韩国学论文集》第 3 辑,东方出版社,1994 年版,第 164—165 页。

而无论是从谋篇布局的角度来说，还是从充实的思想内容，优美的诗格、诗语以及丰富想象的角度来说，这些诗作无不体现了慧超的文学才能与文学涵养。"①而仔细品读上述作品，可见慧超诗歌中一切景语皆是情语，情感与景物往往交融无间。这里，以"月夜瞻乡路""冷雪牵冰合"两首尤为突出。至于"君恨西蕃远"一首，其中写景有"道荒宏雪岭，险涧贼途倡。鸟飞惊峭嶷，人去偏梁□"四句，同饱含情谊。要之，慧超诗歌中大致呈现出情、景、事、理等多种元素，由此其文学内涵丰赡，意味隽永。

从形式看，慧超行记中的诗歌均为五言八句，却不可视之为非常正宗的五言律诗。倘若严格依照五律体式，或有不合平仄和对仗之处。总体而言，慧超《往五天竺国传》中的五言诗，其实大多属于一种因缘情之所至而任意挥洒的古风状态。当然，从现存诗歌文本看，慧超对齐梁以来的格律诗明显具有一定程度的理解，只不过在具体创作中尚未严格付诸诗律乃至达到较为娴熟的地步。事实上，慧超前述五言诗还偶有板滞之语，离盛唐炉火纯青的诗境还存在着一定的距离。尽管这样，因其抒发情感非常突出，其文学性得到很大程度地彰显，慧超行记中的五言诗具有较大的人文价值。

关于《往五天竺国传》的文辞问题，张星烺认为："此传文理，不若《西域记》远矣。即较《佛国记》亦嫌不及。往往有不可解处，或即当时之白话，又时有字句遗脱，故文义晦而不明也。"②张毅则指出："慧超书仅见于慧琳《一切经音义》，圆照《贞元释教录》未见著录，有人认为是因超书文辞欠佳的缘故。这种看法有一定道理。我们固然

---

① 杨昭全：《新罗名僧慧超的〈往五天竺国传〉研究》，《东疆学刊》2018 年第3 期。

② 张星烺编注，朱杰勤校订：《中西交通史料汇编》第 6 册，中华书局，1979 年版，第 331 页。

不应苛求一个新罗人,行文应像汉地高僧和士人那样文采斐然。平心而论,他的汉文水平确乎不算高明。不仅不能与玄奘、义净诸师相提并论,比慧立、道宣诸人也大有逊色。'言之无文,行而不远'。文辞不工,可能是慧超书流传不广的原因。"①张先生所言不无道理。实际上,与玄奘《大唐西域记》、义净《大唐西域求法高僧传》与《南海寄归内法传》、慧立《慈恩传》等诸种传记相比,慧超《往五天竺国传》的文辞确实逊色不少。然而根据其诗歌的文意梳理,亦足见慧超的汉文学水平亦不甚弱。慧超之前与唐代高僧的密切交往以及回国之后积极参与译经工作,正是此人逐步提高汉语水平乃至深入理解汉文化内涵的直接原因。抑又,慧超《往五天竺国传》之所以给读者产生文辞欠佳的印象,还可能与现存敦煌写本残卷的固有局限或者抄录者有失严谨等息息相关。或许《往五天竺国传》原书明显优于其敦煌节录本,亦未尝可知。

　　值得一提的是,检读六朝诸种佛教行记,法显《佛国记》与慧生行传等相关文献之中并无诗歌,其他行记佚文亦难见韵文。唐代以来,玄奘《大唐西域记》则有异于六朝行记,反而更像某种具有明显政治和军事意图的地方志。义净撰著二书名为传记,其实略存其行记内容,慧立所撰玄奘行传前半部分则形同佛教行记。除慧超行记、义净类传著作中存有诗歌以外,晋唐佛教行记及其相关文献中罕有诗作。慧超《往五天竺国传》中的五言诗,由此呈现出了非常重要的文学意义,其文化意义不俗。单从文学特性看,"慧超的旅行记简洁明了、感情丰富,在其叙述性体裁旅行记中,五首诗文跃然纸上,从而超出了单纯记录文学的范畴,它作为富有特色的诗文集而具有较大的意义",更为确切地说,慧超《往五天竺国传》不失为"含有诗文的抒情

---

① [唐]慧超原著,张毅笺释:《往五天竺国传笺释》"前言",中华书局,2000年版,第3页。

式旅行记"①。正因为如此,从成为旅行文学的典型范例看,我们应当给予该书新的评价。

三、从人物情感之抒写到诗笔之产生

如果说慧超《往五天竺国传》中的五言诗,事实上呈现出了类似于晋唐汉诗的文学特征;那么检读六朝以来的佛教行记,撇开一些佚著及其现存少量佚文不谈,记叙略为详实之作亦往往不乏文学元素、内涵以及价值。与旅行者的宗教活动直接相关,晋唐佛教行记的文学特性表现不一、轻重不等、情况各异,除写景、状物、谋篇等之外,从法显《佛国记》至北魏慧生行记相关文献,从慧立《慈恩传》、义净《大唐西域求法高僧传》中的部分内容至慧超《往五天竺国传》、圆照《悟空入竺记》,可见这些著作抑或注重人物的情感抒写,抑或寓"诗笔"于旅行记录之中,由此产生了类似于诗歌文本的阅读效果,提升了晋唐佛教叙事的文学张力。

晋唐佛教行记诸如支僧载《外国事》、竺法维《佛国记》、释智猛《游行外国传》、昙无竭《外国传》、释法盛《历国传》、释昙景《外国传》、释常愍《历游天竺记》、敦煌本义净《西方记》等仅存遗文或者节本,故而难以窥其全貌。尽管如此,游方沙门在佛国巡游的复杂心情,其实是可以想见的。诚如圣严法师所言:"在朝圣的过程中,其心情是沉重的,也是严肃的。到了圣地之后,每一举手一投足,就像时光倒流,跟曾经在这些地方活动过的圣人们走在一起。哪怕是一块砖、一片瓦、一粒沙、一张枯叶、一丛枯草,都能使得朝圣者感觉到它

---

① ［韩］林基中撰,文英译:《关于〈大唐西域记〉和〈往五天竺国传〉的文学特性》,北京大学韩国学研究中心编《韩国学论文集》第3辑,东方出版社,1994年版,第165—166页。

跟他们所崇拜的古圣人是息息相关的。"①正因为如此,大多数晋唐佛教行记抒发汉地僧人之无限感慨,亦可谓情理中事。

早在东晋时代,《佛国记》叙及旅行者翻越小雪山、登上耆阇崛山以及停留无畏山僧伽蓝之际,有意彰显、抒发或者渲染情感,正是体现该书文学价值的有效维度。赵晓春指出:"法显没有使用任何浓烈的语言,也没有任何慷慨的表白,但是,法显正是通过对他人的描述,无意中呈现了自我。他的朴实,他的坚毅,他的大乘度人的高尚精神,在不自觉中,显得更加深沉和动人。法显抱定本心,意志坚强,不受诱惑,终于实现了求法的宏愿。但是,细读《法显传》,我们发现,法显虽然性格内敛,但他并不是一个冷漠无情的人。"②结合背景描述和相关情节,法显行记一方面导出旅行者作为僧人之虔诚真挚的宗教情感,另一方面有意抒写游方沙门的孤旅思乡之情,千载之后,依然引人共鸣。不得不承认,这种情感抒写,客观上已让"言志"与"缘情"的文学机制得以适度演绎,让佛教行记生成了一种类似于诗歌文本的境界。

无独有偶,北魏慧生等人西行佛国求法巡礼之事,衍生出了《慧生行传》等诸种文献。原文记载慧生瞩佛国之芳景,遂生归怀之思,乃至引发旧疹,正与《佛国记》前述殊途同归。二者之共同点,均是旅行者因"物感"而触发情感,惜其"缘情"及"言志"未能继以诗歌文体来展现罢了。慧生行记还叙述其在佛国以指触神塔,结果铃鸣示吉,果得吉反,以表现慧生冥求安归之意,同样是情真意切,富有人情韵味。综合前述诸例,可见以《佛国记》和《洛阳伽蓝记》卷五等为代表的六朝佛教行记文本,习惯于替作为佛教徒和异乡人的旅行者倾诉

---

① 圣严法师:《佛国之旅》,法鼓文化实业股份有限公司,1999 年版,第 13 页。
② 赵晓春:《东西方自传文学中的两颗启明星——法显〈法显传〉和奥古斯丁〈忏悔录〉在文学性方面的比较》,《福建论坛》(人文社科版)2013 年第 2 期。

衷肠,抒发个人情感真挚而感人,传主形象鲜明而典型,影响着后来的西游主题类小说和叙事文本。

六朝佛教行记中的情感抒写,在唐代得到了很好的继承和发扬。这里,缘于《大唐西域记》写作宗旨较为特殊,该行记中很少见有高僧玄奘出场,故而并无较为明显的情感抒写。与此相反,慧立《慈恩传》从来不排斥人物情感。该书前半部行文实同佛教行记,原书记玄奘:"既至伊吾,止一寺。寺有汉僧三人,中有一老者,衣不及带,跣足出迎,抱法师哭,哀号哽咽不能已已,言:'岂期今日重见乡人!'法师亦对之伤泣。"①又记玄奘至摩揭陀国:"礼菩提树及慈氏菩萨所作成道时像,至诚瞻仰讫,五体投地,悲哀懊恼,自伤叹言佛成道时,不知漂沦何趣。今于像季方乃至斯,缅惟业障一何深重,悲泪盈目。时逢众僧解夏,远近辐凑数千人,观者无不呜噎。"②诸如此类,又与慧超等著作中的"诗笔"交相辉映,让唐代佛教传记的文学水平达到了新高度。有学者指出,"《慈恩传》也不忌讳描写玄奘的凡俗情感。当玄奘西行陷入绝境时,也曾指责和质疑过佛祖","玄奘漂泊异国他乡也有孤独之感和思乡之情","玄奘出家四十年也没有忘记天伦亲情",参照彦悰的《慈恩传》后五卷,还可见"玄奘深谙世故的一面","作者笔下高僧与凡人集于一身的玄奘是那么地真实生动、血肉丰满,谁说出家人都无人之常情? 玄奘这样的高僧才令人信服,受人追随"③。更为关键的是,六朝佛教行记中的情感抒写,至唐代已发展成为"诗笔"。李德辉认为:"诗歌满足了人们表情达意的需要,又富有含蓄凝炼之致,其艺术韵味自非骈文可比,所以很多人乐意采用,连汉文水

---

① ［唐］慧立、彦悰:《大慈恩寺三藏法师传》卷一,中华书局,2000 年版,第 18 页。
② ［唐］慧立、彦悰:《大慈恩寺三藏法师传》卷三,中华书局,2000 年版,第 66 页。
③ 史素昭:《信仰与信实的统一——〈慈恩传〉的叙事分析》,《湘潭师范学院学报》(社会科学版)2009 年第 3 期。

准不高的新罗僧慧超也情不自禁地作诗抒情,而且写得流连感怆,情文并茂,实可惊异。"①前述慧超《往五天竺国传》中的五言诗即为明证。

慧超之前,义净《大唐西域求法高僧传》本为僧人类传,书中涉及个人旅行经历的相关内容,则可视之为行记。据该书"自述",义净本欲与处一法师等"同契鹫峰,标心觉树",然而同伴终因各种原因滞留于汉地,"唯与晋州小僧善行同去";当此之时,"神州故友,索尔分飞,印度新知,冥焉未会。此时踯躅,难以为怀,戏拟《四愁》,聊题两绝",作五言云:"我行之数万,愁绪百重思;那教六尺影,独步五天陲。"又作五言"重自解忧"云:"上将可陵师,匹士志难移。如论惜短命,何得满长祇!"②前诗"六尺影"特指己身,"五天"即"五天竺"。后诗"祇"指"阿僧祇","长祇更形容其长"③。《四愁》源出张衡《四愁诗》,乃诗人郁郁之作。义净拟诗亦为"踯躅""解忧"而作,与慧超《往五天竺国传》中的五言诗相比,虽然诗体略异,至于前途莫测之愁绪、不畏苦难之壮志、友朋离别之惆怅,则是二者的共同点。这里,义净作为佛教徒、异乡人以及旅行者的情怀显然是真实可感的,古典诗歌"言志"与"缘情"的创作机制再次得到较为充分的展示。

抑又,同书《齐州道希法师》记载义净因巡礼庵摩罗跋国,得见道希法师住房,伤其不达,聊题七绝一首云:"百苦忘劳独进影,四恩在念契流通;如何未尽传灯志,溘然于此遇途穷!"④此诗与慧超《往五

① 李德辉:《论汉唐两宋行记的渊源流变》,《中华文史论丛》2010年第3期。
② [唐]义净著,王邦维校注:《大唐西域求法高僧传校注》卷下,中华书局,1988年版,第151—152页。
③ [唐]义净著,王邦维校注:《大唐西域求法高僧传校注》卷下,中华书局,1988年版,第158页。
④ [唐]义净著,王邦维校注:《大唐西域求法高僧传校注》卷上,中华书局,1988年版,第36页。

天竺国传》"故里灯无主"一首相比，无论是从主题、内涵上去审视，还是从情感、手法上去品读，都大有异曲同工之妙，其中的惋惜、哀悼以及悲悯之情如出一辙。结合上述作品，可见"在义净的诗作中，怀揣理想的执著追求、告别友朋的离愁别绪、寄情于景的悲欣交集，形成其行旅意识的执拗与哀婉，也呈现出独特的悲壮风格"①。这些诗歌大致作于义净西行初期，与初唐流行的五七言相比并无多大差异，与后来慧超行记中的五言诗多有契合。

事实上，《大唐西域求法高僧传》中还存有义净在印度后期创作的最具特色的诗篇，亦即长篇《杂诗》以及《一三五七九》言诗。前首叙云："禅师禀性好上钦礼。每以觉树初绿，观洗沐于龙池；竹苑新黄，奉折花于鹫岭。曾于一时与无行禅师同游鹫岭，瞻奉既讫，遐眺乡关，无任殷忧，净乃聊述所怀云尔。"诗云：

> 观化祇山顶，流睇古王城。万载池犹洁，千年苑尚清。仿佛影坚路，摧残广胁嶬。七宝仙台亡旧迹，四彩天花绝雨声。声华远，自恨生何晚！既伤火宅眩中门，还嗟宝渚迷长坂。步陟平郊望，心游七海上。扰扰三界溺邪津，浑浑万品亡真匠；唯有能仁独圆悟，廓尘静浪开玄路。创逢饥命弃身城，更为求人崩意树；持囊毕契戒珠净；被甲要心忍衣固；三祇不倦陵二车，一足忘劳超九数；定潋江清沐久结；智剑霜凝斩新雾。无边大劫无不修，六时愍生遵六度。度有流，化功收，金河示灭归长住，鸡林权唱演功周。圣徒往，传余响；龙宫秘典海中探；石室真言山处仰。流教在兹辰，传芳代有人。沙河雪岭迷朝径，巨海鸿崖乱夜津。入万死，求一生；投针偶穴非同喻，束马悬车岂等程。不徇今生

---

① 杨剑龙：《丝绸之路先驱义净高僧诗中的行旅意识》，2017 年 5 月 22 日《文汇报》。

乐,无祈后代荣。誓舍危躯追胜义,咸希毕契传灯情。劳歌勿复陈,延眺且周巡。东睎女峦留二迹,西驰鹿苑去三轮,北睨舍城池尚在,南睎尊岭穴犹存。五峰秀,百池分,粲粲鲜花明四曜,辉辉道树镜三春。扬锡指山阿,携步上祇陀。既睹如来叠衣石,复观天授进余峨。仁灵镇,凝思遍生河。金花逸掌仪前奉,芳盖陵虚殿后过。旋绕经行砌,目想如神契。回斯少福润生津,共会龙华舍尘翳。①

后首序云"在西国怀王舍城旧之作",诗云:"游,愁;赤县远,丹思抽。鹫岭寒风驶,龙河激水流。既喜朝闻日复日,不觉颓年秋更秋。已毕耆山本愿诚难遇,终望持经振锡往神州。"②这些诗歌及序文在唐代佛教行记中颇具特色,昭示着六朝佛教行记发展到一个新的阶段。对此,李德辉认为:"从汉晋到两宋,行记的职能已由先唐的专主叙事、专记游程,发展到唐宋的叙事描写、议论抒情,就像'文备众体'的唐人小说,兼具善于叙事的史才,动人心弦的诗笔和精彩惊动的议论,不但保持着纪行的基本职能,而且吸收了诗赋、骈文的句法与章法,满足了人们表情达意的多方面需要,变为一种陶写情性、多姿多彩的文学体裁。"③所论言之有理。

据戴伟华研究,义净前诗很可能受到某种乐调的制约,后诗则是"宝塔诗"之首创,二首明显缘于"义净对梵呗音声的感受和研究",遂而影响到撰者在"诗式"方面的创新:一方面,义净"精研梵呗,在写作时受到梵呗影响","用自己习惯的汉语适应优美的梵呗之音声,

---

① [唐]义净著,王邦维校注:《大唐西域求法高僧传校注》卷下,中华书局,1988年版,第192—193页。
② [唐]义净著,王邦维校注:《大唐西域求法高僧传校注》卷下,中华书局,1988年版,第193—194页。
③ 李德辉:《论汉唐两宋行记的渊源流变》,《中华文史论丛》2010年第3期。

其诗带有唐初歌行体的痕迹,只是通篇大致对偶";另一方面,"义净诗的创作受到异邦文化的启示和影响,但汉语仍然是其运用得最娴熟的表达工具,而且他吸收了当时汉诗结构形式已积累的丰富经验,如歌行体在句式长短、辞式重叠等方面所展现出的声韵跌宕之美";要之,义净《杂言》和《一三五七九言》的写作"肯定离不开汉语诗律的传统",同时"又吸收了印度文化的某些特点"①。从内涵上看,前诗同样缘于"物感",不失为"触目感怀之作",但是"宣扬佛教六度思想的内容占据了非常重要的位置"②;后诗由孤"游"而引发诸"愁",亦正是缘情与言志之作,诗中表达自己对乡关的思恋、对佛学的虔诚以及对个人意志的坚守等等,均可与慧超《往五天竺国传》中的五言诗相互发明。从义净到慧超,可见唐代佛教行记中的"诗笔"呈现出普遍和繁荣之势。

与慧超等唐代僧人相比,义净无疑更加擅长于文辞,故而其诗文修养更高。赞宁《大宋高僧传·唐京兆大荐福寺义净传》评曰:"然其传度经律,与奘师抗衡。比其著述,净多文。"③周义轩亦指出:"义净原本擅长文辞,再加上他长时间流连于'甚重文制'的天竺诸国,故其书文辞雅致,具有很强的文学性。"④检读上述诗歌,我们确实容易产生这些文本感受。与前述义净诗歌成就相关,《大唐西域求法高僧传》还记载玄逵律师"言离广府,还望桂林,去留怆然"之际"自述赠怀"云:"标心之梵宇,运想入仙洲。婴痼乖同好,沉情阻若抽。叶落

<hr />

① 戴伟华:《义净诗二首探微》,《华南师范大学学报》(社会科学版)2003年第3期。

② 周义轩:《得新声于异邦——唐高僧义净诗文旨趣谈片》,《佛教文化》2003年第6期。

③ [宋]赞宁撰,范祥雍点校:《宋高僧传》卷一,中华书局,1987年版,第3页。

④ 周义轩:《得新声于异邦——唐高僧义净诗文旨趣谈片》,《佛教文化》2003年第6期。

乍难聚,情难不可收。何日乘杯至,详观演法流。"①此诗同样是抒写友朋情谊,但无论是文学内涵,还是在形式技巧方面,均已优于慧超《往五天竺国传》中的五言诗。

比较常见的是,义净《大唐西域求法高僧传》中还存有不少抒写人物情感的文字内容。譬如义净记载大乘灯禅师与无行禅师同游俱尸国,"灯师每叹曰:'本意弘法,重之东夏,宁志不我遂,奄尔衰年,今日虽不契怀,来生愿毕斯志。'"后来"灯公因道行之次,过道希法师所住旧房。当于时也,其人已亡。汉本尚存,梵夹犹列,睹之凄然流涕而叹:'昔在长安,同游法席,今于他国,但遇空筵。'"②又如,无行禅师"既言欲居西国,复道有意神州,拟取北天归乎故里。净来日从那烂陀相送,东行六驿,各怀生别之恨,俱希重会之心,业也茫茫,流泗交袂矣"③。又如,义净极力描摹那烂陀寺,乃叹曰:"众美仍罗列,群英已古今。也知生死分,那得不伤心!"④后亦重曰:"龙池龟洛,地隔天津。途遥去马,道绝来人。致令传说,罕得其真。模形别匠,轨制殊陈。依俙画古,仿佛惊新。庶观者之虔想,若佛在而翘神。"⑤另外,义净还在《大唐西域求法高僧传》中大量使用骈文、韵文以遣造伤语、赞语、叹语等,遂让该书成为了唐代僧传文献中最具诗歌气质的著作。李德辉指出,以义净《大唐西域求法高僧传》为代表,"唐人行

① [唐]义净著,王邦维校注:《大唐西域求法高僧传校注》卷下,中华书局,1988年版,第146页。
② [唐]义净著,王邦维校注:《大唐西域求法高僧传校注》卷上,中华书局,1988年版,第88—89页。
③ [唐]义净著,王邦维校注:《大唐西域求法高僧传校注》卷下,中华书局,1988年版,第183页。
④ [唐]义净著,王邦维校注:《大唐西域求法高僧传校注》卷上,中华书局,1988年版,第114页。
⑤ [唐]义净著,王邦维校注:《大唐西域求法高僧传校注》卷上,中华书局,1988年版,第116页。

记中抒情议论成分也明显增多。先唐行记主要叙行旅,多客观陈述,
作者的见解不轻易显露,即使偶有感触也融入叙述中,不露痕迹。唐
代行记则广泛运用抒情手法,有时表现为间接方式,有时则是直接抒
情,有时则又借用史传、铭诔中的论赞形式"①。事实上,至义净《大
唐西域求法高僧传》、慧超《往五天竺国传》等,可见唐代佛教行记中
的情感抒写及其"诗笔"达到了很高的文学水平。

　　值得强调的是,唐代佛教行记中的情感抒写,亦不外乎表现为故
知之怀、思乡之情以及对佛教"三宝"的虔诚之意。尽管如此,或缘于
此类著作为他人代笔,或因为撰者叙事意图的改变,或归诸"诗笔"文
学形式的替代,类似文字在唐代佛教行记中多寡不一。慧超行记之
后,圆照还撰有《悟空入竺记》,原文亦记悟空"如是往来,遍寻圣迹,
与《大唐西域记》说无少差殊,思恋圣朝,本生父母,内外戚属,焚灼其
心。念鞠育恩深,昊天罔极,发愿归国,瞻觐君亲,稽首咨询越魔三
藏。三藏初闻,至意不许,法界以理恳请于再三",三藏"既见恳诚,方
遂所请,乃手授梵本《十地经》及《回向轮经》并《十力经》,共同一夹,
并大圣释迦牟尼佛一牙舍利,皆顶戴殷勤,悲泪而授,将为信物,奉献
圣皇,伏愿汉地传扬,广利群品。法界顶跪拜受,悲泪礼辞"②。虽行
文简练,而僧人之情感亦历然可见。

　　综上,在唐代之前,与写景、状物、叙事等文学表现直接相关,法
显《佛国记》与《洛阳伽蓝记》卷五记载北魏慧生等人西行求法之事,
已经有意于人物情感的抒写,由此客观证实了六朝佛教行记之文学
表征。进入初唐以来,义净《大唐西域求法高僧传》中多首诗歌的出
现,凭借其形式上的时代创新和内涵上的文化延续,让唐代佛教行记

① 李德辉:《论汉唐两宋行记的渊源流变》,《中华文史论丛》2010 年第 3 期。
② [唐]圆照:《悟空入竺记》,《大正藏》第 51 册,新文丰出版公司,1975 年版,
　　第 980 页。

中的"诗笔"达到了很高的文学水平。尔后,新罗僧人慧超在《往五天竺国传》中撰有五言诗五首,虽然文辞欠佳,但其遣词造句往往有来处可寻,其言志、缘情之写作模式亦形同于晋唐汉诗,作为诗歌的文学本质和人文功能藉此得到了较为充分的展示。契合于佛教叙事文学和古典诗歌的发展进程,晋唐佛教行记中的情感书写及其"诗笔",在内涵方面主要表现为对佛国的向往、对"三宝"的虔诚、对理想的自励、对友朋的缅怀、对故土的思念等;在创作方面既符合较为常见的文学发生机制,又充分吸收了多种文学表现手法;形式上一方面仿效汉文学创作传统,另一方面又试图展示某种创变;由此在大唐文化和印度文化的双重影响下,呈现出精彩纷呈的状态。

自佛教传入汉地以来,缘于积极参与前往佛国巡礼求法的历史洪流,晋唐僧人付出了巨大的牺牲和努力。这些令人敬佩的高僧大德,"或亡餐几日,辍饮数晨,可谓思虑销精神,忧劳排正色","设令得到西国者,以大唐无寺,飘寄栖然,为客遑遑,停托无所,遂使流离萍转,罕居一处"①。如此种种,无不使旅途之中的行者触景生情,感怀于心,继而让其作为人类个体的存在感、孤独感以及复杂多样的情愫诉诸笔端,晋唐佛教行记中的情感抒写及其"诗笔"正是缘此而生。

诚然,唐代以来佛教行记中的"诗笔",还离不开这个时代文学风尚的积极影响。所谓一代有一代之文学,唐诗之流行及其文学影响力,绝非前代可以媲美。正如《御制全唐诗序》所云:"诗至唐而众体悉备,亦诸法毕该,故称诗者,必视唐人为标准,如射之就彀率,治器之就规矩焉。"②就创作主体而言,唐人上至帝王将相,下至庶民百

① [唐]义净著,王邦维校注:《大唐西域求法高僧传校注》卷上,中华书局,1988年版,第1页。

② [清]玄烨:《御制全唐诗序》,彭定求《全唐诗》第1册,中华书局,1999年版,第1页。

姓，无不乐于作诗，王公贵族、仕人学子、草莽义士、戏子优伶、僧侣道徒、贩夫走卒等社会阶层大都热爱诗歌，如此自然造成了诗歌对其他文学形态的影响。具言之，佛教与文学的交汇、唐代诗歌与文言叙事乃至小说的互动、六朝以来骈文对叙事文本的影响等，可谓唐代佛教行记中出现"诗笔"的重要原因。而佛教叙事对史传创作手法的吸收，"言志"与"缘情"两种诗歌创作机制在佛教叙事文本中的契合，终让唐代某些佛教行记中的"史才"和"诗笔"相得益彰。

以敦煌写本残卷《慧超往五天竺国传》中的五言诗为线索，我们得见晋唐佛教行记中的情感抒写及其"诗笔"，不仅基本上符合晋唐文学发展演变的一般规律，而且特别昭示出了唐代诗歌繁荣的时代现状和积极意义。值得重视的是，晋唐佛教行记中的情感抒写及其"诗笔"，必然会对以后相关的佛教叙事特别是"西游"主题类小说的创作产生重要影响。从很大程度上讲，正是晋唐佛教行记叙述的西行求法巡礼之事，给后世"西游"主题类叙事文本尤其是长篇章回小说《西游记》，提供了类似环境、人物、事件、情节、意义等多种最为原始的素材或者人文内涵，佛教行记中的情感抒写及其"诗笔"，亦正是被白话小说家继承并发扬光大，最终造就了文学经典。

附录一　晋唐西行求法僧人

自释教东传以来，汉地僧人前往佛国巡礼求法者不绝于途，正史杂记、僧人传记、佛教经录和行记等均有对相关人物事迹进行记载，而前贤梳理晋唐西行求法僧人往昔，应以释僧宝《游方沙门传》、道宣《释迦方志·游履篇》、义净《大唐西域求法高僧传》、梁启超《西行求法古德表》、张星烺《中国往印度之僧人》、汤用彤《传译求法与南北朝之佛教》、王邦维《求法僧一览表》等为优。惜僧宝所撰类传亡佚殆尽，无从得见。义净著作有全帙存世，张星烺撰文篇帙宏大，不烦誊录。至于道宣等著其他五种，或通叙晋唐，或关注某段，虽详略不等，而各具特色，其张本继末，提要钩玄，亦足以沾溉学林，嘉惠后人，同样值得珍视。今汇辑于此，非但有助于理解本书之考论，抑且为后来研究者提供学术方便。

一、释迦方志游履篇（释道宣）

自文字之兴，庖羲[1]为始，暨至唐运，历代可纪而闻矣。秦、周已前，人尚纯素，情不逮远，故使通娉[2]，止约神州。汉魏以后，文字广行，能事郁兴，博见弥远。故象胥载庇，藁街[3]斯立，踰空桑而历昆丘，度鸡田而跨鸟穴。龙文汗血之骥，虽绝域而可追；明珠翠羽之珍，乃天崖而必举。穷兵[4]黩武，诚大宛之劳师；拥节泥海[5]，信王命之遐弊。及显宗之感瑞也，创开仁化之源，奉信怀道，自斯渐盛。或慨生边壤，投命西天；或通法扬化，振崇东宇；或躬开教迹，不远寻经；或灵相旧规，亲往详阅。斯之多举，并归释宗，故总别之，用开神略。始于前汉，至我大唐，前后通数，使之往返将二十许。且张骞寻河，本唯凡俗，然创闻佛名，则释化之渐也。故亦通叙求法之例。今搜括传记，条序使途，列其前后，显然有据。

一谓前汉武帝遣博望侯张骞寻黄河之源，从北道入大宛[6]，至大夏，见筇竹杖、蜀布，国人云："出[7]身毒。"身毒即天竺之讹语也。《后汉书》云：其国殷平和气[8]。灵智所降，贤懿挺生。神迹诡怪，理绝人区；感验明显，事出天外[9]。而骞、超无闻者，岂其道闭往运数开叔叶乎？

二谓后汉显宗孝明皇帝永平三年，夜梦金人，身长丈余，项佩日月光，飞行殿前。帝问群臣，通人傅毅曰："臣闻西域有神，其名曰佛。陛下所梦，将必是乎？"帝乃遣郎中蔡愔、博士秦景等从雪山南头悬度道入，到天竺，图其形像，寻访佛法。将沙门迦叶摩腾、竺法兰等还，寻旧路而届洛阳。

三谓后汉献帝建安[10]十年，秦州刺史遣成光子从鸟鼠山度铁桥而入，穷于达嚫。旋归之日，还践前途，自出别传[11]。

四谓晋武世，燉煌沙门竺法护西游三十六国，大赍法经，沿路译出。至长安青门外立寺，结众千余。教相广流东夏者，法护深有殊功。故释道安云："若亲得此公笔，自纲领必正。"斯至言也。

五谓东晋隆安初，凉州沙门释宝云与释法显、释智严等前后相从，俱入天竺。而云通历大夏诸国，解诸音义。后还长安，及以江表详译诸经，即当今盛行，莫非云出[12]。而乐栖幽静，终于六合山，游西有传[13]。

六谓东晋后秦姚兴弘始年，京兆沙门释智猛与同志十五人，西自凉州鄯善诸国至罽宾，见五百罗汉，问显方俗[14]。经二十年，至甲子岁与伴一人还东,达凉入蜀。宋元嘉末年卒成都。游西有传,大有明据,题云《沙门智猛游行外国传》,曾于蜀部见之。

七谓后燕建兴末,沙门昙猛者从大秦路入,达王舍城。及返之日,从陀历道而还东夏。

八谓后秦弘始二年,沙门法显与同学慧景等发自长安[15],历于填道,凡经三十余国。独身达南海师子国,乃泛海将经像还。至青州牢山,登晋地,往扬、荆等州出经,所行出传。

九谓宋初,凉州沙门智严游西域,至罽宾受禅法,还长安。南至扬州宋都,广译诸经。然以受戒有疑,重往天竺,罗汉不决,为上天咨弥勒,告之得戒。于是返至罽宾而卒,遣弟子智羽等报征西返。

十谓宋永初六年,黄龙沙门释法勇操志雄远,思慕圣迹,招集同志僧猛、昙朗等二十五人,发迹雍部,西入雪山,乘索桥,并传杙,度石壁,及至平地,已丧十二人。余伴相携,进达罽宾,南历天竺。后泛海东还广州,所行有传[16]。

十一谓宋元嘉中,凉州沙门道泰西游诸国,获《大毗婆沙》还,于凉都沮渠氏集众译出。

十二谓宋元嘉中,冀州沙门惠叡游蜀之西界,至南天竺。晓方俗音义。还庐山,又入关,又返江南。

十三谓后魏太武末年,沙门道药[17]从疏勒道入,经悬度到僧伽施国。及返,还寻故道。著传一卷。

十四谓宋世高昌沙门道普经游大夏[18],四塔道树灵迹通谒,别有大传。又高昌法盛者亦经往佛国,著传四卷。

十五谓后魏神龟元年,燉煌人宋云及沙门惠生[19]等从赤岭山傍铁桥至乾陀卫国雀离浮图所。及返,寻于本路。

十六谓大唐京师大庄严寺沙门玄奘以贞观三年,自吊形影,西寻教迹。从初京邑西达沙州,独陟险塞,伊吾、高昌,备经危险。时高昌王麴氏为给货赂,传送突厥叶护牙所,又被将送雪山以北诸蕃胡国,具观佛化。又东南出大雪山,达诸印度,经由十年。后返,从葱岭南雪山北,历诸山国东归,经于阗娄兰等,凡一百五十国。贞观十九年安达京师。奉诏译经,乃著《西域传》一十二卷。

余历寻《僧传》,并博听闻,所游佛国,备之前矣。然记传所见,时互出没,取其光显者,方为叙之。至如法维、法表[20]之徒,标名无记者,其计难缉。又隋代往还,唐运来往,咸缵履历,具程油素,诸如此例,何可具焉!

原校勘记

〔1〕庖羲,《支》本及慧琳《音义》羲作牺,同。

〔2〕通娉,《支》本娉作聘,同。

〔3〕藁街,原本讹作藁卫,《支》本作藁街,慧琳《音义》作藁街。按《三辅黄图》卷二及《汉书·陈汤传》并作藁街,今从改。

〔4〕穷兵,原本兵讹作丘,从《支》本改。

〔5〕拥节泥海,按此泥字作动词用,读如《论语·子张篇》"致远恐泥"之泥。

〔6〕大宛,原本宛作苑,从《支》本改。

〔7〕出,原本讹作之,从《支》本及《史记·大宛传》改。

〔8〕殷平和气,按《后汉书·西域传》云:"殷乎中土,玉烛和气。"此节引,但乎改作平,与原义稍殊。

〔9〕天外,原本天作太,据《支》本及《后汉书》改。

〔10〕建安,原本及《支》本安作元,据后汉献帝无"建元"年号,"建元"当是"建安"之误,今改。

〔11〕自出别传,原本自作目,从《支》本改。

〔12〕莫非云出,按《高僧传》卷三《释宝云传》云:"晚出诸经,多云所治定。"

〔13〕游西有传,《高僧传》云:"其游履外国,别有记传。"

〔14〕问显方俗,《高僧传》卷三《智猛传》云:"猛咨问方土,(罗汉)为说四天子事,具在《猛传》。"

〔15〕长安,原本长作常,从《支》本及《法显传》改。

〔16〕所行有传，《高僧传》卷三《昙无竭（即法勇）传》云："所历事迹，别有传记。"

〔17〕道药，《洛阳伽蓝记》卷四作道荣，但吴琯本、《汉魏丛书》本荣作药，同此。

〔18〕经游大夏，《高僧传》卷二《道普传》大夏作西域。

〔19〕惠生，原本及《支》本惠并作道。按《洛阳伽蓝记》卷四作惠生。《隋书·经籍志》有《慧生行传》一卷，慧、惠同字，则道字当误，今正。

〔20〕法维法表，《高僧传》卷二《昙无忏传》云："又有竺法维、释僧表并经往佛国云"，即此二人。

（〔唐〕道宣著，范祥雍点校：《释迦方志》，中华书局，2000 年版）

二、西行求法古德表（梁启超）[①]

名姓及籍贯	年代	事　　略
朱士行 （颍川人）	魏高贵乡公甘露五年（二六〇）	士行为汉土沙门之始，亦为西行求法之第一人。其西游动机，因读《道行经》觉文意隐质，诸未尽善。乃誓志捐身，远求大本。遂在于阗得梵书正本九十章，遣弟子弗如檀送归。后由竺叔兰、无罗叉译出。即今本《放光般若经》是也。士行遂终于于阗。见《梁高僧传》卷四本传。

[①] 梁启超《西行求法古德表》出自其《中国印度之交通》（亦题为《千五百年前之中国留学生》）一文，后收入《佛学研究十八篇》。该表之前有相关论述："尤当注意者，本篇所记述，确为留学运动，而非迷信运动。下列诸贤之远适印度，其所以能热诚贯注百折不回者，宗教感情之冲发，诚不失为原因之一部分，然以比诸基督教徒之礼耶路撒冷，天方教徒之礼麦加，与夫蒙藏喇嘛之礼西天，其动机纯为异种。盖佛教本贵解悟而贱迷信，其宗教乃建设于哲学的基础之上，吾国古德之有崇高深刻之信仰者，常汲汲焉以求得'正知见'为务。而初期输入之佛典，皆从西域间接，或篇章不具，或传译失（转下页注）

续表

名姓及籍贯	年代	事 略
竺法护 （其先月支人，世居敦煌）	晋武帝中（二六五—二九〇）[1]	时寺庙图像，虽崇京邑，而方等深经，蕴在葱外。护乃慨然发愤，志弘大道。遂至西域，游历诸国，通三十六种语言。获《贤劫》、《法华》、《光赞》等梵经百五十六部，赍还中夏。沿途传译，终身不倦。见《梁高僧传》卷一本传。
慧常 进行 慧辩 （籍无考）	晋成帝咸和中（三二六[2]—三三四）	此三人，僧传皆无传，惟道安著《合放光光赞略解序》云："会慧常、进行、慧辩等将如天竺，路经凉州。"知三人有结侣西游事矣。又失名人著《首楞严后记》称：咸和三年，凉州刺史张天锡译《首楞严经》时，沙门慧常、进行在坐。可考见其西游年代也。两文俱见《出三藏集记》卷七[3]。
于法兰 （高阳人）	东晋穆帝中（？）（三四五—三六一）	尝怆然叹曰："大法虽兴，经道多阙。若一闻圆教，夕死可也。"乃远适西域，欲求异闻。至交州遇疾，终于象林。事见《梁高僧传》卷四本传。其人卒于支遁前，略推定为东晋穆帝时人。

（接上页注）真，其重要浩博之名著，或仅闻其名，未睹其本。且东来僧侣，多二三等人物，非亲炙彼士大师，末由抉疑开滞。以此种种原因，故法显、玄奘之流，冒万险，历百艰，非直接亲求之于印度而不能即安也。质而言之，则西行求法之动机，一以求精神上之安慰，一以求'学问欲'之满足。惟其如此，故所产之结果，能大有造于思想界。而不然者，则三家村妇朝普陀，非不虔敬，而于文化何与焉？明乎此义，则知吾所谓'留学运动'，非诞辞矣。求法高僧，其姓氏为吾人所耳熟者不过数辈；东西著述家所称引，亦仅能举二三十人。吾积数月之功，刻意搜讨，所得乃逾百。以其为先民一大业，故备列其名表敬仰，次乃论次其事也。"表后总结："右（上）表所列，共得百零五人，其佚名者尚八十二人（康法朗同行者佚三人。智猛同行者佚十三人。昙学等同行者佚六人。昙无竭同行者佚二十三人。宝暹等同行者佚二人。《求法高僧传》中佚名者十人。不空同行者佚二十五人）。呜呼！盛矣。据《求法高僧传》所述，则距义净五百余年前，尚有由蜀川牂牁道入印之唐僧二十许人。其年代确否虽未敢定，然有专寺供其栖息，事当非诬。"兹依原书誊录。

名姓及籍贯	年代	事　略
支法领 （籍无考）	东晋孝武中（？）（三七三[4]—三九六）	领为慧远弟子，奉远命往寻众经。逾越沙雪，旷岁方返。见《梁高僧传》卷六《远传》。领在于阗得《华严》前分三万六千偈，见同书卷二《佛驮跋陀罗传》。又僧肇《答刘遗民书》云："领公远举，乃是千载之津梁。于西域还，得方等新经二百余部。"（《梁高僧传》卷六[5]《僧肇传》引）综此诸传，知领此行成绩甚优也。
法净 （籍无考）	同上	与法领同受慧远命出游。见《远传》。
法显 （平阳武阳人）	东晋安帝隆安三年往，义熙十二年归，前后凡十七年[6]（三九九—四一六）	法显与玄奘为西行求法界前后两大人物，稍通佛门掌故者，皆能知之。《梁高僧传》本传云："常慨经律舛阙，誓志寻求。"此为显出游之动机。其在长安偕行者，有慧景、道整、慧应、慧达、慧嵬五人，在张掖后遇僧绍、智严、宝云、慧简、僧景五人，相约同游。而或在中途折回，或分道行，或道死，或留印不归，故归国时孑然仅一人耳。此为显同行之伴侣。其行程据《佛国记》所述，由敦煌渡沙河十七日至鄯善（今县），又十五日至焉彝（今焉耆县）。由焉彝西南行，一月五日至于阗（今县），西行二十五日至子合（今叶尔羌南）。更南行四日至于麾（今奇灵卡），更二十五日至竭叉（今搭什库尔干）。计在今新疆省境内共行百二十二日。从竭叉度葱岭，行一月，顺岭西南行十五日至乌苌（今阿富汗国加非利斯坦省之班底）。南下至宿诃多（今地待考）。东下五日至犍陀卫（即健陀罗，今干达马克）。南行四日至佛楼沙（今白沙威尔）。南度小雪山（今阿富汗都城南之白瓦里山），更南下十日至跋那（今哈尔奈）。计在今阿富汗国境共三十三日。由跋那东行三日渡新显河（即印度河）至毗荼（今克尔普尔），则入印度境矣。自敦煌至毗荼共费百五十九日，途中屡有勾留，故六年乃达中印度。留中印度三年。将返国，附海舶适师子国（今锡兰岛），在彼复留二年。由

名姓及籍贯	年代	事　略
		师子将附舶返广州,遇风漂泊九十日至一国名耶婆提(今地待考),停五月。在彼易舟归,八十余日至长广郡牢山(今青岛)登陆。归途计费三百三十余日。此为显旅行之历程。显留印数年,学梵语梵书,在中天竺得《摩诃僧祇律》、《萨婆多律》[7]、《杂阿毗昙心论》[8]、《方等泥洹经》,在师子国得《弥沙塞律》、《长阿含》、《杂阿含》及杂藏,皆汉土所无,躬自书写赍归。律藏及《阿含》之输入,多赖其赐。此为显留学之成绩。归国后与佛驮跋陀罗同译诸经论百余万言。又纪旅行中所见闻为《佛国记》(亦作《法显传》),至今治印度学者皆宗之,英、法、德文皆有译本。此为显对于人类文化永久之贡献。
道整 (洛阳清水人?)	同上	据《法显传》,显发长安时五人同行,整居其一。同行十人中安抵印境者惟整与显耳。然整遂留印不复归。附考:《梁高僧传》卷一《昙摩难提传》称:"赵正晚年出家更名道整。"[9]案赵正即赵文业,仕苻秦,与道安同监译事,最有功佛法。与法显同游之道整,当即其人。惟《僧传》言其终于襄阳,《佛国记》言其终于印度,未知孰是。
智严 (西凉州人)	同上(?)	初与法显同行至乌彝,因返高昌求行资,遂分道。后独行至罽宾,留彼地十年。从佛驮先咨受禅法。敦请佛驮跋陀罗(即觉贤)东归,参其译事,始终相随。晚年泛海重到天竺,卒于罽宾。事迹具详《梁高僧传》卷三本传。
智羽 智远 (籍无考)	同上(?)	智严弟子,严第二次游印时随往。严卒,归报。复返印。事见《严传》。
宝云 (凉州人)	同上(?)	在张掖遇法显与偕行,同至佛楼沙而别。据《佛国记》谓其先归,据《梁高僧传》卷三本传,则云尝历于阗、天竺诸国,遍学梵书,音字诂训,悉皆备解,归后在江左主持译事。与智严同为觉贤高弟也。《传》称其游履外国,别有记传。今佚。

名姓及籍贯	年代	事　　略
僧景 (籍无考)	同上(?)	与法显偕游至佛楼沙,先归。 附考:《隋书·经籍志》有释昙景《外国传》五卷,疑即僧景所撰。今佚。
慧达 (籍无考)	同上	与法显、道整、宝云等偕游,至佛楼沙先归。 附考:《僧传》所记,有慧应,无慧达,是否一人,待考。
僧绍 (籍无考)	同上	与法显偕游,至于阗,显等西度葱岭,经阿富汗入印;绍独别去,随胡人入罽宾。
慧景 (籍无考)	同上	与法显、道整偕游,至小雪山,景冻死。
慧简 慧嵬 (籍无考)	同上	与法显等偕游,至乌彝,偕智严返高昌求行资。其后是否仍与严偕,今无考。
沮渠京声 (凉州人)	东晋安帝义熙中(?)(四〇五—四一八)	北凉主沮渠蒙逊之从弟[10],封安阳侯。尝度流沙至于阗,从天竺法师佛驮斯那学禅法。译书甚多。事迹附见《梁高僧传》卷二《昙无谶传》。
康法朗 (中山人,同侣四人)	东晋 (年份无考)	与同学四人发趾张掖,西过流沙,余四人遂不复西行。朗更游诸国,研寻经论,后还中山。见《梁高僧传》卷四本传。
慧睿 (冀州人)	东晋 (年份无考)	从蜀之西界,至南天竺。音译诂训,无不必晓。后还憩庐山,俄入关从学罗什。见《梁高僧传》卷七本传及《释迦方志》卷下。
智猛 (雍州新丰人,同侣十五人)	姚秦弘始六年往,刘宋元嘉十四年归。凡在外三十三年[11](四〇四—四三七)[12]	猛之出游,在法显后四年,盖不相谋也。猛每闻外国道人说天竺有释迦遗迹及方等众经,于是始结同志十有五人出游。历流沙至于阗,西南行二千里,始登葱岭,而九人退还,寻一人复道死。猛仅与四人共度雪山,历罽宾遍游印。当时西游诸贤留印最久者莫如猛。及其归也,仅与一人偕耳。猛得梵本甚多,《僧祇律》及《大般涅槃》其最著也。

名姓及籍贯	年代	事　略
		猛著《游行外国传》，隋、唐《经籍志》并著录。今佚。其事迹仅见《梁高僧传》卷三本传。
道嵩（籍无考）	同上	与智猛同行，至波沦国，道亡。
昙纂（籍无考）	同上	与智猛同出同归。
昙学成德（河西人，同侣八人）	东晋末（年份无考）	《贤愚经记》（见《出三藏记集》卷九[13]）云："河西沙门昙学、成德等八僧，结志游方，远寻经典。于于阗大寺习焚音，精思通译。"[14]此八僧曾否到印度，今无考。
昙无竭（幽州黄龙人，同侣二十五人）	刘宋永初元年（四二〇）往，归期无考。	昙无竭，此云法勇。闻法显等躬践佛土，慨然有忘身之誓，乃召集同志二十五人远适西方。度雪山时，经三日方过，料检同侣，失十二人。余十三人，经罽宾入中天竺，八人复死于路，仅余五人同行。后于南天竺随舶泛海达广州。据《梁高僧传》卷三本传，无竭亦著有游记，但隋、唐志并不著录，想其佚已久。
僧猛昙朗	同上	昙无竭同行二十五人中之二人也，事迹无考。
道普（高昌人）	宋元嘉中（四二四—四五三）	普事迹附见《梁高僧传》卷二《昙无谶传》中，据称："经游西域。遍历诸国。……善能梵书，备诸国语。游履异域，别有大传。"其传《隋志》不著录，想已久佚。其出游年代不可考。惟《谶传》又云："谶所出诸经，至元嘉中方传建业。道场慧观法师志欲重寻《涅槃后分》，乃启宋太祖资给，遣沙门道普将书吏十人西行寻经。至长广郡（今青州），舶破伤足，因疾而卒。"[15]此则普第二次西行而以身殉法也。

名姓及籍贯	年代	事　略
道泰 （籍无考）	东晋刘宋间 （年份难确指）	《开元释教录》卷四下云："泰……[16]以汉土方等粗备，幽宗粗畅，其所未练，惟三藏九部，故杖策冒险，爰至葱西。综览梵文，并获《婆沙》梵本十万余偈，及诸经论，东归。"释道埏《阿毗昙毗婆沙论序》（见原书卷首）云："有沙门道泰，……至葱西，……并获胡本[17]十万余谒。……以乙丑[18]岁……传译。"法显诸僧西游目的在求大乘经典，道泰则注重小乘。《婆沙》大论输入，泰之赐也。此论以乙丑年传译，其年为宋文帝元嘉二年。泰之出游，当远在此年以前矣。
法盛 （高昌人）	东晋刘宋间（？）	《梁高僧传》卷二《昙无谶传》云："时高昌复[19]有沙门法盛，亦经往外国，立传凡有四卷。"隋、唐书《经籍志》并著录法盛《历国传》三卷。今佚。
竺法维 僧表 （凉州人？）	东晋刘宋间（？）	二人之名附见《昙无谶传》云："并经往佛国。"殆皆北凉时人。梁宝唱《名僧传》卷廿六有《僧表传》。
慧览 （籍无考）	宋大明[20]中 （四五七—四六四）	览曾游迦湿弥罗，从达磨咨受禅要。还至于阗，授诸僧戒。见《梁高僧传》卷十一[21]本传。
道药 （籍无考）	元魏太武末年（四三三—四三九）[22]	药从疏勒道入印度，经悬度到僧迦施国。还著《传》一卷，见唐道宣《释迦方志》卷下。所著《传》《隋书·经籍志》著录，今佚。杨衒之《洛阳伽蓝记》引之。
法献 （西海延水人）	宋元徽三年（四七五）	献闻智猛西游，乃誓欲忘身，往观圣迹。以元徽三年，发踵金陵，西游巴蜀，路出河南，道经芮芮。既到于阗，欲度葱岭，值栈道路绝而返。见《梁高僧传》卷十三[23]本传。
惠生 （籍无考）	元魏熙平元年至正光三年（五一六—五二二[24]）	《魏书·释老志》云："熙平元年诏遣沙门惠生使西域，采诸经律。正光三年冬[25]还京师。所得经论一百七十部行于世。"《慧生行传》一卷，《隋书·经籍志》著录。今佚。《洛阳伽蓝记》引之。

续表

名姓及籍贯	年代	事　　略
宋云 （敦煌人）	同上	《洛阳伽蓝记》卷五云："宋云与惠生向西取经，凡得一百七十部。正光二年二月还。"[26] 其年月与《释老志》小有出入。要之，二人同出同归无疑也。云著有《家记》，《隋志》著录。今佚。《伽蓝记》引之。《唐志》别有云著《魏国以西十一国事》一卷，是否即《家记》异名，今无考。
王伏 子统 法力	同上	《魏书·哑哒传》云："熙平中，明帝遣王伏、子统、宋云、沙门法力等往西域求访佛经。沙门慧生偕行。"[27] 据此知兹游同行者尚有此三人也。
云启		籍贯年代事迹皆无考，其名仅见《佛祖历代通载》卷一与卷九[28]。
宝暹 道邃 僧昙 智周 僧威 法宝 智昭 僧律 （籍皆无考）	北齐武平六年至隋开皇元年[29]（五七五[30]—五八一）	《唐高僧传》卷二《阇那崛多传》云："有齐僧宝暹、道邃、僧昙等十人，以武平六年，相结同行，采经西域。往返七载，将事东归。凡获梵本二百六十部，回至突厥，俄而齐亡。……大隋受禅，佛法即兴，暹等赍经先来应运。"[31] 大抵隋代所译经论原本，多出暹等所赍归也。同行十人中，智周等五人之名，见《开元释教录》卷七，余二人无考。
玄奘 （洛州缑氏人）	唐贞观二年出，十九年归。前后凡十七年（六二八—六四五）	玄奘为中国佛教第一功臣，其事迹具见慧立著之《慈恩三藏法师传》及《唐高僧传》卷四本传。其游历之迹，见奘所自著《大唐西域记》。诸书现存，为世界学界鸿宝。今以极简略之文记其梗概如下： （一）游学动机。因研究《婆沙》、《杂心》、《俱舍》、《摄大乘》诸论，觉未能尽其理解。屡从本国大师质疑，皆不满足。故发愤西游，求名师，读原本。《慈恩传》云："师既遍谒众师，备餐其说，详考其义，各擅宗途，验诸圣典，亦隐显有异，莫知适从。乃誓游西方，以问所惑。"此奘出游之主要动机也。时年二十九。

名姓及籍贯	年代	事　略
		（二）旅途之艰窘。时方严越境之禁，奘诣阙陈表，请特许游学。有司不为通，乃随饥民度陇，复偷越五烽（关卡）。备极艰险，乃至高昌（今吐鲁番）。高昌王麹文泰，夙闻其名，强留供养。奘以死自誓，乃得脱。犹淹彼国经一夏。时西域诸国，咸服属突厥，非得突厥护照，不能通行。乃持文泰介绍书，诣突厥叶护可汗牙所，得其许可乃行。故奘所遵者非汉以来西域通路，乃北出特穆尔圆泊，掠西伯利亚之南端，经俄属土耳其斯坦，乃循阿富汗入迦湿弥罗。此路为法显、法勇以来所未经行也。途中艰窘状况，具见本传。 （三）留学成绩。奘出游十七年，历五十六国，备通各种语言文字。其间留中印度摩竭提国之那烂陀寺凡五年，实奘毕生学力最得力处也。时印度大乘教方极盛，法相宗尤昌。大师戒贤，即那烂陀之首座，奘亲受业，尽传其学。历治《瑜伽》、《顺理》、《显扬》、《对法》诸论，而于《瑜伽》尤所覃精。其余如小乘一切有部、经量部，及大乘法性宗学说，莫不参稽深造。旁及外道宗趣，咸所取资。毕业后五印诸王，争先供养。其共主戒日王，敬礼尤至。为奘特开辩学大会，奘立"真唯识量"，悬诸国门，经月无人能难诘者。后更遍游诸国，采风间俗，至贞观十八年乃归。 （四）归国之贡献。奘所赍归之经典，凡五百二十夹，六百五十七部，各地方各宗派之书咸有。以贞观十九年正月抵长安。其年三月，即开始翻译，直至龙朔三年十月，凡十九年间（六四五—六六三），译事未尝一日辍。所译共七十三部，一千三百三十卷。其绝笔之时，距圆寂仅一月耳。
玄照 （泰州仙掌人）	唐贞观间（六二七—六四九） 又麟德元年（六六四）	照与玄奘盖先后出游，但照之往，取道吐蕃（西藏），蒙文成公主护送，归途经泥波罗（即尼泊尔，亦称廓尔喀）。此藏印通路，为前人所未经者。照在印凡十一年，诏书征归。高宗麟德元年，复奉敕往，遂在中印病殁。

名姓及籍贯	年代	事　　略
师鞭 （齐州人）	贞观间（？）	与玄照偕行，至西印度。年三十五，卒于彼地。
道希 （齐州历城人）	贞观间（？）	留学那烂陀寺，携有汉译新旧经论四百余卷，施入该寺。又在大觉寺树立唐碑一座。卒于印度。
慧业 （新罗人）	贞观间	留学那烂陀寺，卒于彼。义净尝见其手写梵本诸经论。
玄恪 （新罗人）	贞观间	尝与玄照同留学大觉寺，后卒于印度。
道方 （并州人）	无考	由泥波罗入印，留学大觉寺。
道生 （并州人）	贞观末	由吐蕃路入印，留学那烂陀。卒业后多赍经像归国，至泥波罗病死。
常慜 （并州人）	无考	由海道往，经诃陵国，舟覆溺死。其弟子一人偕亡。
师子惠 （京师人）	贞观间	与师鞭偕行，留学信者寺。归途经泥波罗，病死。
玄会 （京师人）	无考	由西域入迦湿弥罗，留学大觉寺。归途经泥波罗，病死。年仅三十。义净云："尼波罗有毒药，所以到彼多亡也。"
僧隆 （籍无考）	贞观间	从北道至北印度。返国经健陀罗，道亡。
明远 （益州清城人）	无考	由交阯泛海往，经诃陵至师子国（锡兰），欲潜取佛牙，为国人所觉，颇见凌辱。自是师子人守护佛牙益严重云。启超案：吾游锡兰，尚观所谓佛牙者。
义朗 （益州成都人）	无考	由海道往，精研瑜伽，住锡兰颇久。

名姓及籍贯	年代	事　　略
智岸 （成都人）		与义朗偕行，至郎迦国，病死。
义玄 （成都人）		义朗之弟，与朗偕行。
会宁 （成都人）	麟德中	由海道往，至诃陵国。得《大涅槃经》后分，补译送归。旋客死海外。年仅三十四五。
运期 （交州人）	同上	会宁弟子。宁译经遣其赍还，寻复独游。
解脱天 （交州人）	无考	由海道往，留学大觉寺。
窥冲 （交州人）	无考	明远弟子。后随去照同留中印度。卒于王舍城。年三十许。
智行 （爱州人）	无考	由海道至西印度，留学信者寺。卒于彼地，年五十余。
慧琰 （交州人）	无考	智行弟子，随师到僧诃罗国。
信胄 （籍无考）	无考	由西域北道至西印度，留学信者寺。卒于彼地，年三十五。
大乘灯 （爱州人）	无考	幼随父母，曾游印度。随唐使臣郯绪归国。受业玄奘。矢志出游。乃由海道经师子国入南印度，旋至东印度耽摩立底国。留十二年。随诣中印，留学那烂陀，卒于此寺。义净犹睹其遗物。
彼岸 智岸 （并高昌人）	无考	二人少长京师，后随使臣王玄策，泛海游印，遇疾俱卒。所携汉译本《瑜伽》及余经论，保存于室利佛逝国。
昙闰 （洛阳人）		由海道往，至渤盆国，遇到疾死。
义辉 （洛阳人）	无考	因读《摄论》、《俱舍》，怀疑未晰，乃往中印度留学。毕业归国，至郎迦戍国病死。年三十余。

续表

名姓及籍贯	年代	事　略
慧轮 （新罗人）	贞观间	随玄照西行充侍者，留学信者寺十年。义净游印时尚存，年向四十。
道琳 （荆州江陵人）		因欲研究戒律，发心留学。由海道往印，在东印耽摩立底^[32]国留三年。次至中印，留那烂陀数年。南印、西印各住经年。义净出游时尚留印。
昙光 （荆州江陵人）		由海道往，至东印度诃利鸡罗国，后不知所终。
慧命 （荆州江陵人）		由海道往，至占波。屡进艰苦，废然而返。
善行 （晋州人）		义净弟子。随净至室罗筏^[33]，婴疾而归。
僧哲 （沣州人）		由海道往，留学三摩呾吒国。义净在印，曾与相见。其弟子玄游，高丽国人，随哲往师子国。
灵运 （沣州人）		与僧哲同游，留学那烂陀寺。
智弘 （洛阳人）		当时印度使臣王玄策之侄，与无行同泛海西游。留学大觉寺二年，复诣那烂陀，卒乃在信者寺习小乘教。译律藏书甚多。留印共八年，经迦湿弥罗返国。
无行 （荆州江陵人）		与智弘同泛海西游，留学那烂陀寺，习《瑜伽》、《中观》、《俱舍》^[34]。复往羯罗荼寺研究因明。义净在印常与往还。著有游记，名曰《中天附书》，今佚。《一切经音义》引之。
法振 （荆州人）		由海道往，至羯荼国病死。年三十五六。
乘悟 （同州人） 乘如 （梁州人）		与法振同行，乘悟至瞻波，病死。乘如踪迹不详。

续表

名姓及籍贯	年代	事　略
大津 （沣州人）	唐永淳二年至天授三年（六八三—六九二）	初法侣多人，泛海西游，濒行，其侣退缩，津乃独往。留印十年，复附舶归国。义净之《南海寄归传》即托津带返也。 右自玄照至大津，凡四十人，皆见义净《大唐西域求法高僧传》。其《常慜传》附见弟子一人，《玄恪传》末，附见新罗僧二人，《玄会传》末附见与北道使人同行者一人，文成公主乳母之息二人，《义辉传》末，附见唐僧至乌长国者三人，《慧轮传》中，附见由蜀川牂牁道西游之唐僧二十许人，《昙光传》中附见诃利鸡罗国唐僧一人，皆失名姓。除《慧轮传》之二十许人，相传为五百年前曾来者外，余五十人，皆唐太宗至武后时人，与玄奘、义净先后游印者也。
义净 （范阳人）	唐高宗咸亨二年至武后证圣元年（六七一—六九五[35]）	净年十五，便蓄志欲游西域，年三十七乃获成行。初发足至番禺，得同志数十人。及将登舶，余皆退罢。净奋厉孤行，备历艰险。所之境，皆洞言音。凡遇酋长，俱加礼重。经二十五年，历三十余国，留学那烂陀十年。归时赍得梵本经律论近四百部，合五十万颂。归后从事翻译，所出五十六部二百三十卷。玄奘以后一人而已。著有《大唐西域求法高僧传》、《南海寄归内法传》，皆佛门掌故珍要之书。《求法传》卷下《玄逵传》末自述游迹颇详。
贞固 （荥川人）	唐武后永昌元年（六八九）	义净在印度，附书广州制旨寺，求纸墨供写经之用，并求助译之人；固时年四十，奋焉迈往，净有诗赠之。
孟怀业 （广州人）	同上	贞固弟子，随师游学。复为义净侍者，助译事。
道宏 （汴州人）	同上	随贞固出游，年仅二十三。既至印度，留学那烂陀，助义净译写。
法朗 （襄阳人）	同上	随贞固出游。年仅二十四。后在诃陵国遇疾卒。以上四人，附见《求法高僧传》。

续表

名姓及籍贯	年代	事　略
慧日 （东莱人）	唐中宗嗣圣十九年至玄宗开元七年（七〇二—七一九）	日闻义净之风，誓志西游。泛舶历南洋诸国，三年乃至印度。前后历七十余国。归而专弘净土之教。见《宋高僧传》卷二十九[36]本传。
慧超 （籍无考）	唐开元十五岁归（七二七）	超名不见诸传记，（唐《僧传》有两慧超，皆非此人。）惟慧琳《一切经音义》卷一百，有慧超《往五天竺传》音义，知其人为西行求法且有著书者。但其书隋、唐《志》皆不著录。佚盖久矣。近年敦煌石室写经出世，忽发现其书末残卷数叶，知其以开元十五年归，归途经于阗、疏勒、焉耆达安西。实学界一快事也。
不空 （本北印度人，随叔父留寓中国）	唐玄宗开元二十九年至天宝八载（七四一—七四九）	不空为我国密宗开祖，奉其师金刚智遗命，率弟子二十七人西游，求得密藏经论五百余部赍归。见《宋高僧传》卷一本传。
含光 慧辩	同上	不空弟子，随空行。光别有传。见《宋高僧传》卷二十七。
悟空 （京兆云阳人）	唐玄宗天宝十载至德宗贞元五年（七五一—七八九）	空本名车奉朝。随中使张韬光由安西路奉使罽宾，旋于罽宾出家。历游印度诸国，留彼四十年。归时年已六十余。

原表注：

〔1〕原误作"二八九"，今改正。

〔2〕原误作"三二七"，今改正。

〔3〕原误作"卷八"，今改正。

〔4〕原误作"三七五"，今改正。

〔5〕原误作"卷七"，今改正。

〔6〕原误作"十五年"，今改正。

〔7〕全名为《萨婆多部律摄》，又称《根本萨婆多部律摄》、《有部律摄》。凡十四卷。印度胜友撰，唐代义净译。

〔8〕原误作"杂阿毗昙心经"，今改正。

〔9〕《高僧传》卷一《昙摩难提传》原文为："乃愿欲出家，……及坚死后方遂其志，更名道整。"

〔10〕原误作"叔"，今改正。

〔11〕原误作"三十七年"，今改正。

〔12〕原误作"四〇三—四二七"，今改正。

〔13〕原误作"卷十"，今改正。

〔14〕《出三藏记集》卷九原文为："河西沙门释昙学、威德等，凡有八僧，结志游方，远寻经典。于于阗大寺……竞习胡音，折以汉义，精思通译，各书所闻。"

〔15〕原误作"宋元嘉中故重寻《涅槃后分》，遣普将书吏十人西行寻经。至长广郡（今青州）舶破伤足，因疾而卒。"今改正。

〔16〕此处原略"才敏自天，冲气疏朗，博闻奇趣，远参异言。往"数字，以省略号识之。

〔17〕原误作"获其梵本"，今改正。

〔18〕此处原衍一"之"字，今改正。

〔19〕"复"字原脱，今补正。

〔20〕原误作"太"字，今改正。

〔21〕原误作"十二"，今改正。

〔22〕元魏太武帝在位二十八年（424—252），故"太武末年"至少应在440年以后才较为合理。另有一种可能，即"太武"为"太延"之误。因（433—439）与"太延"之（435—440）较为接近。

〔23〕原误作"十四"，今改正。

〔24〕原误作"五二三"，今改正。

〔25〕"冬"字原脱，今补正。

〔26〕《洛阳伽蓝记》卷五原文为："云与惠生……向西取经，凡得一百七十部。……正光二年二月始还天阙。"

〔27〕《魏书·哦哒传》原文为:"熙平中,肃宗遣王伏、子统、宋云、沙门法力等使西域,求访佛经。时有沙门慧生者,亦与俱行。"

〔28〕原误作"《佛祖历代通载》卷十",今改正。

〔29〕原误作"十三年",今改正。年号"武平"者,为时仅六载(570—575),而说"十三年"者,乃以"武平六年"加上"往返七载"所得之和,乃想当然耳。

〔30〕原误作"五七四",今改正。

〔31〕原误作"大隋受禅,暹等赍经应运",今改正。

〔32〕原误作"耽摩主底",今改正。"耽摩立底",一般译作"耽摩栗底"。

〔33〕原误作"宝罗筏",今改正。

〔34〕原误作"供舍",今改正。

〔35〕原误作"六九四",今改正。

〔36〕原误作"卷二十七",今改正。

(〔清〕梁启超撰,陈世强导读:《佛学研究十八篇》,

上海古籍出版社,2001 年版)

三、传译求法与南北朝之佛教(汤用彤)①

西行求法之运动

佛典之来华,一由于我国僧人之西行,一由于西域僧人之东来。西行求法者,或意在搜寻经典(如支法领),或旨在从天竺高僧亲炙受学(如于法兰、智严),或欲睹圣迹,作亡身之誓(如宝云、智猛),或远诣异国,寻求名师来华(如支法领。参看僧肇《与刘遗民书》)。然其

----

① 汤用彤《传译求法与南北朝之佛教》出自其《汉魏两晋南北朝佛教史》第十二章。今亦原书体式,誊录"西行求法之运动""法显之行程""智严、宝云、法领、智猛、法勇""南北朝之西行者"四个部分。

去者常为有学问之僧人,故类能吸受印土之思想,参佛典之奥秘。归国以后,实与吾国文化以多少贡献,其于我国佛教精神之发展,固有甚大关系也。西行求法者,朱士行而后,以晋末宋初为最盛。兹先列晋及宋初之知名者于下:

康法朗与四人共西行,过流沙,余四人返,朗更游诸国,研寻经论。

于法兰远适西域,仅达交趾,终于象林(上二人约在东晋初)。

竺佛念,《高僧传》称其"少好游方,备贯风俗。"《名僧传》列入《寻法出经苦节传》之首(其第二人为法显)。

慧常、进行、慧辩三人,约于晋太元元年(公元 376 年)前,将如天竺,路经凉州(见道安《合光赞放光随略解》。据《首楞严经·后记》慧常、进行于公元 373 年在凉州)。据《祐录》十一有慧常者在长安助译《比丘尼戒本》。事在太元四年(公元 379 年)。如是一人,则常等或未至天竺而返也。

慧睿游历诸国,乃至南天竺界,后迁憩庐山,俄入关,从什公咨禀。

支法领、法净受师慧远之命西行,得经以归。

智严、智羽、智远、法显、宝云、慧简、僧绍、僧景、慧景、道整、慧应、慧嵬、慧达,均见下。

昙学、威德等八人,均河西沙门,结志游方,远寻经典。据《贤愚经记》(《祐录》九),八人曾至于阗,后经高昌返凉州。于元嘉二十二年(公元 445 年)集所听为《贤愚经》。

僧纯、昙充、竺道曼均曾至龟兹(见《祐录》十一),事下详。

智猛与昙纂、竺道嵩等十五人,于秦弘始六年(公元 404 年)往天竺,到中印度,后归凉州,元嘉末卒于成都。

法勇(即昙无竭)、僧猛、昙朗等二十五人,以宋永初元年(公元 420 年)往天竺。勇至中印度,由海道归,于广州登岸。

沮渠京声（安阳侯）乃凉王蒙逊从弟，尝渡流沙至于阗国，于瞿摩帝大寺遇禅师佛陀斯那（即佛大先）咨问道义，归后，因魏灭凉而奔宋。

道泰，凉州僧人，至葱西得《毗婆沙》胡本，见道梴经序。

法盛年十九，在高昌遇沙门智猛从外国还，述诸神迹，因共师友二十九人诣天竺（详《名僧传抄》）。

僧表闻弗楼沙国有佛钵，钵今在罽宾台寺。因西去至于阗，路梗而返，后适蜀，卒于彼土。（详《名僧传抄》）又有法维者亦约在同时往西域也。

道普，宋初与书吏十人西行求《涅槃后分》，至长广郡，船破伤足卒。普曾游西域，遍历诸国，善能梵书，备诸国语。

法显之行程

晋宋之际，游方僧人（往西域者谓之游方。《僧传·智猛传》云："余寻历游方沙门，记列道路，时或不同"云。又据慧皎自序云，僧宝有《游方沙门传》，此乃义净《求法高僧传》之类也）虽多，但以法显至为有名。盖法显旅行所至之地，不但汉之张骞、甘英所不到，即西晋之朱士行、东晋之支法领足迹均仅达于阗（支法领即至印度，亦非从海路归。参看《释教录》卷四上末）。而在显前之慧常、进行、慧辩只闻其出，而未闻其返。康法朗未闻其至天竺。至于于法兰，则中道终逝。故海陆并遵，广游西土，留学天竺，携经而返者，恐以法显为第一人，此其求法所以重要者一也。印度史籍，向不完全，多杂神话。而于阗、龟兹诸国则久已湮灭，传记无存。西方研究此方史地学者，遂不得不转乞灵于他国人之记载。我国人游历天竺、西域之传记有十余种，其现全存者极少，西人均视为鸿宝。法显《佛国记》，载其时西域情形甚详，居其一焉。此其求法之所以重要者二也。法显既归国，先至建业，与外国禅师佛驮跋陀罗译经约百余万言，其中《摩诃僧祇律》(亦名《大众律》)为佛教戒律五大部之一。而其携归之《方等》《涅槃》,开后来义学之一支,此其求法之所以重要者三也。

释法显,姓龚,平阳武阳人。三岁出家,年甚幼,向道之心即甚贤贞(详《出三藏记·法显传》,《高僧传》从之)。二十受大戒,志行明敏,仪轨整肃(见《出三藏记》,《高僧传》未言二十受戒)。常在长安,慨律藏残缺,矢志寻求。盖东晋中叶,佛经译出虽多,而戒律未备。经安公之搜求,虽有所得,然律实至罗什之世始称完全。法显西行,始于晋隆安三年(此据《祐录》。《僧传·慧嵬传》同),即姚秦弘始元年,岁在己亥(《佛国记》作弘始二年,误,《佛国记》,下均简称《记》)。其时(公元399年)道安死去已十余年,而在什公到长安前二年也。

法显寻求戒律之同志,有慧景、道整、慧应、慧嵬等四人。偕行度陇,至张掖,遇智严、慧简、僧绍、宝云、僧景(时约弘始二年),复共西进至敦煌。太守李浩(即李暠)供给度沙河(《记》传作沙河,《祐录》作流沙),法显等五人随使先行,复与智严、宝云等别。沙河中多有恶鬼热风,遇则皆死,无一全者。上无飞鸟,下无走兽。遍望极目,欲求度处,则莫知所拟,唯以死人枯骨为标帜耳。度流沙,经鄯善国,以至乌夷(乌一作傿,即乌耆)。住二月余,宝云等亦至。智严、慧简、慧嵬返向高昌求行资。而法显等(当系等取慧景、道整、慧应、僧绍、宝云、僧景六人)得符公孙供给,直进西南行。路中无居民,沙行艰难(《记》作"涉行",此依王氏本《水经注》)。所经之苦,人理莫比。幸到于阗。慧景、道整、慧达先发向竭叉国(慧达不知何时加入)。次僧韶一人随胡道人向罽宾(僧韶当即僧绍)。法显等(当系等取慧应、宝云、僧景三人)进向子合国,南行入葱岭。经于麾国而至竭叉,复与慧景三人合,共度葱岭。葱岭冬夏有雪,又言有毒龙,若失其意,则吐毒风雨雪,飞沙砾石,遇此难者,万无一全,土人即名之为雪山。度岭则到北天竺(以上依《记》)。

始入北天竺,有小国名陀历。自此顺岭西南行,其道艰阻,崖岸险绝,石壁千仞,临之目眩。昔人凿石通路,施傍梯道,凡度七百余所。度梯已,蹑悬絚过新头河,河阔几八十步(以上依《记》,参以《祐录》)。九译所绝(《记》作记,此依《水经注》),汉之张骞、甘英所不至也(语见《记》。《祐录》缺此语,《僧传》则有此,当系照《记》加入)。渡河到乌苌国,慧景、道整、慧达三人先发向那竭国。法显等(当系等取慧应、宝云、僧景三人)后行经宿呵多国、犍陀卫国(《记》此下传叙竺刹尸罗国及投身喂虎处,应系述所闻,非显行迹所到),而至弗楼沙国。时先到那竭国之慧景病,道整住看。慧达一人还,于弗楼沙国相见,随宝云、僧景还中国。慧应复于此国之佛钵寺无常(《记》宋本原作"慧景应在佛钵寺无常","景"字衍)。法显遂独自至那竭国,与慧景、道整会。三人南度小雪山。山冬夏积雪,山北阴中遇寒风暴起,人皆噤战。慧景一人,不堪复进,口出白沫,语法显曰:"吾其死矣。卿可前去,勿得俱殒。"言绝而卒。显抚之泣曰:"本图不果,命也奈何。"复与道整前进,过岭到罗夷国,经跋那国渡新头河,至毗茶国。次经摩头罗国,经蒲那河,入中天竺境。

法显周游中天竺,巡礼佛教故迹,于巴连弗邑留住最久。盖法显本求戒律,北天竺诸国皆用口传,无本可写,是以远步至中天竺,于此邑摩诃衍僧伽蓝得《摩诃僧祇律》,谓乃祇洹精舍所传本,十八部律所从出。佛在世时大众所行也。又得《萨婆多部抄律》可七千偈,《杂阿毗昙心》可六千偈,《綖经》可二千五百偈,《方等般泥洹经》可五千偈,及《摩诃僧祇》《阿毗昙》。故法显住此三年,学梵书梵语,写律。道整西来,意本亦在戒律。今既到中国,见沙门法则,众僧威仪,触事可观。乃追叹秦土边地,僧律残缺,誓言"自今日以至得佛,永愿不生边地"。故遂停不归。法显本心欲令戒律通汉地,因是独还。遂顺恒河至海口,乘商船到师子国。

法显停住此国二年,更求得《弥沙塞律》、《长阿含》、《杂阿含》及

《杂藏》，均为汉土尚未有者。乃附商舶东归，值大暴风，船破水入，漂流十三昼夜，至一岛。治舶漏处又前行。又在难危中九十日，达耶婆提国（即 Yavadhipa 地应在今日苏门达拉岛上）。后随他商舶趣广州。行程中又遇大风。舟任风随流，粮水均将尽。忽至岸，见藜藿依然，知是汉地。遇二猎人，询知为青州长广郡界，牢山南岸，时为七月十四日也。太守李嶷（按《南齐书》李安民之祖名嶷，恐即此人）将人迎接，归至郡治。其后显似即至彭城（《水经注·泗水篇》谓显东还时经此，并立寺。郦道元生长于东土。而元法僧以彭城反叛，道元率兵讨之。其时距法显未过百年。《水经注》所言当可信），并在此度岁〔《记》谓刘法青州请法显一冬一夏。据足立喜六考证《法显传》法字乃沇字之讹，即是兖字。刘兖青州指刘道怜。按道怜原镇彭城，义熙八年九月后，乃刺兖、青州，移镇京口。如足立氏之言不误，则显系于道怜未去京口之前，受请至彭城。但义熙八年青州刺史命檀祇。（祇似亦信佛，见《僧传·史宗传》）道怜似不得为兖青州。《祐录·法显传》云：“刺史请留过冬，显不允，即南下。”所言亦与《记》不同〕。明年夏坐讫，虽欲西返长安（此据《记》），但因南下势便（其时彭城属晋），故径造建业，凡所历三十余国〔《记》云“凡所游历减三十国”，想系自沙河以西算起。但据《记》自乾归国起至耶婆提止，凡三十二国。按《祐录》云，“凡所经历，三十余国。至北天竺，于未至王舍城，暮停于一寺，明旦诣耆阇崛窟”云云。此盖谓显之行程共经三十余国。而其在北（疑系“中”字）天竺，于未至王舍城时，天已暮，乃停一寺中也。《僧传》于此处改写为“凡经历三十余国，将至天竺，未至王舍城有一寺，逼暮过之”云云，甚失《祐录》原意。查《僧传·法显传》全抄《祐录》之文，而间加以改窜，但其改窜之处往往甚误。（一）改“至北天竺”为“将至天竺”如上所述。（二）《祐录》于述显在耆阇崛窟山迦叶事后云：“又至迦施国”，此“又”字不必含有时间在后之意，而《僧传》改为“进”字。实则据《记》，显先至迦施国，后乃至耆阇崛窟。（三）《祐录》据《佛国记》叙行至耶婆提事文甚明,《僧传》修改之,其文甚误。(四)《僧传》谓青州刺史留法显过冬,《祐录》并无青州二字。《僧传》加此二字,不知何所据。(五)《祐录》谓法显所见风俗"别有传记"。而《僧传》改曰:"其游履诸国,别有大传焉。"后人因据此"大传"二字,而猜度法显之游记名为《法显大传》,实则慧皎随意抄改,未必精审而字字可据也〕。自其发长安,六年而到中国(即中印度),停六年还,三年而达青州(此据《记》)。前后共十五年,应为义熙八年也(公元412年)。显归到京,当在次年秋间也(《祐录》三《弥沙塞律记》所述颇不同,不可信)。盖自大教东流,未有忘身求法如显之比也(《记》尾原跋中语)。法显叙其游历始末,成《佛国记》,述行程闻见颇详。今依此《记》(间参以《祐录》)仅就其西游之目的、同行之人物以及道途之艰辛,撮其要,具陈如上。

智严、宝云、法领、智猛、法勇

曾与法显一度偕行之智严,乃西凉州人,志欲博访名师,广求经典。同时凉州僧宝云亦誓欲躬睹灵迹,广寻经典。与慧简、僧绍、僧景等三人,同志西行。法显与其同行四人,约于隆安四年(公元400年)遇之于张掖(《名僧传抄》谓宝云隆安元年西游。《祐录》、《僧传》均作隆安之初。证之以《佛国记》,恐未必然),偕行至敦煌。智严、宝云等留住后行,然于乌夷国仍追及显等。智严与慧简、慧嵬返向高昌,求行资。宝云与法显等前行,经于阗,度葱岭,终至弗楼沙国。于此宝云供养佛钵,未及向那竭国瞻礼佛影(《祐录·传》谓云曾礼佛影,疑不实),遂与慧达、僧景还秦土(约公元402年)。而是时智严又已西进,终抵罽宾。其在途遇宝云否,不可知。然观其后二人同在长安,则或偕游罽宾、于阗等处。而《僧传》谓云遍学方言,或留西域甚久,其离弗楼沙国,并未即归也。智严于罽宾从佛大先比丘受禅法三年(约在公元401至403年),并请佛陀跋多罗相偕东归〔至长安当在元兴三年(公元 404 年)之后。按慧达《肇论疏》卷上云:"秦国沙门智严、慧睿至厨宾,要请苦至,贤愍而许之,跋涉终至长安。"据此则慧睿与智严系同时至西域者。但《僧传·睿传》则谓睿先西游,中还庐山,后乃入关,与慧达所传不同〕。其时智猛于弘始六年(公元 404 年)与同志十余人自长安西行。又其时晋国沙门支法领已在于阗遇佛陀耶舍(《佛祖统记》作佛陀跋多罗,误),并广集诸经。或于戊申之岁(公元 408 年)达于长安(此据《四分律序》,但不知确否)。支法领乃慧远弟子(此据《僧传·慧远传》)。先是慧远因禅律犹阙,令弟子法领、法净等(《祐录》只有法净,此据《僧传》)求之。领以壬辰之年(公元 392 年)西去(此依《四分律序》),经十七年始归,其西去早于法显八年也。其到长安,当在智严、宝云及佛陀跋多罗到达后不久也。此后智严、宝云随佛陀跋多罗(公元 410 或 411 年)南下。支法领所携来之经在长安、江南均有译出。而领之弟子慧辩,能在长安助译《四分律》(《四分律序》),则或亦曾随师西去也。诸师惟智严重游西竺。盖严未出家时,尝受五戒,有所亏犯。后入道受具足,常疑不得戒,每以为惧。积年禅观,而不能自了。遂更泛海重到天竺,咨诸明达。值罗汉比丘,具以事问罗汉,罗汉不敢判决。乃为严入定往兜率宫咨弥勒。弥勒答云:得戒。严大喜。于是步归至厨宾,无疾而化,时年七十八。烧身时备有瑞征。其弟子智羽、智远(《名僧传抄》"远"作"达",并谓二人与严同行入竺)归报后,俱还外国。

　　释智猛,京兆新丰人。每闻外国道人说天竺佛迹及《方等》众经,常慨然有感,矢志遐外。以弘始六年(公元 404 年)甲辰之岁(《祐录》作戊辰,误,此从《僧传》),招结同志十有五人,发于长安。于道同行,或死或归,至天竺者仅五人。在巴连弗邑得《大泥洹》、《僧祇律》,及余经梵本。以甲子岁还。同行三伴,又复于路无常,唯猛与昙纂俱还,行程盖占二十四年以上也。猛以元嘉十四年(公元 437 年)入蜀,元嘉末卒于成都。又有法勇者,胡音名昙无竭,姓李,幽州黄龙人。尝闻法显等躬践佛国,慨然有忘身之誓。以宋永初元年(公元420年)招集同志僧猛等二十五人同去。陆路至中天竺,历经危难,只余五人。勇后于南天竺泛舶达广州。于罽宾求得《观世音受记经》梵本,归后译之。

计自法显、法领至于法勇,西行者无虑数十人。度雪岭,攀悬崖,历万苦而求法,其生还者固有,而含恨以没,未申所志,事迹不彰,或至姓名失传,不知几人。先民志节之伟大,盖可以风矣。

南北朝之西行者

宋之中叶,以及齐梁,西行者较罕。有释法献者,姓徐,凉州西海郡延水人。先随舅至梁州。仍出家。宋元嘉十六年(公元439年)到建业。在其年十三已发誓西行。至元徽三年(公元475年)五月西去,经巴蜀道出河南。五年(指元徽五年,是年七月改元昇明)到芮芮国。进至于阗。欲度葱岭,值栈道断绝,本誓欲往取《迦叶维律》,以路断不果。在于阗得获乌缠国佛牙一枚,舍利十五粒,龟兹国金锤鍱像,并《观世音灭罪咒》及《调达品》。后复经芮芮而归。佛牙既至建业,献密自礼事十有五载,仅灵根寺律师法颖知之,余无知者。至齐永明七年(公元489年)文宣感梦,方传道俗(按自元徽三年至永明七年,共十五年,则谓其礼佛牙十五载,殊不合)。献与长干寺玄畅并为僧主,齐梁之世为皇帝所重云(上节引《高僧传》本传,《祐录》三《迦叶维律记》,及《法苑珠林》十二之《佛牙感应记》。按《珠林》所载,称献为先师。僧祐乃献弟子,此记乃祐之手笔。《祐录》十二《沙婆多部记目录》第四卷,有《献律师传》。又《法苑杂录原始集目录》卷八,有《定林献正于龟兹造金锤鍱像记》。卷第九有《佛牙并文宣王造七宝台金藏记》,均记此一事。其末项之《佛牙并造藏记》,当即《珠林》所载者也)。

按献之西游,乃因先闻智猛西游,备睹灵异,故誓欲忘身,往观圣迹。又因五部律中土只缺《迦叶维律》，乃欲往天竺求之，其动机与法显并同。则献之西游，乃晋宋间西行运动之余波也。及梁武帝大同中，敕直省张氾等送扶南献使返国，仍请名德三藏大乘诸论杂华经等（《续僧传·真谛传》）。《南史·扶南传》云，大同五年武帝曾遣僧昙宝随扶南使返其国迎佛发，不知为一事否（据《梁书》《南史》大同元年扶南亦有使至）。但其行程只至南海。又《祐录》十二《法苑杂录原始集目录》卷十四，有梁武帝《遣诸僧诣外国寻禅经记》，但其结果如何不详。

其在北朝，游方僧人之知名者亦不多。北魏僧道荣（荣亦作乐）曾出葱岭至西域。其后不久，神龟元年（公元518年）十一月冬胡太后遣崇立寺比丘惠生向西域取经，有敦煌人宋云偕行，经流沙西出，至于阗，经葱岭，入天竺。于神龟二年十二月入乌场国（《伽蓝记》谓惠生等住乌场国二年，并载其国王奉佛事甚详。此王当即《续僧传·那连提黎耶舍传》中之乌场国主）。此后惠生、宋云在印土广礼佛迹。惠生初发洛阳之日，皇太后敕付五色百尺幡千口，锦香囊五百杖，王公卿士幡二千口，惠生自至于阗悉以施佛。至正光二年（公元521年）二月始还，取得大乘经典百七十部（上见《伽蓝记》）。至北齐时有宝暹、道邃往西域，至隋世始携梵本二百六十部以归（详见《续僧传·阇那崛多传》）。自是以后，由玄装以至悟空，西行者接踵，比晋宋之间为尤盛也。

（汤用彤：《汉魏两晋南北朝佛教史》，中华书局，1983年版）

四、求法僧一览表（王邦维）①

姓名	籍贯	出发时间	路线及其他
1. 玄烈	太州仙掌	贞观十五年以后（第一次） 麟德二年或乾封元年（第二次）	陆路去。背金府，出流沙，践铁门，登雪岭，漱香池，陟葱阜，途经速利，过睹货罗，远跨胡疆，到土蕃国。蒙文成公主送往北天，渐向阇兰陀国。住此，经于四载。到中印度。麟德元年取道泥波罗、土蕃返，麟德二年正月抵洛阳。 陆路去，至北印度，复向西印度，过信度国，到罗荼国，安居四载。转历南天，旋之大觉寺、那烂陀等地，与义净相见。因陆路阻隔，遂停留于印度。在中印度庵摩罗跛国遘疾而卒。
2. 道希	齐州历城	永徽末或显庆年间	陆路去。经土蕃到印度。在庵摩罗跛遇疾而终。
3. 师鞭	齐州	麟德二年或乾封元年	陆路去。随玄照从北天到西印度。在庵摩罗割波城卒。
4. 阿离耶跋摩	新罗	贞观年中	去路不详，似从陆路去。卒于那烂陀。
5. 慧业	新罗	贞观年中	去路不详，似从陆路去。卒于那烂陀。
6. 玄太	新罗	永徽年中	陆路去。经土蕃、泥波罗，到中印度。旋踵东土，行至土峪浑，逢道希，复相引致，还向大觉寺。后归唐国。

---

① 王邦维《求法僧一览表》出自其《大唐西域求法高僧传校注》书末附录一，该表依据义净著类传加以梳理，侧重求法路线，亦有纲举目张之效。今依原文誊录，可与梁氏《西行求法古德表》后段相互参看。

姓名	籍贯	出发时间	路线及其他
7. 玄恪	新罗	贞观十五年以后	陆路去。随玄照到印度(指玄照第一次赴印事)。至大觉寺,遇疾而亡。
8. 新罗僧	新罗	不详	海陆去。至室利佛逝西婆鲁师国,遇疾而亡。
9. 新罗僧	同上	同上	同上
10. 佛陀达摩	睹货速利国	不详	去路不详。在那烂陀与义净相见,后乃转向北印度。
11. 道方	并州	不详	陆路去。经泥波罗到印度,数年后还向泥波罗,于今现在。
12. 道生	并州	贞观末年	陆路,经土蕃到中印度。归,行至泥波罗,遇疾而亡。
13. 常慜	并州	不详	海路去。经诃陵到末罗瑜,复从此国欲往中印度,舶沉而亡。
14. 常慜弟子	不详	同上	海路去。同上。
15. 末底僧诃	京师	麟德二年或乾封元年	陆路去。与师鞭、玄照等同。入北印度,到中印度。思还故里,于泥波罗遇患身亡。
16. 玄会	京师	不详	陆路去。从北印度入羯湿弥罗。后乃南游,至大觉寺。陆路返,到泥波罗而卒。
17. 质多跋摩	不详	不详,或在显庆三年	陆路去。与北道使人相逐至缚喝罗。取北路而归,莫知所至。
18. 19. 土蕃公主娎母之息二人	不详	不详	在泥波罗国。初并出家,后一归俗。
20. 隆法师	不详	贞观年内	陆路去。从北道出到北印度,到健陀罗国,遇疾而亡。

续表

姓名	籍贯	出发时间	路线及其他
21. 明远	益州清城	约在麟德年间	海路去。经交阯、诃陵、师子洲,到南印度,后无消息。
22. 义朗	益州成都	不详	海路去。经扶南、郎迦戍,到师子洲,后无消息。
23. 智岸	益州	同上	同上。在郎迦戍国遇疾而亡。
24. 义玄	益州成都	同上	同上。义朗弟。后无消息。
25. 会宁	益州成都	麟德年中	海路去。到诃陵洲,停住三载,共诃陵国僧智贤译经。往印度,后无踪绪。
26. 运期	交州	麟德年中	海路至诃陵,奉会宁命赍经还至交府,驰驿京兆。旋回南海,十有余年。后归俗,住室利佛逝国,于今现在。
27. 木叉提婆	交州	不详	从海路到印度,卒于此。
28. 窥冲	交州	约在麟德年间	海路去。与明远同舶到师子洲。向西印度,见玄照,共诣中印度,卒于王舍城。
29. 慧琰	交州	不详	海路去。随智行到僧诃罗,遂停彼国,莫辨存亡。
30. 信胄	交州	不详	陆路去。取北道到印度,卒于信者寺。
31. 智行	爱州	不详	海路去。到僧诃罗。至中印度,卒于信者寺。
32. 大乘灯	爱州	约在显庆年间	海路去。到师子国,过南印度,复届东印度,往耽摩立底,淹停斯国十二年。与义净共诣中印度。卒于俱尸城。
33. 僧伽跋摩	康国	在显庆年内	陆路去。奉敕与使人相随至印度。后还唐国,归路不详。又奉敕往交阯,卒于此。
34. 彼岸	高昌	不详	海路去。偕智岸随汉使泛舶海中,遇疾而亡。
35. 智岸	同上	同上	同上。

续表

姓名	籍贯	出发时间	路线及其他
36. 昙闰	洛阳	麟德年中	海路去。附舶至诃陵北渤盆国而卒。
37. 义辉	洛阳	不详	海陆去。到郎迦戍国而亡。
38. 39. 40. 唐僧三人	不详	不详	陆路去。从北道到乌长那国,存亡不详。乌长僧至,传说如此。
41. 慧轮	新罗	麟德二年或乾封元年	陆路去。奉敕随玄照到北印度,复到中印度。义净来日尚存。
42. 道琳	荆州江陵	不详	海路去。越铜柱而届郎迦,历诃陵而经裸国。到东印度耽摩立底国,住经三载。后观化中印度,游南印度,复向西印度罗荼国。转向北印度,到羯湿弥罗、乌长那,次往迦毕试。与智弘相随,拟归国,闻为途贼斯拥,还乃复向北印度。
43. 昙光	荆州江陵	不详	海路去。至诃利鸡罗国,后不委何之。
44. 唐僧一人	不详	不详	去路不详,似为海路。在诃罗鸡罗国,卒于此。
45. 慧命	荆州江陵	不详	海路去。泛舶行至占波,屡遭艰难,遂返棹归唐。
46. 玄逵	润州江宁	咸亨二年	偕义净欲取海路赴印,至广州而染风疾,不果行。
义净	齐州山庄	咸亨二年十一月	海路去。经室利佛逝、末罗瑜、羯荼、裸人国,到耽摩立底。复到那烂陀,并周游诸圣迹。在那烂陀留学十年。垂拱元年东归。返程与去时相同。证圣元年抵洛阳。
47. 善行	晋州	同上	随义净取海路到室利佛逝,染疾而归国。
48. 灵运	襄阳	不详	海路去。与僧哲同游。曾到师子国、那烂陀等地。后返国,应是取海路而归。

姓名	籍贯	出发时间	路线及其他
49. 僧哲	澧州	咸亨二年以后数年	海路去。巡礼略周,归东印度,到三摩呾吒国。承闻尚在。
50. 玄游	高丽	不详	海路去。为僧哲弟子,随僧哲到师子国,因住于彼。
51. 智弘	洛阳	不详	海路去。偕无行于合浦升舶,风便不通,漂居匕景。复向交州,住经一夏。至冬末复往海滨神湾附舶,到室利佛逝。自余经历与无行同。在中印度近有八年。后向北印度羯湿弥罗,拟之乡国。闻与道琳为伴,不知今在何所。
52. 无行	荆州江陵	不详	海路去。与智弘为伴,泛舶一月到室利佛逝。后乘王舶,经十五日到末罗瑜洲,又十五日到羯茶国。至冬末转舶西行,经三十日到那伽钵亶那。从此泛海二日到师子洲。从此复东北泛舶一月到诃利鸡罗国。停住一年,便之大觉寺等地。拟取北印度归乎故里。卒于北印度。
53. 法振	荆州	不详	海路去。偕乘悟、乘如经匕景、诃陵,至羯茶。于此遇疾而殒。乘悟、乘如遂附舶东归。
54. 乘悟	同上	不详	同上。未至印度而返,卒于瞻波。
55. 乘如	梁州	不详	同上。未至印度而返。
56. 大津	澧州	永淳二年	海路去。与唐使相逐到室利佛逝。于此见义净,被遣归唐。以天授二年五月十五日附舶而向长安。

重归南海传：

姓名	籍　贯	出发时间	路线及其他
1.贞固	郑州荣泽	永昌元年十一月一日	自广州附舶至室利佛逝，襄助义净译经。长寿三年夏随义净返广州。未经三载而亡。
2.怀业	祖父本是北人	同上	同上。未返广州，留居佛逝。
3.道宏	汴州雍丘	同上	与贞固同，返国后独在岭南。
4.法朗	襄州襄阳	同上	同上。未返广州。往诃陵国，在彼经夏，遇疾而卒。

（〔唐〕义净著，王邦维校注：《大唐西域求法高僧传校注》，

中华书局，1988 年版）

附录二　晋唐佛教行记文献

汉地僧人西行求法巡礼之举,导致晋唐佛教行记应运而生。然而,除《佛国记》《大唐西域记》、《大慈恩寺三藏法师传》(前五卷)等极少数著作外,晋唐佛教行记原帙大多亡佚不存,实际表现为转写、融汇、辑佚、节录、残卷等文本形态。转写诸作,以僧祐《出三藏记集》、宝唱《名僧传》、慧皎《高僧传》、道宣《续高僧传》、智昇《开元释教录》等僧传和经录附传为最。融汇之作,亦即杨衒之《洛阳伽蓝记》卷五。辑佚诸作,以陈运溶《古海国遗书钞》、岑仲勉《晋宋间外国地理佚书辑略》、李德辉《晋唐两宋行记辑校》等为代表。节录和残卷,则以《大正藏》与敦煌宝藏所见慧超《往五天竺国传》、非浊《三宝感应要略录》、魏源《北魏僧惠生使西域记》以及《游方记抄》《圣地游记述》等为主。如此种种,为本书研究提供了文本基础。今除转写诸作与中华书局"中外交通史籍丛刊"已有整理著作之外,特汇辑前贤辑录晋唐佛教行记文献于此,亦为后来研究者提供方便。

一、洛阳伽蓝记(杨衒之)

北魏杨衒之撰《洛阳伽蓝记》卷五记载宋云、慧生以及道荣出使西域之事,实即融汇《慧生行传》《宋云家记》以及《道荣传》三种行记而成,其内容应以《慧生行传》为主体,《宋云行记》为辅助,《道荣传》为补证,本书上编已有详细论证。杨氏《伽蓝记》今有范祥雍《校注》

（上海古籍出版社 1958）、杨勇《校笺》（中华书局 2006）、周祖谟《校释》（中华书局 2010）等多种整理本，其中不论是解析行文结构，还是引证其他文献资料，均以周氏《校释》颇具特色。兹删除周著详注，誊录文本于此。又附魏源《海国图志》卷二十九所见《北魏僧惠生使西域记》，并补充标点。

〇闻义里有燉煌人宋云宅，云与惠生俱使西域也。

神龟元年十一月冬，太后遣崇立寺比丘惠生向西域取经，凡得一百七十部，皆是大乘妙典。

初发京师，西行四十日，至赤岭，即国之西疆也。皇魏关防，正在于此。

赤岭者，不生草木，因以为名。其山有鸟鼠同穴。异种共类，鸟雄鼠雌，共为阴阳，即所谓鸟鼠同穴。

发赤岭，西行二十三日，渡流沙，至吐谷浑国。路中甚寒，多饶风雪，飞沙走砾，举目皆满，唯吐谷浑城左右暖于余处。其国有文字，况同魏。风俗政治，多为夷法。

从吐谷浑西行三千五百里，至鄯善城。其城自立王，为吐谷浑所吞。今城是吐谷浑第二息宁西将军，总部落三千，以御西胡。

从鄯善西行一千六百四十里，至左末城。城中居民可有百家，土地无雨，决水种麦，不知用牛，耒耜而田。城中图佛与菩萨，乃无胡貌，访古老云，是吕光伐胡时所作。从左末城西行一千二百七十五里，至末城。城傍花果似洛阳，唯土屋平头为异也。

从末城西行二十二里，至捍麽城。〔城〕南十五里有一大寺，三百余僧众。有金像一躯，举高丈六，仪容超绝，相好炳然，面恒东立，不肯西顾。父老传云：此像本从南方腾空而来，于阗国王亲见礼拜，载像归，中路夜宿，忽然不见，遣人寻之，还来本处。王即起塔，封四百户以供洒扫。户人有患，以金箔贴像所患处，即得阴愈。后人于此像边造丈六像及诸像塔,乃至数千,悬彩幡盖,亦有万计。魏国之幡过半矣。幡上隶书,多云太和十九年、景明二年、延昌二年。唯有一幡,观其年号是姚兴时幡。

从捍麼城西行八百七十八里,至于阗国。王头着金冠,似鸡帻,头后垂二尺生绢,广五寸,以为饰。威仪有鼓角金钲,弓箭一具,戟二枝,矟五张。左右带刀,不过百人。其俗妇人袴衫束带,乘马驰走,与丈夫无异。死者以火焚烧,收骨葬之,上起浮图。居丧者,剪发劈面,以为哀戚。发长四寸,即就平常。唯王死不烧,置之棺中,远葬于野,立庙祭祀,以时思之。

于阗王不信佛法。有商胡将一比丘名毗卢旃在城南杏树下,向王伏罪云:“今辄将异国沙门来在城南杏树下。”王闻忽怒,即往看毗卢旃。旃语王曰:“如来遣我来,令王造覆盆浮图一所,使王祚永隆。”王言:“令我见佛,当即从命。”毗卢旃鸣钟告佛,即遣罗睺罗变形为佛,从空而现真容。王五体投地,即于杏树下置立寺舍,画作罗睺罗像。忽然自灭,于阗王更作精舍笼之。令覆瓮之影,恒出屋外,见之者无不回向。其中有辟支佛靴,于今不烂,非皮非彩,莫能审之。

案于阗国境,东西不过三千余里。

神龟二年七月二十九日入朱驹波国。人民山居,五谷甚丰,食则面麦,不立屠煞。食肉者,以自死肉。风俗言音与于阗相似,文字与婆罗门同。其国疆界可五日行遍。八月初入汉盘陀国界。西行六日,登葱岭山。复西行三日,至钵盂城。三日至不可依山。其处甚寒,冬夏积雪。山中有池,毒龙居之。昔有三百商人止宿池侧,值龙忿怒,泛杀商人。盘陀王闻之,舍位与子,向乌场国学婆罗门咒,四年之中,尽得其术。还复王位,就池咒龙。龙变为人,悔过向王。王即徙之葱岭山,去此池二千余里。今日国王十三世祖〔也〕。

自此以西,山路欹侧,长坂千里,悬崖万仞,极天之阻,实在于斯。太行孟门,匹兹非险,崤关陇坂,方此则夷。自发葱岭,步步渐高,如此四日,乃得至岭。依约中下,实半天矣。汉盘陀国正在山顶。自葱岭已西,水皆西流,世人云是天地之中。人民决水以种,闻中国田待雨而种,笑曰:"天何由可共期也?"城东有孟津河,东北流向沙勒。葱岭高峻,不生草木。是时八月,天气已冷,北风驱雁,飞雪千里。

九月中旬入钵和国。高山深谷,险道如常。国王所住,因山为城。人民服饰,惟有毡衣。地土甚寒,窟穴而居。风雪劲切,人畜相依。国之南界有大雪山,朝融夕结,望若玉峰。

十月之初,至嚈哒国。土田庶衍,山泽弥望,居无城郭,游军而治。以毡为屋,随逐水草,夏则迁凉,冬则就温。乡土不识文字,礼教俱阙。阴阳运转,莫知其度,年无盈闰,月无大小,周十二月为一岁。受诸国贡献,南至牒罗,北尽敕勒,东被于阗,西及波斯,四十余国皆来朝贡。王居大毡帐,方四十步,周回以氍毹为壁。王着锦衣,坐金床,以四金凤凰为床脚。见大魏使人,再拜跪受诏书。至于设会,一人唱,则客前;后唱,则罢会。唯有此法,不见音乐。

嚈哒国王妃亦着锦衣,长八尺奇,垂地三尺,使人擎之,头带一角,长三尺,以玫瑰五色珠装饰其上。王妃出则舆之,入坐金床,以六牙白象四狮子为床,自余大臣妻皆随伞,头亦似有角。团圆下垂,状似宝盖。

观其贵贱,亦有服章。四夷之中,最为强大。不信佛法,多事外神。杀生血食,器用七宝。诸国奉献,甚饶珍异。

按嚈哒国去京师二万余里。

十一月初入波知国。境土甚狭,七日行过,人民山居,资业穷煎,风俗凶慢,见王无礼。国王出入,从者数人。其国有水,昔日甚浅,后山崩截流,变为二池。毒龙居之,多有灾异。夏喜暴雨,冬则积雪,行人由之,多致艰难。雪有白光,照耀人眼,令人闭目,茫然无见。祭祀龙王,然后平复。

十一月中旬入赊弥国。此国渐出葱岭,土田峣峗,民多贫困。峻路危道,人马仅通。一直一道,从钵卢勒国向乌场国,铁锁为桥,悬虚而度,下不见底,旁无挽捉,倏忽之间,投躯万仞,是以行者望风谢路耳。

十二月初入乌场国。北接葱岭,南连天竺,土气和暖,地方数千里,民物殷阜,匹临淄之神州,原田膴膴,等咸阳之上土。鞞罗施儿之所,萨埵投身之地,旧俗虽远,土风犹存。国王精进,菜食长斋,晨夜礼佛,击鼓吹贝,琵琶箜篌,笙箫备有。日中已后,始治国事。假有死罪,不立杀刑,唯徙空山,任其饮啄。事涉疑似,以药服之,清浊则验。随事轻重,当时即决。土地肥美,人物丰饶。五谷尽登,百果繁熟。夜闻钟声,遍满世界。土饶异花,冬夏相接,道俗采之,上佛供养。

国王见宋云云大魏使来,膜拜受诏书。闻太后崇奉佛法,即面东合掌,遥心顶礼。遣解魏语人问宋云曰:"卿是日出人也?"宋云答曰:"我国东界有大海水,日出其中,实如来旨。"王又问曰:"彼国出圣人否?"宋云具说周孔庄老之德,次序蓬莱山上银阙金堂,神仙圣人并在其上,说管辂善卜,华陀治病,左慈方术,如此之事,分别说之。王曰:"若如卿言,即是佛国。我当命终,愿生彼国。"

宋云于是与惠生出城外,寻如来教迹。水东有佛晒衣处。初如来在乌场国行化,龙王瞋怒,兴大风雨,佛僧迦梨表里通湿。雨止,佛在石下东面而坐,晒袈裟。年岁虽久,彪炳若新。非直条缝明见,至于细缕亦彰。乍往观之,如似未彻,假令刮削,其文转明。佛坐处及晒衣所,并有塔记。

水西有池,龙王居之,池边有一寺,五十余僧。龙王每作神变,国王祈请,以金玉珍宝投之池中,在后涌出,令僧取之。此寺衣食,待龙而济,世人名曰龙王寺。

王城北八十里,有如来履石之迹,起塔笼之。履石之处,若践水泥,量之不定,或长或短。今立寺,可七十余僧。塔南二十步,有泉石。佛本清净,嚼杨枝,植地即生,今成大树,胡名曰婆楼。

　　城北有陀罗寺，佛事最多。浮图高大，僧房逼侧，周匝金像六千躯。王年常大会，皆在此寺。国内沙门，咸来云集。宋云惠生见彼比丘戒行精苦，观其风范，特加恭敬。遂舍奴婢二人，以供洒扫。

　　去王城东南，山行八日，〔至〕如来苦行投身饲饿虎之处。高山笼炗，危岫入云。嘉木灵芝，丛生其上。林泉婉丽，花彩曜目。宋云与惠生割舍行资，于山顶造浮图一所，刻石隶书，铭魏功德。山有收骨寺，三百余僧。

　　王城南一百余里，有如来昔在摩休国剥皮为纸，折骨为笔处。阿育王起塔笼之，举高十丈。折骨之处，髓流着石，观其脂色，肥腻若新。

　　王城西南五百里，有善持山，甘泉美果，见于经记。山谷和暖，草木冬青。当时太簇御辰，温炽已扇，鸟鸣春树，蝶舞花丛，宋云远在绝域，因瞩此芳景，归怀之思，独轸中肠，遂动旧疹，缠绵经月，得婆罗门咒，然后平善。

　　山顶东南，有太子石室，一口两房。太子室前十步，有大方石。云太子常坐其上，阿育王起塔记之。塔南一里，〔有〕太子草庵处。去塔一里，东北下山五十步，有太子男女绕树不去，婆罗门以杖鞭之流血洒地处，其树犹存。洒血之地，今为泉水。室西三里，天帝释化为师子，当路蹲坐遮嫚妷之处。石上毛尾爪迹，今悉炳然。阿周陀窟及闪子供养盲父母处，皆有塔记。

　　山中有昔五百罗汉床，南北两行相向坐处，其次第相对。有大寺，僧徒二百人。太子所食泉水北有寺，恒以驴数头运粮上山，无人驱逐，自然往还。寅发午至，每及中餐。此是护塔神湿婆仙使之然。

　　此寺昔日有沙弥，常除灰，因入神定。维那挽之，不觉皮连骨离，湿婆仙代沙弥除灰处，国王与湿婆仙立庙，图其形像，以金傅之。

　　隔山岭有婆奸寺，夜叉所造。僧徒八十人。云罗汉夜叉常来供养，洒扫取薪，凡俗比丘，不得在寺。大魏沙门道荣至此礼拜而去，不敢留停。

至正光元年四月中旬，入乾陀罗国。土地亦与乌场国相似，本名业波罗国，为嚈哒所灭，遂立敕勤为王。治国以来，已经二世。立性凶暴，多行杀戮，不信佛法，好祀鬼神。国中人民，悉是婆罗门种，崇奉佛教，好读经典，忽得此王，深非情愿。自恃勇力，与罽宾争境，连兵战斗，已历三年。王有斗象七百头，一负十人，手持刀楂，象鼻缚刀，与敌相击。王常停境上，终日不归，师老民劳，百姓嗟怨。

宋云诣军，通诏书，王凶慢无礼，坐受诏书。宋云见其远夷不可制，任其倨傲，莫能责之。王遣传事谓宋云曰："卿涉诸国，经过险路，得无劳苦也？"宋云答曰："我皇帝深味大乘，远求经典，道路虽险，未敢言疲。大王亲总三军，远临边境，寒暑骤移，不无顿弊？"王答曰："不能降服小国，愧卿此问。"宋云初谓王是夷人，不可以礼责，任其坐受诏书，及亲往复，乃有人情，遂责之曰："山有高下，水有大小，人处世间，亦有尊卑，嚈哒、乌场王并拜受诏书，大王何独不拜？"王答曰："我见魏主则拜，得书坐读，有何可怪？世人得父母书，犹自坐读，大魏如我父母，我亦坐读书，于理无失。"云无以屈之。遂将云至一寺，供给甚薄。时跋提国送狮子儿两头与乾陀罗王，云等见之，观其意气雄猛，中国所画，莫参其仪。

于是西行五日，至如来舍头施人处。亦有塔寺，二十余僧。复西行三日，至辛头大河。河西岸上，有如来作摩竭大鱼，从河而出，十二年中以肉济人处。起塔为记，石上犹有鱼鳞纹。

复西行三日，至佛沙伏城。川原沃壤，城郭端直，民户殷多，林泉茂盛。土饶珍宝，风俗淳善。其城内外，凡有古寺。名僧德众，道行高奇。城北一里有白象宫，寺内佛事，皆是石像，庄严极丽，头数甚多，通身金箔，眩耀人目。寺前〔有〕系白象树，此寺之兴，实由兹焉。花叶似枣，季冬始熟。父老传云，此树灭，佛法亦灭。寺内图太子夫妻以男女乞婆罗门像，胡人见之，莫不悲泣。

复西行一日，至如来挑眼施人处。亦有塔寺，寺石上有迦叶佛迹。

复西行一日，乘船渡一深水，三百余步，复西南行六十里，至乾陀罗城。东南七里，有雀离浮图。

道荣传云：城东四里。

推其本缘，乃是如来在世之时，与弟子游化此土，指城东曰："我入涅槃后二百年，有国王名迦尼色迦在此处起浮图。"佛入涅槃后二百年，果有国王字迦尼色迦出游城东，见四童子累牛粪为塔，可高三尺，俄然即失。

道荣传云：童子在虚空中向王说偈。

王怪此童子，即作塔笼之，粪塔渐高，挺出于外，去地四百尺，然后止。王更广塔基三百余步，

道荣传云：三百九十步。

从地构木，始得齐等。

道荣传云：其高三丈，悉用文石为阶砌栌栱，上构众木，凡十三级。

上有铁柱，高三百尺，金盘十三重，合去地七百尺。

道荣传云：铁柱八十八尺，八十围，金盘十五重，去地六十三丈二尺。

施功既讫，粪塔如初，在大塔南三百步。时有婆罗门不信是粪，以手探看，遂作一孔，年岁虽久，粪犹不烂，以香泥填孔，不可充满。今有天宫笼盖之。

雀离浮图自作以来，三经天火所烧，国王修之，还复如故。父老云：此浮图天火七烧，佛法当灭。

道荣传云：王修浮图，木工既讫，犹有铁柱，无有能上者。王于四角起大高楼，多置金银及诸宝物，王与夫人及诸王子悉在楼上烧香散花，至心请神，然后辘轳绞索，一举便到。故胡人皆云四天王助之，若

其不尔,实非人力所能举。

塔内佛事,悉是金玉,千变万化,难得而称,旭日始开,则金盘晃朗,微风渐发,则宝铎和鸣。西域浮图,最为第一。

此塔初成,用真珠为罗网覆于其上。于后数年,王乃思量,此珠网价直万金,我崩之后,恐人侵夺;复虑大塔破坏,无人修补。即解珠网,以铜镬盛之,在塔西北一百步掘地埋之。上种树,树名菩提,枝条四布,密叶蔽天。树下四面坐像,各高丈五,恒有四龙典掌此珠,若兴心欲取,则有祸变。刻石为铭,嘱语将来,若此塔坏,劳烦后贤出珠修治。

雀离浮图南五十步,有一石塔,其形正圆,高二丈,甚有神变,能与世人表吉凶。以指触之,若吉者,金铃鸣应;若凶者,假令人摇撼,亦不肯鸣。惠生既在远国,恐不吉反,遂礼神塔,乞求一验。于是以指触之,铃即鸣应。得此验,用慰私心,后果得吉反。惠生初发京师之日,皇太后敕付五色百尺幡千口,锦香袋五百枚,王公卿士幡二千口。惠生从于阗至乾陀罗,所有佛事处,悉皆流布,至此顿尽。惟留太后百尺幡一口,拟奉尸毗王塔。宋云以奴婢二人奉雀离浮图,永充洒扫。惠生遂减割行资,妙简良匠,以铜摹写《雀离浮图仪》一躯,及《释迦四塔变》。

于是西北行七日,渡一大水,至如来为尸毗王救鸽之处,亦起塔寺。昔尸毗王仓库为火所烧,其中粳米焦然,至今犹在,若服一粒,永无疟患。彼国人民须禁日取之。

道荣传云:至那迦罗阿国,有佛顶骨,方圆四寸,黄白色,下有孔,受人手指,闶然似仰蜂窠。至耆贺滥寺,有佛袈裟十三条,以尺量之,或短或长。复有佛锡杖,长丈七,以木筒盛之,金箔贴其上。此杖轻重不定,值有重时,百人不举,值有轻时,一人胜之。那竭城中有佛牙佛发,并作宝函盛之,朝夕供养。至瞿波罗窟,见佛影。入山窟,去十五步,西面向户遥望,则众相炳然;近看则瞑然不见。以手摩之,唯有石壁。渐渐却行，始见其相。容颜挺特，世所希有。窟前有方石，石上有佛迹。窟西南百步，有佛浣衣处。窟北一里，有目连窟。窟北有山，山下有六佛手作浮图，高十丈。云此浮图陷入地，佛法当灭。并为七塔，七塔南石铭，云如来手书，胡字分明，于今可识焉。

惠生在乌场国二年，西胡风俗，大同小异，不能具录。至正光二年二月始还天阙。

衒之按《惠生行记》事多不尽录，今依《道荣传》《宋云家记》，故并载之，以备缺文。

（［北魏］杨衒之撰，周祖谟校释：《洛阳伽蓝记校释》，
中华书局，2010年版）

另附：北魏僧惠生使西域记（魏源）

魏神龟元年，十一月冬，大后遣崇立寺比邱惠生与敦煌人宋云，向西域取经，凡得百七十部，皆是大乘妙典。初发京师，西行四十日，至赤岭，即国之西疆也。山无草木，有鸟鼠同穴。又西行二十三日，至吐谷浑国。又西行三千五百里，至鄯善城。又西行千六百四十里，至且末城。有吕光伐胡时所作佛菩萨像。又西行千三百七十五里，至末城。又西行二十二里，至捍麼城。有于阗国供佛之塔，其旁小塔数千，悬幡万计。又西行八百七十八里，至于阗国。有国王所造覆盆浮图一躯。有辟支佛靴，于今不烂。于阗境东西三千余里。神龟二年七月二十九日，入朱驹波国。人民山居，不立屠杀，食自死肉，风俗语言，与于阗同，文字与婆罗门同。其国疆界，可五日行遍。八月，入渴盘陀国界。西行六日，登葱岭山。复西行三日，至钵盂城。三日至毒龙池，为昔盘陀王以婆罗门咒咒之，龙徙葱岭，西去此地二千余里。自发葱岭，步步渐高，如此四日，乃得至岭，依约中下，实天半矣。渴盘陀国，正在山顶。自葱岭已西，水皆西流，入西海。世人云，是天地

之中。九月中旬，入钵和国。高山深谷，险道如常，因山为城，毡服窟居，人畜相依，风雪劲切，有大雪山，望若玉峰。十月初旬，入嚈哒国。居无城郭，随逐水草。不识文字，年无盈闰，用十二月为一岁。受诸国贡献。南至牒罗，北尽敕勒，东被于阗，西及波斯，四十余国，皆来朝贡，最为强大。王帐周四十步，器用七宝，不信佛法，杀生血食。见魏使，拜受诏书。去京师二万余里。十一月，入波斯国境。土甚狭，七日行过（按此在葱岭中，非《魏书》西海上之波斯，亦非佛经之波斯匿王国也），人居山谷，雪光耀日。十一月中旬，入赊弥国。渐出葱岭，硗角危峻，人马仅通，铁锁悬度，下不见底。十二月初，入乌场国。北接葱岭，南连天竺，土气和暖，原田膴膴，民物殷阜。国王菜食长斋，晨夜礼佛，日中已后，始治国事。钟声遍界，异花供养。闻魏使来，膜拜受诏。国中有如来晒衣履石之处，其余佛迹，所至炳然。每一佛迹，辄有寺塔覆之。比丘戒行精苦。至光元年四月中旬，入乾陀罗国。土地与乌场国相似，本名业波罗国，为嚈哒所灭，遂立敕勒为王。国中人民，悉是婆罗门种，崇佛经典。而国王好杀，不信佛法，与罽宾争境，连年战斗，师老民怨。坐受诏书，凶慢无礼，送使一寺，供给甚薄。西行三月，至新头大河。复西行十三日，至佛沙伏城。城郭端直，林泉茂盛，土饶珍宝，风俗淳善。名僧德众，道行高奇，石像庄严，通身金箔。有迦叶佛迹。复西行一日，乘舟渡一深水，三百余步。复西南行六十里，至乾陀罗城。有佛涅槃后二百年，国王迦尼色迦所造雀离浮图。凡十二重，去地七百尺，基广三百余步，悉用文石为陛，塔内佛事，千变万化，金盘晃朗，宝铎和鸣，西域浮图，最为第一。复西北行七日，渡一大水，至那迦罗诃国。有佛顶骨、牙、发、袈裟、锡杖，山窟中有佛影、佛迹，有七佛手作浮图，及佛手书梵字石塔铭。凡在乌场国二年，至正光二年还阙。

〔［清］魏源：《海国图志》，光绪二年（1876）平庆泾固道署重刊本〕

二、古海国遗书钞（陈运溶）

陈运溶辑撰《麓山精舍丛书》第二集释地类《古海国遗书钞》辑录有（吴）万震撰《南州异物志》一卷、（吴）朱应撰《扶南异物志》一卷、（吴）康泰撰《吴时外国传》一卷、《交州以南外国传》一卷、《外国图》一卷、《外国事》一卷、《西域诸国志》一卷、（晋）释道安撰《西域志》一卷、（吴）康泰撰《扶南土俗传》一卷、竺芝撰《扶南记》一卷、《扶南传》一卷、（唐）杜环撰《经行记》一卷十二种文献。其中属于晋唐佛教行记者，仅有《外国事》一卷，今亦誊录于此，并补充标点。

《外国事》一卷善化陈运溶芸畦辑刊

私诃条国

私诃条国在大海之中，地方二万里。有大山，山有石井，井中生千叶白莲花数种，井边青石上有四佛足迹，合有八迹。月六日斋，弥勒菩萨常与诸天神礼佛迹竟，便飞去。浮图讲堂皆七宝，国王长者常作金树银花、银树金花，以供养佛。（《类聚》卷七十六）

私诃调国王供养道人，日食银三两。（《御览》卷百八十二）

私诃调国有大富长者条三弥，与佛作金薄承尘，一佛作两重承尘。（《御览》卷七百一）

私诃调国全道辽山有毗呵罗寺，寺中有石罂，至有神灵。众僧饮食欲尽，寺奴辄向石罂作礼，于是食具。（《御览》卷九百三十二）

毗呵罗寺有神龙住米仓中。奴取米，龙辄却后，奴若长取米，龙不与。仓中米若尽，奴向龙拜，仓即盈溢。（《艺文类聚》卷九十九）

播黎曰国

播黎曰国者，昔是小国耳。今是外国之大都，流沙之外悉称臣

妾。(《御览》卷七百九十七)

舍卫国

舍卫国今无复王,尽属播黎曰国。王遣小儿治国,人不奉佛法。
(《御览》卷七百九十七)

罽宾国

罽密(密疑宾,讹)小国耳,在舍卫之西。国王民人悉奉佛。土地
寒,罗汉道人及沙门到冬月,日未中前少饮酒,过中后不复饮酒食果。
国属大秦。(同上)

迦维罗越国

迦维罗越国,今无复王也,国人亦属播黎曰,国人尚精进。昔太
子生时,有二龙,一吐水,一吐火,一冷一暖,今有二池,尚一冷一暖。
(同上)

迦维罗越国,今无复王也。城池荒秽,惟有空处。有优婆塞姓
释,可二十余家,是昔净王之苗裔,故为四姓,住在故城中,为优婆塞,
故尚精进,犹有古风。彼日浮图坏尽,条王弥更修治一浮图,私诃条
王送物助成,今有十二道人住其中。太子始生时,妙后所扳树,树名
须诃。阿育以青石作后扳生太子像。昔树无复有,后诸沙门取昔树
栽种之,展转相承,到今树枝如昔,尚荫石像。又太子见行七步足迹,
今日文理见存。阿育王以青石挟足迹两边,复以一长青石覆上,国人
今日恒以香花供养,尚见足七形,文理分明。今虽有石覆无异,或人
复以数重吉贝,重覆贴着石上,逾更明也。太子生时,以龙王夹太子
左右,吐水浴太子,见一龙吐水暖,一龙吐水冷,遂成二池,今尚一冷
一暖矣。太子未出家前十日,出往王田阎浮树下坐,树神以七宝奉太
子,太子不受,于是思惟欲出家也。王田去宫一据。据者,晋言十里

也。太子以三月十五日夜出家,四天王来迎,各捧马足,尔时诸神天人侧塞,空中散天香花,此时以至河南摩强水,即于此水边作沙门。河南摩强水在迦维罗越北,相去十由旬,此水在罗阅祇瓶沙国,相去三十由旬。菩萨于是暂过,瓶沙王出见菩萨,菩萨于瓶沙随楼那果园中住一日,日暮便去半达钵愁宿。半达,晋言白也,钵愁,晋言山也。白山北去瓶沙国十里。明旦便去,暮宿昙兰山,去白山六由旬,于是径诣贝多树。贝多树在阅祇北,去昙兰山二十里。太子年二十九出家,三十五得道。(《水经注·河水篇》一)。

那诃维国

那诃维国土丰乐,多民物,在迦维罗越南,相去三千里。(《御览》卷七百九十七)

鸠留佛姓迦叶,生那诃维国。(《类聚》卷七十六)

碓国

迦叶佛生碓国,今无复此国,故处在舍卫国西,相去三千里。(同上)

拘那舍国

拘那舍国,牟尼佛所生也,亦名拘那舍,在迦维罗越西,相去复三千里。(同上)

波罗奈国

弥勒佛当生波罗奈国,是《尼阿罗经》所说,在迦罗越南。(同上)

拘宋婆国

拘宋婆国今见过去佛四所住处四屋,迦叶佛住中教化四十年,释伽文佛住五年,二佛不说。(同上)

拘私那竭国

佛在拘私那竭国,佛欲入涅槃时,自然有宝床从地出,有八万四千国王争将佛归。神妙天人曰:"应就此亡。"那竭王乃作金棺,枬檀车送金。佛丧,积薪不烧自然。王将舍利,婆罗门分之,乃用金升量舍利,得八斛四斗,诸国各得少许,还国各立浮屠。(同上)

佛泥洹后,天人以新白缲裹佛,以香花供养满七日,盛以金棺,送出王宫。度一小水,水名醯兰那,去王宫可三里许,在宫北。以枬檀木为薪,天人各以火烧薪,薪了不燃。大迦叶从流沙还,不胜悲号,感动天地。从是之后,他薪不烧而自然也。王敛舍利,用金作斗,量得八斛四斗。诸国王天龙神王各得少许,赍还本国,以造佛寺。阿育王起浮屠于佛泥洹处,双树及塔今无复有也。此树名娑罗树,其树花名娑罗佉也,此花色白如霜雪,香无比也。(《水经注·河水篇》一)

维邪离国

维邪离国去王舍城五十由旬,城周围三由旬。维诘家在大城里宫之南,去宫七里许。屋宇坏尽,惟见处所尔。(同上)

摩竭提国

摩竭提国在迦维越之南,相去四十由旬。贝多树去摩竭提三十里,一名毗波梨,佛唯在此一树下坐,满六年。长者女以金钵盛牛乳糜上佛,佛得乳糜,往尼连禅河浴,浴竟,于水边噉糜竟,掷钵水中,逆流可百步许,然后钵复流河中。架梨那龙王接取钵,在宫中供养。(《类聚》卷七十二)

毗婆梨,佛在此一树下六年。长者女以金钵盛乳糜上佛,佛得乳糜,住足尼连禅河浴,浴竟,于河边噉糜竟,掷钵水中,逆流百步,钵没河。迦梨郊龙王接取,在宫供养,先三佛钵亦见。佛于河傍坐糜诃菩提树。摩诃菩提树去贝多二里,于此树下七日思惟道成,魔兵试佛。(《水经注·河水篇》一)

大月氏国

佛钵在大月氏国,一名佛律婆越国,是天子之都也。起浮图,浮图高四丈,七层,四壁里有金银佛像,像悉如人高。钵处中央,在第二层上,作金络络钵,炼悬钵,钵是石也,其色青。(《类聚》卷七十三)

维那国

维那国去舍卫国五十由旬,旬者,晋言四十里。维摩诘家在城内,基井尚存。(《类聚》卷七十六)

（[清]陈运溶辑撰:《麓山精舍丛书》,岳麓书社,2008 年版）

三、晋宋间外国地理佚书辑略（岑仲勉）

岑仲勉《晋宋间外国地理佚书辑略》一文原刊于《圣心》第二期(1933 年广州),后收入其著《中外史地考证》(中华书局 1962)。该文之辑录文献,先后包括晋支僧载《外国事》、晋释道安《西域志》、晋《佛图调传》、宋(?)竺法维《佛国记》、宋竺枝《扶南记》五种。其中涉及支僧载《外国事》、竺法维《佛国记》等六朝佛教行记两种。兹亦择以抄录。

晋支僧载《外国事》

1. 拘私那竭国（Kusinagara）

佛泥洹后，天人以新白缯裹佛，以香花供养，满七日，盛以金棺，送出王宫，渡一小水，水名醯兰那，去王宫可三里许，在宫北，以旃檀木为薪，天人各以火烧薪，薪了不然，大迦叶从流沙还，不胜悲号，感动天地，从是之后，他薪不烧而自然也。王敛舍利，用金作斗量，得八斛四斗，诸国王天龙神各得少许，赍还本国，以造佛寺。阿育王起浮屠于佛泥洹处，双树及塔，今无复有也，此树名娑罗树，其树花名娑罗佉也，此花色白如雪霜，香无比也（《水经注》卷一）。

佛在拘私那竭国般泥洹，欲泥洹时，自然有宝床从地出，有八万四千国王争将佛归，神妙天人曰，佛应就此土（《御览》作亡），那竭王乃作金棺椁（《御览》作栙，当是旃误）檀车送丧佛（《御览》作送金佛丧，金字衍），积薪不烧自然，王将舍利归宫，八万四千兴兵争舍利，婆罗门分之，用金升量舍利，得八斛四斗，诸国各得，还立浮屠（《艺文类聚》七六，《御览》七九七引大同小异，兹惟记其重要异点，后仿此）。

〔按《水经注》与《艺文类聚》同引一事，而文字迥异，必两书互有删略，故如此也，后仿此。〕

2. 维邪离国（Vaisali）

维邪离国，去王舍城五十由旬，城周员三由旬，维诘家在大城里宫之南，去宫七里许，屋宇坏尽，惟见处所耳（《水经注》卷一）。

维耶离（《类聚》作维那误）国，去舍卫国五十由旬（《御览》由旬误里），由旬者晋言四（《御览》作三）十里，维摩诘家在城内，基井尚存（《御览》无此四字），国人不复奉佛，悉事水火，余外道也（《类聚》七六及《御览》七九七，《类聚》无国人以下十四字）。

3. 播黎越国（Pâṭaliputra）

播黎曰（非日）国者，昔是小国耳。今是外国之大都，流沙之外，悉称臣妾（《御览》七九七）。

4. 迦维罗越国（Kapilavastu）

迦维罗越国，今无复王也，城池荒秽，惟有空处。有优婆塞姓释，可二十余家，是白净王之苗裔，故为四姓，住在故城中，为优婆塞，故尚精进，犹有古风。彼日浮屠坏尽，条三弥更修治一浮图，私诃条王送物助成，今有十二道人住其中。太子始生时妙后所攀树，树名须迦，阿育王以青石作后攀生太子象，昔树无复有，后诸沙门取昔树栽种之，展转相承，到今树枝如昔，尚荫石象。又太子见行七步足迹，今日文理见存，阿育王以青石挟足迹两边，复以一长青石覆上，国人今日恒以香花供养，尚见足七形，文理分明，今虽有石覆无异，或人复以数重古贝重覆，贴着石上，逾更明也。太子生时，以龙王夹太子左右吐水浴，太子见一龙吐水暖，一龙吐水冷，遂成二池，今尚一冷一暖矣。太子未出家前十日，出住王田阎浮树下坐，树神以七宝奉太子，太子不受，于是思惟欲出家也。王田去宫一据枸舍，一据枸舍，晋言十里也。太子以三月十五日夜出家，四天王来迎，各捧马足，尔时诸神天人，侧塞空中，散天香花，此时以至河南摩强水，即于此水边作沙门。河南摩强水在迦维罗越北，相去十由旬，此水在罗阅祇瓶沙国，相去三十由旬。菩萨于是暂过，瓶沙王出见菩萨，菩萨于瓶沙随楼那果园中住一日，日暮便去半达钵愁宿，半达，晋言白也，钵愁，晋言山也。白山北去瓶沙国十里，明旦便去，暮宿昙兰山，去白山六由旬，于是径诣贝多树，贝多树在罗阅祇北，去昙兰山二十里。太子年二十九出家，三十五得道（《水经注》卷一）。

迦维罗越国（《御览》有今无复王也五字），今属播黎越国（《御览》有人尚精进四字），犹有优婆塞姓释，可二十余家，是白净王之苗裔。昔太子生时有二龙王,一吐冷水,一吐暖水(《御览》作一吐水一吐火,讹也)。今有池,尚一冷一暖(《类聚》七六,《御览》七九七)。

5. 舍卫国(Sravasti)

舍卫国今无复王,尽属播黎曰国,王遣小儿治,国人不奉佛法(《御览》七九七)。

6. 那诃维国

鸠留佛姓迦叶,生那诃维国(《类聚》七六)。

那诃维国土丰乐,多民物,在迦维罗越南,相去三十里(《御览》七九七误三十为三千)。

〔按此国即法显《佛国记》之那毗伽邑,说见拙著《法显西行年谱订补》。〕

7. 拘那含国(Kanaka)

拘那含国,牟尼佛所生也,亦名拘那舍,在迦维罗越西,相去复三十里(《御览》七九七)。

〔法显《佛国记》称那毗伽北行减一由延到一邑,是拘那含牟尼佛(Kanakamuni)所生处,又东行减一由延到迦维罗卫。今鲍本《御览》上下文俱作拘那含,疑上句作含,下句作舍,别文乃能见义也。

向达云:"所谓拘那含国当系拘舍那国,即拘夷那竭。"按拘夷那竭,依法显纪程,地在迦维罗卫之东,不在其西,且相距廿五六由延,向说非也。

此拘那含国,支载能举其名,而法显祇云从那毗伽北行减一由延到一邑,谓载为西晋时人,此亦一旁证。〕

8. 碓国

迦叶佛生碓国,今无复此国,故处在舍卫国西,相去三十里(《御览》七九七)。

〔按此国即法显《佛国记》之都维邑。〕

9. 摩竭提国(Magadha)

摩竭提国在迦(原作伽,兹依第四项改从一律)维罗越(原无越字,兹补)城之南,相去三十(原衍里字)由旬,有贝(原误具)多树,佛在此树下坐六年(《御览》七九七)。

毗婆梨,佛在此一树下六年,长者女以金钵盛乳糜上佛,佛得乳糜,住足尼连河浴。浴竟,于河边噉糜竟,掷钵水中,逆流百步,钵没河中,迦梨郊龙王接取在宫供养,先三佛钵亦见。佛于河旁坐摩诃菩提树,摩诃菩提树去贝多树二里,于此树下七日思惟道成,魔兵试佛(《水经注》卷一)。

10. 波罗奈国(Varanasi)

弥勒佛当生波罗奈(《类聚》误祭)国(《御览》有是《尼陀罗经》所说七字),在迦维罗越南(《类聚》七六,《御览》七九七)。

11. 拘宋婆国(Kausambi)

拘宋婆国,今见过去佛四所住处四屋,迦叶佛住中教化四十年,释迦文佛住五年,二佛不说(《御览》七九七)。

〔按此即法显《佛国记》之拘睒弥国,《大唐西域记》之憍赏弥国,皆一音之转。《西域记》憍赏弥国云:"城东南不远有故伽蓝,……中有窣堵波,无忧王之所建立,高二百余尺,如来于此数年说法,其侧则有过去四佛座及经行遗迹之所。"记事亦符。〕

12. 罽密国（Kashmir）

罽密（《类聚》作宾）国，小国耳（《类聚》无此三字），在舍卫之西，国王民人悉奉佛，土地寒，罗汉（《类聚》无此五字）道人及沙门到冬月日（《类聚》无此二字）未中前，饮少酒（《御览》饮少二字倒），过中后（《类聚》无此字）不复饮酒（酒，《类聚》作饭），食果，国属大秦（《类聚》无此六字）（《类聚》七六，《御览》七九七）。

〔向达云："罽密（《御览》引）疑即迦湿弥罗。"按密，《类聚》作宾，藤田氏谓"但云地平温和，已非迦湿弥罗"（《往天竺国传笺释》四十九页），然则云土地寒者为迦湿弥罗无疑矣。氏又谓"魏（北魏）晋隋唐之交，概以罽宾为迦湿弥罗"。今观此文，则支僧载尚未混称也。

印度贵霜王国，或谓衰于二二五年（汉后主建兴三年），至笈多王朝成立以前（三二〇年，晋元帝大兴三年），其中间继起纷争情况，史阙弗备，此云罽密国属大秦，如大秦指欧洲，岂希腊小侯，当日尚雄踞北印一隅耶？〕

13. 私诃条国（Simhaladvipa）

私（《类聚》及《御览》七九七均误和，惟《御览》九九九作私）诃条国，在大海之中，地方二万里。国有大山，名三漫屈（《类聚》无此四字，Samaha），出有石井，井中生千叶白莲（《类聚》误连）花数种（《类聚》无此二字，《御览》九九九尚有"及众莲花出"五字）。井边青石山有四佛足迹，合有八迹（《御览》无此四字），每月六斋日，弥勒菩萨常与（《御览》作以）诸天神礼佛迹竟，便飞去。浮图讲堂皆七室（《御览》无此七字），国王长者常作金树银花，银树金花供养佛（《类聚》七六，又《御览》七九七及九九九）。

斯呵条国有大富长者条三弥，与佛作金薄承尘，一佛作两重承尘（《御览》七〇一）。

私诃调国王供养道人食，日银三两（《御览》八一二）。

私诃条国全道辽山有毗呵罗寺,寺中有石罂,至有神灵,众僧饮食欲尽,寺奴辄向石罂作礼,于是食具(《御览》九三二)。

〔私斯、诃呵、条调均同声,此则传钞之异也。

毗呵罗为 Vihara 之音译,今云寺也。《佛国记》云:"城南七里有一精舍,名摩诃毗诃罗,有三千僧住。"殆即指此。〕

宋(?)竺法维《佛国记》

1. 迦维罗越国

迦维国,佛所生天竺国也,三千日月万二千天地之中央也(《水经注》卷一)。

2. 罗阅祇国

罗阅祇国有灵鹫山,胡语云耆阇崛山,山是青石,头似鹫鸟,阿育王使人凿石,假安两翼两脚,凿治其身,今见存,远望似鹫鸟形,故曰灵鹫山也(同上)。

〔《御览》九二六引《佛国志》云:"山石头似鹫,阿育王使凿石假安两翼两脚,今见存。"志、记古人常混用,此节引法维书也。〕

(灵鹫山)在摩竭提国南,亦天竺属国也(《通典》一九三)。

六年树去佛树五里(《水经注》卷一)。

3. 波罗奈国

波罗奈国在迦维罗卫国南千二百里,中间有恒水东南流,佛转法轮处在国北二十里,树名春浮,维摩所处也(《水经注》卷一)。

波罗奈国在伽维罗越国南千四百八十里(《通典》一九三)。

4. 佛楼沙国

佛钵在大月支国,起浮图,高三十丈,七层,钵处第二层,金络络锁县钵,钵是青石,或云县钵处空,须菩提置钵在金枕上,佛一足迹与钵共在一处,国王臣民悉持梵香七宝璧玉供养,塔迹、佛牙、袈裟、顶相、舍利,悉在佛楼沙国(《水经注》卷二)。

〔烈维云:"五世纪中法维又在大月氏国见之。"(《史地丛考续编》二三三页)谅不过就《水经注》之撰述时代而立言,非于法维年代有所确考也。〕

(岑仲勉:《中外史地考证》,中华书局,1962年版)

四、晋唐两宋行记辑校(李德辉)

李德辉《晋唐两宋行记辑校》(辽海出版社 2009 年版)收录范围颇广。据该著凡例,所收行记包括巡礼求法记、出使交聘记,从征行役记、山川道里记等各种纪行著述。据前人或时人行记编撰之纪行文字,亦予收录。时间断限自公元二六五年西晋王朝建立始,至一二七九年南宋灭亡止。共辑集出一百一十种已佚的晋唐两宋行记。其中巡礼求法之作,包括支僧载《外国事》、昙勇《外国传》、竺法维《佛国记》、智猛《游行外国传》、道荣《道荣传》、法盛《历国传》、慧生《使西域记》、菩提拔陀《南海行记》、常愍《历游天竺记》、圆照《悟空入竺记》等晋唐佛教行记及其相关文献多种。兹根据本书研究需要,迻录部分辑佚成果。

外国事　支僧载

支僧载(生卒年不详),西晋时自月氏东来之沙门,三、四世纪时尝漫游五印度,时代尚在法显西游之前。所著《外国事》,《隋志》、两《唐志》无著录,《水经注》、《艺文类聚》、《太平御览》则引用不少。学者据散见上述诸书之佚文,多视为汉唐间古地理书,而未细究其著述类别。《通典》卷一九一《西戎总序》则云："诸家纂西域事,皆多引诸僧游历传记,如法明《游天竺记》、支僧载《外国事》、法盛《历诸国传》、道安《西域志》。"明指其为游历传记,游历传记通称行传,属古行记之一体,据辑。

佛泥洹后,天人以新白㲲裹佛,以香花供养。满七日,盛以金棺,送出王宫。度一小水,水名醯兰那,去王宫可三里许,在宫北。以旃檀木为薪,天人各以火烧薪,薪了不燃。大迦叶从流沙还,不胜悲号,感动天地。从是之后,他薪不烧而自燃也。王敛舍利,用金作斗,量得八斛四斗。诸国王、天龙神王各得少许,赍还本国,以造佛寺。阿育王起浮屠于佛泥洹处,双树及塔,今无复有也。此树名娑罗树,其树花名娑罗佉也。此花色白如霜雪,香无比也。(《水经注》卷一引《外国事》)

维邪离国去王舍城五十由旬,城周圆三由旬。维诘家在大城里宫之南,去宫七里许。屋宇坏尽,惟见处所耳。(同前)

迦维罗越国今无复王也,城池荒秽,惟有空处。有优婆塞姓释,可二十余家,是昔净王[1]之苗裔,故为四姓,住在故城中,为优婆塞,故[2]尚精进,犹有古风。彼日浮图坏尽,条王弥更修治一浮图,私诃条王送物助成,今有十二道人住其中。太子始生时,妙后所扳树,树名须诃。阿育王以青石作后扳生太子像。昔树无复有,后诸沙门取昔树栽种之,展转相承,到今树枝如昔,尚荫石像。又太子见行七步足迹,今日文理见存。阿育王以青石挟足迹两边,复以一长青石覆上,国人今日恒以香花供养,尚见足七形,文理分明。今虽有石覆无异,或人复以数重吉贝,重覆贴着石上,逾更明也。太子生时,以龙王夹太子左右,吐水浴太子,见一龙吐水暖,一龙吐水冷,遂成二池,今尚一冷一暖矣。太子未出家前十日,出往王田阎浮树下坐。树神以七宝奉太子,太子不受,于是思惟欲出家也。王田去宫一据。据者,晋言十里也。太子以三月十五日夜出家,四天王来迎,各捧马足。尔时诸神天人侧塞,空中散天香花。此时以至河南摩强水,即于此水边作沙门。河南摩强水在迦维罗越北,相去十由旬。此水在罗阅祗瓶沙国,相去三十由旬。菩萨于是暂过,瓶沙王出见菩萨,菩萨于瓶沙随楼那果园中住一日,日暮便去半达钵愁宿。半达,晋言白也;钵愁,晋言山也。白山北去瓶沙国十里。明旦便去,暮宿昙兰山。去白山六由旬。于是径诣贝多树。贝多树在阅祗北,去昙兰山二十里。太子年二十九出家,三十五得道。此言与经异,故记所不同。(同前)

原校勘记

〔1〕昔净王:《艺文类聚》卷七六作"白静王"。

〔2〕故:《古今姓氏书辨证》卷三九作"俗"。

佛钵在大月氏国,一名佛律婆越国,是天子之都也。起浮图,浮图高四丈,七层,四壁里有金银佛像,像悉如人高。钵处中央,在第二层上,作金络络钵,锁悬钵。钵是石也,其色青。(《艺文类聚》卷七三引支僧载《外国事》)

摩竭提国在迦维越之南,相去四十由旬。贝多树去摩竭提三十里,一名毗波梨,佛唯在此一树下坐,满六年,长者女以金钵盛牛乳糜上佛。佛得乳糜,往尼连禅河浴。浴竟,于水边噉糜。噉糜竟,掷钵水中。逆流可百步许,然后钵复流[1]河中。架梨那[2]龙王接取钵,在宫中供养。先三佛钵亦见。佛于河傍,坐摩诃菩提树。摩诃菩提树去贝多树二里,于此树下七日思惟,道成,魔兵试佛[3]。(同前)

原校勘记

〔1〕流:《水经注》卷一作"没"。

〔2〕那:《水经注》作"郊"。

〔3〕先三佛钵……魔兵试佛:四十一字《类聚》无,据《水经注》补。

私诃条国[1]在大海之中,地方二万里。国有大山,名三漫屈[2],山有石井,井中生千叶白莲花数种[3]。井边青石上有四佛足迹,合有八迹。每[4]月六斋日,弥勒菩萨常[5]与诸天神礼佛迹竟,便飞去。浮图讲堂皆七宝,国王长者常作金树银花、银树金花,以供奉佛[6]。(《艺文类聚》卷七六引支僧载《外国事》)

原校勘记

〔1〕私诃条国:《类聚》作"和诃条国",据《水经注》卷一、卷二、《酉阳杂俎》前集卷一〇、《太平御览》卷九九九改。《御览》卷七〇一作"斯诃调国",斯、私同音,可证原译音为"私",非"和"。

〔2〕名三漫屈:四字《类聚》无,据《御览》卷七九七补。

〔3〕数种:二字《类聚》无,据《御览》补。

〔4〕每:此字《类聚》无,据《御览》补。

〔5〕常:此字《类聚》无,据《御览》补。

〔6〕以供奉佛:《类聚》作"供养佛",据《御览》改。

维那国去舍卫国五十由旬。由旬者,晋言四十里。维摩诘家在城内,基井尚存。国人不复奉佛,悉事水火,余外道也[1]。(同前)

原校勘记

〔1〕国人不复奉佛悉事水火余外道也:十四字《类聚》无,据《太平御览》卷七九七补。

鸠留佛姓迦叶,生那诃维国。(同前)

弥勒佛当生波罗奈国,在迦维罗越南。(同前)

罽宾,小国耳[1],在舍卫之西。国王民人悉奉佛。土地寒,罗汉[2]道人及沙门到冬月日[3]未中前,饮少酒,过中不复饮酒食果,国

属大秦[4]。（同前）

原校勘记

〔1〕小国耳：《类聚》作"国"，据《太平御览》卷七九七补。

〔2〕土地寒罗汉：五字《类聚》无，据《御览》补。

〔3〕月日：二字《类聚》无，据《御览》补。

〔4〕饮酒食果国属大秦：八字《类聚》作"饭"，据《御览》改补。

　　佛在拘私那竭国般泥洹。欲泥洹时，自然有宝床从地出，有八万四千国王，争将佛归。神妙天人曰："佛应就此亡[1]。"那竭王乃作金棺梜檀车送佛丧[2]积薪不烧自燃。王将舍利归宫，八万四千国兴兵争舍利。婆罗门分之，用金升量舍利，得八斛四斗，诸国各得，还立浮屠。（同前）

原校勘记

〔1〕亡：《类聚》作"土"，据《太平御览》卷七九七改。

〔2〕佛丧：《类聚》作"丧佛"，据《御览》乙。

　　毗呵罗寺有神龙，住米仓中，奴取米，龙辄却后。奴若长取米，龙不与。仓中米若尽，奴向龙拜，仓即盈溢。（《艺文类聚》卷九六引《外国事》）

　　大拳国人猨臂长胁。（《太平御览》卷三六九引《外国事》）

　　私诃调国有大富长者条三弥，与佛作金薄承尘一，佛作两重承尘。（《太平御览》卷七〇一引支僧载《外国事》）

　　播黎曰国者，昔是小国耳，今是外国之大都。流沙之外，悉称臣妾。（《太平御览》卷七九七引支僧戴《外国事》）

　　舍卫国今无复王，尽属播黎曰国。王遣小儿住[1]国，人不奉佛

法。（同前）

原校勘记

〔1〕住:《御览》作"注",据《御览》库本改。

　　那诃维国土丰乐,多民物,在迦维越南,相去三十里。（同前）

　　迦叶佛生碓国,今无复此国,故处在舍卫国西,相去三十里。（同前）

　　拘那舍国,牟尼佛所生也,亦名拘那舍,在迦维罗越西,相去复三十里。（同前）

　　弥勒佛当生波罗奈国,是《屈陀罗经》所说,在迦罗越南。（同前）

　　拘宋婆国今见过去佛四所,住处四屋,迦叶佛住中教化四十年。释迦文佛住五年,二佛不说。（同前）

　　私呵调国王供养道人食,日银三两。（《太平御览》卷八一二引《外国事》）

　　私诃条国全道辽山有毗呵罗寺,寺中有石氎至,有神灵。众僧饮食欲尽,寺奴辄向石氎作礼,于是食具。（《太平御览》卷九三二引支僧载《外国事》）

外国传　昙勇

　　昙勇（约三九〇—?）,俗姓李,梵名昙无竭,幽州黄龙（今辽宁朝阳）人。十来岁即出家修行,常慨佛经残缺,听说僧人法显等躬践佛国,取回真经,遂决心亲赴西天取经。宋武帝永初元年（四二〇）,招集同志沙门僧猛、昙朗等二十五人,从燕都龙城出发西进,经龟兹、沙勒、葱岭达罽宾国,停留年余,学习当地语言文字,礼拜圣迹,求得梵文《观世音受记经》一部。又西行入月氏、印度,礼拜圣迹,寻访名师,学习梵经。数年后，从南天竺搭乘商船抵达广州。后在江南弘扬佛法，并将游历见闻写成《外国传》传世。生平事迹见《出三藏记集》卷一五《法勇法师传》、《高僧传》卷三《宋黄龙释昙无竭传》。

所撰《外国传》行于南北朝隋唐间。其书问世后不太久，南齐王琰撰著《冥祥记》即予节引，梁僧祐、慧皎亦据此为昙无竭编撰僧传，唐杜佑著《通典》，亦有参酌，《出三藏记集》卷一五《法勇法师传》所引尤详。但《新唐书·艺文志》以下史志即无著录，当亡于宋以后。原书五卷，《隋书·经籍志二》、《通志·艺文略四》"地理类"著录，作者讹作"昙景"，《通典》卷一九一作昙勇，是。《冥祥记》、《出三藏记集》、《高僧传》三书所引文略同，知均源出昙勇《外国传》。三书之中，《冥祥记》时代最早但引文最少，《高僧传》存文较多但删省过甚，《出三藏记集》所引文字最丰，最近原貌，故据此书录文，校以《高僧传》。

初至河南国，仍出海西郡，进入流沙。到高昌郡。经历龟兹、沙勒诸国，前登葱岭雪山。栈路险恶，驴驼不通，层冰峨峨，绝无草木，山多瘴气，下有大江，浚急如箭。于东西两山之胁，系索为桥，相去五里，十人一过。到彼岸已，举烟为帜。后人见烟，知前已度，方得更进。若久不见烟，则知暴风吹索，人堕江中。行葱岭三日方过。复上雪山，悬崖壁立，无安足处。石壁皆有故杙孔，处处相对。人各执四杙，先拔下杙，手攀上杙，展转相代，三日方过。及[1]到平地相待，料检同侣，失十二人。

进至罽宾国，礼拜佛钵。停岁余，学胡书竟，便解胡语。求得《观世音受记经》梵文一部。无竭同行沙门余十三人，西行到新头那提河，汉言师子口。缘河西入月氏国，礼拜佛肉髻骨，及睹自沸水船。后至檀特山南石留寺，住僧三百人，杂三乘学。无竭便停此寺，受具足戒。天竺沙门佛陀多罗，齐言佛救，彼方众僧云其已得道果。无竭请为和上，汉沙门志定为阿阇梨。于寺夏坐三月日。

　　复北行至中天竺,旷绝之处,常赍石蜜为粮。其同侣八人路亡,五人俱行,屡经危棘。无竭所赍《观世音经》,常专心系念。进涉舍卫国。中野逢山象一群,无竭称名归命,即有师子从林中出,象惊怖奔走。后渡恒河,复值野牛一群,鸣吼而来,将欲害人。无竭归命如初,寻有大鹫飞来,野牛惊散,遂得免害。(《出三藏记集》卷一五《法勇法师传》)

原校勘记

〔1〕及:《出三藏记集》作"乃",据《高僧传》卷三《宋黄龙释昙无竭传》改。

　　附录

　　《外国传》五卷,释昙景撰。(《隋书》卷三三《经籍志二》"地理"类)

　　《外国传》五卷,释昙景撰。(《通志》卷六六《艺文略四》"地里·蛮夷")

　　佛国记　竺法维

　　竺法维,生卒年里及生平事迹不详,其名附见《高僧传》卷二《晋河西昙无谶传》,传末云"又有竺法维、释僧表,并经往佛国云云",梁启超据此推测为北凉时人。尝西游天竺,著《佛国记》以纪游履见闻,但《隋志》、两《唐志》以下不见著录,《水经注》、《通典》则偶或引用。今据二书辑录,存其梗概。

　　迦维卫国,佛所生天竺国也,三千日月、万二千天地之中央也。(《水经注》卷一引竺法维)

　　按,《水经注》所引之竺法维,实即法维《佛国记》之省称,据辑。下同。

　　罗阅祇国有灵鹫山,胡语云耆阇崛山。山是青石,石头似鹫鸟。

阿育王使人凿石,假安两翼两脚,凿治其身。今见存,远望似鹫鸟形,故曰灵鹫山也。(同前)

六年树去佛树五里。(同前)

波罗奈国在迦维罗卫国南千二百里[1]。中间有恒水,东南流。佛转法轮处在国北二十里,树名春浮,维摩所处也。(同前)

原校勘记

〔1〕千二百里:《通典》卷一九三作"千四百八十里"。

佛钵在大月支国,起浮图,高三十丈,七层,钵处第二层,金络络锁县钵,钵是青石。或云悬钵虚空,须菩提置钵在金机上,佛一足迹与钵共在一处,国王臣民悉持梵香,七宝、璧玉供养。塔迹、佛牙、袈裟、顶相舍利,悉在弗楼沙国。(《水经注》卷二引竺法维云)

(波罗奈国)在摩竭提国南,亦天竺属国也。(《通典》卷一九三引竺法维《佛国记》)

游行外国传　智猛

智猛(?—四三七),京兆(今陕西西安)新丰人,晋宋间沙门。有志弘扬佛法。后秦高祖弘始六年(四〇四),邀集同志十五人西行求法。越于阗、葱岭、罽宾、迦惟罗卫国,至华氏城而返,前后二十四年。宋文帝元嘉十四年(四三七)入蜀,元嘉末卒于成都。生平事迹见《出三藏记集》卷一五《智猛法师传第九》、《高僧传》卷三《宋京兆释智猛传》。

《游行外国传》系其所著西行传记,成书于元嘉十六年七月七日。其书《隋书·经籍志》、《新唐书·艺文志二》、《通志·艺文略四》"地理类"著录,一卷。此一卷本《出三藏记集》、《高僧传》各有节录,文字互有详略异同。《初学记》亦引一条。今据《出三藏记集》卷一五

《智猛法师传第九》录文，校以《高僧传》卷三《宋京兆释智猛传》、《开元释教录》卷四下《释智猛传》，存其梗概。

（释智猛）每见外国道人说释迦遗迹，又闻《方等》众经布在西域，常慨然有感，驰心遐外，以为万里咫尺，千载可追也。遂以伪秦弘始六年，戊辰[1]之岁，招结同志沙门十有五人，发迹长安。渡河顺谷三十六渡，至凉州城。既而西出阳关，入流沙，二千余里，地无水草，路绝行人。冬则严厉，夏则瘴热。人死，聚骨以标行路。骡驼负粮，理极辛阻。遂历鄯鄯、龟兹、于阗诸国，备观风俗。

从于阗西南行二千里，始登葱岭，而同侣九人退还。猛遂与余伴进。行千七百余里，至波沦国。同侣竺道嵩又复无常。将欲阇毗，忽失尸所在。猛悲叹惊异，于是自力而前，与余四人[2]三度雪山，冰崖皓然，百千余仞，飞缅为桥，乘虚而过，窥不见底，仰不见天，寒气惨酷，影战魂慄。汉之张骞、甘英所不至也。

复南行千里，至罽宾国。再渡辛头河，雪山壁立，转甚于前。下多瘴气，恶鬼断路，行者多死。猛诚心冥彻，履险能济。既至罽宾城，恒有五百罗汉住此国中，而常往反阿耨达池。有大德罗汉见猛至止，欢喜赞叹。猛咨问方土，为说四天下事[3]。猛先于奇沙国见佛文石唾壶，又于此国见佛钵，光色紫绀，四边灿然。猛花香供养，顶戴发愿："钵若有应，能轻能重。"既而转重，力遂不堪，及下案时，复不觉重。其道心所应如此。

复西南行千三百里，至迦惟罗卫国，见佛发、佛牙及肉髻骨，佛影、佛迹，炳然具在。又睹泥洹坚固之林，降魔菩提之树。猛喜心内充，设供一日，兼以宝盖大衣，覆降魔像。其所游践，究观灵变，天梯龙池之事，不可胜数。

后至华氏城，是阿育王旧都。有大智婆罗门，名罗阅宗，举族弘法，王所钦重。造纯银塔，高三丈，沙门法显先于其家，已得六卷《泥洹》。及见猛至[4]，问云："秦地有大乘学不？"答曰："悉大乘学。"罗阅惊叹曰:"希有希有,将非菩萨往化耶!"猛就其家得《泥洹》胡本一部,又寻得《摩诃僧祇律》一部,及余经胡本,誓愿流通。

于是便反。以甲子岁发天竺,同行四僧[5]于路无常,唯猛与昙纂俱还于凉州,译出《泥洹》本,得二十卷。(《出三藏记集》卷一五《智猛法师传第九》)

原校勘记

〔1〕戊辰:《高僧传》卷三《宋京兆释智猛传》作"甲辰"。按公元四〇四年岁在甲辰,作戊辰误,当从《高僧传》。

〔2〕同侣竺道嵩又复无常将欲阇毗忽失尸所在猛悲叹惊异于是自力而前与余四人:三十三字原无,据《高僧传》补。

〔3〕天下事:原作"天子事",据《高僧传》明本改。"事"下原有"具在其传"四字,系编撰者所加,径删。

〔4〕至:此字原无,据《高僧传》补。

〔5〕四僧:《高僧传》作"三伴"。

龟兹国高楼层阁,金银雕饰。(《初学记》卷二七引释智孟《游外国传》)

秦姚兴京兆沙门释智猛,往游西域。少年至南天竺尸利密多罗菩萨塔。侧有精舍,破坏日久,中有金色观世音菩萨像,雨霜不湿像身。诚心祈请,见空中盖。传闻于耆旧曰:昔有菩萨,名曰尸利密多,利生为怀,慈悲兼济,最悲三途受苦众生,更发造观世音像。三年功毕,灵异感动。若专心祈请,为现妙身,指诲所愿。菩萨于其像前,而作是念。观世音菩萨能灭二十五有苦,于中三途最重,灵像感通,助我誓愿,将救重苦。至夜二更,灵像放光明,天地朗然,光中见十八泥梨受苦,及三十六饿鬼城苦,四十亿畜生苦,灵像顿现百千军,带金甲,各各执持杖刃戈棒,入十八泥梨。始自阿鼻旨,次第而摧破镬器,苦具寻断坏。尔时牛头等一切狱卒[1]，皆生恐怖心，投舍苦器，驰走向阎魔城，而白王言。忽有百千骑兵军众，带金甲，执持戈刃，摧破镬器，断坏苦具，地狱反作凉池，苦器悉作莲花，一切罪人，皆离苦恼，未曾见是事，如何所作。王曰："将非是观世音所作事耶？我等不及也。"即合掌向彼方说偈言。(《大正藏》第五十一册《三宝感应要略录》卷下引《释智猛传》)

原校勘记

〔1〕狱卒:《要略录》作"狱率"，据文意改。

附录

《游行外国传》一卷，沙门释智猛撰。(《隋书》卷三三《经籍志二》"地理"类)

《外国传》一卷，释智猛撰。(《旧唐书》卷四六《经籍志上》"地理类")

僧智猛《游行外国传》一卷。(《新唐书》卷五八《艺文志二》"地理类")

《游行外国传》一卷，释智猛撰。(《通志》卷六六《艺文略四》"地里·蛮夷")

历国传　法盛

释法盛(生卒年不详)，高昌人，刘宋沙门。在北凉，尝译出《投身饿虎经》一卷。亦经往外国，撰西行传记四卷，述西域、天竺诡异传闻事迹。其书《隋志》、两《唐志》著录，名《历国传》，二卷。四卷、二卷，当是卷数分合不同。《宋史·艺文志》以下不见著录。《通典》等书间或采之，宋以后书皆抄《通典》，其书当亡于宋以后。生平事迹见《高僧传》卷二《晋河西昙无谶传》、《开元释教录》卷四下《沙门释法盛传》、《释迦方志·游履篇》。

其国(波罗奈国)有稍割牛,其牛黑色,角细长,可四尺余,十日一割。不割,便困病或致死[1]。人服牛血,皆老寿。国人皆寿五百岁,牛寿亦等于人。亦天竺属国。(《通典》卷一九三引释法盛《历国传》)

原校勘记

〔1〕不割便困病或致死:《通志》卷一九六作"或不至十日一割,便困病或致死"。

附录

《历国传》二卷,释法盛撰。(《隋书》卷三三《经籍志二》"地理"类)

《历国传》二卷,释法盛撰。(《旧唐书》卷四六《经籍志上》"地理"类)

僧法盛《历国传》二卷。(《新唐书》卷五八《艺文志二》"地理类")

《历国传》二卷,僧法盛撰。(《通志》卷六六《艺文略四》"地里·蛮夷")

南海行记　菩提拔陀

菩提拔陀,生卒年里无考,北魏沙门。北魏末年,尝南行至歌营国,备历风俗而还,并撰此行记述其经见,然《隋书·经籍志》以下均不见著录,《洛阳伽蓝记》卷四"永明寺"条下则有节录,据辑,书名系据文意自拟。

(南中有歌营国,去京师甚远,风土隔绝,世不与中国交通,虽二汉及魏亦未曾至也。今始有沙门菩提拔陀至焉,自云):北行一月日,至勾稚国。北行十一日,至典孙[1]国。从典孙国北行三十日,至扶南国。方五千里,南夷之国,最为强大。民户殷多,出明珠、金玉及水精珍异,饶槟榔。从扶南国北行一月,至林邑国。出林邑,入萧衍国。拔陀至杨州岁余,随杨州比丘法融来至京师。京师[2]沙门问其南方风俗,拔陀云:古有奴调国,乘四轮马为车。斯调国出火浣布,以树皮为之,其树入火不燃。凡南方诸国,皆因城郭而居,多饶珍丽,民俗淳善,质直好义。亦与西域[3]、大秦、安息、身毒诸国交通往来。或三方四方,浮浪乘风,百日便至。率奉佛教,好生恶煞。(《洛阳伽蓝记》卷四)

原校勘记

〔1〕典孙:《伽蓝记》作"孙典",据《梁书》卷五四《海南诸国传》乙。下同。

〔2〕京师:二字《伽蓝记》无,据《伽蓝记》库本补。

〔3〕域:《伽蓝记》作"国",据《伽蓝记》库本改。

(李德辉辑校:《晋唐两宋行记辑校》,辽海出版社,2009年版)

五、大正藏所见(高楠顺次郎等)

除前述转写和融汇诸作以外,《大正藏》收录晋唐佛教行记文献,主要位于卷五一史传部,大致包括《北魏僧惠生使西域记》(一卷)与《游方记抄》,同时关涉非浊集《三宝感应要略录》(三卷)。检读《游方记抄》,其中有新罗慧超记《往五天竺国传》、唐圆照撰《悟空入竺记》以及《唐常愍游天竺记逸文》(仅略示所在)等晋唐佛教行记。关于慧超《往五天竺国传》,国内有张毅《笺释》本(中华书局2000年)较为精良,不烦誊录。至于《三宝感应要略录》,因其征引常愍《历游天竺记》和其他佛行记佚文,值得我们关注。今略去校记,补充标点,一并汇辑于此。文字错讹之处,暂不作校勘。

北魏僧惠生使西域记（No. 2086）

魏神龟元年十一月冬，大后遣崇立寺比邱惠生与敦煌人宋云，向西域取经。凡得百七十部，皆是大乘妙典。初发京师，西行四十日，至赤岭，即国之西疆也。山无草木，有鸟鼠同穴。又西行二十日，至吐谷浑国。又西行三千五百里，至鄯善城。又西行千六百里，至且末城。有吕光代胡时所作佛菩萨像。又西行千三百七十五里，至末城。又西行二十二里，至捍麽城。有于阗供佛之塔，其旁小塔数千，县幡万计。又西行八百七十八里，至于阗国。有国王所造覆盆浮图一躯。有辟支佛靴，于今不烂。于阗境东西三千里。

神龟二年七月二十九日，入朱驹波国。人民山居，不立屠杀，食自死肉，风俗语言，与于阗同，文学与婆罗门同。其国疆界，可五日行遍。八月，入渴盘陀国界。西行六百里，登葱岭山。复西行三日，至钵孟城。三日，至毒龙池。为昔盘陀王以婆罗门咒咒之，龙徙葱岭西，去此地二千余里。自发葱岭，步步渐高，如此四日，乃至岭，依约中下，实天半矣。渴盘陀国，正在山顶。自葱岭已西，水皆西流入西海。世人云，是天地之中。九月中旬，入钵和国。高山深谷，险道如常，因山为城，毡服窟居，人畜相依，风雪劲切，有大雪山，望若玉峰。

十月初旬，入嚈哒国。居无城郭，随逐水草。不识文字，年无盈闰，周十二月为一岁。受诸国贡献。南至牒罗，北尽敕勒，东被于阗，西及波斯，四十余国，皆来朝贡，最为强大。王帐周四十步，器用七宝，不信佛法，杀生血食。见魏使，拜受诏书。去京师二万余里。十一月，入波斯国。境土甚狭，七月行过，人居山谷，雪光耀日。十一月中旬，入赊弥国。渐出葱岭，硗角危峻，人马仅通，铁锁悬度，下不见底。十二月初旬，入乌场国。北接葱岭，南连天竺，土气和暖，原田膴膴，民物殷阜。国王菜食长斋，晨夜礼佛，日中以后，始治国事。钟声遍界，异花供养。闻魏使来，膜拜受诏。国中有如来晒衣履石之处，其余佛迹，所至炳然。每一佛迹，辄有寺塔履之。比丘戒行清苦。

至正光元年四月中旬，入乾陀罗国。土地与乌场国相似，本名业波罗，为哌哒所灭，遂立敕勒为王。国中人民，悉是婆罗门，为哌哒□典。而国王好杀，不信佛法，与罽宾争境，连年战斗，师老民怨。坐受诏书，凶慢无礼，送使一寺，供给甚薄。西行，至新头大河。复西行十三日，至佛沙伏城。城郭端直，林泉茂盛，土饶珍宝，风俗淳善。名僧德泉，道行高奇，石像庄严，通身金箔。有迦叶波佛迹。复西行一日，乘舟渡一深水，三百余步。复西南行六十里，至乾陀罗城。有佛涅槃后二百年，国王迦尼迦所造雀离浮图。凡十二重，去地七百尺，基广三百余步，悉用文石为陛，塔内佛事，千变万化，金盘晃朗，宝铎和鸣，西域浮图，最为第一。复西北行，渡一大水，至那迦逻国。有佛顶骨及佛手书梵字石塔铭。凡在乌场国二年，至正光二年还阙。

游方记抄（No. 2089）

悟空入竺记

大唐贞元新译十地等经记　圆照撰（十力经序）

新译《十地经》及《回向轮经》《十力经》等者，即上都章敬寺沙门悟空本名法界，因使罽宾，于中天竺国之所得也。师本京兆云阳人也，乡号青龙，里名向义，俗姓车氏，字曰奉朝，后魏拓拔之胤裔也。天假聪敏，志尚典坟，孝悌居家，忠贞奉国。遇玄宗至道大圣大明孝皇帝，孝理天下，万国欢心，八表称臣，四夷钦化。时罽宾国愿附圣唐，使大首领萨波达干与本国三藏舍利越魔，天宝九载庚寅之岁，来诣阙庭，献欵求和，请使巡按。次于明年辛卯之祀，玄宗皇帝敕中使内侍省内寺伯赐绯鱼袋张韬光，将国信物行，官奉傔四十余人，蒙恩授奉朝左卫泾州四门府别将员外置同正员，令随使臣。取安西路，次疏勒国，次度葱山，至杨兴岭及播蜜川五赤匿国（亦云式匿）。次护密国，次拘纬国，次葛蓝国，次蓝婆国，次孽和国，次乌仗那国（亦云乌长及乌缠国），茫诔（平声呼，虐伽反）勃国，及高头城。次摩但国，次信度城（近信度河也，亦云信图，或云辛头城）。至十二载癸巳二月二十一日，至乾陀罗国（梵音正曰健驮逻国），此即罽宾东都城也。王者冬居此地，夏处罽宾，随其暄凉，以顺其性。时王极垂礼接，祇奉国恩，使还对辞并得信物，献欵进奉，旋归大唐。

奉朝当为重患，缠绵不堪胜致，留寄健驮逻国。中使归朝，后渐痊平，誓心归佛，遂投舍利越魔三藏，落发披缁，愿早还乡，对见明主，侍觐父母，忠孝两全。时蒙三藏赐与法号，梵云达摩驮都，唐言以翻名为法界，时年二十有七，方得出家，即当肃宗文明武德大圣大宣孝皇帝至德二载，丁酉岁也。泊二十九，于迦湿弥罗国进受近圆，请文殊矢涅地（地祢反，平声呼，唐言翻为正智）为邬波驮耶（唐言亲教师，安西云和上），邬不屡提（唐言阙）为羯磨阿遮利耶（唐言轨范师，若至四镇安西，云阿阇梨，讹略耳），驮里魏（巍屈反，入声呼）地（平声同上，唐言阙）为教授阿遮利耶（同上）。三师七证，授以律仪，于蒙鞬寺讽声闻戒。讽毕，听习根本律仪，然于北天竺国皆萨婆多学也（唐言根本说一切有）。然此蒙鞬寺者，北天竺王践位后建兹寺矣，梵云蒙鞬微贺罗，微贺罗者，唐言住处，住处即寺也。次有阿弥陀婆挽（免烦反，平声呼）寺，次有阿难仪寺，次有继者岑寺，次有恼也罗寺，次有惹惹（而者反）寺，次有将军寺，次有也里特勒寺，突厥王子置也。次有可敦寺，突厥皇后置也。此国伽蓝三百余所，灵塔瑞像，其数颇多，或阿育王及五百阿罗汉之所建立也。

如是巡礼兼习梵语，经游四年，夙夜虔心，未曾暂舍。其国四周，山为外郭，总开三路，以设关防。东接吐蕃，北通勃律，西门一路，通乾陀罗。别有一途，常时禁断，天军行幸，方得暂开。法界至于第四年后，出迦湿密国，入乾陀罗城，于如罗洒王寺中安置。其寺王所建立，从王为名，王即上古罽腻吒王之胄胤也。次有可忽哩寺，王子名也；缤芝寺，王女名也；复有栴檀忽哩寺，王弟名也。此皆随人建立，从彼受名。次有特勤洒寺，突厥王子造也；可敦寺，突厥皇后造也。复有阿瑟吒寺、萨紧忽哩寺、罽腻吒王圣塔寺、罽腻吒王演提洒寺，此寺复有释迦如来顶骨舍利，有罽腻吒王伐龙官沙弥寺。

如是巡礼又经二年，即当代宗睿文孝武皇帝广德二年甲辰岁也。从此南游中天竺国，亲礼八塔。往迦毗罗伐窣睹城，佛降生处塔。次摩竭提国，菩提道场成佛处塔，于菩提寺夏坐安居。次波罗泥斯城，仙人鹿野苑中转法轮处塔。次鹫峰山，说《法华》等经处塔。次广严城，现不思议处塔。次泥嚩袜多城，从天降下三道宝阶塔（亦云宝桥）。次室罗伐城逝多林给孤独园，说《摩诃般若波罗蜜多》、度诸外道处塔。次拘尸那城娑罗双林，现入涅槃处塔。如是八塔，右绕供养，胆礼略周。次于那烂陀寺中住经三载。又至乌仗那国寻礼圣踪，住茫诶（平声呼，虐迦反）勃寺，复有苏诃拔提寺（唐言日宫寺也）、钵茫拔提寺（唐言莲花寺）。

如是往来，遍寻圣迹，与《大唐西域记》说无少差殊。思恋圣朝本生父母，内外戚属，焚灼其心。念鞠育恩深，昊天冈极，发愿归国，瞻觐君亲，稽首咨询越魔三藏。三藏初闻，至意不许，法界以理恳请于再三。三藏已于天宝九年，曾至唐国，日常赞慕摩诃支那。既见恳诚，方遂所请，乃手授梵本《十地经》及《回向轮经》并《十力经》，共同一夹，并大圣释迦牟尼佛一牙舍利，皆顶戴殷勤，悲泪而授，将为信物，奉献圣皇，伏愿汉地传扬，广利群品。法界顶跪拜受，悲泪礼辞。当欲泛海而归，又虑沧波险阻，乃却取北路，还归帝乡。

我圣神文武皇帝，圣德远被，声震五天；道迈羲轩，威加八表；慕仰三宝，信重一乘；异域输金，重译来贡。法界所将舍利及梵本经，自彼中天，来至汉界。凡所经历，睹货罗国五十七番中，有一城，号骨咄国。城东不远，有一小海，其水极深，当持牙经南岸而过。时彼龙神知有舍利，地土摇动，玄云撨兴，霹雳震雷，雹雨骤堕。有一大树，不远海边，时与众商投于树下，枝叶摧落，空心火燃。时首领商普告众曰：

"谁将舍利异宝殊珍？不尔龙神何斯拗怒？有即持出，投入海中，无令众人受兹惶怖。"法界是时恳心祈愿，放达本国，利济邦家，所获福因，用资龙力。从日出后洎于申时，祈祝至诚，云收雨霁，仅全草命。渐次前至行拘密支国，王名顿散洒。次惹瑟知国，王名黑未梅。次至式匿国。

如是行李，经历三年，备涉艰难，捐躯委命，誓心报国，愿奉君亲，圣慈曲临。渐届疏勒（一名沙勒），时王裴冷冷、镇守使鲁阳留住五月。次至于阗（亦云于遁，或云豁丹），梵云瞿萨怛那（唐言地乳国），王尉迟曜、镇守使郑据延住六月。次威戎城，亦名钵浣国，正曰怖汗国，镇守使苏岑。次据瑟得城使卖诠。次至安西，四镇节度使开府仪同三司捡校右散骑常侍安西副大都护兼御史大夫郭昕。

龟兹国王白环（亦云丘兹），正曰屈支城。西门外有莲花寺，有三藏沙门，名勿提提犀鱼（唐云莲花精进），至诚祈请，译出《十力经》，可三纸许，以成一卷。三藏语通四镇，梵汉兼明，此《十力经》，佛在舍卫国说。安西境内有前践山、前践寺，复有耶婆瑟鸡山。此山有水，滴雷成音，每岁一时采以为曲，故有耶婆瑟鸡寺、东西拓厥寺、阿遮哩贰寺。于此城住一年有余。次至乌耆国，王龙如林，镇守使扬日祐，延留三月。从此又发至北庭州。本道节度使御史大夫杨袭古，与龙兴寺僧，请于阗国三藏沙门尸罗达摩（唐言戒法）译《十地经》，三藏读梵文并译语，沙门大震笔授，沙门法超润文，沙门善信证义，沙门法界证梵文并译语，《回向轮经》翻译准此。翻经既毕，缮写欲终。

时逢圣朝四镇北庭宣慰使中使段明秀，来至北庭，洎贞元五年己巳之岁九月十三日，与本道奏事官节度押衙牛昕、安西道奏事官程锷等，随使入朝。当为沙河不通，取回鹘路，又为单于不信佛法，所赍梵夹不敢持来，留在北庭龙兴寺藏，所译汉本随使入都。六年二月，来到上京，有敕令于跃龙门使院安置。中使段明秀，遂将释迦真身一牙舍利及所译经，进奉入内。天恩宣付左神策军，令写此经本，与佛牙舍利一时进来。时左街功德使窦文场，准敕装写，进奉阙庭，兼奏：

"从安西来无名僧悟空,年六十,旧名法界,俗姓车,名奉朝,请住章敬寺。其年二月二十五日,奉敕宣与正度。余依。"又本道节度奏事官,以俗姓车奉朝名衔奏。至五月十五日,敕授壮武将军守左金吾卫大将军员外置同正员兼试太常卿。爰有制日,敕:"伊西庭节度奏事官节度押衙同节度副使云麾将军守左金吾卫大将军员外置同正员牛昕等,并越自流沙,涉于阴国。奉三军向化之慕,申万里恋阙之诚,雨雪载霏,行迈无已,方贡善达,复命言旋。举范羌入计之劳,慰斑超出远之思。俾升崇袟,以劝使臣。可依前件。"

是岁也,天恩正名,冠冕兼履。昔名法界,今字悟空,捧戴惭惶,不任感惧。乃归章敬,次及乡园,访问二亲,坟树已拱。兄弟子侄,家无一人,疏远诸房,少得闻见。凡所来往,经四十年,辛卯西征,于今庚午。悲不奉养,喜遇明时。所进牙经,愿资圣寿。其所进《十地经》,依常途写一百二十一纸,成部,勒为九卷。此经,佛初成正觉已经二七日,住他化自在天宫摩尼宝藏殿说。《回向轮经》,佛在金刚摩尼宝山峰中,与大菩萨说,译成三纸半,以为一卷。其《十力经》如前所说,译成三纸,复为一卷。三部都计一百二十九纸,总十一卷,同为一帙。然为斯经未入目录,伏恐年月深远,人疑伪经,今请编入《大唐贞元续开元释教录》。伏以一辞圣唐,于今四代,凌霜冒雪,经四十年。寻礼圣踪,所经国邑,或一瞻礼,或渐旬时,或经累旬,或盈数月,或住一岁,二三四年,或遇吉祥,或遭劫贼,安乐时少,忧恼处多,不能宣心,一一屡说。幸逢明圣,略举大纲,伏乞施行,流转永代。

沙门圆照自惟疵贱,素无艺能,喜遇明时,再登翻译,续修图纪,赞述真乘,并修《大唐贞元续开元释教录》。悟空大德具述行由,托余记之,以附图录,聊以验其事也。久积岁年,诘问根源,恭承口诀,词疏意拙,编其次云。大雅硕才,愿详其志也。

唐常愍游天竺记逸文

《游天竺记》又名《游历记》，其文载在《三宝感应要略录》，今唯略示所在。

一、第一优填王波斯匿王释迦金木像感应　　《三宝感应要略录》卷上（大正五一 P. 827a）

二、第十北印度僧伽补罗国沙门达磨流支感释迦像惊感应《三宝感应要略录》卷上（大正五一 P. 830b）

三、第二十九造毗卢遮那佛像拂障难感应　　《三宝感应要略录》卷上（大正五一 P. 833b）

三宝感应要略录（No. 2084）①

卷上第一　优填王波斯匿王释迦金木像感应

出《阿含》《观佛》《造像》《游历记》《律》及《西国传》《志》《语》等

释迦牟尼如来成道八年，思报母摩耶恩，从祇洹寺起，往忉利天，于善法堂中金石之上结跏趺坐。尔时，摩耶出两道乳，润世尊唇，示

---

① 据邵颖涛校注《三宝感应要略录》，该书除了卷上三次抄引常愍《游天竺记》，还抄引《外国记》七则，《外国贤圣记》一则。颖涛认为，《外国贤圣记》"所记与《外国记》内容相近，皆为西域国家奉佛之事，而本书又常简称书名，故疑《外国记》亦名《外国贤圣记》"。又大致推知："《外国记》是一部记载西域至印度诸国僧侣弘传佛法、敬奉佛陀、持诵经典的唐代作品"，"《外国记》一书素材皆非采自前人之作，它与当时《大唐西域记》《法显传》的记载多有不同。从作品所记内容来看，作者应是一位佛教徒，而此书应是作者游历天竺后的一部行程记录，或者是记录某位游历天竺僧侣、天竺来华僧侣的漫游经历。书中涉及的西域诸国有执师子国、安息国人、阿轮沙国、乾陀卫国、乌长那国、舍卫城、安息国，这应该游历者曾经涉足之地"（［辽］释非浊编，邵颖涛校注：《三宝感应要略录》"前言"，人民出版社，2018 年版，第 21—24 页）。笔者以为，颖涛所论具有一定道理，然而把《外国记》视为本书所谓晋唐佛教行记之一，还没有更多充足的证据。故未汇录上述八则。

亲子缘。佛为说法。是时,人间四众不见如来,渴仰忧愁,如丧父母,如箭入心。共往世尊所住处,园林庭宇悉空,无佛,倍加悲恋,不能自止。问阿难言:"如来今日竟为所在?"阿难报曰:"我亦不知。"二王思都如来,遂得苦患。尔时,优填王敕国界内诸奇巧师匠,而告之曰:"我今欲作佛像。"巧匠白王言:"我等不能作佛妙相。假使毗首羯摩天而有所作,亦不能得似于如来。我若受命者,但可摸拟螺髻、玉毫少分之相,诸余相好光明、威德难及,谁能作耶?世尊来会之时,所造形像若有戏误,我等名称普并皆退失。窃共筹量,无能敢作。"复白王言:"今造像应用纯紫栴檀之木,文理、体质坚密之者。但其形相为座?为立?高下若何?"王以此语问臣。智臣白王言:"当作坐像。一切诸佛得大菩提、转正法轮、现大神变、作大佛事,皆悉坐故。应作坐师子座结跏趺坐之像。"时毗首羯摩变身为匠,持诸刻器,到于城门,白言:"我今欲为大王造像。"王心大喜,与主藏臣于内藏中选择香木。肩荷负,持与天匠,而谓之言:"仁为造像,令与如来形相似。"时大目连请佛神力,往令图相,还返。操斧破木,其声上彻忉利天,至佛会所。以佛力,声所及处,众生闻者,罪垢皆得消除。盲者得眼,聋者能闻,哑者能言,丑者端正,贫者得福,乃至三途离苦得乐,一切未曾有益皆悉现起。是时,天匠不日而成,高七尺,或云五尺,机见不同。面及手足,皆紫金色。王见相好,心生净信,得柔顺忍,业障烦恼并消除,唯除曾于圣人起恶语业。是时,波斯匿王复召国中巧匠,欲造佛像。而生此念:"如来形体,莫如真金。"即纯以紫摩金而作,高五尺。尔时,阎浮之内,始此二如来像。尔时,如来过夏经九十日已。告四众言:"却后七日,当下至阎浮提僧伽尸国大池水测。"时天帝告自在天:"从须弥顶至池水,作三径路:金、银、水精。"或时地作,或净居天作也。是时,如来踏金道。时五王往诣佛所,迦尸国波斯匿王、拔嗟国优填王、五都人民之主恶生王、南海主优陀延王、摩诃陀国瓶沙王,头面礼足。尔时,优填王顶戴佛像,并诸上供珍异之至佛所,而一奉献佛。时木像从座而起，如生佛，足步虚空，足下雨花，放光明来迎世尊。合掌叉手，为佛作礼，少似于佛。而说偈言："佛在忉利天，为母说法时。大工造像声，远闻善法堂。三十三天众，同音皆随喜。未来世造像，获无量胜福。"尔时，世尊亦复长跪，合掌向像。于虚空中百千化佛亦皆合掌。其像躬低头。世尊亲为摩顶授记，曰："吾灭后一千年外，当于此土为人天作大饶益。我诸弟子，以付属汝。""若有众生于佛灭后造像，幡花众香，持用供养，是人来世必得见佛，出生死苦。"尔时，优填王白世尊言："前佛灭度造像者，犹在世不？"佛言："我以佛眼普见十方，前佛灭度后，造像者皆生十方佛前，无有一人犹在生死。但造菩萨像者，故留在世，瓶沙王是也。"尔时，木像白生佛言："世尊前进，可入精舍。"世尊亦语像言："止！止！不须说。我缘将尽，入灭不久。汝在世间，久利众生，在前而入灭。若在后者，人生轻慢。"再三往复，其像进，却还本位。于是，世尊自移于寺边小精舍之内，与像异处，相去二十步。优填王欢喜不能自胜。于时，五王白世尊曰："当云何造立神寺？"尔时世尊申右手，从地中出迦叶佛寺。以此为法。时五王即于彼处起大神寺，安置其像而去云云。

卷上　第十北印度僧伽补罗国沙门达磨流支感释迦像惊感应

出常愍《游历记》

沙门常愍发大誓愿，远诣西方礼如来。所行遗迹至北印度僧伽补罗国，有石塔高二十余丈，傍有新精舍刻檀释迦、弥勒坐像。若至心祈请，必示妙身，告吉凶。源始于耆旧：数十年前有一比丘，梵云梵达磨流支，唐云法爱，住石塔侧，发愿欲造慈氏菩萨像。时有外国沙门，投宿法爱房，赞叹佛经大义。爱闻欢喜，互述曲念。爱曰："吾欲生兜率，将造慈氏像。"沙门曰："发愿若欲生兜率，应造释迦像。慈氏是释迦弟子、三会得脱之人，释迦遗法弟子若力所及，应造二像；若力不及，先释迦造。所以者，今此三界皆是大师有。自说言'唯我一人，能为救护'。公是岂不思恩分耶?"爱曰:"释迦入灭,无未来化,岂助当生?"坚执不改。各各眠卧,更分晓漏,爱顿眠觉,悲泣投五体于地。外国沙门问由绪。答曰:"吾梦见金人,身长丈余,即以软语而告之曰:'汝是弟子,蒙我调伏,劫久谬谓永灭,实常住不灭。今此三界皆我有,众生日用不知,三界之中草木丛林地及虚空众生所食谷麦等,皆是我身之所反。为十方诸佛助我化,如何轻慢,不肯造像。汝若不造我像,遂不可生兜卒天上。既轻其师,惠氏赞之耶?亦不可往十方净土。诸佛助我,岂欲轻我?'说是语,隐而不见。"尔时外国沙门,亦无所去,而顿不见。法爱忧悲,舍衣钵资,造此二像。精舍是国人民共所结构也。慭停住多日,祈请所求而去云云。

卷上第二十九　造毗卢遮那佛像拂障难感应

出常愍《记游天竺记》

释常愍,发愿寻圣迹。游天竺日,至中印度鞞索迦国。王城南道左右有精舍,高二十余丈,中有毗卢遮那像,灵验揭焉,凡有所求,皆得满足。若有障难者,祈请必除。闻像缘起于耆旧,曰:昔此国神鬼乔乱,人民荒废。有一尼乾子善占察,国王占国荒芜。尼乾以筹印地,云:"荒神乱起障难,须归大神,方得安稳。"王聪明达,归宗神中之大,不如佛陀。即造此毗卢遮那像,安置左右精舍,左雕镂黄金,右用白银,高咸二十丈。日日礼拜供养。尔时,表夜叉童子驱荒神恶鬼出国界,方无障难矣。

卷下第十九　南天竺尸利密多菩萨观音灵像感应

出《释智猛传》

秦姚兴京兆沙门释智猛,往游西域少年。至南天竺尸利密多罗菩萨塔,侧有精舍,破坏日久,中有金色观世音菩萨像,雨霜不湿像身。诚心祈请,见空中盖。传闻于耆旧曰:昔有菩萨,名曰尸利密多,利生为怀,慈悲兼济,最悲三途受苦众生。更发造观世音像,三年功毕。灵异感动,若专心祈请,为现妙身,指诲所愿。菩萨于其像前,而作是念:"观世音菩萨,能灭二十五有苦,于中三途最重,灵像感通,助我誓愿,将救重苦。"至夜二更,灵像放光明,天地朗然。光中见十八泥梨受苦,及三十六饿鬼城苦、四十亿畜生苦。灵像顿现百千军,带金甲,各各执持杖刃戈棒,入十八泥梨。始自阿鼻旨,次第而摧破镬器,苦具寻断坏。尔时,牛头等一切狱率皆生恐怖心,投舍苦器,驰走向阎魔城,而白王言:"忽有百千骑兵军众,带金甲、执持戈刃,摧破镬器,断坏苦具,地狱反作凉池,苦器悉作莲花,一切罪人皆离苦恼。未曾见是事,如何所作?"王曰:"将非是观世音所作事耶? 我等不及也。"即合掌向彼方说偈言:"归命观世音,大自在神通。示现百千军,能破三恶器。"如此破坏十八泥梨已,摄化而为说法。次入饿鬼城,右手流五百河,左手流五百河,于虚空中而雨甘露,一切饱满,而为说法。又复入畜生,以智光明破愚痴心,而为说法,三涂在一时中。尸利密多见此希有事,自画像缘,雕石而注。其灵像者,即是此缘也。(私云:此事希奇,自非大圣,严旨难思。晚捡新译《大乘宝王经》有此利生相,更勘彼文。今欲劝像造,且录传之云云。今亦云:唐尸罗比丘,弘始年中到南天竺之密多罗菩萨遗迹观世音寺,云是。)

([日]大正新修大藏经刊行会:《大正藏》,新文丰出版公司,1975 年版)

六、敦煌文献所见(郑炳林)

依据郑炳林《敦煌地理文书汇辑校注》(甘肃教育出版社 1989),敦煌文献所见晋唐佛教行记,大致包括《大唐西域记》敬播序及卷第一(P2700)、《大唐西域记》卷第一(S2659)、《大唐西域记》卷第二(P3814)、《大唐西域记》卷第三(S958),以及《慧超往五天竺国传》

（P3532）《印度地理》（P3926，俟考）等。又有《圣地游记述》，见于《俄藏敦煌文献④》Φ209，前面残缺，后面未抄完。经郑先生后来研究，此即唐义净和尚所著《西方记》抄本残卷（郑炳林：《俄藏敦煌写本唐义净和尚〈西方记〉残卷研究》，《兰州大学学报》2004 年第 6期）。《大唐西域记》《慧超往五天竺国传》分别有季羡林等校注与张纯笺释，不烦誊录。兹参照郑氏点校，并核实 Φ209 原文，抄录《圣地游记述》于此。

圣地游记述

（前缺）丈室，行径二月三日，至舍卫国祇树给孤独园处。其中有祇陀寺，侧布金钱买［地］之所。祇陀寺僧徒众有四千，国王及诸眷属日日来供养恭敬。其中有如来说法旧所，宛然见在。舍卫城东行径一月，更到波罗奈城鹿野林苑鹿王比丘处。其中有尼居地树，枝叶遍覆三万余人。从波罗奈城北行径三月，至俱尸那城佛入涅槃处。并有塔庙，有阿泥拔提水河。其城东北有裟罗双树，四面俱生两根，故名双树，冬夏恒青。从俱尸那城东门出北行径二月，到亭场明国。北行径三月，至新头河。行新头河北行三月余日，到阿育王本生国。从阿育王本生国北行，至言陀城。从言陀城东行十里，至雀犁浮图，高广五百丈（尺）。从雀犁浮图北行径六个月余，至［北］天竺国。从［北］天竺国径三月，至七宝梯，至弥勒像，像身八十尺，檀木作炎一百六十尺。从弥勒像身行径大处寺，有树，是佛降伏天魔处，扬（阳）枝叶至七月一日方生。十五日，诸比丘皆集在树下，为诸国王说法，百味饮食供养及用七宝布施。其树若王在，枝叶自生，荫覆王上，王若无时，枝叶不生。彼国天子并以七宝庄严此树，其僧集时，乃有八万五千徒众。从大处寺一日，至如来在道逢雨［处］。径躲寺亭（停）住，晒曝衣干行。去曝［衣］处东北行径十月，至舍婆提城，是悉达太子本生处。东行五月，到摩诃陲投饲虎处。一月，至尸毗王救鸽处，其塔高一丈。从救鸽处东行廿日,至跋陀城,是月光王舍千头处。其城有八十四门,其舍头处有寺,僧徒众有七百。从此向东行径一月,至檀特山,是太子[舍施]儿女处,三千里以来无人无水处。东行径三月余日,至奚吴曼地城。城东有[醯]罗寺,如来顶[骨]、眼、锡杖、三衣、瓶、钵,并在空中不下即住,天子及王一切见今供养,并遣五万乐人音声一日一夜十二时,以此音乐供养,及令五百万兵护拥其地,七宝殊(珠)昼夜自明,不须灯烛。从奚吴曼地城东北行径八月,至迦毗舍国。从迦毗舍国东行径六个余月,到师子国。师子国王百姓皆信敬,其国内有僧一万八千,徒众天子日日来供养。从师子国北行径七月(以下未抄完)

（[俄]俄罗斯科学院东方研究所圣彼得堡分所等编:《俄藏敦煌文献》,
上海古籍出版社、俄罗斯科学出版社东方文学部,1993 年）

附录三　晋唐佛教行记文献叙录

除针对专书进行详考，近代以来叙录晋唐佛教行记文献者，尤以梁启超《中国印度之交通》、岑仲勉《唐以前之西域及南蕃地理书》以及向达《汉唐间西域及海南诸国古地理书叙录》等所涉较广。前者见于梁氏《佛学研究十八篇》(上海古籍出版社2001)，文中简要叙录古代留学僧人游记十五种，其中以晋唐佛教行记及其相关文献最为集中。中者被收入岑氏《中外史地考证》(中华书局1962)，全文亦简要叙录地理书五十二种，其中包括晋唐佛教行记十六种。后者被收入向氏《唐代长安与西域文明》(河北教育出版社2001)，全文详细叙录地理书十种，其中包括六朝佛教行记《外国事》《游行外国传》《外国传》《历国传》《佛国记》五种。上述三篇，正是笔者撰写《六朝佛教行记文献十种叙录》《唐宋佛教行记及其相关文献叙录》等论文以及本书上编佚著考说的重要参考。兹据以附录相关内容，亦为后来学者提供参考。

一、中国印度之交通（梁启超）①

……

留学运动之副产物甚丰，其尤显著者则地理学也。今列举诸人

---

① 原文前后均有其他内容，此为节选。

之游记,考其存佚如下:

(一)法显《历游天竺记传》一卷,今存。

《隋书·经籍志》著录,有《佛国记》一卷,《法显传》二卷,《法显行传》一卷。盖一书异名,史官不察,复录耳。书现存藏中,通称《法显传》或《佛国记》。《津逮秘书》、《秘册汇函》皆收录。近人丁谦有注颇详。

法人以(Abel R'emusat)以一八三六年译成法文,在巴黎刊行,题为:Foe Koue Ki ou relations des royaumes bouddhiques. 英人(Samue Beal)续译成英文,在伦敦刊行,题为:Travels of Fah Hian and Sung-yun. Buddhist Pilgrims from China to India. 德文亦有译本。

(二)宝云《游履外国传》。《梁高僧传》本传著录。今佚。隋、唐志皆未著录。

(三)昙景《外国传》五卷。今佚。《隋书·经籍志》著录。

(四)智猛《游行外国传》一卷。今佚。

《隋书·经籍志》著录,《唐书·艺文志》著录。僧佑《出三藏集记》引其一段。

(五)法勇(即昙无竭)《历国传记》。今佚。隋、唐志皆未著录。

(六)道普《游履异域传》。见《梁高僧传》《昙无谶传》。今佚。隋、唐志皆未著录。

(七)法盛《历国传》二卷。《隋书·经籍志》著录,《唐书·艺文志》著录。今佚。

(八)道药《道药传》一卷。《隋书·经籍志》著录。今佚。《洛阳伽蓝记》节引。

(九)惠生《慧生行传》一卷。《隋书·经籍志》著录。今佚。《洛阳伽蓝记》节引。

(十)宋云《家记》一卷。《隋书·经籍志》著录。今佚。《洛阳伽蓝记》节引。

《魏国以西十一国事》一卷。《唐书·艺文志》著录。今佚。是否《家记》异名，今无考。

（十一）玄奘《大唐西域记》十二卷。今存。

《唐书·艺文志》著录。现存藏中。近人丁谦著有考证。

法人（Stanislas Julien）有法文译本，一八五七年刊行，题为：Mémoires sur les Contrées Occidentales. 英人（Samuel Beal）有英文译本，题为：Si-yu ki: Buddhist Records of the Western World.

（附）慧立《大慈恩寺三藏法师传》十卷。彦悰笺。今存。

慧立为玄奘弟子，记其师西游事迹。法人（Julien）以一八五三年译成法文，题为：Histoire de la Vie de Hiouen Thsang et Ses Voyages dans I'Inde entre les an, nées 629 et de 642 de notre ere.

（十二）义净《南海寄归内法传》四卷。今存。

《唐书·艺文志》著录。日本高楠顺次郎有英文译本，一八九六年在牛津大学刊行，题为：Record of the Buddhist Religion.

（附）义净《大唐西行求法高僧传》二卷。今存。

此书为求法高僧五十余人之小传，其名具见前表。书中关于印度地理掌故尚多。法人（Ed, Chavannes）以一八九四年译成法文，题为：Memoir sur les religieux éminents qui allerent cher cher la loi dans les-Pays d'occident.

（十三）无行《中天附书》。今佚。

《唐志》未著录。《求法高僧传》言有此书。慧琳《一切经音义》卷一百著录，题为《荆川沙门无行从中天附书于唐国诸大德》。

（十四）慧超《往五天竺国传》三卷。久佚，今复出。

《唐志》未著录。《一切经音义》卷一百著录。近十年来从敦煌石室得写本残卷，收入罗氏《云窗丛刻》。

（十五）继业《西域行程》。今佚。范成大《吴船录》节引。

以上十五种，皆前表中诸留学生之遗著也。其原书首尾具存者，惟法显、玄奘、义净三家。然全世界研究东方文化之人,已视若鸿宝。倘诸家书而悉存者,当更能赉吾侪以无穷之理趣也。其他留学界以外之人关于地理之著述尚多,实则皆受当时学界间接之影响也。

……

（［清］梁启超撰,陈士强导读:《佛学研究十八篇》,

上海古籍出版社,2001 年版）

二、唐以前之西域及南蕃地理书（岑仲勉）①

梁启超《千五百年前之中国留学生》一文,列举诸人游记及留学界以外之地理著述,大体已备。然所举限于西域及天竺,兹仿其意,凡涉西域、南蕃者均列之,虽几全数亡佚,亦以见古地理书之一班耳。

……

7. 西晋竺法护《耆阇崛山解》

见《僧祐录》。

8. 西晋（?）支僧载《外国事》

引见《水经注》。疑西晋人,说见本编《晋宋间外国地理佚书辑略》。

……

13. 东晋宝云《游传》

隆安初入天竺,通历大夏诸国,游西有传,见《释迦方志》四。

14. 东晋支昙谛《乌山铭》

《通典》《西戎总序》下祇引其名,据《御览》当作灵鸟山。《广弘明集》载东晋丘道护《支昙谛诔》,则东晋人也,《诔》称卒义熙七年,

---

① 此亦为节选。

年六十五,康居人。《隋志》著录晋沙门《支昙谛集》六卷。

15. 东晋释法显《佛游天竺记》一卷

参拙著《考释》。

16. 宋昙勇《外国传》

此名见《通典》《西戎总序》下。按昙无竭即法勇,所历事迹,别有记传,见《高僧传》卷三,《传》无昙勇,想必杜氏误合二名而为称也。梁启超书作历国传记,旧无此名,应从《通典》作《外国传》。

17. 宋释智猛《游行外国传》一卷

猛,《高僧传》三有传,其书造于元嘉十六年,《隋志》著录,元嘉末卒。

18. 北魏道药《游传》一卷

太武末年从疏勒到僧伽施国,著传一卷,见《释迦方志》四,亦引见《洛阳伽蓝记》。

19. 宋道普《大传》

高昌人,经大夏四塔等灵迹,著有《大传》,见《释迦方志》四。

20. 释昙景《外国传》五卷

《隋志》著录,疑即前文之昙勇。

……

22. 宋(?)竺法维《佛国记》

《水经注》屡引法维,但不举书名。《通典》(《学海堂本》)《西戎总序》注云:"诸家纂西域事,皆多引诸僧游历传记,如法明《游天竺记》、支僧载《外国事》、法盛《历诸国传》、道安《西域志》、惟《佛国记》、昙勇《外国传》、智猛《外国传》、支昙谛《乌山铭》、翻经法师《外国传》之类。"(据《御览》乌山乃灵鸟山之误。)余初读此,即决"惟"乃法维之误文,以同书一九三天竺下两引文,均作竺法维《佛国记》也。然犹谓《学海堂本》偶误,及读《北平图书馆馆刊》四卷六号三三页所引,知向达见本,其误亦同,且不以"惟"为人名。按原文之末,既缀"之类",则"惟"万不能作连介字解,况唐前著述,称《佛国记》者祇两种,法显(明)之书,杜氏已别称《游天竺记》,此《佛国记》盖舍法维莫属矣。法维附《高僧传》《道普传》末,疑是宋、齐间人,杨守敬疑是《高僧传》之竺法雅,向达已辨其非,向达又据罗阅祇之文,疑是晋人,则亦许沿用旧译耳。

23. 齐法献《别记》

《高僧传》《法献传》云:"其经途危阻,见其别记。"各志均未著录。

……

25. 释法盛《历国传》二卷

《隋志》著录。参本编《〈翻梵语〉中之〈外国传〉》。盛高昌人,见《释迦方志》四。

26. 北魏释惠生《行记》

见《洛阳伽蓝记》,《隋志》有《慧生行传》一卷,当同人。《记》言正光二年二月惠生还阙,《魏书》《释老志》作三年冬。

27. 北魏宋云《行记》

同上,与惠生于神龟初赴西域。《新、旧唐志》称《魏国以西十一国事》一卷。

……

42. 唐玄奘《大唐西域记》十二卷

《新唐志》又著录辩机《西域记》十二卷,实同一书,意当日奘以梵文写出而机任转汉也。

……

（岑仲勉:《中外史地考证》,中华书局,1962年版）

三、汉唐间西域及海南诸国
古地理书叙录（向达）[①]

　　南齐陆澄撰《地理书》一百四十九卷，合《山海经》已来一百六十家以为此书。梁任昉复增澄书八十四家，别撰《地记》二百五十二卷。然澄书至唐时才存二十四家，昉《记》别行者亦只十二家；宋以后即所存数十家亦散佚殆尽。清金溪王谟为《汉唐地理书抄》，所收近四百种，其行役四裔诸门所辑亦三十余家，可谓富矣。顾其书未刊，稿存亡不可知。稍后会稽章宗源采获经史群籍传注，辑录唐宋以来亡佚古书盈数笈。自言欲撰《隋书·经籍志考证》，书成后此皆糟粕，可鬻之。今《经籍志考证》唯史部仅存，所辑书更不可问。至于专辑一书者有严可均之沈怀远《南越志》五卷，丁谦之杜环《经行记》，吴承志之《唐贾耽记边州入四夷道理考实》五卷。王静安先生亦有古行记之辑。唯汇辑古佚四裔地理书为一书，为之比勘考证者尚未之闻也。

　　汉唐之间世乱最亟，而地志之作，亦复称盛。其时佛教初入中国，宗派未圆，典籍多阙，怀疑莫决。于是高僧大德发愤忘食，履险若夷。轻万死以涉葱河，重一言而之奈苑。魏晋以降，不乏其人，纪行之作，时有所闻。又斯时南海一带海上交通甚盛，天竺海上尝有安息、大秦贾客懋迁往来。广州亦成外商辐辏之所。当代典籍时时纪及。凡此诸作，举足以羽翼正史，疏明往昔，其价值与正史不相轩轾也。

　　数年前曾就《御览》诸书比辑汉唐间此种资料，得数十种。欲仿董沛《明州系年录》例，以所辑各书为主，汉唐间他书可以互证者低一格著录于下，时贤考证又低一格用小字比辑于次，已有所见则

　　———————

[①]　此亦为节选。

冠以按字赘录于后。书首冠以叙录,略述全书体例以及作者姓氏爵里。然后合所辑汉唐间此类古地理书为一集,而于卷首为一长序,以述此一时期西域及海南诸国古史要略,中外交通梗概。顾少暇日,又见闻不广,关于考证之作,至今未葳。兹先布叙录,现存诸书,亦时择要叙入。大率以今佚诸书居首,现存者附录于后,亦不尽依时次为后先。至于考订之疏,知所不免,尚祈并世君子有以进而教之是幸耳。

……

《外国事》

《外国事》卷亡,支僧载撰,《隋书·经籍志》未著录,今佚。支僧载不见《高僧传》诸书,《水经注》及《御览》引之,只云支僧载《外国事》,未著其为何时人。杨守敬据《水经注·河水篇》引支僧载《外国事》:"一据据者,晋言十里也。"文谓支僧载为晋时人(《水经注疏要删补遗》卷一),日本人藤田丰八亦以杨氏说为然,并引《水经注·河水篇》引《外国事》:"菩萨于瓶沙随楼那果园中住一日。日暮便去半达钵愁宿。半达晋言白也,钵愁晋言山也",以证杨说。藤田氏以为一据据者应为一据栌左之讹,即梵语 Krosa 之译音。半达,梵语作 Punda,钵愁梵语作 Vasu。(藤田氏说见日本《史学杂志》三十八编第七号其所著《叶调斯调私诃条考》附注二十三)其说甚谛。魏晋时外国沙门东来,辄以国名之一字冠于名上,如竺佛图澄,为天竺人,康僧会为康居人,安世高为安息人,则支僧载者当亦晋时自月氏东来沙门之一也。

支僧载《外国事》卷帙多寡,内容若何,今不可知。今就《水经注》、《御览》诸书所引者观之,其书所述大都为北印度诸国,如维邪离国(Vaisali《水经注》卷一《河水篇》引,又《御览》卷七百一引作维耶离国),舍卫国(Srāvasti《御览》卷七百一引),迦维罗越国(Kapila-vastu《御览》卷七百一引),摩竭提国(Magadha《御览》卷七百一引),

皆在北印度境。所谓拘那含国（《御览》引），当系拘舍那国，即拘夷那竭（Kusinagara）。罽密（《御览》引）疑即迦湿弥罗。《外国事》所述诸国有名私诃调国（《御览》卷七百一，卷八百十二，卷九百三十二，卷九百九十九引）者，在大海中。据藤田氏考证，谓即今锡兰，私诃调乃 Sinhala-dvipa 之对音，说虽异乎前人，而宜若可据也。

又据《御览》卷七百一引《外国事》："播黎日国者，昔是小国耳。今是外国之大都，流沙之外，悉称臣妾。"又谓舍卫国、迦维罗越国俱属播黎日国云云。今按播黎日国既为外国之大都，疑即 Pataliputra 对音之讹，后世书中所称为波吒厘子，一译华氏城者是也。华氏城自孔雀王朝以降以至巍多王朝，历为国都，相继勿替，旅人因即以国都之名名其国；梁《高僧传·释智猛传》所云华氏国阿育王旧都之语，即其证。华氏城至巍多王朝国王三摩陀罗巍多（Samudragupta）以后，虽仍人民殷庶，而政府中枢，已移至阿逾陀城（Ajodhya）。今支僧载《外国事》仍称播黎日国，疑其漫游五印，乃在三摩陀罗巍多即位初叶，巍多帝国征服四境之大业未告厥成之际，为时尚早于法显之游印度。惜其书只存断简零缣，否则必足以补苴第三、第四世纪间之印度古史，而可与法显、玄奘之书成鼎足之势也。

《游行外国传》

《游行外国传》一卷，释智猛撰，《隋书·经籍志》著录，今佚。梁《高僧传》卷三有猛传，谓猛以姚秦弘始六年（晋安帝元兴三年，公元四〇四年）甲辰之岁，招结同志沙门十有五人，发迹长安。出自阳关，西入流沙。历鄯善、龟兹、于阗诸国以登葱岭，而九人退还。至波伦国，同侣竺道嵩又复无常。仅余四人，共度雪山，渡辛头河，至罽宾国、奇沙国。于是西南行到迦维罗卫国。后至华氏国阿育王旧都，得《大泥洹》梵本及《僧祇律》诸梵本。乃于甲子岁（宋元嘉元年，公元四二四年）反国。同行三伴于路无常，唯猛及昙纂俱还。自出发至印度，前后留二十一年而后归。归途仍循旧道，至高昌小住。过凉州出

《泥洹经》一部。十四年至建业,同年入蜀。十六年复反建业,七月七日于钟山定林寺造《游行外国传》。元嘉末卒于成都。今按西域龟兹为北道大国,汉魏以降,国势颇盛。是以班超以为:"若得龟兹,则西域未服者百分之一耳。"前秦吕光讨平西域,上疏亦云:"惟龟兹据三十六国之中,制彼王侯之命。"(《御览》卷八百九十五引崔鸿《十六国春秋》)《晋书·龟兹传》称其"王宫壮丽,焕若神居"。《载记》吕光入龟兹城"大飨将士,赋诗言志。见其宫室壮丽,命参军京兆段业著《龟兹宫赋》以讥之"。段业《龟兹宫赋》今不传,不知其所述何如。智猛历游西域诸国,途经龟兹,时距吕光之伐西域尚未三十年(吕光之伐西域在东晋孝武帝太元七年,公元三八二年。智猛至龟兹当在元兴三年至义熙元年之间,才二十余年耳)。吕光自西域反,虽以驼二万余头致外国珍宝及奇伎异戏之属,而于龟兹宫室未加燔毁。智猛游龟兹,犹及见之,故曰:"龟兹国高楼层阁,金银雕饰。"(《初学记》卷二十七银二引)颇足以证《晋书》之言。惜乎全书不传,现存者亦只寥寥数条(僧祐《出三藏记集》中收有一条),否则其可以补正西域史地者当不鲜也。

《外国传》

《外国传》五卷,释昙景撰,《隋书·经籍志》著录,今佚。昙景,《通典》卷一百九十一《西戎传总序注》引作昙勇,今按即《高僧传》卷三之《释昙无竭》。昙无竭,此云法勇,《隋·志》、《通典》截取首字之音,无竭则译其义,而《隋·志》又讹勇为景,其实一人也。《高僧传》称其所历事迹,别有记传。《历代三宝记》第十,昙无竭著述有《外国传》五卷,竭自述西域事。

《高僧传》述昙无竭以宋永初元年(公元四二〇年)招集同志沙门僧猛、昙朗之徒二十五人,发迹北土,远适西方。初至河南国,仍出海西郡,进入流沙,到高昌郡,经历龟兹。此一段行程与法显、智猛同路。唯法显、智猛自龟兹折而南,而昙无竭则自此至沙勒诸国,登葱岭度雪山,进至罽宾、月氏。然后停檀特山南石留寺,受大戒,以天竺禅师佛驮多罗为和上,汉沙门志定为阿阇梨。停三月日,复去中天竺。其归国于南天竺随舶泛海到广州。据《历代三宝记》,"昙无竭游西域二十余年,自外并化,唯竭只还。于罽宾国写得别件梵本经来。元嘉末年达于江右"。则昙无竭自南天竺反国,当在元嘉二十年左右,比之智猛之留五印,为时更久矣。与勇同行之僧猛、昙朗,俱不见《高僧传》。

又按唐时日本飞鸟寺僧信行撰集《翻梵语》十卷。其卷四刹利名第二十,僧伽达,引《外国传》第四卷;卷六杂人名第三十,尸梨、俱那罗、佛陀多罗、拘罗祇、梵摩丘罗,引《外国传》第二卷;卷七龙名第三十四,芸叶阿婆罗罗,引《外国传》第二卷;卷八国土名第四十二,村婆村婆施、国多国,引《外国传》第二卷,迦罗奢木引第四卷;同卷城名第四十四,一慈园、尸那竭、婆屡啬、迦罗越、不沙快,引《外国传》第一卷,醯罗、卑罗、提毗罗、沙竭罗、宾奇婆罗、婆吒那竭、阿伽留陀、卢颉多、遮留波利、阿瞿陀,引《外国传》第二卷,摩头罗、迦挐忧闇、提罗、阿罗毗、拘黎罗波利、苏韩闇、阿娄陀、瞿那竭,婆陀漫、不那婆檀、摩梨、耶快囊,引《外国传》第三卷,阿波利、波头摩、婆留城、比栌罗、槃耆城、俱罗波单、褒多梨、摩诃都吒、多摩那竭,引《外国传》第四卷;又同卷村名第四十七,婆陀漫、陀毗陀、诃梨伽蓝、毗醯伽览、罗阁毗诃,引《外国传》第二卷;卷九山名第五十一,那陀利引《外国传》第一卷,扶罗尸利,引《外国传》第三卷,尸梨漫陀、干吒尸罗、石婆尸罗、阿婆尸罗、阿鞞耆利、支多耆利、摩尼优利、呼漫山,引《外国传》第四卷;又同卷林名第六十一,彘多陀林引《外国传》第一卷,昙摩罗若,引《外国传》第三卷;卷十花名第六十五,摩罗毗诃,引《外国传》第一卷。细加考察,《翻梵语》卷六杂人名第三十中有佛陀多罗,与《高僧传·昙无竭传》所云南石留寺天竺禅师佛驮多罗之名合,则其所引之《外国传》必为昙无竭书无疑。《隋·志》及《三宝记》谓昙勇书五卷,《翻梵语》只引四卷,必有所遗也。昙无竭书唐宋以后不见各家征引,今竟与法盛《历国传》同籍日本僧一书而得传其一二,(法盛《历国传》见下)可谓幸矣。

《历国传》

《历国传》二卷,释法盛撰,《隋书·经籍志》著录,今佚。法盛不见《高僧传》诸书。释道宣《释迦方志·游历篇》第五于宋世高昌沙门道普之后别著法盛,谓为高昌人,则亦宋世一沙门也。其书诸家少见征引,《通典》间采一二,《西戎总序注》云:"诸家纂西域事,皆多引诸僧游历传记,如法明《游天竺记》、支僧载《外国事》、法盛《历诸国传》、道安《西域志》、惟《佛国记》、(案惟《佛国记》疑应作法维《佛国记》。)昙勇《外国传》、智猛《外国传》、支昙谛《乌山铭》、翻法师《外国传》之类,皆盛论释氏诡异奇迹,参以他书,则纰缪,故多略焉。"《太平御览》引书目不及法盛此书,疑其佚在唐宋之间也。

信行《翻梵语》引有《历国传》。卷一杂法名第六,大般舟瑟坛,引《历国传》第二卷;卷二比丘名第十一,佛陀多罗、昙摩沙、佛陀椰支、昙摩练儿、呵利难陀罗汉,引《历国传》第一卷,昙摩末底道人引《历国传》第三卷;卷四婆罗门名第十九,逻阇桑弥陀罗门,引《历国传》第二卷;同卷刹利名第二十摩贤王子,引《历国传》第三卷;卷五外道名第二十四,睒摩道士郁卑罗迦叶,引《历国传》第二卷;卷六杂人名第三十,因那罗人、摩贤陀罗、豆迦、波罗河、尸婆摩提、迷伽跋摩、此奢,引《历国传》第三卷;卷七鬼名第三十三,呵利陀鬼子母、毗摩鬼、佛陀波罗夜叉鬼王,引《历国传》第一卷;同卷龙名第三十四,须那摩龙,引《历国传》第三卷;卷八国土名第四十三,伽沙国、波卢国,引《历国传》第一卷,富那跋擅国、乾若国、伽鼻国、婆施强国,引《历国传》第三卷,波私国、阿那罗国,引《历国传》第四卷;同卷城名第四十四,波庐瑟城、那竭呵城,引《历国传》第一卷,婆楼那城、裴提舍城、多留罗城、烦耆城、拔咤那竭城、须变钵名城、摩头罗城、僧伽沙城、多摩致城，引《历国传》第三卷；同卷寺舍名第四十八，沙毗诃等寺、波罗寺、离越寺、陀林寺、一迦延寺，引《历国传》第一卷，阿婆耆梨寺、摩呵比呵寺、祇那比呵罗，引《历国传》第四卷；卷九山名第五十一，乾婆伽山、支多哥梨山、金毗罗山，引《历国传》第一卷；同卷河名第五十二，醠连然钵底小河，引《历国传》第三卷；同卷洲名第五十五，楞伽洲，引《历国传》第四卷；卷十果名第六十六，摩头果、迦多离果，引《历国传》第三卷。按汉唐间以《历国传》名书者仅法盛之作，法盛书《通典》作《历诸国传》，《隋·志》作《历国传》。信行《翻梵语》所引《历国传》当即法盛书。《翻梵语》引《历国传》四卷，与《释迦方志》"又高昌法盛者亦经往佛国，著传四卷"之语合。《隋·志》著录法盛书，只云二卷，抑为载笔之误耶？

又按《翻梵语》卷二比丘名引《历国传》亦有佛陀多罗之名；又卷八国土名引《历国传》有伽沙国，为法勇西行所曾经。则法盛者，其为与法勇同适西土之同志沙门二十五人之一耶？或即《高僧传》所云之昙朗，亦未可知矣。

《佛国记》

《佛国记》，卷亡，竺法维撰，《隋书·经籍志》未著录，今佚。《通典》卷一百九十三，《太平寰宇记》卷一百八十三，俱引竺法维《佛国记》，《水经注》卷一《河水篇》数引竺法维说，当即《佛国记》文也。法维不知何许人，《释迦方志·游履篇》第五有云："至如法维、法表之徒，标名无记者，其计难缉。"所云法维，疑即著《佛国记》之竺法维，盖亦一曾游西域之沙门也。杨守敬云："《释迦方志》有法维、法表之徒云云。又《高僧传》竺法雅河间人，《佛图澄传》法雅为澄弟子，又称中山竺法雅。'雅'、'维'形近，未知是一是二。"今按《高僧传·法雅传》，未言其曾游西域，疑为二人。又《水经注》卷一引竺法维《佛国记》记罗阅祇国文。熊会贞氏据晋译《十二游经》及《史记·大宛传》正义引《括地志》，以为罗阅祇国即王舍城（《水经注疏要删补遗》

卷一），盖 Rajgriha（Rajgir）之音译。罗阅祇一名为晋时译音,疑竺法维亦晋时人也。

……

（向达:《唐代长安与西域文明》,河北教育出版社,2001 年版）

参考文献

经部：

［唐］孔颖达疏：《毛诗正义》，《十三经注疏》本，中华书局 1980 年版。

［宋］朱熹：《四书章句集注》，中华书局 1983 年版。

史部：

［汉］班固撰，［唐］颜师古注：《汉书》，中华书局 1962 年版。

［晋］常璩：《华阳国志》，《丛书集成新编》本，新文丰出版公司 1984 年版。

［北魏］郦道元著，陈桥驿校证：《水经注校证》，中华书局 2007 年版。

［北齐］魏收：《魏书》，中华书局 1974 年版。

［唐］杜佑撰，王文锦等点校：《通典》，中华书局 1988 年版。

［唐］樊绰撰，向达校注：《蛮书校注》，中华书局 1962 年版。

［唐］李延寿：《北史》，中华书局 1974 年版。

［唐］刘知几著，［清］浦起龙通释，王煦华整理：《史通通释》，上海古籍出版社 2009 年版。

［唐］陆广微：《吴地记》，《丛书集成新编》本，新文丰出版公司 1984 年版。

［唐］魏征等：《隋书》（修订本），中华书局 2019 年版。

［唐］张九龄等撰，李林甫等注：《唐六典》，《文渊阁四库全书》本，台

湾商务印书馆 1986 年版。

[后晋]刘昫等:《旧唐书》,中华书局 1975 年版。

[宋]乐史撰,王文楚等点校:《太平寰宇记》,中华书局 2007 年版。

[宋]罗泌:《路史》,《文渊阁四库全书》本,台湾商务印书馆 1986
年版。

[宋]欧阳修、宋祁:《新唐书》,中华书局 1975 年版。

[宋]王溥:《唐会要》,中华书局 1955 年版。

[宋]王尧臣等编次,[清]钱东垣等辑释:《崇文总目》,《丛书集成新
编》本,新文丰出版公司 1984 年版。

[宋]郑樵:《通志》,中华书局 1987 年版。

[宋]周去非著,杨武泉校注:《岭外代答》,中华书局 1999 年版。

[元]马端临:《文献通考》,中华书局 1986 年版。

[元]脱脱等:《宋史》,中华书局 1977 年版。

[明]杨慎:《南诏野史》,《中国方志丛书》本,成文出版社 1968 年版。

[清]毕沅校正:《三辅黄图》,《丛书集成新编》本,新文丰出版公司
1984 年版。

[清]陈运溶辑:《古海国遗书钞》,《麓山精舍丛书》本,岳麓书社
2008 年版。

[清]丁国钧撰,丁辰注:《补晋书艺文志》,《二十五史补编》本,中华
书局 1955 年版。

[清]梁启超:《中国近三百年学术史》,东方出版社 2004 年版。

[清]秦荣光:《补晋书艺文志》,《二十五史补编》本,中华书局 1955
年版。

[清]沈惟贤:《唐书西域传注》,《四库未收辑刊》本,北京出版社
2000 年版。

[清]王国维著,文明国编:《王国维自述》,安徽文艺出版社 2014
年版。

［清］魏源:《海国图志》,光绪二年(1876)平庆泾固道署重刊本。

［清］文廷式:《补晋书艺文志》,《二十五史补编》本,中华书局 1955
　　年版。

［清］吴士鉴:《补晋书经籍志》,《二十五史补编》本,中华书局 1955
　　年版。

［清］徐继畲:《瀛环志略》,《续修四库全书》本,上海古籍出版社
　　1997 年版。

［清］杨守敬:《隋书地理志考证》,谢承仁主编《杨守敬集》,湖北人民
　　出版社、湖北教育出版社 1997 年版。

［清］杨守敬纂疏,熊会贞参疏:《水经注疏》,谢承仁主编《杨守敬
　　集》,湖北人民出版社、湖北教育出版社 1997 年版。

［清］姚振宗:《隋书经籍志考证》,《二十五史补编》本,中华书局
　　1955 年版。

［清］永瑢等:《四库全书总目》,中华书局 1965 年版。

［清］俞浩:《西域考古录》,文海出版社 1966 年版。

　　子部:

［汉］桑弘羊撰,王利器校注:《盐铁论校注》,中华书局 1992 年版。

［晋］葛洪著,王明撰:《抱朴子内篇校释》,中华书局 1980 年版。

［南朝宋］刘义庆著,［南朝梁］刘孝标注,余嘉锡笺疏:《世说新语笺
　　疏》,中华书局 2007 年版。

［南朝宋］刘义庆撰,［南朝梁］刘孝标注,朱铸禹汇校集注:《世说新
　　语汇校集注》,上海古籍出版社 2002 年版。

［唐］徐坚等:《初学记》,中华书局 1962 年版。

［宋］董逌:《广川画跋》,《文渊阁四库全书》本,台湾商务印书馆
　　1986 年版。

［宋］李昉等:《太平御览》,中华书局 1960 年版。

［宋］释赞宁：《东坡先生物类相感志》，《四库全书存目丛书》本，齐鲁
　　书社 1995 年版。

［宋］苏易简：《文房四谱》，《文渊阁四库全书》本，台湾商务印书馆
　　1986 年版。

［宋］吴淑撰并注：《事类赋》，《文渊阁四库全书》本，台湾商务印书馆
　　1986 年版。

［明］陈耀文：《天中记》，光绪戊寅年听雨山房刻本。

［明］胡应麟：《少室山房笔丛》，中华书局 1958 年版。

［明］李时珍：《本草纲目》，商务印书馆 1930 年版。

［明］彭大翼：《山堂肆考》，《文渊阁四库全书》本，台湾商务印书馆
　　1986 年版。

［明］钱希言：《剑笑》，《四库全书存目丛书》本，齐鲁书社 1997 年版。

［清］郭庆藩撰，王孝鱼点校：《庄子集释》，中华书局 1961 年版。

［清］梁启超：《中国历史研究法》，东方出版社 1996 年版。

［清］皮锡瑞：《师伏堂笔记》，《续修四库全书》本，上海古籍出版社
　　1997 年版。

［清］汪师韩：《韩门缀学续编》，《续修四库全书》本，上海古籍出版社
　　1997 年版。

［清］汪师韩：《谈书录》，《丛书集成续编》本，新文丰出版公司 1988
　　年版。

［清］张英等：《渊鉴类函》，《文渊阁四库全书》本，台湾商务印书馆
　　1986 年版。

［清］张玉书等：《御定佩文韵府》，《文渊阁四库全书》本，台湾商务印
　　书馆 1986 年版。

［清］章学诚著，王重民通解：《校雠通义通解》，上海古籍出版社 2009
　　年版。

许维遹撰，梁运华整理：《吕氏春秋集释》，中华书局 2009 年版。

集部：

［晋］陆机著，张少康集释：《文赋集释》，人民文学出版社 2002 年版。

［南朝梁］萧统编，［唐］李善等注：《六臣注文选》，中华书局 1987
　　年版。

［南朝梁］钟嵘著，曹旭集注：《诗品集注》，上海古籍出版社 1994
　　年版。

［唐］沈佺期、宋之问撰，陶敏、易淑琼校注：《沈佺期宋之问集校注》，
　　中华书局 2001 年版。

［唐］王勃著，［清］蒋清翊注：《王子安集注》，上海古籍出版社 1995
　　年版。

［宋］洪兴祖撰，白话文等点校：《楚辞补注》，中华书局 1983 年版。

［清］储大文：《存研楼文集》，《文渊阁四库全书》本，台湾商务印书馆
　　1986 年版。

［清］彭定求：《全唐诗》（增订本），中华书局 1999 年版。

［清］严可均校辑：《全上古三代秦汉三国六朝文》，中华书局 1958
　　年版。

逯钦立辑校：《先秦汉魏晋南北朝诗》，中华书局 1983 年版。

佛教类：

［三国吴］支谦译：《佛说维摩诘经》，《大正藏》本。

［晋］释法显撰，章巽校注：《法显传校注》，中华书局 2008 年版。

［晋］竺法护译：《渐备一切智德经》，《大正藏》本。

［后秦］佛陀耶舍、竺佛念译：《佛说长阿含经》，《大正藏》本。

［后秦］佛陀耶舍共、竺佛念等译：《四分律》，《大正藏》本。

［后秦］弗若多罗、共罗什译：《十诵律》，《大正藏》本。

［后秦］竺佛念译：《出曜经》，《大正藏》本。

［北凉］法盛译:《菩萨投身饴饿虎起塔因缘经》,《大正藏》本。

［北凉］昙无谶译:《大方等大集经》,《大正藏》本。

［南朝齐］僧伽跋陀罗译:《善见律毗婆沙》,《大正藏》本。

［南朝齐］昙景译:《佛说未曾有因缘经》,《大正藏》本。

［南朝梁］宝唱等集:《经律异相》,《大正藏》本。

［南朝梁］宝唱:《名僧传抄》,《续藏经》,1925 年上海涵芬楼影印本。

［南朝梁］僧伽婆罗译:《阿育王经》,《大正藏》本。

［南朝梁］僧祐撰,李小荣校笺:《弘明集校笺》,上海古籍出版社 2013 年版。

［南朝梁］释慧皎撰,汤用彤校注:《高僧传》,中华书局 1992 年版。

［南朝梁］释僧祐撰,苏晋仁等点校:《出三藏记集》,中华书局 1995 年版。

［北魏］慧觉等译:《贤愚经》,《大正藏》本。

［北魏］杨衒之著,杨勇校笺:《洛阳伽蓝记校笺》,中华书局 2006 年版。

［北魏］杨衒之撰,范祥雍校注:《洛阳伽蓝记校注》,上海古籍出版社 1978 年版。

［北魏］杨衒之撰,周祖谟校释:《洛阳伽蓝记校释》,中华书局 2010 年版。

［隋］阇那崛多译:《佛本行集经》,《大正藏》本。

［隋］法经等:《众经目录》,《大正藏》本。

［隋］费长房:《历代三宝纪》,《大正藏》本。

［唐］道宣著,范祥雍点校:《释迦方志》,中华书局 2000 年版。

［唐］道宣:《大唐内典录》,《大正藏》本。

［唐］道宣:《集神州三宝感通录》,《大正藏》本。

［唐］道宣撰,郭绍林点校:《续高僧传》,中华书局 2014 年版。

［唐］法海等集:《六祖大师法宝坛经》,《乾隆大藏经》本。

［唐］慧超原著,张毅笺释:《往五天竺国传笺释》,中华书局2000年版。

［唐］慧立、彦悰:《大慈恩寺三藏法师传》,中华书局2000年版。

［唐］慧琳:《一切经音义》,《大正藏》本。

［唐］慧祥:《古清凉传》,《大正藏》本。

［唐］明佺等:《大周刊定众经目录》,《大正藏》本。

［唐］实叉难陀译:《大方广佛华严经》,《大正藏》本。

［唐］释道世撰,周叔迦、苏晋仁校注:《法苑珠林校注》,中华书局
　　2003年版。

［唐］释道宣:《广弘明集》,《四部丛刊初编》,上海涵芬楼影印本。

［唐］释玄应:《一切经音义》,《佛学辞书集成》本,汕头大学出版社
　　1996年版。

［唐］玄奘、辩机原著,季羡林等校注:《大唐西域记校注》,中华书局
　　2000年版。

［唐］义净译:《根本说一切有部毗奈耶》,《大正藏》本。

［唐］义净著,王邦维校注:《大唐西域求法高僧传校注》,中华书局
　　1988年版。

［唐］义净著,王邦维校注:《南海寄归内法传校注》,中华书局1995
　　年版。

［唐］圆照:《悟空入竺记》,《大正藏》本。

［唐］圆照:《贞元新定释教目录》,《大正藏》本。

［唐］智昇:《开元释教录》,《大正藏》本。

［宋］道诚集:《释氏要览》,《大正藏》本。

［宋］法云编:《翻译名义集》,《大正藏》本。

［宋］非浊集:《三宝感应要略录》,《大正藏》本。

［宋］赞宁撰,范祥雍点校:《宋高僧传》,中华书局1987年版。

［宋］志磐撰,释道法校注:《佛祖统纪校注》,上海古籍出版社2012
　　年版。

[辽]释非浊编,邵颖涛校注:《三宝感应要略录》,人民出版社 2018 年版。

[明]郭子章:《明州阿育王山志》,《四库全书存目丛书》本,齐鲁书社 1996 年版。

[清]丁福保编:《佛学大辞典》,中国书店 2011 年版。

[清]丁谦:《后魏宋云西域求经记地理考证》,《丛书集成三编》本,新文丰出版公司 1996 年版。

[清]梁启超撰,陈士强导读:《佛学研究十八篇》,上海古籍出版社 2001 年版。

[清]刘世珩:《南朝寺考》,明文书局 1980 年版。

[清]彭希涑述:《净土圣贤录》,《续藏经》,1925 年上海涵芬楼影印本。

[日]释圆仁原著,白话文等校注:《入唐求法巡礼行记校注》,花山文艺出版社 2007 年版。

[日]心觉:《多罗叶记》,《大正藏》本。

[日]信行撰集:《翻梵语》,《大正藏》本。

[日]佚名:《北魏僧惠生使西域记》,《大正藏》本。

[日]佚名:《游方记抄》,《大正藏》本。

[日]羽溪了谛著,贺昌群译:《西域之佛教》,商务印书馆 1999 年版。

[日]圆仁:《入唐新求圣教目录》,《大正藏》本。

[日]照远:《资行钞》,《大正藏》本。

[日]真人元开著,汪向荣校注:《唐大和上东征传》,中华书局 2000 年版。

[印度]龙树菩萨造,[后秦]鸠摩罗什译:《大智度论》,《大正藏》本。

[印度]马鸣菩萨造,[后秦]鸠摩罗什译:《大庄严论经》,《大正藏》本。

[印度]五百大阿罗汉等造,[唐]玄奘译:《阿毗达磨大毗婆沙论》,《大正藏》本。

［印度］尊者世亲造，［唐］玄奘译：《阿毗达磨俱舍论》，《大正藏》本。

陈士强：《大藏经总目提要》，上海古籍出版社 2008 年版。

董志翘：《〈观世音应验记三种〉译注》，江苏古籍出版社 2002 年版。

赖永海主编：《中国佛教通史》，江苏人民出版社 2010 年版。

李映辉：《唐代佛教地理研究》，湖南大学出版社 2004 年版。

吕澂编：《新编汉文大藏经目录》，齐鲁书社 1980 年版。

圣严法师：《佛国之旅》，法鼓文化实业股份有限公司 1999 年版。

汤用彤：《汉魏两晋南北朝佛教史》，中华书局 1983 年版。

汤用彤：《隋唐佛教史稿》，中华书局 1982 年版。

张志哲主编：《中华佛教人物大辞典》，黄山书社 2006 年版。

当代著作：

仓修良：《方志学通论》，齐鲁书社 1990 年版。

岑仲勉：《中外史地考证》，中华书局 1962 年版。

陈兰村主编：《中国传记文学发展史》，语文出版社 1999 年版。

陈寅恪：《金明馆丛稿二编》，生活·读书·新知三联书店 2001 年版。

程千帆著，巩本栋编：《俭腹抄》，上海文艺出版社 1998 年版。

方步和编著：《河西文化——"敦煌学"的摇篮》，中国文史出版社 2004 年版。

冯承钧编译：《史地丛考续编》，商务印书馆 1933 年版。

冯承钧译：《西域南海史地考证译丛》，商务印书馆 1962 年版。

冯承钧译：《西域南海史地考证译丛续编》，商务印书馆 1934 年版。

冯承钧：《中国南洋交通史》，上海书店 1984 年版。

傅振伦：《中国方志学通论》，商务印书馆 1935 年版。

韩兆琦主编：《中国传记文学史》，河北教育出版社 1992 年版。

汉语大字典编辑委员会编纂：《汉语大字典》，崇文书局、四川辞书出版社 2010 年版。

何兹全主编:《中国通史》,上海人民出版社 2004 年版。

李德辉辑校:《晋唐两宋行记辑校》,辽海出版社 2009 年版。

李泰棻:《方志学》,商务印书馆 1935 年版。

刘守华:《民间故事的比较研究》,中国民间文艺出版社 1986 年版。

柳诒征:《中国文化史》,东方出版中心 1988 年版。

鲁迅辑:《古小说钩沉》,《鲁迅全集》本,人民文学出版社 1973 年版。

梅新林、余樟华主编:《中国游记文学史》,学林出版社 2004 年版。

欧阳哲生编:《胡适文集》,北京大学出版社 1998 年版。

钱锺书:《管锥编》,生活·读书·新知三联书店 2001 年版。

沙知编:《向达学记》,生活·读书·新知三联书店 2010 年版。

石育良:《怪异世界的建构》,文津出版社 1996 年版。

孙猛:《日本国见在书目录详考》,上海古籍出版社 2015 年版。

王立群:《中国古代山水游记研究》,河南大学出版社 1996 年版。

王晓秋:《近代中日文化交流史》,中华书局 2000 年版。

向达:《唐代长安与西域文明》,河北教育出版社 2001 年版。

阳清:《先唐文学人神遇合主题研究》,人民出版社 2009 年版。

余太山:《早期丝绸之路文献研究》,上海人民出版社 2009 年版。

张国淦编著:《中国古代方志考》,中华书局 1962 年版。

张星烺编注,朱杰勤校订:《中西交通史料汇编》,中华书局 1979 年版。

赵白生:《传记文学理论》,北京大学出版社 2003 年版。

郑炳林:《敦煌地理文书汇辑校注》,甘肃教育出版社 1989 年版。

郑振铎:《插图本中国文学史》,人民文学出版社 1957 年版。

[俄]俄罗斯科学院东方研究所圣彼得堡分所等编:《俄藏敦煌文献》,上海古籍出版社、俄罗斯科学出版社东方文学部 1993 年版。

[美]汪荣祖:《史传通说——中西史学之比较》,中华书局 2003 年版。

[日]长泽和俊著,钟美珠译:《丝绸之路史研究》,天津古籍出版社 1990 年版。

学术论文：

陈兰村：《〈大慈恩寺三藏法师传〉的文学价值》，《浙江师范大学学报》（社会科学版）1990 年第 3 期。

陈连庆：《辑本〈佛图调传〉序》，《古籍整理研究学刊》1985 年第 3 期。

陈连庆：《辑本竺法维〈佛国记〉序》，《古籍整理研究学刊》1985 年第 2 期。

陈连庆：《新辑本支僧载〈外国事〉序》，《古籍整理研究学刊》1985 年第 1 期。

陈信雄：《法显〈佛国记〉与中外文明交流——标志中国与印度陆、海两通的千古巨碑》，《国际汉学》2010 年第 2 期。

戴伟华：《义净诗二首探微》，《华南师范大学学报》（社会科学版）2003 年第 3 期。

方满锦：《法显〈佛国记〉析论》，《忻州师范学院学报》2013 年第 1 期。

佛驮耶舍：《汉唐间西域及海南诸国地理书辑佚》，《史学杂志》1929 年第 1 期。

何红艳：《〈大唐西域记〉与唐五代小说的创作》，《内蒙古民族大学学报》（社会科学版）2003 年第 6 期。

洪九来：《有关〈海国图志〉的版本流变问题》，《古籍整理研究学刊》1994 年第 3 期。

季羡林：《丝绸之路与西行行记考》，《中国海洋大学学报》（社会科学版）2004 年第 6 期。

靳生禾：《〈佛国记〉多名和于阗佛事》，《史学月刊》1983 年第 6 期。

荆三隆：《矢志不渝耀千古　不惜身命追梦人——〈高僧法显传〉喻理探微》，《五台山研究》2014 年第 2 期。

李彩霞：《法显、义净南海行程与唐代交通的转向》，《吉林大学社会科学学报》2019 年第 2 期。

李德辉：《古西行记源出汉代西域诸书说》，《西北师大学报》（社会科学版）2016 年第 2 期。

李德辉：《六朝行记二体论》，《文学遗产》2012 年第 3 期。

李德辉：《论汉唐两宋行记的渊源流变》，《中华文史论丛》2010 年第 3 期。

李德辉：《唐人行记三类叙论》，《华南师范大学学报》（社会科学版）2005 年第 2 期。

李谟润：《〈全晋文〉载〈昙无竭菩萨赞〉作者辨正》，《洛阳大学学报》2005 年第 3 期。

李树辉：《疏勒、佉沙地名新证》，《中国边疆史地研究》2007 年第 1 期。

刘跃进：《六朝僧侣：文化交流的特殊使者》，《中国社会科学》2004 年第 5 期。

罗海燕：《丝绸之路上的僧与诗：以新罗释慧超为中心》，《名作欣赏》2018 年第 36 期。

吕蔚、阳清：《释智猛及其〈游行外国传〉钩沉》，《华夏文化论坛》2018 年第 1 期。

梅新林、崔小敬：《游记文体之辨》，《文学评论》2005 年第 6 期。

苗怀民：《清代才学小说三论》，《南京师大学报》（社会科学版）2010 年第 6 期。

聂静洁：《〈唐悟空禅师塔铭文〉校补》，《中国史研究》2014 年第 4 期。

聂静洁：《唐释悟空入竺、求法及归国路线考——〈悟空入竺记〉所见丝绸之路》，《欧亚学刊》第九辑，中华书局 2010 年版。

史素昭：《信仰与信实的统一——〈慈恩传〉的叙事分析》，《湘潭师范学院学报》（社会科学版）2009 年第 3 期。

宋晓蓉：《汉唐西域史地文献文学性及科学性嬗变考察——以〈史记·大宛列传〉、〈汉书·西域传〉、〈大唐西域记〉为例》，《西域研究》2014 年第 3 期。

王立群:《游记的文体要素与游记文体的形成》,《文学评论》2005 年
　　第 3 期。

王美秀:《对话与辨证——圣严法师的旅行书写与法显〈佛国记〉之比
　　较研究》,《圣严研究》第二辑,财团法人圣严教育基金会 2011 年版。

王汝良:《〈大唐西域记〉综合价值论要》,《北方工业大学学报》2018
　　年第 4 期。

王守春:《释道安与〈西域志〉》,《西域研究》2006 年第 4 期。

吴晶:《〈宋云惠生行纪〉文本构成新证》,《西域研究》2011 年第 3 期。

吴彦、金伟:《关于〈三宝感应要略录〉的撰者》,《佛学研究》2010 年
　　第 1 期。

夏祖恩:《〈大唐西域记〉史观评说》,《福建师范大学福清分校学报》
　　2007 年第 1 期。

颜世明:《宋云、惠生行记研究》,《青海民族大学学报》2016 年第
　　4 期。

阳清、刘静:《六朝佛教行记文献十种叙录》,《大学图书馆学报》2017
　　年第 1 期。

阳清、刘静:《唐宋佛教行记及其相关文献叙录》,《大学图书馆学报》
　　2018 年第 4 期。

阳清、吴冬莉:《魏晋南北朝僧人行记之文学表征及文学意义》,《云
　　南师范大学学报》(哲学社会科学版)2019 年第 4 期。

阳清:《北魏慧生行记诸种相关文献考述》,《宗教学研究》2019 年第
　　1 期。

阳清:《敦煌写本残卷〈慧超往五天竺国传〉中的五言诗——兼论中
　　世佛教行记的情感抒写及其诗笔》,《清华大学学报》(哲学社会科
　　学版)2017 年第 4 期。

阳清:《法显〈佛国记〉中的苦难叙事》,《山西师大学报》(社会科学

版)2017 年第 5 期。

阳清:《古小说"释氏辅教之书"叙事范式探究》,《兰州学刊》2014 年第 11 期。

阳清:《论汉魏六朝志怪的预叙叙事》,《广西社会科学》2010 年第 3 期。

阳清:《唐朝佛教行记文学的时代趋向》,《云南师范大学学报》(哲学社会科学版)2017 年第 4 期。

阳清:《唐释常愍与〈历游天竺记〉探赜》,《唐史论丛》第二十八辑,三秦出版社 2019 年版。

阳清:《预叙、劫掠以及佑护——慧立撰著玄奘别传叙事策略管窥》,《北京社会科学》2018 年第 8 期。

阳清:《支僧载及其〈外国事〉综议》,《宗教学研究》2016 年第 4 期。

阳清:《竺法济〈高逸沙门传〉索隐》,《文献》2016 年第 1 期。

阳清:《竺法维及其〈佛国记〉探赜》,《学术论坛》2018 年第 3 期。

杨剑龙:《丝绸之路先驱义净高僧诗中的行旅意识》,2017 年 5 月 22 日《文汇报》。

杨昭全:《新罗名僧慧超的〈往五天竺国传〉研究》,《东疆学刊》2018 年第 3 期。

余小平:《论慧超旅行巨著〈往五天竺国传〉》,《浙江师范大学学报》(社会科学版)2008 年第 3 期。

俞士玲:《佛教发展与西游故事之流衍》,《南京大学学报》(哲学·人文科学·社会科学)2001 年第 3 期。

张鹤泉:《陈连庆教授学术成就概述》,《东北师大学报》(哲学社会科学版)1988 年第 6 期。

张婷、李晓明:《〈大慈恩寺三藏法师传〉语言描写艺术》,《历史文献研究》第三十二辑,华东师范大学出版社 2013 年版。

张云江:《试论唐代西域求法僧侣的求法动机及其"宗教生存困

境”》,《宗教与民族》第七辑,宗教文化出版社 2012 年版。

赵春辉、孙立权:《才学小说的内涵及其美学特征》,《吉林大学社会科学学报》2011 年第 5 期。

赵晓春:《东西方自传文学中的两颗启明星——法显〈法显传〉和奥古斯丁〈忏悔录〉在文学性方面的比较》,《福建论坛》(人文社会科学版)2013 年第 2 期。

郑炳林:《俄藏敦煌写本唐义净和尚〈西方记〉残卷研究》,《兰州大学学报》(社会科学版)2004 年第 6 期。

周义轩:《得新声于异邦——唐高僧义净诗文旨趣谈片》,《佛教文化》2003 年第 6 期。

[韩]林基中撰,文英译:《关于〈大唐西域记〉和〈往五天竺国传〉的文学特性》,《韩国学论文集》第三辑,东方出版社 1994 年版。

[日]内田吟风:《后魏宋云释惠生西域求经记考证序说》,《塚本博士颂寿记念佛教史学论集》,京都 1961 年版。

后　记

鲁迅先生指出："我们从古以来,就有埋头苦干的人,有拼命硬干的人,有为民请命的人,有舍身求法的人……虽是等于为帝王将相作家谱的所谓'正史',也往往掩不住他们的光耀,这就是中国的脊梁。"(《中国人失掉自信力了吗》)。本书意在彰显舍身求法之人。他们的行为和事迹让人钦服,足令我辈惭凫企鹤、向风慕义。

尽管如此,本书还牵涉到另一段因缘。2015年冬天,受普慧先生邀请,我有幸参与其主持的教育部重大项目《中国佛教文学通史》,主要承担其中"晋唐佛教行记"的研究任务。而在之前,我主持的国家社科基金项目"中国中世佛教僧传文学研究"亦涉及相关内容。就这样,对于晋唐佛教行记进行考说和阐释,势必成为严肃对待的学术话题之一。2018年夏天,我终于完成两种任务。然而,对于晋唐佛教行记的探索并未结束。适值我主持的国家社科基金项目"隋唐经录所见佛教传记文献整理与研究"得以立项,藉此得以深入挖掘和进一步拓展晋唐佛教行记文学研究。迄今为止,这个话题前后耗时五年,陆续产生的系列研究成果整合成为了上述书稿。

自蜀入滇,已逾十年。这些年含辛茹苦,我已从最初的"青椒",慢慢蜕变为教授,同时获得了一些荣誉称号,也增添了更多的学术压力。这些成绩的获得,其中大部分是通过接触古典目录学和晋唐佛教文献之后才有所领悟,乃至心生欢喜。对于我来说,上述因缘亦可谓殊胜。如今,虽然难以做到不忧不惧,庶几可以增强一点自信。关于阅读和写作，吾辈仍将不待扬鞭自奋蹄。

满怀敬畏之心，仰望前辈学人。本书付梓之际，特别感谢恩师项楚先生、刘跃进先生、吴广平先生，同时亦缅怀恩师吕培成先生！感谢中国社科院孙少华研究员、周广荣研究员，中华书局罗华彤先生、吴爱兰女士，清华大学刘石教授，北京大学王波研究馆员，浙江大学张涌泉教授、冯国栋教授，四川大学张泽洪教授、普慧教授、孙尚勇教授，北京语言大学张廷银教授，日本长崎大学杨晓安教授，陕西师范大学杜文玉教授、李继凯教授，以及省内蒋永文校长、王卫东教授、朱曦教授、罗骥教授、李道和教授、詹七一教授等诸位前辈，承蒙关照与提携！

感谢美国肯恩大学孔旭荣，北京市社科院黄仲山，华南师范大学吕蔚，西北大学邵颖涛，云南大学杨绍军，云南师范大学肖国荣、李彬等诸位朋友！你们的信任和帮助，让我感受到了踏实和快乐。学术之路，痛并快乐着。听法灵山，与有荣焉！

感谢诸位在读研究生同学的协助！

感谢云南省委宣传部、云南师范大学文学院对本书的资助！

本书第二作者刘静是云南师范大学图书馆馆员。作为前述两个国家项目的团队成员，她实际参与了相关文献资料的搜集、整理以及研究工作。

不惑之年，恰值新冠肆虐。是为记。

庚子年闰梅月
于呈贡雨花毓秀